築夢故園

ZHUMENG GUYUAN

嵇启春◎著

时代出版传媒股份有限公司
安徽文艺出版社

图书在版编目（CIP）数据

筑梦故园/嵇启春著.--合肥：安徽文艺出版社，2024.7
ISBN 978-7-5396-7896-2

Ⅰ．①筑… Ⅱ．①嵇… Ⅲ．①纪实文学－中国－当代 Ⅳ．①I25

中国国家版本馆CIP数据核字(2023)第257660号

出 版 人：姚 巍
责任编辑：汪爱武　　　　　　　　装帧设计：徐　睿

出版发行：安徽文艺出版社　　www.awpub.com
地　　址：合肥市翡翠路1118号　　邮政编码：230071
营 销 部：(0551)63533889
印　　制：安徽联众印刷有限公司　　(0551)65661327

开本：710×1010　1/16　印张：24.25　字数：466千字
版次：2024年7月第1版
印次：2024年7月第1次印刷
定价：75.00元

(如发现印装质量问题，影响阅读，请与出版社联系调换)
版权所有，侵权必究

关心我们民族文明的传承。

——冯骥才

目　　录

第一章　故园情思 / 1

第一节　归燕失巢 / 1

第二节　缘定珠城 / 8

第三节　竖柱上梁 / 15

第二章　红厝胜迹 / 24

第一节　古村遗珠 / 24

第二节　金吉世家 / 38

第三节　楹联密码 / 51

第四节　精心复建 / 64

第三章　临川寻梦 / 73

第一节　清水高墙 / 73

第二节　小城巨匠 / 83

第三节　玉茗传芳 / 97

第四章　国粹重光 / 111

第一节　质疑释疑 / 111

第二节　露天博物馆 / 121

第三节　"国粹重光今有人" / 129

第五章　徽风皖韵 / 132

　　第一节　从渚口到桃源 / 132

　　第二节　"屋户"藏龙 / 146

　　第三节　"屋"归原处 / 162

第六章　水乡人家 / 181

　　第一节　深巷酒香 / 181

　　第二节　两岸一"家" / 214

　　第三节　瑞鹤来仪 / 236

第七章　苍洱毓秀 / 260

　　第一节　三坊一照壁 / 260

　　第二节　山国儿女 / 272

　　第三节　峥嵘岁月 / 288

第八章　筑梦淮畔 / 307

　　第一节　孕沙成珠 / 307

　　第二节　大汉与大明 / 319

　　第三节　"火车拉来的城市" / 330

　　第四节　从小岗到小康 / 346

尾　声 / 374

后　记 / 378

第一章　故园情思

第一节　归燕失巢

暮春时节的江南原野,正可用五彩缤纷来形容。新雨过后,碧空如洗,阳光柔软。苍翠欲滴的夹道春树,金黄灿烂的油菜花,随风起伏的无边麦浪,纷纷被东去列车抛在身后。

2013年4月14日下午,我和妻子徐珂从上海乘高铁去诸暨。高铁过了杭州,转弯向东,风驰电掣般地在一望无际的田野上疾驶。车厢里,播放着轻快的音乐。

前几天,我刚从闽南泉州石狮一个叫钞坑村的古民居拆迁现场回来。闽南之行,收获颇丰。在一千多栋杂乱无章、参差错落的水泥楼房里,找到了五十多栋待拆的美轮美奂的红砖古厝。

我还没来得及整理钞坑的资料,浙江做古建筑生意的骆燕军就三番五次来电,催促去那里看一批待拆的古民居。

这次妻子徐珂仍旧陪我一起去诸暨。近年来,我血压有点高,医生配了药,嘱注意休息。已退休的妻子,不放心我的身体,便随我一起"北漂"去了蚌埠。我出差去哪里,她就陪我到哪里,有时免不了也会叽咕两句:

"老了,倒做了你的小跟班。"

我只是歉疚地笑笑:"你一个人待在上海也没劲。"

"我是情愿一个人待在上海的。"她不以为然地说,"上海多方便!"

我笑了笑,不响。

"亲爱的旅客,诸暨马上就要到了……"车厢里响起广播员提醒到站的甜美话音。

我取下架子上的行李箱,抬头看看车厢显示屏,5点刚过,这趟车下午3点42分从上海虹桥站发车,一个半小时不到就到了诸暨。

骆燕军已等在接站口。他个子不高,小小的眼睛,看上去很精干。他自己开

车,领我们上了车,说:

"路上辛苦了,先去宾馆办入住,然后一起吃晚饭,明天再看老房子。"

高铁疾驰时窗沿上能不能立硬币我没有试过,但平稳舒适一点不假,一个多小时坐下来,丝毫不觉得累。我抬头看看天色,落日衔山,心中估摸,今天也办不了什么事了,便说:

"好的,听你安排。"

路上,我问骆燕军:"这次要看的古民居多吗?"

骆燕军说:"有好几栋,就是比较分散。明天上午先看周边几栋,下午去东阳,那里有两栋老房子,牛腿雕花特别漂亮。"

"为什么都要拆?"

"有的是老房子年代久了,已经没办法住人了,拆掉好盖新的;有的是村子要改造,我们浙江这两年新农村建设力度特别大。"

我又问:"有没有老房子的故事比较精彩些的?"

骆燕军说:"我还没有来得及打听。听说宁波姜山那里有一栋台胞的老房子,一家人分居海峡两岸,改革开放,好不容易才团圆,蛮有故事的,也说要拆迁,不过还没有动。"

"噢!你详细了解一下,一有拆迁信息立即通知我。"

说着说着,已近傍晚6点,车到了市中心的一家宾馆门前停下。下车一看,是西子宾馆。我是头一回到诸暨。诸暨是西施故里,宾馆门前广场上,矗立着一尊洁白如玉的西施石雕像。同两千年前这位有着"闭花羞月之貌、沉鱼落雁之容",名满天下的美女面对面,我禁不住轻轻说了一句:

"哦,终于见到你了!"

骆燕军说:"西施殿就在附近,明天有时间可以去看看。"

翌日早晨8点半,骆燕军按约驾车来宾馆接我们夫妇,和他一起来的是他的搭档陈建苗。

"我们先去枫桥那里看。"骆燕军仍旧自己开车。

陈建苗和骆燕军是老乡,瘦瘦的个子,话不多。陈建苗做古民居生意好多年了,他讨了一个江西景德镇的娘子,浙江、江西两头跑,古民居拆迁的信息不少。浙江是中国民营经济非常发达的地区,办厂开店做生意的人家比比皆是。骆燕军也办了一家衡器厂,专门生产学校、企业和一些研究单位用的小型衡器。厂子不大,十来个工人,前几年市场好的时候,年产值也有两三千万,每年还到上海参加在光大会展中心举办的全国衡器展销会。这几年受到同类产品竞争,生意不好做,效益下降。他开厂积累了一些资金,陈建苗消息灵通,加之二人是老乡,知根知底,于是便一起合作做古民居生意。

骆燕军一边开车,一边给我介绍要去的枫桥的情况:"枫桥古镇历史上很有名的,出过好多进士、举人,是王冕的故里。毛主席还为枫桥做过批示,表扬这里社会治安管得好。"

我点点头,说:"枫桥经验很有名的。"

车开了一个多小时,来到一个村子。首先映入眼帘的是一棵参天大树。近前一看,是一棵古香樟,足有四五层楼高,树干需三四人才能合抱得过来。粗壮的树干古朴遒劲,中间有一个能钻得进去一个人身子的空洞,但依旧枝繁叶茂、生机盎然,长满翠绿新叶的树冠,足有十来米宽,灿烂的阳光下,投下一大片绿荫。几位老者,正坐在树荫底下聊天。

美丽的宁绍平原,既是富庶的鱼米之乡,又是民营经济极为发达的地区,然而不少地方村容市貌陈旧落后,环境污染严重——这也是近年来各级政府发力,按照国家城镇化推进的部署,狠抓棚改和生态环境建设的原因所在。眼前的这个村子,正是如此:狭窄的水泥路,新旧杂陈的建筑杂乱无章,我们要看的一栋古民居,就坐落其间。

从房屋的格局看,这原是一栋四合院式的两进一院的古民居,三开间,二层。门面房和东厢房已毁圮,用大砖块草草砌了一间简屋,盖着绿色塑料波纹板。西厢房和后堂是老屋,也已破败不堪。

房屋主人是一对三十多岁的小夫妻,在这里办了一个织布作坊。骆燕军和陈建苗预先同他们联系过了,他们知道我们的来意,见我们来,憨厚地笑笑,便引我们进老屋察看。屋里摆了九台老式电动织布机,有几台织布机马达"呜呜"开着,正在织布,织的是粗白布。机器上、墙壁上、梁架上,都积满了灰尘和飘落的棉絮。

这是一栋混合式构架的古民居,东西山墙构架是穿斗式,中间是抬梁式。因为要摆机器,隔墙都拆掉了,只剩下苍老的梁柱。几根月梁上的雕花虽已蒙尘发黑,但花饰依旧清晰可辨,似乎在顽强地诉说着自己昔日的美丽。穿着迷彩围兜的男主人,拉开堆在楼梯口的杂物,带我们上楼去看。楼上有六扇方格雕花老门,显然是从原来客堂上拆下来的"三关六扇门"。一旁还躺着三块镂空雕花雀替,十分精美。从雀替的样式看,这栋古民居大概是清代建筑。

我拍了几张照片,下了楼,问男主人:"你们一直住在这儿吗?"

男主人点点头:"是的,过去我们一直住在里面,后来办织布厂,就搬到别处了。"

我问:"这是你们家的老屋?"

"不是的。"男主人摇摇头,"是土改时人民政府分给我爷爷的。"

"哦,是这样。原来这栋房子的主人知道是谁吗?"

男主人摇摇头:"我们也不晓得。"

"老房子准备拆掉?"

"是的,忒破了,落雨漏得厉害,准备拆掉,重新建。"

"新房子盖好还是办加工厂?"

"是的。"

"生意好吗?"

"马马虎虎。过过日子可以,发不了大财。"穿着酱红格子围兜的女主人接口说。

男主人笑笑:"比种田好交关。"

和屋主聊了片刻,我们告辞,上车赶往下一个点。

车行十来分钟,到了另一个村子。眼前这栋古民居,是一座石木结构的祠堂,可惜大部毁圮,只剩下厅堂和前面的檐廊。令人吃惊的是,这座祠堂十分高大,五开间,厅堂和檐廊共有八根圆形石柱,檐口的石柱高达近六米。厅堂门面已无墙壁门窗,呈敞开状。厅堂里放了几台机器,地上堆放着许多金属材料和加工好的产品,有七八个工人在干活。

接待我们的是一个头颈里挂着小指粗的金项链的年轻人,骆燕军叫他虞老板。这是他办的一家加工厂,为拖拉机厂加工生产一些零配件。

我问虞老板:"这栋老房子是什么年代的?"

虞老板一脸茫然:"我也不晓得,我是为了办厂,几年前从别人手里买下来的。"

"现在准备拆掉了?"

"是的。生活来不及做,厂房也不正规,拆掉后盖得像样点。"

临走时,我再次仔细打量着这座残破的祠堂。我想,当年这座祠堂落成时,一定很有气派,如果修复重建好,肯定吸引眼球,很少见到这么高敞的祠堂。

随即我们来到这个村子的另一座古民居前。与前面看的两栋老房子只剩残破的局部不同,眼前的这栋古民居破而不残,虽然伤痕累累,但形制保存得非常完整。

这是一栋二层七开间的古民居。布局对称,屋宇式大门,双开居中,石砌门框。一进三开间,两侧是东西厢房,各开一扇边门,硬山式屋顶,人字坡屋面。一层四扇方窗,二层六扇,主屋两扇是六边花窗,厢房各两扇方窗。窗棂均已不见,只剩下一扇扇窗洞。抹灰墙面已经发黑,斑斑驳驳,多处剥落破损,东厢房二层有桌面大的一块墙体已经脱落。东厢房门头上蓝底白字的"183"号门牌还在。迎面墙上,鲜红的朱笔写了一个大大的"拆"字,并且画了一个圈。

事先联系过了,大门开着。我要往里走,骆燕军关照说:"小心,这是危房,都搬空了,很快就要拆了。"

走进屋子,庭院很大很方正。回廊的檐柱、石础都还完整无缺,月梁、雀替尤其精美,只是部分屋顶已塌圮。铺设庭院的石板有一些已被挖走,底层屋子的门窗都已不见,二层的格子花窗大都还保留着。屋子里堆放着一些杂物。

陈建苗说:"这栋房子至少两百年了。"

我仔细打量着回廊柱头的雀替:出檐的立式斜撑蔓草花纹雀替,显然是清代风格;而横枋下的回纹雀替,又有几分明代雀替蝉肚绰幕的痕迹。

我说:"是的,应该是清早期的建筑。"

我问骆燕军:"这栋古民居非常完整,有没有相关的资料?"

骆燕军说:"这栋房子原来住了好多人家,打听了一下,只知道原来的主人姓金,做啥的都不晓得。这么大的房子,一定是大户人家。"

我说:"想办法找找村子里的老人,再打听打听。"

我们要离开时,已是中午。上车前,我回头再一次凝望这座气势不凡的老宅。中天丽日,阳光灿烂,在没有一丝云彩的蔚蓝天空的映衬下,老宅显得更加沧桑、古朴。墙上朱红的画了圈的"拆"字,也显得格外刺目。岁月无情,风雨沧桑,老宅像一个垂暮的老人,即将告别尘世。

上了车,我对骆燕军和陈建苗说:"这栋一定要收下来!"

午饭骆燕军把我们领到他姆妈家里吃,他姆妈家在离枫桥不远的店口镇。他姆妈忙了一上午,为我们准备饭菜。我们到时,八仙桌上已经摆好了碗筷,菜肴也陆续端上来了,有霉干菜烧肉、清蒸咸肉、红烧杂鱼和螺蛳,还有自家地里种的几样蔬菜。清明前后的螺蛳最为鲜美,大家吮得津津有味。

吃罢午饭,一行人驱车赶往东阳。出了城,一路上山明水秀,满目苍翠,令人心旷神怡。

一座苍翠的小山丘旁,有一片平整过的废墟,一栋同上午见到的那栋金家老宅形制相仿、规模略小的古民居,孤独地坐落在小山丘旁。显然,这是一个拆迁工地,其他房子都已拆掉,唯有这栋老宅还在做最后的坚持。一条小溪从老宅的西侧流过,溪水淙淙,低吟浅唱,仿佛推送着古老的歌谣。

上前看,是一栋五开间的三合院。双开院门居中,石砌门框。院墙连着东西厢房,于厢房回廊端头各开一扇单门,也是石砌门框。东边门额上刻着"依仁"二字,西边门额上刻着"游艺"二字。我依稀记得这四字出自《论语·述而》："子曰：'志于道,据于德,依于仁,游于艺。'"后来"依仁游艺"演变为成语,意在要求人们以仁为依归遵循,熟练掌握"日用之不可阙者"的"六艺"。濒临小溪一面的西山墙中间也开了一扇单门,石砌门额上刻有"泉和万籁"四字。

嘀！月明星稀的夜晚,泉水叮咚,和风习习,树叶沙沙,麦浪窸窣,犬吠蛙鸣……老宅主人的耳畔,是一首多么优美动听的田园小夜曲啊！

走进院门,一位中年妇女热情地招呼我们。这户人家姓杜,这栋房子是他们家的老屋,宅基地上其他人家的房子都拆掉了,就剩她家这一栋古民居还没拆。有好几个收购老房子构件的老板来谈过,价钱压得很低,没谈拢。听说有人要把整栋房子买了去,并且易地重建,他们很感兴趣,一直等我们来。

除了堂屋的面墙和门板已被拆除之外,楼上楼下墙板、门窗基本完好。令我惊讶的是,这栋老宅木雕之美,令人叹为观止。屋内屋外,月梁横枋,斗拱雀替,窗棂隔扇,莫不精雕细刻、图案精美、花饰繁复。东阳是建筑之乡,木雕天下有名,于此可见一斑。

西厢房门上着锁,东厢房是女主人和她儿子的住处,她丈夫外出打工去了,她一个人守着老宅和有病的孩子。此刻,她儿子正躺在床上,靠十岁的样子,见我们进来,傻傻地笑。

女主人说："伊有毛病,脑子勿大好！"

我问："这栋房子啥辰光造的晓得吗？"

她摇摇头："我是从别的地方嫁过来的,从前听老人讲起过,老祖宗做过官,好像是乾隆什么时候造的,老人走了,具体讲勿清爽。"

我说："周边人家都搬走了,你一个人带着孩子住在这里很不方便。"

她说："是呀,政府催着要赶快拆,你们要,就卖给你们。"

我点点头,对她说："好的,今天来看过了,我们回去商量一下,尽快给你答复。"

临走时,骆燕军关照女主人说："我们要的是整栋房子,你千万不要把冬瓜梁、花板什么的让人家拆了买了去。"

女主人说："勿会的,侬放心,倷早点定下来！"

我们又开车来到另一处拆迁工地。看来东阳的城镇化推进力度真的很大,一路上看到好几处拆迁工地。不远处,几幢正在施工的高层住宅楼已拔地而起,大概是动迁村民未来的新家。

这里叫下卢村,工地上已是一片瓦砾,只剩下几栋水泥房子和几处断壁残垣还未推倒。我们要看的三栋古民居,前后站成一排,兀自矗立在废墟中央。

这三栋古民居看上去比较简陋,也是人字坡屋面,硬山式屋顶,二层三开间,面墙和门窗均已不见。我觉得奇怪,这三栋房子怎么前后间距如此靠近,走进去一看,原来这是一栋三进两院的大宅,连接前厅、中堂、后堂的院墙已被拆除,三间屋子就变成了孤零零的独立存在。

这时,头上响起一阵"叽叽喳喳"的鸟叫声。

"燕子!"我抬头一看,昏黄的斜阳里,两只燕子在院子上空翻飞盘旋,"叽叽喳喳"叫个不停。

我心头怦然一动:燕子!燕子!我已经有近四十年没有见到过它们了!

我的外婆在上海松江乡下,小时候,每到学校放暑假,妈妈就会把我送到外婆家去,待上一些日子。外婆家堂屋的梁上有一个大大的燕窝,几只燕子整天"叽叽喳喳",飞进飞出,忙个不停。我有时坐在小板凳上,托着下巴,仰着头,傻傻地看它们在忙什么。小燕子有时也冲着我和小伙伴们叫几声,仿佛在和我们打招呼……

四十年过去了,在这漫长的岁月中,整天忙碌在高楼林立的都市里,我好像再也没有见到和童年相伴过的小燕子,没想到今年的这个春天,在这栋残破的古民居里,和它们不期而遇。

两只燕子在前院上空盘桓了一阵,好像在打量我们这几个陌生人在干什么,见我们似乎没有什么恶意,便小心翼翼地飞进了中堂。我轻轻地抬脚跟进去,抬头一看,两只燕子落在楼板粗壮的横梁上,不停地扭头四顾,一会儿喃喃低语,一会儿又无言相对。我再仔细一看,梁上不见燕窝,只有几处斑斑巢痕。

我的心头一紧!望着两只默默无言的失巢归燕,仿佛听见它们在悲怆地追问:"我们的家呢?我们的家呢?"

骆燕军和陈建苗走了过来,不知我在看什么。两只燕子受到惊动,扑腾飞了出去,停在对过老宅苍老的屋脊上。

不一会儿,两只燕子再次亮起羽翼,在院子上空盘旋。片刻,终于如离弦之箭,转身振翅而去,不一会儿消逝在蔚蓝的天际里……

吃过晚饭,回到宾馆,我躺在床上,久久不能入睡。两只失巢归燕凄惶的黑影,老是在我眼前飞来飞去。我想起了唐代诗人刘禹锡《乌衣巷》中的两句诗:"旧时王谢堂前燕,飞入寻常百姓家。"没想到,如今,燕子连"寻常百姓家"也待不下去了。两只可怜的燕子一定没有想到,千里迢迢飞回来,曾经千辛万苦、衔枝吐液构筑的燕窝,已不知所终,梁上空余斑斑巢痕,更没有想到,连它们筑巢的老宅,也即将被拆除。

妻子跟我跑了一天,有点累,洗好澡,已经进入了梦乡。我睡不着,见床头柜上有笔和便签,遂坐起身来,填了一首清平乐词。想了想,题目就叫《归燕失巢》吧,还加了一行题注:"浙江东阳采风,见待拆古民居归燕失巢,翻飞盘桓不去,叹作。"

  巢痕漶漫,
  惶恐云中燕。
  千里飞还寻故院,
  夕照颓垣一片。

  不羡王谢堂前,
  甘栖百姓茅檐。
  四顾今宵何往,
  莫非泣别江南?

昊昊苍天,茫茫大地,可怜的双燕,故园不在,何处是归程?

第二节 缘定珠城

我是2012年秋结束了"南下"昆明的日子而"北漂"蚌埠的。

2010年底,在基本完成上海苏州河北岸百年老工业基地——长风工业区转型开发的任务之后,我出人意料地辞去公职,南下昆明,前去就任一家民营文化旅游公司的总裁,负责一个大型文化旅游项目的开发。项目地块同世界自然遗产——石林风景名胜区近在咫尺。神奇峻峭的石林奇观,绚丽多彩的彝族风情,美丽动人的阿诗玛传说,令我对项目前景充满信心。

遗憾的是,在完成项目投标拿地、规划设计、证照办理等前期工作之后,总部却一直没有下达正式开工的命令。

等待观望的日子,令我颇为迷茫。虽然昆明四季如春的气候和石林负氧离子浓得"超标"的优美生态环境令人神清气爽、流连忘返,但是我觉得自己不是来这里养老的,得有工作干才成哪!恰在此时,昆明另一家民营企业集团公司的老板找我,想请我去负责另一个大型旅游地产项目的开发,并且向我保证,项目会尽快启动。

国庆节将至,我决定先回上海,等过了节再来和新公司签约。办好辞职手续,把工作交接好,2012年9月13日,我不无遗憾地告别了美丽的石林,送我的小车直接驶往落成不久的昆明长水国际机场。

小车在群山夹拥的昆石高速公路上疾驰。山中气象多变,刚才出发时还阳光灿烂,此刻阴云密布,"哗哗"下起大雨来。苍翠的群山,鲜艳的红土地,都被白茫茫的雨幕遮蔽。小车驶入一个山洞隧道,隧道很长,车子开了好一会儿才看见洞口的亮光。出洞口时,令我惊喜的是,不见阴云密雨,一片阳光灿烂。

我吟了一首七绝《石林至昆明高速途中》:

浮云密雨过山冈,
绿树红泥野菊黄。
一入洞中浑不觉,
出时又复见斜阳。

我的人生下一个驿站,会是一片阳光灿烂的天地吗?

国庆在上海休假期间,我接到一个电话,是多年没联系的吴飞女士打来的,说有要事相商,碰头地点约在靠近吴中路的一个私家会馆里。吴飞侨居美国多年,前些年回国做文创产品和珠宝生意,我负责长风工业区开发时,同她见过几次面,但彼此并无业务上的往来。

第二天下午,我开车过去,那里离我家不远,从古北路往北,十来分钟便到。等候在那里的除了吴飞,还有一位叫刘学勤的女士,她是会馆主人马国湘董事长的商业助理。

"刘总还是长江商学院的高级管理人员工商管理硕士。"吴飞补充道。

我说:"噢,那可是培养企业领袖的地方。"

刘学勤笑笑:"哪里,充充电而已。"

会馆坐落在一座很大的园子里,吴飞和刘学勤先陪我走走看看。园子里栽种着粗细不一的我叫不出名字的树木,有的树木很粗,显然是从别处移栽过来的古树。一堆一堆老房子的旧木头整齐地码放在园子四处,上面用帆布遮盖着。还有不少石碑、柱础、石磨,东一堆西一堆地堆放着。

刘学勤指着成堆的旧木头说:"这些都是马国湘董事长从各地收购来的古民居木构件。"

"噢!古民居木构件。"我颔首应道,我不明白收购这么多古民居木构件要派什么用场。

一栋粉墙黛瓦的徽派建筑矗立在眼前,石框门额上镌刻着"二一会馆"四个大字。

我有点好奇,在上海这个高楼林立的现代化大都市的中心城区,怎么会有这样漂亮的老建筑"大隐隐于市"?

推门而入,是雅致的门厅,中间摆放着一件精美的黄杨根雕作品。我随刘学勤和吴飞过门厅,入庭院,进到西厢房,眼前的场景令人吃惊:雕梁画栋,窗棂精美,庭柱粗硕,柱础古朴。一座古戏台和一栋带天井的古民居组合在一起。天井上面加盖了玻璃顶棚,变成宽阔的室内空间,既避风雨,又不影响采光。天井里摆放着十几张八仙桌,看来是会友品茗的茶座。戏台上如有演出,则成为别具风情的观众席。

"里面还有客房。"刘学勤说。

穿过回廊,后面有几间带卫生间的客房,室内布置和陈设跟星级宾馆大同小异,应有尽有。所不同的是,斜坡木桁屋顶,箱箧、案几、宫灯,弥漫着一份淡淡的家园的温馨。

我点头赞道:"很有味道!"

看完西厢房,刘学勤和吴飞又领着我出了会馆,走了百十来步,来到园子东侧。一根巨大的乌木横躺在高高的围墙边。

我一惊:"这么大的乌木?"

"是的。"刘学勤说,"十多年前,马总从四川找到运回来的。"

眼前这根乌木长近十米,四五个人都合抱不过来。我以前只见到过一些很小的乌木工艺品,也听说过"家有黄金百两,不及乌木一方",晓得乌木之珍贵。乌木是在古河床底下特殊的地质条件下,历经数千年之久形成的,有"东方神木"之称。

我在心中暗自思忖:这根巨大的乌木,是如何冲破数千年的黑暗,重见天日,被人们发现的?又是如何从遥远的天府之国大山里,历经千难万险,来到东海岸边这座繁华都市,悄悄寄寓在吴中路一个不起眼的园子一角?

三人回到会馆,在东厢房坐下。一张条桌,四只方凳,墙上挂着两幅字画,旁有古筝一架。

服务员端上香茶来。

刘学勤说:"马总是全国政协委员、民建中央委员。他当过兵,喜欢收藏古民居,十多年下来,已经收了好几百栋。"

"这么多?"我惊讶地说。

吴飞说:"这里存放的只是一部分,还有许多存放在别的地方。"

刘学勤说:"是的,不仅有徽派的,还有其他地区的古民居。他原来是做房地产的,赚的钱都投到老房子上去了。"

我对古民居略知一二。我同成龙熟识,知道成龙收藏了一些徽派古民居,也听说过有不少民营企业家喜欢收藏古民居。

"马总收藏这么多古民居派什么用场?"我不解地问。

刘学勤说:"收来的老房子都要修复,找地方重新建起来。'二一会馆'就是收来的老房子修复后建起来的。马总想做一个大型的古民居文化旅游项目,已经在安徽蚌埠拿了一块地,有几千亩,规划也做得差不多了,很快就要开工建设。"

我说:"这倒是一件很有意义的事。"

刘学勤说:"今天请你来,就是要同你商量这件事。马总想请你担任蚌埠项目公司的总经理,负责这个项目。"

我一愣,我同马国湘素不相识,不知道他怎么会找到我,要请我去做蚌埠古民居的项目。

我说:"我对古建筑一窍不通啊。"

吴飞说:"你做长风项目,又是生态,又是文化,做得像模像样,马总很欣赏你的。"

刘学勤说:"长风项目你之前不是也没做过吗?做得这么好,马总相信你也能做好蚌埠的古民居项目。"

吴飞说:"昆明那么远,来去很不方便。上海到蚌埠,高铁两个小时就到了,方便得勿得了,每个周末你都可以回上海,省得你太太到昆明那么远,飞来飞去,吃力煞。"

我说:"我考虑一下。"

果然不出所料,妻子听说我要离开昆明到蚌埠做项目,并且每个周末可以回上海,立即表示赞同,只是仍有几分遗憾地说:

"要是能在上海做项目就更好了。你跟马总说,能不能在上海帮他做项目?"

我笑笑说:"上海哪有这么大的地块给你做这样的文化旅游项目?高铁很方便,两个小时就到了,有什么事,当天来回都没问题。"

一个月后,也就是2012年11月5日,我和妻子早早起来,收拾好居家必备的行李,叫了出租车去虹桥高铁站,乘上G212次和谐号列车去蚌埠。9点19分,列车缓缓启动。

我们是第一次乘高铁,觉得很新鲜。秋末色彩单调的原野,在车窗外急速退去。仅仅两个小时多一点,高铁在蚌埠南站停下。上下车的旅客不多,车站上冷冷清清。司机赵同刚已经等在出口处。

我们也是第一次踏上蚌埠的土地。此前,我对蚌埠的印象只有两件事:一是位于交通要津,二是淮海战役的主战场。决定"北漂"蚌埠之后,我在网上查了一下资料,蚌埠的历史似乎还颇为悠久,但几乎没有什么吸引人的旅游资源。我有点纳闷:马国湘董事长为什么会选择这样一座不是旅游目的地的城市,投巨资做一个大型文化旅游项目?

司机赵同刚开车来接我们,出了地下车库,很快驶上一条宽阔的大马路。他边开车边向我介绍情况:

"这是东海大道,属于蚌埠经济开发区。"

看得出这是一片新区。东海大道右侧有一个绿地集团建设的住宅小区,往前开,大道两旁塔吊林立,都是建筑工地。不一会儿,小车驶上一座大桥,桥下是一片浩瀚的湖水。

赵同刚说:"这是龙子湖,朱元璋小时候在这里放牛戏水,所以叫龙子湖。"

"哦?"我感到讶异,心想,朱元璋不是凤阳人吗,怎么会跑到这里来放牛戏水?

初来乍到,不便多问,我便将疑问悄悄藏在心里。

过了桥,大道两旁依然是塔吊林立的建筑工地。不一会儿,一片看上去濒临竣工的崭新建筑群出现在右手边,原来是"哪里有万达,哪里就是市中心的"万达广场。

又过了两个路口,小车开到张公山下的锦江大酒店门口停下。赵同刚介绍说,这是由安徽水利投资建设、上海锦江集团管理的目前蚌埠唯一一家五星级酒店。我的宿舍尚未安排好,暂且在这里先住几天。马总来蚌埠,也住在这里。

我们下车提了行李走进酒店大堂,正好碰到马国湘。他一身迷彩服,脚蹬长筒雨靴,正准备去工地。打过招呼,他对我说,"今天刚到,你先休息一下,明天一早跟我一起去工地。"又对我妻子说,"嫂子,宿舍你自己去找找,有合适的,就叫下面去办。"

第二天清晨6点不到,我起床洗漱好,穿上已为我准备好的迷彩服和长筒雨靴,抱上草绿色棉军大衣,下到酒店大堂。马国湘和分管工程的上海湘江公司副总经理奚康、蚌埠公司工程部总经理范为民等人已在大堂,也一律是迷彩服、长筒雨靴、草绿色棉军大衣。时间还早,酒店还没有开始供应早餐,我们便随马国湘分乘两辆奔驰越野车,往工地驶去。

只七八分钟,车子便到了位于龙子湖西南岸边的项目工地。

天色微明,大地还在沉睡。宽阔的龙子湖湖面上飘着薄薄的晨雾,水波不兴,树影朦胧。南边远处有几座小山,在晨曦中显出透迤的剪影。眼前的景色,宛如一幅淡雅的水墨画。

工地上停放着十多辆土方车、推土机,工人还没有上班。一下车,马国湘就带着大家往工地中间走,他边走边向奚康和范为民布置如何施工。

项目规划建设用地范围内,除了一大片滩涂、鱼塘,还包括徐桥和纪郭两个村庄。村民房屋的动迁已经完成了大半,还有一部分在动迁中。这里行政区划属于蚌山区,动迁工作由蚌山区政府负责,我们的项目则属于市经济开发区管辖。

马国湘为他的项目起了一个富有诗意的名字:"湖上升明月"。项目前期各项工作迅速展开。

一年前的2011年10月18日,对蚌埠市民来说,简直是一个盛大的节日。这一天,"湖上升明月"项目隆重举行奠基仪式,马国湘请来了群星璀璨的总政歌舞团,当晚在位于市中心淮河文化广场的蚌埠大剧院,为蚌埠人民做专场演出。

这一晚,蚌埠大剧院星光熠熠。泽旺多吉、阿鲁阿卓、张英席、杨九红、雷佳、王宏伟、谭晶、蔡国庆等歌唱家先后演唱了《呀啦嗦》《情深意长》《我爱你中国》《我的祖国》《阳光路上》《在那遥远的地方》《祖国万岁》《同一首歌》等观众喜爱的歌曲,晚会上还表演了《祝福》《千手观音》等精彩群舞。

华丽的奠基、热烈的歌舞,令蚌埠干部群众对"湖上升明月"项目充满了期待……

一年之后,项目正式开工。我觉得,在此时应聘加盟这个令人憧憬的文旅大项目,正当其时。

天色渐渐地亮起来,东方天际慢慢地泛出红霞,倒映在镜面般的湖面上。不一会儿,一轮红日跃出地平线,霞光透过薄雾,铺满水面和刚刚苏醒的土地。我赶紧拿出手机拍了几张照。镜头里,是暖暖的一片橘红。

工人陆续来到工地,推土机、土方车的马达轰鸣起来,开始施工了。马国湘不时地对奚康和范为民交代着什么。直到天大亮了,大家才一起坐车回酒店吃早餐。

一连几天,我都是这样天不亮就跟着马国湘到工地。几天跑下来,加上直接听他指挥施工,我对园区当前工作任务有了初步了解。目前,主要是做地形改造。一是把园区内主要规划道路的路基尽快做出来;二是沿地块北部红线,东起龙子湖,西至规划中的黄山大道,堆一座长长的山丘。我估摸了一下,项目地块的北部边界长达两三千米,这需要多少土方啊!

2012年11月9日上午,马国湘在施工现场做了布置后,有事赶回上海。我到工程部办公室,看规划方案。

项目北侧入口处,有几栋暂时保留未拆的二层楼房,稍作改建,成为工程部临时办公室。简陋的小会议室墙上,挂着一张"湖上升明月"全图。

范为民向我介绍说:"这都是马总自己画的。"

地块非常整齐,东濒龙子湖,北依规划中的宏业路,西临水蚌铁路和解放路,南以黄山大道为界。地块的北侧,是人工堆起来的长长的山峰,中间是1000多亩的人工湖,湖面上有"一大五小"六个圆形人工岛。古民居建设用地,就分散在"一大五小"六个岛和南面山坡上。

我又展开自己带在身边的蚌埠市地图看了好一会儿。这块地可谓"偏"而不远。乘高铁从蚌埠南站下来,开车不过十来分钟就到。由东海大道经龙腾路至项目北出入口,不过五六分钟。而东海大道龙腾路口,正是蚌埠新的行政中心和文化中心所在地:这里不仅集中了蚌埠市级党政机关,而且蚌埠市新博物馆、规划馆、档案馆和宽阔的市民广场,即将开工建设;与新"三馆"毗邻的绿地集团投资建设的号称"皖北第一高楼"的180米双塔,已在施工。

仔细看了规划方案图,我明白了大动干戈运土堆山的作用来:地块北部紧临建设中的新区,在这里堆一道长长的山峰,既将园内的古民居与现代化的高楼大厦和商务文化设施分隔开来,又使整个地块处于山环水抱之中。加上项目东南不远处,坐落着东、西芦山两座山峰,形成一道"聚财"的屏障,风水学上称其为"案山"。如此,项目建设用地依山傍水,前有"案山",成为不可多得的一块交通便捷、山环水抱的风水宝地。

下午5时许,公司年轻的员工王鹏博带着市重大项目建设办公室的工作人员来到工地找我。

大建办的同志对我说:"下个星期,市里四套班子领导视察重大项目,'湖上升明月'是全市关注的重点项目之一,你们做好准备。"

我问王鹏博:"公司有项目的规划建设文案或者宣传资料吗?"

王鹏博说:"我们只知道要做一个四百五十栋古民居的文化旅游项目,公司还没有什么专门的规划建设文案和宣传资料。"

"哦,是这样。"

11月14日上午,天气晴朗。刚刚平整翻新过的土地,在初冬温煦的阳光照耀下,散发着泥土特有的迷人气息。经过几天的突击,地块已经大变样。项目主要规划道路线形,已按照测绘点,用插小红旗的方式,准确地标出。氢气球吊挂着的三十六幅大红条幅,均匀分布在工地上。风有点大,红旗猎猎,大红条幅随氢气球在空中摆动。数十辆挖土机、推土机、土方车同时施工,川流不息,马达轰鸣,场面十分壮观。

  工地中央临时用土方堆起一个高台,铺上了细沙石子。我根据"湖上升明月"项目和迎宾馆效果图,做了几块展板,放在高台上。展板上除了"湖上升明月"案名,诸如功能定位、规划指标、实施步骤等项目的重要信息,因尚未明确,只能暂付阙如。好在王鹏博已向市委常委办打听过,此次市领导视察,只看现场,不坐下来听汇报。

  我意识到,项目已经正式开工,作为一个各方关注的重点文化旅游项目,需要尽快按照马国湘的开发设想和规划思路,编制一份规划建设纲要,形成清晰的话语系统和宣传口径。

第三节　竖柱上梁

  公司的办公室临时借用了位于蚌埠市政府北门的机关事务管理局服务用房。我们的办公室在二楼,底楼是机关食堂。我的办公室窗外是市政府机关大院的小花园,栽种着广玉兰、樱花、桂花等多种树木。虽已是冬季,小花园依旧一片郁郁葱葱。公司门前的马路叫曹凌路,两侧栽种着白玉兰。白玉兰是上海的市花,我想,冬去春来,冰清玉洁的白玉兰花开满枝头,会不会使我这个"北漂"客平添几分思乡之情?

  来蚌埠最初的日子里,在跟着马国湘上工地的同时,我即着手编写项目的规划建设纲要。我觉得首要要走访相关部门,收集资料,了解政策,全面掌握情况,特别是要把项目的发展,同省、市的经济社会发展规划以及政策导向紧密结合起来。

  一天下午,蚌埠市委宣传部通知我们公司派人参加一个关于文化产业方面的会议。马国湘对我说:

  "嵇总,以后政府方面的相关会议,都由你参加。"

  这是安徽省委宣传部调研组召开的一个座谈会,主题是就安徽的文化发展战略听取意见,所谈问题涉及安徽的文化形象定位、文化事业和文化产业发展三个方面。蚌埠市委宣传部、市发改委、市文广新局、市旅游局等部门以及蚌埠几个重点文旅项目的负责人出席会议。

  市委宣传部副部长张文虎重点发言。

  会后,我叫来王鹏博,问他:"蚌埠市志办你有熟人吗?"

  王鹏博毕业于南京艺术学院,学的是打鼓专业。毕业后他没有从事所学专业,而是回到了家乡。

王鹏博问:"你要拜访他们?"

我说:"你能不能帮我找他们要一本《蚌埠市志》?"

二十世纪八十年代,我在上海市普陀区担任区委办公室主任,兼任过《普陀区志》编委会副主任,我知道,要了解一个地方的人文历史和经济社会发展基本概况,最快捷的方法就是读它的地方志。

王鹏博说:"没问题,我就去找他们要。"

过了两天,他就给我拿来一本1995年版的《蚌埠市志》和一本《安徽文史资料(蚌埠卷)》,并且帮我约了市文广新局局长袁政和副局长石麟见面介绍情况。

2012年11月21日上午,我按约去拜访袁政,王鹏博陪我一起去。

蚌埠市级机关是一个园林式的大院,环境优美,但建筑很简朴,甚至显得有点老旧。共有五栋楼,东、南、西、北四栋小楼,分别是市委、市政府、市人大和市政协的办公室,中间一栋高楼叫综合楼,是市级主要委办局的办公之处,市文广新局就在这栋楼里。王鹏博引我从北门过去,片刻便到。

我们乘电梯上楼,袁政已在办公室等着。袁政人很和善,热情地招呼我们坐下,秘书倒了茶,他便详细给我介绍起来:

"我曾概括过四句话,来说明蚌埠具有深厚的历史人文底蕴。第一,有山有水。蚌埠境内有十三座山,虽然都不太高,但这些山都很秀美;千里淮河,从蚌埠穿城而过。龙子湖的水面面积比杭州西湖大一点八倍,位于蚌埠市区,可谓是中国最大的城中湖。蚌埠还有一条河叫天河,市政府准备实施天河和龙子湖打通工程。北京有一位专家说,天龙相接,要出大事件!"

说到这里,袁政笑笑,他呷了一口茶,继续说:"第二,既文又武。文,双墩文明,是中国文字的起源之一。大禹文化、大汉文化、大明文化,在蚌埠都有踪可循。蚌埠的仿古玉器很有名,全市不下十万人从事玉器加工。首批国家级非物质文化遗产花鼓灯,是汉民族最有代表性的舞蹈之一,被周总理称作'东方芭蕾'。武,蚌埠历来是兵家必争之地。垓下之战奠定了汉王朝四百年基业,垓下古战场的遗址就在固镇县。蚌埠也是淮海战役主战场,渡江战役总前委旧址就在蚌山区燕山乡孙家圩子村。蚌埠还有陆、海、空三军的军事院校。第三,既古又新。古,七千年、四千年、两千年,在蚌埠都有故事。大禹治水,劈山导淮,三过家门而不入;大禹治水成功,在这里召会天下诸侯;大禹娶涂山之女,生启,启建立夏王朝,是中华民族开国之始。新,蚌埠是1911年津浦铁路通车后,迅速发展起来的,是一个火车拉来的城市,1947年才正式建市,是一个新兴的城市。第四,既南又北。蚌埠是中国南北方的交界点,文化风俗、风土人情、生活习惯,兼容并蓄,南北杂陈。——哦,韩美林创作的南北分界线标志性雕塑,就在龙子湖边上,你看过吗?"

我说:"在车上远远地看到过,还没有近距离观赏。"

"有空可以去看看。"袁政继续说,"省里和市委市政府对文化产业十分重视,作为促转型、调结构的重要抓手,市委市政府把文化旅游产业作为重点发展的支柱产业之一。省里要求每个地市都要有几个'一',一个重点文化产业园、一部电影或一台好戏。省里、市里出台了一系列文件,大力支持文化产业发展,对重点文化产业项目给予奖励和税收政策扶持。下一步,我们要搞一个135平方公里的大禹文化产业园。"

袁政的介绍简明扼要,形象生动,令我对蚌埠深厚的历史文化底蕴有了深刻印象。

我说:"袁局长,听了您的介绍,我更有信心协助马总做好'湖上升明月'项目。"

袁政从书橱里拿了一本新出版的书《文化蚌埠》送给我,他说:"市委市政府对'湖上升明月'项目非常重视,全市人民也很关注,希望你们加快建设,早出形象。有什么需要帮助解决的问题,及时跟我说,我们一定全力为你们服务好。"

下午,市文广新局副局长石麟应邀来公司。他在开业不久的大型文化旅游项目"花鼓灯嘉年华"挂职,指导和协助工作。

石麟说:"蚌埠作为一个现代城市,历史不长,去年开埠一百周年,是一个没有城墙的城市。百年蚌埠,主要是当年修建蚌埠淮河铁路大桥和津浦铁路的工人,还有码头工人留下来,逐步发展起来的,也是一个移民城市。目前蚌埠经济在全省处于中游,国内生产总值位居第六,人均国民收入第八。前几年上的几个工业项目,又一轮下滑,只有玻璃工业一枝独秀。市里研究来研究去,只有服务业有发展前景,特别是2011年高铁通车以后,有了新的机遇。"

谈到旅游,石麟掩饰不住失望之情:"坦率地说,蚌埠不是一个旅游城市,更谈不上旅游目的地。旅游方面,百分之九十七以上是出境,只有百分之二点几是进来。今年4月,我们第一次接待了一个来自广东的旅游团。目前蚌埠有了几个文旅大项目——'大明文化园''花鼓灯嘉年华',还有你们的'湖上升明月'。全市上下对你们项目寄予希望,但进度快慢不一。'花鼓灯嘉年华'最快,一年多就建成开业,现在已经是国家文化创新工程重点和安徽省'861'文化产业重点项目。你们项目前期快,后期启动慢了点。"

我说:"我们项目前期工作准备时间长一点,现在已经全面开工。"

石麟说:"市里成立了重大项目推进领导小组,四大班子每个领导都有联系项目。作为政府的重点项目,你们要依靠和发挥领导小组的作用,还要争取列入省里和国家旅游局的重点项目,争取他们的政策支持。"

我说:"你有经验,届时请您多指导。"

石麟介绍的情况,使我从另一个侧面了解了蚌埠文化旅游业的现状。我想,要把我们的项目做成一个有影响、有市场的文化旅游项目,打开蚌埠的旅游市场,不是一件容易的事。

我花了几天时间,草拟出了项目的规划建设纲要。纲要的拟写颇为顺利,只是考虑题目时,稍有踌躇。

"湖上升明月"的案名虽富有诗意,但它是一个主谓宾结构完整的句子,一般来说,项目案名应是一个名词,在推广宣传时比较方便。斟酌再三,我考虑项目建成后,是国内规模最大、建筑类型最多的古民居主题园区,遂在"湖上升明月"后面加上"古民居博览园"几个字,文稿暂以《古民居博览园规划建设纲要》作为题目。

"规划建设纲要"有六个部分:一、功能定位和建设目标;二、规划指标和开发优势;三、三大建设工程;四、四大文化项目;五、营销策略和宣传推广;六、协调推进和政策扶持。

其中功能定位和建设目标明确为:

> 古民居博览园("湖上升明月"项目)以龙子湖原生态风光为依托,以文化旅游产业为主导,以马国湘先生收藏的四百五十栋古民居为基础,通过精心规划,整体开发,快速推进,打造古民居建筑文化展示、旅游观光、商务会议、休闲度假为一体的生态型、国际化的文化旅游区。项目高起点规划、高标准建设,努力打造成国家级文化产业园区和国家级风景旅游区。

我把"规划建设纲要"初稿打印了一份,报给马国湘,说:"马总,你先审阅一下,什么时候你有空,我再补充汇报汇报。"

2012年11月26日晚9点多,马国湘来电叫我去锦江大酒店谈"规划建设纲要"。我已经搬到东海大道延安南路路口的万特家园高楼宿舍里居住,马国湘来蚌埠还临时住在酒店里。

我向马国湘简要汇报了前一段时间走访调研的情况,重点说了对项目功能定位的思考,以及要充分挖掘古民居文化内涵的建议。

马国湘十分赞同,说:"文旅融合很重要,历史文化是我们项目的根,你下一步把主要精力放在挖掘古民居的文化内涵、讲好古民居的故事上来。这方面还要发挥专家和文化名人的作用,我会不断邀请一些专家和文化名人来,请他们做指导、提意见,不断提升项目的档次,也借此宣传项目。"

我说:"蚌埠虽然交通便捷,历史文化底蕴深厚,但缺乏吸引人气的热门旅游景点,旅游市场基本处于空白状态。"

马国湘说:"做好市场分析很重要,纲要中咬定目标的提法很好,打开蚌埠的文化旅游市场,我们要花很大的心血。这方面要依靠和借力政府资源,把我们项目对蚌埠产业结构调整、经济发展的作用讲深讲透,积极争取国家、省、市的政策扶持,用好用足政策。"

我点点头,说:"好的,这方面我再做一些补充。"

马国湘最后说:"看了你的纲要,我对这个项目的信心更足了。以此为基础,你再听听各方面的意见,做一些相关补充。大的思路定下来,我们一起往前推进。"

王鹏博又到市里有关部门要来了一批蚌埠文化旅游方面的文件,我把这些文件和《蚌埠市志》《安徽文史资料(蚌埠卷)》《文化蚌埠》等书阅读、浏览了一遍,对"规划建设纲要"又做了修改补充,于12月25日定稿。我叫王鹏博印成红头文件,分送公司高管和各部门,并上报省委宣传部文产处、省旅游局规划发展处、蚌埠市有关领导、市经开区管委会、市委宣传部文改办、市文广新局、市旅游局等相关部门。

这也算是我来蚌埠一个多月的一项初步工作成果吧。

令我感到意外的是,迷彩服、长筒靴,在工地现场指挥,是马国湘工作的常态。在他的直接指挥下,仅仅过了半年多,也就是到了2013年6月底,园区"三大建设工程"——生态修复和绿化、龙子湖迎宾馆建设和作为主体工程的古民居建筑群复建,已经初现阶段性成果。

前期工程的重头戏是地形改造和绿化种植,堆山是主要工程之一。打从2012年11月初正式施工之日起,一车车沙石泥土就开始日夜不停地往园区西、北两侧运送倾倒,有园区里扩湖、挖河就近运送的泥土,也有园区外建设项目基础施工挖出的泥土,几乎蚌埠城里所有工地外运的泥土都被调运过来了。我的宿舍在东海大道延安路口的万特家园,小区斜对过路口是一个叫"百乐门"的商住开发项目,和古民居博览园差不多同时动工。"百乐门"项目开始先做基础,基坑挖得特别深,很长一段时间,只见"百乐门"工地总是在不停地挖坑,挖呀挖呀,越挖越深;我们园区则不停地堆土,堆呀堆呀,越堆越高。半年下来,挖掘运送土方上千万立方米,人工堆山造坡已逾四十米高。

湖面拓宽、开挖环园河道等工程也已开始施工。令人可喜的是,新挖水面清澈碧绿,显示了蚌埠的生态环境保持良好。占地面积155亩的主湖心岛已完成基础浇筑,另外五个小岛也已结合地形改造陆续开挖。

绿化建设拉开序幕,首批200棵树木,率先栽种在主湖心岛周围。树种有香樟、白蜡、三角枫、重阳木、海棠、榆树、梨树等,其中有多棵古树名木树龄在300年以上,胸径达80厘米,弥足珍贵。另外,其他已堆筑完成的山坡,也开始植树种绿。

龙子湖迎宾馆于2013年1月底完成桩基施工,4月底完成基础和地下车库施工。目前,迎宾馆主体建筑结构已全部封顶。在迎宾馆西侧,首栋古民居客房已经开建,位于人工河道水边,建筑面积1500平方米,由两栋徽派古民居和部分新建建筑组合而成,四进三院布局,有套房、标房、接待室、办公室、会议室等。经过四个多月的紧张施工,已完成主要建筑的梁柱框架搭建和墙体砌筑,开始门窗安装和内部装修。建成后将暂且作为园区的接待中心。

作为园区建设主体工程的古民居复建的前道工序——工场修复,也在加紧进行。此前已有一百七十栋古民居构件运到解放路仓库修复工场,2013年上半年又运来一百一十栋构件。马国湘陆续加派力量,已有木工、雕刻工、油漆工近百人到位,投入古民居修复。"叮叮咚咚",古民居修复工场里一派忙碌景象,散发着迷人的木屑香味。修复完成的古民居已有近百栋,整整齐齐堆放在大仓库里。有几栋木构框架已在仓库里搭建起来,每栋修复完成的古民居都有新修补的雕花和新配的梁柱,从中可以看出修复工作之不易。这些在仓库搭建起来的古民居木构架,还会拆下来运到园区正式复建。

进入7月,天气炎热起来,园区工地也是一片热火朝天的景象,特别是各方关注的古民居复建工程,将正式启动。

被公司员工叫作"大圆"的主湖心岛,计划率先开工。从空中俯瞰,龙子湖自淮河由北向南而下,湖面由窄渐宽,我们的项目在龙子湖的西南岸,恰好在昂起的龙头部位,主湖心岛就像一颗璀璨的龙珠。

一批修复好的木构件已经运到主湖心岛上,准备按马国湘拍定的规划开工复建。

中国传统文化中,建房造屋是一件大事。对我们项目来说,作为主体工程的古民居正式开工复建,也意味着项目建设进入一个新阶段。恰在这时,市旅游局推荐我们古民居项目申报2013年国家旅游发展专项资金。我向马国湘建议:搞一个简朴的"竖柱上梁"仪式,并通过媒体做一次集中宣传,也为申报旅游发展资金打一个配合。马总完全同意。

我查了一下历书,选定7月11日上午举行"竖柱上梁"仪式。我到工程部跟范

为民商量活动安排,范为民说:

"我给你搞三辆吊车来,三栋房子一起动,声势大一点。"

7月8日上午,我带着王鹏博去了一趟合肥,往省旅游局递送国家旅游发展专项资金申报材料。司机开车送我们去的,一路高速,两个小时多一点就到了。接待我们的同志翻看了一下材料,说没有问题。这份申报材料前两天蚌埠市旅游局帮助预审了一下,也说没有问题,并表示市里会向省里力荐。我想,如能申报成功,意味着进入了国家旅游局的项目库,对扩大古民居项目的影响,大有裨益。

我们找了一家饭店吃了午饭,又往回赶。下午3时许,我回到园区,和负责古民居构架搭建的施工队队长王宝国在主湖心岛上碰头,向他交代了施工的有关事项。

随后,我又同具体负责古民居建筑设计的杨新明工程师碰了头,杨工给了我首批复建的古民居的原始资料。这些资料都非常简单,有的只有一张标有大致尺寸的平面草图和几幅看不出全貌的图片或几个视频,少许资料有老房子的简要说明。这些零星的资料,弥足珍贵,是我日后追踪这些古民居的前世今生唯一可供凭依的线索。

根据杨新明给我提供的资料,我选了一栋叫"惠风堂"的古民居。该宅原建于浙江兰溪,原屋主姓方,建于清末。二层五架梁,穿斗式结构,撑拱、雀替等雕饰精美,工艺繁复,人物造型生动。特别是天井上方二楼回廊四周,在齐腰围板前部挑空加装了一圈横竖方格花板,既美观,又使阁楼更显私密,极富特色。斯楼名"惠风堂","惠风"取自王羲之《兰亭集序》:"是日也,天朗气清,惠风和畅。"堂名"惠风",有"惠风和畅,荫及子孙"之寓意。我即以《"惠风堂"等首批古民居开工复建》为题,拟写了供记者参阅的新闻通稿。

2013年7月11日上午8时许,我来到主湖心岛工地。天空蔚蓝,万里无云,太阳热辣辣的。三辆大吊车都已到位,吊钩已经咬住拼接好的古民居木构件,只待一声令下即可起吊。

9时许,考斯特载着省、市十多家媒体的记者来到现场。不一会儿,市旅游局张晓静局长和市委宣传部文改办孟辉主任等也到了。

9点28分,张晓静大声宣布:"首批古民居复建开工!"

"嘣——啪——"高升在空中炸响,十多挂小鞭同时在地上"噼噼啪啪"地跳炸,主湖心岛上升腾起一片蓝色的烟雾。

在喜庆的爆竹声中,"惠风堂"的主屋架首先被高高地吊起来,紧接着另两辆吊车也同时起吊……

此后没多久,接市旅游局通知:我们申报的国家旅游发展专项资金获得批准,并且"湖上升明月"古民居博览园被列入国家旅游局重点项目名录。

网上有蚌埠市歌《美丽珠城》。

珠城是蚌埠的别称。美丽的淮河南岸,有一座低矮的山丘,名为"蚌山"。那里是先民聚族而居的地方。淮水经荆、涂二山向南,这里河滩宽阔,水流平缓,是河蚌繁育生长的良好水域。潮涨潮落,就会有大量的河蚌滞留滩涂。每到此时,傍水而居的先民便卷起裤腿,到滩涂上把河蚌捡回家,挖出鲜美的蚌肉,煮汤或炒菜。久而久之,留下的蚌壳堆积成山,阳光一照,银光闪闪。"蚌山"因此而得名。以盛产河蚌闻名遐迩,又地处淮河要津,渔舟商船往来停泊,人们遂将此处河埠码头唤作"蚌埠"。

这里的河蚌不仅味美,而且能自然育珠。二十世纪八十年代,蚌埠西郊地表十多米处,出土了河蚌和贝壳化石岩层。经古生物学家鉴定,此蚌是可育珠的"丽蚌"。

《尚书·禹贡》篇在述及淮夷可做贡品的物产时,明确指出"泗滨浮磬,淮夷蠙珠暨鱼",意为泗水河滨的人们可以进贡制作乐器的磬,淮河一带的人们可以进贡蠙珠和鱼。泗水附近的灵璧石,经雕琢可制成打击乐器,敲击时发出悦耳的声音;蠙是蚌的别名,故蚌珠又叫蠙珠。由此可见,早在上古时代,美丽的蚌珠就已成为向王室进献的贡品。

《美丽珠城》这首歌由艺术家、词作家阎肃作词,作曲家徐沛东谱曲。歌词大气磅礴,曲调高亢激昂,加上歌唱家张也充满激情、委婉深情地演唱,每听一遍,我总会心潮澎湃。

　　千里淮河穿城过,
　　华夏故里英雄多。
　　新城新貌新气象,
　　宜居宜游宜开拓。
　　花鼓灯唱不尽满城的春色,
　　淮河水颂不完美好的生活。
　　我们用拼搏的双手改变了山河。

　　璀璨珠城光闪烁,
　　迎来四海朋友多。

长虹彩霞铺大路,
青山绿水谱新歌。
花鼓灯舞动起九龙出海,
珠城人欢唱着希望的收获。
我们让和谐的春风万里扬波。

我想,这歌声,既是对蚌埠深厚的历史文化的深情礼赞,也是跨进新时代的蚌埠人民对更加美好生活的热切期许。

第二章　红厝胜迹

第一节　古村遗珠

到蚌埠的头两年,我的主要工作之一是外出考察抢救古民居。我第一次出行,是去闽南的一个古村落。

2013年4月1日上午,马国湘在工地临时办公室召集公司高管开会,对施工进度以及项目涉及的审批手续、资金调度等做了布置。散会时,他手机响了。接了电话,他叫住了正要离开的我。

马国湘说:"嵇总,江西的赵春发正在福建收购一批老房子,那里正在动迁,你尽快过去,看看拆迁情况,收集一下有价值的资料。"

我说:"好的,你把赵春发的电话给我。"

马国湘又说:"我叫摄像的杜明、王龙他们也去,你同他们联系一下,可以一起去。"

我同赵春发通了电话。赵春发带有江西口音的普通话有点含混不清,他说的大意是他在闽南泉州石狮,那里一个城中村要改造,有一批很漂亮的红砖房子要拆。

赵春发急切地说:"政府催得很紧,老房子已经开始拆了,你能不能尽快过来?"

"好的。"我立即应道,"怎么过来方便?"

赵春发说:"你乘飞机到泉州晋江机场,我来接你。"

我说:"好,我尽快安排过来。"

吃了午饭,我乘高铁回上海家中收拾行李。我查了一下航班,厦门航空有第二天早上9点半的机票,便联系了杜明、王龙,约定第二天上午一同乘厦航的这一航班走。

第二天一早,我打车到虹桥机场。在约定地点等了不一会儿,见有两个人推着摄影器材箱过来,上前一问,正是杜明和王龙。

飞机9点30分正点起飞。和杜、王二人聊了聊,知道他们是一家文化公司,正在筹划为马总拍一部有关古民居的电视片,拍什么、怎么拍,都还没定。

一个半小时不到,飞机抵达泉州晋江机场,江西的古建商赵春发在出口处等我们。赵春发个子瘦小,四十开外。上了车,他问我:

"嵇总,先去宾馆还是先到拆房工地看看?"

我说:"时间还早,我们先去工地看看吧。"

赵春发说:"好的,工地离这里不远,开过去个把小时。"

小车在高速公路上疾驶。

赵春发说:"我们去石狮,是泉州下面的一个县级市。"

我说:"哦,石狮,号称中国的服装之都,上海人很喜欢那里的牛仔裤。"

赵春发说:"当地政府棚改的力度很大,好几个村子都在拆迁。有几个古村落历史悠久,当地许多人家祖上下南洋做生意,很有钱,许多老房子都保存得很好。"

我问:"要拆的老房子,是不是闽南的那种红砖古厝?"

赵春发说:"是的,是的,和皖南的古民居,和我们江西的古民居,都不一样,特别漂亮。"

我点点头:"福建民居有两种类型最有代表性,一种是客家的土楼,一种是闽南的红砖古厝,很有特色。"

赵春发说:"这种红砖房子可了不得,当地人也叫皇宫大厝,据说是皇帝给起的名字。"

"噢,是吗?"我想,把民居叫作"皇宫大厝",一定有什么典故。

王龙不解地问:"为什么当地政府不就地保护起来呢?"

赵春发说:"没办法就地保护,你们去看了就知道了。"

中午12点多,到了石狮市灵秀镇一个名字奇奇怪怪的村子——钞坑村。说是村子,其实完全城镇化了。名闻海内外的石狮轻纺城、石狮服装城,与钞坑村仅一路之隔。

赵春发领我们来到一栋正在拆除的五层楼大厂房前。厂房的墙体已经全部拆掉,空荡荡的,只剩下水泥立柱和楼板。也没有人,时值中午,拆房的工人大概都吃饭去了。我随赵春发沿着没有扶手的楼梯,小心翼翼登上了楼顶。杜明和王龙也扛着摄像器材跟了上来。一到楼顶,王龙就选好角度,把摄像机架好,拍摄起来。

我走到女儿墙边,拆迁工地尽收眼底。和我以前在上海或别的城市看到的以棚户简屋为主的旧区或者城中村不同,眼前的钞坑村拆迁工地上,水泥钢筋砌筑的楼房和古色古香的红砖红瓦老房子,犬牙交错地交织在一起。那些水泥钢筋砌筑的楼房,半新不旧,兴建年代不久,因为没有好好规划,东一幢西一幢,高一幢低一幢,一些红砖古厝夹杂其间,显得杂乱无章。也看得出,拆迁工作已经进行了一段时间了,许多房子门窗已经拆卸,人去楼空。一些老房子的屋顶已经掀掉,有的老房子木构梁架整体已经扒掉,只剩下少许断壁残垣和一堆堆红色的瓦砾。放眼远望,钞坑村周边新建的高层住宅林立,这些楼房落成不久,居民还未入住。西侧远处,有一抹不高的山峦,在迷蒙的天色中,留下逶迤的剪影。

虽然是狼藉的拆迁现场,但眼底的这片"红房子"依然令我异常惊喜。我在户户临水、家家枕河的江南民居里歇过脚,也参观过粉墙黛瓦马头墙的皖南民居,但从没有亲眼见过这种色彩艳丽的红砖古厝。令我感到惋惜的是,钞坑村的古村风貌已荡然无存;一栋栋古民居既未连线排列组成街坊,也不连片成群形成聚落,而是在缺乏科学规划的拆旧建新进程中,被随意地切割、打散,成为散落在杂乱无章的钢筋水泥楼房中的古村遗珠。

的确,要就地保护不可能了!

我从不同方向拍了钞坑的全景照片,王龙也不断地移动三脚架,为不久将消失的钞坑留下宝贵的影像资料。

我看看手表,已是午后。我问王龙:"拍得差不多了吗?"

"差不多了。"王龙说,"这么多老房子要拆掉,挺可惜的。"

我说:"我们来得还是非常及时的。"

从大厂房楼顶下来上了车,赵春发领我们到大街上一家小饭店吃了午饭,然后送我们到附近一家速8快捷酒店入住。放好行李,我们又上车回到钞坑村。

车子在村头停下。一条四五米宽的水泥路通往村中,路口有一块石碑,上面刻着:水泥大路——旅菲华侨颜受钦、颜祜祥捐建。

沿着水泥路走不多远,是赵春发的拆房队的施工现场,他们正在拆的正是一栋红砖古厝。

这是一栋五开间的单层古民居,当地人称作"五间张"。屋子看上去不高,没有皖南的民居高大,显得稳重坚实,这大概与泉州地处海滨,常有台风暴雨有关。红砖屋脊、红筒瓦屋面均呈弧线形,这种"双曲线屋顶",是闽南红砖古厝的特色之一。

第一进红砖屋脊分成三段,中间三开间一段主屋脊的脊角高高上翘,宛如飞燕展翅;两侧边厝的屋脊略低一些,脊角也微微上翘,显得错落有致。面墙色彩艳丽,线条丰富,凹凸有致,富有立体感。底部是半尺高的石雕基座,上砌过膝白石平板墙裙,镶一道五指宽的雕花青石条。檐口下面嵌一条凹形石框,可惜里面的五彩雕饰已经被挖空。墙面中间的封壁红砖,近前细看,都是形状各异的小块面砖,有十字形、方块形、斜四边形、大小两种六边菱形。色彩以绛红为主,间有少量灰色砖块,拼贴成对称的花式几何图案。周边围以一圈浮雕红砖,由于年代久远,上面的雕饰已漫漶不清,但隐约可见是一些飞禽走兽、花草藤蔓。"凹寿"形门楼,较面墙退后两步,白石门框,门板已经卸去。

门框两侧墙框上,镶嵌着六边形的红砖錾砌成四字篆体对联:"枝繁叶茂,富贵吉祥。"两边的下房和角间,各有一扇不大的石窗,每扇窗户均嵌有三根细巧精美的白石雕花窗柱。整个面墙砌工之精细,令人叹为观止。

屋内的家具用品已经全部搬空,门窗隔板也都已拆了下来。铺地的红砖已被撬起来,碎裂的地砖堆在一旁,完整可用的码在一起。

赵春发说:"主人家姓颜,弟兄好几个,一共有四栋这样的红砖古厝,已经拆掉两栋了。还有一栋主人坚决不肯拆,后来不知怎么搞的,起火烧掉了。"

我忙问:"是人为纵火还是自行着火的?"

赵春发说:"不知道,就在后面,可以去看看。"

"火烧屋"就在屋后,形制与在拆的这座红砖古厝相仿,面墙基本完好,封壁没有什么花式,只是一般的长方形红砖。左下角白石墙裙上,朱红的油漆写着两个大大的字——"不拆"。

走到门前一看,烧成黑炭状的木构梁架横七竖八倒在屋子里。整个屋顶都烧塌了,后山墙也倒塌得只剩下半截。东西山墙还勉强站着,砌在砖墙中的木构梁架,已经烧成黑炭。可以想见,当时的火势很猛,整栋屋子的木结构都已被烧成黑炭状。

赵春发说:"起火时已不住人了,家具也已经搬空了,否则损失会很大。"

这也是一栋"五间张"二进四合院式红砖古厝,建筑年代应该比在拆的那栋晚一些。我怔怔地望着火烧屋墙裙上"不拆"两个大大的红字,心想,这是主人抗拒拆迁的过激之举,还是一场意外的火灾?无论如何,大火使其失去了易地复建的机会。

王龙的摄像机一直拍个不停,详细记录下了火烧屋的里里外外。

赵春发催我们去下一处拆迁点。

转角处,有一栋石砌三开间平房小屋,好像是个祭祀场所。门头装饰成古厝式样,前面有宽阔的檐廊,正门檐口挂着红色布幔,廊下挂着几盏红灯笼。檐廊右侧有一座一人高的供人焚烧祭品的石砌香炉。近前看,门头上有一块黑漆匾额,鎏金繁体字写着"万安殿金王爷"。不锈钢大门紧闭着,两旁的石柱上刻着一副楹联:

恶意有求皆无应
善心不拜自安宁

　　旁边墙上有一块功德碑,记载着万安殿修建年代和捐款人的姓名。此殿1991、1992、2008年均有人捐款修缮。2009年捐款人最多,捐款金额也较大,从建筑的石材色泽、匾额上的油漆金字的光亮程度来看,此殿当是2009年翻新修建。功德碑上捐款人绝大多数姓颜,看来,这座万安殿是村中颜氏族人的家庙。
　　赵春发说:"颜氏是钞坑大姓,据说是颜回的后人。"
　　听说是孔子大弟子颜回的后人,我不觉心中纳闷:复圣颜回是孔子最得意的门生之一,他的老家在山东济宁,他的后人怎么千里迢迢迁徙到闽南来的呢?
　　我对赵春发说:"得找村里的老人好好问问情况。"
　　赵春发说:"你把要收购的老房子先看完,我来安排。"
　　我说:"好!"
　　我们随着赵春发在村子里边走边看,类似的红砖古厝有二三十栋,大部分已经人去屋空,也有一些人家正在清理遗留的杂物。有的屋子连门窗隔板也都拆除了,只剩下房子外壳和砌在红砖中的梁柱。有一栋老房子木构已经风化变黑,看上去建造年代很久了。面墙已全部拆除,只剩下空荡荡的客堂。有几幅装在镜框里的老人的黑白遗照,寂寞地靠在客堂墙角里。遗照上的老人目光凝重,无奈地注视着老屋前的几丛荒草,注视着世代栖居的村落即将发生的翻天覆地的变迁。
　　望着被遗弃的老人遗照,我一声叹息。我想,一屋子的家具用物都搬走了,为什么几幅祖上的遗照就不能带走呢?我双手合十,向老人遗照行了一个注目礼。
　　我们一行继续往前走。前面一户人家屋内传来诵经声,原来这户人家请了一位僧人正在客堂里念经,以此向老屋做最后的告别。
　　我们走近门前探看,门额上的石刻匾额写着"五世恒昌",客堂板墙中间的大红纸上,写着"天地君亲师"五个大字。案桌上,点燃着香烛,放着水果、糕点等供品。僧人身披袈裟,双目半合,敲着木鱼,口中念念有词,语调低沉。一位老人领着家人,依次磕头拜辞。
　　老人转过身来,好像自言自语,又好像对着我们说:"住了几辈子了,要走啦!"
　　老人话语中含着万般不舍。
　　赵春发悄悄对我说:"这栋房子已经谈好了。那边还有一栋九世同居的,比这栋房子还要老。"

我见老人颇为伤感,便说:"走吧,我们去看看。"

"九世同居"也是一栋"五间张"带庭院的古厝。庭院的门楼也是"凹寿"形状,白石门框。门头上石制匾额呈扇形,边框加以线条装饰,上面原有刻字已被凿去,用墨笔写上了"兴无灭资"四字。大门两侧壁垛的雕花也被敲凿得残缺不全,檐口侧壁石柱上刻着一副楹联,描字的红漆已经完全褪色,字迹倒也毫发无损,十分清晰:

　　九世同居和气原凭乎一忍
　　百年乔木隆基正卜夫高迁

进门是一个宽敞的院子,长条石铺地。主屋对门是一排当地人称作"花向"的五开间排屋。"花向"中间有檐廊,圆形檐柱上也刻有一副对联:

　　不堕家规宜永守
　　如愚祖德必长遵

"花向"如此,主屋当更为考究。遗憾的是,主屋门楼已面目全非:门头上的匾额已被挖空,两侧壁垛用煤渣砖重新砌过,檐廊木构残破不全。显然,门楼原有值钱的石雕木刻均已被拆除。大门和两侧边门也已卸去,两侧边门石框上的扇形门额还在,分别刻有喻示厚德仁义、子孙满堂的"麟趾""螽斯"吉语。进大门,下厅宽敞,厅堂及前后房间的门窗、隔板均已拆除。闽南地区称天井两旁的房间为榉头,该屋的榉头为两层,称作榉头楼,与先前见到的单层榉头不一样。

有两个中年男子从里屋出来,一问,正是老屋的主人,也姓颜,是堂兄弟俩,他们正好过来看看有什么遗漏的物品。

打过招呼,我问:"这栋房子造的时候即题九世同居,到现在又有好多年了吧?"

年长一点的堂兄说:"到我们的子女,已经三十三世了。"

年轻一点的堂弟快人快语,说:"这房子是我太公建的。我太太公弟兄八人,二太公做鸦片生意,发了财,回来盖了这栋房子。"

堂兄说:"说是九世,实际上是六代。祖上从二十四世到二十九世,六代人都住在这里,没有分过家。从二十四世算起,排一、二、三、五、七、九,不排四、六、八,一共六代。我们不知道为什么这么排。"

堂弟说:"这栋房子风水不好,盖的时候,打地基挖出一根尸骨。房子盖好了不久,家里前后死了四个人。后来又盖了一座小庙,烧香拜佛,家中才太平。你们说奇怪不奇怪?"

堂兄说:"也许是巧合,都是得病过世的。再说,贩卖鸦片,总是不义之财。"

堂弟说:"还有稀奇的事呢。这次动迁搬家,在阁楼角落木盒里找到一张存折,有23万元,是故去的祖父留下的。难不成老祖宗知道日后房子动迁要用钱?"

堂兄说:"政府给的动迁费不少,又不差这笔钱。"

听着这两个堂兄弟轻松地讲述着老房子的往事,我觉得很有意思。我们跟着他们走进堂屋,里面的家具已全部搬空了,墙上还贴着在小学念书的颜家孩子们获得的奖状,获奖者分别是颜荣荣、颜彬彬、颜丽丽。

我想,从二十四世到三十三世,不正好是十代人吗? 远处拔地而起的高楼,是他们未来的新居,似乎也暗合着联语中的"高迁"。当年颜家太公兴建这栋带庭院的皇宫大厝,在院门石柱楹联上刻下"九世同居""卜夫高迁",一定没有想到大厝的命运竟然与联语如此巧合。我想,颜家堂兄弟可以告慰先人的是,生活在改革开放新时代的儿孙们,品学优良,正茁壮成长。颜家先人留下的积德劝善的"家规""祖德",也一定于冥冥之中,"润物细无声"地滋养着后辈子孙的心灵。

一连三天,看了二三十栋待拆的红砖古厝,收获不小。4月4日早上8时许,我在酒店刚吃好早饭,手机响了,是马国湘打来的。

马国湘问:"情况怎么样?"

我向马总简要报告了这两天察看和拍摄的情况,然后说:"闽南的红砖古厝很有特色,以后可以在蚌埠园区建一个闽南民居区。初步考虑选三五栋有代表性的老宅,深入采访,挖掘老宅背后的人文故事。"

马国湘说:"这个很重要,一定要把古民居的文化内涵采访挖掘出来。五六十栋能收的都要收购下来。你关照赵春发他们,拆迁时小心点,尽量把老房子的砖瓦保护好,能运的尽量运回来。"

以往抢救拆运古民居,一般都是把木构全部拆卸装运回来,砖瓦常年日晒雨淋,易碎难拆。红砖封壁是闽南古厝的最大特色,以后如果能够用拆下来的砖瓦老料加以修复,更能展现古厝的风采和特色。马总考虑得非常周到。

今天是清明节,我要赶回上海为二老扫墓。临走时,我向赵春发转达了马总的指示,并说:"过了节后,我会尽快安排时间再过来调研,你注意打听打听,哪些房子有故事,这个特别重要。"

4月17日,我再次飞赴泉州。这次在石狮待了四天三晚,把上次没来得及看的古厝都看了一遍。其中有三栋我觉得特别重要，再三叮嘱赵春发，如有可能都要抢救收藏。这三栋，一栋未定，一栋在谈，一栋已经谈好准备拆运了。

未定的一栋，是钞坑的颜氏宗祠。

这是一栋"五间张"两进一院的古厝，屋脊上的雕饰基本完好，彩绘还依稀可见。飞檐前出，檐口水滴上的蓝色彩绘也特别明显。不过整个门面从檐口到地面石阶，都加装了铁管栅栏，大概是为了保护祠堂门头精美的木雕。铁管栅栏的移门开着，祠堂木门则铁将军把门，上着锁。

我端起相机拍了几张祠堂的全景照，见祠堂右后侧是钞坑村委会，顺便也拍了两张村委会外景照，然后走上祠堂台阶近前看。

祠堂门头上悬挂着木雕匾额，刻着"颜氏宗祠"四个大字。门楣上一对雕花门簪，挂着一幅红绸布底贺幛，用金线刺绣着"鲁国传芳"四字。

木质门框上的楹联是：

鲁国书生名第一
平原太守节无双

一副对联开宗明义，点出了颜氏家族两千年来流播繁衍最重要、最光辉的两个历史人物：颜回和颜真卿。

大门旁一对圆形石柱和檐口两对方形石柱，也均刻有楹联。圆形石柱上下联安装反了，刻的是：

桃源衍派家声旧
东鲁学宗世泽长

檐口方形中柱刻的是：

陋巷怀才早优王佐
农山言志独契圣心

檐口方形边柱刻的是：

克复归仁自存治法

行藏随遇允得心传

我推推大门,紧锁着。我问赵春发:"能不能找村干部打开门进去看看?"

赵春发说:"现在不太方便。我同他们接触了几次,这个祠堂拆不拆,还没有定。"

这时一位老大爷见我不停地拍照,走了过来。

赵春发忙对他介绍我说:"这位老师研究古民居,听说这里拆迁,过来看看。"

老大爷说:"噢,这栋祠堂有五百年了。我们村里姓颜的,都是孔子弟子颜回的后人。"

我笑笑对他表示感谢,将信将疑的:"是吗,这栋祠堂有五百年了?"

老大爷说:"有的,不过前几年重修过。那里有一块石碑,上面都写着呢。"

我转头一看,檐廊东头墙角搁着一块石碑,连忙走了过去。碑文题目是《袝祧碑记》,碑文云:

立宗庙奉祖先飨以春秋之祀,振宗功绍祖业任在裔胄之肩。吾宗庙建于明朝中叶,迄今有(五)百余年。于清朝嘉庆年间再修葺暨进主。近数十年来,风雨侵蚀,年久失修,神龛塌坏,墙壁斑驳,有损壮观。幸旅菲及港澳诸亲人返梓谒祖进香之时,瞻睹及此,大萌尊祖敬宗之心,益发敦亲睦族之义,慷慨捐资修缮,使宗庙焕然一新,乡里呈活力。旋于丁卯年古历二月十八日进主。昭穆井然,伦常有序。祖先得安身之所,蒸尝获四时之祀。阐祖先之德,敷孙枝之荣。

碑文还列出捐款者姓名和金额:旅菲颜氏同乡会港币五万元,其余是个人捐款,共七十一人。捐款多则五千,少则一百,合计收入港币九万零七百元。落款是"一九八七年花月",即农历丁卯年二月。

碑文表明,这栋颜回后人的祖祠,虽经重修,但其五百年的来历,所言非虚。我想,历史如此悠久的古祠堂,原地保留的可能性很大。如果要拆迁,不惜代价也要抢救收藏下来。

赵春发在谈的一栋,是与灵秀镇相邻的宝盖镇玉浦村的一栋"进士第"。

我们到来时,"进士第"东边和南边的房子已经拆光,古厝前已是一大片空地。荒草从满地的红砖瓦砾夹缝中一丛丛冒出来。拆房留下的碎瓦砾,快要堆到"进士第"的门前了。

远远望去,这是一组规模颇大的建筑群落。前面也有一个宽大的院落,我们踩着碎瓦砾走到院门前,已经发黑的木门紧闭着,上着锁。门头上的白石匾额刻着"莲塘世泽"四个大字。从贴在白石门框上的红纸金字对联和木门上的门神招贴画看,今年春节前后还住过人。

我们绕着这栋老宅走了一圈,院墙东西两边和宅子东西山墙均有边门,也都关得严严实实。从院墙条石栅栏往里看,也是长条石铺地。院子里收拾得干干净净,没有一点杂物。不知老宅的主人,是临时外出,还是同动迁部门签了约,搬走住到别处去了。

我问赵春发:"能不能找到屋主开门进去看看?"

赵春发说:"已经联系了,明天上午来人陪我们进去看看。"

吃好晚饭回到宾馆,我想,这栋"进士第"规模宏大,原主人一定有点来头,网上会不会有相关的资料?于是上网搜索了一下,果然找到一篇五年前《石狮日报》记者采访这栋老宅后人的报道,标题十分抢眼:《慈禧太后赐字的台湾进士第》。原来,这栋老宅不仅是"进士第",而且还是十分难得的"台湾进士第"。

报道说,"进士第"的主人叫蔡枢南,字寿星,号莲汀,晋江玉浦(现石狮宝盖镇玉浦村)人,生于咸丰七年(1857)。因其祖父蔡惺轩、父亲蔡大章往来于闽台经商,蔡枢南一度寄居在台湾彰化。光绪五年(1879),蔡枢南以彰化籍乡试中举。光绪十二年(1886),复以彰化籍赶考,中三甲第六十四名进士。故而乡民称蔡枢南为"台湾进士",称"莲塘世泽"老宅为"台湾进士第"。

报道说,蔡枢南的后人蔡先生向记者介绍,蔡枢南先后任湖北乡试主考官、江西提督学政、户部主事等职。曾捐银重修玉浦"寿昌宫",题名碑记现存。擅诗文、丹青,玉浦"进士第"诸多题刻、诗联均出自枢南手笔。石狮塘边、仑后等地亦有其题字。蔡枢南为官清廉,回玉浦后无钱盖房,由两个富有的姐姐筹资为他建造了这座气势恢宏的府第。

据说慈禧太后闻听蔡枢南为官清廉,颇为嘉许,就用自己的手巾蘸墨写了"福寿"二字,赏赐给蔡枢南。蔡枢南把这两个大字镌刻在楹门墙上。"文革"期间,其后人怕受连累,就用白灰将二字涂没。多年以后,将白灰小心翼翼拭去,这两个大字才露出"庐山真面目"。蔡先生记得"文革"前夕,老宅大厅上方有块"仕农第"匾额,厅堂上方也有一块"进士"匾,他小的时候还看到过屏风两旁摆设的写有"肃静""回避"字样的木牌,大厅内有两面直径约一米的铜锣。这些都在"破四旧"的时候被砸坏了。

蔡枢南的后人多在外经商,如今中国香港、菲律宾等地都有蔡家的子孙。二十世纪八十年代，蔡枢南在南洋的子孙们回乡寻根，还出资对"仕农第"大厝进行了修葺。可惜，五年前的一场大火，把"仕农第"大厅烧坏了，大厅内的各种摆设都化为灰烬，如今仍可以看到支撑大厅框架的被烧坏的柱子。现在，还有四户二十多口蔡枢南的后人居住在这里，蔡先生一家就是其中的一户。"仕农第"没了往日的繁华，显得有点冷清。蔡先生称，被烧坏的古厝就此消失有些可惜，希望有关部门给予关注，救救这座"台湾进士第"。

第二天上午，我们又来到"莲塘世泽"古厝前，一位老者已等在那儿，院门已经打开。老者是玉浦村人，但非蔡家后人。

这是一栋"五间张"主屋带单护厝的建筑群。主屋"凹寿"形门楼极为精美，檐口撑拱、横枋均是镂空木雕。与其他古厝有所不同的是，大门门框、门柱不用石材，均用木料，材质已经发黑，显得十分古朴。

壁垛转角为石柱，上刻楹联，字迹已漫漶不清。两边迎面镶嵌辉绿岩板，分别是线雕出水芙蓉和宝瓶如意图。侧壁镶大块辉绿岩板，一侧刻着蔡枢南自书七律《秋日偶录》：

> 春日堂开对远山，
> 怡怡兄弟共承颜。
> 伯高书展龙蛇动，
> 灵运诗成梦寐间。
> 出岫白云欣入望，
> 投林鸟鸟倦知还。
> 陶然莱彩为欢日，
> 肯羡人寰有抱关。

诗题为《秋日偶录》，但落款没有表明是何年秋日。不过另一幅蔡枢南自作壁画落款有"壬寅夏日"字样。壬寅是光绪二十八年（1902）。蔡枢南擅诗书、丹青，此番作画、赋诗，交工匠刻石补壁，当在新宅落成不久。此诗首句云"春日堂开"，由此可见"进士第"大约落成于春天。颔联借追慕古人书艺、诗情，畅想自己致仕还乡后的闲适生活。唐代大书法家张旭字伯高，尤擅草书，笔走龙蛇，灵动飞舞；灵运即谢灵运，晋代著名山水诗人。颈联直接化用陶渊明的诗句"云无心以出岫，鸟倦飞而知还"。《秋日偶录》表达了蔡枢南喜庆新居落成、倦别官场后，寄情山水、孝奉双亲、怡然自得的心情。

进大门，主屋多年前着火后的状况一仍其旧，烧毁的是厅堂和西厢房的前半间，屋顶已经全部烧穿塌陷，屋柱烧成黑炭状，还勉强支撑着。

老者说："整个建筑一共有四十八个房间，当时如果不是扑救得快，就全烧光了。"

我说："是啊，正是不幸中的万幸。"

老者指着黑漆漆的烧毁的厅堂说："这里原来的门窗雕花特别漂亮，都烧掉了。门楣上还有成亲王题写的'崇德修业'牌匾，大厅里挂过一块'进士'牌匾，也不知啥时候丢的。天灾人祸，都没能保存下来！"

我说："非常可惜！"

天井两侧榉头房尚完好，门窗雕花精美。花窗木雕为"杏林春燕"图，恰好同屋主科举及第的身份相符。古代进士科考常于早春二月举行，其时杏花盛开，紫燕来归，故"杏月"为殿试之期，杏花有"及第花"之称；放榜后，朝廷赐宴新科进士。燕、宴同音，因而"杏林春燕"图喻指进士及第、金榜题名。

东侧一排护厝也尚完好，只是大门上锁，无法入内察看。

没有见到成亲王题写的"崇德修业"匾额，我觉得有点遗憾。成亲王名爱新觉罗·永瑆，是乾隆第十一子，嘉庆皇帝兄长，清代皇室著名书法家。他自幼酷爱书法，勤学苦练，加之得窥内府所藏名家碑帖，卓然有成，名重一时，与刘墉、翁方纲、铁保，并称清中期四大书家。

嘉庆皇帝亦赞其曰："朕兄成亲王自幼专精书法，深得古人用笔之意。博涉诸家，兼工各体，数十年临池无间，近日朝臣之工书者，罕出其右。"

走出院门，我问老者："蔡枢南是莲塘人？"

老者说："是的，他的祖籍是蚶江莲塘，后来移居我们玉浦的。他去世后，归葬莲塘，他的墓是市里的文保单位。"

望着这栋"台湾进士第"古厝，我想，不知道为什么祖籍是莲塘的蔡枢南会以彰化籍的"台湾士子"身份应试。也许在他心目中，"普天之下，莫非王土"，两岸一家，同文同根，血浓于水，以什么籍贯报名应试不都一样吗？如此看来，乡民们习惯把蔡枢南的老宅称作"台湾进士第"，也就是再自然不过的事。

已经谈好正要拆的一栋，是与石狮毗邻的晋江永和镇旦厝村的另一座祠堂。

我们的车在旦厝村口大牌楼前停下。一条十来步宽的水泥大道通向村中，两旁是高大的厂房。

这座牌楼与我们常见的乡村牌楼截然不同：楼柱是一米见方的石块砌成，承托着粗大的两道横梁和顶端石雕。头道主横梁中间镶嵌绛红大理石牌匾，上刻"邓芳炎大道"。想必是村民以捐资修路者的名字来命名这条水泥路,以表谢忱。两旁镶嵌着"腾龙""舞凤"辉绿岩雕板。上边的二道横梁尺寸略微缩小,中间也是一块绛红大理石牌匾,上刻"旦厝"村名。左右有麒麟献瑞、平安如意、紫燕归来图案的雕花石板。再上边是一组石雕:一对雄狮护卫左右,中间一座山头顶着一个圆球,大概是用"日出东山"呼应村名中的"旦"字。两边的石柱也镶嵌着一副用"旦厝"村名作的藏头诗联,但石柱下部贴了不少小广告,楹联的全文无法辨识。转到牌楼背面看,二道横梁上有"爱乡门"三字,石柱上也有一副楹联,是用"邓芳炎"名字作的藏头诗联:

　　芳时辉故里莲花竹叶千年秀
　　炎日丽前程治业振乡万众钦

　　左侧石柱的基座上,刻着"海外华侨邓清平、邓清维、邓清杰敬立"的字样。
　　我们上车驶进村中,停在一座"三间张"的古厝前。这座老宅看上去还比较完好,也是"凹寿"形门楼,与我们在钞坑看到的古厝所不同的是,它的门楼除了门头上的匾额用了一块辉绿岩板之外,其余需要使用石材的地方,包括大门两旁壁垛上的雕花刻字石板,均用白石做的。近前看,门头匾额上的字已被凿去,但隐约看得出是"邓氏宗祠"四字。门檐两个石柱上的楹联字也被凿去,但仔细看,还能辨识出来:

　　派衍南都不愧仲华苗裔
　　宗蕃晋邑堪称致政儿孙

　　大门两边石板刻字被凿去后又用黑漆涂抹过,已无法辨认。
　　跨进门去,令我意外的是,东、西厢房的屋顶已全部塌陷,中堂屋顶也已部分塌陷。所有的壁板、门窗都已拆除,只剩下孤零零的梁柱。这是一栋抬梁式结构的古厝,月梁、撑拱、梁托雕花极其精美,还残留着些许彩绘的痕迹。主要的梁柱都被涂抹成黑色,"文革"时期的一些标语还清晰可见。
　　这时,一位中年男子进门来,赵春发介绍说:"这是村委会邓主任,对我们抢救后在蚌埠修复重建这栋祠堂非常支持。"
　　我和邓主任握了握手向他表示感谢,然后问道:"我想问问,为什么要拆掉这座祠堂?"

邓主任说:"太破了嘛,不能用了。村委会根据村民意见,决定拆掉重建一座新的祠堂。资金嘛,主要靠大家集资,包括海外华侨宗亲,都筹集好了。"

我点点头:"是这样。这座祠堂在'文革'中破坏得很厉害吧?"

"是的,就因为姓邓。"邓主任笑笑说,"我们村子里人大部分姓邓。老祖宗系出河南邓州,算是东汉邓禹的后人吧。到福建来是唐朝的邓光布将军,他是入闽开基始祖。"

原来如此!邓禹字仲华,是辅佐刘秀起兵南阳,建立东汉的第一开国功臣。南阳别称南都,祠堂门楼檐柱上联"派衍南都不愧仲华苗裔",正是表明旦厝邓氏是邓禹后裔,源头在南阳,繁衍在晋江。

毛毛所著《我的父亲邓小平》引述《邓氏家谱》记载:邓家载入家谱的一世祖为邓鹤轩,原籍江西吉安庐陵。洪武十三年(1380),邓鹤轩以兵部员外郎入蜀,遂家广安。至于这一支邓氏明代以前在江西的情况,"便失传无考了"。

由此看来,一个在江西吉安,一个在福建晋江,相距甚远。不过话说回来,人们常说"天下同姓是一家",南方邓氏大都由中原迁徙而来。葛剑雄主编的《中国移民史》记载,唐末安史之乱和黄巢农民起义,宋靖康之乱、朝廷南迁等历史时期,社会剧烈动荡,中原人民流离失所,纷纷南下避乱。社会较为稳定且比较富庶的江西地区,是移民比较集中的地区之一。书中均有唐宋时期邓姓族人自河南徙居江西的例证。

在唐代,福建由于地处沿海山区,开发较晚,经济文化比较落后,但安史之乱加上藩镇割据,也有人民避乱入闽。邓光布则是随军入闽。邓光布,字明远,号南津,原籍河南光州固始(今属河南信阳市),才智谋略出众,唐僖宗朝授殿中侍御史。随王潮、王审知兄弟入闽后,初任侯官县,乾符元年(874)出任崇安镇将,驻守沙县,后为剑州路将军,为入闽邓氏始祖。宋宣和五年(1123),追封灵卫侯。宋、元朝廷先后赐赠"武显八闽"和"威镇闽邦"二匾。

我和邓主任在祠堂门前合影留念,要了他的手机号,以备日后联系。然后,我又走进祠堂,望着梁柱上的标语。这时,原本阴沉的天空突然云开日出,西斜的阳光从屋顶朽烂的椽子中照射进来,在长满青苔的后墙上形成三道光束。我连忙掏出手机,拍下了这个画面,并且想到,这张照片的题目,是不是就可以叫作《历史的光束》?

邓主任说:"新祠堂明年就造好了,到时候你有空再过来看看。"

我不经意地点点头。我觉得修复老祠堂也许更有价值和意义。当然,修复老祠堂可能投资更大,也更麻烦一些。或许,有人觉得这些带有政治色彩的历史痕迹不宜保留。

赵春发派来的工人已经架好梯子,上房揭瓦。

我想,一座"三间张"红砖古厝,一座普普通通的祠堂,见证过一段特殊的历史。这栋"历史的光束"照耀过的邓氏宗祠,以后在蚌埠古民居博览园,还是尽力按原样修复。

第二节　金吉世家

我刚赴泉州时,前进区17号是钞坑村少数几户还有人住着尚未搬迁的人家之一。

这也是一栋美轮美奂的红砖古厝。宅前有一个红砖围砌的院子,院门前有一棵三根枝干长在同一树根上的古榕树,露出地面的树根,盘根错节,直径足有一米宽。枝干斜立,枝繁叶茂,绿叶如盖,好久未修剪的枝梢,几乎下垂到地面。可见这是一棵一两百年的老树。

赵春发领我们来到院门前,他说:"这家人姓蔡,祖上在南洋做生意,是当地的首富,住在这里好几代了。同政府还没有谈好,要等香港和澳门的亲戚过来一起定。蔡家老奶奶住在里面。"

院门窄窄的,院子却十分宽敞,也是清一色白条石铺地。蔡家老宅是一栋"五间张"一层红砖古厝。从门面看,建筑风格、形制同先前颜家的古厝类似,但其红砖封壁、门檐木雕之精美,比颜家的有过之而无不及。

面墙由赏心悦目的小块刻花封壁红砖拼贴而成。门楼两边原有六边形红砖制作的四字对联,已被水泥盖住。东西下房石窗是辉绿岩雕花石框,各有三根白石窗柱。两边角房石窗用料正好相反:白石雕花窗框,各有三根辉绿岩竹节状雕花窗柱。

门楼宽阔,很有气派。其特别之处是,在"凹寿"形基础上,大门再次向里凹进,大门两侧对开小门,可直接进入两侧下房。双开大门,白石门框,门楣上嵌一对精美的辉绿岩人物浮雕门簪。花边辉绿岩板门额,上刻"济阳衍派"四个大字。门仪上刻着一副楹联:

济水分支绵世泽
碧溪聚族振家声

济阳位于山东境内的黄河北岸,过去是一个县,现在是济南市的一个下辖区。门额及门仪楹联,表明蔡家系出山东。

因有人住,大门及两侧下房木门均完好。两侧下房石雕门楣上,分别刻着"竹苞""松茂"字样。边门转角石柱上也刻着一副楹联:

勤与俭治家上策
和而忍处世良规

两侧壁垛均用雕花白石砌筑,上下镶以辉绿岩雕花腰带,迎面左右分别嵌一块刻着《朱子家训》格言的辉绿岩板。两侧相对的壁面也各嵌一块辉绿岩板,刻的是线条画,一块是二十四孝中"杨香打虎"故事,另一块是北宋赵抃"琴鹤归家"故事。

大门的檐口木雕尤其漂亮。宽大的檐口,用三对雕花撑拱托举。撑拱之间的连接横枋,梁架下的支撑雀替,莫不精雕细刻。檐口有四根垂柱,中间一对柱头饰以镂空木雕灯笼。整个门头木雕之精细,花式之繁复,令人叹为观止。

见有人进来,一位抱着孩子的中年妇女从屋里迎了出来。赵春发说明来意,中年妇女热情地说:

"没问题,你们进屋看吧。"

跨进门槛,见门板上有蓝底白字门牌:钞坑前进区17号。虽然这屋子还住着人,但看得出,已在做搬家的准备。

一位年逾古稀的老妇人正在收拾东西,她就是老屋的主人蔡家老奶奶了。领我们进屋的中年妇女介绍说,这是她母亲,另外一个年长一些的妇女是她大姐,叫蔡罗洒。还有一个抱着孩子的年轻女子是她的女儿,孩子是她的外孙女。她是老奶奶的三女儿,叫蔡美英。

"今天我们来帮忙收拾收拾东西,早晚要搬的。"蔡美英说。

赵春发把我们介绍给蔡家老奶奶:"老奶奶,这是上海来的客人,听说这里要拆迁,过来看看老房子。"

蔡家老奶奶很和蔼,两颗门牙已经脱落。她朝我们点点头,饱经沧桑的脸上露出淡淡的笑意。

我问候过老奶奶,问蔡美英说:"这是你们家的老屋吧?"

蔡美英说:"是的,这房子是我太祖父建的,一百多年了。我母亲一直住在这里。到我外孙女,已经第六代了。"

大门内的檐廊如大门外檐廊一般漂亮。横梁上部以精雕细刻的托架,把卷棚式檐顶高高抬起,内檐廊显得十分高敞。两侧下房的雕花双开小门和墙板已经发黑,看得出都是当年建造时的原物。天井方正,客堂两根檐柱系圆形木柱,其余三面檐柱为六根方形石柱。石柱上刻楹联,大门内檐柱刻的是:

　　支分碧水家声远
　　派衍仑山世泽长

东侧榉头檐柱刻的是:

　　鼎新华构贻谋远
　　丕创鸿规裕后深

西侧榉头檐柱刻的是:

　　承家清德尊彝古
　　命世真才省阁香

蔡美英招呼我们进客堂看看。闽南古厝的客堂称"顶厅",与江南民居有所不同。江南民居客堂一般总是和东西厢房连在一起,在客厅内开门进出。而闽南古厝客堂则是单独开门,两侧厢房也各自开门,两边榉头房和护厝由走廊开门进出。蔡家客堂进深较浅,中间放一张条案和一张八仙桌,供奉着灵牌。两边木板墙上挂着蔡家先人的照片。这屋子实际上是蔡家的享堂。

蔡美英指着客堂东边墙上的照片说:"这是我父亲、祖父、太祖父。"她又指着客堂西边墙上的照片说,"这是祖母、太祖母、太太祖母。"

她的太祖父是长袍马褂、清朝衣着,祖父则是白色立领上装,颇具南洋华侨风范;而她的父亲,则西装领带,完全现代人打扮了。

我看着墙上蔡家先人照片,对蔡美英说:"你父亲年轻时很帅的。"

蔡美英笑笑说:"谢谢! 只是父亲去世比较早,1958年就去世了。"

"噢。你们大概什么时候搬家?"

蔡美英说:"还没有谈好,要等香港和澳门的叔叔来,一起商量了才好定。"

我见老奶奶家搬迁时间还没有定,便对杜明、王龙说:"我们要商量个方案,怎么把搬迁过程拍摄记录下来。"

我又对赵春发说:"你跟踪好蔡家动迁信息,他们香港和澳门的亲戚一过来就告诉我们。"

临走时,王龙对蔡美英提议说:"请老奶奶和你们一起到大门口,给你们四代人拍个照,留作纪念。"

蔡美英欣然允诺。老奶奶坐在方凳上,两个女儿和抱着孩子的蔡美英的女儿,站在她身后。四代五口人,在百年老宅前留下笑容可掬的合影。老奶奶笑得特别开心,露出没有门牙的慈祥笑容。

2013年4月下旬,我去了一趟皖南考察古民居,五一劳动节这天回到蚌埠,和妻子徐琍就在蚌埠过三天小长假。按计划过了节我还要到山西考察古民居,已经定了5月5日上海浦东国际机场飞运城的机票。

5月2日,赵春发突然来电,说蔡家老奶奶香港的亲戚已经到钞坑了,并且说老奶奶家动迁已经同动迁办谈好,这两天就要打包搬家,叫我们尽快过去。

这么不巧!

我去山西考察的行程已定,当地的古建商任玉龙把我要重点看的古民居和采访的人都落实好了,不便更改。我赶紧同王龙联系,请他尽快带摄制组赶到石狮,按照我们商定的方案,进行采访拍摄。

王龙一口答应:"没问题。"

王龙第二天就带着摄制组赶到了钞坑。一连两天,不仅抢拍了蔡家的搬家场面,还对老奶奶的香港亲戚做了采访拍摄。这一次我虽然未能同往,但从王龙他们采访拍摄带回来的资料来看,可谓收获不小。

王龙摄制组赶到时,蔡家已经在做搬家准备了。乘着五一假日,住在本村已经成家的老奶奶的孙子蔡震波,以及住在外村的老奶奶的两个女儿蔡罗洒、蔡美英,也赶来帮助收拾东西。已经和动迁办谈妥蔡家老屋迁建之事的赵春发,也一早带着几个工人过来帮忙。

老奶奶平时一个人过日子,家里除了祖上留下的老物件,新添的家具和日用器具并不多。老奶奶卧房里的老式架子床已经拆卸开来,搬到了院子里。厢房的隔扇,也已卸下来靠在院墙上。锅碗瓢盆、衣衫被褥放在纸板箱或者条纹袋里。一些杂物以后应该用不着了——实际上早就搁在某个角落里废弃不用,但老奶奶依旧舍不得扔掉,执意要带走。没办法,这些看似不值钱的旧家具、老物件,曾经为老人所有,是她的平凡生活和琐碎记忆的一部分。

客堂里的桌子、条案还没有动。上次我们来老奶奶家看房子见到的客堂墙上挂着的蔡家先人的照片也还在。早上起来,老奶奶点上一炷香,朝着先人一一作揖,然后把香插在香炉里。老奶奶会抽烟,她坐在堂屋门口的竹椅上,点上一支烟,抽上一口,默默地注视着插在香炉里的供香散发出袅袅青烟,注视着燃烧后的苍白香灰一截一截悄无声息地落下。

从香港赶来的老奶奶的亲戚,是蔡美英的堂兄,也就是老奶奶的堂侄蔡清泉。蔡清泉六十开外,个子不高,留着寸头,长袖白衬衫,皮带上别着一只黑色小腰包。

蔡清泉看着客堂墙上挂着的先人的照片,沉默良久,然后对着镜头,打开了话匣子。墙上照片列在首位的是蔡清泉的曾祖父蔡孝鹏,他们把曾祖父叫作太祖父。蔡清泉就从蔡孝鹏说起。

"我太祖父同治年间出生,年轻时很聪明能干,是钞坑第一个到菲律宾谋生,也是第一个发达了回来的。太祖父开始在菲律宾也是很艰苦的,在赌场里做服务生。有个同乡蔡老板见他聪明勤快,就带他做香烟生意。太祖父逐渐摸到香烟生意门道,很快做大了,几乎垄断了当地的烟草市场,后来成为英美烟草公司在当地的总代理。太祖父赚了钱,买了三艘船跑运输,一艘叫金龙号,一艘叫金凤号,一艘叫金吉号,往来南洋和中国,生意越做越大。所以我们家造的这栋房子,也叫金吉。"

赵春发说:"噢,金吉老宅,这个名字好听!"

蔡清泉走到院子里,指着西边的老宅说:"那是我们家的祖宅。太祖父有七个儿子,长子过继给了他哥哥。太祖母特别能干,钞坑这边家里的事,都由她做主。家里人口多,住不下了,太祖父从菲律宾寄钱回来,由太祖母操持盖新房子,前前后后盖了四年。我们这栋金吉老房子是当时钞坑最漂亮、最大气的一栋房子!"

蔡清泉边说边在金吉老宅前来回走动:"我就出生在这座老房子里,我记得祖母就住在这间房间,伯母住在隔壁房间。"

蔡清泉口中的伯母,就是老奶奶。

蔡清泉继续说:"我伯父很厉害,会说英语、广东话、会双手写字,可惜去世比较早,1958年就去世了。从太祖父第一代下南洋算起,我们家族第三代、第五代、第六代大都在菲律宾。菲律宾有钞坑同乡会,就是我叔祖父蔡友报创办的呢。我和一个堂兄在香港,还有一个堂弟在澳门。后来钞坑许多人家都有人下南洋,赚了钱寄回来,许多人家都发达起来,所以别的村子的人叫我们金钞坑。我祖父那一代,可以说是泉州南门外首富!"

王龙问:"现在钞坑整体改造,您有什么建议?"

蔡清泉面露愠色,说:"按道理,我们这栋房子应该保留。为什么?因为我们钞坑在菲律宾的老华侨,有两个人最有名。一个姓颜,叫颜文初,搞教育的,是个抗日志士,日本人占领菲律宾,他被抓起来了,不投降,被杀害了。一个就是我太祖父。"

老奶奶的孙子蔡震波把挂在墙上的祖先照片取下来,赵春发和工人帮助他把镜框擦拭干净,用布包裹好。蔡震波听到王龙对蔡清泉的提问,插话说:"国家动拆迁,旧城改造,也是以人为本。以前这种老建筑,虽然蛮有特色,但住在里面不舒服。以后现代化的高楼大厦建起来了,功能齐全,有煤气,有抽水马桶,道路交通都现代化,肯定超过现在这种老房子,肯定……"

蔡清泉打断堂侄的话,说:"我们钞坑有自己的传统文化,老房子是传统文化的一部分,留下来可以教育下一代。老房子拆掉了,可以重建吗?没办法重建了!老房子拆掉了,钞坑没有了,钞坑的传统文化也没有了,什么都没有了!"

蔡震波见堂叔有点激动,劝说道:"钞坑要旧城改造,需要同时代接轨。"

蔡清泉上前抚摸着雕花精美的老宅红砖封壁,喃喃自语道:"为什么不保留一些呢?老祖宗留下的老宅没有办法保留,我们感到惭愧,非常惭愧呀!"

搬家的车子到了,蔡震波和工人开始往车上搬家具。老奶奶起身,这里看看,那里瞧瞧,检查有没有遗漏的物件。蔡清泉还在对着王龙的镜头不停地述说。

青烟袅袅,条案上的供香慢慢地、慢慢地燃尽,最后一缕青烟散去。

挥之不去的,是两位老人对老宅弃守的无奈和痛心,对祖业不保的愧疚和遗憾……

2013年7月18日,我约了王龙带摄制组三赴泉州。

我已和杜明、王龙商量好,以蔡家老奶奶的金吉老宅搬迁为主,拍摄一部纪录片。

我们乘的航班,原定9点25分起飞,晚点了一小时。抵达后,赵春发来车先把我们接到万佳东方酒店入住,然后就近找了一家餐馆吃了午饭。回宾馆稍事休息,我们去钞坑拆迁工地看现场。

昔日屋舍密匝、新旧杂陈的钞坑村,大半房屋已经拆除,碎砖瓦砾、水泥石块,东一堆、西一堆,几辆铲斗车正在往重卡上装运建筑垃圾。蔡家老奶奶古民居宅院已成一片空旷的废墟,只有那棵冠盖如云、枝叶垂地的老榕树,还孤零零地矗立在废墟上。

赵春发说:"嵇总,你看过的五十几栋红砖古厝,已经拆运到蚌埠四十多栋,还有六七栋,这个月都可以搞定了。"

我点点头,没有吭声。眼前的景象使我想起蔡清泉对着王龙的摄像机说得颇为悲怆的那句话:"钞坑没有了,钞坑的传统文化也没有了!"

当然,消失了的,是为老一辈所留念的,还多多少少保留着传统民居建筑但规划凌乱、设施落后的乡土钞坑;将要崛起的,是为年轻一代所钟情的,一个高楼林立、设施先进、商业繁华的现代化街区。

采访蔡家老奶奶及其家人约在7月19日中午。

受台风影响,一夜大雨。第二天上午,台风逐渐离去,雨渐渐停了。11时许,赵春发和司机开车来接我们。驶过石狮喧闹的大街,来到景青路上蔡家老奶奶租借的临时过渡房。

这是一栋石砌楼房,老奶奶住在底层,门口安装着一道铁门。我走到门口,透过铁门,看见老奶奶和她的女儿蔡美英、孙子蔡震波在屋里,便上前招呼。蔡美英见有人来,过来打开铁门。

老奶奶穿着一件花布衫,精神矍铄。我上前打招呼:

"老奶奶,您好!"

"你来过我家!"老奶奶立即认出了我,露出没有门牙的慈祥笑容,把我们让进屋里。

我说:"是的,上次在老房子给你们拍过照片,今天再来看看您。"

"坐,坐。"老奶奶招呼我们坐下。看得出,老奶奶心情很好,已没有搬家时凄惶失落的神情。

老奶奶的临时过渡房有两间:一间兼餐厅和厨房,有液化气灶等厨卫设施;一间搁着一张单人床,有电冰箱、一只半新不旧的衣柜。墙上挂着一些照片,看得出大都是她的晚辈,有她两个女儿、女婿的合影,有带着不知是学士还是硕士方帽的小美女毕业照,还有一张男女老少数十人合影的全家福。

王龙架起摄像机。老奶奶坐在竹躺椅上,蔡美英就着床沿坐下。

我斜坐在她们对面的塑料椅子上,说:"住在这里不太习惯吧?原来老房子宽大舒服。"

老奶奶咕噜了一句,她的闽南话我们基本听不懂。

蔡美英说:"这里暂时过渡一下。"

我问:"政府回迁房大概什么时候可以造好?"

蔡美英说:"说是要四年。"

"还是搬回钞坑吗?"

蔡美英说:"我妈妈年纪大了,不等着搬回去了,另外给她买房子,已经看好了。"

王龙开始录像。一回生,两回熟,王龙已是第三次给她们拍录像,老人并不介意。

我只管和老奶奶母女聊天,慢慢把话题引入正题,说:"你们家的老房子,还有村里其他的老房子,我们都抢救下来运到蚌埠去了。蚌埠是交通枢纽,上海乘高铁过去,两个小时就到了。"

蔡美英说:"我们这里年底也要通高铁了。"

我打开手机,翻出园区规划效果图的相关照片和工场里修复金吉老宅的照片,给蔡美英和老奶奶看。

老奶奶眼神很好,她接过我的手机看着,开心地笑了。

蔡美英见母亲很高兴,也开心地说:"我妈看见她自己了。"

我给他们讲解说:"我们在蚌埠要建一个很大的文化公园,有5000亩地,一共要建四百五十栋不同地区的老房子。有安徽的、浙江的、江西的……福建的红砖古厝很有特色,也要修复建在里面,你们家的房子是重点,且你们家的三栋房子都已经修好了。"

这时,王龙打开他的ipad,把他上次拍的视频放给老奶奶看。王龙把这些视频做了初步整理、剪辑,还给这些资料起了一个片名,就叫《家·金吉》。

"那你们要拿那么多钱去做?"老奶奶惊讶地问。

我说:"是的,要做成一个旅游区,游客来参观游玩,会看到不同的老房子。"

蔡美英看着视频说:"这个你们再弄一下,就像电视剧。"

我说:"是的,我们就是拍成有故事的纪录片。游客来了,还要给他们讲老房子的来历和故事。所以要来打扰你们,做一些采访,进一步了解一些情况。上次王总来,拍了你们家金吉老宅搬家拆迁的情况,你们很配合,非常感谢。这次我们还要拍一些资料,一直拍到老房子修复重建好,做成纪录片。"

蔡美英说:"有些事时间长了,记不大清了。我妈妈年纪也大了……"

"没关系,我们就随便聊聊。"我说,"你妈妈的大名叫什么?"

蔡美英说:"我妈妈姓洪,名字叫锌娘,洪锌娘。"

我怕有误,拿出随身带的小本子,请她把老奶奶的名字写下。

蔡美英继续说:"妈妈是1930年出生的。"

我说:"噢,今年八十四岁了,身子很硬朗。"

蔡美英说:"我妈妈种过地,后来一直在家里做家务,照顾我们几个孩子。我父亲叫蔡经竹,早年在菲律宾做生意,当时家里很有钱。父亲身体不太好,后来回国了,1958年去世,才四十六岁。我们兄妹五个,有两个哥哥,都在国内,大哥已经过世。我是三女儿,有两个姐姐,大姐上次你们见到的,二姐在香港。"

"你母亲把你们领大很不容易!"我说。

蔡美英说："是的。从前我们这里许多人家男人都下南洋做生意，女人留在家里操持家务，都是很能干的。"

我点点头说："旧社会这种情况很普遍的。"

蔡美英说："我太太祖母——我们也叫太太妈，开始家里也是很穷的。我太祖父蔡孝鹏很能干，代理英美烟草，买船跑航运，还和人合伙开过银行。"她转脸问老奶奶，"妈，是什么银行？"

老奶奶想了想，说："好像叫华南银行。"

蔡美英接着说："可惜太祖父也是走得比较早。太祖父有七个儿子、一个女儿，大儿子过继给了他的哥哥。太祖父去世后，太祖母当家。太祖母姓陈，叫陈竽娘，埔内人，特别能干。你们看过她的相片。"

我说："是的，我们都拍了照片和录像。"

谈起太祖母，蔡美英骄傲之情溢于言表："太祖母的相片很漂亮，是吗？太祖母很厉害的，也很会做生意，把太祖父留下的产业搞得很兴旺。她待人和善，远近有名。她五十大寿时，国民政府还派了官员带了贺礼来给她贺寿。太祖母连忙辞谢，说，不要不要，我年岁不大嘛。她过世的时候，国民政府也派人来吊唁。"

蔡震波插话说："还有一件神奇的事——每年太祖母生日那天，天井排水沟里都会爬出一条蛇来，绕一圈，又爬进去了。太祖母去世后，就再也没有见到这条蛇出来，你说奇怪不奇怪？"

蔡美英："太祖母去世后，就分家了，有的去了菲律宾，有的去了香港。我们家族在国内国外有两百多人。"

我说："钞坑是侨乡，听说有一万多人在世界各地。"

通过这次和蔡家老奶奶及其女儿的交谈，加上看了王龙他们上次拍摄的蔡家搬迁的视频，我对金吉老宅的前世今生大致有了一个了解。不过，还有不少疑问。比如，蔡美英也好，蔡清泉也好，包括年轻些的蔡震波也好，所介绍的情况往往比较笼统，讲到先人的行迹，包括人物所处的年代、相互之间的辈分关系，大都语焉不详，甚至姓名也说法有异。这一方面因为时隔久远，自蔡家二十九世祖蔡孝鹏以降，到现在已经五六代人；另一方面，也与我们听不懂闽南话有关。我们要做纪录片，人物姓名不弄准确、相互辈分关系不搞清楚不行。

另外还有一点，从金吉老宅檐柱上"命世真才省阁香"的联句和墙上石刻的"琴鹤归家"图案来看，蔡家祖上除了下南洋创业有成，还应有名声不错的大官。"省阁"即宫门，代指中枢机构。"琴鹤归家"讲的是北宋赵抃为官清廉俭约，被贬匹马入蜀，"仅一琴一鹤自随"。这位廉比于"赵抃"、才播于"省阁"的先祖是谁？

蔡家人均未提及。我想,老宅内外楹联对仗工整,颇多用典,此联此画当有所指,恐不会为装饰门面,随便拟写。

我问蔡震波:"有家谱吗?"

蔡震波说:"有的,前几年刚修过的家谱,在我澳门的叔叔蔡世泽那里收藏着。"

蔡美英说:"澳门的叔叔月底就要过来了。"

我说:"那太好了,请他一定把家谱带来。"

临别时,我和蔡震波加了微信。蔡震波递给我一张名片,他的头衔是一家体育用品公司总经理。

2013年7月30日,我四飞泉州。一大早,我打的去虹桥机场,搭乘春秋航空8871次7点35分的航班。下了飞机,时近中午,热浪袭人,赵春发接了我,先往住过的万佳东方酒店入住。已经约好刚到石狮的蔡震波澳门的叔叔蔡世泽,下午晚些时候在酒店碰头。吃了午饭,我便在宾馆里翻检带来的有关资料。

下午5点多,蔡世泽在蔡震波陪同下来到酒店。蔡世泽果然带来了家谱,而且有两本:一本是2005年修的《碧溪蔡氏为呈公派家谱》,一本是2012年修的《碧溪蔡氏胜登公派家谱》。

我见时辰不早,便对赵春发说:"时间不早了,我们一起到酒店隔壁的餐厅边吃边聊吧。"

蔡世泽翻开家谱二十九世蔡孝鹏一页上,给我介绍太祖父的创业经历,所说内容,和蔡美英、蔡清泉的介绍大同小异。因为有家谱,提到某人,生卒年月、称谓名字等等,就说得很准确。

我问蔡世泽:"钞坑这名字有什么来历吗?"

蔡世泽笑笑说:"很久以前我们蔡氏到这里定居时,这里还是一片无名荒地,地势又低,坑坑洼洼的,就把这里叫作蔡坑。"

我说:"噢,原来叫蔡坑。蔡坑,钞坑,读音差不多。"

蔡世泽说:"是的。我们蔡氏是钞坑第一大姓,不过改名是因为后来颜氏族人,还有林姓和其他一些姓氏陆续来这里定居,村里不再是一族一姓。加上清末民初,许多人出洋谋生,赚了钱寄回来,村民富裕起来,远近有名,村民也不怕露富,就把村名改叫钞坑。"

我笑笑说:"闽南人奉行爱拼才会赢,致富光荣。"

蔡世泽说:"是啊!我是1980年出去的,整个钞坑在国外和国内港、澳、台有一万多人,世界各地都有。"

我指着放在桌上的两本家谱又问:"为什么叫碧溪蔡氏?"

蔡世泽答道:"钞坑东部煅炉山下有一条溪流,叫唐园溪,从前溪水碧清,我们这一支居住在西溪,所以叫碧溪蔡氏。"

我点点头:"原来如此。"

晚餐毕,我请蔡世泽把家谱留下借我看一晚。送走蔡世泽叔侄,我回到宾馆房间,顾不得休息,便抓紧研读起来。

2005年版家谱是在1987年版家谱基础上重修的,2012年版家谱又对2005年版的家谱稍加增补。

二谱均从一世祖蔡厚翁起记述列表,但从一世祖至二十五世祖,仅列姓名,无生卒年月日。从二十六世祖起,基本都有生卒年月日。

二谱前均有蔡文达所作序文。序云:"吾蔡氏始于姬周,武王封叔度之子仲于蔡国,子孙以国为姓。""一世祖厚翁公乃端明公六世孙,初居赤湖,后徙大仑。迨十三世晋福(进福)公,赘于西溪周家,是为钞坑碧溪蔡氏始祖。"

我想起蔡家老奶奶所住的老宅大门楹联"济水分支绵世泽,碧溪聚族振家声""支分碧水家声远,派衍仑山世泽长",所指正是钞坑碧溪蔡氏家族地望。

家谱还列出自二十六世起钞坑碧溪蔡氏起名字行。字行如下:

为祥由孝友

经世在文章

敦穆功斯远

殷荣助孔长

钞坑蔡氏宗族二十六世是为呈公,生于乾隆十九年(1754)。蔡美英和蔡清泉口中引以为傲的太祖父、对振兴蔡氏家族做出很大贡献的蔡孝鹏,为二十九世祖。

蔡孝鹏生于同治三年(1864),天资聪慧,是钞坑较早下南洋并干成一番事业的华侨。家谱载,蔡孝鹏娶埔内(属泉州市永春县)女陈竿娘为妻,生七子。陈竿娘生于光绪五年(1879),比丈夫小十五岁。不知何故,家谱对蔡孝鹏的卒年付之阙如。蔡美英说"太祖父过世早",七子蔡友亏生于光绪三十年(1904),蔡孝鹏去世当在四十岁之后。我看陈竿娘遗照,面如朗月,慈祥中不失威严,俨然大家气派。蔡孝鹏英年早逝之后,她抚幼承业,于艰难中延续光大了丈夫开创的事业,名播朝野,颇孚众望。

自二十六世至三十一世,蔡氏家族添丁增口,严格按照字行起名,昭穆分明。

蔡家老奶奶的丈夫为三十一世"经"字辈,名蔡经竹,系蔡孝鹏的次子蔡友纯的长子。蔡清泉的父亲蔡经默是蔡经竹的堂弟,故蔡清泉叫蔡家老奶奶"伯母"。

然而自三十二世起,也就是从清末民初开始,族人不再严格按照字行起名。三十二世为"世"字辈,蔡经竹夫妇生二子三女,无一人名字中有"世"字。三十三世"在"字辈的长孙则名蔡震波。起名规则的变化,显然是工商业的兴起和城市化的步伐加快,传统中国以小农经济为基础的族群关系开始松动,宗法制度走向瓦解,最终崩溃所致。

倒是收藏这两本家谱的蔡世泽仍按字行起名。蔡世泽是蔡孝鹏第七子蔡友亏的孙子,其父蔡经溪是一位热心公益、服务村民的贤达。家谱中对经溪公的称赞近乎完美,虽不乏撰写者作为晚辈对长者的溢美之词,但录入家谱,公之于众,当不会与实际情况相去甚远。

读完这两本家谱,我将其中相关页面一一拍照,以便日后查阅。夜已深了,我洗好澡,上床准备睡觉。

我大致弄清了金吉老宅家族的人物关系,不过觉得还有点遗憾。家谱序文中有一句话:"一世祖厚翁公乃端明公六世孙,初居赤湖,后徙大仑。"被钞坑碧溪蔡氏族人奉为一世祖的厚翁公以及厚翁公的六世祖端明公,家谱中对他们的生卒年代、行迹功名等,却无一字交代。

回到上海家中,我在《石狮市姓氏志》中查到蔡厚翁的资料:"大仑蔡氏:蔡仲全(字惟大,号厚翁),于南宋淳熙元年(1174)从泉州新门外蔡庄迁居大仑。其后裔传钞坑碧溪房及移居新华等地。"

此说正好同家谱所载衔接。那么,蔡厚翁的六世祖又是谁呢?古人两代人相隔年分在二十年至二十五年之间,六世相距一百二十年至一百五十年。由南宋淳熙元年上推,蔡厚翁的六世祖应是北宋年间人。我突然记起,北宋名臣蔡襄是福建人,曾任泉州知府,蔡厚翁的六世祖会不会是蔡襄?

我赶紧从书橱里取出《宋史》。翻到《蔡襄传》,果然传中记载,蔡襄晚年"乞为杭州,拜端明殿学士以往"。又另查得欧阳修为蔡襄撰写的祭文,题为《祭蔡端明文》,他还为蔡襄撰写了墓志铭,题目也以"端明殿学士蔡公"称逝者。古人常以官爵称所尊崇之人,如嵇中散(嵇康)、杜工部(杜甫)。蔡厚翁的六世祖端明公,正是名垂千古的北宋名臣蔡襄。

蔡襄字君谟,北宋大中祥符五年(1012)生于兴化仙游赤湖蕉溪(今福建省莆田市仙游县枫亭镇东宅村)。蔡家世代务农,家境贫寒。蔡襄曾在诗中自述:"嗟予出寒素,家世尝力农。"他父亲是个农民,然其母卢氏出身书香门第,知书达礼,尤其重视对孩子的教育。

北宋天圣七年(1029),十八岁的蔡襄携小两岁的胞弟蔡高赴京都开封参加三年一度的进士考试。兄弟二人,一无车马,二无脚夫,手提肩挑装满备考经籍的书箱,跋山涉水,风餐露宿,徒步三千里,历尽"艰难困厄",终于在秋闱府试前到达开封府。出乎意料的是,蔡襄一举拔得开封府试头筹,幼弟则名落孙山。

翌年春,蔡襄顺利通过省试。四月,经皇帝亲自主持的殿试,名列进士甲科第十名。天圣九年(1031),经吏部铨选,初授漳州通判,自此踏入仕途。

庆历三年(1043),宋仁宗增设谏院,加强对朝廷决策的评议谏诤和监察官员的得失,特别是要以宰相为主要的监察对象。蔡襄对仁宗此举大为赞赏,他在《言增置谏官书》中说:"陛下深忧政教未举,赏罚未明,群臣之邪正未分,四方之利害未究,故增耳目之官,以广言路,此陛下为社稷生灵大计也。"蔡襄被增补为知谏院。谏官均为皇帝钦点,深得皇帝信任。蔡襄不辱使命,直言敢谏,在任职不到两年的时间里,抨击权贵,刺奸斥邪,先后弹劾吕夷简和晏殊两任宰相,致吕夷简罢预议军国大事、晏殊降职为工部尚书。

不久,庆历新政失败,新政的领军人物范仲淹、欧阳修等"不敢自安于朝",皆自请离开京师外出地方任职。支持新政的蔡襄决意和同道者共进退,便以父母年迈为由,请求回乡郡供职。庆历四年(1044)十月,朝廷颁诏准请,授其"右正言,知福州"。

此后,蔡襄官宦生涯沉沉浮浮,在朝则忠心报国,"皆有能名",官至三品三司使,外放则体恤民情,重视稼穑,造福一方。他先后出任过福州知府、泉州知府、开封知府、杭州知府。特别是两度出任泉州知府,嘉祐三年(1058)再知泉州时,主持建成了著名的万安渡石桥(洛阳江大桥),泽被后世,千古称颂。

洛阳江流经泉州东南入海,万安渡位于入海口,江面宽阔,水深浪激,过往渡客时常翻船落水,葬身鱼腹。蔡襄到任后,募集资金,并带头捐款,重启因资金缺乏而停工多时的万安渡桥建设。建桥过程中,创新工艺,建造类似小船的桥墩,分流和疏导江水的冲击。次年十二月,大桥竣工。蔡襄亲撰并书《万安渡石桥记》,由刻工勒碑立于左岸以志纪念:

泉州万安渡石桥,始造于皇祐五年庚寅,以嘉祐四年十二月辛未迄功。址于渊,酾水为四十七道,梁空以行。其长三千六百尺,广丈有五尺,翼以扶栏,为其长而两之。糜金钱一千四百万,求诸施者。渡实支海,去舟而徒,易危而安,民莫不利。职其事者:庐锡、王实、许忠、浮图义波、宗善等十有五人。既成,太守莆阳祭襄为之合乐宴饮而落之。明年秋,蒙召返京,道由出是,因纪所作,勒于岸左。

碑文精练,书法遒劲,刻功精致,世称"文、书、镌"三绝。

万安渡桥被誉为"跨海第一桥",同广东广济桥、河北赵州桥、北京卢沟桥,并称"中国四大古桥"。

蔡襄也是著名的书法家、文学家和茶学家。其书艺少时师从北宋早期书法家周越,后改学颜体,取法"二王"。蔡襄与苏轼、黄庭坚、米芾并称"宋四大家"。苏轼、欧阳修均对其评价甚高,认为其书"独步当世""本朝第一"。《宋史·蔡襄传》称其:"襄工于书,为当时第一,仁宗尤爱之。"

我大致弄清了钞坑蔡氏的来龙去脉。

廉比于"赵抃"、才播于"省阁"的先祖是谁,也有了答案。

第三节　楹联密码

2013年8月4日,我五飞泉州。

8月1日我刚从钞坑回沪,不料第二天晚上赵春发突然打电话来,急匆匆地说:"嵇总,颜氏宗祠拆迁谈好了,里面的东西村里很快要搬迁,你是不是过来看看?"

两天前在钞坑采访时,我还问过赵春发颜氏宗祠的情况,老赵说拆迁希望不大,没想到突然峰回路转,马上要拆迁了。

我还有点不放心,问:"村里决定不保留了?"

赵春发说:"我和他们已经签好合同了,村干部也支持我们把颜氏宗祠移建到蚌埠去。"

"那就好!我尽快过来。"

我正忙着赶写一份材料。刚刚接到蚌埠市文广新(旅游)局通知,省文化产业改革发展座谈会于8月14日在蚌埠举行,其中一项议程是参观我们园区建设工地,要我们立即提供一份项目规划建设资料。事不宜迟,接到赵春发电话后,我拟好市里所需资料,赶紧订了4日早上春秋航空9C8871航班7点35分飞泉州晋江机场的机票。

飞机准点起飞,舷窗外,盛夏炽热的阳光有点刺眼,我放下窗盖,闭目养神。此行我已是五下泉州了。上个月,我两赴泉州,重点查访颜、蔡两个家族移居钞坑的来龙去脉,收获不小。那天,颜永明叔侄和我见面的一幕,又浮现在眼前。

7月18日中午,我和王龙摄制组刚在万佳东方酒店住下,一位年轻人应邀到来。已是饭点,我便请他共进午餐。

年轻人叫颜永明,赵春发的拆房队这两天正在拆他们家的老宅。

赵春发点了菜,拿了两瓶啤酒。我以茶代酒,向他敬酒说:"谢谢你对我们收藏老宅的支持,我们会把它在蚌埠园区修复重建起来。"

颜永明说:"这是好事,否则也就一拆了之了。"

颜永明说着,从口袋里掏出一份手写的材料递给我,说:"这是我堂叔写的,供你们参考。堂叔当过校长,文化水平比较高,他晓得的情况多,讲得清楚,一会儿过来。"

我接过翻看,钢笔字很漂亮,是有关颜氏家族的资料。我说:"太好了,非常感谢。"

不一会儿,颜永明的堂叔来了,提着一个包。我请老校长坐下一起用餐,老校长摆摆手说:"不客气,不客气,我吃过了,你们慢用。"

我招呼服务员给老校长沏了一杯茶,然后三扒两咽赶紧吃完饭,听老校长介绍情况。老校长今年已经七十八岁了,瘦瘦的,但精神矍铄,也很健谈,说起家乡和颜氏家世,侃侃而谈,如数家珍。

老校长介绍,灵秀镇因灵秀山而得名。灵秀山位于石狮西南部,海拔不过170多米,山脚一圈有20多公里,凌空远眺,状如飞鹤。山上有古寺金相院。除了灵秀主峰,山脉延伸出五座小山峰,簇拥主峰前,人称"五峰朝鹤"。灵秀山与城东的灵山、安海的灵源山,并称为"泉州三灵"。

"其实,我们颜氏到钞坑比蔡氏要早。"说到这里,老校长打开包,拿出一本厚厚的精装16开本书。这本书由人民日报出版社2008年正式出版,书名为《德艺世家——颜氏家族的历史与文化》。

老校长一边翻着书,一边给我介绍。

早在五代后唐年间,就有颜氏族人从东鲁徙居福建,入闽始祖为颜芳、颜泊、颜潾,初居泉州德化。颜泊传三子,第三子颜仁贵曾任晋江少卿,迁居永春。永春古称桃源,故其支系称"桃源衍派",桃源颜氏奉颜仁贵为一世祖。钞坑泰亨颜氏为颜仁贵第五子颜必闻后裔,约在元初,传至第十三世颜炳卿、颜福卿兄弟。颜炳卿、颜福卿兄弟二人因避战乱迁居泰亨大有庄,即今钞坑村。颜福卿后迁居安海镇,成"南林衍派"始祖;颜炳卿则留居泰亨,为钞坑泰亨颜氏始祖。

我恍然大悟:"噢,怪不得古厝门头上有的悬挂'桃源衍派'牌匾,有的是'南林衍派'牌匾。"

老校长说："是的,我是第三十四世。"

老校长指指坐在一旁的颜永明,又说："到他已经是第三十五世了。"

老校长把书翻到第487页递给我,上面载有"17、福建石狮(钞坑)颜氏"一小节,云:

> 吾姓在晋江一县以钞坑一乡为最著名,其始祖传自永春,钞坑有宋墓在,称为"大夫墓"。钞坑乡迭经变迁,屡废屡兴,其分支徙居后蔡、坑边、山前新埔、下泽等乡。当地族人传云:钞坑有四祧,长房迁金门,渡海入台湾;三房亦开往台湾,分布基隆一带;二房与四房,仍居钞坑。今日旅居菲律宾颜姓侨胞,仍以原籍钞坑者居多,故有"菲律宾钞坑颜氏同乡会"。

老校长又从包里拿出一本宝蓝封面的线装书来给我看。

这是1987年编修的《泰亨颜氏家谱(大厅口)》。打开封面,首页"重修族谱序"中言明:"稽晋江石狮泰亨始祖炳卿公于元初由府城迁来,迄今六百余年。"家谱中,自十三世颜炳卿,至三十五世颜永明等,一脉相承,昭穆分明。

我把《德艺世家——颜氏家族的历史与文化》和家谱中的相关页面一一拍了照,以便日后查考。

我忽然又想起一个问题,便请教老校长:"泉州的古厝为什么叫皇宫起?"

老校长笑笑,说:"是闽王王审知起的名字。"

我问："就是五代时的开闽之王、八闽人祖王审知吗?"

老校长说："是的。有一个传说,我们泉州靠海,夏季台风暴雨多,有一年,阴雨连绵,多日不停,王审知有个妃子黄氏是泉州人,想起娘家房屋破漏,亲人凄苦,禁不住暗自落泪。王审知见状,便问爱妃何事伤心。黄氏如实告之。闽王就说,赐你一府皇宫起。意思是赐黄氏家建造一座皇宫式府邸,以安置黄氏家人。不料太监传旨泉州府时,误将闽王所说黄氏一府传为泉州一府,一时整个泉州城大兴土木,纷纷盖起了皇宫起府邸式大厝。后来朝廷发觉不对,下旨停建,但木已成舟,皇宫起大厝已遍地开花,后来也为周边城乡仿效建造。"

老校长叔侄介绍的情况和带来的书籍资料,使我益发觉得能够把颜氏宗祠抢救下来很有意义:这座祠堂是钞坑最重要的建筑之一,它是颜氏一脉数百年来在钞坑繁衍发展的见证。我想,此去钞坑,摸清情况后,要安排王龙摄制小组过来,把颜氏宗祠搬迁拆运的过程详细拍摄记录下来。

转眼间,飞机已平稳降落在泉州晋江机场。

上了赵春发的车,直奔钞坑而去。9点不到,就到了颜氏宗祠门口。下车一看,祠堂门口聚集了不少村民。近二十个穿彩色统一服装的男女,正坐在祠堂南面山墙阴凉里休息。他们一半穿橘黄镶红边衣裤,一半穿粉红镶白边衣裤,多数是中年人,也有几个年轻些的。看上去好像要搞什么活动,不过大门还没开。

赵春发上前一问,我愣住了——马上要举行仪式,奉移祠堂里的祖宗牌位!

赵春发有点尴尬,解释说:"动迁办催得紧,村委会临时决定今天上午搬。"

我想,幸亏一早赶来,可以见证一下祠堂的搬迁仪式,只是王龙的摄制组没办法赶来了。

赵春发找到联系人,领我们从祠堂廊庑的边门进去。祠堂里香烟缭绕,已经有不少人,堂前条案上供奉着瓜果、糕点,烛光摇曳,香火氤氲。

我是第一次进这座祠堂。这是一栋两进一院的建筑,天井宽大,开敞式厅堂,天井两边也没有隔成房间,因此天井四周廊庑十分宽阔。屋柱很多,均为石柱,也都刻有楹联。整个祠堂内部十分宽敞、明亮。来不及细看,我赶紧端起相机拍照。

奉移祖宗牌位的仪式已经在进行了,有十几个人正在把供奉在厅堂正中神龛里的祖先牌位,往红漆木板筐里搬。木板筐两边交叉钉着两块长板条,穿上长竹竿就可以抬走。不一会儿都搬放好了,我数了一下,共有八副木板筐,每个筐里放了大约三十块祖先牌位,总计有二三百块。

另有四个村民在小心翼翼地把一尊塑像抬到一座红漆轿子上。轿子木框上方横楣上钉着一块黑色牌子,上面有三个金字。我近前一看,原来是"孚佑王"。

"孚佑王"即"孚佑帝君",也就是传说中的八仙之一吕洞宾。说是"八仙",其实实有其人。吕洞宾名岩,道号纯阳子,唐宝历元年(825)进士,当过地方官吏,有诗文传世。因厌倦兵起民变的乱世,弃官入山修行,学得剑术。《宋史·陈抟传》载:"吕洞宾有剑术,百余岁而童颜,步履轻疾,顷刻数百里,以为神仙,皆数来抟斋中,人咸异之。"

民间传说谓吕洞宾山中修行,得仙人指点,悟得荣华富贵不过是过眼烟云、黄粱一梦。得道后,仗剑云游,扶贫济困,除暴安良。其剑术能断烦恼、斩色欲、戒贪嗔,被奉为道教全真派祖师,尊称"吕祖",在闽南、台湾等地信众甚多。

"孚佑王"的塑像为坐姿,比真人小一些,头戴金冠,身披绣金红袍,手执金瓜权杖,髯口黑色及腰。四个村民把"孚佑王"安放在轿子里后,扶着抬轿竹竿,侍立轿旁,等待出行。

三个穿着彩服的男子忙前忙后,大概是这次活动的主持。其中年长的一位,金冠束发,身着金黄丝线刺绣八卦图案道袍,一手捏长香,一手持铜铃。两个年轻的男子,戴黑色道家小方帽,一个拿着铜锣,另一个拿着两片铜镲。还有一个穿便装的年轻男子,拿着唢呐,"呜、呜"地时而吹上两声,似乎在校音。

这时,赵春发领着一位老者走了过来,是老年协会的颜先生。他见我不停地拍照、摄像,说:"要动迁了,也要跟老祖宗祭告一下。"

我说:"这样的民俗很有意思。"

颜先生说:"我们这个祠堂一直在用,每年冬春两祭,春祭在正月十五元宵节那天,冬祭在冬至日。"

我说:"尊祖敬宗是我们中华民族的优良传统,这方面在闽南尤其在你们这儿做得特别好。"

颜先生说:"每年都有东南亚和中国台湾、香港的客人回来寻根祭祖。"

这时,两个村民"吱呀"一声打开祠堂大门,时辰到了!

身着八卦道袍的长者走到天井中间立定,他扫了全场一眼,一抬胳膊,"当啷、当啷"摇起铜铃。于是,唢呐吹奏,锣镲敲响。两个村民点燃了天井里的两堆折成卷筒状的黄纸钱,顿时火光闪烁,青烟缭绕。

负责抬祖先牌位的村民,两人一组,一前一后,用竹竿抬起红漆木板筐,依次从厅堂下到天井,跟在身着八卦道袍的长者身后,缓缓地围着燃烧的火堆转了一圈,让祖先牌位向古老的祠堂做最后的告别,然后走出大门。

走在最后的是"孚佑王"的坐轿。二前二后四个彪形大汉抬着轿子,也围着火堆绕了一圈,出了祠堂大门。我跟着"孚佑王"的轿子出了大门,只见等候在广场上穿着彩服的男女排成两列,引领着祖先牌位,沿着拆迁后碎砖瓦砾狼藉的废墟间的小道,缓缓前行。

"孚佑王"的轿子出了祠堂大门,并未马上跟着祖先牌位队伍走,而是在祠堂大门前,或左或右,或前或后,边走边有节奏地晃动起来。转了好几圈,才跟上祖先牌位队伍前去。太阳已经升得很高了,盛夏的阳光十分炽热,抬轿子的四个大汉,早已衣衫湿透。

这时,其他来参加仪式的村民,有的骑上摩托车、助动车,有的步行,尾随奉移祖先牌位的队伍而去。两个村民点燃了预先放在祠堂门边地上的鞭炮,"噼噼啪啪"的鞭炮炸裂声,和着渐行渐远的唢呐吹奏声以及锣镲敲击声,在空旷的拆迁工地上空回荡。

祠堂内外安静下来。老年协会的颜先生一直陪着我们。他见人都走了,对我说:"准备了好几天了,这些祖先牌位也是找个地方临时过渡一下,新房子建好以后,也会有专门地方供奉。"

我问:"这个祠堂很老了,为什么不保留下来?"

颜先生说:"主要是新的规划不好做,再说村里不仅有颜氏宗祠,还有蔡氏宗祠,都要保留不好办。"

我点点头表示理解。

颜先生又说:"泰亨古庙上级同意保留下来,比这个祠堂还要老。你去看过吗?"

我说:"噢,我去看过,挺漂亮的。"

他说的"还要老"的泰亨古庙,也是一栋近年重修过的老建筑,它的来历要比颜氏宗祠更久远。

这时,我见一个村民要关祠堂的大门,便对颜先生说:"我想再进去仔细看看。"

颜先生说"可以,可以",便陪我和赵春发走进了已空空如也的祠堂。

首先映入眼帘的是厅堂檐口中柱楹联:

　　唐朝忠烈裔
　　周代圣贤家

厅堂檐口边柱楹联:

　　两世入圣门父子同亲圣学
　　双忠扶唐室弟昆并保唐宗

回头看,天井周边廊柱均有楹联。大门内檐廊柱楹联:

　　秘书百世流风在
　　御史万家时雨称

两侧廊庑楹联:

　　祭器不求新俎豆
　　家风惟守旧筆瓢

宏文学士家声旧
国子秘书世泽长

"宏文学士"为"弘文学士"之误。此联以及大门内檐廊柱楹联"秘书百世流风在",说的都是颜师古。颜师古隋末唐初人,学识渊博,曾奉唐太宗旨考订《五经》,多有厘正。太宗以其订本颁行天下,"学者赖之"。唐贞观七年(633),颜师古被任命为秘书少监。后又奉太子之命注《汉书》。贞观十五年(641),迁秘书监、弘文馆学士。

我把这些楹联一一拍照,然后步入厅堂。抬头看,厅堂屋盖木构为穿斗式和抬梁式复合框架,卷棚式屋顶,梁托、雀替、垂枋均镂空雕花,彩绘上金,十分精美。屋柱均为石材,刻有楹联。厅堂中柱楹联:

东鲁之渊源四配独推复圣
南林而衍派一本咸趋训篇

厅堂中边柱楹联:

自兖公开派厥有本支祖德千秋存遗泽
至宣议迁居何分南北后昆百叶守先猷

厅堂后边柱楹联:

兖国泽长历汉唐以迄昭代传礼传诗佑启后人翰苑
琅琊派远递永德而居泰亨文孙文子绍承列祖箕裘

堂后神龛两侧楹联:

善无伐劳无施鲁国书生襟期独远
臣尽忠子尽孝平原太守节义高标

堂后厢房两侧楹联:

祖德宗功耀后昆
源远流长振前徽

　　厅堂里悬挂着不少金字牌匾。
　　颜先生介绍说:"这些牌匾大都是海外颜氏后人送的。"
　　檐口悬挂的是"连枝共荣"牌匾,屋顶横梁之间并排悬挂着"鲁国圣贤""四配第一""弘扬祖德"三块牌匾。悬挂在神龛上方的一块牌匾上书"忠烈传芳"四个大字。
　　左侧一块黑字"拔元"二字牌匾,特别醒目。牌匾有上下款,上款"钦命二品顶戴提学司体学使姚文掉、陆军部尚书闽浙总督部兼福建巡抚松寿、翰林院编修侍讲御高等学堂监督陈宝琛为",下款"宣统三年福建高等学堂预科第二期优等毕业生颜文初立"。
　　"拔元",即拔贡第一名。所谓拔贡,就是科举考试中定期由各省考核选拔生员,保送入京。贡生经过朝考合格,予以任用。不过,科举制度于光绪三十一年(1905)已由朝廷颁布上谕正式停罢。牌匾文中"颜文初"上的是新式学堂,此牌匾显然是比照旧例对"优等毕业生颜文初"予以"奏奖"。
　　我记得蔡清泉说起过颜文初,便问颜先生:"颜文初也是钞坑人吧?"
　　颜先生说:"当然!颜文初很了不起,他文才好,爱国,可惜被日本鬼子杀害了。"
　　我忙问:"怎么会遇害的?"
　　"唉!是在菲律宾。"颜先生长叹一声,说起一段悲壮的往事。
　　颜文初光绪八年(1882)出生在钞坑,他天资聪颖,好学上进,十九岁以优异成绩毕业于福建高等学堂预科。1902年,二十岁的颜文初就担任了泉州中学的学监。1923年,他去了菲律宾,办过报纸,当过教师,对海外华侨的教育很有研究,成为东南亚很有名气的华侨教育家。
　　1937年抗日战争爆发后,菲律宾马尼拉中华总商会成立了旅菲华侨援助抗敌委员会,颜文初出任该会委员,积极投入救亡活动之中。他号召侨胞抵制日货,并率领学校师生开展抗日救亡工作。1942年1月,日军占领菲律宾后,大肆逮捕参与抗日的旅菲华侨中的知名人士,颜文初不幸被捕。在狱中,颜文初大义凛然,坚贞不屈,痛斥敌寇。1942年4月15日,颜文初与另八名抗日志士,被日寇秘密杀害。
　　我望着"拔元"牌匾,对颜先生说:"颜文初先生是钞坑颜氏家族的骄傲!"
　　颜先生指着左侧廊庑墙壁上镶嵌着的一块石碑说:"他还为重修这座祠堂写过

序文呢。"

"哦,是吗?"我忙走过去看。果然是一篇署名"宣统二年春仲之月三十世裔孙文初谨撰"的《重修泰亨颜氏宗祠序》:

> 家族之制我国最重,凡城镇乡村聚族卜居者,皆建设宗祠,所以崇祖考而序昭穆也。吾乡自永春移居泰里百十年于此矣,宗祠之建,几费前人苦心。而日月递嬗,寒暑变更,风雨之所飘摇,冰雪之所剥蚀,岌焉就圮,如之何其可也。乡之人念欲修葺,顾以费重而限于财,议而中止者屡。
>
> 前岁之春,乡之侨外洋者,感于外界之刺激,思启祖国之文明,集赀兴学,就祠中设立培英小学堂。然欲广其流者,必溯其源。宗祠者,本源所由始,亦即学舍之所托而成焉者也。爰乃申前议,拓旧规,侨外青年踊跃乐输,而乡之父老更为之规画完善。楹栋板槛之腐黑挠折者,盖瓦级砖之破缺者,赤白之漫漶不鲜者,补之葺之,而遂有今日之维新。
>
> 以是知天下事,有相因而始成者。微学堂设立则不及修补祖祠,微修补祖祠则不能扩充学舍。又以见独谋之难为力,而合众之易有成也。虽然,天下无历久不敝之物,而吾人有历久不敝之心。吾人有历久不敝之心,即天下何患无历久不敝之物?所愿子子孙孙,勿替引之。不负昔日建祠之苦心,并有加于今日修祠之协力。则我宗祠可阅千百世以长存,而学堂所造就之人才,更将蒸蒸日上,以供我国他日无穷之用也。是为序。

序文阐明了重修颜氏宗祠,不仅是为"崇祖考""序昭穆",更是"感于外界之刺激,思启祖国之文明,集赀兴学,就祠中设立培英小学堂",表达了培养造就人才,"以供我国他日无穷之用"的殷切期望。

我走到厅堂中间,抬头凝望神龛上方的"忠烈传芳"牌匾,这才注意到,这块牌匾是旅菲华侨1982年敬献的。这一年,是颜文初殉难40周年,这块牌匾想必是颜氏后人为追念颜文初这位爱国爱乡的家族先贤而制作的。

颜先生见我一直盯着梁上的牌匾,似乎看出了我的心思。他说:"这些牌匾、石碑我们都会收藏好。等你们把祠堂修复重建好了,我和村里商量,把这些牌匾送过来。"

我握住颜先生的手,说:"非常感谢!我们会把这座祠堂精心修复重建好,到时候请你们来。"

我把祠堂内景和楹联、碑刻上的文字一一拍了照。刚要和颜先生道别离去,只见右手廊庑的边门口立着一个年轻的红衣女子,她是刚才走在祖先牌位前的彩服队伍中的一员。她戴着宽沿草帽,一手扶着门框,静静地朝里张望。看不清她的脸,门外盛夏炽白的阳光映衬出她苗条的身影。我想,送走了祖先牌位,她大概是来向这栋古老的祠堂告别的吧?

光影斑驳的祠堂一角,石柱上典雅的楹联诗句,奉移祖先牌位红衣女子的剪影——我觉得这个画面很特别,便一按快门拍了下来。

时近中午,烈日当空,我早已汗流浃背。谢过颜先生,赵春发找了一家小饭店,匆匆用餐后,我在车上眯着眼睛休息了片刻,然后又回到钞坑拆迁现场。

今天刚好在拆"九世同居"古厝。这栋格局宏大、前世今生又颇为离奇的老宅,屋顶已经掀掉,石柱也已拉倒,门窗全部拆卸,只剩下断壁残垣。有两个工人正顶着烈日,小心翼翼地把盖瓦和封壁红砖一块一块揭下来,完好能用的都集中在一起。另有几个工人在堂屋里包裹刚刚拆卸下来的雕花隔扇。

自2013年4月3日第一次来钞坑,到今日不过四个月,一千多户人家的钞坑村,已拆迁大半,动拆迁速度挺快的。夹杂在水泥楼中间的红砖古厝,大部分被我们抢救收藏下来了。

市里有接待任务,我明天要赶回蚌埠,今晚就不在这儿住了,回上海的机票也已买好,下午近5点,赵春发送我去机场。办好登机牌到登机口一看,飞机晚点,且何时可以起飞,没有预告,只好耐心等待。我从拉杆箱里取出笔记本电脑,整理上午在颜氏宗祠拍的照片,重点把上次拍的祠堂大门口的楹联和今天上午拍的祠堂内的楹联顺序以及所在梁柱的位置标记好,为日后在蚌埠园区复建留存依据。

祠堂内外的楹联加起来有十多副,仔细品读,正是一部辉煌的颜氏家族史。其褒扬赞颂的重点,扼要地说,就是"两家人、一部书"。

所谓"两家人",一是"周代圣贤家"的颜回父子。

春秋时颜氏曾为鲁国望族,颜回的父亲颜路曾任邑宰之职,也是孔子的门生。《史记·仲尼弟子列传》载,颜路和颜回"父子尝各异时事孔子"。祠堂中楹联"两世入圣门父子同亲圣学",说的正是此事。颜路虽名列卿士,但其时已家道中落,颜回只能住在"陋巷"。但颜回"处贫乐道",以致孔子对其赞不绝口。《论语·雍也》载:"子曰:'贤哉,回也!一箪食,一瓢饮,在陋巷,人不堪其忧,回也不改其乐。贤哉,回也!'""陋巷怀才早优王佐""家风惟守旧箪瓢"——祠堂内外楹联对颜回的才学和品行,也是反复点赞。

在钞坑颜氏家谱中,颜回被尊为"开派"一世祖。这同颜回作为孔子最得意的门生之一,及其为人称道的德行分不开。颜回是孔子忠实的门徒,事之如父,形影不离,即便孔子授学遭遇挫折,"孔子之门,三盈三虚",人走得差不多了,"唯颜渊不去"。

颜回的定力,出于对孔子思想和学问品行的仰慕追随。颜氏宗祠大门檐柱楹联"克复归仁自存治法",典出《论语·颜渊》:"颜渊问仁。子曰:'克己复礼为仁。一日克己复礼,天下归仁焉。为仁由己,而由人乎哉?'"《论语·公冶长》又载孔子问颜回、子路志向。子路答曰:"愿车马衣裘与朋友共,敝之而无憾。"颜回则答曰:"愿无伐善,无施劳。"对颜回的答词,后人有不同解释。其中一说,认为颜回秉承孔子仁政、德治思想,希望统治者不败坏善政,不将劳逸之苦施与百姓。祠堂内神龛两侧楹联之上联"善无伐劳无施鲁国书生襟期独远"即取此意,表明一介书生颜回具有仁政爱民的远大胸襟。

颜回早逝,孔子闻颜回死讯,悲痛不已,连呼:"天丧予!天丧予!"随着时间推移,历朝帝王对颜回不断加封、褒扬,封号从先贤、先师、亚圣直至复圣,颜回在儒家的地位越来越高。汉高帝十二年(前195),刘邦自淮南过曲阜,以太牢之礼祭孔子,以颜回"配享"。南宋咸淳三年(1267),宋度宗赵禥赴太学祭拜孔子,以颜子、曾子、子思、孟子"配享",颜子居首位,开"四配"先例。牌匾"四配第一"、联语"四配独推复圣"等等,千百年来,颜氏子孙莫不以此为傲。

二是"唐朝忠烈裔"的颜杲卿、颜真卿家族。

颜杲卿和颜真卿是从兄弟,"同五世祖,以文儒世家"。二人分别在安史之乱和淮西节度使李希烈的叛乱中,为讨伐叛贼壮烈牺牲。厅堂檐口边柱楹联"双忠扶唐室弟昆并保唐宗",所说即此史实。

颜杲卿初"以荫调遂州(今四川遂宁)司法参军",再迁范阳户曹参军。镇守范阳的安禄山闻其名,表奏颜杲卿任营田判官,复擢常山太守。唐天宝十四载(755)十一月,安禄山在范阳起兵叛乱。颜杲卿表面上迎谒于道,接受安禄山赏赐的紫袍,暗中"定谋图贼"。

此时,任平原太守的颜真卿,派遣外甥卢逖前去常山,约颜杲卿共同起兵讨贼。"杲卿大喜",设计杀了把守常山附近要塞土门的安禄山心腹李钦凑及其部将。安禄山"大惧",急令史思明率大军攻常山,并令蔡希德会师助攻,不十日,兵临城下。

颜杲卿兵少,苦战六昼夜,终因寡不敌众,城陷被俘。叛军胁迫颜杲卿投降,见其"不应",便用刀架在他的小儿子颜季明头颈上,说:"你投降了,儿子就能活命。"

颜杲卿仍旧不答。叛军遂将颜季明和颜真卿的外甥卢逖一并杀害,并将颜杲卿押至洛阳。

安禄山怒责颜杲卿:"我提拔你为常山太守,为何负我而反?"

颜杲卿瞋目骂道:"你不过是营州羯族一个牧羊的奴才而已,深受国恩,天子有何事负汝,你竟然反叛呢?我家世代唐臣,恪守忠义,恨不能斩你以谢皇上,怎能跟从你反叛?"

安禄山大怒,将颜杲卿绑在桥柱上,见其骂不绝口,命手下钩断颜杲卿的舌头。颜杲卿壮烈牺牲,时年六十五岁。

颜杲卿的威武不屈,为后世传颂。文天祥《正气歌》中咏道:"为严将军头,为嵇侍中血。为张睢阳齿,为颜常山舌。"

颜真卿比颜杲卿小十七岁,三岁时父亲去世,赖出身名门望族的母亲殷氏悉心抚育垂训。唐开元二十二年(734)举进士,又擢制科,调醴泉尉,再迁监察御史。

颜氏宗祠大门内檐廊柱楹联"御史万家时雨称",说的就是颜真卿任监察御史审案的故事。颜真卿升任监察御史后,奉命出使河西、陇右。当时,五原(今宁夏盐池)有一桩冤案久拖不决,并且那里已久旱无雨。颜真卿知悉后,明辨案情,很快将冤狱审决。结案时,恰逢天雨,"郡人呼御史雨"。

天宝十二载(753),颜真卿因得罪宰相杨国忠被排挤出朝廷,出任平原(今山东陵县)太守。两年之后,安史之乱爆发。当他和从兄颜杲卿相约起兵之后,为叛军裹挟的河北十七郡纷纷反正,归顺朝廷,并共推颜真卿为盟主,颜真卿一时拥兵二十万,有力牵制了叛军西进兵力。

安史之乱平息后,天下并未太平,朝廷政治腐败依旧,奸臣当道,藩将拥兵自重,叛乱此起彼伏。朝廷忙于调兵遣将平叛,且料奉旨平叛的将领也接连反叛朝廷。

建中三年(782),陷入困境的叛将朱滔见淮西节度使李希烈"军势甚盛",遂遣使劝其称帝。"李希烈由是自称天下都元帅、太尉、建兴王。"次年正月,李希烈遣将袭陷汝州,进而取尉氏(今河南尉氏县),围郑州,逼近洛阳,"东都士民震骇",纷纷逃入山中躲避。

奸相卢杞早就对颜真卿怀恨在心,为借刀杀人,向德宗建议,派颜真卿去李希烈军营宣慰招抚李希烈。德宗竟然听从卢杞的鬼话,"诏下,举朝失色"。

颜真卿明知有凶险,毅然前往。李希烈对其反复威逼利诱,叛将王滔等甚至以李希烈称帝后可以做"宰相",对颜真卿相诱胁。

颜真卿叱骂道:"何谓宰相!你知晓有骂安禄山而死的颜杲卿吗?乃吾兄长!吾年八十,知守节而死,岂受你辈诱惑胁迫!"

兴元元年(784)八月,李希烈闻其弟被官军斩杀,大怒,派人至蔡州,将囚于龙兴寺的颜真卿杀害。

颜真卿还是名动当时、垂范后世的书法大家。颜真卿从兄颜杲卿父子惨遭叛军杀害两年后,几度死里逃生的颜杲卿长子颜泉明,于乾元元年(758)在洛阳寻得父亲的尸骸,再到常山寻觅弟弟季明的遗体,结果只找到弟弟被叛军割下的头颅,只得忍痛将弟弟的头颅盛入棺木一同带回。

颜真卿见此惨状,悲痛万分,挥笔为侄儿写了一篇祭文。这篇于乱世危局和满腔悲愤中书写的"急就章",计二百三十四字,文有涂改,字有缺漏,然而苍凉悲壮,纵笔浩放,一泻千里,成为"文章字法皆能动人"的"天下第二行书",震古烁今的传世之宝。

所谓"一部书",就是有"百代家训之祖"之誉的颜之推的《颜氏家训》。

颜之推生于动荡的南北朝,十九岁步入仕途,任南朝梁湘东王的国左常侍。梁元帝承圣三年(554),北朝西魏攻陷江陵,颜之推全家被俘,遭至西魏,后冒险携全家逃奔北齐,欲借道返梁,不料梁将陈霸先废梁自立,颜之推滞留北齐为官,历二十年,官至黄门侍郎。北周灭齐,被征召为御史上士。隋灭北周,他又于开皇年间,被"太子召为学士,甚其重礼"。

颜之推一生屡经世变,"三为亡国之人",漂泊南北,身仕四朝,这使得他有机会亲身体察不同地域的政治、文化和社会风俗,加之他好学善思,以至于成书于晚年的《颜氏家训》,凝聚了他一生的处世经验和学思所得,成为一部内容丰富、系统完整的家庭教育教科书。

《颜氏家训》计七卷二十篇,系统阐述了教子、立身、治家、处世、为学之道。其中与子女教育相关的许多良言警句,至今仍有借鉴作用。

书中力倡对孩子教育要早,当年幼的孩子"识人颜色,知人喜怒,便加教诲,使为则为,使止则止"。连当今医学视为科学、年轻父母津津乐道的胎教,在书中也有述及。强调家教要严,认为对孩子一味宠爱,甚至溺爱、放纵,"骄慢已习,方复制之,捶挞至死而无威,忿怒日隆而增怨,逮于成长,终为败德"。

书中劝诫世人通过学习,不仅学得知识,还要掌握赖以谋生的技艺:"父兄不可常依,乡国不可常保,一旦流离,无人庇荫,当自求诸身耳。谚云:'积才千万,不如薄技在身。'"

书中强调终身学习,也就是要活到老,学到老:"幼而学者,如日出之光;老而学者,如秉烛而行,犹贤于瞑目而无见者也。"

颜之推博览群书,著述甚丰,但大都失传,仅有《颜氏家训》及少量诗文传世。仅有四万多言的《颜氏家训》,作为"百代家训之祖""处世之良规",对后世的影响深远,在中国家庭教育史上占有重要一页。正如颜氏宗祠厅堂中柱楹联所云:"一本咸趋训篇。"

整理好图片资料,我看看手表,已近晚上8点。又等了一会儿,广播里传来好消息:我们的航班可以登机了。提起行李箱,检票上了飞机,不料又没有动静了。在飞机上坐了个把小时,空姐抱歉地通知:上海因台风影响,暴雨倾盆,受流量控制不能起飞,通知乘客带上行李,下飞机到候机厅休息。

提着行李无精打采回到候机厅,突然感觉有点累了。今天早上为赶飞机,5点多起床,忙了一天,此刻又在机场待了四个多小时,何时可以起飞又没有准信,于是我决定退票回宾馆休息。我上网查了一下上海的天气情况,台风暴雨今夜就会离沪远去,明日天气晴朗,不过高温,有38摄氏度。我到柜台改签了第二天上午10点40分起飞的航班,随后打电话请赵春发派车来接我去宾馆。

第二天上午,我8点30分离开宾馆,又去了一趟颜氏宗祠,补拍了一段祠堂大门的录像。昨晚在机场整理资料时,不小心把这段录像删掉了。拍好后,直接去机场。

飞机晚点一个多小时,11点45分起飞。透过舷窗,望着晴空下的山河,我想,五下泉州可谓收获满满。下一步,就是如何把美轮美奂的皇宫古厝,在龙子湖畔精彩复建的问题了。

第四节　精心复建

一车车皇宫大厝木石构件和封壁红砖,陆续运抵蚌埠解放路古民居修复工场。金光荣场长指挥运输车辆——有时是长挂车,有时是集卡,停到指定位置。帮助卸货的是工程部派来的工人,金光荣叫他们把木构件搬到大仓库室内集中堆放,石柱和砖瓦直接卸下堆放在室外空地上。

蔡家老奶奶家的老宅运到修复工场时,我特地到现场查看。两辆集卡装了满满的木构、石材,"济阳衍派"石雕匾额和刻有楹联的石柱,也都随车运了过来。

工人卸货时,前车两个司机坐在驾驶室里,捧着泡着浓茶的大口玻璃瓶,喝水休息。

我见车身上印着"载重量40吨"的字样,上前问司机道:"从石狮开到蚌埠多少时间?"

坐在主驾驶位子上的司机说:"开到上海要二十个小时,再开到蚌埠,大半天时间。一般当日出发,第三天就到了。"

坐在副驾驶位子上的司机说:"我们跑长途都是两个人日夜轮流开,不休息。不过现在路好开,福建、浙江、安徽,全程高速。"

主驾驶说:"就是过路费不少,一地千把块,加起来3000多元,汽油费4000到5000元,加上人工费,就是万把块了。"

副驾驶伸出手指比画了一个"八"字,说:"给你们送这趟货,一车运费才8000元。"

我连忙问:"那你们帮我们送这趟货不是要赔钱了吗?"

主驾驶说:"我们跑长途的,一般回程都不会空车,都是揽了货才往回开,如果空车回去,就亏大了。"

我又问:"你们是专门的运输公司?"

主驾驶说:"车子是自己的,挂靠在运输公司,缴管理费。"

我点点头:"是这样!跑长途很辛苦。"

红日西斜,刚刚卸车完毕。金光荣按照司机带来的赵春发的发货清单,一一核对验收,确认无误后,把运输费付给主驾驶。他已预先去公司财务部经理李晓艳那里把钱领了出来。

主驾驶点好钞票,放进挎包里,启动了集卡。

我问:"晚上在蚌埠过夜吗?"

主驾驶笑笑:"我们都是在车上过夜,现在就要去拉货,装了货连夜往回赶。"

两辆集卡"轰隆隆"驶出修复工场大门,一转弯便消失在我的视野中。

我随金光荣到他住的小屋里。他吃住在这里,平时不回家,每年春节工场封门回家一次。有时他的妻子从老家过来住一段时间,帮他做饭洗衣。

我对他说:"闽南这批老宅很重要,一定要保管好,也早点安排修复,要派用场。"

金光荣说:"知道,马总关照过了。"

金光荣拿出登记册,准备将刚送到的古民居构件一一登记造册,他不会用电脑,都是用纸笔一笔一笔仔细记下来。

我说:"要不要给你派个会用电脑的助手,把资料存进电脑里?"

金光荣说:"我先记下来,这样我心中一本账,你们需要哪一栋,马上能找出来。"

我点点头,心想,仓库里这么多古民居,包括老家具、古树名木,档案资料的整理及其电子化,总是要做的,并且是一项不小的工程。

我开始考虑如何在园区规划复建这批古民居。

我4月17日二赴泉州时，特地去参观了与石狮相邻的晋江老城区五店市传统街区。五店市也是一个古村落，有"晋江之根"之称。早在唐开元年间，就有先民在此聚居，因开了五家店铺，店多成市，这里遂被称作五店市。2010年，鉴于五店市街区原有历史风貌保存较好，当地政府将其列为传统街区，进行保护性开发，委托清华大学相关单位编制了规划，欲打造集传统文化展示、民俗体验、企业文创、特色商业和休闲等多元功能于一体的晋江街区博物馆。

五店市保护性开发的一个特点就是，一方面对街区里现有数十栋红砖古厝进行修复，另一方面将其他地方拆迁的红砖古厝在这里修复重建。改造后的古民居，不再作为私家宅第，将引进高甲戏、木偶戏、南音和节庆习俗、祭祖习俗、民间信仰等非物质文化遗产，并配套一些商业服务设施。

我去参观时，一侧建筑工地上，堆放着大量木构件和红砖石料，数十个工人正在施工。五店市老街已形象初现，蔡氏家庙、庄氏家庙、郑家老宅等一批红砖古厝已经修复，墙上挂着的木制铭牌上有建筑说明，其中郑家老宅就是从其他地方拆迁过来的。几家兼有文化展示功能的茶室已经营业。

我不知道当地政府为什么没有考虑将钞坑的红砖古厝移建到五店市传统街区，也许那里规划用地有限，容纳不下那么多老建筑。如果我们不来钞坑抢救收藏，这些美轮美奂且有着精彩故事的古民居，将在推土机的巨铲下灰飞烟灭。

我觉得，我们抢救钞坑古民居的重要意义之一是弥补了钞坑片区改造规划开发方案的不足。客观地说，当地政府引进开发商，对钞坑进行整体拆迁和开发，是必要的。钞坑村位于石狮市中心城区，是石狮的南大门，与闻名海内外的石狮服装城一路之隔。杂乱无章、缺乏规划的新旧建筑簇拥在一起，片区面貌与富甲一方的现代化侨乡，以及中国休闲服装名城的定位，显得很不协调。数十栋红砖古厝东一栋西一栋，散落在水泥钢筋楼房之间，就地保护根本不可能。如果都留在原地不拆，规划根本没法做，也没有人愿意来投资。存之不能，毁之可惜，这也是全国各地大批散落在乡村、山区、街坊的古民居面临的窘境。整体拆迁，易地重建，或许是这些面临毁灭的古民居一条值得探索的出路。

我把红砖古厝景点暂且叫作"闽南古村落"。我设想，"闽南古村落"按照"田园村落式"进行布局设计，皇宫大厝原则上按原样修复，使用功能以文化展示为主，通过图片、文字、实物，以及循环播放的专题纪录片，介绍"钞坑古村落"的历史。五百年的颜氏宗祠改作接待和会务会议之用，可以为境内外钞坑原住民来此旧地重游、寻根怀旧，提供聚会场所。颜氏后人遍布世界各地，可以在此组织召开孔孟学术会议和其他文化交流活动。

我甚至设想,可在"闽南古村落"景点出口处,设一游船码头,配建游船等服务设施。码头以"泉州港"命名,游船亦可命名为"金龙""金凤""金吉"号。游客参观完"闽南古村落",登上游船,出"泉州港",下"南洋",体会闽南文化"爱拼才会赢",勇闯天下、创业致富的精神内涵。如此不仅情趣盎然,也使重建"闽南古村落"的文化意义得到充分体现。

我花了两天时间,写了一份《重建钞坑古村落的建议》,报给马总审阅。马国湘决定将这一文化景点放在园区紫薇长廊南侧和黄山大道之间的规划用地上。

我起初在钞坑拆回来的五十多栋老房子中选了二十栋,后来考虑到规划建设用地面积有限,根据马国湘指示,做了调整,先调整到十五栋,后来又改为八栋,集中选取了颜受佛和蔡孝鹏两个家族的老宅。其中蔡孝鹏家族的"金字号"系列三栋,包括蔡家老奶奶居住的金吉老宅、西侧加建的"三间张"和带"花向"仆人房的蔡家祖屋,建筑面积分别为390平方米、240平方米、300平方米,合计930平方米。颜受佛家族的皇宫大厝系列四栋,建筑面积分别为300平方米两栋,320平方米、230平方米各一栋,合计1150平方米。另外一栋就是颜氏宗祠,230平方米。

2013年国庆前夕的一天,我去解放路修复工场找杨新明,商量修改"闽南古村落"平面布局方案。

杨新明原来在上海吴中路"二一会馆"旁的收藏古民居的基地里办公,随着蚌埠园区建设加快,工场修复、现场搭建,都离不开图纸,他便搬来蚌埠办公。金光荣安排人在修复工场的大厂房一角给他隔了一个房间,他便用作办公兼卧室。条件虽艰苦些,但马总要找他,可以随叫随到。

杨新明毕业于景德镇陶瓷学院,学的是美术绘画专业,后来到上海华东理工大学进修了土木工程。虽然具备了一定的建筑设计和美学专业知识,但面对形形色色的古民居构件,要画出每栋房子尺寸精准的修复设计图纸,对他来说,仍然是一个不小的挑战。

首要的难点是早期收来老房子资料缺乏,主体木结构的复原是一大难题。传统民居建筑以梁柱木构架为主体,搭建房屋框架,再以砖石砌墙或围合。杨新明仔细揣摩抬梁式、穿斗式等不同古民居的结构体系,计算屋柱及房屋各部位之间的柱距比例,探究榫卯结构的原理奥妙,运用现代建筑设计规范,画出施工图。再者,是如何合理地增加厨卫、空调等设施,满足现代人的居住需求。他按照马总的要求,在保证老房子木构件主体基本不变的前提下,向原建筑两侧及后部延伸,加建厨房、餐厅、卫生间乃至客房,新老建筑有机组合,实现老房子新功能。一些老房子还有这样一个缺陷:二楼往往比较低矮,特别是后檐,一般只有1.2米至1.5米,利用率不高。他在修复设计时,通过改良屋面、抬高檐口等方法,加以改进弥补。

"闽南古村落"的建筑修复设计与杨新明以往做的有所不同——要求将所选七栋皇宫大厝和颜氏宗祠原拆原建,按原样修复。由于这批老宅拆迁时资料比较详细,杨新明驾轻就熟,把设计重点放在平面布局上。此前他已画了一稿十五栋建筑的方案,此次确定做八栋后,他又很快根据我提供的资料,调整了"闽南古村落"的平面布局方案:八栋古民居坐北朝南,呈团组状,前排三栋蔡家老宅,后排两侧各两栋颜家老宅。颜氏宗祠位于后排中间位置,也是整个建筑群落的重心所在。

我看了杨新明发给我的"闽南古村落"的方案,觉得布局很合理。

马国湘审看后,拍板说:"就按这个方案做!"

在抢救收购石狮古民居的过程中,我就和王龙商量,要利用拍摄的素材,做一部纪录片。

王龙的公司新近搬到靠近江湾五角场的国定路200号杨浦区创意园办公,我开车去了两次,他给我看了他们拍摄的大量素材。我和王龙商量下来,决定以这些素材为基础,结合我们项目的发展目标,以小见大,制作一部以抢救散落城乡、无法就地保护的古民居为主要内容的系列纪实影片。

为避免走弯路,王龙把拍摄的素材初步整理,请马国湘先审看一下。结果,马总不太满意。他说:

"片子要有一定高度,不是简单地记录拆迁抢救过程。现在,政府有关部门也好,专家也好,对我们做这件事,有期待,也有怀疑,我们要把拆迁过程中的人文故事、文化内涵充分挖掘并展现出来,把做这件事的必要性和意义充分揭示出来。"

我和王龙商量,由我先拟写一个纪录片摄制纲要,明确主题,编写脚本,然后由他来制作。

我很快拟好了一份摄制纲要,题目暂叫《家园》,主题思想确定如下:

《家园》(暂名)纪录片,以蚌埠龙子湖畔四百五十栋古民居项目规划建设为背景,以闽南钞坑古镇古民居的拆迁、抢救收藏、修复重建为主线,揭示古民居拆毁之痛,刻画抢救古民居之难,记录复建古民居之功,重现古民居建筑之美。艺术而又真实地再现以市场化、产业化为运作方式,成功抢救、保护面临毁灭的大批散落古民居的过程,传承和弘扬传统民居建筑文化。

全片暂定《失落的家园》《风雨二十年》《筑梦龙子湖》《欢乐古民居》四集。为慎重起见,我在拍摄提纲中还建议采取如下创作步骤:先拍样片,确定思路、风格和预算;按照拍摄提纲,有针对性地大量收集拍摄素材;随着项目进度,分阶段完成全片的拍摄制作。

与此同时,我还尝试拟写了第一集《失落的家园》拍摄脚本和解说词。

我再次约王龙碰头,讨论并确定了我拟写的拍摄纲要和第一集摄制内容。一个半月之后,第一集《失落的家园》几经修改,制作完成。片长24分钟,王龙在我提供的脚本基础上进一步展开,反复引用蔡清泉和蔡震波叔侄两代人对老宅拆迁不同看法的对白。特别是颜家一栋皇宫大厝意外失火,烧成黑炭的梁柱在雨中"垂泪"的镜头,让人触目惊心,十分震撼。

随着古民居博览园项目规划建设全面展开,前来视察、参观的领导、专家以及方方面面的朋友越来越多。在接待过程中,一般放映的也是根据我编写的脚本拍摄的4分钟的宣传片,而《失落的家园》片子比较长,主要放给一些专家观看。这部片子不少画面是从网络上下载的,制作还比较粗糙,但因许多现场拍摄的第一手影像资料生动感人,颇受好评。

2017年夏初,作为首批十大文化景点之一的"闽南古村落",在古民居专题文化景点的建设用地开工复建。

园区的南部边界是黄山大道。沿黄山大道有一条窄窄的单车小道,紧挨着小道是一条小河,小河向东一直流到龙子湖。小河北侧,是一条新堆的长两公里、高数米的蜿蜒土丘,丘脊上除了铺上绿草皮,还栽种了两行纤细的紫薇树。树幼枝柔,园艺工人把两行紫薇的枝条交叉编织在一起,形成了一条蜿蜒两公里长的拱形紫薇长廊。紫薇六七月始绽,花开一夏,花期长三个多月,且色艳朵密,故紫薇别称"百日红",又叫"满堂红"。盛夏时节,阳光明亮,紫薇长廊拱形顶上,蓬蓬勃勃,红艳一片。穿行其间,花影婆娑,馨香袭人,美不胜收。入园参观的客人,每行至此,莫不啧啧称奇。

有客人建议说:"这个景点可以命名为爱情长廊,花开时节,新人、情侣牵手走过,必须从头走到尾,不能半途而废!"

在边界小河和紫薇长廊之间,形成一片狭长的地块。这片花团锦簇和清澈小河夹拥的宝地,就是古民居专题文化景点的建设用地。这块地被分隔成八个单元,将挑选部分建筑富有特色、人文故事特别精彩的古民居,在这里修复重建。

马国湘仍安排四年前拆迁这批红砖古厝的赵春发的工程队施工建设。范为民安排李明坤同赵春发对接。李明坤协助赵春发的施工队搭建好了集装箱工棚,拉来了电线,安装了空调。施工队自己做饭,就吃住在工地。赵春发安排好施工事宜,回了江西,过一段时间来住几天,检查并督促施工进度。现场由他的助手胡双全负责。

我问老胡："大概多长时间可以建好？"

老胡说："八栋房子，半年就差不多了。"

八栋红砖古厝几乎是同时打地基开工建设。有杨新明画好的施工图，又是他们自己一根梁一根梁、一块砖一块砖拆卸下来的，熟门熟路，施工进度很快。

我隔三岔五去施工现场看一下，并把拆迁前拍的金吉老宅和颜氏宗祠里的楹联石柱照片打印出来，标好位置交给老胡。

我关照老胡："颜氏宗祠楹联特别多，石柱的位置不能安放错了。"

老胡说："有你这个照片就好办了。"

我想起颜氏宗祠大门口圆形石柱上的楹联"桃源衍派家声旧，东鲁学宗世泽长"，上下联左右位置原来就安装反了，便告诉老胡，哪个是上联，哪个是下联，叫他复建时调整过来。

盛夏的一天，我带中央电视台《走遍中国》栏目组去绍兴拍片，离开蚌埠好几天，回来时，赶忙到"闽南古村落"工地去看。八栋老宅的梁柱框架都已搭起来了，一检查，颜氏宗祠里的楹联石柱有几根位置还是安放错了。大门口圆形石柱上的楹联"桃源衍派家声旧，东鲁学宗世泽长"，上下联还是反的。

好在屋顶还没有盖，老胡说："改过来很方便。"

我提醒他说："大门口的楹联也没有改过来，还是反的。"

老胡连忙解释说："这两根石柱和下面的裙墙条石有榫口，改不过来。"

我说："噢，是这样。"

我想，以后园区对外开放，在建筑介绍中可以说明一下此事，这倒也证明了我们在抢救修复工程中，对老宅历史的尊重。

2017年国庆过后，八栋老宅的外墙都已砌好，下一步要贴封壁红砖，这是红砖古厝一个十分关键的施工步骤。

老胡打电话找我去工地，说："当时把这些雕花面砖撬下来，许多都碎了，没有办法每一栋都用原来的面砖。"

历经上百年甚至二三百年的日晒雨淋，老宅的面砖、屋瓦大都已风化，他们费了好大工夫，小心翼翼地一块块揭下来，收集了一部分，已经很不容易。特别是那些有雕花图案的面砖，抢救下来更难。我问："八栋房子的面砖凑得起来吗？"

老胡说："仓库里的都拉过来了，恐怕凑不起来。"

我说："主要保证把金吉老宅和颜氏宗祠的正面墙上的封壁红砖选好、贴好，其他的有多少用多少吧。"

老胡说:"屋瓦也不够。"

闽南古厝的屋瓦都是红筒瓦,我问:"能买得到这种瓦吗?"

老胡说:"当地应该能买到。"

我说:"你联系一下,能买到旧的就买旧的,旧瓦买不到,就配一些新的。"

过了几天,胡双全又打电话叫我去一下工地。他先领我看了一下颜氏宗祠面墙贴好的封壁红砖,用的都是拆迁时小心翼翼保存下来的老砖。有花草鸟兽、戏曲人物故事等图案,有的图文并茂,十分精美。其中一块刻的是"梁夫人炮炸两狼关",说的是宋朝抗金女英雄梁红玉大战金兀术的故事。

随后,在蔡家老奶奶家的金吉老宅门口,老胡指着凹寿门两边的红砖墙柱问我说:"这上面有一副对联,字不全,要不要贴上去?"

闽南人家的古厝,除了在屋内屋外石柱上刻上楹联,有的还会在凹寿大门两边的红砖墙柱上,以及面墙中间凸出的红砖墙柱上,嵌贴楹联。这些楹联用红砖切割成线条拼接成字,或正方形,或六边形,字体一般是变形的篆体,既有装饰作用,也体现屋主的某种文化意蕴。

金吉老宅正是如此,凹寿大门两边的红砖墙柱上嵌贴的楹联,一边各四字,共八个字,当时都被水泥涂盖住了,不知是何内容。老胡他们把这些字揭下来时,完好的只有四个字,还有四个字都碎裂无存。

老胡带我到工地旁他的宿舍前的小院子里,许多精美的封壁红砖都堆放在这里。我仔细看了看,这四个字为六边形的繁写篆体字,一时辨识不出是什么字,只看出其中有两个字是"水"字偏旁,应该是三点水偏旁的字。

我把这四个字拍了照,带回办公室细细辨识。因为字体六边变形,笔画有减损,不太好认。花了半天时间,先是认出三点水偏旁的是"济""源"二字,继而又认出另两个字,一个是"长",一个是"远"。其中"济""长"是繁体字。那么,缺损的究竟是什么字呢?

我又到金吉老宅门前察看,想找找有什么线索,可以帮助我补齐缺损的四个字。我盯着大门上方的"济阳衍派"门匾看了好一会儿,忽然想起已有的四个字中也有一个"济"字,突然悟得:缺损的应是"阳、衍、派、流"四个字,同已有的四个字合起来,正好是"济阳衍派,源远流长"八个字,且作为楹联,上下联也词意通达、平仄相符。

我问老胡:"我把缺的四个字写出来,你们能做出吗?"

老胡说:"没问题,我们用薄的红砖切割做。"

我回到办公室,参照已有四个字的字体,画出了"阳、衍、派、流"四个字,交给老胡。过了几天,老胡高兴地打电话给我:"嵇总,金吉大门口的字做好了,你来看看。"

老胡他们新补的四个字,字体风格、笔画粗细同原来四个字几乎一模一样,加之用的是旧材料,八个字浑然一体,看不出有什么区别。

我久久凝望着新嵌贴的"济阳衍派,源远流长"八个字,心想,虽然不能断定原来金吉老宅红砖墙柱上就是这八个字,但可以肯定的是,这八个字嵌于这栋文化底蕴深厚的古民居庄重的大门两侧,是贴切、得体的。

第三章　临川寻梦

第一节　清水高墙

抚州古民居拆迁的信息,也是江西的古建商赵春发提供的。我和赵春发已经比较熟了,经过合作抢救闽南钞坑古民居,他也知道了我的工作思路。我打电话问他抚州古民居的情况,他立即说:"抚州临川、金溪一批老房子马上都要拆迁,抚州是才子之乡,那些房子都有故事。"

一听临川,我的脑子里立即浮现出明代大戏剧家汤显祖的名字来。临川是汤显祖的故里,他的《紫钗记》《牡丹亭》《南柯记》《邯郸记》,合称"临川四梦",都是名著。尤其是《牡丹亭》,堪称世界戏剧史上的经典剧作,至今常演不衰。

2013年8月23日早上7点,我叫了出租车去虹桥机场,准备飞景德镇,赴抚州考察。飞机原定8点55分起飞,结果被告知晚点。我在永和豆浆店吃了早点,拿出笔记本电脑,边整理资料边等候。一个小时、两个小时过去了,不知什么原因,还没有登机的信息。

时近中午12点,终于登机。航班晚点将近三个小时,但不管饭,空姐发了一包小点心。好在航程不远,一个多小时,飞机安抵景德镇机场。

赵春发接了我,出了机场,在路边一家小饭馆吃了午饭,便驱车上了高速公路,直奔抚州。

赵春发说:"抚州从前做官的人家很多,房子都很大,雕花都很漂亮。"

我问:"有多少老房子要拆?"

赵春发说:"不少,二三十栋。"

我说:"数量不少呢!"

小车在苍翠的群山夹拥的高速公路上疾驶,盛夏午后的阳光,十分晃眼。抚州到景德镇有二百多公里路程,下抚州金溪出口时,已经开了近三个小时。

赵春发问:"先去宾馆休息还是去现场看看?"

我说:"时间还早,去现场看看吧。"

赵春发说:"有一栋官宅正在拆,我们先去看看。"

小车转入乡间简陋的沙石路开了一会儿,驶到一个村口。下了车,迎面是一座方正高大、很有视觉冲击力的古建筑。走近看,原来是一座祠堂,两层楼高,五开间门面宽。除居中的正门外,两侧原来各有一扇进出东西厢房的边门,但都已被砖块砌死。三扇门均是石制门框。正门石门仪粗壮,一字形门梁,上有品字形的砖雕门罩。石板门额上刻着"幼二公祠"四字。两侧边门的宽度与正门相仿,高度略低一些,石门仪纤细,门梁呈拱形,扇形石板门额上分别刻有"礼门""义路"。

我退后几步打量这座祠堂,觉得它同徽州民居显著不同的是外墙不用白灰粉刷,历经长年累月风雨侵蚀的青砖砌筑的清水高墙,有一种质朴的美。加之面墙高大、方正、简洁,更显得古朴、庄重。我不知道抚州的古民居都是这种建筑风格,还是仅仅这座祠堂建成这样。

祠堂的木门已经发黑,应该是祠堂落成时的原配。推开古老的木门,呈现在我面前的是祠堂破败的院落。这座祠堂有七间进深,两边厢房的面板、隔扇均已不见,只剩下立在长满青苔的雕花柱础上的一根根屋柱。后堂的门板也都不见了,墙上的红纸颜色也已褪去,字迹模糊,不知所云。两边厢房停放了几辆手扶拖拉机,院落地面上的青草顽强地从石缝里冒出来。看来,祠堂早已废弃,改做村里的临时农机房了。

我举起相机拍了几张祠堂的内外照片。

离开祠堂,我们转身进村去。祠堂西侧就是村落的入口,一座两柱一间的石牌楼,连接着祠堂的西山墙。整座牌楼都是用石块构筑而成,连挑檐牌楼顶也是用整块石头雕刻而成,石板门额上刻着四个楷体大字:"凤林起秀。"

一条两步宽的石板路,穿过牌楼,由村外伸向村内。石板路当中深深地凹陷了下去,那是长年累月人来畜往和独轮车碾压留下的印记。

我踏着石板路凹印走了几步,禁不住慨叹:得要多少年,才能在这坚硬的石板上,留下如此深深的印记呀!

夕阳西下,落日的余晖越过长满衰草的牌楼门头,投射在凹陷不平的古老石板路上。石板两侧,杂乱的青草蓬蓬勃勃地生长出来。我踏着石板上深深的辙印和从石板缝隙中顽强地冒出来的青草,走进赣东这个陌生的古村落。

跟随赵春发走了不远,眼前的景象令我吃惊:几栋高大方正、气势不凡的清水高墙古民居,矗立在眼前。我们要抢救收藏的老宅是其中的一栋。

赵春发说:"屋主催得紧,急着要拆旧屋盖新房。"

我到来之前,赵春发的民工队伍已经开了进去做准备工作。屋子门口围着不少人。一个小个子的中年男子过来同我们打招呼,赵春发叫他张老板。

张老板是为赵春发提供拆房信息的"联系人"。在古民居买卖的"产业链"中,赵春发是一个中间商,通常人们叫他"拆房老板"。赵春发这样的"拆房老板"手里有不少"联系人",这些"联系人"分散在四面八方,哪里有要拆的古民居,他们随时把相关信息发给"拆房老板","拆房老板"再提供给买家。

赵春发这样的"拆房老板"有一定的古建筑知识,有的对古民居还颇为精通,能大致看出老房子的建筑年代、风格式样,也了解老房子的行情,知道什么样的古民居有价值,并且有的还有自己的专业拆迁队伍,甚至还有自己的堆放物件的仓库。早几年,他们主要是收购老房子的木构件,谁家老房子要拆,见到漂亮的牛腿、冬瓜梁、隔扇花窗、柱础石雕等,他们先掏钱买下来,然后卖给有需要的下家,赚个差价。后来,有一些古民居的爱好者、企业家、收藏家需要整栋的古民居,有需求就有供给,一些古建商便专门做起老宅的生意来。不过整栋老房子的收购投资大,拆迁工程也比较复杂,古建商一般不自己收购收藏,以免套牢,而是物色好老房子,牵线搭桥,直接找好下家卖给他们,赚一点居间协调、打通关节和拆迁的费用。

张老板说:"主家等不及,已经开始拆了。"

张老板引我们走进一条巷子,巷子约莫六尺宽,尺把宽的长条石铺地,从前人家走马拉车应该不成问题。年深日久,中间的石块也已经磨损凹陷了下去。要拆的这栋古民居的大门对着前面一栋古民居的后墙,不知道为什么这家人家会把大门开在巷子中间。

走到门前细看,陈旧的木门上,残留的门牌上依稀可见"琉璃乡尚庄村"字样。

这是一扇三开间牌楼式的大门,青石门仪简洁匀称,门梁、门枕、门当均不事雕琢,只是在门额上方和左右镶以精美的红砂岩石雕。门梁上有两个方孔,应是原来安装户对之处。门罩尤其考究,大门上方门罩瓦檐起翘,三叠砖雕斗拱。左右两侧门罩呈对称状,为两叠砖雕斗拱。瓦檐上的卷尾鳌鱼脊角虽已残破,但依稀可辨。可惜门额上的字已被凿去并用水泥涂抹过了,显示宅子原主人身份或门第的宅名,已无法辨识。

该宅四周外墙是以青砖砌筑的一眠一斗式的空斗墙,面墙砌法则有所变化:门楼两侧是半人高的条石墙裙,中间是用青砖眠砌至门梁高度的实墙,上部则是空斗墙。实墙坚固,空斗墙冬季保暖、夏季隔热,二者兼而有之。墙角用一块与大门一般高的条石镶砌,以防过往推车碰撞。面墙上部左右各有一个通风采光的小天门。仅从外墙看,这座老房子的设计建设就颇具匠心。

张老板说:"这是一栋明代官厅。"

赵春发说:"进去看看吧,已经开始拆了。"

跨进大门,只见七八个民工正在忙碌着按程序拆卸屋内的木构。老宅内分隔房间的面板隔扇已全部拆下,铺地的石板也被撬走,屋面上的瓦片也揭去一大片,几缕惨淡的阳光从发黑的屋檩间透进来。所幸老宅的整体梁柱框架还完整地保留着,未伤筋动骨。我庆幸今天及时赶到,否则看不到这座被称作"明代官厅"的原貌了。

这是一栋三开间五架二进古民居。天井狭长,两侧厢房檐柱分别朝后偏让约一个步架,为正堂和后堂两侧的房间留出了朝着天井开半扇窗的位置,以便采光。正堂和后堂均为五柱进深,穿斗式构架。正堂一层穿斗为板式穿枋,二层栋柱两侧也是板式穿枋,前后金柱之间以及三层穿斗则是肥硕的月梁。四根月梁的拱背上,直接用精美的镂空木雕花托,支撑起五根主柱间增加的四根房檩,形成完美的"五架九檩"构架。后堂也是"五架九檩"、三层穿斗式构架,所不同的均是板式穿枋,但二三层穿枋巧妙地设计成类似月梁的拱形,不显得呆板,又有力学效果。铺地的石板都已被撬走了,碎瓦砾落了一地。红砂石柱础高低、造型不一,或圆形,或四方,不事雕琢,简洁实用。唯正堂前檐左右两根檐柱的柱础十分考究,为三段式:底部四方形,中段为八角勾栏,上部则是精美的八朵花瓣。

赵春发约了村中一位老伯来,向我介绍村子的情况。老伯姓李,谈起村子历史,他掩饰不住心中的自豪,说:"我们村子里多数人家姓李,我们的老祖宗,可是南宋尚书大人李纲。"

原来这里是宋代名臣、抗金英雄李纲后人的集聚地。呵呵,一不小心,走进了一座千年古村落。

李纲祖籍福建邵武,宋政和二年(1112)进士及第,入朝为官。时值朝政腐败,奸臣当道,金人南侵,内忧外患,北宋王朝岌岌可危。大敌当前,把持朝政大权的投降派主张割地厚赂议和。

李纲力主革新内政,抗击金兵,收复失地,上奏说:"祖宗疆土,当以死守,不可以尺寸与人!"

靖康元年(1126)正月,金人兵临城下,都城东京危在旦夕。李纲临危受命,任尚书右丞、东京留守,领兵抗敌,成功击退金兵,打赢了东京保卫战。不久,金人再度发兵南侵,李纲被投降派排挤出朝廷,罢免兵权。昏庸无能的宋钦宗,开城迎敌,俯首称臣。

靖康二年(1127)正月,金人掳走徽钦二帝,北宋灭亡。是年五月,康王赵构在南京(商丘)称帝,改年号建炎。宋高宗重新启用抗战派中声望最高的李纲,拜李纲"尚书右仆射兼中书侍郎",也就是任用李纲做宰相。但是,叶公好龙的宋高宗,并不实行李纲的建议,在投降派的攻讦下,李纲当了七十五天宰相,又遭罢免,他提出和采取的备战抗金措施,悉被废除。李纲先后历徽宗、钦宗、高宗三帝,然而仕途坎坷,三起三落,直至流放海南,抑郁而终。

李纲有一首诗咏《病牛》：

> 耕犁千亩实千箱,
> 力尽筋疲谁复伤？
> 但得众生皆得饱,
> 不辞羸病卧残阳。

力尽精疲的"病牛",正是他心系百姓、殚精竭虑、尽忠报国的自我写照。《宋史·李纲传》赞其："负天下之望,以一身用舍为社稷生民安危。虽身或不用,用有不久,而其忠诚义气,凛然动乎远迩。"将其比之于鞠躬尽瘁、回天无力的诸葛亮："中兴功业之不振,君子固归之天。若纲之心,其可谓非诸葛孔明之用心欤？"

我问李老伯："村名尚庄,是不是同李纲先后任尚书右丞和尚书右仆射有关？"

"正是。"李老伯说,"李纲死后,他的儿子李宗之迁到金溪下溪,宗之的儿子李让又迁到琉璃乡这儿居住。后来人们知道这里居住的是大名鼎鼎的尚书大人李纲的后人,就把这个尚书后人居住的村庄叫作尚庄。"

李老伯陪我走到"凤林起秀"牌楼下,说："当年尚庄的格局很气派的,像一座城池,村子四个方向有四个入口,每个入口有一座牌楼,就像古代城门的四个关口。这儿是东关,叫凤林起秀,东南关叫五马昌符,东北关叫古陇名家,南关叫科甲传芳。"

我说："听这四个关口的名称,尚庄李氏家族一定是耕读传家,人才辈出。"

"那当然！"李老伯说,"历史上出过一名进士、十二名举人。明代李日文是万历五年进士,做过福建漳州府丞。"

我点点头,说："古代太守驾车用五匹马,所以用五马代指州郡的长官太守,后来也代称刺史或知府。府丞是太守的副手,称作五马也是可以的。"

李老伯说："李日文为官廉洁爱民,口碑很好,东南关'五马昌符'牌楼,就是纪念他的。——噢,你知道吗？李日文和汤显祖是同年进京赶考的,李日文中了进士,汤显祖因得罪当朝宰相张居正,黯然落第。"

"噢,是吗?"我还不知道汤显祖经历这样一段公案。

赵春发说:"抚州有汤显祖纪念馆,我会安排嵇总去参观。"

李老伯陪我们在村子里边走边看。颇觉遗憾的是,不少老建筑顶塌墙倾,破旧不堪,都已空空如也,无人居住。

我说:"这样一个历史文化底蕴深厚的古村落,为什么不保护起来?"

李老伯脸色暗淡下来,长叹一声:"穷啊!"

张老板说:"尚庄是个贫困村,省里挂号的扶贫村。许多人家肚皮也填不饱,哪里有钱修老房子?年轻人进城打工不回来,祖上留下来的老房子也不要了。"

李老伯问我:"听说你们要把老房子买了去修复重建?"

"是啊!"我向他简要介绍了蚌埠古民居博览园项目的规划建设情况。

李老伯惋惜而又无奈地说:"搬到别处去,总比倒掉、拆掉强!"

落日西沉,天色渐渐暗了下来。苍茫的暮色里,这个千年古村落,显得分外落寞。

当晚,我们赶到抚州城中的临川大酒店下榻。

翌晨,吃罢早饭9点不到,张老板来到酒店,领我和赵春发继续出发考察。

车开了近两个半小时,到达临川区下辖的湖南乡的一个村子。下了车,走进一条砂石巷子。巷子右手,是一堵残破的古民居青砖高墙。墙根杂乱的青草,遮掩着红砂石墙裙,上部青砖墙面上青苔斑斑,墙头上是一丛丛陈年的衰草。

走到巷子尽头,我眼前一亮:一座雕饰精美的八字形高大门斗展现在面前。也是青石门仪,门罩已经塌圮,只剩下基座痕迹。雕花门梁石和石雕门额被水泥粗暴地涂抹过。也许是时间久了,门额右侧涂抹的水泥脱落掉一大块,露出"大"字的一半来,动乱年代水泥涂抹的显然是古民居常见的"大夫第"三字。门框两侧上下各镶有两块石雕。上部的石雕是手执旌旗、列队前行的仪仗队,下部的砖雕则是花草吉兽。八字墙面的拐角处,是镂空砖雕垂拱。虽然整个大门的雕饰因风雨侵蚀、人为损坏,业已残缺不全,形象模糊,但当年的不凡气势和精良做工,依然可以想见。

木门已经不见,跨进门槛,方知这个精美门斗只是院墙的大门。

正屋也是青石门仪,比院墙大门略窄一些,约莫三尺宽。门罩也已脱落,但雕花门梁石和门额未被水泥涂盖过。门梁石上雕花因自然风化,有很多缺损。仔细看,门梁石上的雕花图案人物众多,场面热闹。中间有二人端坐案后,仿佛是一男一女。案前有二人跪拜,左右两侧众官双手持笏,躬身施礼。再两旁,各有四个身着戎装的武将飞马来贺。从身后有宫女手执障扇来看,居中接受贺拜的当是皇帝和皇后——这应该是一幅百官朝贺图。

门额上有清晰可见的四个大字"德被全城"。从这四字看,老宅曾经的主人,不是主政一方的高官,就是富甲一方的乡绅。不过无论是何种身份,这块门额应该不是有"德政"的高官或者"善举"的乡绅本人所立,当是他们的子孙在建造该宅时所拟,为的是追颂和彰显祖上的功德。否则将"德被全城"四个大字公然刻在门额上,难免有自我标榜之嫌,会贻笑大方。

这是一栋三开间两进的古民居,分隔一进和二进的门窗、隔板已全部拆除,中堂和后堂连成一个大空间。天井的屋檐已经下垂,残缺的瓦片摇摇欲坠。两侧厢房的门窗基本完好,还有人居住。室内木构已为尘土覆盖发黑,但看得出,无论是月梁、穿枋,还是檩条下面的横枋,都有精美的雕花。两侧厢房下部的围板上的雕花图案是常见的梅兰竹菊,枝繁叶茂,鸟雀穿行,还配有诗句,画面极为生动。

屋子里十分杂乱,有两张八仙桌、几张条凳、一辆板车和一些其他生产生活用品。屋内有一个老汉、两个老妇人和一个五六岁的小孩。两张条凳搁着一张台板,上面放着许多黑色的鞋帮和一摞鞋底,一位老妇人在缝制加工布鞋。

我问老汉:"您贵姓?"

老汉打量了我一眼,答道:"免贵姓章。"

我问:"这栋老宅是你们祖上留下的吗?"

老汉连连摇头:"不是,不是。我们也是后来搬进来的。"

老汉说当地方言,我听不太清楚,张老板在一旁帮我"翻译"。

"噢,你们是一家吗?"我又问。

老汉答:"不是的,原来还有两家人家,都搬走了。就剩我们两家了,孩子们外出寻生活,也不回来了。"

我问:"这栋房子有好几百年了吧?"

老汉答:"嗯,三四百年了。"

我问:"知道老屋原来的主人是谁吗?姓什么?"

老汉答:"好像姓徐,听老人说,是当大官的,具体做什么,我们也不知道。"

我问:"村子里还有徐家的后人吗?"

老汉答:"没有见到过。"

看来打听不出多少同这栋老宅的相关信息,我对赵春发和张老板说:"我们去下一个点吧。"

我们向最后留守在这栋"大夫第"老宅里的三位老人和一个孩子告辞。走出屋子,张老板对我说:"我向村干部打听过,都讲不清这栋老宅原来的主人是什么人、做什么官的。"

来之前,赵春发告诉我,已和主家谈好收购这栋老宅的价钱,我觉得物有所值,可以收下来。这栋老宅的特色是它高大气派的门楼。令我有点遗憾的是,除了这栋老宅最初主人的姓氏,其他信息均无法知晓了。

我回头久久凝望着老宅门额上很有气派的"德被全城"四个大字,凝望着院墙门额上从水泥遮盖下顽强地显露出来的"大夫第"中的半个"大"字,心想,这栋老宅修复后,一定会令人惊艳。就让人们凭着自己的想象,去演绎这栋来自才子之乡的徐氏老宅不同凡响的前世今生吧。

我们又上车,驶了将近一个小时,出现在眼前的是一组清水高墙的古民居建筑群。赵、张二人领我到一栋老宅前,抬眼一看,我情不自禁地说了一声:"这么漂亮!"

大门也是一座雕饰精美、保存完好的三开间牌楼式门楼。青石门仪,门梁石上有三对安放户对的小方孔。石板门额上的刻字曾被石灰涂抹过,也许涂得薄了,涂抹的石灰已经大部脱落,露出"科第"二字和上下边框雕饰。门额左右各有一方立体石雕,雕像分别是一文臣、一武将,不知何故,两个文臣的头都不见了,两个武将的造型则基本完好。三扇门罩均是三层砖雕斗拱,大门上方的主门罩竟然与高高的檐口齐平,显得特别有气势。

主门罩与石刻门额之间镶嵌的一幅石雕格外引人注目:两条盘龙夹拥着一方雕板,雕板四边也是龙云纹饰。奇怪的是,这方石板是一块没有任何文字和图案花饰白板,同门楼精美的雕饰很不协调。龙纹是皇家的专用符号,民间不可擅用。这块双龙夹拥的龙纹石板,是本来就是空白,还是原有文字图案被凿去了?我仔细看看,石板平滑,没有敲凿过的痕迹。

赵春发见我注视门额上的空白石板,说:"这块石板应该是后来换上去的,原来的那块可能在'文革'中被'破四旧'敲掉了。"

我点点头说:"原来这上面应该刻有'恩荣'二字,显示曾经得到过皇上敕封或赏赐的荣耀,从前官宦人家门头上常有这两个字。"

紧闭的双开满堂木门已经发黑,有不少虫洞和裂缝,一对八边盘花铁制门环虽已锈蚀,但仍完好地钉在大门上。我上前轻轻地叩动两下,门环"笃、笃"发出嘶哑的响声。

我问张老板:"主人在家吗?"

张老板说:"这里已经很久没人住了,有边门可以进去看看。"

"哦,这么好的房子怎么会空着?"我将信将疑地说了一句。心想,这栋老宅的门楼保护得如此完好,室内木构也一定不差,这样的老宅,我最希望有原住民居住里面,哪怕是留守的老人,这样可以了解到更多的信息。

"科第"老宅旁边也是一座清水高墙的古民居,两宅之间的巷子只有四尺来宽。转进巷子,走十来步,是"科第"老宅天井的边门。边门也是青石门仪,门额上刻着"州司马第"四个大字。

哦,原来是一座司马第!边门的木门已经不见,跨进边门,眼前的景象完全出乎我的意料:屋内的木构已全部朽烂,门窗、隔板、楼板均已拆除,天井上方屋檐已经塌陷,朽烂的椽子、檩子悬挂在半空,摇摇欲坠。抬头望,今天的天气特别晴朗,蔚蓝的天空白云朵朵,洁白如絮,正午炽热明亮的阳光从残败的天井上方照射下来,投下破碎的光影。破败的司马第内景,顿使我心中涌起一种特别凄凉之感。

我问赵、张:"看门楼雕饰这么精细,这栋老宅年代应该是清代的吧?"

赵春发说:"我看是清代中晚期的。"

张老板说:"这个我不懂。"

我说:"年代不算太久,不知为什么烂得这么厉害。"

张老板说:"可能很早就没人住了,没人住的房子更容易坏。"

赵春发问我:"州司马是什么官?"

我说:"古代司马是主管军事的高级武官,隋唐时是州府主官的重要佐属,相当于副手或助理吧。"

张老板说:"官还不小。"

我说:"清代没有州司马这个官职,宋代以后好像就没有州司马了。这栋老宅的祖上曾经科举及第,官至州司马,或许还得到过皇帝的封赏。房子应该是他的后人建的。"

张老板说:"后面还有一座司马第,门头比这个还要漂亮。"

赵春发看看手表,说:"已经快12点了,找个地方吃了午饭再去看吧。"

上车在乡村公路上驶了一段,在路边一家小饭店门口停下。店不大,看上去蛮干净。我们坐下,赵春发点了饭菜。三扒两咽,吃完饭我们又上车奔下一个考察点去。

一望无垠的丘陵地带,满眼苍翠。绿色在车窗外急速退去,像大海的波涛随着逶迤的山丘时起时伏。不一会儿,车下了公路,驶进一条沙石路。我们的车驶过,车后扬起阵阵黄尘。

我们在一排清水墙的古民居前下了车。与此前看到的清水高墙的老宅不同的是,这排古民居是三栋三开间的老宅连在一起。西侧一栋和中间一栋之间,有一个高高的门头。中间那栋老宅的面墙和部分屋檐已经倒塌,裸露的梁柱、楼板已经朽烂,里面堆满了柴草,显然早已废弃不住人了。东西两栋老宅的门都上着锁,门罩也已塌圮,看上去也是危房,无人居住了。

眼前的景象令我大失所望。这一排破烂不堪且毫无特色的老宅,就是张老板说的比"科第"老宅还要漂亮的"州司马第"吗?

我刚要问,赵春发说:"这是门头,我们进去看看。"

走近高高的门头,原来这是一个小巷的巷口。小巷石门仪上方的石刻门额上残留着被凿过的四个大字,当时不知何故,凿的人手下留情,凿得不深,现在还明显看得出是"州司马第"四个字。小巷两侧各有三排形制相似的古民居马头墙——原来是一个古建筑群落,沿村道门面那排破烂的老宅,只是它的辅房。

我小心翼翼地走进这静静的小巷。小巷深深,宽约两步,缓坡而上,看得出整个建筑群依坡而建,前低后高。小巷里绿草披离,越往里越是浓密,中午强烈的阳光从巷子上方直射下来,野草越发显得生机勃勃。

我依次走进两侧的老宅察看,如同"科第"老宅一般,内部木构拆走的拆走,朽烂的朽烂,有的屋顶已经塌陷,这些老宅废弃已久了。我非常失望,紧走几步,准备看一下小巷右侧最后一栋老宅就走。这栋老宅和前面一栋老宅之间有一道石砌拱门,踏着散落一地的碎瓦砾和繁茂的青草,穿过拱门,是一个敞亮的庭院。我一看这栋老宅的大门,顿时惊呆了:好一座精美绝伦的门楼!

这又是一座三开间牌楼式门楼,但雕饰之精美,保存之完好,比"科第"老宅有过之而无不及。所不同的是,门仪是红砂石制作。石板门额上"大夫第"三字,没有任何破坏痕迹。门额左右石雕也分别是一文臣,一武将,可惜四个人头都已不见。门罩也是三层砖雕斗拱,大门上方的主门罩也直至檐口。左右开间的门罩则与"科第"不同,分成高低两级,与主门罩形成三级叠加,不仅造型更加美观、和谐,而且蕴含"连升三级"的寓意。主门罩和门额之间也镶嵌着一幅双龙夹拥的雕板,雕板上"恩荣"二字赫然在目。由此可见,"科第"老宅那块空白石板上,原来也是嵌有"恩荣"二字的。

大门没有上锁,推门而入,这栋老宅同样也是无人居住的危房。这也是一栋三间五架九檩三进古民居,前后堂的门窗、隔板已经拆除,两个天井的屋面檐口已大面积塌圮,好几根朽烂的檩子掉落在天井里,碎瓦砾掉落了一地。虽然破旧,整个老宅的木构还算完整。

回到前院,我从不同角度仔细拍了好几张这座难得一见的门楼照片,见院子东北角有一扇木门,便拉开门闩打开院门走了出来,原来这扇门可以直接行至进村大路或上山。令我惊叹的是,小小的院门制作十分考究:红砂石门仪,木雕门罩小巧精美,两根垂枋下部雕成圆鼓状,分别有镂空雕花斜撑支举着高挑的檐角。石板门额雕花围边,上面刻着"秀挹溪南"四个大字。古朴的青砖墙上,生机盎然的爬山虎已经爬满半截墙头。从院子里伸出来樟树的绿叶,在夏日正午强烈的阳光照射下,透明碧绿,就像一块块碧玉,装点着古朴精美的门头匾额。

我站到院门前,请赵春发帮我拍照留念。

我们循原路回到小巷口。回头望望光影斑驳的寂静的深巷,我想,一条巷子,一个家族,因何而兴,因何而衰,一定有一段鲜为人知的传奇故事。

我问张老板:"有没有这栋老宅的资料?"

张老板说:"问过村里人,都讲不清楚,据说这个司马第和大夫第是一个家族的,后人也找不到了。后来住过许多人家,都不是原屋主的后人。"

我颇感失望,对张老板说:"再想想办法,打听打听。"

张老板说:"好的。"

我对赵春发说:"这座大夫第的门楼和院门是个艺术品,很有价值,拆运时一定要十分小心。"

赵春发说:"你放心,我安排几个有经验的师傅来拆运。这么漂亮的门楼很少见,这栋老宅修复好后价值很高。"

我想,也许我们能够把这栋有着美轮美奂的门楼和精巧院门的老宅完美地修复,但可能永远不知道这个家族失落在历史长河中的悠悠往事了。

第二节　小城巨匠

第二天,我们在临川、金溪两地来回奔走,考察了十数栋散落在山区、城镇、村落中的古民居。所见所闻,有两点令我十分感慨:一是赣东民居清水高墙,不事粉刷,古朴庄重,同以"粉墙黛瓦马头墙"为特色的徽州民居明显不同。遗憾的是,许多老宅外墙看上去完好无缺,内部构架却朽烂倒塌,基本没有完整的。二是"大夫第""科第""高士第""江左旧第"等,比比皆是,足证抚州"才子之乡"的美誉名副其实,旧时尤多官宦和富庶人家。

另有一点令我觉得颇为有趣的是,在考察走访过程中,我发现向我们介绍情况的不少当地村民的口中,地域概念模糊,明明已不在临川地界,他们口中还是自称"我们临川",并洋溢着满满的自豪感。当然,赵春发和张老板请来向我介绍情况的,多为留守老宅的长者,年轻人很少见到。

这并不奇怪。其主要原因有二:

一是同临川和抚州的建制沿革有关。

临川现为抚州市的下辖区,但临川的"资格",实际上比抚州要老,抚州系由临川郡改制而来。历史上的临川是个"大临川",金溪的地盘,原来也是属于临川的。

临川建县于东汉永元八年(96),因境内有临、汝二水,遂名临汝县。三国吴太平二年(257),置临川郡,郡治设临汝。隋开皇九年(589),改临川郡为抚州。西丰、定川两县并入临汝,临汝县改为临川县,属抚州。隋大业三年(607),复改抚州为临川郡,临川县仍属之。唐武德五年(622),又改临川郡为抚州。此后,抚州或而为抚州路,或而为抚州府,建制屡有变革,但临川县名一直未变,只是县辖区域有过调整。如毗邻的金溪县,就是由临川划出的四个乡组成。直到2000年6月,国务院批准撤销抚州地区,设立地级抚州市,由临川县改成的县级临川市,改为临川区。由此可见,临川郡是抚州的前身。古之临川郡的辖境,与今之抚州市的行政区域大同小异。

二是基于"临川文化"的巨大影响力。

"大临川"这片山明水秀、物产丰饶的土地,自古以来,文风昌盛,人才辈出。史料记载,宋、元、明、清四朝,抚州考取进士的多达两千四百五十名,涌现出一系列名垂后世的政治家、思想家、戏剧家、文学家。

临川历史上的文化名人,我比较熟知的是王安石和汤显祖。王安石的文集《王临川集》,汤显祖的戏剧代表作"临川四梦",均以他们的籍贯命名。曾几何时,王安石被贴上"法家"的标签,名噪一时。拂去历史的尘埃,这位被列宁称为"中国十一世纪的改革家",是一位兼政治家、文学家为一身的"文化宰相"和"诗词宰相"。不过,他在政坛上的影响力,无论在当时还是后世,都大于他的文名。

此番来抚州抢救收藏古民居,令我没有想到的是,北宋著名的"父子词人"晏殊、晏几道,也是临川人。晏殊同王安石一样,位极人臣,当过宰相,也是学富五车的文学家、诗人,而且晏殊还是王安石的前辈,大王安石整整三十岁。所不同的是,晏殊的文名重于官声。严格来说,是他开一代诗风的词作,使他不仅成为当朝文坛领袖,而且对后世影响深远。另一方面,他的政绩不彰,也同他"三起三落"的坎坷仕途有关。

晏殊是一个神童。他并没有什么显赫的家世背景,其父晏固是抚州府一个狱吏小官。但晏固家教甚严,晏殊五岁时,其父即为他延师授学。晏殊天资聪颖,加之刻苦好学,七岁时便能吟诗属文,应询答对,乡人称奇。

宋景德元年(1004),前宰相张知白奉命"安抚江南",到抚州巡视,召晏殊测试后,便以"神童"将他举荐给宋真宗参加御试。次年三月,十五岁的少年郎晏殊,"与进士千余人并试廷中,神气不慑,援笔立成"。

后二日,皇上亲自以"诗赋论"面试晏殊。晏殊一看试题,正是自己温习过的内容,他没有答题,启奏皇上道:"臣曾经私下里温习过这篇诗赋,请皇上另外出题试臣。"

天才少年以他饱读诗书的底气和纯朴诚实的人品,赢得皇帝喜爱,遂"嘉赏赐同进士出身,擢秘书省正字,秘阁读书"。第二年,经召试中书,迁太常寺奉礼郎。从此,少年得志,步入仕途。

晏殊三十五岁迁枢密副使,为执掌军事的副丞相。四十二岁为参知政事,迁尚书左丞,为掌管行政的副丞相。五十三岁加同中书门下平章事,当上了宰相。晏殊虽年少得志,然而,宫廷争斗,仕途凶险,他任副相和宰相的时间均不长,短则八个月,长则一年多些,即遭罢黜,改任地方官职。

晏殊不仅少有奇才,而且"笃学不倦",在繁忙的政事之余,笔耕不辍,著有文集二百四十卷。"尤工诗",创作了大量诗词作品。《宋祁笔记》云:"晏相国今世之工为诗者也,末年见编集乃过万篇,唐人以来所未有。"可谓"诗词宰相"。可惜不知何故,他的诗词作品大部分散佚失传。他的词集《珠玉词》,仅收录词作一百六十余首。尽管篇幅有限,但在中国文学史上占有一席之地。

晏殊《浣溪沙》词中的两句诗——"无可奈何花落去,似曾相识燕归来",最为人熟知,堪称脍炙人口的千古名句。这首《浣溪沙》即是晏殊任枢密副使时,因弹劾张耆得罪垂帘听政的刘太后,首次罢官被谪降宋州(今河南商丘)知州时所作。"花落""燕归",这些司空见惯的自然景象,"天然奇偶"的优美诗句,情韵动人,蕴含哲理,既是诗人官场失意、孤独彷徨心情的生动写照,又饱含世事沧桑、往昔难追的人生慨叹。

值得一提的是,晏殊后两次被罢官外任,均到安徽当过官。前一次是"以礼部尚书罢知亳州",亳州和蚌埠同属皖北,相距不远。后一次他被罢相,"降工部尚书知颖州",也就是在蚌埠的近邻阜阳当过一段时间知州,后又调任陈州(今河南淮阳)、许州(今河南许昌)、永兴军(今陕西西安),再徙知河南府兼西京(洛阳)留守,前后达十年之久,直至至和元年(1054)六十四岁时才因病获准返回汴京。

我想,倘若以后在我们园区做江西民居文化景点,有理由说一说这位"诗词宰相"的故事——毕竟晏殊两次在皖北做过官,说不定上过涂山,在龙子湖上泛过舟呢。

晏殊的小儿子晏几道也是一名词人,父子合称"二晏",是中国文学史上著名的"父子词人"。晏几道这个名副其实的"官二代",曾经"鲜花着锦"般的优渥生活,使他得以混迹于歌女舞姬之间,因此他的词虽然艺术成就很高,但题材狭窄,多局限于吟哦与歌女舞姬的悲欢离合之情。但综观其一生,晏几道命运多舛,其父"罢相"及去世后家道中落,加之他耽于冶游,"仕宦连蹇",只做过颍昌(今河南许昌)许田镇监,甚至受王安石变法失败牵连,因诗获罪,被捕下狱,终至贫困潦倒,过着"家人饥寒"的日子。人生的大起大落,映射在晏几道的笔下,那些与歌女舞姬的离愁别恨,往往感情真挚,刻骨铭心,具有动人的艺术魅力。

晏几道的《临江仙》是婉约词中的代表作之一:

梦后楼台高锁,
酒醒帘幕低垂。
去年春恨却来时。
落花人独立,
微雨燕双飞。

记得小苹初见,
两重心字罗衣。
琵琶弦上说相思。
当时明月在,
曾照彩云归。

"小苹"者何人?一说是抚州知府之女,一说是晏几道朋友家的歌女。
"临川文化系列丛书"中的《抚州名人故事》,记有晏几道和小苹的爱情悲剧故事——

晏几道十四五岁时,随父亲自京城回故乡临川省亲,时任抚州知府于衙内后花园——金梘园,设筵款待晏殊父子。席间,知府唤来与晏几道年纪相仿的女儿小苹拜见晏殊,并和晏几道相见。小苹容貌姣好,身着绣着两个"心"字叠印图案的罗衣。她应父亲之命,弹奏琵琶一曲,调名《燕双飞》。随后,晏几道也应父亲之命,吹奏玉箫一曲以谢,曲名《楼台梦》。晏殊和知府二人十多年前曾同在京城供职,且相交甚好。如今二人均身居高位,眼前一双儿女,玲珑可爱,小小年纪,才艺崭露头角,二人自然喜不自胜。晏殊即席作诗一首:

临川楼上柅园中，
　　十五年前此会同。
　　一曲清歌满樽酒，
　　人生何处不相逢。

　　此后，晏几道和小苹兄妹相称，往来频繁，渐生情愫。不久，晏殊省亲期满返京，晏几道只得和小苹依依惜别。

　　分别后，晏几道对小苹思念日深，及至弱冠，思念尤甚，以致病倒。他意欲回乡探亲，再访小苹，但父亲不允。问及缘由，其父支吾其词，似有难言之隐。待晏几道病体稍愈，其父知其心病，准其回乡。

　　晏几道回到家乡，满心欢喜，重访金柅园。岂料世事沧桑，物是人非，小苹父女已不知去向。原来，小苹父亲因支持范仲淹新政，被反对变革的旧党诬陷，发配岭南。小苹父亲秉性刚直，于发配途中绝食而亡。传闻小苹卖身葬父，沦落为妓，流落他乡。

　　晏几道闻听至此，犹如五雷轰顶，肝肠寸断。他孑立金柅园中，吟成凄婉动人的《临江仙》……

　　《抚州名人故事》"内容简介"言明："这本书里的故事，是根据历史记载和民间传说重新创作的故事新编。"晏几道和小苹的爱情故事，显然以"戏说"成分为主。

　　现有史料中，晏几道生卒年代不详，其生年有多种说法。据唐红卫、李光翠、阳海燕合著的《二晏年谱长编》考证，晏几道当生于宋庆历六年（1046）。如此，其父于宋至和二年（1055）去世时，他才十岁，谈不上随父亲回乡省亲期间，邂逅知府女儿小苹并与之一见钟情。

　　晏殊的《金柅园》，是其流传下来咏及家乡的少数几篇诗作之一。据《二晏年谱长编》引《晏氏宗谱》：该诗作于宋天圣三年（1025）。当时，三十五岁的"晏殊自翰林学士、礼部侍郎迁枢密副使"，官拜副相。二十年前，年方十五的晏殊以神童举，抚州郡守宴请王监丞和晏殊表示祝贺。王监丞自恃年少登科，对晏殊"辄易而侮之"。二十年后，晏殊官拜副相，执掌军政大权，王监丞仍为小官，遂"持书干谒"，晏殊提笔在其书尾题了这首诗。其时，晏殊的暮子晏几道尚未出生，《金柅园》显然也同晏几道的爱情故事无关。

　　另一说小苹系晏几道朋友家歌女。大约在宋哲宗元祐初年，晏几道的词作被右仆射高平公范纯仁结集成《小山词》。晏几道在《小山词》集自序中，忆及二十多年前,在朋友沈廉叔、陈君龙家饮酒听歌,"做五、七字语,期以自娱"。沈、陈家中有"莲、鸿、苹、云"等歌女,"每得一解,即以授诸儿。吾三人持酒听之,为一笑而已"。如今,词作缀辑成编,"追惟往昔过从饮酒之人,或垅木已长,或病不偶。考其篇中悲欢合离之事,如幻如电,如昨梦前尘。但能掩卷怃然,感光阴之易迁,叹镜缘之无实也"。

《临江仙》中的"初见小苹",是否就是沈、陈家中的歌女"苹"?不得而知。晏几道写与这些"歌儿酒使"歌云梦雨、情感纠葛、离愁别绪的作品,比比皆是。有词作忆念小苹,不是没有可能。

如果晏几道的"自序"比较靠谱,那么问题是,一个富家公子,如何把他同逢场作戏、"一笑而已"的歌女的情感,写得如此委婉深沉,具有动人心弦的感染力?也许这正是优秀文学作品的魅力所在。

写金梩园的初恋情人也好,写萍水相逢的歌女也好,这首《临江仙》独特的艺术魅力,在于用清新明丽的艺术语言,司空见惯的生活景象,如梦似幻的迷人意境,写出了人生美好的情思错失后油然而生的无限惆怅。

"二晏"词作中,有许多脍炙人口的名句。无论是"当时明月在,曾照彩云归"的深情追忆,"人生何处不相逢"的喟然长叹,抑或是"夕阳西下几时回"的茫然期盼,"无可奈何花落去,似曾相识燕归来"的繁花易逝,等等,表达的莫不是超越贫富贵贱、跨迈庙堂江湖、穿透岁月时空的人生普遍情感,因而具有打动人心、引起共鸣的恒久艺术魅力。

是啊!夕阳下,我默默地望着眼前一栋栋历经风雨破败毁圮的老宅,此刻就有一番"无可奈何花落去"的慨叹和遗憾;聆听老宅主人娓娓道来的大宅门里的一个个传奇故事,又有几分"人生何处不相逢"的慰藉和欣喜。

我想,江西临川的古民居,大有文章可做。

这时,手机响了。王鹏博来电,说蚌埠市政府通知,8月27日、28日下午分别有重要客人来古民居园区参观,让我务必赶回去做好接待工作。

抚州还没有直通蚌埠的高铁,坐高铁需从南昌走。我查看了南昌往蚌埠的高铁票,明后两日均已售完,遂决定从南昌坐飞机回上海,再乘高铁去蚌埠。

我对赵春发说:"我明天下午回上海,上午我们去参观一下汤显祖纪念馆。"

赵春发有点遗憾地说:"还有好多老房子没有看呢。"

我说:"江西的民居非常有特色,文化内涵也很丰富,过些日子我还要来看。"

2013年8月25日,我吃过早餐,收拾好行李,退了房。赵春发开车来接我,直奔位于文昌大道的汤显祖纪念馆。

此次临川之行,我让赵春发安排的重点节目之一,就是参观位于抚州市区的汤显祖纪念馆。我想,如果说"临川文化"是中华优秀传统文化灿烂的百花园中一片绚丽的花丛,那么汤显祖的戏曲巨作《牡丹亭》,则是"临川文化"中艳冠群芳的花魁。

说来话长,我"结识"汤显祖,读《牡丹亭》,还是在那个特殊的动乱年代,那时自己还是一个"情窦未开"的初中生。

1966年仲夏,我小学毕业准备升中学。同学们忙着复习考试,而我则比较神定气闲,因为学校已经定下来,保送我去赫赫有名的华师大二附中去读书。不料"文革"狂飙骤起,保送上学的美梦泡了汤。不久,在"复课闹革命"的口号声中,我和同学们一起就近进了家门口一所普通中学。虽然以"革命"的名义"复课",但"革命"对教学秩序的冲击还是很大。教材是新编的,上课不正常,所学知识有限,就像母亲每月凭购粮证买回来的粮食,总是不够吃。于是,我就私下里找人借一些书来看。

父亲见我爱看书,一天,便带我去拜访他的同事王先生。那天,他特地带去了一只我的外婆刚从乡下给我们带来的漂亮的大公鸡。那年头,鸡鸭是相当于鱼翅海参的奢侈品,平时难得上普通人家的餐桌,市场上也买不到鸡呀鸭呀的,只有逢年过节,凭临时发下来的计划票证,才能买到。

王先生家在苏州河南岸浙江路桥桥头的一栋公寓楼上。记不得是三楼还是四楼,从他家的窗户往外望去,苏州河水波光粼粼,缓缓流去。王先生家里有一只一人多高的书橱,里面装满了中外文学书籍,很多是中国古典文学名著——其中不少是被列入"扫四旧"对象的"毒草"书籍。

王先生戴着一副金丝眼镜,皮肤白皙,微胖,宁波口音很重。他大概听我父亲说过我爱看书的情况,见我一进门眼睛不离书橱,便微笑着对我说:"侬欢喜看啥书,自己拿。"随后便和我父亲喝茶聊天。

王先生的书橱中有一套中华书局出版的十二册《六十种曲》,特别吸引我的眼球。我抽出第一册一看,是明代毛晋编的元明传奇、杂剧集。我略知一二的王实甫的《西厢记》、高明的《琵琶记》、汤显祖的"临川四梦",都赫然在列。"临川四梦"之一《牡丹亭》,亦名《还魂记》,不仅收录了汤显祖的五十五出"秀刻定本",还收录了吕硕园的四十三出"删定"本。

临走时,王先生叫我把想看的书带回家慢慢看。我取了厚厚的一大本《辞源》,这是商务印书馆1939年出版的合订本。在我这个刚读完小学的初中生眼里,

《辞源》简直就是中国古代文化的海洋。我又取了一本《李璟李煜词》——那时我已由熟读《毛主席诗词》，进而迷上了古典诗词，《唐诗三百首》已经熟读并能背诵下来，并将厚厚一本《李白诗选》大半摘抄在自己的笔记本上。"谈情说爱"的《牡丹亭》，我也想取下借走，但刚伸出手去，又不好意思地缩了回来。此时竟觉得脸颊微微有点发烫，我瞟了王先生一眼，好在王先生没有注意。

后来，又随父亲去过王先生家几次，终于还是壮着胆子把《六十种曲》第四册取下借了回家。

这一册中，不仅有汤显祖的"临川四梦"，还有王实甫的《西厢记》。一段时间里，我白天上学校"复课闹革命"，晚上偷偷地在家里读《牡丹亭》《西厢记》。那是一个谈"情"色变的年代，但精美的词曲编织的"才子佳人"美丽动人的爱情故事，读来令我脸红心跳。尤其是《牡丹亭》那跨越时空、超越生命的"生死恋"，在我这个中学生心里，激起了阵阵涟漪……

车在汤显祖纪念馆门前停下。

纪念馆实际是一座美丽的园林。树木葱茏，碧水荡漾，亭台楼阁掩映在翠色中。入口处的纪念馆简介铭牌显示：全馆占地80亩，由综合展馆清远楼和四梦村两部分组成。不知何故，园内见不到其他游客，显得颇为冷清寂寞。

入园即是一条清澈的小河，岸边立有一块石碑，上面刻着"毓霭池"三字。沿岸边小道前行，就是主展馆清远楼。楼前矗立着汤显祖手持书卷、奋笔欲书的全身塑像。清远楼是一座二层仿古楼阁建筑，粉墙黄瓦，檐角飞翘。方形屋柱、花格门窗均漆成朱红色。前出的门厅四根屋柱上刻有两副楹联。

我在汤翁的塑像前拍照留念，随后入馆参观。一楼展厅依汤显祖的生卒年月，图文并茂介绍了汤显祖求学、为官、创作的主要经历，重点介绍了汤显祖晚年辞官回乡，"梦圆临川"，创作了流传千古的"临川四梦"。

令我特别感兴趣的是，展厅里有一幅"玉茗堂平面示意图"。示意图没有尺寸，只有简单的线条。展馆讲解员见我对示意图有兴趣，便对我详细介绍：玉茗堂为三间一进，中间堂屋宽大，即玉茗堂；东西厢房为卧房，分别名为省兰堂和寒光堂。屋后为清远楼，是汤显祖读书写作的书房。门前是一个很大的花园。花园东侧有"四梦台"，是一古戏台，是汤显祖排演剧目的地方。西侧有一座建筑，叫芙蓉馆，是汤显祖会客宴宾之处。芙蓉馆前还有一方水塘，就是毓霭池。

讲解员对我说："玉茗堂是汤显祖从遂昌县令任上辞官回乡后，建造的新居。宅基地前面有一口沙井，汤显祖也把玉茗堂叫作沙井新居。"

我问："这玉茗堂示意图有依据吗？"

讲解员点点头,说:"有的,是根据《文昌汤氏宗谱》中的有关记载绘制的。"

展馆二楼为"四梦台",实际是一个小剧场,用来演出"四梦"折子戏。

参观完展馆,出清远楼,过了名为"毓霭池"的小河上三孔"梦亭桥",就是根据汤显祖"临川四梦"剧情和意境打造的"四梦村"户外景区。气势宏伟的"四梦广场"上,有四座屋宇式门楼,分别悬挂着《南柯梦境》《紫钗合璧》《牡丹郁馥》《邯郸古道》匾额。长长的粉墙连接着门楼,粉墙上镶嵌着黑底白色字画石刻,介绍"临川四梦"的人物、剧情。由门楼入,可通往"四梦"的各个景点。

我看看手表,因下午要赶到南昌机场,遂决定重点浏览一下"牡丹亭"景点。

"牡丹郁馥"门楼两侧挂着一副楹联:

因梦成真珍惜如花美眷
以情格理奈何似水流年

楹联化用了《牡丹亭·惊梦》中词句:"则为你如花美眷,似水流年。""以情格理",歌颂因梦成真的"至情至爱",冲击和对抗道学伦理教条,是"临川四梦"的主旨,也是汤显祖文艺主张的核心思想。

步入"牡丹亭"景区,有破茧山房、丽娘坟、牡丹亭等景点。出乎我意料的是,园中有一块毛主席的书法碑刻,内容竟然是《牡丹亭·惊梦》中那段最为著名的"皂罗袍"曲词:

原来姹紫嫣红开遍,似这般都付与断井颓垣。良辰美景奈何天,赏心乐事谁家院!朝飞暮卷,云霞翠轩;雨丝风片,烟波画船——锦屏人忒看的这韶光贱。

伟人的狂草瑰丽洒脱、气势飞扬,令人叹为观止。

离开汤显祖纪念馆,上车直奔南昌昌北机场,一百多公里路程一个多小时即到。分手时,我对赵春发说:"回蚌埠后我把工作安排好,还要再来一次。嘀,可能不止一次。"

飞机在云端里穿行。清水高墙大夫第,"父子词人"晏殊和晏几道,"文化宰相"王安石,高扬"言情"大旗的汤显祖,龙飞凤舞的伟人《牡丹亭》词曲书法碑刻……短短的两天多临川之行,使我深感江西民居之美轮美奂、文化内涵之丰赡深厚。

"如何在蚌埠古民居博览园做好江西民居这篇文章呢?"

一路上,我不停地琢磨这个问题。不知不觉,飞机已经在虹桥机场落地。

2013年9月10日一早,我和妻子徐琍打车往虹桥机场,再次飞景德镇。这趟飞机准点起飞,一个多小时抵达。仍是赵春发开车来接,两个多小时后,到了金溪县城。时近中午,找了一家饭店吃了午饭,随后前往城里金都大酒店办理了入住手续,放好行李,稍事休息后,又上车出发。

赵春发对我说:"今天带你去看几栋官厅,都是明代的老宅。"

我十分惊喜,说:"噢!明代老宅,那可都是宝贝!"

即便是晚明到今天,也已有近四百年了。砖木结构的中国传统民居,历经三四百年的风霜雨雪,能够保存下来的可谓凤毛麟角。

约莫半小时,车在一大片绿植稠密的田畴边停下。一位四十出头的女子在路边等我们。

下了车,赵春发向我介绍说:"这是吴姐,做古民居生意已经近二十年了,对这里的古民居情况很熟悉。"

我是头一次碰到女子古建商。我打量了她一下:吴姐束着短发,显得很干练。皮肤略黑,可能是为寻觅老房子,常年风里来雨里去,在野外奔波的缘故。

我同她打了招呼,说:"吴姐一定是行家了。"

吴姐摆摆手说:"哪里哪里,我是特别喜欢老房子,也是混口饭吃。"

说着,吴姐领我们来到一片空地上。看上去这里是一块旧时的宅基地,蓬蓬勃勃的杂草掩映着的一座古民居,周边没有其他建筑。我首先走到大门近前,看了看已经风化发黑的木门上的门牌,知道这里是金溪石门乡的一个村子。

吴姐说:"这是一栋明代建筑,村民叫它宰相府。"

我一惊:"宰相府?哪一个朝代的宰相?"

吴姐摇摇头:"不知道。当地人都这么说。"

历史上临川籍的宰相只有晏殊、王安石二人,晏殊是临川文港乡(今属江西进贤县)人,王安石是县城盐步岭人。如果说同金溪有些瓜葛,王安石的生母吴氏是金溪陈坊积乡人,但同石门乡也是风马牛不相及。

我说:"能找人问问吗?"

吴姐说:"我打电话叫村里文保员来。"

这栋老宅看上去年代很久了。面墙方正高大,很有气势,也是三开间牌楼式门楼,门头上也有三级门罩,与上次见到的"州司马第"的三级门罩设置有所不同的是,这栋老宅是把主门罩分成两级,且顶层门罩高出檐口,又分成两扇。整个门楼共有六扇门罩,罩面均不铺瓦,只是一块盖板,看上去对称、简洁。门楼用青石和红砂石相间砌筑,雕饰精美,只是门头匾额和周边人物雕饰全部被人为凿去,只剩下象征"平安""财富""家族繁盛"的宝瓶、铜钱、花草图案。

转过墙角,我愣住了:这栋老宅的外墙除了这面墙基本完整,其余三面大部倒塌,裸露的房屋木构架已经朽烂,东倒西歪,摇摇欲坠。屋顶千疮百孔,风化碎裂的小青瓦片落了一地。从它的木构架可以看出,这栋老宅三开间三进二层,虽然颇有气势,但称之为"宰相府"似乎有点名不副实。

我欲进去仔细看看,吴姐拉着我说:"不能进去,很危险。"

这时一个中年男子走了过来,大概就是吴姐叫来的村里文保员。吴姐同男子说了几句什么,男子对我说:

"这栋老宅是蔡上翔的故居。"

"蔡上翔?是写《王荆公年谱考略》的蔡上翔吗?"

男子说:"大概是的吧。"

蔡上翔是清代著名学者,他晚年耗时二十七载,撰写成二十五卷《王荆公年谱考略》。该书于"十年动乱"中因"评法批儒"的政治需要,曾广为印行。不过,我知道蔡上翔是金溪秀谷镇人,县城东门蔡家巷中他的故居犹存,石门乡这里怎么会有他的故居呢?不过,蔡上翔写书为王安石辩诬,王安石做过宰相,这栋老宅如果蔡上翔曾经居住过,久而久之,穿凿附会成"宰相府",倒也不是没有可能。

我问男子:"有这栋老房子的资料吗?"

男子说:"我没有,县文物局可能有的,这栋房子是县文保单位,挂过牌的。"

"噢,是县文保单位!"一听说此宅是挂牌的"文保单位",我决定不再细究这栋老宅的前世今生,便对吴姐和赵春发说,"走吧,我们去看别的房子。"

吴姐连忙说:"这栋老宅已经无法保护,快要摘牌了,可以搞定的。"

"不!我们走吧。"我果断地说。

上了车,我回头望望雕刻精美、气势不凡的门楼后面朽烂不堪的木构架,十分心疼。我想,这栋老宅既然是列入挂牌的文保单位,一定有些来历,但不知为何保护乏力,朽烂如此,也许过了不多久,就会轰然倒塌。不过,无论它是不是"宰相府",我都不会动它的脑筋。凡是列入文物保护的老宅,一律不碰。这是我们抢救收藏古民居的一条红线。

吴姐自己驾车在前面领路,我们的车跟着她走。驶了半个多小时,车驶进一个村子,在一棵古樟树旁停下。

下了车,我仰头看看古樟树,有六七层楼高,需三四个人才能合抱得过来。

赵春发说:"这棵古樟树有四百多年了。"

吴姐领我们穿过一片野草掩映的小径,来到一堵长长的老院墙门口。

吴姐说:"这栋老宅是正宗的明代建筑,不过不是文保单位。"

"那就好。"我笑笑说。我明白她的意思,怕我以为又是文保单位扭头就走。

院墙大门是八字形门斗,有六级台阶,红砂石门仪。木门已经不见。门头高耸,青石门额上的字被水泥抹去了。

走进院子,里面有一栋清水高墙正屋和一排平房,看得出平房是后来加砌的辅助用房。颇为奇特的是,正屋南墙不开门,只在东墙近墙角处开了一扇单开边门。进边门是一个小院子,原来正屋的南墙是一堵美轮美奂的照壁。

这个照壁十分特别,中间用红砂石做成三开间牌楼式大门形状,四根红砂石石雕立柱上蜂窝状菱形雕花细腻精美,牌楼顶部檐口青砖仿木斗拱和立柱间的红砂石横枋上的人物、花饰雕刻,已经风化模糊。

我好生奇怪:这个照壁如果反过来做,将中间砖墙换成木门,不就是正屋堂堂正正、漂漂亮亮的大门吗?何以反过来做成照壁,整个南墙不设门窗,呈封闭状,只在东墙近墙角处开了一扇小小的边门进出呢?外有院墙,正屋又不开大门,令人感觉到有点"重重设防"的味道。不知当时建造时,主人家何以如此这般小心谨慎。

这是一栋三开间一进古民居。堂屋高敞,五柱进深,也是五架九檩、三层穿斗式构架,简洁的板式穿枋。这个房子的木构严重风化朽烂,小院的檐口已经塌圮,发黑的木枋悬挂在半空。屋顶上有许多漏洞,炽热的光柱从洞口穿进幽暗的屋内,有些晃眼。红砂石柱础也为三段式,上部是八瓣花形,中间八面回字纹,底部连着一块四方石板,显得美观而又稳固。红砂石的柱础已被青苔浸染成墨绿色。

"后面还有一栋小楼。"吴姐说。

出后墙小门,后面还有一栋小楼,并且是比较少见的三层楼阁。蓬蓬勃勃的蔓草,爬满了朽烂的墙面。进内看,小楼的木构已全部朽烂。

从此宅的内部构架形制和风化毁损的程度看,吴姐和赵春发说这栋古民居是"明代官厅",应该是所言非虚。

我问吴姐:"有没有这栋老房子的资料?"

吴姐说:"原来住的人家也是新中国成立后搬进来的,只知道这栋老宅是明代官厅,当初的主人姓甚名谁,谁也讲不清楚。"

赵春发有点顾虑地说:"这栋老宅肯定是明代的,只是木料比较差,可以派用处的不多。嵇总,你看要不要收下来?"

"一定要的。"我斩钉截铁地说,"除了木构件,你想办法把砖瓦、石雕尽量完好地拆下来一起运过去。"

赵春发说:"那没问题。上次送到蚌埠的老房子,有几栋年代久的,木料差一点,你们金场长责怪我把这么烂的东西拉过来,有你这句话我就放心了。"

吴姐说:"真正的明代老房子基本上都烂了,市场上那些看上去很好的明代冬瓜梁、花板门窗,基本上都是仿造的假古董。四五百年了,日晒雨淋、烟熏火燎、磕磕碰碰,怎么可能保护得那么好!"

我说:"你们抓紧把这栋老宅收下来,我要派用处。"

望着眼前这栋三开间的明代老宅,我突然想起上次在汤显祖纪念馆中看到的那张"玉茗堂平面示意图",觉得这栋明代老宅同玉茗堂格局非常相似。我想,可不可以用汤翁家乡的明代老宅,复建"玉茗堂",并且以"玉茗堂"为中心,以《牡丹亭》的生死恋为主题,在蚌埠古民居博览园做江西民居的文化景点呢?

吴姐听说我要做"牡丹亭"景点,乜斜了我一眼,不以为然地讥笑说:"柳梦梅、杜丽娘爱得死去活来,现在讲这个故事,有人信吗?这年头谈爱情、讲感情,就是一个笑话。"

没想到吴姐这样给我泼冷水。我笑笑,没多说什么。

接着,吴姐又领着我看了几处古民居。天色不早,吴姐和我们一起吃晚饭。

吴姐夹了菜给徐琍,说:"嫂子也和嵇总一起做古民居?"

徐琍说:"我是跟班的。待在家里也没什么事,跟他出来也有个照顾。"

赵春发说:"嵇总到哪里都带着嫂子。"

吴姐说:"嵇总和嫂子有夫妻相,一看就是恩爱夫妻。"

这时,吴姐的手机响了。她接了电话,脸色顿时暗淡下来,半晌没有吭声,好像有什么心事。

赵春发问:"吴姐,有什么问题吗?"

吴姐勉强地笑笑,支吾其词:"没、没什么。"

吃好饭,吴姐要安排我们洗脚。

我对徐琍说:"我要整理一下资料,你跟吴姐去洗洗脚,放松放松吧。"

我回到宾馆,整理好一天下来拍摄的照片,写完工作日记,洗了澡,躺在床上休息。直到十点多,徐琍才回到房间。

待她洗好澡上床后,我问:"怎么这么晚?"

徐琍说:"洗好脚,吴姐又拉着我在大堂酒吧聊天,她正在和丈夫闹离婚。"

我说:"怪不得吃晚饭时见她心事重重。"

徐琍说:"你知道她丈夫是个什么样的人?"

我说:"什么样的人?"

徐琍说:"渣男一个!"

吴姐和她丈夫是大学同学,读书时,她丈夫看中吴姐,拼命追求她。她丈夫家境一般,但很聪明,考试成绩总是名列前茅,人也长得蛮帅,特别是嘴巴很甜,很会哄人。吴姐父亲是当地颇有名气的企业家,家境优渥。二人毕业后确定了恋爱关系,吴姐将男朋友带回家来见父母,男朋友走后,吴姐父亲摇摇头,严肃地对女儿说:

"这个人不靠谱,你要慎重!"

父母实际上是不同意。

当时吴姐架不住对方甜言蜜语,执意要嫁给他。儿大不由娘,父母拗不过吴姐,给他们在城里买了一套房算数,平时几乎断了往来。

吴姐起初在一家房产公司做营销,后来发现城乡大量拆迁的古民居木构件很有市场,便尝试倒腾了几件,结果获利颇丰,自此一发而不可收,几年下来,越做越大,越做门道越精,后来干脆成立古建公司,专做起古建生意来。钱倒是赚了不少,只是下乡购货,天南海北送货,经常出差在外,皮肤晒得有点黑,颜值明显下降。

婚后第四年,有了一个女儿,家中琐事多了起来,夫妻间难免磕磕碰碰,公司业务也难免受到影响。

女儿进幼儿园托班后,一日她丈夫跟她商量:"我辞职吧,孩子有个照顾,你跑在外面也好放心。"

吴姐听说男人要辞职,有点愕然。她丈夫开始在一所中学教书,但他并不喜欢这份工作,嫌学生烦,收入也不高。还没等她问缘由,她丈夫又说:

"我辞职后,也不是吃闲饭,我可以给别人做家教,兼带理财,这样照顾女儿、挣钱两不误。"

吴姐见他说得有道理,心想女儿的确需要人照顾,再说她丈夫本身就不太喜欢教师这个职业,遂点头同意。她还把账户上几百万资金全打给她丈夫,让他理财。

有一天,吴姐要送一栋老宅构件去北京。这可是一单大生意,是北京一家大公司的老板委托她收购的。

老板关照她说:"公司要用这栋古民居建一个气魄宏伟的艺术会所,价格不是问题,但房子要好,雕花要漂亮。"

吴姐费了好大工夫,才从深山里寻觅到这栋价格不菲的老宅。马虎不得,她要亲自押送到买家手里。

做成了这笔大生意,吴姐很兴奋,临走时,搂着女儿亲了一下,说:"妈妈四五天就回来,给你带好东西。"

集卡运到北京交货,把货款要回来,来来去去,一般要四五天时间。有的老板不爽气,磨上十天半月,才能拿到货款。

第二天,集卡到了北京,老板看了一大堆雕花精美的木构件,十分满意,当即就交代财务把货款结给了吴姐,还留吴姐吃了晚饭。吴姐开心极了,次日一早就买了飞机票往回赶。她没有把提前回来的信息告诉丈夫,她要给他一个惊喜。她在机场给女儿买了玩具,还买了老公喜欢吃的北京烤鸭。

午后,吴姐兴冲冲回到家,见自家的小车停在门口,估计丈夫没出门。她用钥匙打开门,只听到房间里一阵响动,推开房间门一看,愣住了:丈夫和一个陌生的年轻女子赤身裸体躺在床上,见吴姐进来,慌乱地从床上坐起,忙不迭拉衣服遮盖身子。

吴姐怒不可遏地把手中提着的北京烤鸭朝床上赤身裸体的二人砸去……

丈夫出轨败露后,吴姐才知道,丈夫移情别恋已久,这年轻女子是他做家教时搭识的。更令吴姐气愤和崩溃的是,她丈夫提出离婚,并且是王八吃秤砣——铁了心。法庭上,吴姐要讨回打给他的理财资金,经查,她丈夫早就将这些资金全部转移,账上分文不剩。她丈夫还振振有词,要求分割吴姐的古建公司股份,说这是夫妻关系存续期间二人共同财产。

讲完吴姐的不幸婚姻,徐琍恨恨地说:"你说,人坏起来怎么一点没有底线!"

我说:"怪不得吴姐听说我要做牡丹亭景点,不以为然。"

徐琍嘀嘀咕咕说:"她说得不是没有道理。现在年轻人谁还相信爱情?男人出轨,小三上位。离婚率节节攀升,生育率跌跌不休。特别是女孩子,不愿结婚,怕踩雷,也不愿生孩子,怕养不起……"

我说:"越是如此,越是要引导嘛。美好的爱情故事,还是要讲的。"

她没有反应,已经睡着了。

第三节　玉茗传芳

再赴江西考察回到蚌埠后,我把相关资料特别是两次考察拍摄的照片整理好,即着手拟写考察报告。这既是考察情况汇报,同时也作为打造相应文化景点的意见和建议。

2013年国庆节前夕，考察报告初稿拟好，题目定为《关于打造"临川梨园古街坊"文化专题景点的建议》。报告不长，一千七百多字，四个部分。鉴于抚州建有汤显祖大剧院，抚州以及汤显祖做过县令的浙江遂昌都建有汤显祖纪念馆。文中建议，以我们收购的明代临川古民居为基础，仿玉茗堂旧制，复建玉茗堂，并配建清远楼、金柅阁、芙蓉馆、牡丹亭等建筑景观。另外挑选一座江西乐平古戏台，作为四梦楼，配建在玉茗堂前。

我把报告发给马国湘，并准备等适当时机请他拍板实施。

国庆长假我在上海，赵春发给我来电话，说一批临川古民居已经运到蚌埠仓库了。

我连忙问："那栋明代老宅运过去了吗？"

赵春发说："运过去了，10月3日运过去的。"

国庆过后，我一回到蚌埠，就先去修复仓库。金光荣在库房门前等我，他领我到一堆堆放在库房外面，用大塑料布盖得严严实实的石木构件跟前，对我说：

"赵春发江西那里一共有二十多栋老宅的石木构件，已经运过来五六栋的了，库房里都堆满了，这批老房子只好在外面先堆放一下。"

他掀起大塑料布一角，又说："这是你关照过的明代老宅，木料很粗，虽然虫蛀得蛮厉害，但是很有价值。"

我说："这栋老宅特别重要，我向马总汇报一下，你安排把临川的古民居先修复起来。"

金光荣一口答应："没有问题。"

我又问："杨工在吗？"

金光荣说："他今天晚些时候回来。"

第二天上午，我又去修复仓库，找杨新明商量"闽南古村落"的平面设计图调整方案。这件事谈完后，我对他说："闽南古村落设计完成后，要做江西民居，初步考虑做汤显祖的牡丹亭景点。"

杨新明说："马总定了之后，你把要做的老房子和设计要求给我。"

我说："好的。不过还不急，现在园区重点是环境绿化建设。"

一转眼两年过去了。2015年底，经过三年的建设，地形改造和绿化种植基本完成，与此同时，主湖心岛"古民居风情街"上，一批老宅已拔地而起。我想，启动古民居文化景点建设，是时候了。

2015年12月30日下午，上海湘江公司总经理柯文明、副总经理夏卫东来蚌埠。柯、夏两位高管协助马总抓其他项目，蚌埠有重要会议和活动也会过来。当晚,马总和柯、夏以及奚康和我,应邀一起去经济开发区管委会,同管委会领导班子碰头座谈,回顾一年来的工作,展望新的一年,相谈甚欢。在经开区管委会食堂吃了晚饭,柯文明和夏卫东直接回万达嘉华酒店休息。我陪马总回到接待中心老宅,向他汇报下一步工作,特别是明年重点启动规划建设的几个古民居文化景点。

我说:"2016年是汤显祖和莎士比亚逝世400周年,今年10月习近平主席访问英国时,建议两国共同纪念这两位戏剧大师,两国政府部门会有许多纪念活动安排。我们是否以重建玉茗堂为抓手,把牡丹亭景点做起来?"

马国湘赞许说:"这是一个很好的契机,要抓紧做。"

我又说:"主湖心岛上光绪年的古戏台剧场复建好了,可不可以搞一台演出,请上海昆剧团和蚌埠泗州戏剧院合作,演出《牡丹亭》折子戏?"

马国湘欣然道:"完全可以。这次演出既是古戏台复建落成首演,也是纪念汤显祖重建玉茗堂奠基礼。你考虑一下,园区建成后,要搞成常态化演出,既有本地的泗州戏、花鼓灯,也有昆剧、京剧、黄梅戏。"

"那太好了!"我说。

汤显祖的《牡丹亭》久演不衰,除了"正版"演出之外,还有台湾地区作家白先勇的"青春版"《牡丹亭》,"昆曲王子"张军先后创作的会所"厅堂版"和情景再现的"园林版"《牡丹亭》,北京还搞了"皇家粮仓版"的《牡丹亭》。我想,我们在蚌埠古民居博览园用临川民居把汤显祖的"玉茗堂"景区复建出来,让游客白天赏古民居,晚上在"四梦楼"古戏台观《牡丹亭》,甚至做成当下十分时兴的"沉浸式"演出,不啻是一种创新探索,也会对游客有很大的吸引力。

2016年1月11日,我给上海昆剧团谷好好团长打电话。我同谷好好原先并不相识,是通过上海淮剧团的梁伟平要来了谷好好的手机号。梁伟平和谷好好都是各自剧种的领军人物,也都是获得过梅花奖的表演艺术家,他们彼此自然熟识。我请梁伟平跟谷好好先打个招呼。

电话里,谷好好很客气,我向她简要介绍了蚌埠古民居项目的情况以及想邀请剧团来蚌埠演出的设想,然后说:"您什么时候方便?我来拜访您一下。"

谷好好说:"应该没有问题,我们正在外地巡回演出,17日就回沪了,到时候你来团里,一起商量一下。"

1月18日,我驾车和徐琍一起去位于绍兴路的上海昆剧团团部。绍兴路是一条被称为上海最文艺的小马路,东接瑞金南路,南通陕西南路,长不足500米。路幅也很窄,两侧大都是很有特色的洋房、别墅式的老建筑,有不少是挂牌保护的优秀历史建筑。有的老房子开设了书店、咖啡厅、小餐馆。路两边的梧桐粗壮高大，长长的落尽了叶子的树枝，在冬日多云的马路上空交接。可以想见，到了炎炎盛夏，它们会一起用浓荫遮盖着这条老上海风情浓郁的小马路。上海新闻出版局、上海电影局以及好几家知名的上海出版社都集中在这条路上办公，更使这条小马路增添了浓浓的书卷气。

上海昆剧团所在的绍兴路9号，也是上海市人民政府公布的一处优秀历史建筑。走进大门，里面是一组很有特色的建筑群，看得出，这些老建筑大都分隔成办公室。一位工作人员把我们领进一间简陋的小会议室，刚坐下，谷好好和另外两位男士走了进来。我递上名片，自我介绍后，谷好好介绍说：

"这是副团长武鹏，这是剧务主任丁晓春。"

武鹏说："晓春是蚌埠人呢。"

我高兴地问丁晓春说："这么巧！最近回蚌埠去过吗？看过我们古民居项目吗？"

丁晓春说："春节要回去的。项目听说了，还没有去看过。"

我向他们详细介绍了项目规划建设情况，说："汤显祖的玉茗堂，是规划中的古民居文化景点之一，今年准备启动建设。董事长马国湘想请你们来蚌埠演出汤显祖的《牡丹亭》，园区一座古戏台剧场刚刚复建好，很适合传统戏曲演出。当然，目前演大戏、全本可能条件不符合，演片段、折子戏肯定没有问题。"

武鹏说："今年'临川四梦'我们都要排，《牡丹亭》是现成的，随时可以演。"

谷好好对我说："下基层为群众演出，也是我们的一项任务。具体怎么合作，什么时候演、怎么演，你就同晓春商量。"

我见两位团长很爽快地答应了，非常高兴，连忙说："丁主任，春节快要到了，你如果回蚌埠，一定要去园区看看。谷团长、武团长，方便的时候，请你们也来蚌埠看看。"

谷好好欣然允诺："没问题，有机会我们会去看看。"

也许是对故乡的事格外上心，丁晓春很快和我沟通商定了来蚌埠演出的有关事项。初步确定上昆和蚌埠的安徽泗州戏剧院合演《牡丹亭》：上昆演《游园惊梦》，大约45分钟；泗州戏剧院演《春香闹学》。

丁晓春说："泗州戏的上演剧目中，可能没有《牡丹亭》。"

我说："上昆来蚌埠演出，纪念汤显祖逝世400周年，是一件很有意义的文化活动，我抓紧向蚌埠市政府汇报。"

2016年3月2日上午，蚌埠市政府杨宏星副市长主持召开古民居项目专题协调推进会。市文广新局、市经开区管委会、蚌埠电视台、市博物馆等参加。对于牡丹亭古民居景点开工奠基和演出事宜，市文广新局袁政局长当即表示全力支持，并明确由曹杰副局长具体负责。

杨宏星副市长做总结时强调说："古民居博览园是全市引领性文旅项目，各部门要主动服务，全力推进。上海昆剧团来蚌埠演出，也是我市文艺团体学习交流的好机会，要配合企业组织好这次演出交流，特别是泗州戏剧院要积极参与。"

3月7日下午，曹杰副局长约了安徽泗州戏剧院宫胜春团长来看主湖心岛南侧刚刚复建落成的古戏台剧场，并和我商量演出的事。

曹杰和宫胜春对古戏台剧场赞不绝口。曹杰问："剧场可以坐多少观众？"

我说："桌椅也都配上老家具，八仙桌、方木凳，楼上楼下加起来，可以坐250人左右。"

宫胜春说："古戏台演老戏特别好。"

我说："剧场刚建好，还只是一个壳子。演出所需要的舞台灯光、音响、幕布什么的，怎么配，我们不懂，请宫团长派人指导。"

看完现场，我请两位到接待中心老宅小坐，边喝茶边商量下一步怎么办，很快商定了几条：一是由宫团长安排剧院舞美人员拿出舞台设计布置方案，包括灯光、音响怎么做，并推荐一家专业公司来制作。二是剧院赶排一台《牡丹亭》片段，就定《春香闹学》。这样，前半场泗州戏剧院演《春香闹学》，后半场上海昆剧团演《游园惊梦》，一个是国家级非物质文化遗产项目，一个是联合国世界文化遗产项目，两大非遗项目合演《牡丹亭》。

曹杰说："宫团长，你抓紧筹划，和上海大剧团同台演出，也是一次难得的学习机会，我们的节目也一定要保证质量。"

宫胜春说："这个没问题，我回去就拿个方案。"

过了几天，我带着助手赵子涵去位于长征路的泗州戏剧院拜访，一来正式上门邀请，二来和宫团长商量敲定演出的具体时间，以便同上海昆剧团对接。

泗州戏剧院团部是一栋三层小楼。司机把车停进院子里，我们从小楼后门楼梯上去。走廊上挂着不少剧照，会议室里有许多演出获奖的奖牌。小楼很陈旧，许久没有装修粉刷了。这样的办公环境，同剧种拥有的"首批国家级非物质文化遗产"的桂冠很不相称。在市场经济大潮和令人眼花缭乱的新娱乐方式冲击下，戏曲观众迅速流失，市场日益萎缩，看来泗州戏剧院的经济状况也不理想。

宫胜春的办公室也很简陋，我们刚坐下，他走了进来。秘书倒了茶，他给我简要介绍了剧院运营情况，说："今年下基层演出任务还不少，不过局里布置的《春香闹学》创作演出任务,我会安排好。"

我说:"非常感谢支持!大概什么时候可以完成排练?有个具体时间,我好同上海昆剧团对接,确定演出日期。"

宫胜春说:"资金到位,最迟二十天肯定能行。"

我说:"4月份排出来,过了劳动节演出,肯定没问题吧?"

"没问题。"宫胜春说。顿了顿,他说:"不过,我们剧院没有演过《牡丹亭》,排一出半个小时的新戏,多则四五十万,少则二三十万,从剧本改编、唱腔设计到服装道具,都要从头来过,花费不少。"

我没有想到泗州戏居然没有排演过《牡丹亭》这样一出名剧。我说:"宫团长,你抓紧启动,资金我同局里商量,尽早解决。"

第二天上午,我就去文广新局。曹杰不在,我直接找到袁政局长。听我说了同宫团长碰头的情况,袁政说:"局里已经指示泗州戏剧院一定要搞好这次交流演出。经费嘛,尽量节省一些,演出服装建议他们采取向兄弟剧团租借的方式,局里支持10万,企业出10万,你看行不行?"

我说:"我向马总汇报一下,应该没有问题。"

第二天,袁政给我发信息说:"局里拨给泗州戏剧院排演《春香闹学》的经费补贴,由10万增加到20万。"

上昆和泗州戏剧院合演《牡丹亭》的事宜落实后,我抓紧和杨新明商量"玉茗堂"景区设计方案。

为此我先做了一些功课——仔细阅读了徐朔方的《汤显祖评传》和龚重谟的《汤显祖大传》。这两本书中对汤显祖辞去遂昌县令官职,回家乡临川建玉茗堂,均有论述。龚重谟的《汤显祖大传》中,征引光绪三十二年(1906)《文昌汤氏宗谱》,对玉茗堂的布局、建筑尺寸,叙述甚详。玉茗堂是一座"园林式的新居","新居之南有一口水井,名叫沙井(今尚存)。汤显祖称这一新居为沙井新居",主屋名玉茗堂。玉茗是白山茶花,"纯白天真","格韵高绝"。汤显祖以"玉茗"作为堂名,乃以花自勉自喻。园林称金柅园,金柅园占地2000多平方米。玉茗堂东侧有四梦台,西有芙蓉馆,堂后有清远楼。园中还有金柅阁。堂前有一方水塘,正是毓霭池,杨柳婆娑,芙蕖出水,红鲤嬉戏。

龚重谟据汤显祖诗文推断,玉茗堂东西厢房分别为省兰堂和寒光堂,是汤翁和家人的起居室,芙蓉馆主要是接待往来客人的客房,清远楼是他的写作室。四梦台是一座戏台,是"自掐檀痕教小伶"进行戏曲排演的场所。

令我颇为不解的是,金柅园是北宋抚州府衙花园的名字,晏殊题名《金柅园》

的那首七言诗,汤显祖不会不知晓。辞官归家的他,何以会用府衙花园的名字来命名自家的花园？也许至明末,抚州府衙早已物是人非,金柅园已不复存在,汤显祖以金柅园命名自家花园,是否为了表达对开宋词先河的家乡先贤"晏氏父子"的追慕呢？

大致弄清了玉茗堂的建筑布局,我画了一张示意图,连同在汤显祖纪念馆拍的相关图片一起发给了杨新明。杨新明已搬回了吴中路"二一会馆"的工作室办公,我和他约好,回上海时同他碰头,商量牡丹亭景点的设计思路。

和杨新明商量下来,既要把玉茗堂景区复建出来,又要为以后搞实景演出留下空间。杨新明很快画出了平面图初稿:三开间的玉茗堂坐北朝南居中,后面为二层清远楼,堂前是一个开阔的花园广场。广场东西两侧分别是四梦台和芙蓉馆,芙蓉馆是一间小屋,馆前有一块面积不大的池塘——毓霭池。

我忽然想起什么,说:"演《牡丹亭》,总得有一个亭子。我们收藏的老建筑中,有没有江南园林里的那种亭子？"

杨新明想了想,说:"老金的仓库里有一个山西的老亭子,很简单。江南的凉亭好像没有,不过如果需要,我可以画一个。"

"好的,你画一个。"我看了看平面图,说,"就放在戏台口靠近池塘的地方。你把平面图调整一下,就报给马总看。"

马国湘审阅后,提出了几点修改意见。他说:"汤显祖是世界级的文化名人,玉茗堂景点的设计要大气一点！"

杨新明很快把根据马总的意见修改的方案发给了我。

主屋玉茗堂和四梦台的尺度均有所放大。玉茗堂加了天井和门楼,更易彰显临川民居的特色。舞台的台口加宽与后台齐,台口左右两侧均有楼梯,便于演员上下台与观众互动,以及移步至台下景区表演。后台面积适当加大,增加了化妆间。

汤显祖有一副对联,据传是为四梦台而题:

千古为忠为孝为廉为节倘泥真直等痴人说梦
一时或快或悲或合或离若认假犹如哑子观场

汤翁不愧是洞悉戏曲舞台奥秘的大师,此联寓意深邃,精辟地道出了戏曲与生活、演员与观众之间的联系——亦真亦假、可信可疑。不久前,中国书法家协会原驻会副主席张飚来园区访问,我特地请他书写了这副对联,打算待四梦台复建起来后,镌刻悬挂在台口檐柱上。

小间芙蓉馆改为双层四方形金柅阁。金柅阁和四梦台相向而筑,跟主屋玉茗堂三者呈"品"字状布局。中间开阔的花园广场正好做观众席。杨新明还画出了金柅阁的效果图——重檐坡顶、斗拱飞檐、踏步回廊,底层迎面是十扇三抹雕花隔扇开门,二层是六扇三抹花窗。金柅阁,白天游客可以入内小憩品茗、登临赏景,晚上演出时门窗洞开,则可坐于屋中观剧,相当于 VIP 包房。汤显祖的金柅阁原来也有一副楹联:"一钩帘幕红尘远,半榻诗书白昼长。"我想,这一设计,深得汤翁金柅阁之精髓。

牡丹亭也添加上去了。这是一座六角小亭,圆顶重檐,雕花檐枋撑拱,四条美人靠座椅,可谓玲珑精致。改动最大的是毓霭池——由一方小水塘,改为由东往西弯曲有致的小河,分别有拱桥、曲桥一座,还有两座亲水平台。

杨新明新的玉茗堂设计方案堪称精彩,我禁不住拍手叫好。

马国湘很快批准了杨新明的玉茗堂景点新的设计方案。

五一国际劳动节快到了。与各方沟通协调下来,此次以两大非遗项目合演《牡丹亭》,启动玉茗堂古民居文化景点建设来纪念汤显祖的活动,定在节后举行。

市文广新局袁政局长来看剧场,听我汇报了活动议程安排后,他说:"这次活动规格要高一点,我的意见就由市文广新局和经开区主办。还可以增加一项议程——将园区作为花鼓灯和泗州戏传习基地的揭牌仪式。"

我说:"那太好了!园区建成后,在常态化的演出中,富有民族特色和地方特点的花鼓灯、泗州戏肯定是重要内容。"

袁政说:"你们马上打个传习基地申请报告,局里研究。"

合演《牡丹亭》的各项准备工作紧张推进。

新落成的剧场需要有一个名字。我想,古代把掌管和习演舞乐、戏曲的部门与场所称为"教坊",以后这里既是一个演出场所,又是花鼓灯和泗州戏两个国家级的非遗项目传习基地的挂牌之处,不如就叫作"古戏台剧坊"吧。

我打电话问工程部李明坤:"明坤,知道哪里能做剧场招牌吗?时间很急的,过了劳动节就要用。"

李明坤说:"我们修复工场的木工师傅自己就能做,你把字体和尺寸给我就行。"

没想到我们的木工师傅还有这一手。时间仓促,请书法家题写招牌已来不及了,我便从网上选用了"古戏台剧坊"五个行书繁体字,标好尺寸,发给了李明坤。李明坤安排修复仓库的木工师傅据此放样制作,再由油漆工打磨刷成柚木色。安装的时候,我在现场看好位置,李明坤指挥工人很快把五个大字固定在剧场大门上方。

春日斜照。阳光下,富有立体感的"古戏台剧坊"五个大字熠熠生辉,配上青砖外墙,显得古朴端庄。

介绍这栋建筑的木质铭牌也已安装在大门右侧。铭牌是赵子涵联系了合肥一家公司专门制作的。铭牌上的文字也是我拟写的。我查了一下资料,这栋建筑原是一座祠堂,坐落于江西乐平,建于清光绪十四年(1888)。古代戏台以露天的为多,此戏台是一座不多见的室内古戏台。

这栋建筑的复建图纸也是杨新明根据马国湘的指示画的,基本上按原来形制设计修复,仅在正门入口处加设玄关,戏台后侧加建了化妆室。后台还加了一间厨房备用。这栋建筑原本是二层砖木结构,复建时底层东西厢房屋柱保留,去掉了隔板,内场空间扩大,显得宽阔高敞。两边厢二楼做成敞开式回廊,形成"雅座",上下呼应,便于观众看戏。

赵子涵正在指挥几个工人摆放桌凳。马国湘要求,剧场里不用靠背椅,用老式八仙桌和小方凳,以便同古戏台匹配。解放路仓库里仅有几张八仙桌,数量不够,马总把增配老式桌凳的任务交给了周晓武。没几天,数十张规格、形制略有不同的八仙桌和小方凳及时送了过来。

剧场内部装饰和设备安装也基本到位。舞台上铺上了灰色的地毯,踩上去软绵绵的,很舒服。主背景是一幅牡丹花图案。左右两侧演员上下场的出入口,挂上了"出将""入相"的帷幔——这是赵子涵从网上找来的。泗州戏剧院的舞美师正在调试灯光和音响。当全场灯光一起打开时,古色古香的戏台流光溢彩,令人陶醉。

这次活动,市里正式定名为"纪念汤显祖逝世四百周年暨非物质文化遗产花鼓灯、泗州戏传习基地揭牌交流演出",定于5月5日下午3点半举行。五一国际劳动节三天休假安排在4月30日至5月2日。4月29日,赶在节前,我让王鹏博上门把活动请柬一一送到市里有关部门和被邀请单位。

中午,王鹏博建议到公司办公楼斜对过的那家小饭店吃饭。

"好!一起去。"我欣然允诺。各项工作基本落实到位,我准备下午乘高铁回上海过节。前段时间这家小饭店停业装修,这两天刚刚重新开业。

走到小饭店门口一看,饭店的名字改成了"徽州院子",门面也添加了一点粉墙黛瓦的韵味。令我好奇的是,饭店大门旁的白墙上,画了一幅黄山风景水墨画,上面题写着汤显祖那首著名的写徽州的诗:

欲识金银气,

多从黄白游。
一生痴绝处，
无梦到徽州。

这首诗的题目是《有友人怜予乏劝为黄山白岳之游》。我曾经想过，在蚌埠古民居博览园建玉茗堂景点，讲述汤显祖同安徽有关的故事，"徽州院子"大门墙上的这首诗，是绕不开的一个话题。这首诗明写徽州，且非常有名，却颇多争议。汤翁是赞美徽州，还是睥睨徽州，历来众说纷纭，莫衷一是。

诗中的"黄白"，即黄山、白岳。白岳即齐云山，位于休宁境内。黄山、白岳奇景，令人神往。"黄白"又是金银色泽，常被人指代财富，又恰好象征富甲一方的徽商。

友人吴序劝汤显祖做"黄白游"，显然不是劝他在极端困顿中去"穷游"，而是另有深意。

明代毛晋编的《六十种曲》中，有另一位剧作家汪廷讷的《狮吼记》。"河东狮吼"的成语典故为人熟知，《狮吼记》被称为演绎这个成语典故"绝好的一部喜剧"。汪廷讷和汤显祖同为明末著名剧作家，汤显祖写此诗，正同汪廷讷有关。

汪廷讷系徽州休宁县人，出身贫寒，但颇有文才，爱好诗词，尤善曲，后继承同宗富商义父的遗产而致富。在实现"财务自由"之后，汪廷讷一度热衷于追逐和提升自己的"名士"声誉。他在休宁城郊松萝山麓大兴土木，修建私家花园坐隐园、环翠堂，并邀请文化名流来此"笔会"，为其歌功颂德，甚至捉刀代笔，让人充当他创作的"枪手"。而他则按质论价，每每给予对方优厚的酬金。一时文人墨客趋之若鹜，以致催生了一批"抽丰者"，也就是以此为业的"中介"。

名重曲坛的汤显祖毫无例外也收到了汪某的邀请。当然，好友吴序劝汤显祖做"黄白游"，并不是为了从中"抽丰"牟利，而是怜惜其"乏绝"，也就是见其生计困乏几欲到了绝境，为他指点一条解决生计之道。

不愿为"五斗米折腰"的汤显祖，婉转谢绝了吴序的好意，并写下《有友人怜予乏劝为黄山白岳之游》以表明心迹。汤显祖此番拒绝去徽州见识"金银气"，做一些人趋之若鹜的"黄白游"，显然是不愿意跻身"谒选者"，到坐隐园卖文鬻字。

汤显祖去世后，为其编印《玉茗堂选集》的沈际飞评此诗云："(吴)序亦是妙人。闻说金休宁，谒选者百计营之，而抽丰者往往以此取道。临川诗一帖清凉剂也。"

沈际飞的评语，大致可证此说。

据说多年之后,汤显祖还是应邀前往休宁,在"松萝奇秀"的坐隐园和汪廷讷见了面。在汪廷讷的《坐隐先生集》卷首,有一篇署名汤显祖的《坐隐乩笔记》。徐朔方认为此文对汪廷讷一口一个"先生",恭敬有加,与汤翁性格不符,且明万历三十六年(1608)汤显祖不可能去"黄白游",故而认定该文系伪作,是汪某欲借名人炒作自己。

也有论者持相反意见,认为其时汪某功成名就,看破红尘,已有遁入空门之念;而汤显祖在天命之年接连遭受长子士蘧英年早逝和辞官去职的双重打击后,心灰意冷,避世退隐的意念日甚。两个晚明戏剧界的大咖,虽早年人品格调有高下之别,但在惯看官场黑暗、世情纸薄之后,殊途同归,意趣逐渐趋同。潜心于戏曲和诗文创作的共同嗜好,有可能使他们冰释前嫌,惺惺相惜,甚至相见恨晚。

不过,话说回来,无论汤显祖是否前往休宁同汪廷讷见过面,汤显祖对徽州情有独钟,是毫无疑问的。他有许多徽州籍的挚友,在诗词作品中,他也曾多次吟咏徽州,点赞"黄白"。

早在万历五年(1577),年轻的汤显祖赴京应试不第,南归途经南京时,作《下关江雨四首寄太平龙郡丞》,其三诗中云:

> 空江旅洄泊,
> 道阻南吹作。
> 黄山咫尺地,
> 不至遥心托。

汤显祖在南京任职时结识的书画家詹东图,是休宁人,并以"白岳山人"为号。汤显祖在《送詹东图,詹工书画,署中有醉茶轩》一诗中,称赞徽州微波荡漾、峰岳奇秀:"新安江水峻沧漪,白岳如君亦自奇。"

万历十九年(1591)夏,汤显祖贬谪徐闻,他先坐船离开南京,溯流西上,回江西家中辞别亲人,途经皖南时,收到任杭州通判的姜守冲宴请杭州知府方扬的诗,有感而发,写了一首五言诗。因方扬是徽州歙县人,汤显祖在诗中不禁回忆起早年游宣城时,和时任宣城知县姜守冲以及好友梅鼎祚、沈懋学赏花饮酒、献赋修文的快乐时光。诗中云:"魂来多白岳,人去独沧浪。"

"遥心托"也好,"魂来多"也好,由此可见,"黄山""白岳"从来就是汤显祖魂牵梦绕的"一生痴绝处"。

"一生痴绝处,无梦到徽州。"岁月的风霜,早已拂去了文人之间可能有过的芥蒂。今天,人们吟诵这两句朗朗上口、明白晓畅的诗句,更多的是联想到令人心驰神往的黄山胜景、美轮美奂的徽州民居……这也是文学作品的魅力所在。"徽州院子"的老板以汤翁这首诗装点门面,不正说明了这一点吗?

5月3日,我回到蚌埠。5日上午,我先去古戏台剧坊检查了各项准备工作,回到办公室,打印出下午的讲话稿——前天马国湘来电,他临时有事去香港,委托我代表公司致辞。中午,在办公室吃了赵子涵叫来的外卖,已经是午后1点多了。司机赵同刚去喜园大酒店接了上海昆剧团的业务主任丁晓春过来,和我一起去高铁站接谷好好团长。昆剧团参加演出的演职人员,由副团长武鹏带领,已于昨天下午乘高铁抵达蚌埠。

我原来叫赵子涵安排他们住在万达嘉华酒店,丁晓春说:"不要住那么好的酒店,就住喜园酒店吧。"

喜园酒店是一家挂牌三星的小宾馆,设施一般,不过很干净。

谷好好乘坐 G1228 次高铁,13 点 51 分正点到达蚌埠南站。不一会儿,这位获得过梅花奖、文华奖、白玉兰奖的昆剧表演艺术家,轻装简从,走出站来。谷好好戴一顶印花鸭舌小帽,穿一身斜襟大红中长衫,步履轻捷。

上了车,我向谷好好介绍蚌埠的发展情况。说起家乡的变化,丁晓春不无自豪地说:

"这几年蚌埠的变化特别大,我几乎认不出来了!"

我说:"市委、市政府对文化旅游产业非常重视,文旅产业已成为蚌埠新兴的支柱产业。"

丁晓春说:"蚌埠人也爱看戏,素有'接角'之风。1956年,梅兰芳先生就来蚌埠演出过。"

车子驶进园区,我陪谷好好上山顶、走龙尾兜了一圈,粗略参观了一下,然后回到古戏台剧坊。谷好好去后台看望正在化装的演员们。

观众陆续进场,蚌埠经济开发区管委会党办主任方燕特地组织了部分市劳动模范、先进工作者、"蚌埠好人"代表来看戏。不少戏曲爱好者听说上昆来蚌埠演出,纷纷主动联系,赶来参加这次活动。

不一会儿,蚌埠市政协主席顾世平,蚌埠市委常委、宣传部部长王勇勇,文广新局(旅游局)局长袁政,副局长曹杰,蚌埠经开区纪工委书记俞瑾等来到剧场。

下午3点半,活动正式开始。蚌埠电视台的主播吴龙梅担任司仪。

我首先代表马国湘董事长致辞。

接着,谷好好热情洋溢地致辞:"今天我们上海昆剧团来安徽蚌埠交流演出,祝贺古民居博览园古戏台剧坊开演,同时也是纪念莎士比亚和汤显祖逝世400周年。为纪念这两位戏剧大师,上海昆剧团今年策划安排了近300场的主题演出。5月份开始,将先后启程去广州、深圳、云南、广西、北京等地院巡演,还要参加布拉格音乐节,到美国和我们香港等地演出。

"今天,我们第一站来到了安徽蚌埠。大家都知道,安徽山清水秀,非常美,蚌埠更是充满灵性。来到园区,我感到非常震撼。你们是用中国的一种工匠精神,花这么多的心血和精力,把全国不同地区富有特色的古建筑遗产抢救保护了下来。已经有600年历史的昆曲,被称为'百戏之祖',上海昆剧团今天特别带来的是汤显祖《牡丹亭》中最经典的折子戏——《游园惊梦》。而我们也正是以这种工匠精神打造中国昆曲。这种工匠精神,也就是我们合作的契合点。我们非常希望在将来玉茗堂文化景点正式开放的时候,我们能带着上海昆剧团'临川四梦'的完整版再次来到现场,为安徽人民演出。今天古戏台的开演,是双方合作的第一站,希望我们将来有更多的合作。"

观众们对谷好好团长的讲话,报以热烈的掌声。

王勇勇部长最后讲话:"以著名京昆艺术大师俞振飞为首任团长的上海昆剧团,有着第一流剧团、第一流演员、第一流演出的美誉。在纪念汤显祖逝世400周年之际,今天,谷好好团长亲自带队来蚌,将与安徽泗州戏剧院同台演出《牡丹亭》这一剧目,两大非遗剧种珠联璧合、相映生辉,相信这不仅是一次弘扬优秀传统文化的有益探索,也一定能够谱写出一段梨园佳话。"

古戏台剧坊里再次响起热烈的掌声。

袁政局长宣读了关于命名古民居博览园为"国家级非物质文化遗产花鼓灯传习基地"和"国家级非物质文化遗产泗州戏传习基地"的决定。

顾世平主席和王勇勇部长上台为"传习基地"揭牌。

观众席的灯光暗了,灯光聚焦在古朴的舞台上。开场锣鼓和"拉魂腔"乐曲响起来,交流演出正式开始。

首先上演的是安徽泗州戏剧院赶排的《春香闹学》。今天的演出也是宫胜春团长带队,扮演春香、杜丽娘、陈最良的分别是苏静、马燕、孙淑兵三位"省级非遗传承人"。对他们来说,排演《牡丹亭》片段虽是首秀,但他们凭借出色的艺术功底,用"拉魂腔"乡土气息浓郁的独特唱腔和身段,把剧中人物刻画得栩栩如生。观众对三位演员亦庄亦谐的表演,报以热烈的掌声。

清幽舒缓的笛声飘逸而来,婉转柔曼的吟唱,立即把观众带入姹紫嫣红的梦幻花园：

> 良辰美景奈何天，赏心乐事谁家院……

扮演《游园惊梦》中杜丽娘、春香、柳梦梅的分别是上海昆剧团的张莉、陶思妤、倪徐浩三位优秀青年演员。三位青年演员扮相俊美，身段优雅，嗓音甜美。三人分别师从华文漪、王英姿、岳美缇、梁谷音、蔡正仁等表演艺术家，艺术功底扎实，曾多次赴港澳台交流演出。今天的演出，可谓是一出赏心悦目的青春版《牡丹亭》。

第二天，送走了上昆的客人，我独自来到山头大平台上。

5月的阳光柔和明丽，近水遥山，翠色无边。

我忽然想起了多年前赴英国考察，曾造访过埃文河畔美丽的斯特拉福德小镇，因为莎士比亚故居坐落在那里，人们也把它叫作莎士比亚小镇。莎翁故居是一栋半木结构两层带阁楼的屋子，每年有数百万游客从世界各地来到这里参访。

我想，我们能不能把玉茗堂景点建成广受欢迎，特别是年轻人慕名而来的网红"打卡"地？我觉得我们有理由也有信心做到这一点。虽然这儿不是汤显祖的家乡，也不是汤显祖做过县令的遂昌，甚至也不是他"一生痴绝处"的徽州，但是高铁时代，距离已不是问题。因为我们有用汤翁故里形制相仿的明代老宅重建的玉茗堂，有在鸟语花香的金桎园中，用临川古民居复建的清远楼、金桎阁、芙蓉馆以及"文昌老街"。亭台楼阁、玉茗花香、池塘春草、绿荷红鲤……不仅重现汤翁故里风采，而且可以在四梦台置身《牡丹亭》的"沉浸式"演出，和有"东方莎士比亚"之誉的汤翁"面对面"，感受汤翁深情吟唱的少男少女的至情至爱。

想到这里，我满怀信心地写了一首七律《昆曲泗州戏于新落成古戏台剧坊合演〈牡丹亭〉》，以志其事：

> 雕梁画栋起滩涂，
> 玉茗传芳龙子湖。
> 剧坊新构惊合璧，
> 梨园古曲赞联珠。
> 一千昼夜临川梦，
> 四百春秋傍柳图。
> 终解风情痴绝处，
> 双峰并峙不言孤。

第四章　国粹重光

第一节　质疑释疑

2015年1月28日夜,下了一场大雪,屋顶上、街道上白茫茫一片。天明时雪停了,我一早带了相机上班去,赶拍园区的雪景。蚌埠四季分明,每年冬天都会有一两场雪,今年园区的雪景应该更有看头。

东海大道上的积雪已经清扫干净,接我上班的小车很快驶进了园区北门。园区地上的积雪很厚,小车在雪地里缓缓前行,留下两道深深的辙印。

整个园区除了平静的水面,一片洁白。主湖心岛上的景色颇为奇特:环岛内外两圈梁柱框架已经搭建起来的古民居,外墙还没有砌筑,数不清的屋柱立在厚厚的雪地上,像迷宫一样魔幻;一片片已经铺上了椽子和面板的人字坡屋面,还没有来得及盖上瓦片,此刻全都披上了厚厚一层白雪。我忽然想起李白"燕山雪花大如席"的诗句,眼前的景象,仿佛是一片一片"大如席"的雪花,飘落到湖心岛上来了。天空灰蒙蒙的,水波不兴,一根根错立的屋柱,一片片雪白的屋面,倒映在朦胧的水中,宛如一幅淡淡的水墨画。

王鹏博领着《蚌埠日报》社和蚌埠电视台的记者来园区采访。

《蚌埠日报》社记者郭雷对我说:"蚌埠大禹文化产业园区被国家文化部命名为国家级文化产业示范园区,我们正要来园区采访拍摄。"

蚌埠市委、市政府近年来将发展文化产业提升到战略层次,作为产业优化升级和结构调整的重点工作来抓,将古民居博览园和星宇文化产业园、大明文化园、中华玉博园等一系列文旅项目,整合成大禹文化产业园区,申报国家级文化产业园区,2014年12月获文化部批准并被正式命名。自2004年此项创建工作开展以来,全国仅有十个城市获此殊荣。

我正准备领着记者到几个主要景点拍摄,见新堆的南侧山坡下有人,好像马国湘在那里,便招呼记者一起过去。我们踏雪走到近前一看,果然是马总,依旧是迷彩服、红色安全帽、长筒雨靴。原来昨天晚上他获悉蚌埠下大雪,特地赶了过来。在场的还有奚康、范为民,工程师华建兵等,马国湘在跟他们说堆山的事。

几位记者拍了马国湘在雪地里现场办公的镜头,郭雷说:

"马总,请您给我们介绍一下今年园区建设进度。"

马国湘说:"谢谢你们来采访,可以多拍点园区的美景,关于工作安排,嵇总会给你们介绍。"

随后,马国湘关照我把记者朋友接待好,和记者打过招呼,又转身和工程部的人商量项目的事去了。

2015年春节特别晚,过了元宵节,已是阳历3月初了,工人才陆续返回园区开工。正是植树种绿的好季节,首先尽快把已改造成形的地块的树木种植工作完成,绿化部经理傅绍奎增派了大批工人,日夜抢种。与此同时,计划中的四百五十栋古民居构件已全部运抵蚌埠解放路修复工场,金光荣区分轻重缓急,有条不紊地指挥一百多名工人"叮叮咚咚"抓紧修复。负责土建的王宝国和冉瑞中、冉鑫兄弟俩也增派人手,为主湖心岛上已经完成梁柱框架搭建的古民居加建客房、厨卫等必要的辅助用房,开始屋面防水设施铺设、盖瓦和墙体砌筑。

随着园区建设加快推进,视察、参观和媒体采访日渐增多,接待参访的客人和接受记者采访,也成为我的日常主要工作。古民居作为传统建筑,一座老宅几乎就是一件艺术品,且主要凭借木工、雕刻工、泥瓦工这些工匠师傅的经验和技艺"手工"建造,因此,古民居的修复重建过程也很有观赏性。来访的客人和记者,对修复工场里堆积如山的构件,以及一栋栋拔地而起的古民居,莫不感到震撼,赞赏有加。

然而,就在项目全面推进,声誉鹊起的当口,质疑声也随之而来。

一日,我从上海回到蚌埠,王鹏博对我说,前两天他接待了市政府有关部门安排来的一位客人,这位客人据说担任过长三角某地的领导,在古民居修复、湿地保护方面很有经验,他看了园区建设情况,不停地摇头。

王鹏博愤愤不平地说:"我们接待了这么多客人,比他大的领导也有许多,都对我们项目评价很高,没有像他这样,说我们这也不对,那也错了,几乎一无是处!"

我甚感意外,问:"他主要讲我们项目存在什么问题?"

王鹏博说:"他说,古民居应该在原地保护,拆来拆去,离开了原来的生存环境,就一点价值没有了。"

我说:"看来,这位领导不赞成古民居易地重建。"

王鹏博说:"他还说我们环境做得也不好,人工痕迹太重。"

这位客人所在城市的那个古民居项目我去看过,大片湿地中,散落着一栋栋按原貌修复的古民居,颇具野趣,确实做得很成功。我想,这位客人也许是从自己成功的经验角度来评判我们的项目,他对各地散落古民居无法原地保护的实际情况并不一定了解,前两天恰巧我不在蚌埠,否则当面听听他的不同意见,也许不无裨益。

出乎意料的是,此后我接待的两位客人,对蚌埠古民居项目的质疑和批评,比王鹏博接待的那位客人更为激烈。

这两位客人是某高校的教授,文物保护专家。我陪同他们看了修复仓库和园区古民居修建现场,两位教授看得很仔细,随后回到老宅接待中心座谈。

一位教授说:"在仓库看到那么多老房子构件、老家具,觉得很震撼,但进园区兜了一圈,看了现场修建的古民居,很失望,许多地方都做得不对。"

他一一指出哪些地方不合旧制,哪些工艺做错了,主要问题就是园区复建的古民居没有按原样修复,改动添加太多,他认为不应将古民居修得"面目全非"。

另一位教授问了我有关园区规划情况,然后说:"项目的规划这样做不行,缺乏科学性。定位也有问题,搞那些商业性的文化项目不妥,品位不高。建议组织专家团队,重新进行总体规划和定位。"

两位教授的发言令我吃惊。不能说园区的规划设计很完美,功能定位很准确,无可商榷之处,这样一个特大型的以传统民居为题材的文旅项目,如何规划建设好,有不同的看法,不足为奇,此前也有一些专家提出过批评意见和改进建议,但像这两位教授予以全盘否定,要求推倒重来,实属罕见。

上述质疑和意见,虽然刺耳,但促使我不断思考。我在工作笔记中把种种不同意见归纳成三个主要问题:该不该收购拆迁?可不可易地重建?怎么样活化使用?

我思考过,也为之困惑过的另外一个问题是:古民居博览园最终想向人们呈现和传递的是什么?难道仅仅是美轮美奂、形形色色的老房子吗?毁坏了的有形的物质家园能够修复重建,一度式微的无形的精神家园能够修复重建吗?耕读传家的家风世泽,敬天畏地的生态意识,廉洁奉公的官德政风,忠勇爱国的节义操守,忠贞不渝的爱情婚姻,尊老爱幼的人伦孝道,童叟无欺的诚信商誉,谦恭礼让的君子风度,等等,这些建构在传统民居之上、浸透在民族血液之中的道德坐标、行为准则、公序良俗,是多么宝贵的精神财富啊!我们能为失落的无形的精神家园修复重建做些什么呢?

在我接待的客人中,文化学者刘传铭对抢救下来的古民居怎么做、做什么,有一段精辟的论述。

刘传铭是中国文物保护基金会专家委员、安徽省博物馆特聘研究员、上海视觉艺术学院教授、"丝路百城传"系列丛书主编。那天,我陪他参观了修复工场和园区里复建的古民居建筑群,回到接待中心老宅。一进门,他抬头见门厅上方悬挂的"鲍桓雅范"堂匾,便说:

"这是讲齐桓公和管仲、鲍叔牙故事的。"

我点头说:"是的,这块匾是光绪年间一群学子给先生祝寿的贺匾。"

管仲,颍上人,安徽老乡,春秋时齐国政治家、军事家、经济学家。管仲早年困顿,然鲍叔牙"知其贤",始终"善遇之"。更要命的是,管仲在齐国公子的王位之争中站错队,甚至箭射公子小白即后来的齐桓公,最终经鲍叔牙力荐,不仅得免一死,而且任政拜相,"九合诸侯,一匡天下",助齐桓公成就霸业。管仲能够"逆袭",才尽其用,一是鲍叔牙识才,一生视其为知交,二是齐桓公爱才,甚至不计其射杀之仇,予以重用。为此,留下"管鲍之交""鲍桓雅范"的千古佳话。

对接待中心门厅这块老匾,多数客人是听我讲解后才了解其含义,而刘传铭则是一望便知,可见他对古民居器物及相关文化非常熟稔。落座上茶后,我向他介绍园区规划建设情况,也就所遇问题和相关质疑向他请教。

刘传铭说:"老房子可以这样做,一是照着讲。就是原来保存得比较好,又有故事的,可以原拆原建,尽量按照原样修复,保持原来的特色和建筑风貌。这样修复的老房子,历史信息保存得比较多,文化含量和文物价值比较高。二是接着讲。就是在老房子原来骨架基础上,添加一些生活设施。时代在发展,老房子不会一成不变,即便是原住民,也会把老房子不断修缮和更新,以改善居住生活条件,这样做也是合理的,无可厚非。三是重新讲。就是老房子整体上已经毁坏了,但局部构件还有用,可以重新组合利用。或者在使用功能上,完全另做他用——做民宿、做酒吧、做展馆等等。就是你们说的,老房子新功能。作为一个文化旅游景点,这样做是完全必要的。"

刘传铭的"三讲",言简意赅,令我很受启发。我想:"目前园区复建的古民居,接着讲、重新讲的比较多,下一步要在照着讲,也就是原拆原建这一块上多下点功夫,这也是有些专家提出质疑的症结所在。与此同时,要把不同做法的道理和目的讲清楚。"

2015年5月初的一天,杨好从北京给我打电话,说:"嵇总,同马总商量过,这个月中旬,约请北京一些主流媒体记者来园区采访,集中做一次宣传报道。"

杨好介绍,来的有新华社和《人民政协报》《环球时报》《新京报》《京华时报》《参考消息》《中华英才》等报社、杂志社的记者,并希望我提前为记者准备一份详细介绍项目的资料。果然,杨好还关照说:

"对古民居易地重建,以及如何修复重建,一些专家有不同看法,这个一定要说清楚。"

"好!我抓紧准备。"我说。

杨妤原来在《人民政协报》社工作。八年前,在北京举办的一次中韩职业教育会议上,担任该报"教育周刊"职业教育室主任的她,采访了兼任中华职业教育社副理事长的马国湘,自此同马总结识。2008年,马国湘当选第十一届全国政协委员,杨妤于2012年也调任全国政协文史馆国际文化交流中心主任,同马总工作联系多了起来。她积极协助马国湘拟写提案,建言献策,履行参政议政职能。当她了解到马国湘的"主业",是抢救保护古民居这一宝贵的民族文化遗产,于是,毅然辞职,加入这项工作中来。

杨妤提到的这些媒体,可都是重量级的主流媒体。我觉得,这是一次难得的宣传项目的好机会。

以往凡是媒体来采访,我都会向他们提供一份《古民居博览园建设概况》,包括项目背景、功能定位、建设目标、规划指标、建设周期以及阶段性成果等基本内容。我花了几个晚上,在这份"概况"基础上,重新编写了一份《安徽蚌埠古民居项目规划建设报告》,重点是结合这两年奔走各地抢救古民居的所见所闻和初步思考,补充了散落古民居面临的困境和难以原地保护的原因等内容,并把园区收购收藏古民居定义为"抢救性收藏"。形象地表述,就是这些古民居是"从推土机下抢救下来的"。

补写的主要内容中,关于散落古民居拆毁的原因,主要归纳为以下四点:一是市政建设,政府动迁;二是商业开发,旧城改造;三是自然风化,年久失修;四是设施落后,后辈弃守。在这份报告中,还明确蚌埠古民居博览园的建设,是在遵循文化遗产保护有关规定的前提下,探索以民营资本和市场化的方式,开辟保护传统民居建筑的新路径。

这份报告既是提供给记者的背景资料,也是对自己两年多来就古民居收购收藏、易地重建等问题的思考的一次初步梳理。另外,我还拟写了一份着重介绍项目建设进展情况的新闻资料稿《打造规模最大、类型最多的古民居博览园》,对修复后的古民居的不同使用功能,也做了较详细的阐述。5月13日,我将这两份材料一并发给杨妤,让她转发给记者。

2015年5月16日中午,杨妤陪同记者坐高铁来蚌,同来的还有她的丈夫胡雪柏。胡雪柏是《京华时报》新媒体负责人、专业摄影记者。午餐后,我和杨妤一起陪同记者参观修复工场和园区建设现场。记者看得很仔细,觉得非常震撼,也特别关注修复细节,还不时提出一些问题,第二天上午在老宅接待中心座谈交流时,还提出不少建议。由于我们准备工作比较充分,这一轮记者采访报道取得良好效果。

转眼进入夏季。7月7日,杨妤又从北京给我打电话,告诉我一个好消息:冯骥才来园区考察时间定了,冯老16日下午由天津来蚌埠,17日参观考察,18日上午座谈交流,下午离蚌去铜陵。

我读过不少冯骥才的小说,后来知道,担任民进中央副主席、中国文联副主席、中国民间文艺家协会主席的冯骥才,不仅是著名作家、画家、社会活动家,也是一位民间文化遗产热忱而又坚定的守护者。多年来,他奔走各地,为抢救保护包括古村落等传统建筑在内的民间文化遗产,不遗余力地鼓与呼。

我去了一趟蚌埠市委宣传部,向王勇勇部长汇报了冯骥才来访之事以及接待安排。

王勇勇很重视,说:"冯骥才先生是文化大家,他来蚌埠,对我们宣传文化工作来说,是难得的请他做指导的机会,我向市里主要领导报告一下。座谈会我来主持,请有关部门一道参加。"

7月16日,一整天暴雨如注,到了傍晚,雨势才小了点,我陪马国湘去蚌埠南站接站。冯骥才和夫人顾同昭、秘书储天宝,在杨妤的陪同下,乘坐G1276次高铁,由天津来蚌。下午6点38分,列车正点到达。当晚,蚌埠市领导在万达嘉华酒店会见冯骥才,并共进晚餐。

17日早上,雨停了,天气还没有放晴,但昨日一天的暴雨逼退了暑气,气温变得凉爽起来。上午9点30分,我跟车去酒店接了冯骥才夫妇和秘书,先去解放路参观修复工场。王勇勇和马国湘等候在现场,陪同参观。中国新闻社、《人民政协报》、《京华时报》、《安徽日报》、《蚌埠日报》、《淮河晨刊》等媒体的记者也等候在那里,跟随采访。

修复工场里十多个工人在修复构件,每人的工作台上都有一排不同规格的凿子,"笃、笃、笃",凿出的木屑,散发出淡淡的木香。杨信定正在修复一根雕花大梁,他的工作台上放着大大小小三四十把凿子。年过半百的杨信定是一名雕刻工,他出生在宁波乡下,十六岁拜师学艺,三年后基本掌握了木构雕刻技艺,此后就凭这门手艺外出打工,挣钱养家糊口,经过三十多年的实践,练就了一手修补古建筑缺损雕花的绝活,无论是花草禽兽、人物器具,也无论缺损到什么程度,到他手里,都能复活再现。2012年园区开工前夕他来到蚌埠。此刻正在修复的这根大梁,从木质看,至少是清早期的物件,上面的人物残缺不全,不是断头,就是缺胳膊少腿,他根据残存的人物形态,分别用相同的木料拼接上去,用墨笔画出需修补的图样,然后进行雕刻。

冯骥才端着手机,边看边拍照。他走到杨信定工作台前,俯下身子看杨信定小心翼翼地雕刻修补梁上的人物。看了一会儿,冯骥才抬起身子问我说:"这上面补的木头是新的,原来木头是老的,新的木头怎么处理?"

我说:"一般会把新的木头做旧,看不到修复的痕迹。"

冯骥才对马国湘和我说:"还有一种办法也可以考虑。我在考察茶马古道的时候,一个工程师朋友给我介绍说,原来有一个德国工程师帮助他们修复老房子构件,修完以后,新茬和老的不统一,就这样安装上去。德国人说,新的就是新的,历史的就是历史的,历史被损坏了,我们把它修复了。因为有这块新的,历史就更是历史了。"

马国湘点头说:"很有道理,这种方法我们可以借鉴。"

冯骥才不时用手机拍摄仓库里堆积如山的已修复好的老房子木构件,以及琳琅满目的月梁、雀替、花窗、隔扇,时而随口说出一些构件的年代和木雕图案的内容。

下午进园区考察,首先登上山头,俯瞰园区全景。远处,宽阔的龙子湖碧波荡漾;园区内,一大五小六个湖心岛,镶嵌在碧绿的湖面上。主湖心岛像一轮初转升腾的满月,岛上已矗立起来的一百多栋古民居,别出心裁地环列而筑,历历在目。身后是拔地而起的蚌埠新城,倚城望月,美不胜收。

再驱车至龙尾参观祁门大祠堂,随后上湖心岛,逐一察看了57号房至77号房等十一栋土建基本完成的古民居。一路上,马国湘不时向冯老介绍这些老房子的复建情况。4时许,进老宅接待中心坐下,观看宣传片和纪录片《失落的家园》。看完片子,喝茶稍事休息后,冯骥才夫妇在王勇勇陪同下前往市博物馆参观。

18日上午,在老宅接待中心座谈。老宅中堂做了布置,大屏幕上映出今天座谈会的主题词:"散落古民居的抢救与保护。"王勇勇部长、市文广新局(旅游局)局长袁政、市委宣传部副部长张文虎、市博物馆馆长辛礼学,安徽省政府文史馆馆员、市博物馆顾问郭学东等出席座谈会。马国湘以及我们几个公司高管,一起与会。

王勇勇主持会议。首先播放了介绍蚌埠经济社会发展的宣传片《印象蚌埠》,王勇勇介绍了蚌埠文化事业和文化产业发展情况。接着马国湘致辞,对冯老百忙中前来考察指导,对蚌埠市委市政府的关心支持,表示衷心感谢。随后,袁政、辛礼学、郭学东等先后发言,讲得都很简短,大家都想多听听冯老的高见。

冯骥才最后讲话。这是一篇精彩的专题演讲:

我是第一次到蚌埠。天津和蚌埠有一个共同的特点,就是这两个城市的崛起,同中国近代史上津浦铁路建设密切相关。因此我对蚌埠是有感觉的,刚才听王部长和各位介绍了蚌埠的情况,对蚌埠的了解更多了一些。昨天看了市博物馆,我特别欣赏旧石器到新石器时代的考古发掘。蚌埠这块土地上有双墩文化这样的文明,我们的先人在几千年前就有这样的创造力,有这样浪漫的想象,有这样的智慧。这是一块文明的土地,文明的土地是让人敬畏的。

最近二十年,我把很多精力放在国家非遗和传统村落保护上。这有一个渊源,就是基于原来我关心城市文化的立场。这个立场实际上是一个文化人的立场,也是一个作家的立场,作家更关心社会的精神层面。

我们这个时代有两个变化。

一个变化是原来的计划经济转变为市场经济,这是一个巨大的变化。在物质的社会,人们容易轻视精神的价值,所以有时候我们对我们的传统、对我们的精神,特别是对社会文明,容易忽略。这是一个挺大的问题,这是作为中国的文化人,作为知识分子要关切的。

还有一个变化是从工业革命开始的。由农耕社会进入工业社会,由农耕文明向工业文明转化的时候,我们民族的DNA,自己民族的价值观,自己民族特有的审美,我们丰富灿烂的多地域、多样化的文化创造,这些东西怎么办?我们必须保留,必须传承,不能失去。一旦失去了,尽管我们还有自己的版图,但我们没有自己的文化身份,这是最可怕的。

前几年,我曾经对新华社的记者讲过一组数字,后来媒体广泛引用。2000年的时候,我们国家的自然村落是360万个,到了2010年的时候,我们还剩下270万个。仅十年时间,我们失去了90万个村落,等于一年失去了9万个村落。

我当时作为国务院参事,跟温家宝总理讲:温总理,汶川大地震时,你为了禹里,不也着急吗?禹里村是大禹的故乡,在北川,当时沉在堰塞湖底。每个村落都是一部厚厚的历史,我们中华民族最大的问题是村落没有村落志,志书最多写到一个乡,到了村往往只有一个名字,没有历史记录,我们失去什么都不知道。我们已经把600多个城市变成千城一面,这是我们的文化悲剧。温总理听了很激动,他说我们不能让我们的后代连村落都不知道。后来,国家住建部、文化部、国家文物局、财政部于2012年9月联合召开了传统村落保护和发展专家委员会第一次全体会议,当时我是专家委员会主任委员。前两批评定了1561个村落,第三批994个,马上要评第四批,第四批可能超过2000个。

但是问题非常多,还有大量村落在消失。

我同时又在做国家非遗保护方面的工作。现在列入国家级的非遗保护名录的有1219项,省一级8500项。这些非遗大部分在村落里面,如果村落没有了,非遗也就没有了。少数民族的非遗、少数民族的文化,大部分都在乡村里面,这些少数民族的村寨也在大量减少。中华民族作为一个大家庭,没有权利让少数民族村寨消失。少数民族生活在自己的文化里面,如果他们的村落没有了,文化没了,这个民族也就消失了。这是一个重大问题,不是一般的问题。

国家非常重视,搞了非遗的名录保护,搞了传统村落的名录保护。去年我去俄罗斯莫斯科访问的时候,俄罗斯一个研究传统村落的专家,坐了一夜火车,来莫斯科看我。他听讲了我们的计划和想法,特别感动,要拥抱我。他说,俄罗斯没人管这一块,像我们国家这样用举国的体制、国家的能力,来做这样的传统村落的保护、做国家非遗的保护,在世界上都很少的。

现在我们国家对传统村落有了名录保护,但是我认为光有名录保护是不够的,传统村落保护还有两大问题尚需解决。

一个问题是有的村落与周围的村子是有联系的,比如南方有些村落的人口是从中原迁徙过去的,一个村落可能与周围的村落都有族姓衍生关系。如果你只是保护那些建筑比较优美、形态比较完整的村落,周围那些不管,你就把它的根脉切断了。所以孤立保护是不行的,应该有一个古村落的生态保护区。

还有一个让人忧虑的问题是,一个村落它的基本形态已经没有了,但是还有几幢经典的民居,还有好的戏台,好的祠堂、庙宇,还有好的古桥,或者历经沧桑的一个井口。怎么保护?没人保护。怎么办?没办法,只能任其消亡。我们过去只有一个文物保护的观念,而文物保护一般是不包括民居的,除非是特别经典的。因为没有法规保护,所以在很多的城市改造中被拆毁了,一些城市的历史建筑不断消失,乡村面临的也是这样的问题。

习总书记说:"要让居民望得见山、看得见水、记得住乡愁。"乡愁是什么?乡愁是人精神情感的需要。我们留住这些村落,是留住优秀的文化传统,留住我们民族的记忆、我们的价值观、我们的审美。民族文化的发展经历了自发的文化、自觉的文化阶段,要上升到文化的自觉阶段。现阶段保护文化迫切需要文化的自觉,民族文化承载着民族精神,要把文化保护工作提升到保护民族精神的高度来看,文化流失会造成民族身份和属性的流失。这正是习总书记提出记得住乡愁的真谛。乡愁是中华民族的精神家园,保护古村落,留住的就是我们中华民族的乡愁。

讲到这儿,冯骥才详细介绍了瑞典、荷兰等欧洲一些国家采用露天博物馆的模式保护古民居的例子,对蚌埠古民居博览园的定位和建设运营,提出了意见和建议:

我认为,可以采取把露天博物馆和国内村落旅游合二为一这样一种方式。你们有不同地区的建筑,可以在每个地区建筑的中心做一个博物馆,做得很精致。比如说江西民居有一个,安徽民居有一个,屋子里的东西都是江西或者安徽的。这种博物馆要求所有的细节、所有的场景都要做得非常精细,老照片、旧报纸、老物件,这样才能看出不同时期、不同地区人们生活的变化。越细越值得一看,只有这样的才能给人更多的精神的内涵。甚至里面应该有个小屋子,放小电影,可以看一下当地生活。有了生活化的东西,才能留住客人。徽派建筑是最值得展示的,要把蚌埠作为博览园的主展区,花鼓灯一定要放进去。一定要有自己的特点,把自己的特点、特色、经典展现出来。

冯骥才最后强调说:

一定要把这个项目做成精品,同时要宣传好。我希望中国各界都能关心我们民族在这个时代转型期间的精神传承,关心我们民族文明的传承。一个民族的传承主要是文明的传承。要做大事,凡是大事都是留给后人的。也只有后人需要的,才是大事。我想这件事能做成大事!

老宅里响起热烈的掌声。

冯骥才长达一个小时的发言,有理论、有数据、有深度、有温度、有见地、有建议,令众人深为感佩。

下午2点,冯骥才夫妇在安徽省人大常委会副秘书长董介林陪同下去铜陵,我和马国湘去高铁站送行。列车开走后,马国湘感慨地对我说:

"没想到冯老对我们项目这样充分肯定!做好蚌埠的项目,是不是更有信心了?"

我说:"是的!冯老的意见和建议,对我们做下一步工作,很有启发和指导意义。"

马国湘说:"冯老说的露天博物馆,同我们项目的特点很契合。他建议我去欧洲看看,年内我不一定有时间,你和杨好一起去考察一下,叫王龙也一起去,把资料拍下来,把外国好的经验学回来。"

我说:"好的。"

他又关照了一句:"叫嫂子一起去,杨好夫妇也一起去,你们组个团。"

我连忙说:"谢谢,谢谢!"

没想到,在办理出国考察手续的日子里,发生了一波网民质疑古民居项目的舆情。

一天夜里,王鹏博给我发来微信,说粉丝甚众的公众号"蚌埠论坛"发了一个质疑古民居项目的帖子,文中引用国家有关部门文件精神,说蚌埠古民居项目"不合法合规,不久将被拆除"。一时舆情汹涌,各大网站和许多市民朋友圈纷纷转发,大量网民"跟帖"询问真相。蚌埠市委宣传部指示我们"尽快拟文回复,以安大局"。

我叫王鹏博立即同"蚌埠论坛"版主联系问明原委,并叫他把相关文件找来发给我。我仔细看了王鹏博发给我的文件,放下心来,显然是相关质疑古民居项目的帖子对文件精神理解有误解,对我们项目具体情况也不甚了了。于是,我针对网友的质疑,拟了一份《答网友问》。文中一是说明蚌埠修复重建的古民居不属于"建档挂牌"的传统建筑;二是强调古民居博览园项目文化旅游功能突出,是依法建设、符合经济新常态的好项目;三是表态坚决支持依法打击破坏"建档挂牌"保护的传统建筑的行为。文中最后表示:"我们将继续努力,加紧建设,把项目建成'望得见山、看得见水、记得住乡愁'的美丽家园,以报答蚌埠人民和广大网友的厚爱。"

稿子拟好后,我先发给市委宣传部和马国湘审阅,不一会儿均回复称"写得很好"。我立即将此稿发给王鹏博。当日下午,《答网友问》在"蚌埠论坛"及相关网站"官宣"发布。

第二天,王鹏博收集了一些网上信息反馈给我。网友纷纷点赞"顶帖",认为"辟谣及时""能以正视听",表示"将继续支持古民居项目建设"。

第二节 露天博物馆

赴欧洲考察露天博物馆之旅,直到2015年12月上旬才成行。我和徐琍、杨好和胡雪柏夫妇以及王龙共五人,乘飞机于当地时间12月8日中午抵达荷兰阿姆斯特丹。地接是一位从上海来留学的年轻人,姓顾。吃了午饭,小顾便开车领我们前往荷兰东部阿纳姆市的露天博物馆参观。

阿纳姆露天博物馆已有百余年历史。十九世纪末二十世纪初,工业革命带来进步与繁荣,荷兰城乡面貌急剧变化。有感于传统的生产生活方式逐渐消失,为保存民俗文化遗产,一群有识之士成立了荷兰民俗博物馆协会。他们在阿纳姆租了一块地,将从荷兰其他地区抢救下来的六栋有代表性的老房子,整体搬迁过来,1912年4月开始兴建,1918年7月首期建成开放。经过近百年的发展建设,阿纳姆露天博物馆已发展成为占地660亩,汇集了来自荷兰各地具有代表性的包括农舍、别墅、磨坊、风车、手工业作坊,以及牛棚羊圈等八十多栋不同建筑和构筑物,有大大小小一百多个景点的民俗文化主题公园,成为欧洲著名的露天博物馆。

阿纳姆露天博物馆位于城郊,下午3点半,我们到了那里。入口是一个长长的方形建筑,墙面颜色是深浅不一的褐色。绛红的金属板大门十分醒目,足有两人高、近十米宽,开门、关门通过上面的导轨移动。大门上镶贴着银白不锈钢的馆名:"OPENLUCHTMMUSENM"。一条砖铺大道通到入口,两边的草地上落满枯叶。褐墙红门在蓝天白云映衬下,显得古朴苍凉。

小顾为我们买好门票,关照说:"博物馆5点关门,可能看不完。"

我们赶紧进去。进门一看,俨然是一座公园。茂密的树林,高高的不知名的落叶乔木和常绿乔木随意栽种在一起,看上去像自然生长的野生林。一条灰沙道通往树林深处,上面是来去两条两步宽的小石块路。路边有一栋三角尖顶木板小屋,门前的竹篮和木架上,搁着一些仿佛是刚刚从地里采摘回来的蔬菜——这些仿真展品简直可以以假乱真。门前站着三位白胡子老者,戴一顶小帽,脖子上系一条红色短巾,穿蓝布短衫,脚蹬荷兰标志性的木屐,一人背着一把步枪般长的木制号角,见我们过来,便"呜、呜"吹响起来,表示欢迎。

我们挥挥手向吹长号的老人致意,踩着石块路往里走。路边右侧是黑色铸铁路灯,左边的树干上拉着一排景观灯。天色才稍有点暗,灯已经亮了。

园区里散落着各式各样的农舍,也大都是三角屋顶,有的三角屋顶特别大,檐口压得很低,差不多到人的胸前。屋顶的倾斜度都很大,这里的冬天雪大,这样的屋顶不容易积雪。大部分老宅里面无人,但做过布置,供展示参观。也有一些独立屋,里面有人"居住"或者"做活"。每栋老宅门前都竖着一块金属铭牌,并且有编号,上面印着荷兰和英、德三种文字说明。

我们走进一栋1964年复建的老宅。这是一栋带阁楼的独立屋,茅草屋顶,白粉墙,进门右手两个房间,左手是一个略低的斜顶披间,竖着高高的烟囱,显然是厨房。屋前还有一口水井。进门的房间很大,收拾得很整洁。中间一张餐桌,四把木椅,桌上搁着碗筷。桌子上方吊着一盏灯。明亮的窗口旁一张小方桌上,放着装满各种蜜饯的玻璃瓶。靠近窗口的楼板下,吊着一只鸟笼。卧室放着一张带帷幔的床,类似中国从前一些人家的老式架子床。另一个小房间靠墙立着橱柜,中间一张小方桌、四把木椅,窗口还有一架简易钢琴。一块铭牌注明:屋内陈设是二十世纪初的场景。

屋里有一个穿褐色长裙、外罩短衫的老妇人,见我们进来点头微笑以示欢迎。老妇人端了一张椅子到窗前,把一束花叶系吊在鸟笼旁边的绳子上。一百年前一个普通人家的日常生活场景,栩栩如生地展现在我们面前。语言不通,徐琍上前比画着想和老妇人合影留念,老妇人高兴地和她搂在一起,我赶紧按下快门。

随着时间的推移,居住条件不断改善。一栋屋内陈设注明是2002年的七开间带阁楼大宅,被直接标明为"豪宅"。室外用铸铁栅栏围成一个私家花园,绿草坪上竖起一棵有屋顶高的圣诞树,上面挂满彩色小灯球,还站着一个真人般高的圣诞老人。

走进屋内,是一个宽敞的客厅,临窗一张长方形餐桌,六把铸铁椅子,桌面上铺着白色台布,摆放着盘子、刀叉和折叠的餐巾,上方两盏吊灯都亮着。客厅中间和一角也有两棵比人还高的圣诞树。楼板下也悬挂着一条条绿叶和彩球、彩灯。有两个房间:有一间是摆放沙发、茶几的会客室,还有一架老式钢琴;另一间是书房,两面有窗,有一大一小两张写字台,小写字台显然是给儿童做功课用的。厨房非常宽敞,也有两棵圣诞树。一位中年男子正坐在窗下静静地看书。

铭牌上的文字介绍,这栋老宅有半个多世纪了,最早的主人是一个拥有奶牛场的农场主,制售黄油和低脂奶酪。二十世纪六十年代末,因修建高速公路影响,农场主一家搬走了。后来,一个担任过国务秘书的高官,曾住在这栋"豪宅"里,又因修建阿姆斯特丹通往巴黎的高速铁路,这栋老宅于2004年移建到这里。

屋里看书的中年男子和前面屋里挂圣诞枝叶的老妇人,也都是博物馆里工作人员扮演,其他不少展室里也都有这样的工作人员。

除了再现农家生活,早期的家庭作坊也有展示。

我们走进一栋被称作"蓝屋"的农舍,这栋老宅1924年就移建到这里了。屋内陈设为1900年,比园区筹建时间还早一点。

这是一间纺纱作坊,一个头戴钩花线帽、身穿土布蓝衫的老妇人,正坐在木纺车前纺纱。屋子里看上去有点杂乱,纺车旁堆着一垛压缩过的稻草,一张长台上放着用纺线编成的长绳,还有两卷织好的白纱布。屋子中间一个铁架子吊下一只水壶,一旁搁着火钳,下面有燃烧的火堆。当然,火焰是灯光打出的效果。老妇人朝我们微笑点头示意，便自顾"干活"。旁边一间屋子里，有两台简易织布机，另一间屋子里，墙上挂着犁耙、铁铲等农具。不一会儿，从里屋走出一个相同装束戴眼镜的老妇人，她拿着一团棉花，过来跟纺纱的老妇人说着什么。

铭牌介绍，这栋农舍室内场景"提供了二十世纪初生活和工作条件的印象"，主人一家和他们的牲畜都住在这栋房子里，他们以养牛和耕种为主，但在冬季的几个月里，靠纺织等家庭手工业勉强维持生计，经常工作到深夜。这栋老宅之所以被称作"蓝屋"，是因为室内墙壁都被涂成蓝色。他们选择这种颜色，有一个实际原因，就是觉得蓝色会把苍蝇赶走。

我们又走进一栋于1931年重建的榨油磨坊。屋里有一个头发、须髯花白的老者，正在照看着榨油的磨盘。磨盘是木制传动结构，一张跟圆台面一般大的磨盘上，立着两个巨大的木轮，上部有传动齿轮，带动木轮转动。一边墙面上播放着投影：一匹拉着缰绳的白马不停地走动。从前，磨盘是靠马力拉动榨油。

门口铭牌介绍，最早的马力传动榨油机出现在1840年。一个农场主和他的女婿在自家的谷仓里安装了一台马拉榨油机，周边的农民纷纷把油菜籽、亚麻籽送来加工。油磨坊不仅产油，还有榨油的副产品——菜籽饼，冬季用来喂牛，营养价值很高。

令人感兴趣的是，这个磨坊并非只是简单地展示过去的生产方式，还展示按传统工艺榨出油的过程来。不过，现在改为电机传动了。虽然动力改变，但原有的木制磨盘结构和传动原理还保留着。一旁围栏的木架上，展示着几瓶榨好的亚麻籽油，可以卖给有需要的游客。

转眼天黑了下来，闭园的时间到了。我们才参观了一半，第二天上午的安排是参观位于荷兰北部著名的海港城市恩克赫伊森的须德海露天博物馆，行程不便更改。

杨妤提议说："我们是不是可以明天上午先去参观须德海博物馆，另外抽时间再来这儿参观？"

导游和我们一致同意。

第二天上午驱车直奔恩克赫伊森，在须德海岸边停下。天气晴朗，天蓝蓝，海蓝蓝，数不清收起风帆的小船停泊在宁静的海湾里，桅杆林立直指蓝天。这是一个由小渔村发展起来的海洋小镇。据介绍，博物馆以海洋渔村文化为主题，分室内和室外两个部分，室内部分有不同时期的渔船实物，还有从海底打捞上来的古沉船和成堆的碎瓷器，以及渔家生活场景的展示。室外部分有从各地收集复建的一百三十多栋老房子。遗憾的是，到这儿才知道，室外部分冬季也不开放。

我们参观完室内部分后,大家商定取消原计划下午参观荷兰风车村的行程,改往阿纳姆露天博物馆。吃过午饭,便抓紧驱车赶往阿纳姆,到那里已是下午3点,再次入园参观。

一大片绿草坪用木桩和藤条栅栏围着,十几只白的、黑的绵羊优哉游哉地觅食。草坪中央有一台小风车,远端还有一台高高的大风车。绵羊在野外散养,奶牛则在棚里圈养。一间奶牛棚外面看上去像农舍,进屋去,才知道是牛棚。长长的屋子,沿着一面墙,每隔两米左右砌一道一人高的墙,里面铺着草。不过里面没有真的奶牛,而是用一块块木板画的奶牛图案立在那里。还有一家农舍外面用铁丝网圈养着不知叫什么名字的家禽,看上去有点像中国的芦花鸡,一身黑色羽毛,唯头部一蓬白色羽毛,我们猜想是不是荷兰的野鸡。

一排参天大树把我们引到一条清澈的河塘边。河塘对岸是一组绿色的房屋,人字坡屋顶,山墙顶部有弧形,有方形,也有尖顶。垂脊、檐口、窗框等都用白色勾勒,绿白相间的建筑群落,倒映在明镜般的河塘里,美不胜收。

和田野间稀疏的农舍不同,一处房屋比较密集的地方,是复建的一条古老的街坊。街上有咖啡室、简易餐厅、红酒坊等商业服务设施,一栋老宅高高的尖顶上有一个十字架,显然是教堂。附近还有一座儿童乐园,有许多小孩在玩耍游乐。也许是寒冷的冬季吧,两个半天的参观,我们碰到的游客寥寥无几,儿童乐园是唯一比较热闹的地方。

在红酒坊,一位工作人员热情地引导我们参观了酒窖。回到门厅,我们又碰到了昨天进园时吹长号的三位老人,他们进来饮水休息,见到我们,高兴地打招呼。酒坊工作人员端来小酒杯,邀请我们品尝自酿的红酒。杨妤和胡雪柏夫妇、王龙都开心地端起小酒杯,徐琍举着小酒杯上前向一位端着水杯的吹长号的老人敬酒。

"Cheers!干杯!"大厅里洋溢着欢乐的笑声。

天色渐暗,杨妤提议我们乘坐交通工具游览一下园区,以结束阿纳姆之旅。园区很大,有多种交通工具可以随意乘坐,有马夫驾驭的古老马车,有老式汽车。比较多的是有轨电车,车辆有单节的,有两三节连在一起的,还有更长一点像小火车一样多节的,车厢式样、颜色都不一样,估计也是从各地收集来的。我们在就近一处候车厅前等着。

不一会儿,驶来一辆多节电车,开车的老伯穿着不知是从前哪个时代的制服,朝我们点头致意。我们上车坐下,"当、当",车辆缓缓启动。车上没有什么人,车厢里非常干净。电车驶过街坊石块路,穿过茂密的森林,不时在园区主要景点停靠。窗外,艺术品一样的风车、暮霭中觅食的羊群、一栋栋古朴的农舍等,缓缓往后退去,耳边响着车轮轧过轨道的"咣当、咣当"声,真的有一种时光穿越的感觉。

第二天清晨6点不到,我们一行就出发去机场,乘KL1007航班赶往瑞典斯德哥尔摩。抵达目的地已是中午12点多,我们顾不上吃饭,直接去斯坎森露天博物馆参观。

这座博物馆的入口处很气派,像别的主题公园一样,长长的一排有多个出入通道。

进入园区后,我们先到展厅观看博物馆全景沙盘。

斯坎森露天博物馆由瑞典民俗学家亚瑟·哈兹里乌斯(1833—1901)创建。哈兹里乌斯原来是一名历史教师,1872年夏,他在国内旅行时,发现传统的生产生活方式在工业化、城市化冲击下正在迅速消失,于是他辞去教师工作,奔走各地,抢救收藏老房子,收集传统的各种生产生活用品。1878年,法国巴黎举办世界博览会,他用这些藏品组织了一次专题展览,引起人们的兴趣和广泛注意。后来,他看中并买下了斯坎森山的一块土地,计划筹建一座民俗博物馆,将收藏的老房子和藏品在那里复建并永久陈列。从1880年到1891年,哈兹里乌斯积十年之功,建成了世界上第一座露天博物馆。

这座博物馆初建时,规模不是很大,老房子也不是很多。一百多年来,经过不断扩建,现在占地有450亩,集中复建了来自瑞典各个地方和不同时期的老房子以及构筑物一百五十多栋。其中有八十多栋农舍,还有领主府邸、军人之家、早期学校,以及作坊、店铺、教堂、钟楼、风车等各种建筑,大部分建筑都是木结构,所有建筑严格按照原状修复重建,以再现瑞典农耕时代生产生活的场景和城市变迁的历史。

出了展厅,举目四望,这座博物馆同荷兰阿纳姆露天博物馆一样,也是一座林木掩映、风景优美的公园。所不同的是,阿纳姆是平野,斯坎森则是丘陵起伏的山地,老房子依坡而建,错落有致,有移步换景之妙。

我们先往博物馆正门左侧参观,那里有从斯德哥尔摩老市区移建来的十五家店铺和手工作坊。我们沿着一个室外楼梯往下走,一栋木屋的屋面也是木板铺盖的,上面竖着一块"GLASBRUK"的标牌,窗口亮着灯,门口有人进出,我们进去一看,是一家玻璃器皿店,橱窗里是各式各样可以出售的玻璃器皿制品,有果盘等日常用品,也有精致小巧的装饰品和造型别致的艺术品。

导游小顾给我们介绍说:"这种玻璃器皿是用一种特殊的工艺烧制的,看上去像水晶,是这儿的一种特产。"

小顾领我们到展室后面的玻璃作坊参观。屋里吊着好几只大大的花式玻璃水晶球,墙边有一个方铁柜一样的火炉,一团火头从燃气管里喷出。一老一少两名工人正在烧制一件产品,只见老师傅夹着一团玻璃原料放在火上烘烧,待玻璃原料发红软化后,拿到工作台上整形,不一会儿一条晶莹可爱的小鲸鱼被制作出来。

这条街上,还有木器工坊、陶瓷工坊、五金车间、小印刷厂、杂货铺等,也都有穿着传统服饰的工人在操作或售货。

一阵扑鼻的香味把我们引进一间小屋。这是一家面点作坊,不知什么年代的老式烤箱,简易的柜台、木架,进门柜台上和靠墙柜架上,摆放着一盘盘新鲜出炉的糕点,有蓝莓饼、杏仁饼、肉桂小面包等。作坊里有一位穿着白制服、系着白围兜的戴眼镜的烘焙师傅,这些面点都是他用传统手法现场制作的。杨妤买了一包杏仁饼,分给大家品尝。我们肚子饿了,吃起来特别香。

街坊里也有住着"居民"的人家。我们走进一栋亮着灯的二层木板屋,这是一栋十九世纪四十年代的老房子。女主人微笑着欢迎我们进来参观。女主人看上去四十来岁,高高的个子,肤色白皙,头发往上拢着盘成一个发结,褐色过腰长裙,白色蕾丝钩花翻领,双臂搭着垂落的披肩,俨然一副我们在西方古典油画中常见的北欧人物肖像的模样。男主人在旁边的厨房里忙着。厨房一角砌出一个半人高的灶台,台面上一个烧木柴的火堆,男主人正在烧烤什么。

客厅很宽敞,墙上贴着印花壁纸,墙角有一架古董钢琴和一个木柜,窗户拉着白纱帷幔,窗前一张小圆台上放着一棵小圣诞树。屋子中间一张圆桌和六把木椅,桌上铺着洁白的台布,摆放着青花瓷盘,刻花酒杯斟上了浅浅的红酒,一大盘面点和几碟小菜已经摆上桌,似乎只等全家人上桌用餐。餐桌上还有两盏古铜灯架,点燃着长长的"蜡烛",墙壁上也点着"蜡烛"壁灯。当然,不是真的燃烧的蜡烛,而是通电的仿蜡烛灯。那时电灯还没有发明出来,夜晚靠煤油灯、蜡烛灯照明。具有实用价值的电灯,是爱迪生于1879年在前人发明的基础上改进并试验成功的。电灯普及千家万户,则更晚一些。

在园区中部,一栋林木环抱的塔状木屋吸引了我们的目光。这栋建筑一端是三层重檐木塔,逐层缩小,底层和二层都是方形,三层则是六边圆尖顶,二、三层每一面均有窗。底层很高,无窗,连接着屋面倾斜度很大的一栋木屋。整栋建筑被半人高的石块围墙围着,正面和右侧设有两处拱形入口。门口铭牌显示,这是一座古老的教堂,建于1729年,1916年移建到这里。

导游小顾说:"这是斯德哥尔摩最有名的婚礼教堂,许多市民都在这里举行过他们的婚礼。"

不知道是不是冬季的原因,教堂没有开放,我们没能入内参观。这座教堂也许是斯坎森博物馆里最古老的一栋建筑了,我提议不停地忙着拍照和摄像的胡雪柏和王龙在这里留影。于是,我分别为杨妤和胡雪柏夫妇、扛着摄像机的王龙拍了照。我和徐琍自然也在这栋近三百年前的古老建筑前合影留念。

12月11日,参观瑞典中部厄勒布鲁市的瓦雪平露天民俗博物馆,是我们此次欧洲之行的最后一站。早餐后,我们带上行李出发,有两个小时的车程。

瓦雪平露天博物馆位于厄勒布鲁市中心斯瓦尔塔河畔,该博物馆比我们前两天参观的阿纳姆和斯坎森两个露天博物馆规模稍小,筹建时间也较晚,始建于二十世纪六十年代中期。特点也不一样,主要是把本市各处濒临拆迁的经典木屋集中在这里修复重建,房屋排列比较集中整齐,五十多栋年代不同、造型各异的木屋组合成二十多个参观点,形成十七世纪至十九世纪的街坊风貌。

我们下了车。这座露天博物馆紧挨居民区,道路与居民区互相连通,没有明显的入口标志,因此也不需要买门票。一条六七米宽的石块路,路面的石块已经平滑光亮,看得出很有些年头了。右手是露天博物馆街坊,二层木屋,墙板均涂刷成暗红色,窗框则是乳白色。左手是居民区,也是二层木屋,墙板是淡湖蓝色,窗框则是暗红色。靠居民区一侧的路边,摆放了一排长方桌,桌子上方有棚顶支架。

小顾介绍说:"圣诞节快要到了,这里会有售卖小商品的临时摊位。"

一座红房子大宅墙上钉着瑞典和德、英三种文字的铭牌,铭文介绍,这栋宅子建于十八世纪,是从厄勒布鲁的一个航海小镇上移建过来的,原主人是一位船长。轮船是当时主要的运输工具,他们把瑞典中部生产的铸铁制品运往斯德哥尔摩等地,返航时运回食盐、鲜鱼和谷物,直到十九世纪公路和铁路取代货运成为主要的运输方式。老宅的大门关闭着,无法入内参观。好几栋老宅都如此关着门,只能从墙上铭牌上的文字介绍,大致了解一下这些老房子的前世今生。

也有一些老宅开着门,陈设着早期的家居用品,但不像阿纳姆露天博物馆有扮演成主人的工作人员。有不少老宅开门经营,但不是展示传统的生产方式,而是售卖当地的一些特色小商品,有民族服装、手工编织的绒线帽和花花绿绿的童鞋、玻璃器皿和陶瓷罐等等。也有的用于文化展览,正在举办的有画展、民族服饰展,还有一个早期的武士盔甲和佩剑展。这座露天博物馆由于和居民区融合在一起,实际上是一个兼有民俗文化展示和商业服务功能的社区中心。

我对杨妤说:"虽然我们只看了三座露天博物馆,但从规划布局来看,恰好是三种不同模式,一个是村落分散式,一个是山区错落式,一个是街坊集中式。"

杨妤说:"展示方式和手段也是多样化,有场景展示、真人互动、实物陈列、文图介绍、影像放映、声像模拟以及蜡像雕塑等等,我们都可以学习。"

第三节 "国粹重光今有人"

回国后我拟写了一份《国外露天博物馆考察报告》，杨妤和胡雪柏夫妇合作也整理了一份图文并茂的露天博物馆资料，一起报给马国湘。我在报告中分析了所考察的露天博物馆特点，比较了蚌埠古民居项目与之的相似点和不同点，建议打造中国第一座"露天博物馆"。并根据蚌埠古民居项目占地范围大，计划复建的古民居数量多，建议按照文化展示、商旅服务、亲子娱乐、总部集聚等不同功能，合理分区规划建设。

我找了个时间向马国湘汇报了赴欧洲考察的情况和一些思考，最后说："冯骥才先生建议我们把国外露天博物馆和古民居村落结合起来的方式，兼顾了文化展示和市场运营，比较符合我们项目的实际情况和发展方向。我想以后的对外宣传中，可以加上打造中国第一座露天博物馆的概念。下一步把一批专题文化景点做起来，像国外那样，按原样复建，讲好古民居的经典故事。"

马国湘说："可以。现在园区形象出来了，各方面反映不错，要乘势而上，全面推进。宁波的老房子过了年我就叫老冉安排人做。"

我说："好的。"

转眼到了年底，我着手拟写年度工作总结，同时为《蚌埠日报》准备图文资料。每到年初，我们项目的主管部门蚌埠经济开发区管委会都会跟我们要一年投资数据，《蚌埠日报》要为我们出一期"年度巡礼"专版。王鹏博同公司各部门联系，要来了各项投资和工程建设数据。各项数据汇总起来令人兴奋：2015年是项目正式开工三年来投资额最大、进度最快的一年。

这一年，在园区西南侧新堆山头一座，运送土方120万立方米，山景工程基本完成。植树种绿新增30万平方米，累计达200万平方米，合3000亩。园区内部道路的路基修筑完成，主要干道和挖土堆山形成的绵延2000多米的山梁，也都栽种上了各种树木。昔日的滩涂鱼塘宅基地，呈现山环水抱、冈峦起伏、古木苍翠的美丽景观。整个园区的乔木种植，以香樟为主，在不同区域也会种植一些专题花木景观。

这一年，修复古民居五十栋，累计已完成修复四百栋。主湖心岛古民居复建取得突破性进展，已完成梁柱框架搭建的古民居，按编号外圈有五十栋，内圈两排有四十五栋，一共九十五栋。实际上，其中许多古民居是由好几栋古民居组合复建而成，加上每栋建筑在原有框架基础上加建了客房、厨卫等必要的辅助用房，因此主湖心岛上复建的古民居已有近二百栋。这些建筑全部完成了屋面防水设施铺设、盖瓦和墙体砌筑，土建基本结束。内圈围绕中心广场的两圈商铺，也已完成框架搭建和墙体砌筑，只剩墙板和隔扇有待安装。

古民居博览园的影响也不断扩大。继被安徽省委宣传部评为"安徽省重点扶持文化产业示范园区"和安徽省旅游局评为"十佳旅游项目"之后，又被列入文化部"2015年中国文化产业重点项目名录"和国家旅游局"2015年全国优选旅游项目名录"。

2015年12月31日下午，我处理好手头工作，乘高铁回沪过元旦。

在平稳疾驰的列车上，我突然想起欧洲之行，我们在斯德哥尔摩的一桩巧遇。

那是12月10日傍晚，看完斯坎森露天博物馆，导游领我们去附近一家咖啡餐厅用餐。用餐毕，我见时间还早，便建议去斯德哥尔摩市政厅看看，顺便浏览一下市容。我们一行五人，除了我曾经访问过瑞典，他们四人均未来过这儿。

不到一小时，车在位于梅拉伦河畔的市政厅附近一处停车场停下。我们朝红砖市政厅走去，只见路口有两个警察把守。一问，今日不开放，这里正在举行诺贝尔奖庆祝仪式。我们这才想起，每年这一日，是举世瞩目的诺贝尔奖举行颁奖典礼的日子。按惯例，下午在斯德哥尔摩音乐厅颁奖，晚上瑞典国王和王后在市政厅举行盛大宴会，向诺贝尔奖获得者表示热烈祝贺。

2015年12月10日这一天，令国人特别感慨和自豪，因为中国科学家屠呦呦荣获诺贝尔生理学或医学奖，也走进了市政厅华丽的"蓝厅"。

屠呦呦1955年毕业于北京大学医学院药学系，是新中国首批女大学生中的一员，妥妥的受过现代医药学教育的科班出身的药学家。但在她成长和从事科研道路上，始终深受中华优秀传统文化的熏陶，并努力从中国医药学这个伟大的宝库中发掘出治病救人、泽被天下的灵丹妙药。

科学高峰的攀登，道阻且长。从发现青蒿素，到1986年青蒿素获批《新药证书》，再到1992年她发现的药效更高的双氢青蒿素获批《新药证书》并转让投产，屠呦呦已过花甲之年。在漫长的科研生涯中，屠呦呦及其团队付出了巨大的心血，也离不开全国上下一盘棋的大协作和强力支撑……

八十五年前的1930年12月30日，宁波城开明街屠家喜添千金。屠濂规望着可爱的女儿，按照"女《诗经》、男《楚辞》"的传统起名习俗，从《诗经》的美妙诗句中挑选二字，为她取名"呦呦"。

"呦呦"出自《诗经·小雅》"鹿鸣"篇。这首诗共三章，每章八句，开头皆以鹿鸣起兴："呦呦鹿鸣，食野之苹""呦呦鹿鸣，食野之蒿""呦呦鹿鸣，食野之芩"。诗中苹、蒿、芩均是蒿类植物,动物喜食,可以入药。

我想,屠濂规一定没有想到,女儿的一生中,竟与古老诗句中的"青蒿"结下不解之缘,也一定没有想到,神奇的小草,在他女儿和无数科研人员的努力下,成为"中国神药",在全球三十多个国家,治愈了十多亿疟疾患者,挽救了七百多万重症疟疾患者的生命,且主要为五岁以下儿童……

我又想,正是现代医药科学和中华优秀传统文化之一的中医学神奇结合,成就了屠呦呦。正如诺贝尔生理学或医学奖评委让·安德森所说:"她将东西方医学相结合,达到了一加一大于二的效果,屠呦呦的发明是这种结合的完美体现。"

我也借用《诗经》的美妙诗句为她点赞:屠呦呦是一位令人"高山仰止,景行行止"的伟大科学家!

呦呦在墙内,我们在墙外,由衷地向她祝贺,为她喝彩!

暮霭四合,华灯璀璨,斯德哥尔摩市政厅高高的塔顶亮起晶莹的蓝光。胡雪柏以市政厅巍峨的高墙为背景,为我们一一拍照留念。

我吟了一首七绝《斯德哥尔摩有感》纪之:

> 鹿鸣呦呦六十春,
> 青蒿一握济苍生。
> 华堂盛誉闻天下,
> 国粹重光今有人。

列车在飞驰,时光也在飞逝。经历了个别专家质疑和一波不大不小的网络舆情,倾听了冯骥才高屋建瓴的分析,考察了国外的露天博物馆,特别是受到屠呦呦"矢志寻蒿"精神的鼓舞,我益发觉得蚌埠古民居项目文化内涵丰厚,做好抢救保护散落古民居这件事很有意义,也是为传承发扬中华优秀传统文化,贡献一份微薄的力量。

第五章　徽风皖韵

第一节　从渚口到桃源

　　园区东南角有一条百米长的干道,连接着紫薇长廊。干道两旁也栽上了紫薇树,形成了百米紫薇大道。穿过紫薇大道,就到了碧水苍茫的龙子湖岸边,这里是园区最东边区域,也是称作园区龙尾的地方。

　　龙尾这块地,北面、东面、西面三面临水,湖的北岸、东岸,拔地而起的高楼大厦隔岸相望。南边是大片的湿地,不远处,东、西芦山遥遥在望。地块沿着九曲回肠般的岸线,新修了车行道路,以后可供观光环保电瓶车通行。道路至水边,是浅浅的滩涂,时有白鹭在浅滩上觅食,有车驶过,白鹭腾飞,"惊起一滩鸥鹭"的诗情画意,就会呈现在眼前。

　　龙尾地块上唯一规划建设的项目,是一栋气势宏伟的徽派大宅。经过一年多的建设,即将竣工。这栋大宅占地3300平方米,建筑面积2700平方米,是一栋新旧组合的建筑,其中800平方米的主屋,据说是一栋明代祠堂的残部。

　　主屋雕梁画栋,气势宏伟。屋宇式门楼,三层单坡屋顶,檐角飞翘。门洞进深两步,三间四柱,檐口横梁粗硕,雕饰精美。檐柱为圆形石柱,六边双层柱础承托。白石门框,双开大门。主屋两侧是高耸的马头墙,两侧各建一边厅,抹灰粉墙。西边厅旁还加建了一个庭院。

　　进大门,是一个宽阔的庭院,庑廊回环,八根圆形石柱环立。檐口高敞,横枋、撑拱雕刻亦精美绝伦。条石铺地,中间置一石刻水槽。

　　我站在庭院里,久久张望。如此宽大高敞的庭院,实属罕见。

　　负责搭建这栋建筑的是安徽的古建商宋胜国。据他说,这栋祠堂主屋的门头、前厅、中堂都是明代的老物件,其余建筑都是新加的。

　　中堂的面墙和大门没有使用木板隔断和隔扇,而是大幅玻璃隔断和落地玻璃门,显得明亮通透——这显然是从便于使用的角度考虑,但也失去了古意。踏上两级石阶走进中堂,是一个前厅,右侧连着东边厅。东边厅是一个整齐高敞的长方形空间,梁柱粗大,老料新做。东墙也是大幅落地玻璃隔断,双开玻璃大门,正对着伸入湖水中的圆形小岛。龙子湖对岸蚌埠南站周边的高楼历历在目。东门外一左一右有两棵古香樟,树干都有两人合抱粗。绿化部经理傅绍奎告诉我说,这两棵古香樟都有两三百年了。我想,东边厅办画展或者其他什么展览非常合适。

前厅左侧通向西边厅。西边厅隔成几个房间,可用作接待、餐饮包房什么的。前厅上方原有一个小天井,用玻璃封罩了起来。整个中堂和两边的厢房不做隔断,形成一个空旷的大堂,只是不知为什么,中堂地面比前厅和两边厢房的地面都要低,这显然不合祠堂的形制——由门楼而入,登堂入室、步步登高的布局。

祠堂原来的后进已毁圮,配建了一座古戏台。中堂和古戏台之间也是一个大天井,两边各开一个月洞门。月洞门上方是连接戏台两侧上下场空间的阁楼。穿过月洞门,各有一个小天井,连接戏台两侧后进的客房、餐厅。西侧小天井可通往西边厅,东侧小天井连接东边厅,客人看过古戏台一般从这里出东门上车。

园区里已经复建了好几座漂亮的古戏台,而这座古戏台之精美绝伦,无出其右,令人叹为观止。

戏台整体呈门字形,三间四柱一楼,檐板、月梁、雀替雕花繁复。"三台水"檐口,也就是三层六角,精细的五级米字拱,层层叠进,托起飞檐。檐角上翘,傲指苍穹。两端飞举,宛如舒展的鸟翼,灵动奇美。

两边阁楼檐口、檐廊,均装以S形短椽做成半拱卷棚,优美柔和。各开十扇花窗,略微内退,窗前檐下垂花镂空,廊口横枋雕花。旧时达官贵人的内眷不便于大庭广众抛头露面,阁楼类似今日剧院之包厢,便于夫人、小姐入座看戏。

两侧有楼梯上台。戏台上下场门的门头是弧形雕花月梁,上承宝瓶短柱和镂空花格及平板穿枋连接屋顶。屋顶上的圆穹藻井最为精美。藻井外方里圆,四边S形短椽向上托起一块四角方盘,圆穹藻井由外而内,分四圈向上逐次收进,直至穹顶圆心。穹顶每一圈亦以S形短椽支撑,短椽由细到粗,自圆心向外辐射。方盘四角雕以蝙蝠图案,象征福报四至。圆穹外侧木圈和S形短椽均雕刻回纹,内侧三道木圈饰以瑞草。穹顶圆心是一对麒麟盘球。站在舞台上仰看穹顶,圆心又似一轮红日光芒四射,普照大地。来参观考察的客人对这座精美绝伦的古戏台赞不绝口。

我问宋胜国:"这座戏台是什么年代的?哪里来的?"

宋胜国说:"也是江西乐平的,应该是清代的建筑。"

我说:"藻井这么漂亮,修复很不容易。"

宋胜国说:"乐平的古戏台,藻井最讲究,也最难做。"

"怪不得这么精美!"我点点头,赞叹道。

从建筑结构上来说,藻井是为遮蔽舞台上方的枋、檩、椽等构件而做的内部装修。但乐平古戏台以及其他各地古戏台上的藻井,却有着丰富的文化内涵和实用功能。藻井呈圆穹状,是天;戏台方正,是地。天圆地方、天人合一,形形色色的戏文,演绎不尽人世间的悲欢离合。古代没有扩音设备,藻井复杂精巧的构造,符合声学原理,具有吸音功能,能避免回声,同时又能把演员的声音扩散出去。有一次总政歌剧团的女高音歌唱家孙丽英来园区参观,站在这座戏台上禁不住亮了一下嗓子,声音唯美醉人,余音绕梁,在大宅里久久回荡。

这栋规模宏大、新旧组合的大宅尚未完全竣工,已成为参观的热点。一日,市领导陪客人来参观,客人问起老宅的来龙去脉,我一时竟答不上来,只得支吾其词地说:

"这是皖南的一座古祠堂,具体资料正在整理。"

我想,得赶紧把它的来龙去脉、前世今生搞清楚,整理出简介资料,便于接待讲解。我再问宋胜国这栋宅子的老物件是从哪里来的,宋胜国说,只知道是皖南的古民居,具体来自哪个县、哪个乡、哪个村,原屋主是谁,他也无可奉告。

我始终对这栋建筑一进的大天井将信将疑,又问宋胜国:"古祠堂有这么大的天井吗?"

宋胜国说:"有的,祁门有个古村落,就有好几座这样的大天井祠堂,保存得很好,你可以去看看,说不定就是从那儿拆过来的。"

"在祁门什么地方?"

宋胜国说:"这个我倒不知道,听马总说,这栋老宅好像是赵春发送来的,你问问他。"

我立即给赵春发打电话。赵春发想了想,说:"这座祠堂是祁门渚口的。"

我问:"确定吗?"

赵春发肯定地说:"不会错!"

我又问:"有什么书面资料吗?有那么大天井的祠堂吗?"

"这个……"赵春发想了一下,"我也是很久以前从一个朋友那里收来的,没有资料。那个村子很有名,祖上做过大官,村子里原来有很多大祠堂,大部分都拆掉了。"

总算有了一点线索。我说:"我抽个时间去考察一下,麻烦你有熟悉的朋友联系一下。"

赵春发说:"另外,有个叫闪里的古村落,也有好几座大祠堂,天井都很大。"

我说:"那好,一道去看看。"

赵春发说:"你时间定了,我陪你去。"

2016年3月18日上午,我从蚌埠乘高铁去婺源,约了妻子徐琍从上海直接乘高铁到婺源。三个小时多一点,我于12点17分抵达婺源站。半个小时之后,我在拥挤的人群里看到了妻子。从上海来的乘客很多,许多人赶早来婺源看油菜花。

赵春发和他的儿子赵青松开车来接。小车驶出高铁站不久,在一处挂着"古玩城"招牌的停车场停下,赵春发领我们走进一家"梦里人家"小餐馆。大概午餐时间已过,店里一个顾客也没有,一中年妇女和三个男子围坐在店堂里搓麻将。见有人进来,中年妇女边出牌边招呼说:

"吃饭吗?里边请,马上给你们做。"

赵春发看看我,似乎征求我的意见要不要在这里吃,我打量了一下,觉得店里收拾得蛮干净,就说:

"就这里吧,抓紧吃好赶路。"

中年妇女大概是老板娘,一局搓完,她起身给我们倒了茶水,拿来菜单给赵春发点菜,随后到里间厨房安排厨师炒菜。安排停当后,她给我们摆上碗筷,朝我们笑笑说:

"很快的,马上就好了。"

说着,又坐下继续"筑方城"了。

不一会儿,菜上来了:红烧小杂鱼、肉片小炒、野菜豆腐汤、一大盘蔬菜,一人一碗白米饭。肚子饿了,吃得挺香。

餐毕,各自往自带水杯里加了开水,上车继续赶路。

导航显示,到祁门渚口有一百五六十公里路程,要两个多小时才能到。不过全程高速,路很好走。

早春二月,阳光柔和,满目青山。小车在逶迤的群山中穿行,不时穿过长长的隧道,盘旋在半山腰,不一会儿又疾驰在无边的绿野上,成片的金黄色油菜花,一大块一大块,从车窗外掠过。间有一丛一丛粉红的桃花,像灿烂的红霞从车窗外飘过。

我问赵春发:"江南桃花一般阴历三四月份才开,这儿桃花怎么开得这么早?"

赵春发说:"我们这里开得是早桃。"

过了赣皖边界,就到了黄山市地界。沿着黄祁高速,经休宁、黟县,直奔祁门。一路美景,令人眼花缭乱,我觉得这是我经过的最美高速公路。在目不暇接的美景陪伴下,不知不觉到了此行第一站——渚口。

渚口地处祁门县西部,是祁门县下辖的一个乡。我们要去的是渚口乡所辖渚口村——这是群山深处一个风景秀丽、文化底蕴深厚的千年古村落。

一位叫倪老师的长者在村口等我们。打过招呼,倪老师说:

"来渚口,主要看大祠堂和'一府六县'古民居。"

他说的大祠堂,是号称"民国第一祠"的倪氏宗祠——贞一堂。

走进村落,在村子中央,一座气势宏伟的祠堂呈现在眼前。祠堂大门前是长长的广场,青石铺地,两侧是高高的黑灰斑驳的粉墙,形成一个半封闭的广场空间。两侧墙根下,堆放着十八对硕大的石鼓,有一个石鼓上还刻着"进士第"字样。

倪老师介绍说:"这些石鼓是竖旗杆用的,贞一堂子孙中有中举、进士及第或者取得功名者,就在祠堂前置一对石鼓,插上旗子,以示旌表。"

我点点头,说:"就像现在的光荣榜,既光宗耀祖,又激励后生。"

这座祠堂的门面是单层平顶斜坡屋宇式门楼,四柱三开间,中间阔,两边窄,檐柱上均架以粗硕的月梁承托檐口。门廊两柱进深,两侧各开一扇耳门,通向侧屋。檐口月梁上悬挂着三块匾额,中间为"尚书",右侧是"帝廷喉舌",左侧是"锁闼原僚"。檐口中间两柱挂一副黑底蓝字楹联:

　　锦城奇迹在山水
　　诸君放言无古今

白底黑字的"倪氏宗祠"门匾,醒目地悬挂在祠堂大门上方。门楣上有四个圆木户对,石柱门框,门旁一对"黟县青"抱鼓石,刻有龙凤呈祥、麒麟送子纹饰。

进入大门,我眼前一亮:宽大高敞的天井,庑廊四合,檐柱环立,其尺度与格局同蚌埠古民居博览园龙尾复建祠堂的主屋大天井颇为相像。不同的是,这个祠堂的檐柱都是木头的,而不是石柱。

享堂五开间,梁柱粗硕,檐口撑拱雕饰精美。堂口横梁中间悬挂"大纳言"匾额,立柱挂一副黑底蓝字楹联:

　　读书好耕田好学好便好
　　成家难治业难知难不难

享堂太师壁板上方悬挂着白底黑字的"贞一堂"匾额和五幅倪氏先祖画像。

两边立柱也有一副楹联：

> 唐朝大司马官康民公系锦城倪氏始祖
> 明代户部尚书思辉公乃渚口贞一后裔

倪老师边陪我们参观边讲解。他说："倪氏是唐朝末年从中原迁居徽州的，历史上最有名的是祁门始迁祖唐代兵部尚书倪康民和明代的户部尚书倪思辉。"

安史之乱之后，唐王朝迅速由盛而衰，至唐末，藩镇割据、农民起义、战争频仍，社会益发动荡不宁，中原大批豪门士族纷纷南迁。《祁门倪氏族谱》载：倪康民的祖父倪应，"恒州藁城"（今河北保定境内）人，"时河北没，公携家南奔渡江，闻新安大好名山胜地，至则乐黄山而居之"。具体安家之处，为"新安之黄墩"。黄墩，即今黄山屯溪篁墩。

此说可信。葛剑雄主编的《中国移民史》第三卷写道：皖南有两个地方因唐五代时北方移民集中而得以闻名，一个是池州建德（治今东至县北）的桃源，另一个就是歙县西南的黄墩。

倪应在黄墩安居下来，生子衡之，即倪康民父。会昌五年（845）九月，倪康民生于斯。倪康民因同王仙芝、黄巢农民起义军作战有功，晋升为淮南节度使、金紫光禄大夫、兵部尚书。族谱载，康民公"梦神人告之曰：逢伊则止。遂西顾停骖于伊川而家焉"。

族人奉倪康民为祁门始迁祖，由伊川再迁渚口的是倪康民五世孙倪社五。得渚口天时地利，这一支人丁兴旺，支系繁茂，发展成为"宗分九祠"的大家族。九世倪伯玉为贞一堂支祖。

真正使渚口倪氏成为"望族"，同倪思辉的仕进分不开；而倪思辉有所作为，又同他的母亲耳提面命、殷殷教诲分不开。

倪思辉家世贫寒，他的曾祖父弃农为儒，想走读书求仕之路，不幸早殁，留下孤儿寡母。祖父为改变困境，弃农经商。倪思辉父亲酷爱读书，苦于一时难见成效，也只得带着长子跟随祖父一起经商，可是均未做出什么大的名堂来。他还想拉着次子倪思辉一起学做生意，倪思辉的母亲断然否决，对丈夫说：

"书没读好，还算是读书人。经商不成，就不称其为生意人了！你误了自己，又误了长子，还可以再误小儿吗？"

于是二人令倪思辉还是要读书。

母亲还对倪思辉说："我把你当作性命，你要把读书当作性命！"

从此,倪思辉刻苦攻读。倪思辉天资聪慧,幼而歧嶷,人小志大。某日在祠堂,倪思辉和小伙伴抱着屋柱玩耍。族翁见状出上联曰:"手抱石柱团团转。"小思辉立刻对出下联:"脚踏金阶步步高。"下联不仅对仗工整,而且契合贞一堂自仪门至享堂,再至寝堂拾级而上,逐步抬高的建筑特点,也道出了倪思辉发奋苦读、求取功名的远大志向。

在父母的严厉管教督促下,倪思辉于万历二十五年(1597)乡试中举,万历三十五年(1607)中进士。初授太常寺博士,转任吏科给事中。《明史》中无倪思辉传,但在《侯震旸传》中附有倪思辉事迹。

天启二年(1622)监察御史侯震旸不满明熹宗保姆(乳母)客氏"擅宠,与魏忠贤及大学士沈纮相表里,势焰张甚",上疏谏言。给事中祁门倪思辉、临川朱钦相也跟着上疏弹劾。不料"帝大怒,并贬三官。大学士刘一燝、尚书周嘉谟等文章论救,皆不纳"。仗义执言的倪思辉,被贬谪福建按察司给事。天启七年(1627),崇祯帝继位,倪思辉被朝廷重新起用,官至南京户部尚书兼都察院右副都御史,总督粮储,提调七省。

倪老师说:"檐口这块大纳言牌匾,就是褒奖倪思辉敢于直言的。"

贞一堂始建于明代,屡毁屡建,现建筑建于民国初年。堂内有简介。

倪老师说:"我们倪氏这一脉扩散分居在伊坑、渚口、滩下、花城里四个村子里,有十座祠堂,伊坑一座,滩下两座,花城里两座,渚口最多有五座,其实我们这里还有一座庶母祠,是清末倪尚荣提议建造的,是专门祭祀父辈小妾的。"

我说:"封建社会男尊女卑,女祠少,为小妾立祠十分难得。庶母祠还在吗?"

倪老师长叹一声,说:"前两年还有半座,现在全拆掉了。倪氏宗祠也只剩贞一堂这一座,其他的早就倒的倒、拆的拆了。拆下来的花板门窗、石雕砖雕都被拿去卖钱了。"

我问:"是谁买去的知道吗?"

倪老师说:"来收的古建贩子很多,本省外省的都有,都是偷偷摸摸干的,是谁讲不清楚。"

我想,看来要弄清我们龙尾大宅是这里哪一座拆毁的祠堂不太可能,也许当初转卖给赵春发的,也只是这里拆毁的某座祠堂的部分构件。

倪老师说:"要不要看看'一府六县'老宅?"

我说:"要的!要的!"

出大门西侧耳门,是一条窄窄的小巷。巷弄宽两步,巷道路面两边铺的是碎石块,中间是较大的不规则的青石块,走来踏去,磨得黝黑光亮。穿过寂静的小巷,仿佛穿越了漫长的时光隧道,一座历经一个多世纪风雨的徽州民居,就呈现在我们面前。

各种论述徽州民居的书籍上有关"一府六县"介绍很多,我走近这栋历经沧桑的老宅,依旧感到无比震撼。

屋宇式单坡双柱门楼,青石门框,门框上是精美的砖雕。大门东向,两侧是与门框一般高的对称山墙,形成一个与贞一堂类似的狭长门前广场。与众不同的是,大门设有五级台阶,高出地面二尺有余,使人觉得内敛而又有几分府衙的威势。

主持营造"一府六县"老宅的是倪望重,生于道光二十四年(1844),其父早逝,家境贫寒,其母曾以乞讨为生和供他读书。

同治十二年(1873),二十九岁的倪望重才乡试中举,然翌年即高中进士,从此步入仕途,历任浙江分水(今桐庐)、淳安、诸暨、黄岩、临海五县六任县令,其中两任诸暨。他"又署诸暨"时,于光绪十年(1884)耗银一万两,在家乡建造了这栋宅第。

"一府六县"被称为清末徽派民居的设计典范,也是安徽省重点文物保护单位。

望着这栋气势宏伟的老宅,我在想:倪望重为什么要把自己的居所设计成"一府六县"的奇特格局?

有一种说法,除了家族人丁兴旺、居住需求之外,还同倪望重六任县令的经历相关,有为自己的仕途政声立此存照的意味。

不过我觉得,倪望重把自己兄弟俩的私宅精心设计成"一府六县"的格局,恐怕不仅仅是为了同徽州的建制"暗合",应该还包含了倪望重和他的先辈们,对哺育了一代又一代倪氏家族儿女的徽州这片大地的致敬和感恩。唐朝末年,倪氏先祖避乱渡江南来,在这片美丽丰饶的土地上,繁衍耕读,亦儒亦贾,建功立业——是这片群山深处、偏安一隅的土地庇护了他们,是这片山明水秀、稻丰鱼肥的土地滋养了他们,是这片文风昌盛、充满灵性的土地成就了他们!

向热心的倪老师辞别时,他得悉我们要去闪里镇桃源考察并拜访陈敦和先生,立即说:"噢,闪里在我们镇隔壁,不远,三四十里路,开车一会儿就到。"

刚要上车,他又说:"从前我们倪家娶过陈家的媳妇,倪家和陈家还是亲戚呢。"

"噢,太巧了!知道具体的名姓吗?"我急忙问。

"听老人说的,具体也讲不清楚,族谱上可能有。"

离开渚口,车上黄祁高速开了一段,从匝道下来后很快到了可以同渚口媲美的另一个古村落——闪里古镇的十里桃源。

下午4点已过,我们直接去村中拜访国家级非物质文化遗产"徽州祠祭"传承人陈敦和先生。

　　村里新砌的楼房和粉墙黛瓦马头墙交织，不少区域古村落的风貌犹存。陈敦和的家是一栋古色古香的新砌二层楼房，双开雕花暗红大门，门楣和大门两旁镶以木雕格栅，也漆成暗红色，并衬以玻璃，可以直接看见屋内。大门两旁挂着一副褐底金字楹联：

　　　　桃源世博夺金奖
　　　　闪里茶香冠全球

　　二楼挑出，一长排暗红木雕花窗。檐口悬挂着黑底金字匾额："义成茶庄"。
　　看来，这里是陈敦和的居所兼工作室。
　　陈敦和头发花白，戴一副银丝边眼镜，身着藏青两用衫，胸口别着一支钢笔。见我们来，立即很热情地把我们迎进屋里。客厅左侧开一道月洞门，进月洞门，他把我们引到他的工作室。房间不是很大，右面墙上镶嵌着一个展柜，陈列着各种品牌的祁门红茶样品。正面墙上挂着一幅图《茶山滴翠》，图片上书一个大大的"茶"字，上首有一行小字："世代桃源故里，英豪祁红人家。"画上还有一个叫陈世英的年轻男子半身像和他的简介：

　　　　陈世英（1870—1942），闪里桃源人，清末监生，毕业于安徽高等学堂，留学日本，获硕士学位。任苏州府参议院参议，兼任义成茶叶出口公司总经理。送忠信昌祁门红茶赴美国旧金山巴拿马博览会参赛荣获金奖。

　　图片两侧有一副署名"徐海啸撰、马路书"的对联：

　　　　世道风云州海客
　　　　英模才智历山茶

　　房间里有一方巨型树根茶台，陈敦和招呼我们坐下，沏了一壶祁红，摆上葵花子和两碟干果、小糕点。我端起茶杯，连声向陈敦和表示感谢。
　　陈敦和拿出一本书送给我，书名为《闪里古镇·十里桃源》，署名为"村史素材陈敦和，文字编撰徐海啸"，系内部出版的黄山市徽州文化研究院文集丛书之一。
　　这是一本图文并茂的村史资料，全面介绍了桃源的景观历史、人文古建、民俗风情,还有传说故事。陈敦和打开书,简要给我做了讲解。

桃源背依青山,清澈的兔儿溪穿村而过,将桃源分成里桃源和外桃源。绿水青山,村落人家,绵延十余里,故云"十里桃源"。桃源是陈氏家族世居之地,陈氏家族于唐代末年自江西迁祁西,迁桃源的始祖是南宋进士陈鼎新。还有一段传说:一日,鼎新子仁四收完稻谷准备卷起晒稻谷用的簟席,突然刮起一阵大风,将晒簟刮得无影无踪。次日,仁四寻簟席至桃源,见此地"山水灵异",遂禀报父亲。南宋淳祐六年(1246),陈鼎新举家迁至里桃源。

桃源是祁门红茶的发源地之一,更是祁红国际品牌的唱响地。墙上画像中叫陈世英的年轻人,是陈敦和的祖父。1913年,北洋政府在北京成立"巴拿马赛事筹备委员会",精通外语的陈世英被聘为委员。1915年,陈世英携桃源茶商陈郁斋"忠信昌"茶号精制红茶参加美国旧金山巴拿马博览会,一举荣获民间茶庄金奖,从此祁门红茶蜚声国际。

中午我们的车驶过浮梁时,我自然而然地想起白居易《琵琶行》中的那句诗:"商人重利轻别离,前月浮梁买茶去。"陈敦和送我的这本书中对此也有记述:桃源所在闪里镇距浮梁境仅三公里。闪里在祁门建县前,原属浮梁。白居易诗里所指的浮梁,就是包括闪里在内的祁门西南路。

原来如此。浮梁茗香利厚,吸引一个重利薄情的男子,抛下琴艺绝伦的妻子琵琶女。浔阳江头,一个秋风瑟瑟的日子,琵琶女同白居易一次偶遇和例行的弹拨,竟引起"同是天涯沦落人"的大诗人强烈共鸣,从而写下了千古传诵的长诗《琵琶行》。

闪里桃源与祁门红茶的渊源,是一个意外收获。我此行的主要目的是考察祠堂。陈敦和送我的书中对此也有详细描述。令我惊奇的是,据介绍,桃源陈氏自元代起就开始兴建祠堂。严格来说,直到嘉靖十五年(1536)明世宗采纳礼部尚书夏言上疏,诏令天下臣民可以祭祀始祖,民间方可兴建宗祠。至清代道光年间,陈氏家族在里外桃源共建祠堂十四座。

时近黄昏,我起身邀请这位热情的长者,在《茶山滴翠》图片前合影留念。

随后陈敦和陪我们去看祠堂,一起坐车先到村口看大经堂。

大经堂坐落在村口青石广场上,背依苍翠的群山。层峦叠嶂,林木葱茏。山脚下的田畴呈阶梯状,近处一长条金黄的油菜花田镶嵌在绿野中,间杂着几株粉红的早桃。再近处临近大经堂后山墙的是一条清澈的小河。暮霭降临,水光山色、黄花红桃都呈现出朦胧美。

大经堂的西山墙是高大宽阔的鹊尾式马头墙。岁月的巨手,将原本雪白的大块粉墙,晕染成黑灰色,使其充满沧桑感。主墙二级跌落,加上稍低的前院西翼门顶部也做成鹊尾式,恰好形成三级。马头墙通常做成三级,以祈愿主人或者苦读的士子,仕途畅达,"连升三级"。

西翼门头上有"西山爽气"四字,内侧有"星联"二字。入内,是一个宽敞的前院,东翼门头内侧有"云礼"二字,外侧是"东岚晴光"。东翼门连接着通向村中一条古老的石板小道,小道往前数十步即拐弯为粉墙所挡,给人以曲径通幽之感。东翼门外错落的山墙上有两块指示牌,一块往左是"慎徽堂",一块向前是"桃花街"。

祠堂门面宽大,门廊高敞,卷棚檐顶,木框双开大门,不事雕饰,配以一对黑灰抱鼓石,简朴庄重。门头上挂着"陈氏宗祠"匾额。

走进大门,我惊呆了!好大一个天井,其进深长于三大开间的中堂面宽,也是四合回廊,檐下一律粗硕的月梁。果然如宋胜国所说,桃源的祠堂有大天井,而且面积要比我们园区龙尾大宅大得多。所不同的是,檐柱均为木柱。

大经堂建于元至正二十一年(1361),由盐商陈继科捐资十万银两,其胞弟陈继武掌管营造。一院三进二天井,后厅一阁原来是书院,供学子读经。整个建筑进深55米,宽18米,占地990平方米。

天井两侧墙上挂着的六块图文并茂的展板,分别介绍"古桃源""陈氏源流""桃源历史人物""开基五门樟""桃源商贾""桃源八景诗"。

陈敦和指着展板说:"来村里旅游参观的人不少,这里也是游客接待中心,也经常有专家来考察。"

离开时,陈敦和说:"大经堂建在村口,像一道屏障,能够挡住冬天的山风,所以我们也称它风水祠。"

我说:"祠堂是行冠婚丧祭之礼的场所,用于挡风和镇水辟邪,比较少见。"

陈敦和说:"以前村里许多活动在这里举行,现在大都安排在保极堂了。先去看看五门樟,然后就去看保极堂。"

五门樟在叙五祠后面的桐山下。叙五祠原名敦睦堂,为祭祀桃源开山祖陈鼎新所建。清咸丰四年(1854)正月,太平军入境时,一进古戏台毁于战火,现仅剩供奉列祖列宗牌位的寝堂和院墙围着的一大片空地。站在空地上,就可以看见屋后参天古木的巨大树冠。叙五祠后就是山坡,走数十步远,有一块祁门县林业局挂牌的"重点保护古树群"铭牌。列入保护的古树共有15棵,有香樟、黄连木、枫香等。其中最大的一棵古香樟,堪称奇观。

传说陈鼎新听儿子仁四寻找晒簟回来禀告桃源地肥水美,便亲往踏看,并在此扦插樟树一枝。隔年来看,小樟树不仅成活,而且生机盎然,枝叶蓬勃,遂于南宋淳祐六年举家迁居至此。迄今已770年。如今,这棵古香樟长成参天大树,树干须四五人合抱,高三十多米,树冠也有三四十米。最为奇特的是,主干分出五根树枝,恰与桃源陈氏衍生五脉相合,天人合一,观者莫不称奇。

后来,鼎新公后裔在古樟树前建敦睦堂,明天顺三年(1459),敦睦堂更名为叙五祠,古香樟也被称作"五门樟"。

保极堂位于村中,左右均有老宅相邻,外面看上去似乎不如大经堂气势宏伟。

保极堂建于元元贞三年(1297),至正六年(1346)重建,1903年翻修扩建。和大经堂相仿,也有一个前院,东、西两翼门。跨进院门,我眼睛一亮:门廊五间六柱,一排六根立柱,竟全部是石柱!石柱为四方形,下压四方柱础,上承斗状木托,六根造型优美的月梁横卧其上,横梁上镂空雕花横枋和倒卧金狮状斜撑,托起卷棚檐顶。青石门框,一对抱鼓石,门头上悬挂蓝底金字的"陈氏宗祠"匾额。

跨进大门,享堂前又是一个回廊四合的大天井,除了享堂檐口廊柱是木柱,两侧庑廊和大门内檐廊柱,三面均是与门廊檐柱相同的石柱!

陈敦和说:"叙五祠被毁后,祭祖活动改在保极堂举行。我们的祠祭活动是徽州祠祭文化中最有特色的,现在已经被列为国家级非物质文化遗产。2013年春节,我们在保极堂举办的祭祀活动,作为春节民俗文化展演,安徽电视台搞了现场直播呢!"

陈敦和指着墙壁上挂着的当时祭祀活动的彩照,一一讲解。我想,以后我们园区的大祠堂建好后,请陈先生来举行相关民俗活动展演也是蛮有意义的。

我抚摸着历经沧桑的高大石柱,觉得此番穿山越岭来到祁西,可谓不虚此行。从渚口到桃源,不仅看到了一栋栋天井阔大的祠堂,也找到了石制廊柱的例证。我对我们园区龙尾大宅的疑虑也基本打消。虽然石柱有方圆之别,我们那栋建筑的石柱也并不太像旧物,但门檐和天井回廊支以石柱的做法,古已有之。我想,渚口十余栋祠堂大都毁圮,拆除的木构、石材流入市场,其中部分辗转为我们园区收藏利用,是完全可能的。赵春发回忆龙尾大宅"来自渚口",也就不是空穴来风了。

出了保极堂大门,我忽然想起倪、陈两族联姻之事,问陈敦和:"陈先生,听说历史上陈家和渚口倪家是姻亲,陈家有女嫁到倪家?"

陈敦和说:"是的,倪、陈两家都是祁门望族,两家素有往来。联姻之事有传说,具体资料好像查不到了。"

我有点遗憾,说:"古代讲求门当户对,两族联姻是完全有可能的。"

陈敦和说:"明代倪思辉官至户部尚书,传说小时候在大经堂书院念过书。我们陈家明代也有一位好官——陈添祥,官至监察御史,奉旨代天三日,查抄严嵩,因查抄大贪官严嵩有功,后来皇帝御赐立牌坊旌表。"

陈敦和说着,指着大门旁的一对抱鼓石:"这个石料叫九江青,你知道这对抱鼓石从哪里来的吗?"

我好奇地问:"这对抱鼓石有来历?"

陈敦和说:"是严嵩后花园里的旧物。严府被抄没后,这对抱鼓石被移到此处,意在警示陈家后世子孙,为官从政,清廉第一。我给你的书中有陈添祥的故事。"

进门时,我要紧看石柱,没太注意这对抱鼓石,原来有这么精彩的故事。我说:"陈添祥敢于打老虎,清廉的官德家风,是最宝贵的财富!"

谢别陈敦和,带着满满收获,我们上车赶路。一个多小时后,抵达鄱阳油墩街镇。这里是赵春发的家乡,老赵安排我们明天去他的收藏兼修复工场看看。他经营古民居已二十多年,儿子赵青松大学毕业后,也跟着一起做这个生意。

大街上路面翻修,两边许多店铺正在改建,有些凌乱。在路边一家小餐馆吃了晚饭,找了一家客栈住下。我整理好今天的采访笔记和拍摄的图片,翻看陈敦和送我的《闪里古镇·十里桃源》,书中有陈添祥简介。

陈添祥明嘉靖二年(1523)生于桃源庄里,嘉靖二十五年(1546)中举,先后任上饶知县、宁化知府。陈添祥"深得礼部尚书徐阶赏识。经徐阶推荐,明世宗赐封陈添祥为监察御史"。但何时担任此职书中语焉不详。书中记述陈添祥监抄严府之事甚为简略,只有一句话:"奉旨监抄严府,在花园暗室发现严嵩私藏龙袍玉带谋反证据。"另外,书中有《陈添祥智惩严世蕃》一节,对陈添祥于上饶知县任上智惩严嵩之子严世蕃一事记述颇详,但作为"故事传说"记载。

书中对后来为陈添祥建牌坊之事倒记载颇详:天启元年(1621),明熹宗为旌表陈添祥奉旨查抄严府有功,下旨赐建牌坊。此事距严世蕃伏诛、严府被查抄,已过去半个多世纪。石雕牌坊原建于桃源村口,四柱三间五层,雕刻精美。特别是牌坊上雕有两只画眉,微风吹来,会发出婉转的鸣叫声。牌坊十年动乱中被毁,至今仅存部分残片。书中还附有牌坊残片照片。

放下书已经半夜了。我想,陈添祥"代天三日,查抄严府"这样的大事,不会无所凭依。

第二天一早,赵春发的儿子小赵开车来接我。在路边一家小店吃了一碗米粉,上车直奔赵春发的收藏和修复工场。

小车又穿行在早春的青山里,昨天从婺源经浮梁到祁门一路的美景,又呈现在眼前。我禁不住吟出一首七绝:

不赏菜花不买茶，
穿山越岭逐流霞。
桃源深处粉墙暗，
打虎安民御史家。

回到上海家中，我查阅了一下《明史》。

《明史》中无陈添祥列传，严嵩、徐阶等相关人物列传中，亦无陈添祥事迹记载。徐阶是严嵩的主要政敌，在扳倒严嵩父子斗争中起了关键作用。《明史·徐阶传》云："嵩子世蕃贪横淫纵状亦渐闻，阶乃令御史邹应龙劾之。"时在嘉靖四十一年（1562）。

《明史》亦有邹应龙传，云：邹应龙"知帝眷已潜移，其子世蕃益贪纵，可攻而去也"，加上又有副相徐阶授意，遂上疏弹劾严嵩父子。皇帝得疏后，下旨令严嵩致仕休退，法办严世蕃及有关人犯。

严嵩罢官后，徐阶继任首辅。在徐阶的运作下，嘉靖四十四年（1565），皇帝下诏将身陷囹圄不思悔改，甚至逃回家中继续作恶的严世蕃以"交通倭虏，潜谋叛逆"为主罪，判处死刑。依仗奸相父亲权势，作威作福、恶贯满盈的严世蕃，终于授首伏诛。同时严府家产悉被抄没。次年，贫病交加的严嵩，在家乡袁江之畔介桥村外一处墓地的草舍里凄凉地死去。

由此可见，是御史邹应龙在徐阶授意下，冒死上疏给了严嵩父子致命一击，陈添祥此时不在"监察御史"任上，否则在徐、严这场你死我活的斗争中，不会置身事外，以致史书上对他只字不提。但三年后严世蕃伏诛，陈添祥奉旨参与监抄严府是有可能的。因为查抄严府的工作量大得惊人！

《明史·严嵩传》附有严世蕃传，云：严世蕃被斩首后，从其家中抄出黄金三万余两，白银二百余万两，其他珍宝服玩价值数百万。

明史专家张显清所著《严嵩传》，对此有更为详细的描述。

严嵩父子在江西、北京等地均有家产。严世蕃被处决五个月后，江西巡按御史成守节和直隶巡按御史孙丕扬分别呈报查抄的严氏江西家产和北京家产，包括金银、珍宝、书画、土地、房屋、奴仆及各种器物，数量之巨，令人瞠目结舌。

张显清《严嵩传》根据明清相关史料，汇总了抄没严府的家产：江西严府抄得净金、金器皿、金首饰32969.8两，净银、银器皿、银首饰2027090.1两；北京严府抄得净金480余两，金珠宝首饰650件重634两，金镶玛瑙象牙金玉宝带47条，银12600余两。籍没江西、北京以及南京、扬州、仪真（今江苏仪征）等地田地山塘达百万亩左右,北京共籍没房屋1700余间所,抄没后变卖的江西宜春房屋就有19所3343间,分宜第宅房店20所1624间,南昌府及各县第宅楼铺12所1680间,等等。另外还有大量珠宝玉器、书画古玩和其他财物,数不胜数。

张显清《严嵩传》未具体描述朝廷如何组织力量、有哪些官员参与查抄严府家产,故而也没有陈添祥监抄立功的相关记述。不过我想,查抄严府,历时数月,工作量巨大,陈添祥参与监抄也是完全可能的。

我根据祁门之行获得的资料,将龙尾大宅定名为"祁门大祠堂",并拟写了简介。

我想,从渚口到桃源,可以说的故事很多:苦读成才的神童倪思辉,金黄蜜香的祁门红茶,民俗风情浓郁的徽州祠祭,打"虎"安民的陈添祥……尤其是严嵩父子贪腐败亡的故事,很有现实警示意义。

气势宏伟的祁门大祠堂,成为园区接待的热门景点。我来到这里,常常会想起陈添祥"代天三日,查抄严嵩"的故事,想起明史专家张显清《严嵩传》序中的一段话。序是历史学家、明史专家王毓铨撰写的。序云:

> 历史上的严嵩只有一个,但具有"严嵩品格"的大大小小的严嵩,却多得赛如牛毛。这类人物形成了一个政治历史现象,要求历史研究者予以解释,解释这类人为什么能在历史上出现并曾招人憎恨地活跃过两千年,这大概是显清同志撰写《严嵩传》的用意。

第二节 "屋户"藏龙

2016年6月8日下午,我乘高铁回沪。此行主要是参加两天后在上海苏州河畔成龙电影艺术馆举行的成龙新片发布会。我应邀参加这次发布会,不只是自己挂着该馆"荣誉馆长"的头衔,更重要的是为这几年惦念着的一件事:争取成龙收藏的尚无归属的徽派民居,在蚌埠古民居博览园安放复建。

我的这个设想,源于三年前。

2013年4月4日,成龙连发四条微博,宣布将收藏的四栋古建筑,包括两栋徽派民居、一座戏台和一座凉亭,捐给新加坡。成龙在微博中说:

"二十年前经人介绍,我在国内买了十栋安徽的古建筑,本来想找一块地,把老房子重新建好让爸妈住,不料爸妈都在十多年内相继离开。这十栋包括厅堂、戏台、凉亭的徽派建筑,便一直躺在仓库里,成为白蚁的食粮。这些老建筑是中国建筑艺术的精髓,如果不摆出来让人欣赏,实在浪费。"

微博中,成龙谈到把四栋古建筑捐给新加坡的原委:"两年前我跟一个新加坡朋友谈起这件事,他马上请我跟一位新加坡官员见面,那位官员马上为我在新加坡科技设计大学找到一块地……"

在和成龙团队合作筹建上海成龙电影艺术馆时,我曾专程去香港看过成龙的收藏品:整整几大仓库,五花八门的电影服装道具,琳琅满目的奖杯证书,名贵的紫檀家具,世界各地影迷送给他的各种礼品,等等。另外,还有许多雕刻精美的徽派民居构件——当时并未怎么在意,因为从没有想到以后会同古民居打交道。

成龙微博一出,立刻刷屏,引起轩然大波,网民议论纷纷。惋惜规劝者有之,嘲讽批评者有之,诘问追责者有之。

有的甚至提出要从法律角度深究:"成龙二十年前购买的这些传统建筑有可能是文物。如果这些古建筑是文物,按照现行法规是不允许流出国门的!"

网上虽然也有一些对成龙向国外捐古建筑表示支持和理解的帖子,但反对的占多数。不过,种种议论也好,甚至骂也好,网民一个共同的心声,就是不能再让传统民居这一民族文化的瑰宝流落海外,而是应当留在国内。

面对汹涌的舆情,4月9日下午,成龙再发微博:

"没想到捐房子的事情弄得沸沸扬扬,其实我很想找机会把这件事从头到尾讲一讲,只是三言两语说不完,要找合适的机会坐下来细细说。"

对于网友及专家称此事涉及文物保护法规事宜,成龙回应说:"请你们放心,成龙不会做犯法的事,更不会做对不起民族的事。在此一并谢过大家的关心。"

成龙向新加坡捐赠古建筑以及网上的反应,也惊动了国家文物局。有关负责人4月10日在接受《人民日报》记者采访时说:

"我们关注到此事,也希望积极促成(回归),成为一个比较好的范例。……希望成龙先生能够不辜负众人的期望。"

4月12日,中央人民政府门户网站刊登了《人民日报》几位记者采写的题为《成龙将4古建捐新加坡引争议,徽派古建为何流海外》的报道,文中针对数量庞大的古民居保护资金缺乏这一关键问题,引述地方政府官员和专家的建议,呼吁古建保护需共同努力,由单一政府投入,向政府引导、市场运作、社会参与等多元融资转变。

徽派民居"故里"黄山、婺源以及毗邻的浙西衢州、龙游等相关地方政府及其有关部门,直接向成龙喊话,希望成龙的古民居能够回归,并承诺提供相关支持。

一个多月后,央视《新闻1+1》栏目就此事专访成龙。在和白岩松的对话中,成龙详细解释了向新加坡捐古建筑的来龙去脉,也明确表露了将其余收藏的徽派民居留在国内的心迹。

一场风波逐渐平息,但我争取成龙的徽派民居到蚌埠古民居博览园来的设想,也由此萌生。当然,不知道当初成龙为何没有接过黄山、婺源这些历史文化名城抛来的"橄榄枝",偏居皖北的蚌埠,能赢得成龙的青睐吗?

成龙的新片发布会定于2016年6月10日举行。我驾车载着妻子徐琍、女儿嵇珊以及不满周岁的外孙昊谦,驶过苏州河,来到由保留的工业老厂房改建的成龙电影艺术馆。

苍翠欲滴的绿荫里,绛砖黛瓦的成龙电影艺术馆,经霏霏细雨打湿后,在周边鳞次栉比的高楼簇拥下,像一个穿着古朴汉服的美少女,越发显得高雅华贵、楚楚动人。

今天,这里将举行《铁道飞虎》《功夫瑜伽》《绝地逃亡》《英伦对决》四部成龙主演的新片发布会。成龙电影艺术馆时常举办此类活动,但四部新片同时举办发布会,还是第一次。到场的有四部影片的主创人员。

场子里有点闷热,一个工作人员把一台大电扇搬到台口,为观众送来习习凉风。当那个搬电扇的人转过身来时,大家才看清,原来是成龙。今天发布会的主角以这样的方式"亮相",令大家甚感意外和惊喜。

成龙很忙,直到发布会结束,明星和观众陆续散去,我来到舞台右侧的化妆室,才有机会同他说话。

成龙一见我进来,同我握手说:"好久没见到你了。"

我说:"我昨天刚从蚌埠回上海,女儿和小外孙也来了。"

成龙立即说:"快叫他们进来。"

徐琍抱着小外孙和女儿一起进来。

成龙一见,很高兴地说:"我会哄小孩子。"

拍过《宝贝计划》的成龙,果然很"专业",他先逗弄一下宝宝,然后伸手抱过去,一面逗宝宝,一面拨弄旁边的化妆衣架。还走到化妆镜前,捡起一个小纸球,边扔边逗宝宝。小外孙一点也不"掉链子",同大哥配合默契,笑得很开心。继而大哥把一只脚搁在椅子上,让小外孙坐在他腿上,小外孙抬起头,睁大双眼,憨态可掬地望着成龙。我赶紧按下相机快门,拍下一张"仰望巨星"的照片。随后,成龙招呼我们全家一起合影。

我刚想和成龙说些什么,这时有来宾过来同成龙打招呼。我见成龙很忙,心想,今天看样子是谈不成了。

我有些遗憾地准备告辞时,担任成龙集团创艺中心艺术总监的阿笔过来对我说:"晚上大哥要举行答谢宴会,招待一下明星来宾和所有工作人员,就在艺术馆后面的国丰大酒店,你们也一起参加。"

我说:"好呀,晚上我过来。"

我知道,说是"宴会",其实就是成龙和大家一起吃个饭,而且这种场合成龙一般也不正襟危坐,而是跑来跑去,为大家倒酒夹菜,甚至端盘子,像个服务员似的。我想,晚上吃饭,比较轻松,可能会有机会谈我的"设想"。

夜幕降临,徐琍留在家里哄小外孙睡觉,我便带着女儿嵇珊开车前往国丰大酒店。

成龙和几位主创在主桌,我和女儿跟阿笔在旁边一桌。几年前,我和阿笔以及成龙的徒弟伍刚,一起策划筹建了成龙电影艺术馆,此后我挂着"荣誉馆长"的头衔,和他们一直保持着联系,彼此很熟了。

我不会喝酒,要了一杯茶。

一会儿,成龙起身轮流向大家敬酒。到我们一桌时,我拿出刚出版的长篇纪实文学《苏州河的儿女们》说:"大哥,这是我写长风工业区转型开发的一本书,里面专门有一节写电影艺术馆,写了您的三个梦想。"

我打开书,翻给他看,又说:"谢谢您给我这本书写推荐语。"

成龙高兴地接过书,说:"谢谢。"

说着,他转过身来,端着书,和我合影留念。

我说:"大哥,您方便时到安徽我们古民居项目看看,都是老房子,蛮好玩的。"

成龙笑着说:"好呀好呀。"

我也笑笑。我心里有数,成龙说"好呀",其实他压根儿不知道蚌埠古民居博览园是怎么回事。

"茶"过三巡,我问阿笔:"大哥收藏的徽州民居,找到合适的地方了吗?"

阿笔说:"还没有。有不少地方来谈过,都没定。"

我说:"蚌埠古民居博览园已经初具规模,这个项目蛮有意思的,在境内外也有一定的影响,你抽空先来看看。"

阿笔迟疑了一下,说:"好的,我抽空来看一看。"

半个月后的一天下午,我去蚌埠南站接阿笔和他的助手。他们今日从上海乘高铁来蚌埠考察。列车正点到达,接站后,即前往现场参观。

我陪阿笔一行先来到解放路上的古民居修复仓库。阿笔看得很仔细,不时拿起手机拍下他感兴趣的场面。随后,驱车来到园区,登上山头,眺望园区全景。

"园区规划方案是谁设计的?"阿笔问。

我回答说:"都是马总的奇思妙想,他自己画的草图。"

阿笔赞叹说:"马总很厉害,非常漂亮!"

随后,驱车下山参观了龙尾"祁门大祠堂"、主湖心岛已完成土建的一栋栋不同年代的古民居。阿笔用手机拍了许多照片。参观结束,天色已晚。晚餐后,我和阿笔在他们下榻的万达嘉华酒店咖啡厅,交换意见。

阿笔说:"这个项目确实很震撼,建设规模、开发理念、生态环境都不错。"

我说:"几年前,大哥将几栋古建筑捐赠给新加坡,产生较大影响,甚至可以说是引起轩然大波,其中也有一些负面评论。"

阿笔笑笑说:"骂的也有。"

我说:"如果大哥把他的老房子放在国内,有利于消除当时把几栋老房子捐到国外所引起的误解。"

阿笔说:"从那以后,国内不少地方都来找我们,希望大哥把他的老房子放到他们那里去。大哥决策很慎重,一是看有没有合适的地方和合作对象,二是看派什么用处。"

我点点头,说:"是的,内容为王,我们一起想想,做什么内容合适。"

时间不早,阿笔他们明天一早要赶回上海,我和他约定,择日在上海再次碰头商量此事。

过了几天,我同阿笔约了在上海成龙电影艺术馆旁边的"禅边"茶室碰头。

阿笔刚从浦东成龙创艺中心赶来,他放下双肩包,说:"蚌埠那里确实不错,路线也适合大哥出行的习惯。成龙集团总部在北京,上海经常要来,大哥喜欢坐高铁,蚌埠正好在京沪线上,如果在那里做项目,交通倒很方便。"

我说:"是的,下了高铁十几分钟就到园区了,非常便捷,这也是我们项目选择在蚌埠的一个主要考量。"

上次阿笔来蚌埠考察,谈到吸引成龙过来的两个问题:一是"为什么要来",二是"派什么用处",也就是要做一个什么馆。对前一个问题,我有了一些思路。

我说:"大哥虽然出生在香港,但他的母亲是安徽人,龙爸在安徽生活过好多年。大哥不是还特地回了一趟安徽芜湖探亲,认祖归宗吗?如果成龙的老房子能够回到安徽,'龙'归故里、'屋'归原处,应该是最好的归属,也将会是一个很美好的文化事件。"

"'龙'归故里、'屋'归原处,这个提法有意思。"阿笔点点头,"今年8月在上海展览中心我们做的成龙环保艺术展,你来看过,颇为轰动,是整个展会中最受欢迎的展馆之一。明年4月,还要在上海国际金融中心再次举办环保艺术展,规模会更大。我在想,是否以环保为主题,做一个成龙环保艺术馆?"

我连忙说:"这个主题好!打造生态型国际化的文化旅游区,也是我们项目的发展目标。"

说到这里,阿笔沉默了一会儿,道:"大哥的老房子动不了,除了已经捐给新加坡的那几栋外,有四栋原来放在浙江,前几个月刚运到天津盘龙谷成家班训练基地去了。还有几栋在香港,香港的那几栋特别漂亮,大哥和龙嫂特别喜欢。这些老房子放哪里,派什么用处,大哥都还没有想好。"

我问:"那环保艺术馆怎么操作呢?"

阿笔说:"先用你们已经搭起来的老房子,做一个环保艺术馆。这一块业务,都是我们创艺中心在负责,操作起来也比较方便,启动也快。"

我说:"没问题。主湖心岛上已经搭建了两百多栋老房子,挑一栋漂亮点的先动起来,启动也快。"

阿笔说:"那好,你挑选一下,看哪一栋古民居合适,把照片和位置图发给我。另外,挑一些园区景观的照片,一道发给我,我们一起商量,先做个方案。"

挑选一栋什么样的古民居做成龙环保艺术馆呢?

我沿着主湖心岛,一栋一栋仔细察看。在主湖心岛西南侧,一栋叫"陈氏宗祠"的两层楼古民居吸引了我的目光。这是一座典型的徽派建筑,建筑面积800多平方米,三进两院,形制规整。进大门,是一座漂亮的戏台。过前院,入中堂,四根红砂石屋柱赫然在目——与一般石木结构的徽派建筑在庭院里使用石柱的做法不同,这座建筑仅在中堂用了四根红砂石的柱子,显得稳固而又喜庆。可惜的是,石柱上的原有楹联,字迹不知何年何月被野蛮地凿去,无法辨识。后堂因年久失修,原已多半坍圮,经工匠师傅精心修复,得以复原完璧。整个建筑木雕精美,尤其是雀替上的雕饰,栩栩如生,可谓巧夺天工。这栋古民居之精美,在主湖心岛上已复建的古民居中,恐怕无出其右。

我立即将这栋古民居从不同角度拍了照,并请杨新明找出了他画的修复这栋建筑的CAD图,以及所在位置图,一并发给了阿笔。

很快,阿笔回复说:"这栋房子可以,但面积好像小了点,可否将这栋房子南面的一栋也考虑进来,两栋建筑连在一起做?"

我立即查找资料并到现场察看。"陈氏宗祠"南面是一栋明代老宅的局部,由于年深日久,这座建筑原已大部毁圮,仅残存厅堂一进,被抢救复建在这里,建筑面积不足200平方米。从图纸上看,这栋明代老宅和"陈氏宗祠"连接在一起,不仅两栋建筑之间的空间得到利用,建筑面积增加不少,而且整体性更强,且前后门两面临水,景观更佳。

2016年10月31日中午,我约了阿笔在上海长风景畔广场"来一珑"茶餐厅见面,商谈如何推进蚌埠合作项目事宜。我想,做什么内容有了方向,选什么房子也有了初步意向,是到了起草协议,项目落地的时候了。

谈到馆名,阿笔说:"两栋老房子和连廊加起来1200多平方米,我看暂且叫成龙环保艺术展示馆吧。"

我说:"可以的。"

阿笔说:"如果这两栋做得好,可以扩展。"

我说:"这个应该没有问题。"

我叫了几碟小菜、点心,和阿笔边吃边讨论,初步明确了合作协议有关展馆主题、展示内容、双方职责、权利义务、签约主体,乃至建成后的运营管理模式等问题。

阿笔说:"我这里先起草个协议稿,你来修改。"

我说:"好的,通过协议,进一步把实施操作的细节确定下来。方案明确了,我还要向马总汇报。"

阿笔说:"同你们合作的事我已经向Joe姐报告了,Joe姐很支持,她也向成龙汇报了,大哥听说同你这里合作,马上表示同意。"

阿笔说的Joe姐是成龙集团总裁、成龙的经纪人。

引进成龙项目的事,在阿笔第一次来蚌埠看了我们的项目,有了合作意向后,我即向董事长马国湘做了汇报。马总一听,立即表示支持,指示我全力做好这项工作。当我向他报告,初步选定用"陈氏宗祠"和明代老宅两栋建筑做环保艺术馆后,马总有点意外,原来,他已经答应将"陈氏宗祠"给一位画家做工作室,对此我并不知情。

马国湘立即来到主湖心岛,看这两栋建筑。他在两栋老宅楼上楼下转了一圈,说:"阿笔老师看中,就定下来吧。成龙来,一切都好商量。画家的工作室,我另做安排。"

现在,筹建成龙环保艺术展示馆的事初步敲定了,我决定向马国湘做一次全面汇报。

2016年11月17日,我打电话给马国湘,马总叫我晚上到虹桥太平洋大酒店咖啡厅同他碰头。

我详细汇报了这项工作的进展情况和协议的主要内容,说:"下周还要和阿笔最后碰一碰,如果能定下来,就要考虑签约了。"

马国湘很高兴,说:"完全赞成先合作做一个环保艺术馆。我们项目也致力于生态环境建设,观念同成龙大哥是完全一致的。"

我拿出园区的总平面图说:"阿笔说,如果环保艺术馆做得成功,可以进一步扩展。"

马国湘说:"这完全没有问题。"他凝视园区总平面图片刻,指着东南面的第二大岛说,"把这个岛给成龙大哥留着。"

第二大岛规划面积有110亩,建设用地46亩。我想,有了这块地,如果和成龙团队第一步合作成功,后面发挥的余地就大了!

我想起数月前在上海成龙电影艺术馆参加成龙的四部新片发布会,即将上演的新片《铁道飞虎》广告语中一句话,对马国湘说:"要干就干一票大的!"

马国湘说:"对!干一票大的。"

马总拍板后,我又和阿笔碰了头,向他建议道:

"是不是搞个筹建启动仪式,时间放在2017年1月初,来个开年大吉?"

阿笔说:"可以的,不过要低调一点。"

我笑笑说:"可能要适当做点宣传,成龙影响这么大,环保馆的主题又这么好,总不能偷偷摸摸搞。"

我想,成龙环保馆项目落地,对园区的文化建设,毕竟不是一件小事,我觉得有必要把相关工作向市里汇报一下。

12月28日上午,我带着王鹏博到市文广新局(旅游局)向袁政局长汇报。我简要介绍了双方合作的情况和环保艺术馆的创意之后,说:

"这是我们和成龙团队合作的第一个项目,想请您和经开区的领导出席,如果方便,也请分管市领导出席。"

袁政一听,当即表态说:"成龙文化项目落地蚌埠,是件好事,启动仪式规格应该高一点,我们文广新局和经开区来主办。市领导出席应该没有问题,我来请。"

"太好了!"我说。没想到袁局长如此重视和支持。

袁政想了想又说:"建议增加市环保局作为主办单位,明天下午我们文广新局、经开区、环保局三个部门和你们公司一起开个碰头会,商量一下筹建启动仪式具体怎么安排。"

我说:"好的,经开区我已经汇报过了,我马上向环保局领导汇报。"

第二天上午,我和王鹏博又去了市环保局,局长孙逊非常支持,同意环保局作为主办单位之一。下午3点,碰头会在市文广新局会议室召开,杜鹃副局长主持。

袁政在会上强调说:"抓好淮河和龙子湖的环境保护,是市委市政府加强生态文明建设的重要举措。古民居博览园是市里的重点文化旅游项目,成龙文化项目来了,又是以环保为主题,非常好,是锦上添花,我们要全力支持,一起把这次活动办好。"

筹建启动仪式于2017年1月5日上午,在主湖心岛古戏台剧坊成功举行。接替王勇勇担任市委常委、宣传部部长的谢兵,副市长杨宏星,以及各主办单位有关负责人出席。

当谢兵、杨宏星等领导和代表马国湘董事长出席的上海湘江公司副总经理奚康等上台一起推动象征项目启动推杆时,台口的纸炮"砰"的一声打出满台的五彩碎纸烟花。在明亮的舞台灯光照耀下,五彩缤纷的碎纸烟花,光点闪闪,纷纷扬扬,慢慢地飘落而下,掌声"哗哗"响起……

启动仪式结束后,在场群众纷纷向阿笔和我打听:

"成龙会来蚌埠吗?"

"成龙什么时候来?"

"一定要请成龙来我们蚌埠看看!"

……

成龙环保艺术展示馆的筹建工作迅速展开。按照合作协议,除了水电等基础设施由我们负责实施之外,成龙环保馆的改建设计、装修施工、展品制作以及布展,均由阿笔的团队负责,基本上是一个"交钥匙"工程。

阿笔约我去浦东他们的创艺中心看成龙环保馆设计和策展方案。4月29日上午10点,阿笔派车来接我。小车在仙霞路口上中环线,过上中路隧道,一路东去。

路上有点堵,车开不快。距举行启动仪式已经过去三个多月了,这期间,我和阿笔都忙,也没有时间进行中间成果的沟通,不知他的方案做得怎么样了。

对展品我不担心,因为有他们团队在"魔都"上海展览中心和国际金融中心这两个顶级场馆的展览作品做备份。只是我觉得选定的两栋古民居如何改建,对设计师是一个不小的挑战。

车开了将近一个小时,抵达浦江镇复地申公馆一栋小楼。阿笔领我楼上楼下参观了一下,内部设计装饰非常前卫和富有创意,不过还没有完工。

回到一楼开放式的会议室坐下,阿笔对我说:"我邀请了西班牙、德国的艺术家朋友,还有我台湾的设计师朋友,一起来做这个项目。"

阿笔结合PPT演示的内容,开始讲解。听完阿笔近一个小时的讲解,我觉得整个方案从设计理念到建筑改建设计和内部装饰布展,都非常出彩,心中的疑虑随之烟消云散。

阿笔问我:"嵇总,你看看哪些地方需要修改、调整?"

我说:"非常精彩,我觉得成龙环保艺术馆会成为古民居博览园一个文化地标。有几个细节你考虑一下:一是柱础是中国传统民居一个重要特征,不要被装饰掩盖住;二是一次性纸杯纸浆做的十二生肖兽首是白色的,民间一般不用白纸做动物,能否调整一下,加点色彩。"

阿笔说:"没问题。不过,十二生肖里面会安装灯光,打出来效果是金色的。"

我说:"那就没有问题。"

已经是午后1点了,肚子饿得"咕咕"叫,阿笔领我们一起到负一楼的食堂吃工作餐。阿笔谈起成龙环保馆外墙的十二个长条形玻璃镜框的十二生肖怎么做还没有想好,我便建议说:

"蚌埠有一家叫魔猴的3D打印公司,我和他们的杨振华总经理熟悉,去他们公司参观过。是不是可以请他们用3D打印做一套十二生肖兽首,可以做得跟铜铸的一样,也用环保材料做?"

阿笔点头说:"这个倒可以考虑。"

我又想起一件事,说:"正在环球金融中心展览的作品中,林老师的两幅纽扣画很受欢迎,以后能不能放到蚌埠成龙环保馆去?"

林老师叫林旭东,是上海理工大学教师,年轻的装置、雕塑艺术家。2016年8月在上海展览中心的"遂回龙觉"展览,就有好几件他用成龙拍片用过的废旧器材制作的展品,我去参观时,见到过他。这次在"环球之眼 成龙宝藏"展览中,他展出了两幅肖像画,其中一幅是成龙,远看栩栩如生,近前细看,才看清是一粒粒大小不一的彩色纽扣。据介绍,这些纽扣是从数万粒纽扣中挑选出来的,制作这样一幅纽扣肖像画,要用到近六千粒纽扣,花费两三个月的时间。

阿笔见我提起这两幅画,连忙说:"这个可能不行。大哥很喜欢自己那幅,以后要留着,下一步到国外巡展也要用。"

"噢,是这样。"我说,"林老师的这个作品很有创意和特色,可不可以请他为园区成龙环保馆专门做一幅?"

"这倒也可以,我同林老师商量一下。"阿笔说,"做什么题材你考虑一下。"

我说:"好的。"

阿笔说:"蚌埠成龙环保馆会有一件重磅作品,是林老师和浙江一位竹编非遗传人合作做的,这件展品会成为镇馆之宝。"

"噢,什么作品?"

"腾龙!"阿笔说,"林老师的设计方案已经完成了,前期会在浙江制作,我安排我们的摄影师把制作过程拍摄下来,你也可以去看看。"

"好的!我也要安排摄影师去拍一些资料。"

阿笔讲的浙江竹编非遗传人是金华浦江县浦阳街道白林村的叶道荣。

2018年1月9日一早,骆燕军开车载我赶到白林村。根据阿笔提供的联系方式,骆燕军已同叶道荣联系上,并且了解到白林村已列入城中村改造,正在动拆迁,叶家老宅也是一栋颇有来历的古民居,也已列入拆迁范围。

车在白林村委会门前的广场上停下,这是一栋小青瓦白粉墙的老式民房,檐口挂着一长条红布横幅,上面黄字印着"凝心聚力促改造,齐心协力谋发展"。门口除了挂着村委会的牌子,还有一块白林城中村改造指挥部的牌子。

叶道荣的儿子叶明已在等着我们。骆燕军问我说:

"是不是先去看看叶家老宅?"

我说:"可以。"

叶明说:"不远,就在前面。"

这是一栋二进二院的古民居。南侧是一堵院墙,门洞上方镶嵌着一块黑色大理石匾额,上刻"绍里叶氏"四字。进院门,天井很大,三开间的前后厅重檐黛瓦,两侧砌有二级风火墙,下门洞与东西厢房长廊连通。东西厢房面板已经风化发黑,许多房间门窗已经朽烂。东西厢房很长,大大小小各有靠十间,楼上楼下合计三四十间。看得出,原来这里住过不少人家,现在大部分已经搬走了,门上贴上了封条,还有少数几间还有人住。天气很好,几位老人坐在回廊里孵太阳。

后厅享堂的门窗、面墙板都已卸去,堆着一些杂物,一张老式供案还在。享堂右手墙壁上嵌着一块黑色大理石金字"功德碑",列名前有一行字:"绍里南阳叶氏石林堂修葺堂楼及置办殡轿捐助芳名。""石林堂"应是此宅堂名,南阳当是叶氏地望。有堂名、有地望,看来绍里叶氏还是蛮有来历的。

叶明领我们走进靠近后厅的几间厢房,说:"我父亲原来住在这里,后来搬到新造的楼房里去了。"

骆燕军问我:"这栋房子蛮老的,要不要收下来?"

这栋老宅不仅梁柱、墙板风化得厉害,连圆鼓形的石头柱础也风化明显,其中一只柱础甚至风化碎裂了一大块,我估摸这栋房子是难得的明代建筑,便对骆燕军说:

"可以考虑。"

看过"绍里叶氏"古民居,叶明领我们去见他父亲叶道荣。他们家就在附近。叶道荣中等个子,内穿一件褐色毛衣套衫,外罩一件蓝色薄滑雪衫。他见我们来,很高兴,寒暄几句后,即领我们去看他的工作室。

叶道荣的工作室离他家不远,设在一栋长条二层楼房的二楼。沿室外楼梯上楼,是一条带檐长廊,工作室为一大一小两间。小间十来平方米,中间放一张盖着蓝印花布的长桌,两条简陋的木板长椅,长桌上放着女士手袋、花罐等几件竹编作品。这儿是叶道荣接待客人和洽谈业务的办公室。大房间四五十平方米,沿墙壁四周放着展柜,屋子中间放着两张盖着蓝印花布的梯形展台。展柜里、展台上,放满了琳琅满目的竹编产品,还有许多奖杯、奖牌。墙壁上也挂着许多获奖证书。长条形"浦江县道荣竹编工作室"木牌不知为什么也置于屋内,而没有挂在展室门口,是不是这儿也要搬迁了?

我没有见过如此精美的竹编工艺品:精细典雅的手袋,方圆各异的果盘,束颈大肚的宝瓶,造型别致的提篮……大件花瓶有半人多高,小件盘盏仅巴掌大小。特别是各式手袋,花式丰富,手感柔软,饰件齐全,既美观,又有实用价值。

叶道荣领着我边看边介绍:"竹编材料是当地的水竹,先用竹刀劈成一根根薄薄的篾条,然后根据作品需要染成不同颜色,一道一道编制,整个过程都是手工的。"

说着,他伸出双手给我看。巴掌上厚厚的刻有裂纹的老茧,是一个资深竹编工匠的特有标记。

叶道荣重点给我介绍了被选为2016年在杭州举办的G20峰会的国礼——水滴拎包。

此包由一大一小两只同款拎包组成,包身褐红色,由宽至窄,呈游鱼状,鱼尾侧摆,富有动感,寓意年年有余;俯视拎包又似水滴,灵动可爱。大小包的编制手法不同,大包篾片横竖交叉编制,小包是回形花纹。大小包底部和包口均有压条,内有布衬,配上弧形细条把手,精致典雅、美观实用。这款出自民间工匠之手的礼品,深受与会外国元首和政要夫人的喜爱。

"太漂亮了!"我禁不住由衷赞叹,也明白为什么阿笔团队会选择和叶道荣合作,创作蚌埠成龙环保艺术馆的镇馆之宝了。

参观完毕,我让骆燕军为我和叶道荣在工作室门口合影留念,随后跟他去看正在制作的"腾龙"。此刻,我心中已经明确:把绍里叶氏老宅抢救收藏下来。

叶道荣借了一间大仓库制作"腾龙"。

林旭东设计制作的龙头、龙身、龙爪已经运过来了。龙头、龙爪是用废旧摄影器材制作的,龙角上翘,须发怒竖,一对金色自行车铃铛制作的双眼炯炯有神,龙口大张,吞云吐雾,气势初现。龙身是用长铁条把二十多只废旧自行车轮毂焊接连在一起做成骨架,然后由叶道荣用篾片编裹起来。龙身盘卷,骨架足有十多米长,已经用篾片编制了一小段。用小尺寸废旧自行车轮毂制作的龙腿,与龙爪连接处安上一个铁壳圆盘。我近前细看圆盘上的英文字母,竟是半个世纪前意大利制造的摄影灯具。

叶道荣走到刚编了一小段的龙身骨架前,捏着篾片一根一根编了给我看。望着他娴熟的手法,我问道:

"这么长的龙身,要编多长时间?"

叶道荣说:"我会叫我儿子和助手一起帮忙来做,也快,有个把月,各个部分就可以编好了。这条龙体积很大,整体运输不方便,把各个部分运到现场,再编在一起,直接安装在展厅里。"

我说:"这件作品是成龙环保艺术馆的镇馆之宝,非常有意义,肯定会受到观众喜爱。"

叶道荣说:"是啊!我们都是龙的传人,又是和成龙合作,一定要把这件作品做好!"

我问:"叶师傅,你以前做过这么大的竹编作品吗?"

叶道荣说:"还从来没有过。"

我又问:"有没有绍里叶氏的资料?"

叶道荣说:"有家谱呢。"

"能不能借我看看?"

"可以的。"叶道荣欣然允诺,随即领我去他家,上楼拿出了上下两册《叶氏宗谱》交给我。

叶道荣说:"我准备在竹林堂最后完成腾龙这件作品,绍里叶氏老宅很快要拆!"

听了叶道荣这番略带伤感的话,我忽然若有所思:非遗传人叶道荣在故园的最后一件作品,是为古民居博览园编制的腾龙。抢救老宅,保护非遗——这不是一件值得记取的文化事件吗?

回蚌埠的高铁上,我翻看《叶氏宗谱》,出乎我意料的是,"绍里叶氏"的开山之祖,是宋代名臣、文学家叶梦得。

作为诗人,在两宋文坛上,叶梦得排不进第一梯队,按照今人所著《中国文学史》,甚至连第二、第三梯队也难以列入。二十世纪六十年代编写出版的中国社会科学院文学研究所三卷本《中国文学史》，游国恩等主编的四卷本《中国文学史》，对其均无只字提及。二十世纪九十年代新出版的章培恒、骆玉明主编的《中国文学史》，在论述"南宋初期还有不少词人写出了反映时代巨变的作品"时，提了一句"叶梦得有《水调歌头》（'秋色将近晚'）、《八声甘州·寿阳楼八公山作》等"。

叶梦得在文学史上的地位不高，同他仕途上的特殊经历及其经受的非议有关。虽然叶梦得文名不彰，但经专家研究，他称得上是一个"全才"型的人物。

叶梦得出身于世儒之家，母亲晁氏是"苏门四学士"之一的晁补之的姐姐。《宋史·叶梦得传》称其："嗜学蚤成，多识前言往行，谈论亹亹不穷。"二十一岁中进士，步入仕途。一生出仕哲、徽、钦、高宗四朝。叶梦得是一个颇有争议的历史人物，因为他早年是经北宋后期祸国殃民的大奸臣蔡京的举荐，被皇帝召见，尔后逐步晋升显贵起来，故有蔡京的"门生""门客"之谓。

不过，潘殊闲所著《叶梦得研究》中，旁征博引，指出叶梦得虽同蔡京有那样特殊的关系，但在政局板荡、新旧党争中，并未同蔡京沆瀣一气、助纣为虐，相反，保持了独立的人格操守。他认为叶梦得"是两宋之交著名的政治与文化人物。他有崇高的人生理想，有众多令人称道的政治实践"。

"绍里叶氏"祖堂为何叫"石林堂"，也有了答案。北宋政和四年（1114），叶梦得葬其父于湖州卞山之麓，见此处风景优美，奇石林立，遂于石林谷营建居所。此后，叶梦得几起几落，罢官后，数度隐居卞山，并自号石林居士、石林山人、石林老人，直至晚年归隐终老卞山。其"著述横跨经、史、子、集四部，有浩然数百卷"，多部著作以"石林"名之，如诗文集《石林居士建康集》《石林奏议》，词集《石林词》，等等。故"绍里叶氏"祖堂称"石林堂"。

2018年1月25日，我乘G1369次12点40分高铁再赴诸暨，陈建苗的弟弟陈建国开车来接，直接往白林村赶去。"腾龙"的主设计师林旭东特地赶了过来，成龙团队的摄影师吴冠玉和胡雪柏派来的摄影师吴习良也都已赶到了现场。这两天的主要任务是拍摄"腾龙"的制作场景。

细雨夹着小雪，天气有点阴冷。仓库里有点阴暗，摄像的光线不足，骆燕军上街买了两盏灯，加上吴冠玉带来的一盏专用灯，基本满足了摄像照明的要求。

按照预定计划，今天主要拍摄林旭东和叶道荣在仓库制作"腾龙"的镜头。叶道荣和叶明父子以及助手正在用篾条编制龙身，距我上次来访仅半个月，龙身编制已完成大半。此次拍摄疏忽没有安排主持人，按照吴冠玉的要求，我只得上阵"客串"，上前同林、叶二位交流互动，配合拍摄。

拍完这一段,天色已晚,众人一起去到一家叫"农家大院"的餐馆吃晚饭。席间,我和叶道荣及摄影师商定了明天的拍摄方案:到"绍里叶氏"老宅拍摄叶道荣最后编制"腾龙"的镜头。

骆燕军安排我们入住开元大酒店。拨开窗帘,望望窗外,雨夹雪依旧不紧不慢地飘洒着。我想,今夜最好来一场大雪,明天在叶氏老宅拍摄,效果会更佳。

早晨起来,雨雪停了。从窗外望去,远近房屋的顶上、场地上,白茫茫的一片,但马路上湿漉漉的,没有积雪。夜里的雪下得并不大。

10时许,骆燕军开车接我去现场。

踏进"绍里叶氏"的院落,令我意外的是,原本杂乱的享堂已打扫干净并做了布置:堂口悬挂木制"石林堂"匾额,堂上张挂叶氏先祖叶梦得夫妇彩色坐像。画像上梦得公头戴官帽,身着蟒袍玉带,手执笏板。夫人凤冠霞帔,抄手端坐。

供案前放了一张小方桌,点燃了十支红蜡烛,金色的火苗在寒风中颤动。龙头和卷曲的快要完工的龙身已经搬到了堂屋里。吴冠玉和吴习良已各自把摄像机架设好,叶道荣站在先祖的画像前,低头开始编制起来……

拍完这组镜头,又去拍了叶道荣工作室的展品。午饭后,我布置吴习良把叶道荣削劈篾条的过程,以及他承包农地上自行种植的那片水竹林,也拍摄下来。

屋外开始下雪,越下越大。完成拍摄任务后,林旭东和摄影师陆续离去。我与叶道荣约定,一俟成龙环保馆装饰工程完工,即来蚌埠总装。谢过叶道荣父子,以及骆燕军、陈建苗兄弟,我于1月27日中午,坐G134次13点02分的高铁直接回蚌埠,因为第二天有一项重要接待任务。

雪花飞舞,大地山川一片洁白。受大雪影响,高铁晚点一个多小时才到蚌埠。

临近春节,成龙环保馆的装修布展紧锣密鼓地加快推进,已接近尾声。

整个建筑比阿笔当初在浦东创艺中心演示给我看的效果图更为惊艳:迎面粉墙黛瓦、四道三级马头墙。五开间门面,双开木门,金属门套。中间三开间明代老宅面墙是大块玻璃,两侧配建的厢房部位是粉墙,各有一条状玻璃展框,明亮通透。粉墙左右各挂一块木牌,一块是"成龙环保艺术展示馆"馆铭牌,一块是我拟写的建筑简介。大门两侧放着我挑选来的一对憨态可掬的大象石雕。整个建筑既保留了徽州民居的特色和神韵,又现代时尚,艺术气息浓郁,具有很强的标识性。

室内改建装修按照既定原则,所有木构均未做改动。柱础的处理颇具匠心,原本两栋建筑前后有高差,地面整体拉平抬高后,部分柱础低于地坪,设计师在这些柱础周围做了一个个圆坑,并以圆形印花艺术玻璃覆盖,内有灯光照明。透过玻璃,地表下的圆鼓形柱础一览无余。

更为巧妙的是,大厅被玻璃天棚罩盖的天井,在四周屋檐暗处装置了滴水管,开关一按,水流从四周檐口淅淅沥沥而下,落在下方废旧木板制作的承台上,溅起朵朵水花,"四水归堂"的意境得以巧妙地再现。并且通过水池地下管道,流下来的滴水还可以循环利用——这可是按照成龙的要求特意制作的。

展品也已布展到位。外墙四周十二个条形玻璃展框,安放了我委托蚌埠魔猴3D打印公司制作的仿铜十二生肖兽首,使用的是可降解的环保材料聚乳酸。面墙两个条框分别是龙首和马首。进入前厅,是用废旧材料做的手执话筒坐着的成龙全身塑像,展品题为《导演》,说明用中、英文印在地面上。笑容可掬的成龙,好像在欢迎前来参观的客人,又好像在工作。前厅右侧是一张废旧木料制作的接待台,西侧空间可供观众稍做歇息。墙上挂着大电视机,循环播放成龙践行环保的专题片。

前厅后墙中开一扇月洞门,进入连接大厅的玻璃房,迎面是一堵废旧木料制作的环形照壁,上面挂着两幅林旭东的纽扣画,右手是2017年在上海国际金融中心展出过的成龙肖像纽扣画照片,左手是林旭东新创作的马国湘肖像。玻璃房两侧有一雄一雌两只"翠玉"狮子,看地上说明文字,方知是用两千只雪碧瓶溶解脱模制作而成的"雪碧"狮子。对面粉墙上按时间顺序展示成龙参演的部分电影海报,成龙从艺六十年,拍了一百余部电影,总票房超过200亿元人民币。

进入大厅,两边走廊对应着外墙十二个长条玻璃展框,放置一次性纸杯制成的十二生肖兽首,兽首内置灯光,打开灯后纸浆兽首透出金黄色亮光,变成金色兽首。室内室外,两组十二生肖兽首相互映衬,令人流连忘返。

右侧长廊一组活泼可爱的"翠玉"狗,也是用雪碧瓶做原料制作而成,是艺术家参照清代宫廷画师、意大利人郎世宁所绘皇家猎犬的形象创意制作。左侧长廊墙壁上是一组老上海铁皮饼干罐制作的世界时钟,走廊上是成龙的朋友、德国艺术家用一组废旧彩色玻璃制作的《宇宙之眼》《结构之美》等艺术品。

两侧长廊连接着戏台,戏台按原样修复,台中间有一面战鼓,这是成龙主演的电影《天将雄师》里的道具。鼓架上有一根木槌,举槌击鼓,"咚咚"作响,声震屋宇,很有气势。戏台上也有几件可移动的展品,如有演出或其他活动,可方便地挪开。大厅中间对着戏台部分略低,台前也有一对"雪碧"狮子。大厅放着原来在上海展出过的《仙鹤》《太阳花》等展品,都是用成龙拍电影使用过的道具和废旧灯具制作。

大厅另有一件引人注目的半身雕像。走近一看,是成龙的头像,呈蒙娜丽莎微笑状,成龙的大鼻子做得略有夸张。展品题目叫《龙娜丽莎》。雕像旁边的小展柜里,放了一堆碾碎的蚌壳——原来这件展品是用蚌埠最常见的水产品河蚌壳创作的。的确是化腐朽为神奇!

镇馆之宝"腾龙"是叶道荣带着编制好的各个部件,来到蚌埠园区进行加工总装。大厅天井上搭起了脚手架,叶道荣爬上爬下,将龙首、龙身、龙爪一一编制连接,不到一星期,气势恢宏的"腾龙"全部安装到位。

拆去脚手架,十八米长的"腾龙",自天井上空盘桓而下,映衬着玻璃天棚外的蓝天,仿佛从天外飞来。细细观赏,"腾龙"两眼炯炯有神,栩栩如生,威而不怒,欲翥还止,禁不住令人拍案叫绝。

望着大功告成的成龙环保艺术展示馆,我忽然对"屋户"藏龙的概念有了更深的体会:美轮美奂的古民居里,不仅收藏着变废为宝的环保艺术品,更重要的是珍藏着龙的传人对天地万物的敬畏、怜惜、善待之心!

第三节 "屋"归原处

2017年2月10日一早,我乘G7167次7点18分首班高铁从蚌埠回沪,阿笔派车接我到成龙入住的长风生态商务区国丰酒店咖啡厅。不一会儿,成龙、Joe姐下楼来,同阿笔和我一起乘坐一辆商务车前往普陀区政府。成龙此次来上海拜会普陀区政府领导,主要是商量成龙电影艺术馆的有关管理问题。

周敏浩区长、钱雨晴副区长在会客室等候。区政府办公室副主任叶超,区文化和旅游局局长王春明,长风生态商务区投资公司董事长江蕾、总经理吴超等在座。区长对成龙来访表示欢迎,成龙感谢区政府对电影艺术馆筹建和运营的大力支持。钱雨晴介绍了普陀区文化事业发展情况,着重介绍了作为上海国际电影节组成单元,定期在普陀区举办的网络电影节,希望成龙在区里多一些项目和活动。成龙欣然允诺。对于电影艺术馆有关管理问题,明确由长风管委会同阿笔商量,尽快拿出具体方案。

时近中午,周敏浩邀请成龙和我们一起到机关食堂共进午餐。用餐前,成龙和区长互赠礼品。成龙向两位区长赠送了他新出的自传《还没长大就老了》和印有成龙logo的丝巾,区长回赠了上海造币厂出品的一套纪念币。两位区长和陪同人员分别和成龙合影留念。吃完饭,食堂工作人员也纷纷出来和成龙合影,一时气氛十分热烈。

回酒店路上,我见成龙很高兴,便说:"蚌埠市领导和马国湘董事长,欢迎您方便的时候去蚌埠看看。"

成龙听说我马上要去虹桥高铁站赶回蚌埠,晚上陪同马国湘与蚌埠市领导见面,便说:"给他们带点礼品。"

商务车在国丰酒店门口停稳后,成龙从阿笔手里接过水笔,在三本《还没长大就老了》上签了字,加上三盒包装好的丝巾,嘱我分别转赠给蚌埠市领导和马国湘董事长。

成龙笑着说:"这次是礼到人不到,下次人到礼就没有了。"

成龙下车后,商务车直接送我去虹桥高铁站,正好赶上 G142 次 14 点 16 分一趟车。

列车飞驰。我想,听成龙的话音,他已有来蚌埠的意向。

两个小时之后,我又回到了蚌埠。马国湘听我转达了与成龙分手时说的话,十分高兴,说:"我们抓紧把环保馆做好,成龙会来的。"

我因次日家中有事,参加过市里活动,当晚又乘 G1231 次 20 点 21 分高铁赶回上海。

乘高铁从上海虹桥站到蚌埠南站路程是 473 公里,换算成市里,是 946 里,来去三趟,是 2838 里。加上来去高铁站的路程,呵呵,一天走过了三千里江山!

到家已近午夜,虽有点累,但事情办得挺顺利,很快酣然入睡。

过了五一国际劳动节,阿笔和我碰头说:"有两件事,请你转达一下马总:一是 6 月中旬成龙集团在天津盘龙谷成龙艺术中心,举办成家班成立四十周年庆典,大哥邀请马总和你参加;二是大展厅里有几个玻璃天井,种什么树好,请马总参谋一下,并帮助挑选几棵树,费用我们自己出。"

我向马国湘汇报后,他说:"成龙大哥要的树,怎么能收钱!玻璃天井有多大,你把尺寸要来,树我来安排。"

过了几天,马国湘看了阿笔发来的玻璃天井照片和标示的尺寸,对我说:"天井不大,种紫薇比较合适,我在上海选好了,就直接运过去。再过一两个月,夏天到了,正好开花。"

我说:"在大厅里观赏玻璃天井里盛开的紫薇花,成为一景。"

马国湘说:"是的。另外,我到仓库里选一根乌木送过去,我会交代老金和木工组,把乌木打理一下,你直接同他们联系。"

我说:"那太好了!"

"6 月中旬我可能没有空,你去参加吧。"马国湘说,"乌木和紫薇也以你的名义去办,以后可以更好地同成龙团队合作。"

我说:"这个不妥,你的安排我会转达给大哥,事情我会办好。"

6月13日,工程部李明坤打电话给我,说乌木加工处理好了,让我看看行不行。

解放路古民居修复工场4号仓库门前有一堆乌木,长的有二三十米,直径一两米。短的也有好几米,一个人抱不过来。来参观的客人,见到这一堆未经加工的粗大乌木,惊叹不已。

准备送往天津的这段乌木,已从仓库门前移到仓库里。金光荣和李明坤在仓库等我。一见我,金光荣就说:

"这段乌木是马总亲自挑选的。"

李明坤说:"高有4.9米,根部宽2.5米,放在他们的玻璃天井里面正好。"

我点点头,仔细打量:这段乌木经加工打磨,发出黑褐色的光泽,原有的竖形裂纹丝丝缕缕,手感坚硬光滑,并且略微依顺时针向上斜转。整段乌木呈圆柱形,下粗上细,像一枚靠在发射架上蓄势待发的火箭,很有气势,堪称一件艺术品。

我想,得给它起个名儿。

成家班成立四十周年庆典活动定于2017年6月20日,我嘱李明坤,抓紧联系车辆,赶在庆典活动前运到天津。6月15日,李明坤打电话告诉我,乌木打包装车好了,下午1点发车,明天晚些时候就可以运到。恰在这时,马总也给我来电,所需三棵紫薇已挑选好,第二天即由上海发运。

6月19日中午,我和徐琍乘MU3517航班飞北京。晚上,成龙在华贸万豪酒店餐厅请来参加庆典活动的朋友包括我们夫妇共进晚餐,Joe姐和阿笔也在座。

我对成龙说:"马总谢谢您的邀请,他工作安排有冲突不能来,跟您打个招呼。"

成龙说:"谢谢马总送来的乌木和树,我看到照片了,很漂亮。"

阿笔说:"乌木和紫薇都是马总亲自挑选的。"

成龙举起酒杯:"谢谢!谢谢!"

第二天下午1点,我们和成龙的三位客人同乘一辆车去天津蓟州区盘龙谷,约一小时抵达。这里是当地政府规划的一个影视文化特色小镇,位于群山环抱之中,环境很好。

成龙艺术中心也就是成家班训练基地,主要用于培训青年导演和演员如何进行武打动作的影视拍摄,还为爱好功夫的青少年举办武打动作训练夏令营。

阿笔陪我们夫妇参观新改建完成的训练馆和展示馆。展示馆空旷的大厅,有四个六边形的封闭玻璃天井。一个天井安放着乌木,铭牌上写着我向阿笔建议的"傲指苍穹"四字,以及"中国蚌埠·成龙环保艺术馆敬赠"字样。另三个天井栽种上了马总送来的紫薇,花期还未到,午后的阳光从天井上方漫进来,洒在绿叶上,照进展馆大厅,效果不错。

庆典活动进行了一个多小时。有历届成家班成员相聚和影迷互动等环节。插播的宣传片中,成龙同早年成家班兄弟重逢落泪的场面,令全场动容。

主持人说:"成龙和成家班今日的成就和辉煌,是一拳一拳打出来的!"

一位成家班的老演员抹着眼泪,补充说:"也是用命搏出来的啊!"

全场掌声雷动。是啊,任何成功和卓越的背后,都是一次次的拼搏努力,浸透着汗水,甚至是血泪!

8月7日,我再赴北京。晚餐后,谈完上海成龙电影艺术馆的事,我对成龙说,"安徽蚌埠的环保艺术馆项目进展很顺利,马总请您抽空去看看。"

成龙欣然允诺,对阿笔说:"好的,你安排。"他起身离开时,又回过头来对我说,"做得好,把我的几栋老房子都放到蚌埠园区。"

三天之后,阿笔发来微信:成龙定于2017年9月3日从北京乘高铁去蚌埠,当天来回。

正如阿笔此前戏言,成龙出行,常常雨水涟涟。果然,9月3日这天,凌晨就开始下雨,直到中午,雨越下越大,丝毫没有停的迹象。

下午2时许,马国湘去解放路修复工场等候,一同去的还有参与环保艺术馆设计和展品创作的林旭东等几位中外艺术家,以及特地从上海赶来的周晓武。徐珮也随同去了修复工场。

我在胡雪柏、王鹏博陪同下往蚌埠南站接站。南站的曹怀滨副站长听说成龙来,做了妥善安排。恰值今天厦门有重要会议,车站加强安保,车站派出所所长也在站里执勤。他俩和我们一起到展台等候。

大雨如注,风卷雨丝飘进了展台。14点43分,列车准点靠站,成龙戴着大口罩下了车,Joe姐和阿笔等紧随其后。我把曹副站长和穿着警察制服的所长介绍给成龙,成龙和他们握手,很客气地说:

"谢谢你们!谢谢你们!"

出站路上,所长说:"成龙大哥,我看过《新警察故事》,你演的警察非常棒。"

成龙笑着说:"哈哈,我是假警察,你们是真警察,很辛苦!"

上了考斯特,直接去修复工场。

雨还在下,车靠近5号库房大门停下,车门一开,成龙先跳下去,马国湘迎上前同成龙握手说:

"大哥,欢迎你!"

成龙说:"你好!好久没见面了!"

成龙挥手和众人打招呼,他一眼看见站在一旁的徐琍,立即说:"你也来了。"便过去和徐琍行了贴面礼。

马国湘陪同成龙边看边讲解,5号仓库放的是不同年代的老家具,八仙桌、太师椅、架子床、大木柜,乃至水缸、米箩等等,应有尽有。走到形形色色的架子床前,马国湘介绍说:

"这种老式床有一百多张。"

成龙拿着手机不停地拍照,他指着一张三进踏步千工床向边上人说:"这种床很讲究,里面睡主人,外面睡丫头,好照顾主人。"

在1号仓库,成龙望着堆积如山的古民居木构件惊叹不已。在4号仓库,面对琳琅满目的牛腿、花窗、隔扇,成龙又是一阵惊叹。

参观完修复工场,上车进入园区。车开到山头观景平台,下来眺望全景。园区内湖和龙子湖连成一片,笼罩在茫茫烟雨中。主湖心岛上已复建起来的古民居历历在目,雨幕中的粉墙黛瓦,别具风情。

成龙此次来访时,环保艺术馆刚刚开始施工,正在做两栋古民居的外墙改建和地面平整。走进施工现场,我向成龙简要介绍了两栋古民居的情况。成龙看得很仔细,在大厅水池边,成龙抬头望着天井上方,密集的雨点打在封闭的玻璃天棚上,对阿笔说:"从前老房子靠天井采光通风,很环保。玻璃天棚能不能留个缝,让雨水流进来?四水归堂,这样才会很有味道。"

阿笔立即点头应道:"我们想办法改进一下。"

成龙举起手机对着中堂和戏台雕刻精美的雀替、斜撑一阵猛拍。马国湘指着戏台说:"大哥以后可以在这里做活动、开发布会。"

随后,来到环保馆西侧一栋老宅,这里布置成一个临时展馆,大堂中间摆放着环保艺术馆模型,这是赵子涵联系合肥一家模型公司专门赶制的。一旁还布置了三块展板,一块是园区总平面图,标有成龙环保艺术馆所在位置。六个岛由主湖心岛起始,依次编了号,最东面的110亩的第二大岛编为6号。另一块是成龙环保艺术馆不同角度效果图,还有一块是环保馆部分展品的照片和设计图。

成龙边看边用手机拍下环保艺术馆模型不同部位的细节,看得出来,他对环保馆的建筑设计非常喜欢和满意。在园区总平面图展板前,马国湘向成龙介绍了他的设计理念。我指着6号岛补充说:"大哥,马总给你留了一个岛,要不要去看看?"

成龙高兴地说:"要看,来了当然要看。"

马国湘说:"走,我们现在就去看。"

不料走到门口,门外围着一大群人,有在园区干活的工人,也有自发入园游玩的市民。一个中年女子高声喊道：

"成龙大哥！我们从早上等你等到现在了。"

Joe姐连忙上前说："大家聚拢来，站好，大哥和你们合个影。"

"谢谢！谢谢！"人群欢呼起来，纷纷拿出手机，簇拥着成龙，笑逐颜开地拍下和成龙的合影。

冒雨上了车，沿着紫薇长廊北坡和内湖水面之间的车道驶往龙尾，过石桥，就是6号岛。岛上有积水，不能下车，就围着岛兜了一圈。我对成龙说：

"大哥，这个岛在龙子湖边，四面环水，有110亩地，规划建设用地46亩，是园区第二大岛。"

成龙透过车窗拍照，很高兴地说："那就是成龙岛了！"

雨很猛，又参观了龙尾祁门大祠堂，然后沿着龙子湖边亲水岸线，驶往接待中心老宅。经过迎宾馆建设工地时，马国湘向成龙简要介绍了迎宾馆规划情况：

"迎宾馆今年底就要建成试营业，你下次来，就可以住在里面了。"

到了接待中心老宅大堂坐下，成龙拿出带来的台湾糕点分给众人：

"参观到现在，有点饿了，先垫垫饥。"

按照原定安排，播放了《失落的家园》。成龙看得很认真，看完片子，他叫随从把他的笔记本电脑拿过来，说：

"我刚刚录了一首新歌，放给你们听一听。"

这首歌是成龙的朋友为他量身定做，歌名叫《物是人非》。王平久作词，赵佳霖作曲。王平久是央视电影频道节目中心节目部主任，也是词作家，由成龙和刘媛媛首唱的歌曲《国家》，即由其填词。

成龙点击键盘，一连放了两遍《物是人非》。

歌曲播放过程中，成龙还伴随节拍轻轻哼唱。歌曲终了，大家热烈鼓掌，纷纷说好听。成龙的神情有几分凝重，仿佛还沉浸在自己动情的演唱中，他说：

"这首歌我都唱哭了。我的这首歌，是送给爱过的、失去的、离开的，还有这辈子可能永远都没有机会再见到的人。"

我一时也沉浸在这首歌的婉转旋律中，成龙先抑后扬最后唱出的那句歌词"缘分百年修"，久久在我耳边回响。我想，成龙收藏的徽州民居，同我们的园区有没有缘分呢？能不能"屋"归原处，回到安徽，落户在蚌埠古民居博览园？人生苦短，遇到什么人，做成什么事，的确很大程度要看缘分。

在老宅用餐时，成龙主动谈起了他给新加坡捐老房子的事。

成龙说："二十多年前，我陆陆续续买了十多栋老房子，开始想留在香港，十几年了,都定不下来。后来我到了新加坡,新加坡官员听说我有老房子,看了资料,他们一个星期就派了部长到香港来跟我谈,说在新加坡科技大学给我一块地,做文化交流场馆,我就答应捐了四栋给他们。他们非常专业,所有的木构件都有编号,电脑扫描,有设计图纸。现在都建好了,变成当地的一个景点。"

我笑笑说:"网上反映蛮热烈的。"

"骂死了!"成龙说,"我也不是没想过放到内地来,许多人也谈过,你一听,他们还是搞房地产,拿我这个老房子做宣传,这怎么行!"

马国湘说:"我们这个园区以文化旅游项目为主,所有老房子自己持有,都不卖的。"

成龙问阿笔:"浙江那里的四栋运到盘龙谷去了是吗?"

阿笔说:"是的。"

成龙对马国湘说:"浙江的四栋,存放的地方人家要派用场,运到天津去了,把这四栋先放到你这儿来。"

马国湘端起酒杯向成龙敬酒:"大哥,谢谢你的信任!"

马国湘干了杯中酒,对徐琍说:"嫂子,嵇总不会喝酒,你应该代他敬大哥一杯。大哥刚才说,香港十五年没落地,新加坡七天搞定,今天到我们园区,刚坐下来,就表态了,这是多么大的情分!"

成龙说:"到蚌埠来一天就决定了!"

徐琍连忙端起酒杯走到成龙面前,我也象征性地端起酒杯上前。徐琍干了杯中酒,说:"谢谢大哥! 只是嵇总来蚌埠已经五年了,这下不知道要做到什么时候。"

成龙说:"我在仓库里看到马总那么多东西,就说了,嵇总,你走不了了,十年也做不完。"

马国湘问成龙:"大哥,你的老房子希望什么时候建好?"

成龙说:"这个我不表态,我知道你的能力。"

成龙喝了一口酒,感慨地说:"这么多年,在内地修好,运到香港,现在'哗'又弄回来了。"

晚餐后,成龙和大家一一合影,随后上车去高铁站。在贵宾候车室里,当班的车站员工轮流过来和成龙合影,有的还拿来本子请成龙签名,成龙一一满足了大家的要求。

乘着空隙时间,成龙又对阿笔和我说:"尽快把天津四栋老房子先运过来。"

列车快到了。在月台上候车时,附近一群乘客认出成龙,立即围了上来。Joe姐连忙招呼大家站好队,成龙高兴地和他们合影。

北上列车很快消逝在细雨蒙蒙的夜色中。

我没有想到成龙此行就决定把凝聚了他的不少心血的老房子放到蚌埠来,连阿笔也没有想到成龙会这么快做出这个决定。

阿笔陪成龙回到北京后,回了一趟台北。9月11日,他在台北用微信和我开了一次电话会议,讨论了下一步工作。一周以后,阿笔回到上海,和我在长风大悦城太平洋咖啡碰头。长风大悦城即原来的长风景畔广场,2016年换了东家,商业服务设施做了改造提升。经过讨论,我和阿笔达成共识:下一步主要是先由阿笔那里负责做一个6号岛即"成龙岛"的概念性规划方案,主题是以成龙收藏的徽派民居为主体,配建园区自行抢救收藏的部分徽州民居,打造徽州文化园区,形成"成龙加中华古民居"的叠加效应。

我问阿笔:"天津的老房子可以运了吗?"

阿笔说:"没问题了,你定下来什么时候去运,提前告诉我一下就行。"

我说:"我要先去看一下,然后带摄影师过去,把起运的过程拍摄下来。"

2017年12月15日早上6时许,天还没亮,我打的去虹桥机场,阿笔派了景铖和我一起去。

我们乘海航HU7604、8点15分航班先飞北京。天津也有机场,打听下来,去位于天津蓟州区的盘龙谷,从北京首都国际机场T1航站楼比从天津机场过去方便。

飞机正点到达,成龙艺术中心的李师傅开车来接,近一个小时到达。半年前来这儿参加成家班成立四十周年庆典时,盘龙谷满山苍翠,此时却山色枯黄,颇有萧瑟之感。

负责成龙老房子交接的是中心的刘大海师傅。已是中午,刘大海招呼我们先吃午饭。我觉得应该我请他们吃饭才是,可是一打听,附近没有饭店,只得客随主便。我们跟着刘大海来到一间小屋,这里是生活区,几位工作人员正在吃饭。

刘大海边给我们盛饭边说:"大哥的老房子今年夏天刚从浙江义乌运到这儿来。"

我连忙问:"有联系人吗?"

刘大海说:"有的,叫朱永庆,大哥的这几栋老房子都是他帮助打理的,原来也堆放在他那儿,因为租的场地人家要派用场,集团买了三只旧集装箱,装运到这里。"

吃好饭,刘大海领我去看老房子。两大一小三只集装箱放在艺术中心训练馆门前广场靠近山壁处,铁皮门上着锁。转到集装箱背面,刘大海用木棍拨开集装箱上的小窗口,我朝里张望,集装箱堆满了老房子的木构件,窗口小,看不见全貌。

刘大海说:"三只集装箱运来后,门锁没有打开过,我们也不懂,打开了也分不清,弄乱了反而不好,就原样放在这儿。"

我想,集装箱装运方便,联系好货运卡车,吊车一吊,就运走了。我跟刘大海讲了要带摄制组来拍摄成龙古民居起运的镜头,请他帮助联系吊车和运输车辆,装运时间待我安排好会提前告诉他。

刘大海说:"没问题,我会配合好。"

老房子装运安排停当后,我看看手表,下午2点了,准备出发去机场。我和景铖买的是海航的回程票,HU7601、17点51分航班回上海。

告辞时,我向刘大海表示感谢,还跟他要了义乌古建商朱永庆的手机号码。

12月26日上午,我三上盘龙谷,抵达成龙艺术中心时,同上次一样,也是中午时分。三辆集卡和一辆大吊车已经停在艺术中心训练馆门前广场上,还有一辆大吊车要下午2点左右到。装满老房子木构件的集装箱很沉,需要两辆大吊车同时起吊才行。景铖已从北京开车直接过来了,和刘大海一起在现场做调度。家在北京的胡雪柏和助手杨毅已驾车提前赶到,正在按计划拍摄外景。

拍好外景,一起吃了午饭,另一辆大吊车也到了。胡雪柏和杨毅架好摄像机,一声令下,两辆大吊车伸出长长的吊臂,一头一尾,缓缓将集装箱吊起,平稳地移动到集卡上,前后一个多小时,三只集装箱全部吊装到位。整个过程都被拍摄下来。

胡雪柏对三位集卡司机说:"还要拍一下你们驶出中心的镜头,到门口开得稍微慢一点,出去后,你们正常行驶,就可以走了。"

三位司机说:"明白。"

胡雪柏指挥杨毅把摄像机搬到成龙艺术中心入口之外的大路边架好,三辆集卡缓缓从镜头中驶过,消逝在不远处的拐弯路口。

起运和拍摄任务顺利完成,谢过刘大海,我乘胡雪柏的车去北京。上了高速公路,看见三辆集卡正驶在前面,开车的胡雪柏说:

"小杨,我开快一点,你拍一下集卡行驶镜头。"

杨毅心领神会,打开摄像机,摇下车窗玻璃,胡雪柏一加速,从三辆集卡旁边超了过去。

晚上,Joe姐在华贸万豪酒店底楼日本料理餐厅请我们吃饭。饭后,胡雪柏和杨毅先行离去,明天一早他们要赶回蚌埠拍摄卸载集装箱的镜头。我向Joe姐报告了下一步工作安排,Joe姐答应,争取1月中旬来蚌埠参加双方战略合作签约仪式,叫我们抓紧筹备。

忙了一天,有点累,洗好澡上床,一觉睡到天亮。吃好早餐,打的去北京南站,乘 G125 次 11 点 10 分高铁去蚌埠,三个半小时抵达蚌埠南站。

三辆集卡已经安全抵达园区,停靠在 6 号岛旁边的一块空地上。范为民调来一辆大吊车,正在卸载集装箱。胡雪柏和杨毅也已提前赶到,把卸载场景拍了下来。

我长长地舒了一口气,世人瞩目的成龙收藏的四栋古民居,终于有了安身之处,不会再流落境外了！不过,我觉得还有一个问题急需弄清,即成龙的这些古民居,究竟来之何处？是不是徽派民居？只有对此作出肯定的回答,才可以说是"屋"归原处了。

我发通知关照全体员工和相关人员,成龙收藏的古民居运到蚌埠的信息,暂时不要向媒体透露,也不要发朋友圈,留待元旦之后举行双方战略合作签约仪式时正式对外发布。

12 月 29 日上午,我乘高铁回上海。蚌埠大雾弥漫,20 米开外就一片模糊,什么也看不清了,幸好高铁开行不受影响,过了长江,大雾渐渐散去,列车正点到达虹桥站,上海竟然是大晴天。

下午 3 点,我和阿笔在长风国际大厦底楼咖啡厅碰头,商量双方战略合作协议正式签约的事。我们很快把主要议程排了出来,签约时间初定 1 月中旬。

我说:"过了元旦我就向市领导汇报,把签约时间确定下来。"

阿笔说:"早点定下来,过了 1 月中旬,临近春节,大哥事多,Joe 姐可能就没有空了。"

2018 年来临了！在上海过了元旦,第二天下午我就和徐珂一起乘高铁去了蚌埠。我之所以急着回园区,是因为把手头几项工作抓紧处理好,然后去浙江义乌走访朱永庆,了解成龙四栋古民居的来龙去脉。

天色已晚,徐珂说:"不烧晚饭了,我们到楼下万达广场吃雪圆吧。"

我说:"好！"

我们是两年前从延安路万特家园的宿舍搬到东海大道工农路口的万达小区居住的。小区后面就是万达广场,商家云集,生活方便,是蚌埠新城最热闹的地方。

雪圆是蚌埠的特色小吃,已有七十多年历史,被列入蚌埠市的非物质文化遗产。一口不锈钢圆桶大锅,盛满热气腾腾的酒酿浑汤,漂浮着雪白雪圆。圆子比乒乓球略大,有芝麻、豆沙、桂花、草莓酱等不同馅料。一碗四只,售价人民币 9 元,雪圆也可以根据顾客要求添加。令人叫绝的是,我们吃客分不清锅里滚在一起的雪圆是什么馅,盛餐的阿姨却能准确无误地把四种不同馅料的雪圆盛给你,你如果都要一种馅料也没问题。

雪圆和我们上海人平时吃的汤圆最大的不同,是它的汤水。我们煮汤圆用清水,烧开后把汤圆下锅,起锅时,仍是清汤。雪圆是下在酒酿浑汤里,汤汁浓稠,汤中还有许多酒酿米粒,尤其是在冬日,锅中热气腾腾,香气四溢。煮雪圆的不锈钢圆桶大锅就支在店门口,走过路过,就闻到醉人的浓香。

万达广场的雪圆小吃店,就开在工农路的临街上,我们下楼出了小区大门转弯便是。店里除了雪圆,还卖大碗鲜肉馄饨,10元一碗,也很好吃。正是晚餐时分,又是新年,顾客很多,不过流动很快。我们要了两碗雪圆,盛餐的阿姨照例给我们盛了不同的四馅。2018年在蚌埠的新年第一餐,就是甜甜蜜蜜的。

吃过雪圆,我们拐进万达广场步行街闲逛。新年里,万达广场里里外外张灯结彩,人流如织。虽是寒冬时节,再过一个星期就是三九了,可是天气一点也不冷。许多年轻的女孩子,薄衫短裙,俨然一副春装打扮。

徐琍说:"蚌埠的姑娘挺时尚,已经过春天了。"

我说:"又是一个暖冬,今年冬天就没有觉得冷过。"

岂料天有不测风云,1月3日天气预报:"今日有暴雪。"果然,午后开始飘落雪花,雪越下越大,雪花很细,但很猛。第二天一早醒来,亮光从厚厚的窗帘透进房间,起身拉开窗帘一看,外面是一片银色的世界,大雪纷纷扬扬,密集地在空中狂舞。

上班路上,大街两旁的香樟树全被白雪覆盖,许多树枝承受不了,折断垂地。到蚌埠工作五年来,我第一次见到这么大的雪。

11时许,司机郭锦超开车把徐琍接到接待中心老宅来。杨好夫妇和来园区考察的旅居新西兰画家丹增·谢朱夫妇等人也在,共进午餐后,马国湘招呼大家一起出去看雪景。

风雪弥漫,主湖心岛上古民居的屋面都盖上了厚厚一层白雪,只剩下檐口模糊的黑色线条。积雪盈尺,除了水波荡漾的湖面,满眼一片洁白。道路全都湮没不见,不过,走过无数遍的园区,每一条大路小径,每一道沟沟坎坎,我们都心中有数。

一行人穿过主湖心岛,沿着内湖小岛蜿蜒的雪道向龙尾进发。迎着扑面的大雪,深一脚、浅一脚,踏雪前行,厚厚的雪地上,留下一串串深深的脚印。我端着相机,边走边赏景拍照。暴风雪中的古民居博览园,混混沌沌,别具风情,充满荒原野趣。

走到6号岛旁,望着飞舞的雪花扑打着装满成龙古民居构件的集装箱,我忽然想起"瑞雪兆丰年"的老话。我想,成龙收藏的古民居的回归,将有利于提升人们对传统民居建筑的关注度。

时近黄昏,天色将暗,一行人沿着东大堤往回走。回到接待中心老宅,已是下午5点多,平时四十分钟可以走完的路程,这次走了两个半小时。

晚上回到家里,乘兴填了一首西江月词《古民居博览园踏雪》:

> 隐隐粉墙半掩,
> 迢迢石径浑湮。
> 心随瑞雪漫天飞,
> 脚下任他深浅。
>
> 千里长淮情系,
> 莫教辜负丰年。
> 为求新赋去陈词,
> 偏把寒园踏遍。

2018年1月8日,我从蚌埠去义乌走访朱永庆。先乘高铁到诸暨,骆燕军开车来接,然后一起去义乌。五六十公里路程,不到一小时到达义乌市义亭镇陇三村朱永庆的工作室。

看着室内外摆着不少精美的木构件,我说:"朱经理是古民居的行家。"

朱永庆说:"谈不上行家,也只是喜欢,说来也搞了十几年了。成龙大哥那几栋房子,是好多年前帮他找到的。"

我问:"是从哪里收来的?"

朱永庆说:"三栋是浙西几个地方的,一栋是我们义乌本地的。"

"都不是安徽的?"我有点意外,"不是说成龙的古民居都是徽州的吗?"

朱永庆说:"不是的,都是我们浙江的。不过,这几栋老房子基本上都是徽派建筑。"

"有没有这四栋老房子的资料?"

"有的,都比较简单,一会儿我发到你邮箱里。"

随后,朱永庆开车领我们去看他的修复工场。一大块荒地上,矗立着一栋搭好的古民居框架,还有一堆堆的油布覆盖着的古民居木构件和不少柱础、石料等老房子建筑材料。

朱永庆指着一堆柱础、石料说:"噢,我想起来了,这堆东西都是成龙大哥那四栋老房子上的,你们要的话可以拿走。"

这可是一个意外的收获。我说:"太好了!麻烦你收罗齐全,我们修复都要用的。"

朱永庆说:"没问题。"

我对骆燕军说:"你帮忙尽快安排车辆,把这些构件运到蚌埠。"

骆燕军说:"好的。"

谢过朱永庆,我和骆燕军上车赶路。我想,和成龙集团的战略合作签约在即,如果朱永庆帮成龙收藏修复的四栋古民居不是徽州民居,就不能以回归故里、"屋"归原处为主题做文章了。

朱永庆很快给我发来了成龙四栋老宅的资料,我处理好手头工作,仔细研究起来。

朱永庆发来的主要是拆迁现场照片和他画在工作手册上的平面草图。照片多为雕刻精美的月梁、雀替等木构局部,看不出房屋的整体面貌;平面草图每栋老宅各一张,十分简略,所幸的是上面标有柱间尺寸,并记有老宅的出处。

其中三栋分别来自浙西淳安、龙游、衢州,还有一栋来自浙中义乌。浙西三栋面积都不大,都是"三间两过厢"的三合院房型,穿斗式架构,具体形制又略有差异,其共同特点是雕梁画栋、木饰精美。

淳安老宅原坐落于姜家镇,占地面积约80平方米。大门居中,进门为狭长天井,东侧开一边门。与众不同的是正屋一架屋顶为卷棚式,月梁状穿插枋上置一对雕刻精美的花瓶金瓜柱,接入抱头梁,再托起卷棚屋顶。东西山墙边梲五架,三层穿枋,一层长方形平板,二层、三层均为月梁。厅堂两侧中梲减去中柱,以近4米长的粗大月梁置于前后金柱之上。梁柱间的雀替丰富多彩,有卷草、戏曲人物等等。

龙游老宅原建于横山镇,占地面积108平方米左右。该宅较淳安老宅高大,进门是一个大天井,厢房均为二层,因此厅堂显得特别高敞。主屋五架九檩,边梲中间也是三层穿枋,一、二层为长方形平板,三层则是拱形月梁。中梲五架梁上不安金瓜柱,直接安放拱形月梁托起脊梁。该宅装饰重点是井口天花,四周均以纵横交错的条格天花板吊顶,堂口中心部位是一块平板,四角嵌以花饰,中间一雕花圆盘,圆盘外侧还有一圈花饰。檐柱和金柱之间均以粗硕的月梁连接,梁柱间的雀替小巧精致,雕花繁复,额枋底部也有精美的雕花。

衢州老宅原址不详,占地面积更大一些,约有120平方米。形制和龙游老宅类似,所不同的是,月梁更加浑圆粗硕,雕花越发精美繁复。屋面脊枋、金枋、檐枋和立柱的每一交汇处,均有花团构件连接。雀替尺寸奇大,有金狮绣球、池荷鸳鸯、红鬃烈马、锦鸡团菊等图案,雕工精细,栩栩如生。不知是年代久远还是其他什么原因,屋椽、月梁、雀替等木构不仅发黑,而且覆盖着一层厚厚的黑色烟灰。

另有一栋老宅则是从浙中义乌所属廿三里街道拆迁来的,是一栋占地面积456平方米的三合院大宅。七开间面宽,二层楼房。天井阔大,有三开间见方,实际上是一个近百平方米的庭院。东西各三间厢房,中堂两边正屋亦各三间,厢房和正屋共有十三个房间。除中堂略大外,厢房、正屋几乎一般大小。庭院回廊宽阔,廊柱和檐柱也一律用粗硕的月梁连接,也有雕刻精美的大雀替,其装饰风格与浙西古民居颇为类似,但整栋建筑楼层很高,重檐排窗,类似浙中常见的"十三间头"古民居。不过该宅正屋七间,跟典型的"十三间头"古民居稍有不同。典型的"十三间头"古民居正屋三间,正屋两端各建两间与庭院两旁三间厢房并列的厢房,总体格局是一庭院、三间正屋、两翼各五间厢房。

经过一番研究,我放下心来:除义乌那栋老宅外,另三栋浙西老宅,都是地道的徽派民居。不仅这三栋老宅肥梁瘦柱、粉墙黛瓦、马头墙的建筑风格同皖南、赣北的古民居相似,而且浙西这几个地区和皖南、赣北历史上经济、文化深度交融,特别是淳安,和皖南歙县、休宁一衣带水,历史上曾一府所治,本是"一家人",故而建筑风格如出一辙。

淳安位于浙西丘陵山区,境内溪河纵横,天下闻名的新安江穿境而过。新安江是钱塘江的上游,而新安江的源头,就在安徽境内。

新安江另一个名字就叫徽港,发源于安徽省和江西省交界的怀玉山脉主峰六股尖率水,流经休宁、屯溪、歙县,从淳安穿境而过,蜿蜒东去,直下钱塘。淳安建县于东汉,初名始新县。秦始皇一统天下,分会稽郡西部设鄣郡,下置黟县、歙县。其时歙县地域广大,包括今歙县、休宁、屯溪、绩溪、婺源、淳安、遂安等地。东汉建安十三年(208),孙权派威武中郎将贺齐平定了黟、歙一带频发的山民之乱,随后析歙东叶乡置始新县,并调整版图,并入黟、歙,新设新都郡。西晋太康元年(280),晋灭吴,新都郡改为新安郡,新安江亦因新安郡而得名。之后,新安郡和始新县名、境域屡有变更,南宋绍兴元年(1131),淳化改名为淳安,县名一直沿用至今。

新安江流经淳安境域50多公里,水潆山抱的淳安,自古就是进出徽州的必经之路。宋室南渡,临安成为政治经济文化中心,商贾士子往来频繁,淳安更是成为舟楫繁忙的交通要冲。正因为一水贯通、一郡所治,浙西的淳安和皖南的歙州氏族人口、民情风俗、村落建筑,大同小异。

康熙年间,徽商程庭回歙州故里途经淳安,望着这座没有城郭的小城,慨叹淳安简直就是歙州的"一大村落耳"。

淳安西部有两个乡镇与皖南接壤,一个是姜家镇与歙县毗邻,一个是浪川乡与休宁交界。这两个藏于深山、溪河萦绕的乡镇,至今保留着大批徽派民居。姜家镇仅孙家坞村,就保存着清中期的徽派民居四十多栋。浪川乡芹川村更是独领风骚。

芹川古村落保存着二百六十多栋传统建筑,其中明清徽派民居多达一百四十多栋。除了古民居,还有祠堂、学堂以及桥梁、鱼塘等构筑物。芹川人口主要为王姓,是王氏聚落。王氏乃江左(指南京)衍派,淳安望族。王氏先祖于元初迁居芹川,迄今已七百多年。村中位于芹水溪东岸的王氏宗祠建于明代,是王氏家族的总祠。村中形形色色的徽派建筑,建于自明清至民国以及新中国成立后的不同年代,蕴含着丰厚的历史文化。芹川古民居甚至有"徽派建筑始祖"之誉。

浙西的衢州、龙游虽然不属于新安地区,但其传统民居建筑风格同样受到徽派建筑的深刻影响。这同明清之际,徽商崛起,大批徽州人迁居衢州、严州乃至金华等地有关。成龙收藏的衢州、龙游两栋古民居,形制风格与他收藏的淳安那栋古民居如出一辙。义乌属于浙中地区,成龙那栋义乌老宅重檐排窗同宁绍古民居类似,但该宅天井檐廊雕刻精美的月梁、雀替,则明显受徽派民居营造技艺的影响。

我想,成龙的这几栋古民居虽不是来自安徽,但称为"徽派民居"当无疑问。

2018年1月19日下午3时,由蚌埠市文广新局、蚌埠经济开发区管委会、成龙国际集团和园区联合主办的"成龙国际集团和古民居博览园战略合作签约暨启动仪式"在古戏台剧坊举行。蚌埠市委常委、宣传部部长谢兵,市文广新局(旅游局)局长袁政、副局长杜鹃,经开区管委会副主任桑荣林,成龙国际集团总裁Joe姐和阿笔等十多人,马国湘和上海湘江公司副总经理夏卫东、奚康一同出席。

会议原定张晓静副市长主持,张晓静原任市旅游局局长,后调任市工商局党委书记兼局长,不久前蚌埠市政府换届,升任副市长。她因临时接到通知去省里开会,改由袁政局长主持。会上,Joe姐和马国湘正式签订战略合作协议。会上有一项特别安排:移交成龙收藏的四栋古民居。司仪简要介绍了这四栋古民居落户蚌埠的过程和简况,配合司仪声情并茂的讲解,大屏幕上播映出这四栋古民居精美构件的图片。

这次签约暨启动仪式,最令人关注的议程是"官宣"成龙收藏的古民居回归"故里"、落户蚌埠古民居博览园。果然,一石激起千层浪。活动一结束,网上就有报道。当晚,主流媒体、各大门户网站以及自媒体,纷纷以《成龙老房子回安徽啦!》为题,进行文字和视频报道。一家当地网站喜形于色地在报道中说:

"说来成龙大哥和安徽也是有很多缘分,房老爷子原籍就在安徽芜湖,后来移居到了香港。如今成龙大哥将这四栋古民居捐赠给了安徽蚌埠,也算是将它们送回了家。而蚌埠本身就具有丰富的旅游资源,城市文化底蕴深厚,交通又发达,可以预见的是,未来的蚌埠也将借此重点发展一下旅游业等。作为安徽人民,真的要感谢成龙大哥!"

成龙四个月前到蚌埠考察古民居博览园的视频和图片再次出现在各大网站上。优酷视频以《成龙捐古民居前参观蚌埠(园区)画面曝光》为题做出报道,点击播放量疾速攀升,很快突破惊人的1.1亿次。

我把标有"1.1亿次播放"这个对古民居博览园值得记取的画面截屏,保存在手机里。

3月12日下午,我从浙江永嘉调研回沪,约了阿笔在长风大悦城碰头。阿笔带来一个好消息:成龙决定5月13日来蚌埠正式召开信息发布会!我和阿笔商量了"5·13活动"初步方案,决定先向马国湘作汇报。

3月16日上午,我陪阿笔在园区接待中心老宅同刚从北京回到蚌埠的马国湘碰头。阿笔是昨天晚上到蚌埠的,今天一早我陪他察看了正在施工的迎宾馆,大会议厅、西餐厅等公共部位正在装修,他担心5月13日之前能否竣工。

阿笔详细介绍了"5·13活动"方案,也说了他的担心:"大哥决定在这次活动中,邀请国内外一些专家朋友来,做一个高峰论坛,迎宾馆大会议厅装修不知道能否来得及?"

马国湘说:"没问题!迎宾馆是按照举办国际会议的标准设计装修的,进度我会协调安排好。"

阿笔说:"那就好。"

马国湘对"5·13活动"方案提了一些修改意见,对阿笔和我说:"你们把方案完善一下,尽快向市政府作一次汇报。"

3月20日下午,马国湘召集奚康和我碰头,奚康汇报了迎宾馆装修工程进展情况和存在问题。马国湘说:"5月13日活动时间已经定了,迎宾馆除了四季轩中餐厅,其他工程全部要抢出来,保证活动进行。迎宾馆服务员来不及招聘培训,我关照何佳林了,届时从上海我们的宾馆调集服务员来。迎宾馆试运行,这是第一次大的活动,一定要按国际标准办好!"

3月31日下午,张晓静副市长在市政府一楼会议室召开"5·13活动"专题协调会。市政府副秘书长邹传明,以及市委宣传部、市商务外事委、市公安局、市文广新局(旅游局)、市行政执法局、经开区管委会等部门负责人参加。

阿笔结合PPT演示,汇报了"5·13活动"总体方案和具体安排,整个活动5月12日至14日,为期三天,主要活动在13日一天。包括成龙环保艺术馆揭牌、6号岛成龙徽派民居园奠基、国际对话、媒体采访等系列活动。

举办这样一个有高级别的外宾、有中央和地方数十家媒体参加的大型文化活动,在蚌埠历史上可以说是破天荒的一次。经开区管委会和各部门负责人先后发言,表示全力支持,也提出一些要求和建议。

张晓静副市长最后说:"这次活动内涵丰富,层次高,如何使这项活动顺利、顺畅举行,政府各部门做好保障工作,各个方面通力协作,十分重要。现在总体方案和主要议程有了,下一步要尽快制定具体保障措施和实施方案。我明确一个时间节点,五一国际劳动节前三天,各方和各个部门报分管负责人名单,节后三天拿出各自的细化方案,报市府办统一汇总。"

4月2日下午,奚康受马国湘委托,召集园区各部门负责人开会,研究落实"5·13活动"各项工作。我传达了市政府会议精神,通报了经马总批准的"5·13活动"组织机构方案及各部门负责人:奚康担任现场总指挥,环境工程部范为民,会务活动部左玉开,宾馆服务部何佳林,宾馆工程部华建兵,媒体宣传部胡雪柏,后勤保障部王鹏博。我负责同市政府对接和同成龙集团共同协调重要事项。

奚康强调说:"马总要求很高,还有一个多月时间,时间紧、任务重。我们人手少,各部门要紧紧依靠和善于借助政府各部门的力量把各项工作落实到位。"说着,他掏出手机,"我们建一个群,有问题及时沟通协调解决。"

会后,我又分别同左玉开和胡雪柏碰了头,商量他们分管的工作。左玉开曾担任无锡灵山大佛景区总经理,对旅游景区的管理运营以及举办大型活动很有经验。他胸有成竹地说:

"根据阿笔的方案,大大小小七项活动,只要迎宾馆装修硬件能及时完成,办好这些活动没有问题。"

胡雪柏同驻京媒体很熟,加之宣传口径有蚌埠市委宣传部把关,应该也没有问题。

4月4日,马国湘来蚌埠,我向他汇报了各项工作落实情况,并提出两条建议:一是在园区北门出入口搭建临时牌楼,二是6号岛举办奠基仪式,要搭建主席台,建议将5号仓库里的一座古民居门廊搬来做主席台背景墙。

马国湘完全同意,他说:"我叫杨新明抓紧设计一下,尽快施工。"

杨新明接到任务后,给我打电话,建议说:"嵇总,门廊做主席台背景,是不是加两扇门,两边加两片马头墙?"

"这个设计好!"我立即表示赞同。

一切按计划推进。转眼过了五一国际劳动节,各项准备工作基本就绪。

我按照确定的议程,检查各个活动场地的准备工作——

园区北门是来宾主出入口,短短几天矗立起一座古色古香的三门牌楼,挂上了巨幅匾额,上刻启功体的"湖上升明月"五个鎏金大字。

按计划,5月12日一整天,内外嘉宾将陆续由北京、上海等地抵蚌,大多数是乘高铁来。招商部经理桂刚负责来宾接送站。

第一场活动是12日晚6点,市领导会见成龙及嘉宾,马国湘、柯文明陪同。成龙一行将于当日下午乘坐商务车从湖州拍片现场赶来,和前来参加国际对话的英国、法国、西班牙、澳大利亚等国专家,蚌埠籍影星蒋雯丽、导演李仁港,以及华语电影导演徐克,一起参加会见和相关活动。

领导会见后,成龙等去龙尾祁门大祠堂。中堂摆放了几排八仙桌和明清椅子,届时古戏台上有泗州戏和花鼓灯片段展演。中堂两侧还有地方非遗项目展示,精心挑选的几个有代表性的非遗项目展台,已布置停当,届时还有成龙和非遗传人互动环节。

13日上午有三场活动。

首先举行成龙环保艺术馆开馆仪式。届时,省有关部门和蚌埠市领导,将出席开馆仪式并参观展览。

随后,将在6号岛举行"成龙徽派民居园"奠基仪式。6号岛上沿着临时铺设的道路两侧,划分了观众区、采访区、停车场。东侧中间部位搭建起临时舞台,台前堆了一个很大的沙坑,中间竖着黑色大理石奠基碑。舞台背景墙是高大的徽派古民居门廊,门柱间安装了两扇古朴的木门。据透露,导演组安排的奠基仪式上成龙的出场别有深意:大门徐徐打开,成龙走出徽州大门,从这里登上人生的舞台,走向国际影坛……

奠基仪式结束后,市委常委、宣传部部长谢兵,成龙以及回到"娘家"的蒋雯丽,将到临时搭建的采访篷,分别接受记者群访。

13日下午,在迎宾馆举行"国际对话"。令我意想不到的是,迎宾馆装修工程高质量地如期完成。主会场之一的大宴会厅上方,悬挂着一组一组的水晶灯,晶莹剔透,金光闪闪。会场外右侧长廊上方,也是同款水景灯,形成一条数十米长的水景走廊,流光溢彩。迎宾馆总经理何佳林已率客房、餐饮等部门经理和工作人员各就各位,按照马总的要求,制定了详细的接待服务方案,紧张有序地进行各项准备工作。"国际对话"主题,将围绕成龙收藏的古民居回归的话题,探讨濒危文明的抢救保护和传承。"对话"正式开始之前,安排张晓静副市长演讲,介绍蚌埠的经济和社会事业发展情况。

Joe姐对这次活动很重视,根据她的建议,邀请了中央电视台主持人水均益主持奠基仪式和国际对话两场活动,并安排了成龙集团旗下的"龙韵"艺术团参加表演。

　　检查过后,我放下心来,觉得各项准备工作应该没有什么问题,就看天气帮不帮忙了。5月10日,下了一场大雨。不过第二天就放晴了,大雨洗刷过的园区,花鲜草美,空气格外清新。

　　5月12日、13日,风和日丽,晴空蔚蓝,各项活动按既定方案顺利进行。真所谓人努力、天帮忙!

　　5月14日清晨近5点,成龙及随行人员来到迎宾馆1号门大门口,和马国湘、柯文明等我们公司全体高管合影留念,随后上了商务车,他要赶回湖州片场继续拍片。

　　与上次来蚌埠"秘而不宣"不同,成龙来蚌埠参加徽派民居园奠基仪式的信息,迅速为主流媒体和各大门户网站报道。成龙收藏的古民居回到安徽、"屋"归原处,再度上了"热搜"。我浏览了一下,仅优酷视频的点击播放量,就迅速攀升至7000多万。

　　各项活动结束后,迎宾馆一位服务员告诉我说:"嵇总,市领导会见成龙时,成龙讲话大大称赞了你一番。成龙说,没有嵇总,他不会把他的老房子送到蚌埠来。"

　　那天会见开始后,我悄悄离开会客厅,赶往祁门大祠堂,检查下一场活动准备工作情况,没想到成龙会这样说我。

　　我连连摆手道:"不不,这不是我的功劳!"

　　我想,成龙悉心收藏的徽派民居,能够回到安徽、"屋"归原处,是广大网民的热切期盼,是蚌埠龙子湖两岸优美的生态环境,也是成龙和马国湘热爱传统民居建筑的文化情怀共同作用的结果。而我,只是做了一点穿针引线工作而已,不足挂齿。

第六章　水乡人家

第一节　深巷酒香

浙东古运河沿着阮社北界由西向东穿境而过,明镜般清澈的河面上,有一座名叫荫毓桥的单孔石桥。宽大的桥孔,像古典园林中的月洞门。此桥建于何时不详,有记载的是光绪年间曾经重修。在绍兴,在江南,有许多这样的月洞门石拱桥,我小时候在外婆家的松江泗泾镇上就见到过。

我是2017年5月9日上午,和妻子徐琍一起乘高铁去绍兴的,一个小时多一点,就到达绍兴北。骆燕军开车来接,此行主要是考察绍兴柯桥一个叫阮社的古村落,这里正在大规模拆迁。

荫毓桥令我特别感兴趣之处,是桥孔两侧石壁上镌刻的一副对联:

一声渔笛忆中郎
几处村酤祭两阮

上联中的"中郎",即人称"蔡中郎"的蔡邕。蔡邕字伯喈,东汉著名文学家、书法家、音乐家。董卓掌权时,为延揽人才,"重邕才学,厚相遇待",始召蔡邕为祭酒,不久又将其突击提拔,先后加官晋爵为侍御史、治书侍御史、尚书、侍中、左中郎将等职,封高阳乡侯。

蔡邕的故事在民间流传甚广,绍兴老乡南宋大诗人陆游,就在一个叫赵家庄的村子里听过民间艺人的说唱:

斜阳古柳赵家庄,
负鼓盲翁正作场。
死后是非谁管得,

满村听说蔡中郎。

蔡邕在民间知名度甚高,还同一出戏有关。明代毛晋编的《六十种曲》收录有元末戏曲家高明的《琵琶记》,该剧写蔡伯喈与妻子赵五娘悲欢离合的爱情故事,剧情生动,文辞典雅,是中国古典戏曲的经典之作。当代多种版本的《中国文学史》均有专节评述这部剧作的主题思想和艺术成就,特别是数百年来该戏为诸多剧种反复改编上演,这更使得"蔡中郎"的故事在民间广为流传。

民间艺人的说唱也好,经典的《琵琶记》传奇也好,文艺作品中的蔡伯喈,只是借用了历史人物的姓名、身份,剧情同史实风马牛不相及。不过,荫毓桥对联里的"蔡中郎",却于史有据。

柯桥古代有"笛里"之称。"一声渔笛忆中郎",说的就是蔡邕客居柯桥,取椽竹为笛,发明"奇声独绝"的"柯亭笛"的故事。《后汉书·蔡邕传》载:获罪被流放的蔡邕,遇汉灵帝大赦,刚刚获得自由得以"还本郡",却又得罪五原太守王智,王智向朝廷"密告邕怨于囚放,谤讪朝廷。内宠恶之。邕虑卒不免,乃亡命江海,远迹吴会"。蔡邕依靠朋友接济,前后在江南避难达十二年之久。一日,蔡邕途经会稽,下榻柯亭,仰见屋顶以当地一种美竹为椽,东间第十六根椽竹尤其特别,"可以为笛"。他请人取下这根椽竹,制成精美的长笛,一吹,"果有异声"。这就是有名的"柯亭笛"。

那么,荫毓桥上的下联"几处村酤祭两阮"中的"两阮"是谁呢?

我问骆燕军:"这'两阮'是谁?"

骆燕军说:"是'竹林七贤'中的阮籍、阮咸叔侄两个呀。"

"阮籍、阮咸?"我甚感意外,"他们到过绍兴?"

骆燕军说:"这里原来叫竹村,就是因为他们在这里隐居、结社而改名阮社的。村里还有籍咸桥、前庙、后庙,都是纪念他们的,可能都要拆。"

我没有想到此次来绍兴重点查访的古村落阮社,竟然是因"竹林七贤"中的阮氏叔侄而命名的村庄。

"快去看看!"我说。

骆燕军一面开车一面说:"嵇康也是'竹林七贤'之一,你应该熟悉的。"

我微微一笑,点点头,没有多说什么。对于嵇康,我岂止是熟悉。他是我家谱中的二世祖,一世祖是嵇康的父亲嵇昭。绍兴下辖的上虞长塘乡,是嵇康故里。史载,嵇康因避怨徙居谯郡铚县(今安徽宿县西南)。此次来绍兴,我还打算抽空去一趟上虞广陵村,寻访先祖遗踪。岂料一踏上绍兴这片文化底蕴深厚的古老土地,竟然先和嵇康的同道好友阮籍、阮咸叔侄不期而遇。嵇康、阮籍同为"竹林七贤"中的领军人物,史书上常以"嵇阮"并称。连古代儿童的开蒙读物《千字文》中,也有"嵇琴阮箫"之说。

我想,出生于陈留尉氏(今河南开封东南)的阮氏叔侄,怎么会来到千里之外的江南绍兴呢?

现在的鉴湖,实际是一条蜿蜒细长、支流如网的河道。阮社号称位于"鉴湖第一曲",清冽甘甜的湖水,像人体的毛细血管一般,渗入这个古村落的每一个角落,可谓家家临水、户户枕河。村中的小河不宽,河水还算清澈。小河上有不少石桥,河边是石板路,每隔数十步就有一个河埠头,还有一些小船停泊在河埠头旁。也有一些老房子直接砌在小河岸边,后门就对着河埠头,岸上人家开门就可以踏着河埠头石阶下河汲水、洗衣,或者登船外出——不过,这已经是水乡人家多年前的生活场景了。

抬眼四望,甚觉遗憾,除了清澈的小河、古老的河埠头,整个阮社已看不出古村落的风貌。小河两岸虽也有一些斜披屋顶、小青瓦、白粉墙的平房老宅,但多为翻建年代不一的简易水泥楼房,由于缺乏统一规划,建筑布局十分凌乱。更为煞风景的是,小河上空横七竖八拉着密密麻麻的电线。动迁工作已经开始,有的房子人去楼空,门窗已经卸去。有的房子已经扒倒了,只剩下断壁残垣。也有许多人家还住在这里。

有一栋石库门三开间二层的老房子,看上去有些年头了,粉墙黛瓦,面墙高大方正,近前看门牌,是"阮三居委会小九坊6号"。大门及边门都上着锁,估计住家已经搬走。发黑的粉墙上,用红笔画了一个圈,写了一个"拆"字。它的下方和两边,也用红笔一连写了三个"不拆"。

沿着河边石板路走到两条小河交汇处,有一座土地庙,走过土地庙门前,一转弯,一座古朴精美的小桥呈现在眼前。

一位老伯等在桥旁,他是阮社的村民,骆燕军请他来给我介绍情况。

打过招呼,老伯说:"这就是籍咸桥。"

这是一座东西向横跨在小河上的单孔石桥。桥的东侧桥台很特别,因河东土地庙的西山墙同小河挨得很近,桥台无法直接落地,遂自桥面往下设六级台阶,下接石砌平台,再从平台南北分设台阶,下接河岸石板路,整座桥呈T形。

桥面三步宽,七八步长,四拼条石铺设。两侧有齐膝高的用整块条石做成的石栏。石栏两端四根望柱顶部是两对石刻蹲狮,由于年代久远,风雨侵蚀,石狮面目模糊、卷毛漫漶。仔细看,仍可辨出是一对雄狮、一对雌狮。雄狮脚踏绣球,雌狮怀报幼崽,造型生动。望柱两端顺着下坡用抱鼓石收尾,以稳固桥栏杆,抱鼓石上刻着卷草纹。

桥面石栏外侧中间凿出长方形石框,框内阴刻"籍咸桥"三个大字。桥名两旁刻有小字题款,上款为"民国十四年立",落款为"里人公修"。

看过籍咸桥,陪同的老伯指着桥旁的小庙说:"这土地庙也叫阮庙,是纪念阮籍的。"

这是一栋三开间的平房,梁柱、屋椽都刷上鲜亮的朱红油漆,看上去修缮不久。铺地的石板色泽暗淡,踏磨得很光滑,可证此庙已经很有些年头了。迎面顶着内檐并排放着三个玻璃罩大神龛,中间神龛内有一长一幼两尊塑像。长者身穿官袍,头戴金冠,想必就是官至步兵校尉的阮籍"阮大人"了,幼者应该就是他的侄儿阮咸。

左右两侧的神龛里也有塑像,不知供奉的是何方神圣。三个玻璃罩神龛两侧,均有手执长枪的木偶士兵值守护卫。玻璃罩神龛和供案上,都有绸缎帐幔装饰覆盖。三张供案上均不设香炉、烛台,各放着一对通电的七星烛台,烛台里装着代替蜡烛的小灯泡。看得出为防火,入内祭拜不得用火。中间神龛顶上覆盖的帷幔上,绣着"佛光普照"四个红字。两侧的立柱上有一副楹联:

神灵显赫安社稷
道行遍布保黎民

望着端坐在玻璃罩神龛里的阮籍叔侄,我想,在阮社人的心中,狂狷不羁、放浪形骸的阮籍,已经神化为护佑一方平安的"土地菩萨"了。

陪同的老伯说:"这是后庙,南面还有一座前庙,祭祀阮咸的。我们阮社人厚道,尊崇阮籍,也不能怠慢了他的侄儿。"

往南不远,就是南阮桥。南阮桥的桥台、桥面都已做了改造,桥台石阶步道改成了平面水泥斜坡,桥面也铺上了水泥,南阮桥成为可以行驶电动车、摩托车和小型机动车的车行桥。桥身上一块补镶上去的较新的长方形石块上,刻着"南阮桥"三字,并有"一九九〇年重修"的字样。离桥头不远,就是前庙。

前庙门前是一片开阔的广场,有两只比人高的落地大香炉和三个插蜡烛的铁架,还有从前插放庙旗的一对旗杆石。前庙规模看上去很大,前排门廊五开间门面,不过都安装着铁栅栏,上着锁。开放的只有后排主屋东侧一间接放出来的平房,涂着红漆的门框上,一边写着"阮社前庙古迹",一边写着"老年娱乐场所"。进内一看,庙内只有部分场地用于祭祀,其他场地腾出来用作老年活动中心,靠门口还有一家售卖香烛和零食、矿泉水的小卖部。

站在南阮桥上往北看,不远处,古朴的籍咸桥和粉墙黛瓦朱门的后庙,倒映在宁静的小河里。我举起相机,怎么取景都避不开小河两岸凌乱不堪的房屋。我拍了几张照,心想,当地政府花大力气进行旧改,并且将其推倒重来,也是不得已而为之——阮社的"古村落"名头,早已名存实亡。只是这桥、这庙,不知道会不会保留。

我心中感到疑惑的是,生于陈留,游历在山阳,做官在洛阳,一生行迹主要在中原大地的阮籍,以及他的侄儿阮咸,怎么会来到千里之外的江南绍兴,并且有大恩于当地百姓,才使得当地百姓改村名、冠桥名、建庙宇,将他们奉若神明,世世代代供奉祭祀呢?

在驱车前往一个叫酒弄堂的村舍的路上,我想:阮社是著名的"黄酒之乡",阮氏叔侄受当地村民顶礼膜拜,是否同酒有关呢?

汲取门前鉴湖水,酿得绍酒万里香。

一方水土养一方人,绍兴黄酒酿造历史源远流长。其中阮社和东浦、湖塘,并称"三大酒乡",酒坊麇集,酒香四溢。

小车沿着一条窄窄的水泥路开到酒弄堂口停下。酒弄堂对过路边是一家建设公司办公楼的院落,门口除了公司的牌子,还挂着所在街道"流动人口登记站"和当地派出所"阮社警务站"两块长牌子。酒弄堂口沿路边的房子已经开始拆了,地上一堆堆砖瓦。

骆燕军已经前来摸过情况,他告诉我说:"酒弄堂北边人家已经搬走了,南边还没有谈好,还住着人家。"

这是一条近百米长、五步宽的巷子。由于两边都是两层楼高的老房子,巷子显得幽深狭长。从外部看,北侧的房子小青瓦、白粉墙,保留着原貌,南侧的房子似乎改建较多。但令我惊喜的是,两侧房子底部的石销墙都完好无缺,南侧是上下三板石销墙,北侧是上下两板石销墙,但两板的石销墙做得比三板的还高。曾听人说,三板石销墙是做官人家,二板则是富商大贾。——这可是绍兴古民居的典型特征之一。

陪同的老伯说:"绍兴从前有三大酒乡,我们阮社历史上老酒产量最高,这酒弄堂里就有两大知名酒坊:南侧是善元泰酒坊主人的宅第,北侧原为章东明酒坊院落。两家都姓章,是一个老祖宗。"

我们沿着狭长的酒弄堂走到底,顿觉豁然开朗:眼前是一方百米方圆的河湾,水面如镜,倒映着蓝天白云和岸边的建筑。煞风景的是,环水而筑的房屋,已不是具有地方特色的古民居,而是缺乏规划、随意翻建的水泥砖房。

陪同的老伯说:"这就是池湾,往南连到东江,可以通到鉴湖。鉴湖水好,池湾周边过去都是酒坊,老酒酿好了,一坛一坛抬出来,就在这里装船运出去。"

我点点头,说:"我们到两边的房子里看看。"

回到酒弄堂,走进北侧一扇虚掩的老门,一座绍兴特色的"台门"赫然在目。

住家已经搬走了,门窗也已经卸去,屋内一片狼藉。檐柱撑拱还保留着,雕花十分精美。里侧有一架木梯,陪同的老伯领我们上了楼。上了二楼,看到了这栋古民居的全貌:这是一栋二层楼的四合院,庭院十分宽敞。四合院同前面的房子连着,看格局原本应该是一栋有好几进的大宅,这四合院只是其中的一进。前面的房子已经基本拆除,只剩下梁柱框架、屋顶和边墙。

陪同的老伯说:"这儿是章东明酒坊后人居住地,章东明酒坊是阮社最大的酒坊。从前章家在池湾边上还有酒楼,专门招待来采购老酒的客商。酿酒的作坊在前面第四医院,老房子还在,也要拆迁了。"

看罢酒弄堂北侧的房子,陪同的老伯带我们看南侧的房子。南侧西头靠近池湾的人家也已经搬迁了,只有东段靠近弄堂口的这户人家还没有搬迁。这里原是遐迩闻名的绍兴善元泰酒坊所在地,章氏后人章毓本老人住在这里。大门很特别,木质门框,是用黑灰色铁皮蒙覆的对开门。铁皮上压出一圈突出的圆点装饰门的边框,门的上部用突出的圆点勾勒出一对展翅飞翔的和平鸽。木框门楣上钉着一块门牌:"阮三居委会池湾28"。

当当当……陪同的老伯敲了好一会门,没人应答。

他说:"章家老伯大概出门了,他有两个女儿,住处离这儿不远,我晚上同他女儿约好,明天上午你们来看吧。"

第二天早餐后,我们又前往酒弄堂。28号黑灰色铁皮门依旧紧闭,骆燕军敲了几下门,没有反应。他掏出手机,刚要找联系人,一个中年妇女骑着助动车过来了,后座坐着一个小女孩,看上去是她女儿。

她叫章利敏,是章毓本的大女儿。停放好助动车,她把女儿抱下车来,热情地和我们打招呼,掏出钥匙,边开门边说:

"我爸爸在里厢,他耳朵不大好,你们敲门他听不见,昨天他也在屋里。"

走进铁皮门,是一个通道。左侧一排老式平房,分隔成好几间。右侧是一栋高高的二层水泥楼房,楼房顺着酒弄堂的朝向坐西朝东。转过通道,是一个宽敞的院子,除了二层楼房,还有两栋东西相对的三开间老式平房。院子里有两只盛满清水的大水缸,连接两栋平房的南侧围墙前,栽着两棵树,蓬蓬勃勃的绿叶爬上了小青瓦屋顶。地面上还有许多盆花,占了半个院子,苍老的院落显得生机盎然。

章利敏的爸爸章毓本在楼房屋内等我们。他看上去有些清瘦,满头白发,上身穿一件灰色棉毛衫,外面套着藏青色绒线马夹,蓝布长裤,脚蹬一双耐克轻便运动鞋。

章毓本招呼我们坐下,章利敏给我们沏了茶。我向老人问过好,简要向他们说明了来意,然后问道:

"这儿是你们老屋吗？您一直住在这里吗？"

章毓本说:"是的,我们在这里第五代了。我们家的酒坊就在这里,我领你们看看。"

我们随章毓本走进东间平房。这是一个大通间,中间没有隔墙,人字梁以及中间支撑的方形立柱均很简陋,没有任何雕花装饰。墙边堆着拆下来的花格门窗。从已经发黑和有些风化的木头看,此屋应该是清末民初的建筑。

章毓本说:"从前,一坛坛老酒酿好了,就放在这里。"

我问:"这里就是酿酒的工场间了？"

"是的。"章毓本指着屋里堆放着的一些老的木头器具,说,"这些都是做老酒用的家什,对面房子里还有。"

西间平房和东间相仿,但不是大通间,中间有隔断,里面堆了一些杂物。章毓本进去拿了一些老物件出来放在庭院里,有一只小口大肚的老酒甏,一只带把手的铁箍木水桶和一只矮边铁箍木盆,一块类似大水缸盖子的圆形木板,上面有七个碗口大的透气孔,还有穿在铁丝上的一串长方形小木板和一个小方木盒。

章毓本抽开小方木盒盖子,从中取出一只长方形橡皮章,他指着上面的字对我说:"这是我们家酒坊的商号。"

章毓本说着,走到大水缸旁,把橡皮章蘸了蘸水,往院子里的水泥地板上一按,上面的字号清晰地显示出来:上部两个字"浙绍",标明所在地或者出产地是浙江绍兴;下部是商号"善元泰、章鸿记"六个字。底部还有一排稻穗纹饰,大概表明本商号的黄酒是粮食酿造的——类似现在我们常常看到的一些食品包装上印着的"有机食品"的字样。

天气晴朗,临近中午,阳光有点热乎乎的,我怕老人在太阳底下站久了吃不消,遂请他回到楼房屋里。

初次相识的章毓本老伯的热情介绍令我十分感动。善元泰酒坊旧址遗存的三间平房,虽算不上古民居,但有着鲜明的酒坊建筑特征。老房子贵在原住民还生活在里面,部分老物件还保存着,老伯又乐意给我们讲解,这十分难得。我再三向章毓本父女表示感谢,并同他们约定,过几天我们还要带摄制组过来,拍一些资料。

虽然章毓本父女并不完全了解我们要干什么,但他们欣然允诺。

章利敏有些怯生生地说:"我们讲勿来的。"

我说:"没关系,没关系,倷爸爸讲得蛮好格!"

告辞时,我请章毓本祖孙三人到院子里,以老房子为背景,为他们拍了照。出门时,祖孙三人执意把我们送到弄堂口,我举起相机,再次为他们拍了几张照。

画面中,章毓本父女露出有几分苦涩的笑容,扎着两根辫子的小外孙女则偏着头笑得天真无邪。他们左侧,有一堆已经拆毁的房屋留下的碎砖瓦砾。他们的身后,是空无一人的寂寞长巷。我想,这也许是"善元泰"酒坊后人和即将消失的酒弄堂最后的合影了。

2017年5月18日,我乘G7595次高铁,于下午2点半再次抵达绍兴北。骆燕军和提着摄像设备从蚌埠乘高铁过来的胡雪柏已经等在出站口,上了车,我们直接去阮社拆迁现场。胡雪柏先去原绍兴县第四医院,拍摄那栋在章东明酒坊旧房基础上改建而成的医院大楼。讲酒乡阮社的故事,不能不讲首屈一指的章东明酒坊。

我先去酒弄堂,看测绘情况。安徽传承古建筑设计公司的设计师李金霞带着王宾、余润生、胡慧敏三个助手上午已经抵达阮社,正在对酒弄堂做整体测绘。

李金霞留着齐耳短发,显得很干练。她生在古民居遍布的黄山休宁,自幼受到徽州文化熏陶。参加工作后,她由所学土木工程专业转而专攻古建筑的修缮、复建以及仿古建筑的规划设计,2015年还曾到北京大学考古文博学院古建筑规划设计专业进修。入行十多年来,她主持设计和参与设计了省内外数百个古民居项目,积累了丰富经验,成为年轻的擅长古民居尤其是徽派建筑设计的专家。她也是我们园区古民居规划设计的主要合作伙伴之一。此次来绍兴,我特地安排她来做酒弄堂的建筑测绘工作,也为以后复建和设计相关文化景点做准备。

按照计划,整条酒弄堂的建筑都要测绘。李金霞和助手在已经残破不堪的老房子里爬上爬下,仔细丈量,记下每个数据,重要部位还画出了草图。

我关照她说:"章老伯家的房子是重点,以后可能要复建。"

李金霞说:"明白。这些房子都不是原貌,以后如果修复,可以根据当地古民居的建筑风格加以复原。"

我点点头,随后告辞,到阮庙查看。

走进阮庙,只见一人正在用宣纸拓庙内西面墙上镶嵌的石碑。他叫章利刚,是本村的居民。我见他拓碑的手法颇为娴熟,觉得他可能熟悉本村的历史,一交谈,果然如此。章利刚对阮社的历史文化不仅情有独钟,而且很有研究。

章利刚说:"阮社整体拆迁改造,后庙、前庙还有两座桥能不能保留,还不知道。这些碑刻上有许多阮社的历史资料,先拓下来。"

我上前凑近看看,西墙上有三块碑,一块是《文武会》,一块是《马汤会》,一块是《前阮会》。

章利刚说:"东面墙上也有三块碑。"

我过去一看,一块是《泰青会》,一块是《晋阮会》,一块是《岳隍会》。这三块碑同西墙上的三块碑一样,黑色大理石,楷书阴刻,落款都是"立于乾隆四十二年(1777)春"。

章利刚说:"这《晋阮会》和西面墙上的《前阮会》都是讲阮氏叔侄的。"

我凑近仔细看这两块碑文。由于年代久远,碑文中有些字已漶漫模糊,难以辨识,不过文意还大体能够明了。《前阮会》碑文起首便云:"里中向分前后两庄,因立南北二社。北祀大阮,南祀小阮,由来旧(久)矣。"

《晋阮会》碑文进一步阐述了村中章氏族人创设该会的缘由:

> 社以阮名,不知所自始,岂□阮公,□留寓是乡如蔡中郎故事,史未之载欤,抑其后世卜筑于此,奉宗祐而祭于社欤?均未可知也。然枌榆之敬自汉已然,吾族世居阮北村,衍日番,耕读相传,悉赖□神祐,乾隆元年创鸠是会,献□寿庙,□夫,亦行古之道也。

由此可见,阮社之名由来已久,且南北前后两个村庄,北社(后庙)祭祀阮籍,南社(前庙)祭祀阮咸。世居阮北村的章氏家族,人丁兴旺,耕读传家,全赖"二阮"神灵护佑,故于乾隆元年(1736)鸠集族人,创立了晋阮会,以"行古之道"。但碑文中对阮社之名具体起自何时,包括"二阮"何时因何事来绍兴,又因何故被当地百姓奉若神明,语焉不详。也实事求是地承认,"二阮"如同"蔡中郎故事"一样,史书上没有记载。

我问章利刚:"阮籍、阮咸怎么来到绍兴的,有什么说法吗?"

"当然有!不过都是民间传说。"章利刚答道。他小心翼翼地把刚拓好的《前阮会》碑文的宣纸揭下来,又说:"我微信里有许多介绍阮社的文章,你可以看看。"

"那太好了!"

我掏出手机和他互加了微信,心想,应该把他自发保护阮社历史文化的场景拍下来。因已约好马上要去酒弄堂章毓本家拍摄,我便问章利刚:"明天上午我们摄制组来这里拍录像,请你现场做一些讲解可以吗?"

"可以的。"章利刚欣然允诺。

告辞出来,转弯时我见籍咸桥前有一个年轻人支着画板在画画,小桥、流水、树木、屋舍……眼前的景物,化作简洁的线条,已经惟妙惟肖地落在他的画板上。

我上前问道:"你好!你是本村的吗?"

年轻人看了我一眼,摇摇头:"不是的,我是邻村的。阮社大拆迁,这座古桥可能保不住了,把它画下来,留作纪念。"

我忙问:"你明天还来吗?"

"明天有事,不来了。"年轻人说着,又在画板上添了几笔,站起身,准备收拾画架。

我见他快画完了要走的样子,立即说:"朋友,能不能稍等一会儿?我们摄影师马上过来,我想把你画桥的情景拍摄下来。"

年轻人迟疑了一下,点点头,又坐下了。

我立即给胡雪柏打电话,叫他马上赶到阮庙这里来。

西斜的阳光,轻轻地照耀着平静的水面和苍老的古桥,照耀着专心致志画桥的年轻人。胡雪柏选好角度,架好摄像机,开始拍摄。

我站在一旁打量着这个来自邻村的不知姓名的年轻人,忽然心中一阵感动。

他在画桥,用画笔记录下他眷念的古桥;我们在拍他,用影像记录下他对古桥的眷念。

拍好画桥的年轻人,约定拍摄章毓本老伯的时间已过,我们赶紧上车去酒弄堂。到了那里,只见章毓本换上了一件半新的长袖衬衫,许多酿酒的老物件也已经翻出来,摆放在院子里。除了大女儿章利敏,老伯的小女儿章碧莹也过来了。

夕阳西下,阳光不似正午那般刺眼,正是摄像的好时机。老伯很配合,按照要求一一讲述老物件的功能和家族的往事。老人讲的绍兴方言胡雪柏和他的助手基本听不懂,我有时也听得不是很明白。好在有录音,以后如有需要,可以找人"翻译"。一直忙到6点多钟,天色渐渐暗下来,才收工。

夜幕降临。我邀请章毓本和他的两个女儿一起去吃晚餐,他们连连摆手说:"不客气!不客气!"

李金霞和助手也过来了,他们把酒弄堂北侧的房子基本测绘完了。骆燕军安排我们到不远处一家叫"阮社酒家"的特色餐厅吃晚饭,我匆匆吃了几口,就起身告辞——我要赶回上海,明天有个会议。临走时,我交代胡雪柏明天上午到阮庙拍章利刚的镜头,胡雪柏还要拍酒弄堂以及阮社大拆迁的镜头,他此次带来了无人机,可以遥控在空中俯拍。

骆燕军开车送我到高铁站,正好赶上 D2286 次动车。绍兴北到上海虹桥有"G"字头的高铁,也有"D"字头的动车,一等座票价动车比高铁要便宜三十多块钱,行驶时间却差不多。

列车在苍茫的夜色中飞驰,一个富有激情的创意也在我脑子里闪现:在蚌埠古民居博览园整体复建酒弄堂,并将其打造成酒文化主题的古民居文化景点,同时也是一条富有特色的酒吧街。

打造酒弄堂景点不能不讲到阮社,讲阮社不能不弄清为何"社以阮名"。我又想起了荫毓桥上的那副对联"几处村酤祭两阮",阮籍叔侄在绍兴留下美名,会不会同"酒"有关?

阮籍好酒是出了名的。《晋书·阮籍传》云:"籍本有济世志,属魏晋之际,天下多故,名士少有全者,籍由是不与世事,遂酣饮为常。"晋文帝司马昭当初想为儿子求婚娶阮籍的女儿,"籍醉六十日,不得言而止"。更为离奇的是,阮籍听说步兵府厨师善酿,"有贮酒三百斛",于是主动请求去担任步兵校尉,到任后终日醉酒。

章利刚的微信中有许多柯桥的资料,既有他自己编写的,也有转载别人的文章。从这些资料中,我又顺藤摸瓜,查访到不少关于柯桥的文史资料和书籍。关于"两阮"在柯桥的行迹,虽多为传说,但也并非穿凿附会,完全无所凭依。

在《绍兴村落文化全书·柯岩卷》中,有一篇《斗酒赢得籍咸桥》。这则趣味盎然的故事,讲述了籍咸桥的由来,表明阮籍叔侄正是因"酒"同阮社结缘。

阮社河道纵横,籍咸桥所处河道原先并无桥梁,两岸村民往来,全靠舟楫摆渡,颇为不便。阮籍、阮咸在当地定居下来以后,就想在这河上造座桥,方便交通。

他们一打听,却感到这事难办。原来,村民们以前也曾想造桥,可是却被一只"拦路虎"拦住了。这只"拦路虎",就是住在河边的财主孙舟。孙财主名字中带一"舟"字,认为造了桥,"舟"就废了,会破了他的命相,因此无论如何不同意在河上造桥。

阮氏叔侄当即率领村民,去向孙财主交涉。孙财主知道阮氏叔侄是才高八斗,敢于蔑视权贵、天不怕地不怕的人物,讲道理自己只能甘拜下风,但是就此罢休,在乡亲们面前又丢了面子,于是他便提了一个条件:来一场一对一斗酒,若是阮氏叔侄喝输了,这造桥之事从此免谈。

孙财主家中也开有黄酒作坊,他自幼在酒缸中泡大,一次能喝上个五六斤,他料想斗酒阮氏叔侄不是他的对手。

阮籍、阮咸听他提出这么个条件,一时倒也觉得为难。但是,造桥是为了乡亲们的利益,遂答应和孙财主斗酒。不过,他们也提出一个条件——如若孙财主输了,造桥之资便由他承担。孙财主自恃胜券在握,对此也一口应允。

斗酒由年轻的阮咸先上。庭院中打开了一坛五十斤装十年陈的加饭酒,芳香扑鼻。乡亲们里三层外三层,围得严严实实,为阮氏叔侄俩助威。

阮咸和孙财主面前,各放了一只大海碗,吊满酒,足足有两斤半可装。也不准吃下酒菜,两个人就这么你一碗我一碗斗了起来。

阮氏叔侄原是中原人氏,惯喝高粱烧,一气儿都能喝上个四五斤。那是四五十度的老白酒,一斤能抵上两三斤加饭酒。孙财主拼尽老力,喝下了三大碗,已有七八斤。这加饭酒是出了名的"透瓶香、出门倒",劲儿上得慢,当场虽还没有醉倒,但他知道自己已经喝不得了。再看阮咸,喝了四大碗,还在连呼"好酒!好酒!",催着快点吊酒上来。孙财主慌忙摇手罢战,叫家人搀扶着,跌跌撞撞地进屋睡觉去了。

很快,一座精美的石桥落成。乡亲们为了表示对阮籍、阮咸叔侄俩的感激,把这座桥叫作籍咸桥。

在等待章毓本老伯家拆迁消息的日子里,马国湘交给我一个任务:协助中央电视台中文国际频道,也就是 CCTV-4 拍摄一部园区抢救修复古民居的专题片。

2017 年 6 月 14 日,央视中文国际频道的编导李然来园区考察,商量拍片事宜。我陪同他们参观了园区和修复工场,在老宅接待中心坐下,观看了宣传片和《失落的家园》之后,李然说:

"选题台里已经批了,拍成后在《走遍中国》栏目播放。片长 25 分钟,要有故事,有采访对象,把抢救修复老宅的过程和意义,形象地表现出来。"

我觉得我们正在抢救的酒弄堂老房子符合他们的要求,便详细介绍了阮社动拆迁情况和章毓本家族的故事,以及我们前期已经做的一些工作。

李然听了,立即表示赞同,对我说:"这个内容好,你将有关资料包括园区的基本情况和视频资料发给我,我先写一个拍摄大纲发给你们,如果可以,就按此做一些准备。"

我突然想起什么,说:"阮社的拆迁工作进展很快,可能要早点去拍摄。章老伯家动迁一谈妥,很快就会搬家拆房。"

李然说:"老房子里有原住民,有采访对象,这个非常重要。我安排一下,争取下周过去把章老伯的采访先抢拍下来。"

我说:"好的,我们抓紧联系落实。"

李然说:"古民居是中国优秀传统文化的组成部分,我们可能会安排一个外籍主持人出镜采访,这样从外国人的眼里看中国的传统文化,会更加有趣生动。"

我不懂电视台的制片业务,对李然说的"外籍主持人出镜采访"没有概念,就说:"我们会配合好。"

陪同接待的胡雪柏记者出身,则拍手叫好,说:"最好来一个金发碧眼的美女主持人。"

李然秘而不宣地笑笑。

第二天李然一行返京后,马国湘召集开会,对配合央视拍片工作做了布置,明确由我总体协调,绍兴拍摄也由我带队去现场配合央视拍摄。我们原来的拍摄计划照常进行,让胡雪柏再找一名专业摄影师一起参与拍摄相关采访活动,做好资料积累。工程部、修复工场等各部门届时都按要求做好准备工作。

6月21日中午,我和妻子徐珮在天津蓟县盘龙谷参加成龙的成家班成立四十周年庆典活动之后,从首都机场坐飞机直飞杭州萧山机场,准备去阮社为第二天央视摄制组来拍片做安排。前两天李然已经把拍摄提纲发给了我,提纲的内容和推演很详细,包括拍摄画面、解说词、设计说明等等,每个桥段的时长也标得很清楚,加起来正好25分钟。片子的题目是《给老宅安个家》,我很喜欢,同古民居博览园规划建设的宗旨十分契合。

骆燕军和陈建苗开车来接我们,上了车,直奔阮社拆迁现场踩点。距上次来此地刚过去一个月,现场已面目全非,大批已经腾空的房屋都已经被扒倒了。酒弄堂也已不复存在,北侧房子的屋顶已全部掀掉,石锁墙上部的砌砖也都推倒,剩下两拼石板还原封不动立在那儿。残砖碎瓦堆满了墙根,堵塞了半个巷子,西头池湾已走不过去。东头弄堂口的房子也已经全部拆掉,建筑垃圾堆得有人头高。

所幸章毓本老伯家的老宅还没有拆,孤零零地矗立在废墟中。敲门进去,章老伯出去了,两个女儿章利敏、章碧莹在家,骆燕军已经跟她们说过这两天中央电视台要来采访拍片的事。

我问她们:"你爸爸身体蛮好吧?"

章利敏说:"还可以!"

我又问:"动迁谈好了吗?"

章利敏苦笑了一下,无奈地说:"差不多了,总归要搬的。"

我点点头,大致跟她们说了拍片的要求,然后说:"不复杂,就像上次一样,请你们爸爸讲讲老底子的故事。"

章碧莹说:"可能讲不好。"

我说:"没关系,就像聊家常一样,有什么讲什么,就像上次跟我们讲的那样。

有没有家谱或者有关酒弄堂的资料?"

"家谱以前好像有的,现在家里找不到了。"章利敏说。她朝妹妹章碧莹示意了一下,"资料她有一点。"

章碧莹说:"我整理一下发给你们。"

我说:"谢谢!抽空我们也一起聊聊。"

章毓本老伯家拍摄的事落实好,我们又去看了几个点。薄暮时分,天气有点闷热,浓云密布,要下大雨的样子。我看看手机上的天气预报,明后天都有中雨。正是江南梅雨时节,雨水三天两头会来袭扰。央视摄制组第二天下午到,如下雨,就不太方便拍摄,就看老天爷帮不帮忙了。

第二天,预报的阵雨迟迟没有落下来,到了中午,阴暗的云层渐渐发亮,不像要下雨的样子,我放下心来。负责测绘的古建设计师李金霞带着两个助手先到了,骆燕军安排我们一起吃了午饭,然后到酒弄堂现场,等央视摄制组和胡雪柏两拨人马到来。

不一会儿,央视摄制组和胡雪柏他们分乘两辆车一起到了。小车上下来的是胡雪柏和他请来帮忙的摄影师刘玉栓,李然和摄影师王文超、录音师赵曦昂提着摄像器材包裹从面包车上下来,跟在他们后面下来的是一位金发碧眼、身材修长、一袭红衣的外国姑娘。

李然给我介绍说:"嵇总,这是安娜,我们这档节目的主持。"

安娜同我握手,用颇为标准的普通话说:"嵇总,你好!"

没想到他们真的安排了一位外国美女主持来做这个节目,而且安娜会说中文。我连忙说:"欢迎,欢迎!"

李然说:"安娜是俄罗斯人,在清华大学读研究生,是我们台里特聘的外籍主持。"

我说:"太好了!中国传统民居,叠加外籍美女主持,这个节目一定好看!"

李然他们先察看了章毓本的老宅,向章毓本两个女儿交代了明天来拍摄的具体安排和要求。随后抓紧看了几处预选的拍摄点,趁着没有下雨,先拍了我向安娜介绍阮社拆迁情况的外景镜头。

天渐渐暗了下来,李然问骆燕军:"农村造房子要奠基、放鞭炮什么的,老房子拆除,有没有什么仪式?"

骆燕军说:"有的有的,许多人家拆旧房建新房,都要祭拜祭拜。"

李然说:"明天上午我们要拍拆房的镜头,最好有这个仪式。"

骆燕军说:"我来安排。"

我看看天,说:"明天可能有大雨,如果早上不下雨,先把拆房桥段拍掉。小骆,你辛苦一下,连夜做好祭拜仪式准备。"

骆燕军说:"没问题!"

一起吃好晚饭,回到宾馆,我看看手机里的天气预报,明天有大雨。半夜醒来,我起身走到窗前,拨开窗帘看看窗外,没有动静,路面是干的。

放下早饭碗,乘着预报中的大雨还没有到来,我们和摄制组一起赶到现场一栋待拆的老宅前。老宅的主人已经搬走,屋里空荡荡的,门窗破损不堪,宽敞的庭院长满了绿油油的青草。

老宅的门前放了一张旧八仙桌,上面摆放着苹果、葡萄、甜橙、香蕉、毛桃五样水果,还有脆饼、米糕等五样点心,一对尺把长的红烛,一只盛满沙土的小钵碗。

负责拆房的陈仲迪是骆燕军和陈建苗的合作伙伴,他领着穿着统一工作服的六个民工等候在一旁。

李然对他和民工说:"你们平时怎么祭拜,就怎么做。"

陈仲迪说:"明白,老房子拆除之前,一般都要拜拜的,一拜天地,二拜祖宗。我们先在外面拜,然后再到屋里拜。"

李然说:"就照你说的做。"

李然指挥摄影师架好了机位,陈仲迪和六个民工背依老宅,站到八仙桌前,我和安娜站在一旁,做观看状。李然一挥手,摄像机启动,陈仲迪点燃了红烛,拈起三支香,点燃后,双手擎香,口中念道:

"天地菩萨,今天我们响应政府号召,在这里拆除老宅,保佑我们拆房工人平平安安、顺顺利利!"

陈仲迪念罢,领着民工对着供桌,虔诚地三鞠躬,随即把香插进钵碗中的沙土里。

拍完这组镜头,工人把八仙桌抬进屋内,陈仲迪口中念念有词,再次领着民工鞠躬作揖,随后点燃了放在屋角卷好的黄纸,把一沓沓冥币散开丢进火堆里。

此时,安娜出镜。她好奇地上前问陈仲迪:"刚才在外面拜过了,为什么进来要再拜一次呢?"

陈仲迪说:"是告诉我们的祖宗,要造新房了,老房子要拆了,老房子是他们造的,要跟他们打个招呼。"

安娜点点头:"噢,是对祖先的尊重!"

李然回看了摄影师刚才拍的镜头,非常满意,他对安娜说:"我们中国人有三个敬畏——敬畏天地、敬畏先人、敬畏圣言。"

安娜说:"没想到,中国人拆老房子也有这么隆重的仪式!"

我也是第一次看到拆除老房子的祭拜仪式。望着历经风雨的破败老宅、青草杂乱的荒芜庭院、八仙桌上的满桌供品、虔诚肃穆的拆房民工,敬畏、感喟之情,在我心中油然而生。

接下来,要拍摄李金霞测绘和陈仲迪领着民工上房揭瓦的镜头,我和安娜暂且无事。坐在一旁观看拍摄的徐琍招呼安娜说:

"姑娘,过来休息一下。"

安娜高兴地坐到徐琍身边的竹椅上。徐琍拉着她的手,夸奖说:"中文说得真好!"

徐琍见安娜中文说得很流利,交流起来一点障碍也没有,便家长里短地和她聊起来。我见她们聊得很开心,有点一见如故的样子,便端起手机为她们拍照。

拍完测绘和上房揭瓦的镜头,已经中午12点了,趁着雨还没有下来,我们收起设备就往酒弄堂赶。

镜头从我领着安娜走进章毓本老伯家拍起。章毓本换上了一件骆燕军为他准备的淡蓝色T恤,从前酿酒的器具也摆放在院子里。拍摄很顺利,章毓本一件一件拿起老器具,述说着往事。

安娜看见一串用铁丝穿在一起的竹片,好奇地询问:"这是什么?好像是乐器。"

我上次来见过,说:"这是筹码。"

章毓本拿起竹片筹码,领着安娜到酒坊老房子门口,边演示边说:"老酒酿好要出库了,一担黄酒挑出去,我给他一根签,再挑一担出去,再给他一根签,到门口他把签放下,一天下来,我把签数一数,就知道今天多少担黄酒出去了。"

安娜点点头:"是这样!"

采访尾声,当安娜问章毓本对老宅拆迁有什么想法时,章毓本长叹一声,说:"很可惜!祖上留下来的,好几百年了,太爷爷在这里创业,几代人生活在这里,舍不得啊!"

说到这里,章毓本抹去眼角的泪花,对我说:"我希望老房子建好后,我们能去看一看。"

我说:"那肯定的!我们一定按照原样,把你们家的老房子修复重建好,还要把你们家族的故事展示在里面。"

我见现场气氛有些伤感,便招呼章毓本的两个女儿和小外孙女:"来、来,我们一起合影。"

"茄子!"笑容重新绽放在众人的脸上。

在章毓本家拍完,已经下午1点多了,骆燕军安排我们到附近一家小饭店吃了午饭,摄制组又回到现场,拍摄拆房、装车的场景。这时,雨点开始洒落下来。4点多,拍完最后一个镜头——一辆满载拆下来的老宅木构件的大卡车,缓缓驶出狭窄的街坊,消失在镜头里,雨开始下大了。

早就预报的"中到大雨",从昨天拖到此刻,大雨姗姗来迟,一点也没有耽误李然的拍摄计划。

我想,也许章毓本老伯对老宅难以割舍的眷念感动了上苍,也许拆房工人顶礼膜拜的虔诚产生了灵验,让我们能顺顺利利地做好酒弄堂其人其事最后的影像资料的拍摄工作。

"哗、哗!"雨越下越大。李金霞和胡雪柏两拨人马完成任务后,已提前回程。李然摄制组四人匆匆收拾好摄像器材,由骆燕军开车送往机场。临别时,安娜和徐琍拥抱,徐琍十分喜欢这个落落大方、和我们的女儿差不多大的俄罗斯美女。两天短暂相处,她们已经无话不谈,二人竟以母女相称起来。

安娜说:"干妈,我们很快就会再见面的。"

徐琍说:"我们蚌埠见!"

面包车很快消失在瓢泼大雨中。可是不一会儿,短信来了,因风狂雨猛,航班取消,央视四位朋友只得回到酒店。

"事不留人天留人。"骆燕军安排大家到酒店楼下餐厅一起吃火锅。安娜和徐琍在餐厅门口相遇时,二人又开心地拥抱。

安娜说:"干妈,我们这么快又见面了!"

徐琍说:"是啊,说明我们有缘分!"

两天来,忙于拍摄,我和摄制组朋友相互交流得不多,饭也顾不上好好吃一顿。大雨留人,阮社这一段拍摄计划圆满完成,大家兴致很高。骆燕军点好菜,叫了两瓶古越龙山。服务员给每人面前放了一只绿灰青花陶瓷酒杯,然后把酒拿去烫一烫。

骆燕军说:"到绍兴来,拍酒弄堂的故事,就喝绍兴黄酒。"

我和李然坐在一起,准备给他详细说说下一步去蚌埠园区拍摄的安排。安娜坐在徐琍身边,她换上了一件白色短袖T恤,显得青春洋溢。

火锅里的清汤翻滚起来,微温的古越龙山散发出诱人的酒香。我不会喝酒,端起酒杯向大家致意,象征性地抿了一小口。李然和摄制组的朋友都不是江南人,以前没有喝过黄酒,他们喝了一口,都说:"好喝!好喝!"徐琍和安娜碰了一下杯,徐珂能喝酒,喝了一大口。我想,安娜应该是喝伏特加长大的,不知道这酒能否喝得惯。只见她喝了一大口,赞道：

"好香啊！"

吃罢晚饭,徐珂和安娜在酒店咖啡厅聊天。徐珂问起安娜如何来到中国,汉语怎么说得这么好,安娜毫无保留地一一道来——

安娜出生在俄罗斯后贝加尔湖边疆区首府赤塔市。赤塔东南部与中国内蒙古接壤,距离呼伦贝尔500多公里。童年的安娜活泼可爱,出奇地爱动,以致幼儿园的老师找到她的母亲"告状"：

"您的女儿相当于六个男孩,太爱动了！"

一直到高中的整个学生时代,安娜活泼爱动的个性都没有改变。她不像别的女孩那样循规蹈矩,她什么都想学,什么都想尝试。她坚持练习花样滑冰,参加当地的选美比赛,课后上英语辅导班,参加校内外学习竞赛,并因学习成绩优异获得全额资助赴希腊旅游……

临近高中毕业,十八岁的少女面临人生第一个重要抉择——去哪儿上大学？安娜因考试成绩好,有机会获得公费入读赤塔国立大学采矿学院。东西伯利亚地区有着丰富的矿藏资源,矿业是当地重要的支柱产业,学这门专业,无论是做学问,还是找工作,都有良好的前景。况且公费读书,对于经济并不宽裕的家庭来说,也可以减轻一点负担。

"不安分"的安娜放弃了这次机会,她的心中有了另外的想法：她要去海参崴学习中文。

是一个朋友传递的信息,使她萌发了这个念想。这个朋友的伙伴考上了海参崴的远东国立渔业技术大学,因为学习中文,有机会作为交换生去中国哈尔滨学习汉语。安娜决定也要学中文,争取到飞速发展的中国,去寻找发展的机会和舞台。

母亲听女儿说了自己的想法,连忙戴上老花镜,打开地图寻找海参崴。当她看到海参崴离自己的家那么遥远时,她很是惊讶。

安娜理解母亲的心情。她七岁时,父亲就因病去世。她有一个哥哥,母亲独自含辛茹苦地把他们兄妹俩拉扯大,她怎么舍得宝贝女儿小小年纪就远走高飞呢？

开明的母亲没有阻拦女儿去实现自己的梦想,只是向安娜提了两点要求。她说："你要把高中念完,成为优秀的高中毕业生。另外,家里只能提供你大学头两年的学费,以后你得自己想办法解决。"

安娜见母亲点头了,万分高兴,对于母亲的两点要求,她一口应允。

安娜以优异的成绩获得高中毕业证书,不到一个月,准备好申请上大学的材料,登上去海参崴的火车。

车窗外,母亲泪流不止,一遍又一遍叮嘱女儿。

"呜——"汽笛一声长鸣,列车缓缓移动。母亲忍不住哭出声来,安娜也泪流满面。

在火车上度过了整整四天,于第五天晚上,抵达本次列车终点——海参崴。安娜昏昏沉沉地提着行李下了车,望着茫茫夜色中陌生的城市,仿佛整个人都不在状态。更为悲催的是,她摸到大学宿舍整理行李时,发现母亲给自己的一副耳环不见了!

这是母亲最喜欢的一副耳环,临走前,母亲从箱子里翻出来给了她,叮嘱说:"你到哪儿都戴着,不要摘下来!"

这是母亲对远行女儿的牵挂、祝福和护佑,是母亲的一片心,没想到刚刚抵达异乡,还没来得及戴上,就弄丢了!

安娜孤零零地坐在宿舍里,哭了好半天。望着漆黑的窗外,她问自己,为什么傻傻地要到这个陌生的城市来求学?以后还会碰到什么样的困难?她甚至想马上回到妈妈的身边……

第二天早上,她带着材料到学校汉语专业报名处。

辅导员很热情,向她详细地介绍了学习计划:"汉语专业的学制五年,要做两年半交换生。前两年半到中国大连学习汉语,听、说、读、写都要学,后两年半回来完成其他学习计划,最后能拿到两国大学的本科毕业证书。"

安娜一听,十分高兴,没想到第一年就能到中国留学。

辅导员又说:"不过出国前,先要上两个月的汉语基础培训班。"

安娜马上说:"我参加培训班。"

不料辅导员说:"培训班开课已经一个多月了,还有三个星期就要结束,你来得有点晚,这一期参加不了。"

安娜一听急了,这一期不上就要耽误这一批出国留学,她要求让她插进这一期培训班。

辅导员做不了主,带她去见培训班的老师。

正在上课的老师见辅导员找她,走出了教室。安娜怯生生地看了老师一眼,老师有六十多岁了,戴一副眼镜,像一位慈祥的老奶奶。

辅导员说:"这位同学刚来,可以插班吗?"

老师问安娜:"会说汉语吗?"

安娜摇摇头,低声回答:"不会。"

老师说:"一点汉语基础没有?不行!"

安娜急了,连忙说:"老师,我从遥远的梅日杜列琴斯克来的,坐了五天四夜的火车,昨晚才到。希望老师给我一个机会,我会努力赶上来!"

看着这个小女孩恳求坚定的目光,老师心动了,说:"好吧,进来试试吧。"

安娜没有辜负老师的期望。她上课认真听讲、做笔记,下课复习自修,从早到晚,没日没夜地认记一个个奇妙的方块字,从零开始一句句学说汉语。三个星期之后,当培训班结束时,她已经能跟上班里的多数同学了。

安娜进步之快、悟性之高,令老师吃惊。不过安娜没有沾沾自喜,班里有汉语说得很流利的优秀学生,她要向他们学习,还要加倍努力!

2009年9月8日,安娜和同学们一起,乘坐学校安排的大巴,向中国进发,目的地——大连海洋大学。

大巴很快驶出国境,在中国东北广阔的原野上奔驰。安娜的眼前,不时浮现出破例将她收进培训班的那位老师慈祥的面容。

老师名叫汉达,已经年近古稀。她也是赤塔人,毕业于赤塔师范学院,是该校英汉系的首届毕业生。汉达老师后来转到海参崴,长期从事汉语教学。巧的是,她和安娜的母亲一样,都是布里亚特人,安娜觉得汉达老师和自己的母亲性格很像,对待晚辈的态度更是如出一辙:信任、严格和公平。

安娜扭头望望渐行渐远的祖国,心中想:汉达老师的信任和破例,使她顺利地踏上到中国的求学之路,实现了自己少女时代的第一个梦想。她会用一生感谢慈母般的汉达老师……

在美丽的海滨城市大连读完大二的课程之后,随着对中国的了解越来越多,"不安分"的安娜又有了新的想法:转学到文化底蕴深厚的中国首都北京去读书!她的想法得到任教老师石传良的支持。石老师有着三十多年教龄,精通俄语,担任留学生部主任。安娜和同学们都亲切地叫石老师"Shiska",在俄语中"Shiska"的意思是"重要的人"。安娜忘不了,她刚进学校时,石老师见她是左撇子,用左手写字,对安娜说:

"汉字书写笔画顺序是从左到右,要写好汉字,最好用右手写字。"

她从小到大写字都是用左手,要改用右手,又是初学汉字,别提多难了。她的目标是学好汉语、写好汉字,所以她下决心要改过来!从那天起,她开始下功夫练习用右手写汉字。功夫不负有心人!她终于能够用右手顺畅地书写汉字,但写俄文和英语,还是习惯用左手。

2011年夏,安娜拿着二年级优秀的成绩单飞往北京,结果如愿以偿,被北京外国语大学录取,不过,校方要求她从大二读起。

安娜一边学习,一边兼职打工。起先,在一家物流公司做翻译。毕业前夕,又加盟一家俄罗斯设备贸易公司担任外贸经理。毕业之后,在这家收入不错的公司做了近一年,安娜觉得自己知识面还不够,"不安分"的她决定回学校继续深造。2015年,她考入清华大学经济管理学院金融专业就读。

第二年,老师推荐安娜参加"汉语桥2016年全球外国人汉语大会",几经角逐,安娜获得个人赛季军,团体赛第三名。比赛结束,中央电视台中文国际频道向她伸出橄榄枝:邀请她兼职《走遍中国》栏目做出镜主持人。

安娜参与拍摄的第一部专题片是山东平度市的《洋葱王》。在拍摄《给老宅安个家》之前,她随摄制组奔走在生机勃勃的中国大地上,去成都、下湖南、赴甘南,先后参与拍摄了《空铁绿色行》《百炼出新》《新材料之王》《高原纺织梦》等多部专题片,并在《走遍中国》栏目播放,以一个外国青年的独特视角,讲述精彩的中国故事。

对于此次参与拍摄和讲述中国古民居的故事,她感到特别新奇和开心……

第二天,大雨还在下,但网上信息显示航班已恢复起降,摄制组一早出发赶去机场。上午我又去章家同章老伯和他的两个女儿聊家常,实际是进一步采访,了解酒弄堂的前世今生。下午,我和徐琍乘G52次14点26分高铁,直接去蚌埠。李然他们初定下周来蚌埠拍摄园区的相关镜头,许多准备工作要抓紧协调落实。

过了几天,李然发信息来,说另有重要拍摄任务,来蚌埠园区拍摄的时间推迟一些。正好有几件同拍摄相关的事落实需要一段时间,我们可以从容准备。

第一件事,章毓本家老宅修复设计。

这项工作马国湘就交给了李金霞。

我对李金霞说:"章老伯家酒坊仓库是老建筑,以后就按原状修复。主屋翻建过了,你按照宁绍古民居的风格,想办法重新设计复原。"

李金霞胸有成竹地说:"酒弄堂西头章家老屋我们第一次过去仔细测绘过了,他们是一个老祖宗,都是酿酒世家,两边的房子布局、风格应该大同小异,我想章老伯家的主屋就按这个样子设计。"

我说:"可以,你抓紧设计。"

第二件事,安排古戏台演出。

2017年6月29日下午,我去市文广新局,袁政局长不在,向曹杰副局长汇报了央视来园区拍摄专题片的安排。

我说:"拍摄计划中有古戏台演出的镜头,想请泗州戏剧院配合演出一两段有安徽地方特色的戏曲折子戏,比如黄梅戏什么的。"

曹杰说:"这是好事,也是宣传蚌埠,我关照一下宫院长,你直接找他商量。"

第二天下午,我带着赵子涵一起去泗州戏剧院。一回生,两回熟,我和院长宫胜春已经打过交道,也算是熟人了。他听我介绍了情况,说:

"局长关照过我了,全力配合做好央视专题片的拍摄工作。但在蚌埠拍戏,最好不要拍黄梅戏,还是拍我们自己的泗州戏和花鼓灯。"

我说:"央视的拍摄计划只是建议,我跟他们沟通一下,应该没有问题。"

宫胜春说:"那就好。我打算这样安排,准备一个古装戏《杨八姐》唱段,一个现代戏《摘棉花》唱段,再搞一个花鼓灯舞蹈片段。这样老戏、新戏、泗州戏、花鼓灯都有了,二十分钟到半小时。"

我说:"太好了,你考虑得很周到。演出就安排在古戏台剧坊,观众我们来组织,届时就像正式演出一样。"

宫胜春说:"可以!"

第三件事,章毓本家动迁拆房进度。

我叫骆燕军同章老伯女儿保持联系,一旦他们家同动迁办谈妥协议,我们立即通知央视摄制组,过来拍摄章老伯家搬家拆房的镜头。

不料没过几天,骆燕军给我来电话说:"章老伯家动迁没谈好,可能要打官司。"

我心里一沉,心想这下糟了,一旦进入法律程序,时间有的拖了。住宅动迁对每一个家庭来说都是惊天动地的大事,涉及一家人甚至相关亲属的切身利益,因此也不便叫骆燕军多问,我只好关照他说:"你盯着,有新的情况立即告诉我。"

一连几天,骆燕军没有信息来,我颇为忐忑不安。章毓本家的老宅抢救不下来,故事讲不下去,前期去绍兴拍摄的资料可能就派不上用场了。

又过了几天,骆燕军打电话来了,电话那头他兴奋地说:"嵇总,章老伯家动迁搞定了!"

我忙问:"签约了吗?"

骆燕军说:"签好了,老房子卖给我们也谈好了。"

我很兴奋,说:"太好了!章老伯家搬迁的日子定了吗?"

骆燕军说:"我问过了,还没有,可能还要个把月时间做些准备。"

我说:"好,你把他们具体搬家的日子摸清楚,搬家的场景要拍下来。"

我同李然沟通了情况,李然说:"这段时间有好几项拍摄任务,都很重要,预计要到8月20日之后才能去蚌埠拍摄。如果赶不上,我派安娜过来,你们先去把章老伯搬家拆迁的镜头拍下来。"

2017年8月12日上午,我和徐琍乘G7507次10点13分的高铁去绍兴。章毓本家搬迁定于8月13日,我叫胡雪柏约了摄影师吴习良同往,并联系上了主持人安娜从北京赶过来。他们下午2点多钟到。

我们11点半多一点抵达绍兴东。正是盛夏时节,天气预报今日37摄氏度高温,一下高铁,热浪滚滚。骆燕军来接,时近中午,我们先去吃了饭,然后入住海亮酒店。

下午3点,人马到齐,顾不上天气炽热,一起往酒弄堂。距上次来这里又隔了一个多月,现场已面目全非。弄堂北侧的房子仅有弄口一栋尚剩断壁残垣,其余已全部拆除。南侧也仅剩章毓本家的一组房屋,孤零零地矗立在废墟中——这是酒弄堂彻底消失之前最后的场景了!

胡雪柏和吴习良端起摄像机拍外景,我们走进屋里。章毓本两个女儿章利敏、章碧莹都在,章老伯在楼上午睡,我们没有惊动他。我同两姐妹沟通交流了明天要拍摄的内容,约定明天一早趁早凉过来拍摄。

第二天一早,我们赶到章毓本家。章老伯在门口等我们,一个多月没见,章老伯又消瘦了一些,精神似乎也没有原来好。

按计划先拍"取门牌"的镜头。一位工人师傅站在高凳上,小心翼翼用老虎钳拔掉钉子,把"阮三居委会池湾28"门牌取下来递给章毓本。章毓本接过门牌,见牌子有点变形,便拿过老虎钳,在高凳上轻轻地敲平,然后用苍老的手,反复抹了抹牌子上的灰,凝视良久,才依依不舍地把门牌交给我。

章毓本拉着我的手说:"这块门牌,我本来想自己藏好的。"

我说:"您放心,我们会把这块牌子保管好的,等老宅修复重建好,把它再钉上去。"

章毓本有点激动,眼里噙着泪花,他拉着我的手不放,滔滔不绝地给安娜和我讲述着什么。他浓重的乡音,安娜根本听不懂,我也只能听懂个大概。但他将要离开家族的世居之地,离开生活了七十多年的老屋的万般不舍之情,我们都能强烈地感受到。

接下来拍章毓本向我们移赠酿酒器具、老宅的部分门窗花板镜头。拆房工人把堆在酒坊仓库角落里多年的门窗花板一件一件搬出来,安娜望着上面精美的雕花图案,惊讶地对章老伯说:

"上面还有这么好看的雕刻,有什么寓意吗?"

章毓本指点着花窗门板上的图案给安娜一一讲解:"这是宝瓶、绵羊,意思是平安吉祥;这是蝙蝠、寿桃,表示福寿双全……"

工人小心翼翼地用泡沫纸把花窗门板包扎起来,连同酿酒器具一件件搬上卡车。两天之后,这些老物件就会运到蚌埠我们的古民居修复工场。

最后拍摄搬运家具的镜头。当搬场大卡车装满后,章毓本和他的两个女儿、小外孙女,以及特地赶来的章老伯的大女婿,目送搬场大卡车缓缓驶出酒弄堂前的小马路远去,我见章老伯的眼中再次闪着泪光。

烈日当空,拍完这三组镜头,我和团队的朋友都已汗流浃背。

临别时,我再三向章毓本和他的女儿、女婿表示感谢,说:"酒弄堂的修复重建,我们会举办一个奠基仪式,到时候请你们一起过来参加,顺便看看我们的园区。"

章毓本说:"好的、好的,只要我身体可以,走得动,一定来!"

回到蚌埠,我逐项检查央视来拍片的准备工作,都已基本准备就绪。

李金霞已经把他们传承古建公司做的酒弄堂的修复设计方案文本初稿发给了我。方案中,有整条酒弄堂平面图,这是根据李金霞和她的助手现场测绘的详细数据画出来的,弄堂北侧是两个组合在一起的四合院,规模、格局比南侧大不少。南侧章毓本的住宅是一个狭长的四合院,东西两头比北侧均少一栋房子的距离。也许原本就是如此,也许年代久了东西两头的房子毁坏拆除了。

根据现场测绘的数据和拆迁前的房屋照片,李金霞团队仔细研究了绍兴"台门"古民居的特点,画出了酒弄堂的修复方案。弄堂两侧都是居室兼酒坊的综合建筑,起居室、酒坊库房、庭院、回廊,小青瓦屋面、木板面墙、雕花门窗、青石板地坪,以及北二幅、南三幅的石销墙,等等。方案中,北侧建筑占地1875平方米,建筑面积2258平方米;南侧建筑占地1087平方米,建筑面积1575平方米。虽然不敢说历史上的酒弄堂就是如此这般,但酒弄堂的风采韵味应该说体现出来了。

我对方案非常满意,只给李金霞提了两条小建议:一是方案标题修改为《浙江绍兴阮社酒弄堂章氏古民居修复设计方案》,二是在文本前面配上酒弄堂原貌和池湾的老照片。我把修改意见和这两张照片发给了李金霞,叫她调整一下做成正式文本,报马国湘董事长审定。

泗州戏剧院那里的演出节目也准备就绪。

宫胜春院长给我来电说:"这几出都是经典的折子戏,安排了团里最好的演员,已经复排过了,随时可以拉出来演出。"

修复工场金光荣那里也没有问题,木构件、老家具整理得井井有条,1号仓库腾出一大块空地,届时根据拍摄需要好做安排。章毓本家老房子一拆运过来,就会安排人抓紧修复。

我给李然打电话,询问他们来蚌埠拍摄的日期。

李然说:"正要给你打电话,最近正在拍摄'蛟龙号'专题片,可能要到9月下旬才能过来。"

"蛟龙号"可谓是国之重器,这个必须服从。

我说:"没问题,我们准备工作可以有时间做得更充分些。"

章毓本的小女儿章碧莹用微信给我发来了一份资料,题目是《百年风雨善元泰》,是以第一人称写的,未署名,大概是她写的。文章近三千字,信息量很大。从她阿爷章荣生写起,介绍了阮社章氏的来龙去脉,以及善元泰酒坊创立发展的经过。有些情况我在别的文章中也读到过,但她的父辈如何分家,以及一些有趣的生活细节,则是独家披露。

特别难得的是,这份资料中,除了述及众多论述绍兴黄酒史的文章中都会提到的善元泰1928年的那张著名坊单,还披露了她家中保存的另一张1932年由开设在上海抛球场善元泰绍兴酒栈制作的坊单,并附有这张坊单的照片。

我以这份资料为基础,结合几次同章毓本老伯接触交谈了解到的情况,以及阅读收集到的相关书籍资料,大致弄清了绍兴酒的历史和酒弄堂的前世今生。

绍兴酒的历史源远流长。长到什么时候?距今七千多年的河姆渡原始氏族社会遗址,不仅出土了大量稻谷堆积层——稻米是酿酒必不可少的主要原料,而且还有大量陶器。其中一种被称为"盉"的陶器,被认为是一种酒具,因为它同后来商周时代的青铜器"盉"形制相仿,如出一辙。专家据此推论:"早在七千多年前,绍兴地区已有最初的米酒酿造,是完全可能的。"

绍兴酒有文字记载的历史是可以追溯到春秋战国时期。《吴越春秋》《国语》《吕氏春秋》等古籍记载吴越争霸、越王句践"逆袭"复国的故事,一个"酒"字贯穿其间。

周敬王二十八年(前492),越王句践伐吴兵败,屈辱求和,俯首称臣,动身携夫人和大夫范蠡入吴为奴。《吴越春秋》载:"越王句践五月五日,与大夫范蠡入臣于吴,群臣皆送之浙江之上,临水祖道,军阵固陵。"此一去风高浪恶、生死未卜,大夫文种上前敬酒:"君臣生离,感动上苍。众夫哀愁,莫不感伤。臣请荐脯,行酒二觞。"越王"仰天太息,举杯垂涕,默无所言"。一壶送别酒,斟满了越国君臣国破家亡的切肤之痛和无限感伤。

句践在吴三年,受尽耻辱。归越后,卧薪尝胆,发愤图强,十年生聚,十年教训。《国语·越语》载,为奖励生育,增强国力,越王出台了系列政策,其中一项明确规定:"生丈夫(男子),二壶酒,一犬;生女子,二壶酒,一豚。"酒成为鼓励百姓添丁增口的重要奖品,也是"壶酒兴邦"的生动体现。

周元王四年(前473),国力强盛的越国兴师伐吴。在一条小河边,父老呈上一箪酒为越王壮行。句践令部下将这一箪酒倒入小河的上游,与全军将士迎流共饮,士气大振。结果一战平吴,继而称霸中原。这条见证越国将士誓师出征的小河,被后人叫作投醪河,也称箪醪河、劳师泽,至今犹存,位于绍兴市区解放南路鲍家桥东。在绍兴柯岩风景区中,还有"投醪劳师"群雕。

句践倒入河里的"醪",是稻米酿造的带糟的浊酒,与后来的绍兴黄酒有所不同。不过,由此可见,酒与当时的政治、军事、文化活动已密不可分。

绍兴酒在东汉和两晋时期有一个大发展,这同鉴湖的形成以及晋室南迁有关。

美丽的鉴湖,并不是天然湖泊,而是古代一项重大水利工程的成果。东汉永和五年(140),水利专家马臻调任会稽太守。为根治水患,他详加考察,制定规划,以工代赈,发动民众筑堤围湖。湖堤长一百三十里,湖岸周长三百多里,并蓄引会稽山麓三十六条清冽的山泉溪流入内,形成数百平方公里的浩渺水面。鉴湖的建成,使会稽山北平原九千多公顷的土地成为旱涝保收的良田,不仅促进了当地以稻米生产为主的农业迅猛发展,也为绍兴酒的酿造提供了极为难得的优质水源。

晋室南迁,再一次为绍兴酒的发展创造了机遇。魏晋之际,宫廷斗争激烈,社会动荡不宁,处于乱世的文人名士往往纵酒佯狂以自保。著名的"竹林七贤"便是如此。《世说新语》记载:"七人常集于竹林之下,肆意酣畅。"西晋灭亡后,晋元帝建立东晋,定都建康(今江苏南京)。晋元帝听从臣子建议,选任百余名北方名士入朝做官,大批北方名士渡江南来。原来受到冷落、报国无门的南方名士也有了进阶上升的机会,逐渐归附。中央政权南移,促进了江南的经济文化加快发展。北方名士带来的纵酒之风,不仅使绍兴酒业又一次站在"风口"上,也使名士麇集的会稽,饮酒之风随之大盛。

最有名的当然是王羲之的"兰亭会"了。

晋永和九年(353)三月初三,王羲之邀集谢安、孙绰等四十一位名士,在会稽山阴兰亭行"修禊事"。所谓修禊,是古代一种民俗,就是于农历三月上旬巳日,到水边嬉游采兰,以驱除不祥。暮春三月,惠风和畅,众人列坐溪边,曲水流觞,把酒赋诗,推杯换盏之间,吟成三十七篇,汇成《兰亭集》。王羲之趁着酒兴,欣然挥毫为之书写序文,留下了被后人称为"天下第一行书"的《兰亭集序》和"曲水流觞"的千古佳话。

唐以降,绍兴酒业全面发展。宋朝酒税成为朝廷财政收入的重要来源,官府鼓励发展酒业。绍兴不仅酒坊、酒家遍布,而且酒的品种、名称也不断增加。明中叶以后,陆续出现大的酿酒作坊,绍兴酒的生产规模、质量品种、行销手段都上了新的台阶。

至清初,"越酒行天下",绍兴酒的销售已遍及全国各地。随着酒业的迅猛发展,一批知名的酒坊崛起。东浦、湖塘、阮社被称为绍兴的三大酒乡,东浦有王宝和、沈永和、云集,湖塘有叶万源、章万润,阮社有章东明、善元泰,等等。

"云集"即东浦人周佳木于乾隆年间创建的周云集酒坊。清末,周氏第五代传人周清创建周云集贞记酒坊。周清是一位学者型的酿酒师,著有《绍兴酒酿造法之研究》。1915年,他将本坊精心酿造的绍兴黄酒送往美国旧金山,参加巴拿马太平洋万国博览会,一举获得金奖。绍兴酒从此扬名四海。

阮社位于鉴湖弯曲处,这里的湖水清纯,软硬度适中,最宜酿酒。阮社许多人家自古以酿酒为业,村中酒坊林立,其中章东明和善元泰是最大的两家酒坊,又以章东明酒坊规模、产量、行销网络拔得头筹,名气最大。

章东明酒坊和善元泰酒坊系出同源。章氏酒业由章兆良于乾隆年间开创。之所以命名为章东明酒坊,据说同酿酒的一道重要工序——开耙有关。

开耙是绍兴黄酒酿造过程中一个重要环节。酿酒原料落缸经过一段时间发酵后,必须适时开耙,也就是经验丰富的酿酒技师将木耙伸入缸内进行搅拌,以调节醪液温度,融入新鲜空气,增加酵母活力。开耙时间、操作方法须根据气温、品温、米质、淋饭和麦曲质量的不同,灵活掌握,从而使醪液的各项化学反应顺利进行,有效协调糖化和发酵的平衡。这是很难掌握的一项关键性技术,一旦操作不当,所酿之酒就达不到佳酿标准,甚至失败。

章家酿酒开耙时间的掌握,有独到之处。根据经验比较,以东方天明、太阳升起时开耙为最佳,故将开耙时间锁定在这一时辰,这也是"章东明"酒坊之名的来历。

章兆良生三子:长子梦庚,字便叫东明;次子梦书,字丹一;三子梦龄,字渭山。章毓本是渭山之后。

渭山以家族产业为背景,另辟蹊径,创立善元泰酒坊。至渭山子文鸿,已积累相当资金,遂考虑购地置业,扩展业务。几经考察,买下了池湾东岸酒弄堂两边的两栋石铺墙大宅。长达近百米的酒弄堂,除了南侧靠近池湾的一栋司马第,两侧的老宅尽归章家所有。自此,盖有善元泰酒坊印记的一坛坛老酒,肩挑车推,运出酒弄堂的深巷,在池湾装船,出官塘,过鉴湖古纤道,经杭州大运河,行销四方。

关于酒弄堂的名称,去章家走访时,章碧莹给我介绍过,她说:

"酒弄堂原来叫沟弄堂,因为弄堂石板地下面有一条排水大沟。后来善元泰酒坊名气大了,加上绍兴闲话沟和酒讲起来差不多,乡亲们就叫酒弄堂了。到我阿爷出生时,善元泰酒坊越来越大,名气快要赶上章东明酒坊了。"

章碧莹的阿爷,也就是章毓本的父亲章荣生,兄弟四人,排行第三。自渭山起,至章荣生已是第四代。善元泰酒坊经几代人苦心经营,声誉日隆,产销两旺。所酿黄酒名称有花雕、善酿、竹青等,远销京、津、沪、杭等地,海外侨商也纷纷订购。还在上海、杭州等地设立了善元泰分号,以满足市场需求。章荣生很快成为家中事业的得力帮手。

"树大分枝。"及至章荣生娶妻并诞下长女,其父章廷淦考虑到家中人丁兴旺,便给他们兄弟分了家。章荣生二哥早逝,酒弄堂北侧的二板石销墙宅院分给了长子和四子,章荣生则分得南侧的三板石销墙宅院和位于上海抛球场的"善元泰绍酒栈",实际上将家族的经营重担托付给了章荣生。

章毓本谈起父亲章荣生十分自豪。章荣生出生于清光绪二十八年(1902),聪明能干,兢兢业业,不辞辛劳,经常上海、绍兴两头跑,将两地的酒栈业务搞得风生水起,生意越做越好、越做越大。不久,章荣生又买下了酒弄堂南侧西头靠近池湾的那栋司马第。至此,整条酒弄堂的宅第物业均归章家所有。

"这司马第是四板石销墙,原来主人是做大官的。"章毓本说。

我问章毓本:"石销墙有二板的,也有三板、四板的,有什么讲究吗?"

章毓本说:"当然有!酒弄堂南侧是三板、四板石销墙,北侧是二板石销墙。江南雨水多,石销墙坚固防潮,又能防止过往板车不小心刮擦撞击。石销板砌墙裙的,都是非富即贵的有钱人家,二板是做生意的,三板、四板则是当官的人家。块数越多,官阶越高。这座司马第,主人进京赶考,高中皇榜,后来官做到司马,在乡里很风光的。后来不知怎么家道败落了,这栋老宅被我爸爸买了下来。听我爸爸说,当时司马第的台门很漂亮,房梁上还挂着两只褪了色的放皇榜时的大红灯笼。"

章荣生把买下的司马第修缮并同前面的宅子打通连接在一起。司马第住人,前面的全部用作酿酒、储酒。后来,随着业务扩展,章荣生又租用了阮社百罗泾一栋将近四千平方米的宅院,生产规模进一步扩大。

章毓本说,他父亲虽然是大老板了,仍然十分节俭。上海酒栈位于市中心热闹地段,生意好,经常忙到很晚才关门,章荣生肚子饿了,就扒几口白饭,一碗蛋炒饭也舍不得吃。

章毓本回忆说:"有一回,酿酒用的一大锅糯米饭蒸好了,香喷喷的,我刚好肚皮饿,想吃一碗,工人就跟我爸爸说了,爸爸走到我跟前,眼睛一瞪,说,勿要讲啥个糯米饭！吓得我闲话也不敢讲,扭转屁股就躲开了。"

章荣生克勤克俭,生活简朴,却乐善好施。他捐资修桥铺路,资助困难村民,是遐迩闻名的开明绅士。他挑起家业大梁之后,人们习惯称他"荣生店王"。平时谁家有困难,只要跟"荣生店王"去说,他必定伸出援手。有一户村民家境贫困,老人过世无钱置办棺木安葬,章荣生得悉后,主动出资帮助买了棺木。有一户人家失火房子烧毁,一家老小无处安身,章荣生立刻吩咐手下人腾出房间,请他们过来暂住。

章毓本说:"啥人家小囡被蛇、狗咬伤了,或者天热中暑、拉肚皮,来我们家拿药材,是司空见惯的。"

章碧莹补充说:"有一天,一个外省市的陌生男人寻上门来,见到我阿爷,扑通一声跪下就磕头,说是来感谢我阿爷当年资助之恩。阿爷已不认得他,也想不起辰光帮过他。受我阿爷资助或者救济过的人,数不胜数。阿爷在乡里乡外留下很好的口碑。"

多年以后,"文革"风暴来袭,章荣生作为曾经富甲一方的酒坊老板,不可避免地受到冲击,部分房产和珍藏多年的陈酿被抄没。但得益于早年的善行义举和良好口碑,曾经的"荣生店王",没有被"革命激情"高涨的红卫兵小将"狠批恶斗"。令人啼笑皆非和颇具戏剧性的是,从章家"私藏"的"罪证"里,竟然发现了中国绍兴黄酒发展史上一个极其重要的实证!

事情是这样的:"破四旧"的狂飙骤起,一群"革命小将"冲进酒弄堂抄家。早已卸去"荣生店王"光环的章家,屋中陈设与阮社其他村民家中大同小异,看不出有什么剥削阶级"腐朽生活"的痕迹。令"革命小将"意外的是,在章家从前储酒的作坊老宅里,发现了一排排堆放整齐、泥封完好的老酒坛。一问,答是老底子留下来的陈年花雕——善元泰最行俏的拳头产品!一清点,有七十多坛。这可是了不得的"战果"!

"革命小将"牵着年迈花甲的章荣生,抬着两坛花雕酒,象征性地"游街"一圈,便草草收场。章荣生有惊无险,平安无事回到家里。

数十年前出产的陈年花雕,引起了轰动。有关部门闻讯,立即派人赶来察看。他们好奇地打开一坛老酒的封泥,顿时酒香扑鼻,令人未饮先醉。泥封里飘落下一张纸色发黄的坊单。所谓坊单,类似于今日之产品说明书。捡起一看,众人惊呆了:坊单的落款是"民国戊辰年正月"。也就是说,这批花雕酒是1928年正月生产的,是四十年的陈酿!

坊单文字系木刻影印,繁体竖排,无标点,三百多字,可以说是一份极简"绍酒史",也是一份诚意满满的"质保书"。坊单云:

  浙江绍兴自马、汤二先贤续大禹未竟之功,建堤、塘、堰、坝,壅海水在三江大闸之外,导青田鉴湖于五湖三径之内,用斯水而酿黄酒,世称独步,实赖水利之功。近今酒税,绍兴独重,比较别处,数逾五倍。有避重税之酿商,迁酿坊于苏,属仿造绍酒,充盈于市。质式与绍酿无异,惟饮后常渴,由于水利非宜。更有唯利是图之售商,售仿绍则利重,售绍酿则利轻,每使陶、李之雅士,有难购真货之势。本坊章鸿记,在绍兴阮杜,自清初创始坊址,逐渐扩充酿缸,随时增设陈酒,按年贮存。世业斯,未便更易。明知利薄,欲罢不能。幸承京津各埠大商,暨东西各国侨商,不计重税,委为定酿,预订远年,直觉争先恐后。本主人惟有自加勉励,将向售之远年花雕、真陈善酿、加料京庄、竹青陈酒,精益求精,以副雅望。恐被仿冒不明,坛外特盖用月泉小印泥盖,内并封入此单,务请大雅君子购时认明,庶不致误。

  民国戊辰年正月□日本坊章鸿记主人谨述。

  酒的优劣评价标准,是超越政治的。黄酒是绍兴人的骄傲,也是绍兴人的最爱。动乱年代偶然发现的二十世纪二十年代酿制的黄酒和这张珍贵的坊单,被悉心保存下来。改革开放之后,新建的绍兴中国黄酒博物馆收藏并在专柜展陈了这张坊单和一坛泥封完好的花雕酒。这坛酒成为现存最早的黄酒实物,这张坊单的精彩描述,也为各种研究绍兴黄酒史的著作和资料所引用。

  尤为难得的是,章碧莹发给我的资料中,还附有章毓本保存的另一张1932年的坊单。这张坊单的文字也是木刻影印,繁体竖排,有句读,字数与1928年坊单相仿。落款为"民国壬申年正月阮社章荣生酒坊谨启",并注明"发行所开设上海抛球场善元泰绍酒栈",表明是上海酒栈所产老酒专用。内容如下:

  窃本坊章荣生,创设浙绍阮社,专造花雕绍酒,精制玫瑰药烧,始业于兹,二百余年,世界传名,亿千万里。得天地之精华,成秘传之制造,所以中外群称,官商共赏也。盖镜水发源于稽山,波芬漱馥;金坛运来之糯米,粒大性粘。取之于湖心,既清又冽;舂之于佣手,极熟且精。冬蒸是酿,春社生香。天神地祇,供献得偕乎鼎俎;嘉宾上客,酬酢可用于坫坛。无如绍地酒税重加,酿商大困。于是贪利之徒,纷迁苏地。仿造绍酿,不顾祖宗之世业;意图射利,自甘国货之摧残。水地不相宜,饮后必渴;目珠之淆混,为害实多。不得已,以定力而支持,允乎众望。某在斯,夫谁敢欺罔!有美必彰,坐花醉月,助太白之诗才;骑马乘船,快贺监之雅兴。冠阮社名以分辨别,使本坊酒格外显扬。小引一张,包藏坛口,字纸请莫抛弃,荣生二字,传播人心。醇醪赐顾,尚祈垂鉴焉。

两张坊单限于篇幅,每张仅三百多字,但信息量都很大。一是强调绍兴酒好,主要是取用了源远流长、波芬漱馥的鉴湖水,"实赖水利之功"。二是透露了酒税之重。二十世纪二十年代末至三十年代初,正值军阀连年混战、社会动荡、民生艰难之际,1931年"九一八"事变爆发,日寇侵占东北,民族处于危亡关头。坊单云:"近今酒税,绍兴独重,比较别处,数逾五倍。""无如绍地酒税重加,酿商大困。"三是市场上充斥"饮后常渴"的"仿绍酒",甚至"为害实多"的假冒伪劣酒。坊单提到其原委,既有酿商为避重税而无奈为之,亦有唯利是图者见利忘义,"自甘国货之摧残"。四是表明本酒坊将自加勉励,保持定力,精益求精,允孚众望。并提醒客户"购时认明,庶不致误"。

两张坊单堪称姊妹篇,内容相似,侧重点稍有不同。面对本埠及周边地区客户为主的1928年坊单,侧重强调本坊系出正宗,"世称独步",谨防假冒。而上海酒栈面对的是"十里洋场""远东都市"的高端人群,故1932年坊单,起首便点出产品为"专造""精致""世界传名,亿千万里""中外群称,官商共赏"。该坊单文辞典雅,通篇排比对仗,广告意味更浓一些。

两张坊单还有一个细节值得注意:阮社坊单落款笼统称"本坊章鸿记主人",而上海酒栈坊单则署名"阮社章荣生酒坊谨记",表明上海酒栈则已完全由章荣生独立操盘经营了。

新中国成立后,国家对黄酒事业十分重视。周恩来总理曾批示拨款修建绍兴酒中央仓库扩大生产,改革开放总设计师邓小平爱喝绍兴黄酒,江泽民总书记视察绍兴黄酒集团公司嘱咐说:

"中国黄酒天下一绝,这种酿造技术是前辈留下来的宝贵财富,要好好保护,防止被窃取仿制。"

我特地去了一趟位于绍兴越城区的中国黄酒博物馆。站在九十年前的坊单和酒坛前,一幕幕精彩的画面从我脑海里闪过:越王句践投醪劳师雪耻复国,太守马臻围筑鉴湖泽被千秋,两阮斗酒赢得籍咸桥,王羲之曲水流觞书写天下第一行书,贺知章金龟换酒会李白,陆游沈园题壁留下"黄縢酒、红酥手"的千古绝唱,乃至绍兴黄酒成为国宴专用酒……我深深感到,绍兴酒文化博大精深。也不由得慨叹,阮社章氏于中国黄酒事业贡献甚巨。

说起阮社章氏,还有值得称道的一篇堪与《颜氏家训》媲美的《章氏家训》。

阮社章氏奉唐五代章仔钧为先祖。章仔钧浦城(今福建南平浦城县)人,年逾四十不仕,晦迹乡里。后为闽王王审知所用,奏请朝廷封为高州刺史、检校太傅、西北行营招讨制置使,领兵屯戍浦城,保境安民,百姓称颂。逝后赠金紫光禄大夫、武宁郡开国伯。宋庆历初追封琅琊王,谥忠宪。正室练夫人封渤海郡君贤德一品夫人,宋追封越国夫人。章仔钧夫妇事迹不见于正史,但在民间影响甚大。《章氏家训》称《太傅仔钧公家训》,千百年来,广为流传。直至当今,中央和有的地方纪检监察部门,将其推荐或直接推送,作为党风廉政教育的参考资料:

传家两字,曰耕与读。兴家两字,曰俭与勤。安家两字,曰让与忍。防家两字,曰盗与奸。亡家两字,曰嫖与赌。败家两字,曰暴与凶。休存猜忌之心,休听离间之语,休作愤激之事,休专公共之利。吃紧在尽本求实,切要在潜消未形。子孙不患少,而患不才。产业不患贫,而患非正。筋力不患衰,而患无志。交游不患寡,而患从邪。不肖子孙,眼底无几句诗书,胸中无一段道理,神昏如醉,体懒如瘫,意纵如狂,行卑如丐。败祖宗之成业,辱父母之家声。乡党为之羞,妻妾为之泣。岂可入我祠而祀我茔乎?岂可立于世而名人类乎哉?戒石具左,朝夕诵思。

各地流传的《章氏家训》,版本略有不同。安徽绩溪《章氏家训》有两句为它本所无:"职所当为必竭其力,思不出位无贰尔心。"章东明酒坊也好,善元泰酒坊也好,尽职尽力、讲求信誉,不正是阮社章氏酒业得以成功的秘诀所在吗?

2017年9月12日下午,李然约我开了一次电话会议,我把相关准备工作向他做了详细介绍,他很满意,商定下旬摄制组来蚌埠园区拍片。

9月22日下午,李然率摄制组三人和主持人安娜乘高铁抵蚌。到了园区,安娜一下车,看见等候在旁的徐琍,立即叫了一声:"干妈!"二人又开心地拥抱。

下午5点多,章毓本和他的两个女儿、小外孙女在骆燕军和陈建苗陪同下,从绍兴乘高铁来到园区。

按照拍摄计划,摄制组日夜赶工,前后四天,多角度拍摄了园区规划建设和仓库储放、修复古民居的场景,特邀采访了已由蚌埠市委常委、宣传部部长转任市政协副主席的王勇勇,以及清华大学建筑学院副教授罗德胤。

拍摄古戏台剧坊演出桥段那天,恰逢一夜暴雨,蚌埠新区主干道东海大道被淹,车辆无法通行。泗州戏剧院宫胜春院长带着演出团队,坐车绕道冒雨蹚水来到园区。经开区管委会组织的观众,也乘坐大巴及时赶到并入座。

铿锵锣鼓声中,英姿飒爽的杨八姐精彩亮相,赢来阵阵喝彩和掌声。古戏台剧坊的这段精彩演出,被摄制组作为压轴戏,剪辑在《给老宅安个家》的片尾。

摄制组重点拍摄采访了马国湘。戴着安全帽的马国湘回答安娜的一番话,既是他多年来投身这番事业的初心,也是协助央视拍摄制作这部专题片的宗旨。

马国湘说:"我生长在农村,对这些老房子非常敬畏,它们就像我的长辈,不抢救收藏,就永远失去了,令人非常非常心疼!古民居承载着乡愁,我们只是做了一点儿工作。希望更多的人来做抢救保护这些即将消失的古民居的工作,留住乡愁,让传统民居这一灿烂的文化更好地传承下去!"

酒弄堂复建奠基仪式的拍摄,是在章毓本一家抵达蚌埠的第二天上午进行的。

酒弄堂的建设用地安排在紫薇长廊南侧的古民居专题文化景点地块,位于已初步建成的闽南古村落景点西侧。现场已做好布置,范为民安排工程部将地块做了平整,并且铺上了一层小石子。地块中间用黄沙堆了一个沙坑,黑底金字大理石奠基碑竖立在沙坑中央,周边插着三把系着红绸的铁锹。现场还安放了一块介绍项目的展板,上面有酒弄堂、池湾的老照片和修复后的章家老宅平面图、效果图,以及我拟写的简介。

晴空万里,翠色满园。早晨的阳光已经有点晃眼,但还不算太热。摄制组选好了机位,马国湘和我们参加奠基仪式的相关人员已经来到现场,十多位穿着蓝色工装、戴着红色安全帽的工人站成一排。司机郭锦超开着考斯特把章毓本一家和安娜接了过来。车门一开,马国湘立即上前搀扶着章毓本老伯下车。章毓本穿着一条蓝裤和长袖白衬衫,精神矍铄。两个女儿没有特别打扮,小外孙女穿着一件花衣服,扎着两根小辫子,十分可爱。安娜依旧是满头金发、一袭红衣。

9时正,主持人宣布奠基仪式正式开始,我上前简要介绍了项目情况,随后,马国湘搀着章毓本的手,我也陪着,一起走到沙坑前,挥锹铲沙,为酒弄堂老宅复建奠基。此刻,两名工人点燃了不远处的鞭炮,"噼噼啪啪",烟雾升腾,气氛热烈。

简短的奠基仪式结束后,马国湘和安娜陪同章毓本一家到主湖心岛参观已经搭建好的一栋栋古民居。走进一栋雕梁画栋的徽州民居,章毓本禁不住"啧啧"赞叹。

安娜问他说:"老伯,刚才我们参加奠基仪式时,我看到您流泪了。"

"我是高兴啊,高兴得流泪!这么热闹的场面,从来没有遇到过,这是第一次。大家这么尊重我,感到非常高兴。"章毓本说着,双眼再次闪着激动的泪光。

顿了顿,他又说:"我们家的老宅已经拆掉了,我们家从前有许多故事,为绍兴的黄酒发展做出过贡献。我们的老宅搬到安徽来了,也要把绍兴的酒文化在这里展示,让大家看到绍兴酿酒人的美德和绍兴酒乡的美丽。"

2017年12月14日,长达半小时的《给老宅安个家》专题片,在CCTV-4《走遍中国》栏目播出。

第二节 两岸一"家"

公司抢救收藏的众多浙江民居中,被称作"宁波大宅门"的宝经堂的前世今生,原屋主一家人分隔海峡两岸、悲欢离合的经历,堪称传奇。

宝经堂原建于宁波市鄞州区姜山镇侯家村,我是到蚌埠工作后的第二年去考察抢救下来的。

姜山镇地处水网纵横的宁绍平原南隅。一马平川的绿野中,有几座孤零零的山丘,其中最矮的一座,便是姜山,仅三四十米高。因山的形状像一块烧菜用的老姜,因此当地人就叫它姜山。这座山另外还有一个威猛的名字,叫狮山,因为从不同角度看,像一头卧伏的雄狮。不过,也许姜山这名字接地气、流传广,它的学名还是叫姜山。小镇依山得名,就叫姜山镇,侯家村是姜山镇的一个古村落。

2013年国庆节后,我约了王龙带着摄制小组一起去宁波,我提前一天先去。10月20日上午,我乘坐G7505次高铁到宁波东站下,骆燕军和陈建苗一起来接。王龙他们要次日中午到,小骆便安排我先去相邻的井亭村考察,那里是鄞州区土地综合整治示范点,也有不少古民居要拆迁。

车在村口停下。平整的水泥道伸向村中,一座新建的四柱三门牌楼横跨道上。牌楼横枋有彩绘,门额蓝底金字,隶书刻写"井亭村"三个大字。路边竖立着一块姜山镇人民政府2010年3月发布的《井亭村土地综合整治项目情况》公示牌,上面有项目情况介绍:

> 姜山镇围绕加快新农村建设,推进镇村一体发展的总体目标,以土地综合整治为着力点和突破口,探索创新农村土地使用制度改革,推进农村人口居住聚集,实现农业转型发展。姜山镇井亭村作为区土地综合整治项目的示范点,庙前、邬家、程后岩、后百丈四个自然村拆除总户数390户,居住面积4万平方米左右,新建小区107579平方米,住宅面积76170平方米,居住套型面积50平方米—110平方米不等共891套。

公示牌上还有规划图、新旧村貌对比图等。从规划图看,井亭村四个自然村390户人家分散在十多个宅基地上,新建小区位于井亭村南面,规划建设用地大致相当于原村民居住用地的三分之一。改造后,原来分散的宅基地将全部退耕还田。

穿过牌楼,一个新型的住宅小区已拔地而起。楼高十层,有安装好移窗的宽阔阳台和统一设置的空调架。施工的围挡扣板和部分脚手架还没有拆除,但外墙已经粉刷一新,高楼底部一、二层和阳台刷成棕褐色,三层以上为常见的老黄色,在九九艳阳的照耀下,显得格外明丽和富有立体感。两年前公示牌上的效果图,已变成实景,这里应该就是井亭村村民将要入住的新家园了。

走进井亭村旧村落,感觉就像电影镜头切换太快,眼前突然呈现出与刚才高铁窗外的诗画江南截然不同的画面,一下子有点难以适应:杂乱无章的陈旧民房已人去楼空,整个村子见不到一个人影。有的房屋门窗已被拆除,瓦片也被揭掉,剩下断壁残垣和残破的屋架。一栋看上去还算完好的平房墙壁上,贴着一张一年前的公告:

各位村民:

经宁波市鄞州区XX房地产估价有限公司对本村所有房屋建筑面积及装潢的评估,并通过村新村办初步核查,现公告如下,请全体村民对核实表仔细核对。如有差错,请到村办公室进行核实说明。

特此公告!

井亭村新村建设办公室
2012年10月10日

看来,井亭村的动迁工作早已结束,只待将空房子推倒拆平,退耕还田了。

看得出,井亭村原本是一个家家临水、户户枕河的水乡。一条七八米宽的小河穿村而过,河两侧的岸墙,用石块垒砌,每隔数米,就有一个水埠头。通向水面的条石阶梯,歪歪斜斜,早已废弃。河水浑浊,水面上漂浮着一些枯枝败叶、废弃塑料袋,还有村民搬家时丢弃的破衣烂衫。井亭村的古村落风貌,早已荡然无存,彻底清零。

骆燕军和陈建苗领着我在空荡荡的村子里兜了几圈,没有见到什么有特色的古民居。倒是有几排一字形长屋,令我觉得新奇。

所谓一字形长屋,就是无前厅后堂、天井庭院的单排民居。这种一字形长屋在浙南温州、永嘉一带比较常见,面宽少则七开间,多则有十五开间。

眼前的这排长屋二层,面宽七开间,底层面墙下部是半人高的石砌裙墙,上部和二楼则全用木板隔断。门前长廊同门面一般阔,自二楼窗下伸出披檐,檐口有一人半高,圆形廊柱支撑,立于鼓形柱础之上。门廊也有三步进深,显得十分高敞。简洁的人字坡屋顶和廊檐均盖小青瓦,东西两侧山墙和后墙用青砖砌成一顺一丁清水空斗墙。

我们推开一扇虚掩的门,走进屋里,里面黑洞洞的,空空如也。我抬头看看这栋老宅的梁柱构架,觉得它与别处所见的古民居明显不同的是,整个建筑内外除木窗有斜格花式,其余木构、石材、墙砖,一点雕刻装饰也没有。退出门外,我打量着这栋墙面暗黑、木构表面已有些风化的长屋,心中有些疑惑:住宅外墙讲究坚固和私密,这排长屋何以用木板做面墙?这是一栋大宅的厢房还是原本如此?

骆燕军说:"这样的房子做老街的门面房,蛮适用的。"

我摸了摸表面风化朽烂的廊柱,说:"这些木料拆下来,有用处的不多了。"

井亭村之行收获不大,临走之前,我把村口牌楼旁的公示牌和规划图一一拍照留存备用。

望着眼前的规划图,我突然若有所悟:局外人包括一些专家,对新农村建设过程中,农民集中搬入城市化的住宅小区颇有微词。其实,通过农村土地综合整治,改善了村民的居住条件,增加了耕地面积,还要通过环境治理还大地以绿水青山,这是一举三得的利国利民德政。居住空间的变化,是中国社会转型、民众生活方式转变的一个显著标志。中国人口众多,要守住18亿亩耕地的红线,无论是眼下为之奋斗的小康社会,还是将来建成现代化的社会主义强国,都不可能家家住别墅、户户有庭院呀!

第二天中午,王龙带着姚惟聪、高琪、陈中博三个助手扛着摄影器材赶到。一起吃了午饭,我们直奔侯家村。一条宽阔的绿化带,把水泥车道一分为二,绿化带中竖着一块"侯家村"指示牌,旁边还有一块"平安农机"示范村的牌子。车道一侧是新建不久的楼房,另一侧也就是村牌指向侯家村的一侧,是正在动迁的旧区。

村口没有看到像井亭村那样的土地综合整治项目情况公示牌和规划图,也许这里动迁工作启动得比井亭村要晚些,村子里还有一些人住着。看上去传统民居也比井亭村要多些,但是许多腾空的房子已经在拆除。

我们下车往村中走,在一栋与井亭村一字形长屋类似的老宅前,我停了下来。这排老宅檐廊全部用砖块砌成墙头,走廊变成了披屋。两侧山墙不是简洁的人字墙,而是马头墙,主墙三级,廊檐也有两小级,共有五级,颇有气势。难道浙东也有浙南类似的一字形长屋?

走了一段路,又看到一排正在拆迁的类似长屋,也是二层,七开间面宽,有檐廊,檐廊前有刚被拆毁的残存围墙和一扇门楼。我近前看,这是一座屋宇式门楼,位于长屋东侧,石库门框,门旁还有一扇石框小窗。门关着,门前和残存的围墙前,堆满了拆下的砖块和揭下的青瓦。

无法从大门进入屋内,我绕着屋子走了一圈,原来后面还有一排房屋,迎面所见长屋,是前屋。前后屋之间,有一扇开着的边门,跨过碎砖瓦砾,走进边门,是后屋的檐廊和狭长的院落。后屋也是七开间,二层,两侧有过街楼连接。穿过前屋,进大门也是一个狭长的天井。这才看明白,原来这是一栋面宽七间、三进两院的四合院。前后屋内墙底部均是石砌裙墙,上部则全用木板隔断。

我想,前面看到的马头墙长屋,以及昨天在井亭村所见一字形长屋,可能也是残存的四合院的前屋或后屋局部,而不是浙南那种富有特色的一字形长屋。

骆燕军问我说:"这栋房子比较完整,是不是收下来?"

我问他说:"有没有故事?"

骆燕军说:"这里住了好多人家,都不知道这栋房子原来的主人是谁。"

我说:"再看看,有没有更好的。"

我们继续往前走。顺着沿河房子门前窄窄的步廊,走了很长一段路,跨过一座小石桥,顿觉豁然开朗——面前是一片开阔地,一座古朴的大宅矗立在眼前。

"就是这栋房子!"骆燕军说。

我收住脚步,打量着这栋老宅。门面很宽,两边高,中间平,呈凹字形。屋门居中,为一层;两侧厢房耸起,为二层。令我颇觉意外的是两侧厢房的屋顶造型非常讲究。虽因年深日久、风雨侵蚀,东厢房屋顶已残缺不全,但西厢房屋顶基本保存完好。

我仔细打量着保存较好的西厢房:歇山重檐,屋顶正脊依厢房布局南北纵向,脊角昂起。两边垂脊呈弧形,翼然上翘。粉墙撒头,房墙均用木板围筑,中开一扇花窗。远远望去,这屋顶像一只展翅欲飞的玉燕。这种屋顶在古建筑里等级很高,一般用于宫殿、庙宇、殿堂,民房很少见。

王龙和助手架起摄像机开始拍摄。我也打开相机,拍了几张老宅全景照,又拉近镜头,拍了几张西厢房的屋顶特写。

凹寿形大门居中,门厅宽敞,三四米宽,两米进深,两根木柱撑起门廊。青砖砌墙,门槛、墙裙、地面,均用暗红色的梅雨石砌筑。大门漆成赭红色,木门框则漆成黑色。

我见王龙外景拍得差不多了,便走进大门。门口右手立着一块《重修宝经堂捐资碑》,我仔细看碑文,上面刻捐款修缮人的姓名和金额。起首的是"台湾同胞捐赠":"侯国平美金一千元,侯厚娣美金五百元,侯和平港币二千元。"接下来是"族内外人士捐赠人民币",多则一千二百元,少则一百元,达六七十人,捐款者全部姓侯,落款时间是"公元一九九七年十月"。

望着碑文,我想:这位领头捐款,且捐款最多的台胞侯国平,会不会就是老宅的原主人?

我问骆燕军:"有没有这栋房子原来主人的资料?"

骆燕军说:"村委会主任好像知道的,联系好了,我们明天去拜访他。"

跨进门厅,开阔的天井一片狼藉,废弃的坛坛罐罐、破沙发堆在一边。杂草野花顽强地从大石块的缝隙里钻出来,给破败的老宅带来一丝可怜的绿意。老宅的格局还比较完整,天井四边都有檐廊连接,东西厢房面前檐廊很长,一直通到老宅后边院墙的小门。厢房的门窗还比较完好,看得出还有人居住。

中厅三开间,中间的大堂一层,两边的房间有阁楼,并由屋面上开出天窗采光。大堂三关六扇门,中间双门对开。两边房间面墙为砖墙,但砌法不一,显然是后来改砌的。隔扇和四周廊柱均漆成绛红色,只是有一些年头了,漆水色泽暗淡。

陈建苗打开锁着的大堂门,我们走了进去。大堂的梁枋、金檩、房间隔板也都漆成绛红色。大堂的壁板安装在后中金檩以下,奇怪的是,通向后堂的壁门不是开在旁边,而是开在中间,大堂后墙也开门,原本宽大的大堂,变成了一个通道。壁门上方悬挂着堂匾,黑底金字,上书三个大字:宝经堂。

过中堂,又是一个开阔而又杂草丛生、狼藉不堪的天井。后厅的形制与前厅相仿,门窗东倒西歪,残破不全。后厅以及两侧的厢房已经没有人住了,故而更加残破。后厅的外侧还有一道高高的院墙,形成一个三步宽的小院,后院墙在东厢房走廊末端开一扇拱形小门,和外面相通。

走到拱形小门外面往里看,午后的阳光斜射进狭长的檐廊里,形成黑白相间的道道光影,令我感喟和生出无限遐想。

沿檐廊回走,我见有楼梯,便上楼察看。

"小心! 楼板已经烂掉了。"陈建苗关照说。

我踏着"咯吱咯吱"响的楼梯,小心翼翼地上到厢房二楼,里面空空如也,散发着一股霉味。

下楼回到前院天井,我见有三四间门窗紧闭着,房门上还钉着门牌号码,其中一块是"46"。

骆燕军说:"还有几户人家没有签约,他们大概又去动迁办了。这栋房子有六七十个房间,住过四五十户人家,都不是这栋老宅原主人的后人。"

王龙和他的助手已经里里外外拍了这栋老宅的许多镜头,此刻,他们已经把摄像机安放在前厅大堂门口,准备拍摄宝经堂牌匾卸放下来的镜头,这是今天拍摄的重点。

堂匾两侧分别搁着一架竹梯,两名工人穿着统一的工作服,戴着安全帽,站在一旁。

王龙一声令下:"开始!"助手开动摄像机,两名工人缓缓爬上楼梯,用力从挂钩上卸下堂匾,一格一格从竹梯上下来。堂匾很重,两名工人提着有点吃力,但摄像机正在运转,旁人无法上前帮忙。很快,两名工人提着堂匾平稳下到地面。

"停!"王龙指挥道,"接下来,拍抬着匾走出门口的镜头。"

他叫助手把摄像机移到天井里,镜头对着前厅大门,然后向两名工人示范了一下抬着堂匾走步的线路。

"开始!"

两名工人抬着堂匾,缓缓走出前厅大门。

王龙看了一下回放镜头,觉得可以,又指示助手放低摄像机镜头,叫工人抬着堂匾回到屋里重走一遍,仰拍了堂匾移出大堂的镜头。

10月22日上午,骆燕军陪我去村委会同侯洪海主任碰头。侯洪海约莫五十岁年纪,很热情。骆燕军给他递上香烟,把我介绍给他。我向他简要介绍了蚌埠古民居博览园项目的情况,一听说蚌埠,侯洪海高兴地说:

"蚌埠?我熟悉,我当兵就在蚌埠,1987年退伍的。"

我说:"噢,太巧了!蚌埠这几年变化很大,您抽空再去看看。"

侯洪海说:"前两年我还去过,蚌埠国税局的书记、市公安局的局长,我都熟悉。"

我说:"那更要去看看,会会老朋友,顺便看看我们的项目。"

侯洪海说:"没问题,动迁任务很紧,等忙过了这阵,抽空去看看。"

有了这层关系,话更好说了。侯洪海向我简要介绍了侯家村的情况,全村一百八十多户人家,大部分人家姓侯。也是一个古村落,先人是宋朝时从河南迁徙过来的。同井亭村一样,侯家村也列入土地综合整治范围,也就是村子要整体拆迁,居民全部搬入新建的居住小区,村落现有土地全部退耕还田。

侯洪海说:"村民动迁工作不大好做,像宝经堂,就还有好几户人家没谈好。"

我问道:"侯主任,给宝经堂捐款的台胞侯国平、侯和平你认识吗?"

侯洪海说:"认识,他们是兄弟,宝经堂是他们家的老宅,侯国平从台湾来了,前两天来宝经堂移祖宗牌位。"

我忙问:"他回台湾了吗?"

侯洪海说:"可能还没有,我给他打电话。"

侯洪海掏出手机,拨通了侯国平的电话:"老侯,我蚌埠的朋友要找你了解宝经堂的情况。"说着,他把手机递给我。

我接过手机说:"侯先生,我们把宝经堂老宅抢救收藏下来了,准备移到安徽蚌埠的古民居文化公园,按原样修复重建起来。听侯主任讲,这是你们家的老宅,我想拜访一下你,了解一些老宅的情况。"

"这个……"电话那头侯国平迟疑了一下,说,"我阿弟下午从台湾来,我会去机场接他,晚上我们兄弟几个碰了头再说吧。"

我把手机还给侯洪海,心想:侯国平是宝经堂的原主人,且弟兄俩都从台湾来宁波了,我觉得这是一个极为难得的机会,一定要争取采访到他们。我对侯洪海说:

"侯主任,请您帮忙,同侯国平打打招呼,无论如何给我们介绍点情况。"

侯洪海热情地说:"应该没有问题,晚上我跟他们联系。他们还有个小弟叫侯富忠,就住在宁波市区江北的小区里。"

我连声说:"谢谢!谢谢!一有消息,请立即告诉我们。"

下午,骆燕军又陪我去了宝经堂,同侯国平的一个远房亲戚碰头。他住在宝经堂前院的西厢房,对动迁安置条件不满意,一直不肯签约。他介绍说,改革开放、两岸"三通"后,侯国平兄弟回来探亲,来祖宅祭拜过祖宗,还牵头出钱修缮过老宅。市里对他们蛮重视,要他们为两岸交往多做些工作。

我问:"这栋老宅什么年代建造的,有什么资料吗?"

"这个我不大清楚,我也是后来搬进来的。"

晚上在宾馆,我不时拿起手机,看看有没有侯洪海主任发来的信息,可是直到进入梦乡,都没有相关信息来。

第二天上午,我没有安排别的事情,也没有离开宾馆,就待在客房里等消息。骆燕军告诉我说,侯主任一直在给侯国平打电话沟通。

10点多了,还没有回音。我想,台湾来的侯国平兄弟可能有些顾虑,他们一时半刻搞不明白我们抢救收藏古民居到底要干什么,电话里三言两语也说不清楚,况且我们要了解宝经堂的前世今生,不能不涉及他们家族的往事,甚至一些隐私,他们有顾虑,有戒心,也是人之常情。

我看看手表,已近11点,仍然没有消息,看来采访侯氏兄弟希望不大。我想,如果侯家兄弟不愿同我们见面,下午我就先回蚌埠。走之前,请村委会主任侯洪海吃个饭,拜托他再做做侯家兄弟的工作。

就在这时,我客房的电话响了。骆燕军打来的,他兴奋地说:"嵇总,联系好了,请我们马上到侯富忠家里去碰头。侯富忠就住在江北,开过去不远。"

"太好了!我们马上赶过去。"

骆燕军问:"王龙他们要不要一起过去录像?"

我觉得初次相识,又是去他们家里拜访,贸然扛着摄像机拍个不停,不太方便,弄不好会影响交谈。我说:

"你和建苗陪我先过去,和他们熟悉了,征得他们同意后再安排拍摄。"

骆燕军开车,循着车载导航路线,过余姚江,很快到了江北侯富忠住的小区。下了车,我见小区门口有一老者、一中年人在等人的样子,便上前招呼道:

"两位是侯先生吗?"

中年人应道:"是的,你们是……?"

骆燕军忙用绍兴话介绍说:"我们是侯洪海主任的朋友,这是嵇总。"

"侯主任来过电话了。"侯富忠说,"这是我大哥侯国平,我叫侯富忠。"

我和两位侯先生握了握手,说:"你们好!麻烦你们了。"

侯富忠说:"不客气,走,到屋里厢谈吧。"

我们跟着侯富忠进了小区。我想:侯国平老先生和侯富忠特地下楼在小区门口迎接我们,看来对我们要了解宝经堂的情况蛮重视的,至少并不反感。

走进一栋高层住宅楼,乘电梯上到五楼。侯富忠按了门铃,一位穿着背带裤的长者开门,礼貌地把我们让进屋里。

侯富忠介绍说:"这是我二哥侯和平。"

我和侯和平握了握手:"打扰你们了,听说您昨天下午刚从台湾来?"

侯和平说:"是啊,是啊,这趟是应宁波市有关方面邀请,随参访团来宁波交流访问的。"

侯国平说:"和平对情况熟悉,你要了解什么情况,可以问他。"

侯富忠家三室一厅,从家中装修摆设看,应是家境不错的工薪阶层人家。一个年轻姑娘在厨房忙着做午饭,看模样应该是侯富忠的女儿。

侯和平礼让我和他一起在客厅长沙发上坐下。他很热情爽朗,脸上总挂着笑容,说话慢声细语,带一点旦腔。

侯富忠给我们倒了茶,便去厨房帮忙。侯国平也在一旁坐下,听我和侯和平交流,不时插上一两句话。

我一边向侯氏兄弟介绍蚌埠古民居博览园项目的情况,一边把手机里的相关图片展示给他们看。最后说:

"你们家的老宅很有特色,我们一定会把它在园区修复重建起来,做成两岸文化交流基地,也是台胞之家。作为一个文化旅游景点,需要向市民和游客介绍这栋房子的背景,比如从哪里来的,是什么年代的建筑,原来的主人是谁,有什么有意思又有趣的故事,等等。所以,特别希望你们能详细给我们介绍这方面的情况。"

骆燕军说:"嵇总这次来宁波考察,恰巧你们也从台湾过来,这也是缘分。"

侯和平点点头,说:"你们这是保护中国传统文化,蛮有意思的。我把知道的情况给你们随便说说,有些事辰光长了,可能讲勿清爽。"

没想到,侯和平的"随便说说",竟是一则可以写成一台戏,或者拍成电影、电视剧的传奇——

侯家村大多数人家姓侯,是一个老祖宗传下来的。家族系出河南,北宋时,金兵侵扰,中原板荡,族人迁居山东济南。靖康之变,北宋灭亡,南宋定都杭州,侯氏族人随之南下杭州,后又徙至明州,也就是今天的宁波,在姜山定居发族。

宝经堂是在侯氏兄弟的阿爷(祖父)手里建起来的。侯氏兄弟的太公(曾祖父)生四子,阿爷是三儿子。阿爷做贩牛生意,赚了不少铜钿,也乐善好施,做过族长,在村民中蛮有威望。

说起建宝经堂,要从阿爷的一段奇遇说起。

有一天,阿爷外出贩牛,回家路上,碰到一场瓢泼大雨,风大雨猛,打伞也没有用,身上都被雨水打湿了。荒野里,有一座小庙,他就进去躲躲雨,想等雨停了再走。

庙不大,供着一尊菩萨,简陋的条案上摆放一些供果。条案上有一只三脚双耳的高脚香炉。小庙也无僧尼寄居值守,乡民有什么需要菩萨保佑的急难愁事,就自己带着香烛、供果,前来磕头祈祷。

进到庙里,阿爷收起雨伞,恰在这时,一声炸雷,震耳欲聋。阿爷吓得猛一转身,手中的雨伞骨子不小心磕碰到了高脚香炉,发出"当"的一声脆响。

惊恐的阿爷放下雨伞准备拜菩萨时,突然发觉刚才高脚香炉被雨伞把柄磕碰之处,露出金黄色的光泽。他觉得奇怪,凑前仔细看看,确是黄金颜色。阿爷不敢相信自己的眼睛,用手指撸撸高脚香炉发光之处,然后又用雨伞柄刮了一下香炉别的部位,同样也发出金黄色的光泽。阿爷意识到:这是一个金香炉!

电闪雷鸣,大雨如注。祖父望望门外,暴雨中的荒野空无一人。他又看看那只偶然被蹭出金光的金香炉,心中觉得奇怪:这里是他贩牛回家的必经之路,他也常在这座小庙里歇脚或避风雨,这个被铜绿包裹得严严实实看上去和别的庙宇里的香炉并无二致的祭器,放在菩萨面前已经很久了。是何人、何年何月、为何要把这样一个金香炉放在这个荒无人烟不起眼的小庙里?为什么这么久也不来把这么金贵的东西取走呢?阿爷惶惑地长叹一声,大清朝风雨飘摇,气数快要尽了。这年头兵荒马乱,什么稀奇古怪的事情都有可能发生呀!

阿爷想,今日无意间竟得窥金香炉的"真面目",莫不是菩萨见我侯家耕读传家、积善为乐,故意安排的吧?既然是菩萨旨意,不可违拗,不如就此把金香炉带走。转念一想,又觉得不妥,常有附近村民和过往香客前来叩拜祈福,没有香炉无法进香,得另找一只香炉把它换下来。

于是,阿爷用香灰把香炉上露出的金光遮去,给菩萨磕了三个头,乘雨势转小,匆匆离去。

第二天,阿爷到城里找到一家古董店,买了一只式样、大小相仿的铜香炉,又匆匆赶往那座小庙。去小庙的路上,阿爷心中忐忑起来,隔了一夜,金香炉还在吗?转念一想,凡事讲究个缘分,如果金香炉不见了,说明它本不该属于我们侯家,而是另有结缘之人。想到这里,阿爷也就坦然了。

来到昨日避雨的小庙,进门一看,金香炉原封不动地放在那里。阿爷忙把从古董店买来的铜香炉取出放在香案上,把金香炉的香灰倒入其中,然后把金香炉放进布袋里,擦去散落案上的香灰,给菩萨磕了三个头,千恩万谢,方才离去。

回到家里,擦去蒙在金香炉上的铜绿,全家惊呆了:一只金光闪闪的纯金香炉。虽不敢说价值连城,但这么大一块金器,肯定值很多钱。派什么用场呢?

"家里人口多,住房紧,安居才能乐业,盖栋新房吧!"太公一锤定音。

那时候,阿爷弟兄四个,加上太公和子侄辈,四代同堂,可谓人丁兴旺,原来的住房也的确很紧张,阿爷就按太公旨意盖了宝经堂这栋大宅。我们家这栋房子,是村里最大、最有气势的一栋大宅。说来令人难以置信,只用了金香炉的一只耳叶一大块金子,就把宝经堂盖起来了。

太公说:"金香炉是意外之财,除了盖宝经堂,不能再拿出去换钱派别的用场。"

听老人讲,金香炉余下的部分,盖宝经堂时被太公悄悄埋到地底下了。埋在哪里,谁也不知道,连阿爷也没让知道。

太公这么做有他的讲究。他叮嘱儿孙们说:"靠意外之财,家道兴不起来。还是要踏踏实实学一两门手艺,规规矩矩做生意,才是立身之道、齐家之本。"

我爸爸正是谨遵祖训,后来学做裁缝,成为四乡八邻交关有名气的红帮裁缝。

我们宁波地区人多地少,光靠种地,养不活一家人,要过好日脚,只有开展多种经营,有的做生意,有的学手艺。特别是鄞县、奉化,小裁缝特别多。鸦片战争之后,中国被迫"五口通商",地处东海之滨的宁波,是最早开放的城市之一,随着"西风东渐",洋人来往多,"西服东渐",许多小裁缝学做西服,形成了队伍庞大的红帮裁缝群体。

为了提高手艺,许多人到日本考察、学习,横滨、东京、神户、大阪,都有宁波裁缝。爸爸听同人说那里生意好做,也想进一步提高自己的剪裁技艺,遂决定到日本去闯闯。

爸爸去到日本,落脚在华人交关多的横滨,住在一对对中国人很友善的日本老夫妇家里。爸爸开始就在自己的出租屋里接生意,帮人家做西服,很快站稳了脚跟。慢慢地生意做开了,租了一间门面房,开了一家裁缝铺,雇了两个帮手,生意做得蛮好,赚了不少钞票。那时候,台湾在日本人的殖民统治下,两地来往的人员很多,因此爸爸也经常去台湾帮人家做洋服,在台北、新竹一带小有名气。听爸爸说,他为台湾许多大官和名人做过西装。

父母生我们兄妹四个。大哥是1938年出生,当时日寇侵略中国,国土沦丧,全国抗战,爸爸给大哥起名国平,祈愿国家太平。我是1945年生的,未满月,日本人投降,抗战胜利了,爸爸就给我起名和平。后来又生了两个孩子,老三是女孩,老四是个弟弟,就是富忠。

爸爸在日本做生意,姆妈和我们还有阿爷、阿娘(祖母),一直生活在家乡。爸爸定期寄钱回来给我们,他隔一段时间会回来探亲,一直到新中国成立。

爸爸在日本做生意好多年,认得一个日本姑娘,这个日本姑娘很细心,会照顾人,后来他们同居了。他告诉这个日本女人他在中国有老婆和孩子,但这个日本女人并不介意。1945年日本人投降之后,日本经济萧条,生意不好,爸爸觉得在日本待不下去了。1945年10月,台湾光复,爸爸便转到台湾,那里有不少他的老客户。在做户籍登记时,他如实讲了在大陆有妻子、孩子以及在日本有一同居女子的情况。

"你有两个老婆?"负责户籍登记的台湾警察白了我爸爸一眼,明确说,"中国人是一夫一妻制,不可以有两个老婆,你只能选一个。"

爸爸当然选了我姆妈,是原配夫人。后来他同日本女人也断了联系。

爸爸住在台湾新竹,照旧定期给家里寄生活费,每年也回来看阿爷、阿娘和我们母子。1949年新中国成立,国民党败退台湾,实行戒严。那时父亲正好在台湾,从此和家里断了往来和音讯。

新中国成立初期,我们家有台湾关系,日脚勿好过。一家人还住在宝经堂大宅里,但只有几间房,其他多余房子都被没收分给了别人家,宝经堂楼上楼下住了几十户人家。

我们家里老的老、小的小,日脚越来越难过,到了1957年,大哥决定带我和妹妹去台湾寻爸爸。已经二十岁的大哥很有主见,他说:

"富忠年纪太小,和姆妈留在屋里。"

开始姆妈不同意,说:"已经七八年了,你爸爸一直没有音讯,是不是还住在原来地方也勿晓得,去了寻不到,你拖着两个小鬼头哪能办?"

大哥说:"爸爸如果搬到别处去了,总归会想办法通知我们的。我们去了万一寻勿到他,大不了再想办法回来。再说,爸爸一个人在台湾,现在情况怎么样了,我们总要弄弄清爽。"

我那年十二岁,在张华山小学读书,妹妹还不到十岁,但我们两个也坚决要跟大哥去台湾寻爸爸。

姆妈见大哥说得有理,也是家里生活实在困难,拗不过我们,犹豫再三,便含泪点头答应了。

哪能去呢?大陆和台湾"三不通",人员不可以直接往来,打听下来,可以从香港过去,要到宁波市公安局申请去香港的证件。

为什么在1957年要经香港去台湾寻父?因为同当时的边境政策有关。新中国成立前后,我们宁波移居香港的人交关多,经常有那边的消息过来。到了1957年年中,有消息过来说,广东和香港沿边、沿海政策放宽了,只要有证件,可以自由去香港,许多口子都可以出去。

那一天,大哥领着我和妹妹,一大早便动身,走了很远的路,到了宁波市公安局,递交了申请表。大哥还向接待我们的民警补充说明了情况和要去台湾的理由。

接待民警看了看我大哥,又看了看我和妹妹两个小鬼头,说:"你们回去等消息吧。"

可是等啊等,一直没有消息来。大哥又跑去问,接待民警答复说:

"现在台海局势紧张,批勿下来。"

前后跑了半年多,都是这个回答。哪能办呢?想来想去,大哥想了一个主意,跑到公安局说:

"民警同志,台湾有人带信来,我爸爸死了,要去料理后事,还有一笔遗产要继承。"说完,大哥"呜呜"哭起来,哭得很伤心。

大哥并不是假哭,是真哭。他哭的是台湾去也不好,不去也不好。不去,爸爸孤身一人滞留海峡对岸,生死不明;去吧,姆妈带着小弟,还有年迈的阿爷、阿娘要照料,日子一定很艰难。

公安局也没有办法核实大哥说的父亲去世的情况是真是假,很快批了下来,同意我们兄妹三人去一个月。

家里凑了点钱,带上换身衣服,准备从广东去香港。临走前一天,姆妈搂着妹妹和我一夜没睡,也流了一夜的眼泪。不仅是担心大哥带着我们两个未成年的小鬼头,更担心千里迢迢,山高水远,在台湾的丈夫杳无音信、生死未卜,她怎么放得下心来呢?

大哥抹着眼泪安慰母亲说:"姆妈,您放心,我会带着弟弟妹妹找到爸爸,万一找不到,也会平平安安把弟弟妹妹带回到侬身边。"

为了省钱,我们坐长途汽车到广东,换了几辆车,总算到了边界。那时,经常有人偷渡到香港,我们有证件,按理可以从关卡过去,但是听人说,我们三个人,两个是未成年人,在香港虽然有亲戚,但是没有直系亲属,又是要到台湾去,很可能被拒绝入境。

怎么办呢?

边境上的人这里一群、那里一群,要去香港的人很多,有年轻人,也有拖儿带女的一家人,大多数是广东本地市、县的村民,也有不少外省市来的。大哥找当地人打听,对方说:

"关卡过不去,可以花点钱,找人帮忙偷渡过去。你们有证件,到了香港就没问题了。"

边境专门有人做帮人偷渡的生意。这天深夜,月黑风高,我们提着行李,跟着一个陌生人后面急匆匆往海边走。

陌生人关照说:"海边有民兵巡逻,有时还带着警犬。不过我们知道什么时候有空当,可以过去。万一碰到了也不要怕,他们不会抓小孩子。上面有政策,现在管得不紧了。"

海边有一大片芦苇荡,我们刚钻进去,就听到狗叫声,吓得浑身发抖,赶紧停下脚步,躲着不吱声。不一会儿,狗叫声越来越远,渐渐听不见了。

"快走!"陌生人领着,冲出芦苇荡,直奔海边,把我们送上了停在那里的一条小舢板。

船上已经有好几个人,我们一上船,船家立马把船撑开,拼命向对岸划去。海面上一片漆黑,静悄悄的,只有浪花拍打船头的"哗哗"水声。不一会儿,就划到了对岸。跳上岸,我们跟着其他人,摸黑快步往前走,看到铁丝网,有一段有个洞,就爬了过去,然后朝有亮光的地方飞奔。老天爷保佑,一路上没有碰到人。

天亮之后,我们按照地址,找到一个远房亲戚家。

"你们怎么过来了?"亲戚看见我们一大二小三个不速之客,大吃一惊。

"我们要去台湾寻爸爸。"大哥怯生生地说,他掏出公安局发的证件,"我们有证件……"

听完大哥说明情况,亲戚可怜我们,将我们安顿下来,并很快帮我们联系上了爸爸。万幸的是,爸爸在台湾的住址没变,并且一切安好。

去台湾的手续很长时间办不下来,原来两岸形势吃紧。不久,解放军炮击金门,打仗了,台湾一时过不去了。我们兄妹三人待在香港亲戚家,也不能白吃白喝,大哥就出去打零工,直到一年多之后,形势有所缓和,去台湾的手续才批下来。

爸爸帮我们买好了飞台湾的机票,我们从香港启德机场飞到台北桃源机场,爸爸来机场接我们。在接机口,我一眼认出了分别已近十年的爸爸。爸爸见到我们兄妹三人破衣烂衫、蓬头垢面,一把搂住我们,老泪纵横。

万万没想到的是,我们兄妹三个带着姆妈的万般牵挂,这一去就是整整三十年。直到大陆改革开放,1987年爸爸赶紧带着我们兄妹回到故乡。这时,阿爷、阿娘都已经去世,操劳过度的母亲,已满头白发。我们兄妹三人重新跨进宝经堂的那一刻,看到站在前院里苦苦等候着我们回家的白发苍苍的老母亲,立即一起叫了一声"姆妈"扑了上去。

姆妈望着跟在我们身后的分离四十年之久的丈夫,紧紧搂抱着一转眼走了也有三十年的我们兄妹三人,眼泪千行,差点昏倒过去……

后来,我们每年都回来,宁波市政府也经常邀请我们参加相关活动。不幸的是,我姆妈中风,卧床不起,一生操劳的她,没有享几天福。

说到这里,侯和平眼里闪着泪光……

侯和平平静的叙述,令我心有戚戚!宝经堂的前世今生,同时代风云紧密相连。侯氏一家人的悲欢离合,折射着锥心的民族伤痛,呼唤着祖国统一早日梦圆。

我问侯和平:"侯先生,您在台湾贵干?"

侯和平说:"我跟父亲学裁缝。我爸爸手艺交关好,为台湾许多名人做过西装,我也为伊拉(他们)做过。"

骆燕军称赞道:"侯先生很厉害的!"

这时侯富忠过来说:"时间不早了,吃午饭吧。"

我一看手表,已近1点,连忙对侯氏兄弟表示感谢,然后起身告辞。

侯国平说:"别走,别走,一起吃饭。"

我说:"谢谢!已经打扰你们这么久了。"

侯富忠说:"已经准备了,家常便饭。"

骆燕军说:"侯先生这么热情,嵇总就留下一起吃饭吧。"

恭敬不如从命。我和骆燕军、陈建苗上桌坐下。菜是侯富忠女儿做的,有白灼虾、青椒鱿鱼、炒青菜,还有一盘大闸蟹。

交谈中,得悉侯国平、侯和平二人很快就要回台湾,我说:"下次回宁波,请你们来蚌埠看看,宝经堂老宅拆运到蚌埠后,我们会安排工匠师傅精心修复,在园区重建起来,并且做成两岸文化交流的一个基地。落成的时候,请你们一起来剪彩。"

侯和平说:"这个交关有意义。"

我说:"老宅的故事也会陈列在展馆里,宝经堂的牌匾我们也收藏好了。"

侯和平说:"前两年我们回来,看到老房子里还挂着一块'魁元'的牌匾,现在不知道哪里去了。"

我忙问:"金榜题名的是祖上哪一位?"

侯和平说:"听老人讲过,具体哪一代,我们也搞勿清爽。"

我说:"我去过宝岛台湾,没有到新竹。下次再去,来拜访你们。"

我这样说,心中已有考虑:宝经堂这样一个规模宏大的浙东民居,侯氏一家悲欢离合的传奇故事,要做成古民居博览园有代表性的文化景点。要带着王龙摄制组,到台湾拍摄侯家人在台湾的故事。我甚至想好了这个景点的名称,就叫"两岸一'家'"。

宝经堂拆迁时,我疏忽没有叫设计师杨新明一起去现场,但他根据拆迁时的测绘草图和我提供给他的照片,很快画出了宝经堂施工图,特别是宝经堂庄重的门头和东西厢房富有特色的屋顶,完美地在图纸上呈现出来。复建的宝经堂占地面积1670平方米,建筑面积2545平方米。按照马国湘的要求,在原建筑两侧和后面,增加了辅助用房,包括厨房、餐厅和32间客房,建筑面积合计1405平方米,形成一个文化展示和民宿、美食功能完善的古民居文化景点。

宝经堂景点被安排在紫薇长廊南侧古民居专题文化景点3号地块上,与相邻的闽南古村落景点差不多同时开工复建。施工由范为民的工程部负责,工程进展很快,国庆前夕,宝经堂的屋架已全部搭建起来,接下来就是砌外墙了。

2017年9月29日,我和妻子乘飞机赴巴黎,这次是利用国庆长假,并请了十天假,赴欧洲旅游。10月16日旅游结束归来,第二天一早坐高铁回到蚌埠。处理好相关事宜,我去看宝经堂。我想,离开近二十天,外墙应该砌得差不多了吧?

到了宝经堂门前一看，我愣住了：外墙砌是砌好了，但抹上了白灰，全部刷成了粉墙。两侧外墙分成上下两部分，下部是粉墙，上部则全用木板铺砌，还开了许多窗。这种做法同宝经堂风马牛不相及，一般浙东民居外墙也没有这样的做法。

此时正好马国湘来工地，我汇报说："宝经堂外墙做错了，是不是改过来？建成以后，请老宅后人过来看，会说不像，老宅的故事就不大好讲了。"

马国湘想了一下，说："已经做好的外墙不要拆了，就在外面再加砌一道清水墙。"

我说："这个办法好！"

马国湘说："你就叫小骆抓紧找一批浙江的旧砖头来，墙也叫他派几个工人来砌，他们晓得怎么做。"

骆燕军很快运来了一批青砖，都是从老房子上拆下来的旧砖。随后带了几个工人过来，动手砌墙。

老屋两旁做民宿的辅助用房的山墙也被刷成了粉墙，骆燕军问：

"这个要不要也重新砌一下？"

我说："也做一下吧，否则一个清水墙，一个白粉墙，风格不一致，怪怪的。"

骆燕军改造外墙的同时，工程部的冉瑞中带着工人做内装。不久，恢宏古朴的宁波大宅门——宝经堂矗立在紫薇长廊前。外墙下部是条石墙裙，上部砌成一顺一丁清水墙。进大门，宽阔的天井，高敞的回廊，气势不凡。廊柱有新有旧，原屋廊柱因年深日久朽烂损毁较多，此次复建不少为新配，但也做旧如旧。柱础则均按原样配置安放，三开间的前厅，中间四扇花格木门，两边各四扇同款木门做面墙。前院两侧厢房也是同款花格木门面墙。厢房内部未做隔断，以后可用作接待和举办小型会议。东厢房布置了从仓库里挑来的古色古香的红木雕花太师椅、方桌、茶几、条案，还有一对一人高的宝瓶状的博古架。三开间的前厅，不仅未隔出厢房，后墙也未做隔断，前厅直接同宽阔的后院、未做面墙的后堂和后院两侧厢房连成一体，后院上方加盖了密封的玻璃顶棚，这样，前厅、后堂、后院及两侧厢房形成四位一体的通透空间，可以灵活地分隔布置陈展。整个建筑既保留了原有的格局韵味，又能满足作为文展场馆的功能需要。

宝经堂的牌匾一直收藏在金光荣的修复工场仓库里，现在应该择日让它归位了！

这天，木工组的王宝国安排工人将擦洗干净的牌匾送到宝经堂门外，王龙在宝经堂前院架好了摄像机，镜头斜对着大门。两个抬着牌匾的工人穿着蓝色工装——五年前，在姜山镇侯家村破败的老宅爬上扶梯卸下这块牌匾的工人，穿的就是这款蓝色工装。

"开始！"

一声令下,两个工人抬着宝经堂牌匾,缓缓跨进门楼,穿过院子,进了前厅。另有两个工人已经站在预先搭好的脚手架上,躬身将牌匾接住,抬起来,挂到指定的位置上。整个过程被摄像机完整地记录下来。

我拟写了宝经堂的建筑简介,赵子涵找了一家公司制作了木牌,挂在凹寿大门左侧墙壁上。

我里里外外、楼上楼下细细打量着完美复建的宝经堂,思量着选择一个恰当的时机,为它举行一个隆重的落成典礼。

安徽省台办已经把我们园区列为省首批"对台交流基地",并正式给我们古民居博览园授了牌。我接过铭牌时就想,等宝经堂修好了,这块牌子挂在它的门前再合适不过了。不过,我又想,举办落成典礼时,不仅"对台交流基地"挂牌,还要同时举办一两场两岸文化交流活动,比如书法展、摄影展、美术展,或者是一个什么论坛、两岸同胞的联谊活动。我甚至想,如果能把分割在海峡两岸的侯家兄弟一起请来在宝经堂相聚并参加相关活动,那就更有意义了！

机会终于来了！2019年5月5日,我在上海过完五一节假期刚回到蚌埠,正在园区筹办"国湘女子学院"的江明约我商量举办摄影展的事。他的办公室就在我的办公室斜对过,在座的有摄影家宫正、上海视觉艺术学院教授祁和亮。

江明介绍说,2019年是摄影术发明一百八十周年,和马总商定于10月份在园区举办"纪念世界摄影术发明一百八十周年暨2019摄影嘉年华"活动。不是搞一般的摄影大赛,而是利用园区的场地和场馆优势,举办一场大规模的摄影派对,有专题展、名家作品展,多项活动同时举行,邀请国内外包括港台摄影名家和其他广大摄影爱好者一起参与。

马国湘已经给我交代过此事,嘱我配合他们办好这项活动。我听说也有台湾摄影家携作品参展,便跟他们简要说了宝经堂修复情况以及侯氏家族悲欢离合的故事,建议道:

"摄影嘉年华活动期间,能不能在宝经堂举办两岸一家亲名家摄影展,同时举行对台交流基地揭牌仪式？"

江明一口答应:"完全可以,在台胞祖屋办这样一个两岸名家摄影展很有意义！"

宫正说:"10月份的摄影展,有台湾摄影大师郎静山、黄金树的作品,台湾知名摄影家林浩然也已经确定来参加活动。"

"那太好了!"我说。

江明这里商定后,我带着王鹏博专门去了一趟蚌埠市委统战部,向统战部常务副部长华如军和市台办孙晓春主任,汇报此事。

华如军听取汇报后说:"这样的安排很有意义,你们打个活动方案报告,我们向省台办也汇报一下。"

我说:"好的,我们尽快把报告送来。"

孙晓春说:"年内省台办要对挂牌单位开展活动情况做一次检查,希望这个活动能早点举办。"

华如军说:"古民居博览园是一个很好的平台,蚌埠台胞台属不少,挂牌后,市台办可以把相关活动更多地安排在园区里举行,丰富交流基地的活动,我们要不断推动两岸经济文化交流。"

活动方案的报告拟好后,我考虑带摄制组去拍侯国平、侯和平等侯家后人在台湾生活的情况。

六年前拍摄了宝经堂拆迁过程,修复重建过程也详细拍摄下来,如果两岸的侯家兄妹能来蚌埠在修复的祖宅里欢聚一堂,可以制作成一部精彩的纪实短片。我想,六年前采访侯氏兄弟,相谈甚欢,如今宝经堂完美修复,邀请他们参加落成典礼,应该会得到他们的友好回应,这也是我们六年前的承诺。

我立即叫骆燕军同侯富忠联系,并且发了几张修复好的宝经堂照片给他,让他转发给侯氏兄弟。骆燕军慎重起见,没有贸然给侯富忠打电话,而是联系上村委会主任侯洪海,请他同侯家兄弟联系。

我说:"你考虑很周到,你也邀请一下侯主任,到时候请他一起来蚌埠参加落成典礼,也顺便会会老朋友。"

不知何故,骆燕军那里迟迟没有回音来,我打电话催问,他回答说侯主任在联系。又过了几天,骆燕军来电话说:

"侯家兄弟都不来了。"

"为什么?"

"他们说不方便。"

"什么地方不方便?"

"也没说。"

"台湾的客人来不了,那么就请侯富忠一家人来。"

"我说了,侯富忠不愿意来。"顿了一下,骆燕军又说,"侯家兄弟不来,还要请侯主任来吗?"

我说:"要的,要的,你陪他一起来。"

挂断骆燕军的电话,我找出六年前采访侯家兄弟临别时留的侯家三兄弟手机号,直接给侯和平发了一条短信,希望直接和他联系。可是短信发出后,石沉大海,一直没有回复。

侯家兄弟的拒绝令我颇感意外。究竟是什么原因使得侯家兄弟不愿意来参加宝经堂祖宅复建的落成典礼呢?是寄寓台湾的侯国平、侯和平两位老人年事已高,行动不便,还是两岸关系因民进党当局倒行逆施持续恶化,有所顾虑?回头想想也是,毕竟已经过去了整整六年,出生于中国抗战之初的侯国平和抗战胜利那一年的侯和平,一个八十一岁,一个七十四岁了。俗话说:"七十不留宿,八十不留饭。"七八十岁的老人,身体再硬朗,总有不便之处;六年来,两岸关系也发生了巨大变化,民进党当局拒不承认"九二共识",挟洋自重,导致两岸关系不断恶化,这也不能不给秉持"两岸一家亲"的台湾民众的心理上投下沉重的阴影。

摄影嘉年华于 2019 年 10 月 25 日至 27 日如期举行。金秋十月,阳光明媚。近水遥山,明澈苍翠。主湖心岛上已经搭建完成的古民居,一部分作为名家摄影作品的专题展馆已经布置完毕,其余所有的建筑待安装玻璃的窗子、面壁和整块粉墙,都挂上了巨幅参展照片:郎静山的水墨风光、肖戈的野生动物、逄小威的名人肖像、黄功吾的战火时事……,纪实摄影、生态摄影、水下摄影……,群贤毕至,佳作纷呈,市内外摄影爱好者纷至沓来,整个湖心岛成为巨大的"露天摄影展览馆"。

宝经堂"对台交流基地揭牌仪式暨两岸名家摄影展"定于 10 月 27 日举行,由蚌埠市委宣传部、蚌埠市政府台湾事务办公室、摄影展组委会和我们园区联合主办。策展人是中国人民大学新闻学院教授、校华侨华人研究中心主任、摄影家殷强,他精心挑选了两岸十位名家的近百幅作品展出,其中七位大陆摄影家,三位台湾摄影家。不知是否因为宝经堂老宅的"原籍"在浙江,七位大陆摄影家中有三位是原任和现任浙江摄影家协会主席,分别是徐邦、吴品禾、吴宗其。三位台湾摄影家分别是已故亚洲影艺联盟创始人、世界华人摄影学会名誉主席、摄影大师郎静山,已故亚洲影艺联盟原秘书长、中国华侨摄影顾问、摄影家黄金树,以及现任亚洲影艺联盟秘书长、摄影家林浩然。

2019 年 10 月 26 日上午,我再一次去宝经堂检查会场布置情况。揭牌和开幕典礼就放在宽敞的前院,前厅檐口挂上了红底白字会标,廊下中间木架上"安徽省对台交流基地"的铜牌蒙着扎着花球的红绸布,讲台、音响都已安放到位。前院东厢房打扫得干干净净,茶具等已准备就绪。

后院中间放置了直径两米的大花坛,层层绿叶衬托着金黄的菊花、紫色的蝴蝶兰,最上层是象征"红运当头"的红艳艳的水塔花。花团锦簇,赏心悦目,为古朴的宝经堂增添了喜庆的气氛。

我"近水楼台先得月",欣赏难得一见的名家名作。我在郎静山大师的作品前驻足良久。我于摄影是门外汉,但郎静山及其作品,却早有所闻。

郎静山清光绪十八年(1892)出生于古城淮阴(今江苏淮安),祖籍浙江兰溪游埠镇。自幼深受中国传统文化熏陶,及至入私塾开蒙,习字学画。十二岁时,因父亲由河南河北镇总兵调任苏州飞划营任统领,举家迁居苏州,他被人脉广泛的父亲送到上海就读私立南洋中学预科,那时他已有良好的国学基础和书画功底。

私立南洋中学被誉为"国人自主办学第一校",课程有国文、英文、算学、历史、地理、体操、图画等。令少年郎静山兴奋的是,学校里有课外兴趣班——"照相小班"。在"照相小班",他第一次操弄照相机,学到了摄影专业知识。从此,他与摄影结缘。强烈的兴趣爱好,良好的国学基础和书画功底,新式学堂先进的教学理念,使他在摄影艺术天地里振翅高飞。

新中国成立前夕,郎静山携家小从上海乘船赴香港,轮船在海上被国民党海军扣押盘查二十多天,于1949年10月10日才抵港。在好友张大千力劝下,郎静山于1950年1月2日离港赴台,自此定居台湾。在台湾,郎静山一面继续摄影创作,一面致力于振兴摄影业。他发起设立亚洲影艺联盟(FAPA),应邀参加各种国际摄影展,先后在世界各地五十多个城市举办过一百多场摄影展,成为享誉世界的摄影大师。

1991年5月26日,郎静山不顾百岁高龄,搭乘飞机抵达上海虹桥机场,开始阔别四十年的大陆之旅。在上海,他一一探访生活、工作过的场所,会见老友,与他同庚的国画大师朱屺瞻。经杭州去兰溪祭祖,留下"宣传文化,为国争光"的墨宝。之后,他赴北京、西安、广州等地参观游览,与中国摄影家协会副主席吴印咸、杨绍明等大陆同行会面并结下友谊,成为两岸文化交流的先行者之一。

我读过的郎静山的作品不多,印象极深的是,他把中国山水画的理论和技法运用于摄影艺术,作品既有中国画的意境美,又有摄影作品的真实美,具有摄人心魄的艺术感染力。在此基础上,郎静山创造了"集锦摄影"。所谓"集锦",就是选取多张底片,通过暗房技术,将所需景物数次曝光于同一张相纸上。在没有ps技术的年代,要使一张集锦作品浑然天成,达到完美的艺术效果,具有相当的难度。并且,他的集锦摄影随着时代发展,不断创新和有所突破。

郎静山一生始终一袭中式长衫,他说:"我的作品是中国的,我的心灵是中国的,我的衣衫也是中国的,从内到外我都要是中国的,我是中国人。"

记得江明说过,原来计划邀请郎静山的女儿携大师作品亲临古民居博览园参展并出席相关活动,后不知何故,未能成行,甚为遗憾。

检查过会场,浏览了精彩纷呈的两岸名家作品,我深为江明和他的团队高效的工作感动。

布展工作是江明带着他的团队,在短短的几天内赶出来的。这些日子,江明日夜连轴转,一系列的专题展馆要布置,大批境内外的摄影家要接待,繁杂的会议会务要安排……可谓千头万绪。我们这个专题摄影展,能有这么好的效果,实属不易!

我放下心来,觉得今天的活动总体上没有什么问题。唯一觉得有些问题的是,布展时把我介绍宝经堂的一篇短文,放在了过于突出的位置。

前两天,组委会安排我写一篇介绍宝经堂的文字,以便观众能更好地了解在这栋美轮美奂的老宅里举办"两岸一家亲"主题摄影展的缘由和初衷。

接受任务后,晚上回到宿舍,我构思如何为这一高规格的展览写一篇说明性的文字。我想起了六年前赶到侯家村,眼见宝经堂牌匾从破败的老宅中堂卸下来的那凄惶的一刻,想起了侯和平以过来人少有的淡定,娓娓道来的一家人分隔海峡两岸数十年的悲欢离合,想起了这栋大宅拆迁、修复、重建过程中的点点滴滴……我打开笔记本电脑,花了不到两小时,一挥而就,写了这篇《宝经堂复建记》。次日,我把短文发给江明交差。没想到,这篇"急就章"竟被全文照录,并配上宝经堂拆迁前的老照片,置于展厅入口处,且版面很大,几欲等同摄影展前言。我觉得,此展名家名作云集,我的短文忝列版首,喧宾夺主,甚是不妥。我赶紧同江明联系,请他安排人另写前言替换。

江明说:"写得挺好的,没有问题,同摄影展主题也契合。再说也来不及安排别的内容替换了。"

"这如何是好!"我喃喃自语道。望着转换成繁体字印在展布上的《宝经堂复建记》,心中甚为不安。

10月27日上午10点,马国湘来到宝经堂。不一会儿,安徽省政府台湾事务办公室副主任汪泗淇在副市长陈忠卫陪同下来到宝经堂。主宾在东厢房坐下,马国湘简要汇报了园区规划建设情况,我也补充汇报了宝经堂古民居的抢救复建经过。

马国湘说:"不仅这栋老宅,整个园区都是举办两岸文化和经贸交流活动的平台。"

汪泗淇点头赞许说:"皖南有许多老房子没有办法就地保护,你们把它抢救下来,集中修复重建,这是很有意义的探索。"

参加典礼的摄影家、园区部分职工陆续到来。骆燕军陪着侯洪海主任也来了,他们昨天就到了蚌埠,住在迎宾馆里。

10点30分,"对台交流基地揭牌仪式暨两岸名家摄影展"开幕典礼正式开始,华如军副部长主持。发言环节,我首先介绍了园区规划建设和宝经堂修复情况,殷强教授介绍了"两岸一家亲"名家摄影展创意和布展情况。最后,陈忠卫副市长发表了热情洋溢的讲话。他说:

"'两岸一家亲'名家摄影展活动很有意义。文化是一个国家、一个民族的灵魂,中华民族五千年来生生不息、绵延至今,正是源于中华文化的强大生命力。中华文化是两岸同胞的根和魂,两岸同胞同受中华文化的滋养哺育,共同肩负着传承弘扬中华文化的重要使命。同根同源,同文同种,血浓于水、守望相助的天然情感和民族认同,是任何人、任何势力都无法改变的。"

接着,在欢快的乐曲声中,汪泗淇和陈忠卫为"安徽省对台交流基地"揭牌,汪泗淇、陈忠卫、殷强、徐邦、林浩然和马国湘共同为"两岸一家亲"名家摄影展开幕剪彩。

礼仪小姐推开前厅大门,领导和来宾进入大堂观展,大家为一幅幅凝聚着海峡两岸同胞亲情的精彩照片点赞,也为历经风雨,光彩重现的宝经堂慨叹。

"安徽省对台交流基地"的铭牌挂在了凹寿大门右侧墙壁上,左侧挂着我拟写的"建筑简介"。进入大门,门墙内侧左右各有一块空白墙壁。我想,《宝经堂复建记》的短文内容尚属周全,倘若镌刻其上,有助于南来北往的游客了解此宅的前世今生。兹录于此,留待日后补壁——

  浙东平原,鄞南重镇,有堂名宝经。余初往探访时,庭院杂草丛生,野鼠出没。厢房楼台塌圮,蜘蛛坐帐。屋漏墙倾,岌岌乎危。拆机窥伺,眈眈兮虎视。该宅虽规模宏大,然木构简陋,且历经百年沧桑,风雨侵蚀,可利用牟利者寥寥,故为古建商所不屑。余踟蹰间,忽见门廊有捐款修缮碑刻,方知此宅乃侯氏台胞祖屋。

  皖北大地,龙子湖畔,有园名"湖上升明月"。东濒泱泱大湖,南望巍巍芦山,西接奥体中心,北倚魅力新城。地辟五千,岁历数载。挖土堆山,植树造林。开河挖湖,筑岛架桥。抢救各地危宅于推土机下,复建八方古屋于生态园中。马公擘画,呕心沥血。工匠营造,精雕细刻。取之于民间,奉献于社会。诚乃功在当代、利在千秋之义举也!

  斯堂亦幸逢其盛,易地重生。经精心修复,风采重现。清水大墙,形制规整。歇山重檐,恰似华堂坐地。垂脊二分,宛如玉燕凌空。虽无雕梁画栋之华美,规整中见格局;赖有前庭后院之深奥,质朴里显气魄。

宝经堂与八方古宅共一园,适得其所。古民居集多种功能于一体,与时俱进。美轮美奂,文旅交融。可吟诗作画,寄乡愁于明月。可把盏品茗,叙亲情于廊下。呼朋唤友,度假休闲。唱和酬酢,得意尽欢。岂非人生之美事乎?

曩者,余往宁波城中造访侯氏后人,恰逢国平和平二君由台来甬探亲。二君详述老宅前世今生,令人动容;忆及家族往事,不胜唏嘘。其先人系出河南,南宋年间,流落江南。民国早年,父辈以红帮裁缝驰名。一度寄寓东瀛,苦心经营。复又羁旅宝岛,续操旧业。无奈两岸阻隔,骨肉分离。海峡水浅而不能渡,手足情深而不能亲。杜鹃啼血,望眼欲穿。鹧鸪鸣夕,愁肠寸断。直至大陆改革开放,宝岛戒严解除,侯氏一门,方得团聚。然数十年分离之苦,早已物是人非,刻骨铭心。人间悲剧,莫过于此。民族伤痛,何其深也!

睹屋思人,恨至今金瓯犹缺。触景生情,冀九天皓月长圆。惟愿华夏早日一统,两岸一家亲,协力中华之腾飞,共谋民族之复兴。如此,则国之幸甚,人民幸甚!

第三节 瑞鹤来仪

主湖心岛上已经复建的古民居,以浙江民居为多。园区重点文化展馆——《与鹤共舞——王克举摄影艺术馆》,选用的就是一栋浙江民居。

王克举原来设想在宁波大宅门做临时展馆,后来考虑到那里其他景点还在建设,尚未成气候,为便于参观,遂改到主湖心岛上。王克举在主湖心岛转了好几圈,选定了59号房。

59号房是一栋浙西民居,原建于浙江龙游,为二层三开间两搭厢式四合院建筑,四周高墙围合,屋面全角相交,呈"四水归堂"之状。该建筑建于清末,抢救时仅余局部。修复重建后,在原建筑基础上于右手增建了部分辅助用房和花园天井,占地面积285平方米,建筑面积445平方米。坐西朝东,北临环岛小河,面对通向主湖心岛中心广场的通道,小河上每隔数十米就有一座石阶小桥,过了小石桥,就是环中心广场商业街。西侧紧靠成龙环保艺术馆,南侧是同时确定要建的"阿塞拜疆文化之窗"展馆。这栋老宅虽不及宁波大宅门面积大,但可长期使用。

王克举和我商量,要对原来的布展方案作调整。原来考虑在宁波大宅门做他的展馆,计划布展内容为丹顶鹤、黑颈鹤、黑白摄影、梦鹤与云鹤的故事四大板块,意在全面介绍他的仙鹤摄影作品。他说：

"59号房面积四五百平方米，我考虑就做梦鹤与云鹤的故事。"

我完全赞成，说："这样主题集中，又可以长期陈展。"

展馆的设计装修布展，马国湘指定由招商运营部的总经理何路金负责协调落实。

过了几天，我再次和王克举碰头。

王克举说："布展方案我和小何跟设计公司都讨论定了，展板隔断、灯光水电、语音解说系统、洗手间，都要做。"

我说："必需的，尽量一步到位。"

王克举说："装修施工图再有十天半月就能出来，小何在盯着设计公司，施工队也落实好了。"

我说："太好了，如何布展你也要考虑起来。"

"布展不成问题，照片我已经选好准备冲印制作了，文字说明我也在编写，一会儿我发给你看看，审定一下。"

我忙说："不必客气，梦鹤与云鹤的故事你最熟悉，也出过好几本书，肯定没有问题。"

王克举说着拿起台子上一本画册递给我："这本刚出的，你看看，我想布展就以这本书的内容为基础。"

这是清华大学出版社为他新编辑出版的摄影画册，书名《与鹤共舞——丹顶鹤的隐秘世界》，开本比他两年前送我的那本画册略小也略薄一点，内容更精练，文字更优美，着重讲梦鹤与云鹤的"爱情"故事。

我接过画册翻看了一下，说："太美了，完全可以！"

不到半个月，设计公司的装修方案出来了，工程队立即投入施工。

王克举入住园区两年多了。他一米八的高个儿，略长的花白头发往后梳着，天庭饱满，嘴角透露出刚毅。大概是搞摄影长年风餐露宿的原因，皮肤稍黑。他也住在园区外临时宿舍里，每天总是穿一件灰黄防水两用衫，骑一辆带棚三轮助动车，到了园区，提着照相机便各处转悠拍摄，中午就到接待中心老宅食堂和普通员工一起吃饭。他声音洪亮，有常见的东北大汉的爽朗。

不过他的话不多，开始我和他各自忙自己的工作，见面就打个招呼，也未多作交流。我以为像以往来过的马总的一些朋友一样，王克举来一阵子就会离去。不久我们搬到园区同一栋古民居里办公，接触多了起来。

2018年11月，为方便工作，我的办公室从曹凌路市机关后勤楼，搬到了园区主湖心岛一栋古民居里。这栋古民居由两栋浙江民居组合改建而成,原屋均二层三开间。改建后,原一厅两厢都改作客厅,两边新加带庭院厢房,故而前后客厅均显得宽敞。特别是前后屋连接形成的空间,同后厅组合在一起,后厅尤显宽敞。前厅进门右手还有一个小房间,中间后部有楼梯上二楼。后屋楼梯安排在西厢房旁。后厅东厢房中间为厨房,东北角是一个大房间,可做会议室或餐厅用。整栋建筑已内装完毕,水电、空调、地暖均已安装到位。前后面墙均为玻璃幕墙,通透明亮。后门临碧波荡漾的内河,与接待中心老宅隔河相望。

我到解放路修复工场库房挑了一些老家具和两组隔扇做屏风。隔扇屏风由工程部王宝国安排分别加装在前后厅。前厅六幅,镂空蜂巢嵌花图案,置于楼梯前,屏风前放一条案;后厅五幅,镂空斜格嵌花图案,置于后门入口处,用作玄关。屏风后放一圈红木雕花座椅和一张四方茶几,供接待来客。

我的临时办公室,在后屋带庭院的西厢房。助手赵子涵也随我搬来在进门右手小房间里办公。不久,何路金和她的团队,也搬来前屋东厢房办公。整栋宅子开始热闹起来。

又过了不久,王克举也搬到和我的办公室一院之隔的前屋西厢房办公。在一个门里进进出出,加之一起策划筹建他的丹顶鹤专题摄影馆,随着接触增多,我觉得这个东北大汉有一些与众不同的禀赋。

有一天,马国湘来我的新办公室谈工作,结束时对我说:"你同老王多交流交流,他是一个很了不起的丹顶鹤摄影家。"

我点头应道:"没问题。"

马国湘又说:"我要给他建一个专题馆,如果可能的话,把丹顶鹤引到园区来。"

顿了顿,马国湘很动感情地说:"老同志很不容易,我想,就让他在我们这里养老吧!"

我心中暗暗吃惊,是什么让马国湘对一位摄影家如此敬重呢?王克举是一位什么样的人物呢?

一天下午,忙完手头工作,我到前面房间看望王克举。他在斜面工作台上整理刚拍摄的一批古民居照片小样。见我来,他向我展示手中的照片说:

"也得为马总做点事。"

我问:"这些都是用胶卷拍的?"

王克举说:"是的,我只用胶卷相机拍摄。"

我不懂摄影技术,为外出调研采访需要,也买了一台佳能 6D 数码相机,觉得用起来很方便。平时接触的许多包括摄影家在内的摄影爱好者,基本上也是用数码相机。现在的手机拍出来的照片也很漂亮了,不知道王克举为什么还执着地在用传统的胶卷相机拍摄照片。我想,这个疑问以后有机会找他问问。

这时,王克举拿出一本画册送给我。我接过一看,书名叫《梦鹤与云鹤》,封底特别标注"丹顶鹤的梁山伯与祝英台"。我随手翻看了几页,立即感到这本印制精美、图文并茂的画册中,有一个非同寻常的沉甸甸的故事。

王克举为我在画册上签了名,说:"过几天,我就要带着梦鹤与云鹤的故事到澳大利亚巡展。"

我说:"国外巡展结束就把在园区的展览做起来,国内外巡展接着做,影响会更大。"

王克举去了澳大利亚。我花了几个晚上,读完了《梦鹤与云鹤》画册。这本画册是王克举的"娘家"——中车齐车集团策划并推出的,有国际鹤类基金会副主席吉姆·哈里斯写的序言:《关爱自然是拯救人类的唯一出路》。

画册的副题是《王克举摄影作品集》,实际上是梦鹤与云鹤这对"情侣"旷世绝恋的专题故事集。正文文字用的是王克举的第一人称,如泣如歌的叙述,精美绝伦的画面,真实动人的情节,具有撼人心魄的艺术魅力。

读完全书,我的心情久久不能平静,又生出新的疑问来:王克举为什么要花费那么大的心力,做这样一件对个人的物质回报几乎可以忽略不计的事?他是如何找到打开高傲圣洁的丹顶鹤情感世界的密钥的?我想,只有了解了王克举怎么从遥远的扎龙湿地一路走来,知晓了他历时七年追踪梦鹤与云鹤所经历的千辛万苦,才能读懂这本沉甸甸的画册,读懂梦鹤与云鹤的故事。

王克举从澳大利亚巡展回来时,快到年底了。始料不及的是,不久武汉爆发新冠疫情。在受疫情影响将近一年的园区建设"静默期"中,我仔细读了王克举发给我的许多有关他的资料和宣传报道,也一次次地和他面对面,听他东北口音洪亮而又淡定地讲述自己的过往经历。渐渐地,一个"恋鹤奇人"的高大身影,矗立在我的面前——

王克举 1959 年 3 月出生在齐齐哈尔城里一个贫寒的家庭,当他跨进学校大门时,恰值"文革"风暴骤起之时。回首往事,王克举叹息道:

"我整个学生时代,都是在那个特殊的岁月度过的。唉!几乎什么也没学到!"

1976 年 7 月,在共和国的历史即将翻开新的篇章时,他搭上了"上山下乡"运动末班车,来到黑龙江农垦九三管理局尖山农场。

在辽阔的松嫩平原这片黑土地上,他扛过锄头,开过拖拉机,当过炊事班长,后来调到场部宣传科做干事,还参加过局里举办的新闻通讯员培训班。由于工作需要,他接触了从未摆弄过的照相机——一台海鸥牌的 120 黑白胶卷相机。但人们包括他自己都始料未及的是,日后他会成为一位终身致力于鹤类摄影的"痴人",成为"世界丹顶鹤摄影第一人"!

1979 年 10 月,在知青返城的大潮中,王克举结束了"末代知青"生活。艰苦的三年知青生活的磨炼,养成了他吃苦耐劳、隐忍坚毅的性格,使他日后在追逐梦想的道路上,无论处于什么样的困境,都能秉持初心,负重前行。

回城后,他进了齐齐哈尔车辆厂,在厂部从事文秘、宣传等工作,改革开放的春风劲吹,他拿起相机的机会也多了起来。谈到摄影,王克举笑着显出几分无奈,对我说:

"其实,我原来对摄影并不怎么有兴趣,我不是因为喜欢摄影而爱上鹤,而是因爱鹤,才和照相机结下不解之缘。"

虽然青少年时代生不逢时,但王克举有幸生在以"鹤"为荣、以"鹤"为城的标的——齐齐哈尔。松嫩平原上这座历史文化名城,有一片弥足珍贵的扎龙湿地。这里是禽鸟的天堂,是世界上最大的丹顶鹤栖息和繁殖地。尤其难得的是,"鹤城"齐齐哈尔人具有超前的生态环保意识。

早在 1976 年 6 月,当十七岁的少年王克举准备打起背包奔赴农场之时,齐齐哈尔市林业局根据省林业局的要求和中国科学院动物研究所鸟类专家的建议,组建了扎龙自然保护区筹备处。1979 年,正式建立扎龙自然保护区,1992 年被列入国际重要湿地名录。

1999 年秋,王克举等一群摄影爱好者,带着照相机,开车去扎龙,这是他第一次走进扎龙。

王克举立即被眼前的美景吸引住了。

金秋的扎龙,天蓝水阔,水禽翔集。一眼望不到边的湿地,厚厚的水草像绿色的绒毯铺设在广袤的大地上,铺得很远很远,从脚下一直延伸到看不见的远方,和蓝色的天际相接。大块的水面,碧波荡漾,水天一色;数不清的小块水面,像打碎的不规则玻璃,随意洒落在绿色的绒毯上,熏风吹过,波光粼粼,如无数钻石晶莹闪光。湿地里也有许多绿植茂密、微微隆起的丘冈和水面环绕的小岛,那里往往是禽鸟栖息、聚集的领地。还有随风摇曳的成片芦苇和高高的随处生长的林木,使得一望无垠的湿地更显丰富多彩。

一群群叫不出名字的鸟雀从草地上、水面上掠过,有的落在丘冈或小岛的草丛里,有的飞向远方。

"来了！来了！"突然有人叫起来，"丹顶鹤来了！"

一只丹顶鹤在他们不远处的滩涂上停了下来，似乎是要满足这群摄影爱好者的需要。

只见它缓缓地挪动着修长的双脚，不时用尖细的长喙探啄水面。它身上的羽毛洁白如玉，头颈和尾部的羽毛是黑褐色的，靠近头部的羽毛又是白色的，头顶一抹红色那么鲜艳亮眼。它时而回过头来看一眼举着相机对着它"咔嚓咔嚓"拍个不停的陌生人，抖动一下它洁白的双翅，似乎是故意要向陌生人秀一秀自己的美丽。

王克举虽然早已听说了丹顶鹤的高贵和美丽，但他今天第一次亲眼见到大自然中这个活生生的灵禽，还是感到无比震撼。他不停地按下快门。也正是在这一刻，他忽然明白了自己的家乡有扎龙湿地这么一大片水禽的天堂是多么幸运；也正是在这一刻，他暗下决心，排除杂念，立足扎龙，与鹤共舞，要用手中的相机记录丹顶鹤的美丽！

此时的王克举已届不惑之年，不再是意气风发的年轻人了。在这样的年岁要颠覆性地改变自己的生活跑道，不仅身边的人难以理解，对自己也是一个巨大的挑战。

王克举不是第一次改变生活跑道挑战自己了。

1991年，王克举出人意料地辞职，向朋友借了900元，创办了一家小印刷厂。五年后，成了令人羡慕的百万富翁。正当在别人看来他的业务蒸蒸日上、事业有成时，他却深陷痛苦之中。商海弄潮，沉渣泛起，他看不惯有些人唯利是图、见利忘义、损人利己，他鄙视有些人信仰丧失、花天酒地，如同行尸走肉。耿直、孤独的他，彷徨苦闷，情绪越来越低落，甚至开始厌倦生活。他意识到自己的心理出了问题……

1996年2月的一天，春寒料峭，他上街买了一份报纸。报上有一篇心理咨询师写的文章，他读着读着，突然觉得一股暖流沁入心间。报上有作者的名字，叫司晶。还有联系电话。王克举迫不及待地给对方打电话，电话那头传来一位女子充满活力、温婉亲切的声音：

"你好！我是司晶。对不起，我今天工作排满了，你后天上午8点半到我的心理咨询所来吧。"

第三天上午，王克举推开司晶的福源心理咨询所的大门时，不由得一愣：面前是一个坐在轮椅上的残疾姑娘。

对方仰头看着人高马大的王克举十分困惑的脸，嫣然一笑，说："没想到吧？"

的确，王克举没有想到，报上那篇有温度的美文的作者，电话里那个充满活力、声音亲切的心理咨询师，竟然是一个柔弱的残疾女子！

王克举的"心理咨询"，从司晶一句"没想到吧"的自我调侃开始。令他更加没有想到的是，司晶治疗自身残障的过程，经历了常人难以想象的炼狱般的苦难，而她战胜疾病的顽强意志，更是令人难以置信的奇迹！

司晶在九个月大时，患上了小儿麻痹症，结果周身瘫痪，只剩下左手健全。三岁时，父母因要工作忍痛将她送到兰西县亲戚家寄养。由于严重残疾，她没有上过一天学，但她不认命，靠自学识字念书。随着年龄增长，她的脊椎严重弯曲，生命受到威胁。她回到父母身边，开始接受治疗。经三十余次手术，体内先后打入三根钢棍，终于摆脱死神的纠缠，勉强能坐在轮椅上，撑起不屈的头颅。凭着坚强的意志和惊人的记忆力，她先后获得了齐齐哈尔市业余美术画院和中科院医学心理专业毕业证书。1995年8月，她在市妇联的支持下，开设了心理咨询所，为那些由于恋爱、婚姻、事业等人生挫折而陷入迷茫的青年男女，提供心理咨询和帮助，把许多陷入绝望的人，从自杀的悬崖边挽救回来。

王克举几乎不敢正视轮椅上那双明亮而又深邃的大眼睛，他被她的传奇经历和坚强意志深深感动，为有这个身躯极其柔弱、内心无比刚强的杰出同乡而骄傲！他忽然觉得自己心中迷惘困惑的阴霾烟消云散，有了奋力前行的方向和动力。他在心中默默念道：

"司晶的故事和精神，不正是匡正社会上的不正之风和疗治一些人心理沉疴的一帖良方吗？"

他叫来印刷厂的几个骨干，叮嘱他们说："厂里的日常业务交给你们打理了，我有别的工作要做。"

不由分说，他一门心思投入一项被许多人看作是"傻事"的工作——自掏腰包，策划举办司晶演讲活动。

他陪伴司晶奔走各地，先后在省内外包括北京大学、清华大学等高校和单位，举办了百余场司晶演讲。他还亲自编著并赞助出版了《炼狱天使——司晶的路》等四部宣传司晶的书。

果然，司晶的英雄事迹，社会反响强烈，成为许多年轻人学习的榜样。

这项"义工"，王克举前后做了六年。可是，很少有人知道，默默地站在司晶背后的，是一个名字叫王克举的东北大汉。

时隔多年，王克举的话语中，依旧是对司晶这位身残志坚的平民英雄满满的崇敬之情：

"一个需要救助的人,却救助了许多人!"

1999年那个美丽的秋天,王克举下决心再度"变轨",挑战自我,要与茫茫湿地中的丹顶鹤为伍,无疑是司晶的精神,给予了他巨大的勇气。

当然,他也不是没有顾虑。

首先,家庭如何顾及。1987年,在车辆厂工作的王克举,和一位医学院毕业的姑娘恋爱并结婚。次年,有了一个可爱的儿子。在他起早贪黑创办印刷厂、四处奔走义务宣传推广司晶事迹的日子里,家中的琐事、儿子的教育,全都丢给了做医生的妻子。谈不上对妻子的关爱,连他的年事已高、身体欠佳的老母,也照料不到。现在,他又要常年背着相机奔波野外,以拍摄丹顶鹤为业,不仅在扎龙,还要南下江苏盐城丹顶鹤越冬地追踪拍摄,甚至还有一个更"奇葩"的计划:到遥远的云南昭通拍摄黑颈鹤——可以想见,如此一来,家庭势必无暇顾及。亲人能理解吗?

其次,就是资金问题。王克举定位自己的摄影是坚持用传统的120胶卷拍摄,大量的胶卷购买、冲洗、印放,是一笔不小的开支。扎龙湿地离市区三十多公里,每天一两次驾车来回,加上在保护区内行驶,就有上百公里,汽油费更是一笔不小的开支。虽然前几年办厂积累了一些资金,但宣传司晶已花费不少。摄影这样需要持续烧钱,而经济回报几乎可以忽略不计的"事业",他的不鼓的腰包,还能支撑多久呢?

那一天,他站在扎龙苍茫的湿地边,久久徘徊,心潮起伏。

一边是贤妻、爱子、老母这些需要关爱的亲人,一边是亟须拯救的人类亲密朋友"仙禽"——孰轻孰重,于儿女亲情、于梦想追逐,不同的人、不同的角度,会有不同的解读、不同的选择。对于一个专注于追拍野外飞禽,常年风餐露宿的摄影师来说,要圆满答好这道选择题,实在太难了!

踌躇良久,他不无痛苦地选择了后者。

亲人也好,朋友也罢,他们不知道也不理解的是,王克举心中有了魂牵梦绕的"情人"——丹顶鹤!他要为它们留下美丽的情影,为护佑灵禽,增强人们的生态环保意识,保护人类的家园,尽一份绵薄之力。他决心已下,九头牛也拉不回来了!

他开始每天背着相机驾车进入扎龙腹地,追寻、捕捉丹顶鹤美丽的情影。饿了,啃一口自带的干粮和水;累了,就躺在草地上或蜷缩在斯柯达小车上休息片刻。有时会被突如其来的风雨淋得浑身湿透,炎炎夏日又会被汗水浸透了衣衫。在他下决心以拍摄丹顶鹤为主业的最初两年里,他出入扎龙湿地五百多次。他历经千辛万苦,也为扎龙千变万化的昼夜晨昏、四季美景而陶醉。

在这两年里,王克举经过仔细观察,逐步熟悉了丹顶鹤的生活习性,他的摄影技术也随之一步步提高。获得一张满意的作品并不那么容易,在五六十平方公里大的扎龙自然保护区,经过人工孵化和自然繁殖,丹顶鹤的种群数量有了大幅度增加,但总数也仅有几百只,并不是进入湿地就随处可见它们美丽的身影。有时他端着相机,匍匐在草丛中,身上盖着枯枝杂草,一连几个小时,甚至一整天,都见不到一只丹顶鹤,只能悻悻地铩羽而归。但在长时间的蹲守之后,见到一只、两只甚至一群丹顶鹤,从遥远的天边翩然而来,他会像见到朝思暮想久别的情人,喜不自胜。尤其是一张张精美的丹顶鹤照片呈现在眼前时,他更是欣喜若狂,一时忘却了一切辛苦和烦恼。

2001年,王克举再次做出令人费解的举动。一天,他找到当地主管部门有关负责人,说:

"我自筹资金,创建一座鹤文化主题公园,能不能给我一块地?"

工作人员瞪大眼睛,将信将疑。这是大好事,当然得支持。扎龙自然保护区内不能搞建设,主管部门便在距离保护区两公里处的一处沼泽地的小河边,给他选了一块地。

王克举有了地,欣喜若狂,亲力亲为筹建起来。他把这座主题公园命名为梦鹤苑,主体部分是规划设计建设一个主题展馆,共有七栋建筑,每栋大约200平方米。王克举预估建一个像样的展馆投资不菲,他倾其囊中所有,对建设资金做了安排。但随着工程推进,建设资金还有60万元缺口。

恰在此时,不幸接连降临在王克举头上。先是老母因病去世,不久他的兄长在为他去筹措一笔借款的路上,不幸遭遇车祸身亡。仿佛晴天霹雳,王克举一时悲痛万分,几欲崩溃。

家庭迭遇不幸,项目面临停工,但王克举没有倒下!他送别了母兄,擦干眼泪,振作精神,咬咬牙,东借西贷凑齐了60万元,项目继续施工。

经过一年多的建设,梦鹤苑一期工程于2002年初竣工。七栋建筑都是一层斜坡屋顶平房,红砖灰瓦,白铝塑窗,门前是一大片广场。整个建筑群简朴实用,在蓝天白云、碧水绿植的映衬环抱下,尤其显眼。

梦鹤苑首展的内容王克举早有考虑:将正在北京举行的"一个真实的故事——仙鹤姑娘摄影展",移回家乡展览。

仙鹤姑娘,就是王克举的又一位了不起的同乡——我国第一位职业养鹤姑娘,也是我国环保事业中第一位因公殉职的烈士徐秀娟。

王克举是在追踪、拍摄丹顶鹤的过程中,了解到早在十多年前就已长眠于异乡的徐秀娟的感人事迹的。

扎龙自然保护区创建之初,办公室就设在扎龙乡一户姓徐的满族农民家的一间土屋里。徐家一家人都是丹顶鹤的亲密朋友,多年来一直把保护丹顶鹤作为自己义不容辞的职责。一天,男主人徐铁林发现一只受伤的小鹤,就把它带回家来,放在暖烘烘的炕头精心饲养。徐家大女儿秀娟特别开心,和妹妹把捞来的小鱼剪碎喂给小鹤吃,她俩和家人却咬着干巴巴的大饼子,嚼着涩口的咸菜。

自然保护区成立之后,徐铁林和妻子黄瑶珍成为第一代专职养鹤人。1981年8月,十七岁的徐秀娟参加保护区工作,成为新一代养鹤人。

徐秀娟主动要求做最累的鹤的饲养工作,还配合科研人员进行鹤类的人工孵化。她聪明好学,很快成为养鹤小专家,她负责饲养的小鹤,成活率达到百分之一百。

1982年春,在扎龙自然保护区繁育中心,一对毛茸茸的小鹤,在"鹤姐姐"徐秀娟精心照看下破壳而出。那时,自然保护区成立才三年,对丹顶鹤这一国宝级珍禽的人工繁育还在探索过程中,因此每一个小生命的诞生,都会让大家欣喜不已。对于徐秀娟来说,更是疼爱有加。

大家为两个小鹤起了名,雄的叫梦鹤,雌的叫云鹤。两个小伙伴"青梅竹马",朝夕相处,形影不离,在"鹤姐姐"的精心照料下健康快乐地生长。

为了更好地掌握科学育鹤知识,家境贫寒的徐秀娟自费进入东北林业大学进修。其间四次悄悄地献血,换取一点营养费,弥补学费、生活费的不足。她刻苦攻读,用一年半的时间,学完了两年的课程。她下决心攻克英语关,最后达到能和外宾对话交流和阅读翻译鹤类相关文章的水平。

一转眼梦鹤与云鹤已经三岁,它们长高了,长大了,出落成一对"俊男靓女"。按照人工繁育要求,须将它们放归自然。只有让它们融入大自然,经风雨、见世面,它们才能健康地成长,野生丹顶鹤种群才能不断地扩大。

分别的时刻到了!徐秀娟将它们带到湿地深处,依依不舍地将它们和其他小伙伴一起放飞。其他小伙伴纷纷展翅高飞,梦鹤与云鹤却不断在"鹤姐姐"的头顶上空盘旋。

徐秀娟不断地向它们挥手,直到它们渐飞渐远。

"鹤姐姐"怅然若失,眼眶湿润了。她抹去眼泪,又露出欣慰的笑容,也许她觉得不久还会见到它们。可是谁也没有想到,此地一别,竟成永诀。

1986年5月,徐秀娟应邀前往刚成立两年的江苏盐城珍禽自然保护区,担任鹤场场长兼技术员。那里是丹顶鹤的越冬地,特别是那里正在开展的一项关于丹顶鹤人工繁殖和半散牧放养的科研计划,强烈吸引着她。

滩涂万顷,水天苍茫,芦荡遍布。初创时期的保护区,荒无人烟,没有电,没有像样的住处,生活和工作条件之差,大大出乎她的意料。她和几个怀揣梦想的年轻伙伴,铲草筑路,建育雏室,兴致勃勃地忙碌起来。她在黄海滩涂成功孵化出雏鹤,结合对当地生态环境的观察拟定丹顶鹤的系列课题研究计划。她还把养护计划扩大到当地的蓑羽鹤、白天鹅等珍禽,要使这里的珍禽品种越来越多……

令人痛心的是,正当生活逐步安定下来,鹤场工作逐步打开局面时,意外发生了。1987年9月16日,为寻回一只飞走的白天鹅,奔走了两天的徐秀娟失踪了。

"娟子,你在哪里?你在哪里呀?"小伙伴和赶来帮助寻找娟子的居民,急切地四处寻找呼喊。

徐秀娟在芦荡深处的复堆河涉水过河时,因劳累过度体力不支,沉入水中,已不幸遇难。当徐秀娟的遗体被救援人员从小河中托起时,霎时哭声一片。场部一位副主任当场昏厥过去。

天地同悲。9月16日那天,苏北上空竟出现了罕见的日全食!太阳也为环保事业失去一位好女儿,为丹顶鹤等无数珍禽灵鸟失去一位好姐姐,而收起了夺目的光辉。

1987年9月23日那天为徐秀娟举行追悼会,保护区管理处所在的新洋港镇不到两千居民,有近千人赶来为娟子姑娘送行。

2002年,是徐秀娟殉职十五周年。王克举再次投入一项被许多人看作是"傻事"的工作——自掏腰包,义务宣传徐秀娟"在平凡中创造伟大、用宝贵的生命诠释高尚"的奉献精神。由国家环保总局、北京大学和齐齐哈尔市委市政府联合主办,并由他具体策划和作为主要承办者,在北京中国画研究院成功举办了"一个真实的故事——仙鹤姑娘摄影展"。

2002年9月16日,"一个真实的故事——仙鹤姑娘摄影展"在新落成的梦鹤苑隆重举行。门前广场上大幅背景图是群鹤在旭日初升、红霞满天的高空展翅飞翔,有关单位干部、职工和数百名中小学生前来参加梦鹤苑开幕式和观展。对秀娟姑娘的英雄事迹早已耳熟能详的干部、职工,再次为家乡有这样的好女儿而感动和自豪;而青春勃发的中学生和稚气未脱的红领巾们,簇拥在娟子姐姐悉心喂养丹顶鹤的温馨画面前,眼中充满惊奇、赞叹和向往,久久不愿离去。

观展结束,来宾和学生们渐渐离去,工作人员撤走桌椅,广场上恢复了往日的宁静。王克举察看了一下各个展馆,为明日以及日后常态化的接待做准备。忙完后,他站到广场上,眺望着不远处的扎龙湿地,长长舒了一口气。突然,他看见两个白点从天边飘来,越来越近,越来越近,他终于看清,是两只丹顶鹤振翅飞来,近了,近了,到了广场上空,收敛双翅,扑腾几下,落在他面前不远处。

王克举觉得有点惊奇,又觉得这两只丹顶鹤有点眼熟。他慢慢地走近它们,惊喜地发现:这对似曾相识的朋友,竟是徐秀娟生前亲手孵化哺育的梦鹤与云鹤!

王克举不知道梦鹤与云鹤今天怎么会飞到这儿来。是偶然的巧遇,还是灵禽的心灵感应?人们都称鹤是"仙鹤",说它通人性,难道它们知道我们今天在这里缅怀、纪念这位扎龙的优秀女儿、它们英雄的"鹤姐姐"吗?

王克举久久地和这对老朋友对视。他清晰地记得,在追拍鹤群的过程中,不止一次见到过它们。他爱苍茫湿地上每一只禽鸟,尤爱丹顶鹤,而梦鹤与云鹤是他心中的最爱。

这一年多来,他忙于筹建梦鹤苑,去湿地拍摄的次数少了些,也很久没有见到这对"情侣"了,没想到在这个特殊的日子、特别的地方见到了它们。他在心中默默地发问:

"你们过得还好吗?"

就在这一刻,王克举心中又萌生一个充满挑战的念头:他要追踪拍摄梦鹤与云鹤,用相机揭秘它们的生活和情感世界,让世人更好地感受灵禽的高贵和美丽,也以此告慰仙鹤姑娘的在天之灵,赓续她未竟的光辉事业!

好心的朋友劝他别异想天开,"禽鸟"非人,哪有什么情感,不要白费精力了!

王克举不为所动。他把自己的一辆斯柯达小车当作越野车开,背着相机,穿行在茫茫的湿地中,寻觅梦鹤与云鹤的踪影。终于,在离保护区繁育中心不远的地方,他找到了这对"爱侣"。成年的鹤有自己独享的"领地"。梦鹤与云鹤的"领地"是一个2平方公里左右的小岛,这是它们共筑爱巢的美丽家园。王克举欣喜若狂,他把这个小岛叫作至爱岛。

他悄悄地踏上至爱岛,慢慢地走近它们,把带来的小鱼轻轻地投放到它们面前。梦鹤与云鹤似乎也认出了他,并不躲避,放心地啄食起来。王克举明白,要想走进它们的情感世界,得先和它们交朋友。他制订了一份详细的跟拍计划,告诫自己,不要急,慢慢来。但令他万万没有想到的是,为了实现这个计划,竟花费了整整七年时光。

七年来,他甘苦备尝,遇到的困难数不胜数。随着年岁增长,加之长年累月风里来雨里去,他患上了慢性气管炎。为了不惊动梦鹤与云鹤,他强忍着咳嗽,端着相机,纹丝不动匍匐在草丛中。有时实在累极了,就在草丛中眯一会儿,连内急也只是侧着身子就地解决。扎龙的严冬寒风刺骨,气温降到零下二三十摄氏度,这是一年中野外拍摄最艰难的日子。但他为能完整地记录下梦鹤与云鹤在扎龙春夏秋冬不同季节的精彩瞬间而无怨无悔、兴奋不已。

七年来,他曾多次经历生死未卜的险情。为了追踪梦鹤与云鹤飞翔的曼妙身影,他只顾按动快门,差一点误入深不可测的沼泽地,重演仙鹤姑娘的悲剧。又有一次,他驾车在公路上追拍远飞的双鹤,忘记控制好方向盘,车头一歪,滑下两米深的路基,"咣当"一声,车灯碎裂,保险杠脱落。所幸路基旁一棵杨树将侧翻的斯柯达挡住,没有造成车翻人伤的恶果。

七年来,王克举和梦鹤与云鹤结下了深厚的友谊。他已幸运地成为它们家族中的一员,梦鹤与云鹤已不再把这个手持相机的大汉当作"异类",习惯了王克举在它们近处"咔嚓、咔嚓"按动快门的声音,甚至毫不介意地在他面前卿卿我我、生儿育女,展示它们生活的方方面面。王克举对梦鹤与云鹤的钟爱,也几乎到了痴迷的程度,一日不见,如隔三秋,寝食难安,生怕它们有什么意外。只是令他万万没有想到,更令他万箭穿心的是,这对美丽忠贞的"爱侣"的最后结局,却是一场堪比人世间"梁山伯与祝英台"的悲剧……

王克举的摄影馆装修布展工程进展很快,前后不到两个月,已经完成,只待开馆迎客。

此番装修布展没有改动建筑外观,两边是高高的封火墙,精美的牌楼式门头,白石门框,双开木门。大门右手挂着"与鹤共舞——王克举摄影艺术馆"馆牌,左手挂着中、英文"建筑简介"铜牌,两侧厢房面墙是与门楣一般高的大幅玻璃幕墙。展馆门前铺上了绿草坪。

王克举在馆里忙着,见我来很高兴,说:"基本都好了,你看看。"

原来的龙游老宅是展馆的主体,进门隔成横竖两个展厅,呈丁字状。整个底层利用原有屋柱分隔成四个展区,空间有效利用,观展动线也比较合理,梦鹤与云鹤的故事得以完整地展陈。底层右边加建的建筑,稍大的一间,留作观众停留休息及售卖相关书籍、纪念品;较小的一间做会客室,另有厨房和卫生间。二楼层高略矮,展陈其他仙鹤摄影作品。有一间带阳台的工作室和带卫生间的卧室。

王克举领我整体浏览了一下,然后回到进门的横厅。这个厅是个序馆,我边看图片,边听王克举讲解那一帧帧精美画面背后的动人故事——

梦鹤与云鹤生活的至爱岛,水肥草美,鱼虾丰富。鹤是长寿动物,一般能活到五六十岁。梦鹤与云鹤已有二十岁了,正是风华正茂、青春勃发的花季。鹤又是情感专一、忠贞高洁的飞禽,一生只有一个伴侣。在生儿育女之前,无论春夏秋冬,它们大多数时间,总是成双作对形影不离地相伴在一起。

初春的扎龙湿地生机勃勃。湖面上的冰封渐渐化去,水面越来越大。草木开始复苏,绿色慢慢地回到了扎龙。早春扎龙湿地的黄昏特别美丽:火红的晚霞把平静的湖水染得红彤彤的,西斜的阳光把残存的冰面照得亮晶晶的。梦鹤与云鹤缓步走到冰面的边沿上,啄食水中的鱼虾。它们静立时,一双倩影倒映在水中,闲云野鹤悠然娴静的画面,美得令人心醉。

炎炎夏日,是梦鹤与云鹤充满活力的时光。它们时而冲上云霄,翱翔蓝天,时而颉颃俯冲,盘旋水面,时而又驻足丘冈,向天而鸣。鹤的气管很特殊,长达1.6米左右,在胸腔内盘旋三圈,像一管弯曲的长号,在发音时能产生强烈的共鸣,故而仰天一鸣,声震长空,三五公里之外都能听到。古老的《诗经》中,就有"鹤鸣于九皋,声闻于野"的记载。

一阵大雨过后,碧空如洗,有时天边会出现一道美丽的彩虹,梦鹤和云鹤并肩远望,欣赏着大自然的奇妙与美丽。它们许多时间穿行在水浒草丛间,不停地寻觅食物。通常,一只鹤每天要花费三分之二的时间寻觅食物。长长的尖喙,能帮它们轻而易举地搜寻到藏于松软的地表下一拃左右的小生物。它们的食谱也很丰富,植物种子、芦根嫩芽是它们的家常便饭。特别是夏季,湖中的小鱼、小虾、螺蛳,草丛中的昆虫乃至鸣蛙、小鼠,都是它们的美味佳肴。

绿草如茵,夏花点点,夏日的湖水尤为清澈,在湖中沐浴、嬉戏,大概是梦鹤与云鹤最为轻松欢乐的一刻。它们缓缓地走进一处清浅的水塘,当湖水及膝时,便停下脚步,先是将长长的尖喙插入水中,往来搅动,洗去沾在喙上和头颈上的泥灰,继而昂头甩向天空,抖去水珠。接着,它们浮在水面上,抖动身子,用双翼猛烈地拍打水面,水花四溅,湖面上泛开一圈又一圈的涟漪。此时,梦鹤与云鹤好像两个打水仗的孩子,兴奋极了。

除了觅食之外,它们白天很多时间都在梳理羽毛。对于仙鹤来说,只有羽衣清洁,才能保证健康长寿,能够应对大自然中的不测风云,在天地间自由翱翔。

秋风响,秋草黄。艳阳下,摇曳的芦苇荡一片金黄。白日,梦鹤和云鹤相伴在芦花丛中穿行觅食,为即将到来的严冬做准备;夜晚,它们会在萧瑟的秋风中登上高冈,一起仰望满天星斗和皓皓明月,有时发出几声鸣叫——风声鹤唳,意味着清风朗月的金秋,渐行渐远了。

扎龙的冬季寒冷而又漫长。每到10月中下旬,野生丹顶鹤就开始向南迁徙,江苏盐城湿地珍禽自然保护区,是它们主要的越冬地。梦鹤与云鹤是人工哺育的,无须做充满艰辛的长途飞越,而是就地越冬。冬天的扎龙是一个冰冷的世界,同样充满艰辛。寒风凛冽,湖面结了厚厚的冰层。暴风雪来了,大地瞬间一片白茫茫,树枝上、草甸上盖上了厚厚的雪被。梦鹤和云鹤相互依偎着,各自将头埋在翅膀里,躲避着风雪的袭击。雪霁天晴,它们走到太阳底下,跷足独立,享受难得的冬日阳光。冬日觅食困难,好在有人会定时给它们投食喂料,帮它们度过一个又一个严酷的寒冬。

又一个美丽的春天来临了!春天,不仅万物复苏、野花烂漫,也是成年丹顶鹤的浪漫节日。它们一改往日的娴静优雅,变得激情奔放起来。千姿百态的舞蹈,是丹顶鹤示爱求欢的标配动作。它们成双结对,展翅跳跃。时而含情脉脉,相向对舞;时而你追我赶,前后竞逐;时而鹤步轻移,载歌载舞。

在这浪漫的季节,梦鹤与云鹤也翩翩起舞,互致爱意。这对青梅竹马的爱侣,早已没有了初恋时的羞涩拘谨,而是配合默契,满满的柔情蜜意。

它们的舞蹈,常常是从梦鹤的劲舞拉开序幕。残雪未消,春寒料峭,在爱妻深情的注视中,梦鹤鼓动强健的双翼,变换着优雅的舞步。云鹤则全神贯注地欣赏丈夫的优美舞姿,一会儿也优雅地展开双翅,低垂身段,开始起舞。梦鹤更加热烈地舞蹈起来,兴奋地"哦哦"轻声鸣叫。它们一高一低,时分时合,柔情缱绻,演绎着曼妙动人的双鹤舞。

红日西斜,天边的云霞一片火红。面对晚霞映照着的爱妻美丽高傲的倩影,梦鹤知道,仅有歌舞是不够的,还必须有鲜花!梦鹤寻觅到一束柔软的干枝,作为表达爱意的"信物"献给云鹤。它叼着"鲜花",在爱妻面前腾空跃起,同时将"鲜花"高高抛起,等"鲜花"落地后,又衔起再次抛出。云鹤深情款款地凝视着梦鹤激情的表达,幸福围绕在它们心间。

残雪消融,生机勃勃,春意更浓了。一个风和日丽的清晨,在幽静的至爱岛上一片芦花围绕的空地——这里是梦鹤与云鹤的"洞房",梦鹤夫妇显得异常兴奋。首先是梦鹤围着爱妻翩翩起舞,发出了爱的信息。云鹤自然了解丈夫的心意,扑动双翅,发出回应的声音。

温煦的晨光下,云鹤立定,丹顶前倾,双翼舒张下垂,两脚半开。梦鹤腾空而起,收拢长腿,蹲伏在云鹤的后背上。这时,这对爱侣尖喙微开,轻轻地发出欢愉的鸣叫声。片刻,梦鹤欢快地向前一跃而下,与云鹤对鸣起来。高亢清亮的叫声,响彻茫茫原野,久久回荡在空中,仿佛昭告天下:

"一个新的生命就要诞生!"

为了迎接新生命的到来,梦鹤与云鹤开始忙碌起来。

产卵、孵化,添丁增口,它们须有一个像样的巢窝。它们原来有一个旧巢,位于至爱岛的芦苇荡的深处,这是一块四五米见方的空地,既隐秘安静,又能看清四周的动静。现在,它们必须将旧巢整修翻新。他们衔来一根根纤细的苇秆,围成一个近两米的椭圆形巢窝,巢窝中间有一个凹陷的小坑——这就是云鹤的"产房"了。细心的梦鹤还衔来一些柔软的苔草、莎草,夹杂和铺垫在"产房"及周边,以便让临产的爱妻舒适些。

此番爱妻一共产卵两枚,孵化则是夫妇俩共同的职责,它们配合默契地轮流孵化和外出觅食。轮到梦鹤孵化了。它和爱妻完成换岗,没有立刻卧伏下身子,而是小心地用喙嘴将巢中的卵翻转了个方向,挪换了一下位置,才小心翼翼地趴在上面。看到丈夫动作很规范,梦鹤放下心来,走到一边简单地整理了一下羽毛,然后振翅高飞,去寻找食物。

丹顶鹤的孵化期一般为二十九天至三十三天。梦鹤与云鹤的第一个小宝宝,是在第三十二天破壳而出的。这一天,卵的稍大的一端,先裂开一个小小的缺口,慢慢地,慢慢地,裂口越来越大,卵壳碎了,鹤宝宝降临世间。

另一只尚未出生的鹤宝宝似乎也等不及了,在蛋壳里不断地发出短促而细弱的"唧唧"声。云鹤听到蛋壳里有动静,赶紧过去低头观察并轻声回应,颇有点顾此失彼。刚出生的小哥哥也跟过来,蹲在妈妈的脚下,好奇地盯着它们的生命摇篮。

又一个鹤宝宝诞生了!梦鹤与云鹤兴奋不已,它们已是一个生机勃勃的四口之家!

开头两天,两个小家伙还不会独自觅食,只是藏在妈妈的羽翼里。不过,仅仅三四天后,两个小家伙就开始随着父母走动起来,但开始活动的范围,被严格限定在巢区内。而身为父母的梦鹤与云鹤更加辛劳了,梦鹤飞来飞去,为母子三人觅食忙个不停,闲暇时就在周边来回走动,做好安全保卫工作。云鹤则寸步不离地照看着两个孩子,它要为两个宝宝准备食物。每当两个小家伙听见妈妈"咕咕"的呼唤声,便会循声而来,津津有味地吞食妈妈精心准备的美食。云鹤十分细心,对于龙虱等有壳的小虫,它会先仔细地将硬壳啄掉,再将肉喂入小鹤口中。

小家伙长得很快,活动范围也不断扩大。浅浅的水滩,茂密的芦荡,云鹤领着它们一边学着觅食,一边适应不同的环境。要学的本领很多,吃饱了,云鹤就择一绿草如茵、黄花点点的平坦处,给孩子们上下一堂课——舒展筋骨和梳理羽毛。

游泳也是小哥儿俩喜爱的科目。丹顶鹤趾间无蹼,成年后一般不游泳,但它们出生个把月后,就会在水中游动自如——这是它们在水网密布的湿地生存的天赋异禀。

在父母的悉心照料下,两只小鹤一天天健康成长起来。到了7月中旬,两只小鹤的个子就蹿到了一米左右,结实的双腿,坚硬的长喙,刚出生时的茸毛脱落殆尽,长出了黄褐色的羽毛,羽尾也呈现出黑褐色,俨然是英俊少年。

进入炎炎夏日,又一门重要课程要开始了——练习飞行。开始,由于体力较弱,小哥儿俩跟随双亲做短距离的飞行和滑翔。小哥俩悟性很高,起飞、降落,飞行、滑翔,仅仅过去了个把月,它们就飞得像模像样了。经过一两个月的反复练习,两个小家伙的飞翔本领进步很快,辨识方向的能力也大大提高。

扎龙的秋天非常短暂,到了10月中下旬,已经寒气逼人了。两个小家伙快赶上父母高了,身上黄褐色的羽毛更加丰满,它们已经能够长途飞行。

这时,野生丹顶鹤纷纷开始南迁,包括那些和梦鹤与云鹤的两个孩子差不多日子出生的野生小鹤。

这些野生小鹤也是一身黄褐色羽毛。丹顶鹤从破壳而出到长大成熟随父母做长途迁徙的处女航,无论是细密的茸毛,还是初换的新羽,都是黄褐色的。这是大自然的造化——当它们还幼小或者还没有什么防御能力时,"黄鹤"凭借着一身保护色,在野草、芦荡中,特别是在绿植枯黄的冬季,显得毫不起眼,能够躲避天敌的威胁。只有当它们长到一岁以后,能够海阔天空任意飞翔搏击,不惧天敌威胁的时候,才会逐渐变为引人注目的纯白色,只在颈部和羽尖留一段墨玉般的黑褐色。

鹤在中国传统文化中占有重要一席,两千年前的《诗经·小雅》中有咏鹤的诗句。中国四大名楼之一的武汉黄鹤楼,始建于一千几百年前的三国时代。历代咏鹤、写鹤的诗文,不胜枚举。

我心中曾经有一个疑问:鹤的羽毛主体是白色,为什么同鹤相关的最为出名的人文景观却是黄鹤楼?唐代诗人崔颢的《黄鹤楼》中"昔人已乘黄鹤去,此地空余黄鹤楼。黄鹤一去不复返,白云千载空悠悠"的名句,家喻户晓,更使"黄鹤"的形象深入人心。

不过,看了"与鹤共舞"的摄影展,听了王克举的讲解,了解了丹顶鹤羽毛蜕变的过程,我明白了古人吟咏"黄鹤",并非无所依凭。南迁的一身黄褐色羽毛的新鹤,从蓝天飞过,阳光照耀下,浑身金黄闪亮,不是比成年的白鹤更加吸引眼球吗?

梦鹤与云鹤的两个孩子无须像野生的丹顶鹤那样,做艰苦的长途迁徙飞行。它们和在人工繁育中心出生的父母一样,将留在扎龙的家园度过严寒的冬季。但它们也会独自外出长途飞行。不过,它们飞得再远、再久,都还会回到扎龙自己的家园,回到至爱岛亲爱的父母身边。

寒冬来临,茫茫湿地的气温迅速降到了零下一二十摄氏度。湖面冰封,树枝雪凝,坚硬的大地仿佛被凝固住了。留在扎龙湿地越冬的丹顶鹤,虽然有保护区的工作人员给它们投料喂食,但地广鸟稀,有时照料不过来,它们每天还是需要花费大量的时间四处觅食。

这一年的冬天特别寒冷。一天,风停雪霁,梦鹤与云鹤赶紧带着两个孩子外出觅食。它们先在冰封的湖面上转了几圈,那里有时会有不知是保护区工作人员投放的还是附近村民丢弃的小鱼。不过今天很不幸,晶莹的冰面上,什么可以吃的也没有发现。它们又转到地面上,凭以往的经验,用喙嘴使劲敲啄冻得僵硬的泥土,寻找藏在下面冬眠的虫蛹。

云鹤似乎有些着急,不停地猛啄坚硬的地面。它知道自己的担子很重,因为它不能让两个第一次经历冰天雪地的孩子受冻挨饿。情急之下的云鹤忘记了保护自己,它没有意识到,在严寒的气温里,自己长长的喙嘴也被冻得又硬又脆。这一次,它将长长的喙插入地表,似乎衔住了什么食物,但是试了几次,都拉不出来。它屏住气,猛一用力,"啪"的一声,脆硬的上喙自喙尖至五分之三处折断了!

喙是鹤赖以生存的重要器官,取食、理羽、筑巢、哺育雏鹤,须臾不能离开。喙折断了,就意味着生存受到威胁。梦鹤和两个孩子立刻围了上来,大家被这突如其来降临的灾难惊呆了。云鹤的神情十分沮丧,担心不言而喻:未来的日子,怎样生存下去呢?

梦鹤毅然挑起了家庭生活的重担。云鹤折断上喙的当天,梦鹤就开始为云鹤打理日常生活。冰面上有人送来了小鱼,云鹤无法叼起,神情十分焦急,梦鹤急忙赶过来,将小鱼一条条叼起来,然后喂到云鹤残疾的喙嘴里。进食之后,梦鹤又精心地为爱妻梳理羽毛,它细心地一遍又一遍把云鹤的每一根羽毛梳理服帖。鹤的前部羽毛需要逆向梳理,梦鹤每次都吃力地倒弯着脖子为妻子认真梳理。此刻,云鹤幸福地将头扎在翅膀里休息,心安理得地享受着丈夫对自己的深情和厚爱。

患难见真情。没有了上喙的云鹤,似乎不再像从前那么美丽,可是丈夫梦鹤丝毫没有嫌弃,反而更加呵护有加。在丈夫的精心呵护照料下,云鹤渐渐恢复了自信。风和日丽时,夫妻俩像往常一样,在洁白的雪地上,欢快地振翅舞蹈。梦鹤展开宽大的羽翼,为云鹤展示它那刚健的舞姿;云鹤则向梦鹤深深地鞠躬,表达内心对梦鹤由衷的谢意。两个孩子站在一旁,感动地看着眼前的一幕。

又一个春天来临了!折断上喙的云鹤,在丈夫的精心照料呵护下,平安地度过了难熬的寒冬。两个孩子也第一次经受住了严冬的考验,更加成熟起来。在这浪漫多彩的季节,梦鹤与云鹤和许多同伴一样,将要鸳梦重温,为新一轮的生儿育女做准备。

它们首先要做的是,让两个孩子远走高飞,独立生活。已经一岁的哥儿俩,不再是乳臭未干的黄毛小家伙,出落得一身黑白分明的羽毛,英俊帅气,飞行、觅食、躲避风险和灾害,各种本领基本都已掌握,应该能够自立了。当然,它们还要在生活中历练。它们身上的特征和父母唯一不同的是,顶上的丹红还没有长出来。丹顶鹤的红顶,要到它们三岁时,才会长出来。那时,它们也开始谈婚论嫁,组建自己的家庭了。

哥儿俩怎么舍得离开亲爱的父母,离开这个温馨的家园呢?不论父亲梦鹤怎样连踢带啄地一次次驱赶它们,将它们撵出很远、很远,兄弟俩还是一次次地返回家园。就这样,来来回回僵持了一个多月。

暮春的一个午后,阳光和暖,残雪渐消。父亲梦鹤望着两个恋家的孩子,不得不下狠心了。梦鹤用喙尖猛啄两个孩子,迫使它们离开。此时,母亲云鹤站在丈夫背后,眼眶湿润,也许是不忍心面对这难舍难分的一幕,它难过地转过身去。哥儿俩终于明白了父母的良苦用心,挣扎后退了几步,振翅飞到空中,盘旋了好几圈,向亲爱的父母和温馨的家园告别,然后扭头向陌生的远方飞去……

孩子们走了,至爱岛上其乐融融的一幕不再现。梦鹤与云鹤虽然知道这一刻迟早要到来,但身临其境,还是忍不住一时的忧伤。郁郁寡欢了一些日子,梦鹤与云鹤的心情渐渐平复,走出了痛别爱子的阴影。一个阳光灿烂的日子,它们乘着春回大地、暖气频吹,直冲云霄,比翼齐飞,开始尽情享受久违的二人世界的轻松和自由。

然而,天有不测风云,"鹤"有旦夕祸福。美丽的扎龙湿地,是禽鸟的天堂,也是各种野生动物钟爱的栖息地。茫茫原野,凶兽出没,风险也会发生。

2005年3月的一天下午,梦鹤独自回到至爱岛,没见到爱妻云鹤。等了一会儿,不见爱妻的归来,梦鹤便站在岛上的最高处,眺望远方,昂首大声呼叫。仍没有爱妻的踪影,梦鹤有点急了,焦躁不安地在至爱岛上来回奔走,左顾右盼,拼命地呼叫。呼叫时它将喙几乎张到极限,仿佛马上就要撕裂一样。还是得不到回应,梦鹤冲上云天俯瞰搜寻,不一会儿它又低空滑行,仔细察看着地面的动静。它边飞边叫,声声泣血般的呼唤,在天地间久久回荡。

已经离开它们独立生活了一段时间的两个孩子,听到父亲梦鹤非同寻常的叫声,也急忙飞了回来。这时它们才知道,亲爱的妈妈不见了!它们跟随父亲,腾空而起,父子仨边飞边大声地鸣叫,空旷的扎龙湿地上空,响彻着三只丹顶鹤此起彼伏的凄厉叫声。

父子仨飞翔了很久后,梦鹤带着两个饥肠辘辘又筋疲力尽的孩子,降落在以前它常常和云鹤缠绵的土岗上。梦鹤站在高处继续不停地寻找、眺望、呼叫,孩子们抓紧时间捡拾草籽充饥。夜幕降临了,梦鹤带着两个孩子来到和云鹤经常栖宿的地方,焦急地眺望着远方,期盼云鹤的身影能够奇迹般地出现。直至明月高悬,父子仨还在继续守望着,期盼着。

前去投料的王克举也发现了这一异常情况,他的心情与梦鹤一样焦急,驾驶着小车,一边追踪拍摄,一边加入寻找云鹤的行列。

早上出发的时候,气温很低,芦苇荡的路面被冻得硬邦邦的,车辆行走没有问题。可到了午后气温升高,路面化冻变得泥泞起来,只好低速行驶,穿行在芦苇荡深处。路面越来越烂,崎岖不平,车越来越难开,连排气管也刮丢了。不一会儿,汽车发动机的温度过热罢工,最后终于陷在泥泞里一动不动。

他只好丢下汽车,扛起照相设备,气喘吁吁地在雪地里艰难前行。第二天天还没亮,他就赶过去拍摄,发现父子仨仍然直着身子向着远方翘首而望。它们一定是经历了一个不眠之夜。而当夜色渐渐退去,天慢慢亮起来的时候,顾不上觅食的它们再次腾空而起,继续新一天的搜寻。

几天过去了,仍然没有云鹤的消息。就在梦鹤为寻找爱妻而悲伤焦灼之际,有一只对梦鹤爱慕已久的雌鹤跟踪而至,整日在梦鹤身边飞来飞去,大胆求爱,企图乘虚而入。梦鹤对雌鹤极为冷漠,它心中只有云鹤,继续苦苦寻找着爱妻的踪迹。但雌鹤却非常执着,一连好多天纠缠不休。心烦意乱的梦鹤忍无可忍,终于爆发了。它在空中、地面驱逐雌鹤,甚至像对待入侵者一样,直接对它进行攻击。雌鹤见梦鹤始终不为所动,只得悻悻离去。

再次降落到至爱岛上的梦鹤依旧痴痴地向远方眺望着。梦鹤看到王克举停在岛旁的轿车,便迈着沉重的脚步走过来迎接他。此时的他俩,早已忘记了彼此身份的不同,如同亲人相见一般,彼此理解对方内心的无助与悲伤。

王克举和梦鹤对望着,感到无比心疼,泪水止不住地流了下来。梦鹤也用悲伤的目光望着他,好像看懂了他的心思。片刻过后,梦鹤强打起精神,踉跄着脚步走进雪地,低下头开始一口一口地吞雪充饥。

知道梦鹤已经很多天没有好好吃东西了,他急忙跑去车里拿来准备好的小鱼。看到撒在冰面上的小鱼,群鹤争相跑来叼食,唯有梦鹤视而不见。它远离鹤群,形单影只地向远方眺望,向着就要没入地平线的夕阳发出声声撕心裂肺的呼唤。

夜幕降临了,梦鹤低垂着那曾经无比高傲的脖颈,眼里蓄满了凄楚与绝望的泪,凄惨的叫声划破寂静的夜空。

一天又一天的苦苦寻找,换来的是一天又一天的伤心、失望。二十几天过去了,奔波劳累和寝食不安使梦鹤身心疲惫到了极点。这时的它脚步踉跄,暗自神伤,昔日的英姿已经荡然无存。它落寞的神情,仿佛在追问:爱妻云鹤,你在哪里?

梦鹤的心碎了,王克举的心也碎了。

经过二十几天的跋涉与寻找,王克举最终发现了云鹤的踪迹。不幸的是,昔日美丽的云鹤,只剩下一地血肉模糊的尸骨,上喙折断的头颈被甩在不远处。它已经遇害了!它是被豹猫,也就是人们常说的山狸子所害的。尽管他心里早有预感,可是当真的看到云鹤残破的尸骨时,他的泪水还是止不住夺眶而出。他怕梦鹤看到这悲惨的一幕,遭受不住打击而出现意外,赶紧强忍住泪水,用芦苇将云鹤就地掩埋。他希望梦鹤能继续追求自己的美好生活!

时间一天天过去,南飞的鹤群纷纷回归自己的家园,一对对情侣互诉衷肠,对舞欢歌。梦鹤在一旁冷眼观望,心生悲凉,看着看着不由得背过身去,神情更加落寞沮丧。一场暴风雪突然袭来,梦鹤没有选择躲避,而是呆呆地站在风口。

扎龙湿地真正的春天终于到来了。如血的残阳,再次染红了已经开始融化的湖面,梦鹤来到它曾经与云鹤花前月下、尽情舞蹈的岸边,久久伫立。有时梦鹤张开双翼一动不动地站立着,这是鹤发情时的典型动作。一遇到空中有鹤飞过,它就仰天哀鸣,凄厉的叫声中透着嘶哑和无尽的哀伤。

偶尔,梦鹤也会找寻早已独立生活的两个孩子,深情地注视着它们。当看到两个孩子稳健的步伐后,它才起身放心地飞走。整个夏季,梦鹤都是在寻找和等待爱妻云鹤中度过的。它走在熟悉的芦苇丛中,走在满是枯草的沼泽里,一遍遍地寻找,一处处地探访,每一处草丛,每一湾滩涂,它都仔细地搜寻。它的目光中透着哀伤,眼里蓄满焦急和期盼。当繁殖期过去后,梦鹤确信云鹤真的不会再回来了。

这天午后,王克举到梦鹤的家园看望它,它像往常一样飞过来迎接他,这是它降落在老朋友面前表示欢迎的招牌动作。经过几个月的苦苦追寻,身心疲惫的梦鹤苍老了许多,左右两翼的大型飞羽明显脱落,露出稀疏不整的绒羽,显得十分憔悴。王克举知道这是丹顶鹤在换羽,尽管如此,梦鹤的改变仍使他心中阵阵酸楚。

梦鹤围在他的身旁转了两圈,然后一步步穿行于芦苇荡中。它的脚步踉跄,走几步就要回一下头。也许只有在这转身回望之间,才能让自己得到一丝的慰藉。

梦鹤走出芦苇荡,突然腾空而起,它俯瞰着这个生活了二十几年的家园,俯瞰着这片让它无限眷恋与牵挂的大地,越飞越高。飞到一定高度后,它又忽而反顾。无尽的不舍与眷恋,让它几度上下翻飞顾盼。在三声响彻云霄的哀鸣过后,梦鹤突然用力挥动双翼,急速飞翔,风驰电掣般冲向天空。它越飞越高,在王克举的视线里越飞越小。

梦鹤走了,再也没有回来。它怀着对爱妻的无限思念,怀着对家园的万般不舍,毅然向着未知的茫茫远方飞去……

在梦鹤绝尘而去、追爱天涯的苍凉画面前,王克举讲完了梦鹤与云鹤的旷世绝恋。王克举的神情十分凝重。对他来说,每一次讲述梦鹤与云鹤的悲剧结局,都是极其痛苦的。不是亲身所历,难有那种无法排解的锥心之痛。

我不由得想起了小提琴协奏曲《梁祝》主创之一的音乐家何占豪,为清华大学出版社的画册《与鹤共舞:丹顶鹤的隐秘世界》撰写的《真爱永恒,千古绝唱》序言:

> 在人类的历史长河中,那些撼天动地的旷世绝恋总能穿越时空,让人扼腕叹息。从《梁山伯与祝英台》到《罗密欧与朱丽叶》,我们对于传说中海誓山盟的青年男女,现实中患难忠贞的耄耋伉俪,始终怀有一种发自内心的感叹和震撼。《与鹤共舞:丹顶鹤的隐秘世界》也正是这样一幕追求真爱、跌宕起伏、感人至深的纪实全剧。

多么难得的知音之论!人世间的"梁祝",在哀婉动人的优美旋律中,展示海誓山盟的纯情;禽鸟世界里的"梁祝",在赏心悦目的图画中,呈现患难与共的至爱。它们穿越时空,交相辉映,向人们传递着、呼唤着似乎缺失已久的最宝贵的情愫。

王克举在拍摄、研究丹顶鹤的同时,也关注其他鹤类。全世界现有十五种鹤,中国(亚洲)有九种,齐齐哈尔扎龙有六种。他尤其青睐生活在云贵高原的黑颈鹤,他的黑颈鹤专题摄影,同样惊世骇俗,具有很高的生态保护和文化价值。

从2002年开始,他在追踪拍摄梦鹤与云鹤之余,离乡背井,千里迢迢,远赴云南昭通,观察、拍摄、研究黑颈鹤。有五个年头的春节,他是在昭通大山里,孤身一人,端着相机与黑颈鹤相伴度过的。2016年持续拍摄一百多天,拍完八百多个120专业胶卷,用坏了四台相机。体重减了近二十斤。他患有气管炎,整日背着摄影器材在海拔两千米左右的高原奔走追拍,时常因缺氧累得喘不过气来,甚至几近昏厥。

诗人刘亚彬曾撰联称颂王克举:

> 清唳向月,羽丰骨瘦,不以己喜己悲,非圣德焉能如此?

> 孤标合松,趾短喙长,何尝患得患失,是贤能才会这般。

看着王克举骑着一辆半新不旧的三轮助动车,在古民居博览园中驶来驶去,或者面对面和这位头发花白、穿着售价低廉的两用衫的东北大汉交谈,你很难把他同"圣德""贤能""摄影大师"这样的美誉联系在一起。

他孤独而又执着,谦逊而又坚毅,有着传统文人敬天爱人的家国情怀,又有着追撵时代潮流的超前生态意识。也许正因为如此,他才能取得如此不凡的成就和声誉——

他成为"花自己的钱,办人类的事"的民间环保使者。他个人出资创建的扎龙"梦鹤苑·王克举鹤类摄影艺术主题公园",是我国第一个民间资金投资建设的鹤类保护宣传教育中心。梦鹤苑开园时,国家环保总局派人专程到现场宣读贺信。二十年来,梦鹤苑义务接待了以大、中、小学生为主体的大量观众。"地球日之父"丹尼斯·海斯称赞王克举说:"感谢你拍摄的稀有、美丽的丹顶鹤作品,以及你为中国环境保护所做的工作,因为你的努力,这些鹤的生存环境会更加美好!"时任国际鹤类基金会常务副主席的吉姆·哈里斯称主题公园"具世界顶尖水平,是对世界的贡献"。2005年,王克举获中国环境文化节"绿色中国年度人物"提名;在中华文化促进会和凤凰卫视联合主办的面向全球华人的评选活动中,王克举被评为2017年度"中华文化人物"。

他成为开创利用摄影手段研究鹤类生态学的第一人。他用相机定格了丹顶鹤觅食、洗浴、抖翅、梳理、嬉戏、休眠、显威、鸣叫、起飞、滑翔、降落、争斗、跳舞、求偶、交配、孵卵、育雏等千姿百态的瞬间,全面详尽记录了丹顶鹤、黑颈鹤的生态习性、繁衍生息过程,及其同生态环境的密切关系。特别是在人类发明摄影术以来,他首次用持续跟拍的方法,忠实记录了一对丹顶鹤生死与共的忠贞高贵行为。北京林业大学著名鹤类专家郭玉民博士评价他的作品说:"作为学术资料翔实可靠,是难得的参考文献;作为普及读物通俗易懂,是绝好的教育佳品;作为科海史料空前少后,是宝贵的典藏图书。"世界著名环保组织——国际鹤类基金会(ICF)聘请他为唯一公益摄影师,他无偿为该组织提供鹤类图片,为传播中华鹤文化和中国生态文明建设的成就做出积极贡献。

他成为著名的鹤类摄影艺术家。野生动物摄影是摄影题材中难度最大的类别之一。半路出家的王克举,积二十年之功,历尽艰辛,刻苦钻研。为了追求影像的高雅和永恒价值,他始终使用120专业胶片拍鹤,已经拍了六万多张专业胶片。他将丹顶鹤和黑颈鹤的摄影艺术推向极致,"拍出了丹顶鹤的灵魂世界"。《中国摄影》《大众摄影》《人民画报》《中国画报》《中国摄影家》等报刊均发表过他的摄影作品,有十余幅作品被制作成邮票和邮资明信片公开发行;先后应邀在中国第五届摄影艺术节、中国焦作国际摄影艺术节举办摄影展,并前往韩国、澳大利亚等国举办专题摄影展;三次获得《中国摄影》年度专业反转片大赛"摄影十杰"大奖;多幅作品在美国、日本、新加坡、马来西亚、斯里兰卡等国际摄影大赛中获奖;还应邀进京为清华大学学子举办摄影讲座,为中央芭蕾舞团创排以徐秀娟为原型的芭蕾舞剧《鹤魂》的演职人员做丹顶鹤的行为解读;先后创作出版了五部以丹顶鹤为主题和梦鹤与云鹤故事的画册。这些专著集环保科普、鹤文化传播和摄影艺术为一体,格调高雅,画面精美,文字优美,充满正能量,具有感人的艺术魅力。

与鹤共舞——王克举摄影艺术馆成为古民居博览园又一个热门"打卡"地。梦鹤与云鹤的生死恋,每每令观众动容。一位来园区洽谈跨境电商业务的墨西哥女士,慕名前来参观。她莲步轻移,起初为梦鹤与云鹤的"热恋"而惊讶欣喜。当讲解员讲到云鹤失踪,梦鹤久寻不果时,她的神色变得沉重起来。她的脚步慢慢地移动,突然,云鹤血肉模糊的尸骸画面出现在眼前,还没等讲解员开口,她的眼泪就扑簌簌流了下来。参观完展览,她连声说:

"太感人了!摄影师了不起!"

一个秋日的下午,我在王克举的摄影艺术馆工作室里,和他隔案对坐,品茗交谈。他往后梳着的长发,比三年前我刚见到他时,似乎更白了。为了写好他的故事,我不揣冒昧,问起他的家庭生活近况。

王克举坦然地告诉我,他儿子赴美留学,硕士毕业后在西雅图工作,并已成家。做医生的妻子,成为心血管疾病专家,现在已是当地一家知名医院的副院长。

说到这里,他看了我一眼,淡然一笑,大嗓门变得低沉起来,这么多年,他因沉浸于鹤类摄影,浪迹四方,对家人关心甚少。

王克举沉吟片刻,面色愧怍地说:"我对不起他们!"

顿了顿,他又说:"今年11月,我还要去云南拍黑颈鹤的。"

第七章　苍洱毓秀

第一节　三坊一照壁

　　大理有一批白族民居要拆除的信息,是骆燕军2018年底打电话告诉我们的。那段时间,他一直忙着为客户在即将举办的2019年北京世界园艺博览会主题公园里修建一栋白族民居。在此过程中,他得悉大理有一批面临拆除的白族民居,问我们要不要收购,他也将此信息报告了马国湘。马总当即嘱我去大理调研,关照我说,如有价值,一定要抢救收藏下来!

　　2019年1月15日清晨5点,手机闹铃响了。我起床洗漱后,打的去虹桥机场。我乘坐的是东航MU9720飞丽江的航班,安检后,时间还早,我便找一家餐厅吃了早点,随后到登机口坐下。

　　不一会儿骆燕军也到了,他和我乘同一航班。飞机晚点半个多小时起飞,近四个小时的航程,中午12点20分降落在丽江三义国际机场。此行是去大理白族自治州下面的鹤庆、洱源两地考察,这两个地方没有机场,但丽江三义国际机场距离鹤庆很近,到鹤庆县城不足二十公里,比到丽江古城还近一些。

　　当地古建商张子成和他的儿子张恒林开车来接我们。出机场不远,有一家"一嗨租车",骆燕军租了一辆小车,我上这辆车,跟着张子成父子的车去丽江古城。

　　不一会儿,就到了古城预订的酒店,办妥入住手续,放好行李,已是下午3点,我们出酒店去古城小街上吃午饭。

　　从酒店出去不远,有一家叫云雪丽的餐厅,早已过了午饭时辰,顾客寥寥无几。我们坐下,点了雪山鱼、黑松露炒饭,价廉物美,美味可口,吃得特别香。

　　随后几天里,我们的小车奔走在滇西北的莽莽原野上,每天要驶好几百公里。见识了鹤庆和洱源两地风格独特的白族民居之美,也发现了令人激动的故事线索。

　　洱源是骆燕军开车和我去的,张子成父子未去,那里另有一个古建商接洽。我们一早出发,从丽江古城过去,大约一百二十公里两个小时的车程,中午11点多就到了。

洱源是大理白族自治州下辖县,有"三诏故地,高原水乡"之称。顾名思义,洱源就是洱海之源,境内弥苴河、茈碧湖是洱海的主要源头。

接待我们的是当地的一位郑姓古建商,他的工作基地就在美丽的茈碧湖畔,场地上堆着不少古民居构件。郑老板说,他做这项工作已经三十多年,收过不少白族老房子的各种木构件。

"都拆得差不多了,现在能找到原汁原味的老房子,已经很少了。"郑老板慨叹说。

我们跟着他的车,开到洱源县右所镇一个叫中所的村落。首先要看的,是一栋三坊一照壁的"进士第",据说这栋老宅最早的主人是本地一个姓侯的进士。

郑老板特别强调说:"这栋老宅有二三百年了,现在很难找到这么老的三坊一照壁。"

传统白族民居一般以三开间两层为一建筑单元,称一坊。在此基础上,可灵活组合:一坊左右各加一坊,形成凹字形布局,即为三坊。三坊底层均带有宽阔的厦廊。庭院方正,院前建面墙,连接左右两坊厢房,称照壁,大门开在照壁靠近厢房边侧,一方面显得私密,另一方面使得照壁面墙完整。此即三坊一照壁。如果在照壁位置再建一坊,则成为四合院,形成四合五天井格局。进一步把三坊一照壁和四合五天井组合在一起,则成为功能更全、格局宏大的"六合同春"大宅。

照壁是白族传统民居的精华之一。照壁十分讲究,上部有顶盖,有"一叠水"和"三叠水"式样。"一叠水"也称作"一字平",即照壁顶端呈一字形;"三叠水"是将壁面分成三段,中段高宽,左右两段稍矮并窄一些。壁顶做成牌楼状,更为讲究的是做成庑殿式屋顶,飞檐翘角,垂脊四分,斗拱层叠。粉墙壁面,彩绘描边,壁底用条石或青砖砌脚。壁面中间横排或竖排题字,或者将字镌刻在方块大理石上,镶贴在壁面上。一般为四字吉语,内容丰富多彩,有显示家世门风的,如"清白传家""琴鹤家声",有祈福纳吉的,如"紫气东来""福禄寿禧",有写景抒情的,如"苍洱来霞""山川聚秀",等等。

走进一条小巷深处,"进士第"高高屋顶的鞍形山尖,立刻吸引了我。

山墙装饰也是白族民居的特色之一。山墙上部的山尖,一般有两种处理手法,一种是人字形山尖,另一种是马鞍形山尖。马鞍形山尖就是顶部屋脊的脊角做成半圆状,形似马鞍。山尖绘有山花,图案丰富多彩、寓意吉祥,墙面上以不同形状的薄砖贴面。

眼前这栋白族民居是马鞍形山尖,山花已经漫漶,涂上了白灰。面砖横竖穿插拼贴成编织状,富有韵律感。两层楼之间的腰带厦还算完好,檐下联额部位方框中有残留的墨迹,题写内容已无法辨识。

大门的门楼也令我惊艳。白族民居大门分无厦和有厦两种,无厦即门头上没有屋檐,门头或为横梁,或为拱形。有厦大门同汉族古民居门楼相似,也有"一字平"或"三叠水"式。这栋老宅门楼为"三叠水"式,翼角高翘,灵动欲飞。檐下斗拱和左侧小檐已有损坏。门柱中段青砖,下段麻石。门口麻石踏步磨得黑亮而又不平,不知多少代人的双脚,从上面踏过。

走进大门环顾:这栋"进士第"确是一栋三坊一照壁合院,只是三坊犹在,照壁已不存。

老宅二层重檐的屋面上长满了枯黄的茅草,二楼墙面板和窗户已经破败,显然已经废弃。老宅底楼屋门都经过改建,好像都还住着人家。庭院里晾晒着被单、衣服。老宅在没有一丝儿云花的湛蓝天空映衬下,显得格外苍老、凄凉。

正屋客堂大门已改装成木框玻璃门,木板面墙和两边厢房花窗还是旧物,基本完好。两扇花窗外方内圆,镂空铜钱雕花,方框四角是四只蝙蝠浮雕。两旁各刻有一副对联。一副是:

幽室外数声鸟语
小窗前几点梅香

另一副是摘录的郑板桥诗句:

室雅何须大
花香不在多

郑板桥是康熙五十二年(1713)秀才,联语既然录有郑板桥的诗句,这栋老宅所建年代不会早于康熙年间。不过,即便是清中晚期所建,也是一栋难得的白族古民居。

更为难得的是,这栋"进士第"老宅的转角封火墙保存完好。转角封火墙亦称"落雀台",是白族民居独特的建筑设计。传统白族民居外墙不开窗,正屋和左右二坊屋角之间的转角处缺口,不是通过屋脊连接来加以封闭,而是由下而上,建一个半八边形的封火墙,将两坊连接在一起,使整个合院连成一体。封火墙平顶斜边,筒瓦水滴,檐下和对着院落的三个立面,均有彩绘。这一构造的形成,同当地气候环境有关。大理风大,所谓大理的"风花雪月"(下关风、上关花、苍山雪、洱海月),恼人的"下关风",同样闻名遐迩。洱源、鹤庆的风虽然不及下关猛烈,但亦不乏山风凛冽的日子。因此,避风是白族民居设计的一个重要考量。既挡风,又增添了几分人文气息。"落雀台"上时有鸟雀飞临,台上鸟语啁啾,院中鲜花盛开——白族民居的迷人魅力,于此可见一斑。

一个年轻女子端着一盆洗好的衣服出来晾晒,我上前问道:

"你好!你是一直住在这儿的吗?"

女子摇摇头,说:"不是,我们是临时租的房子,这里住的都是外面来租的。"

郑老板说:"房东也不姓侯,也是后来搬进来的。"

与右所镇相邻的邓川镇新洲北门有一座"邓川乡贤坊",此牌坊上所谓"邓川",系历史上大邓川之概念。至元十一年(1274),云南行省建立,设邓川州,领浪穹、凤羽二县。明初,裁凤羽县并归浪穹县。民国元年(1912)邓川改州为县,浪穹县更名为洱源县。此后两县建制屡有变化,1961年洱源、邓川两县合并为洱源县,延续至今。"邓川乡贤坊"正面和背面各有三块大理石碑,碑文载有明清两代邓川乡贤和科举中试者姓名、官职,其中仅有一位侯姓士人,名叫侯锡鍠。碑文记载,侯锡鍠于嘉庆二十一年(1816)考中进士,在福建做过知县。至于侯锡鍠乡里何处、行迹官声等,碑文不载,相关书籍资料亦无点滴记录。

正午的阳光照在"进士第"曲线优美的屋面上,茂密的茅草在寒风中摇曳。侯锡鍠是否中所村人,这栋老宅是否为其故居,不能断定。从这栋"进士第"的建造年代来看,同侯锡鍠身世颇为吻合。我想,侯锡鍠在福建做过知县,如果查考一下相关县志,也许能找到一些信息。不过,这栋老宅无论是不是侯进士的故居,都要设法抢救收藏下来,因为是我这两天寻访到的形制最为完整、年代最久的一栋三坊一照壁白族民居。

到镇上一家小饭店吃了午饭,上车赶路。驱车近一小时,到了茈碧湖镇一个村落。郑老板又领我看了两栋老宅,可惜均毁圮严重,且无人居住,利用价值不大。

已近下午4点,准备回程时,我们的车在茈碧湖边停靠了一下。

洱源境内弥苴河水系是洱海的主要水源,茈碧湖位于水系中上游,原来是一个天然湖泊。明代大旅行家徐霞客,曾在茈碧湖堤上优哉游哉漫步,还和朋友在湖上泛舟,并将所见美景写在《滇游日记》中:

> 乃遵堤西行,极似明圣苏堤,虽无六桥花柳,而四山环翠,中阜弄珠,又西子所不能及也。湖中鱼舠泛泛,茸草新蒲,点琼飞翠,有不尽苍茫,无边潋滟

之意。

遂泛舟而北,舟不用楫,以竹篙划水而已。渡湖东北三里,见湖心渔舍两三家,有断堘垂杨环之。……仍泛舟西北二里,遂由湖而入海子。南湖北海,形如葫芦,而中束如葫芦之颈焉。湖大而浅,海小而深。湖名茈碧,海名洱源。

茈碧湖又叫宁湖,当地百姓爱叫它茈碧湖,是因湖中生长着一种珍贵的水生植物——茈碧花。茈碧花为洱源特有,据说仅日本有少量此花。属睡莲科。花、叶似荷花莲叶,然较小。根茎植于水底泥中,茎蒂长可数丈。夏季开花,花瓣有粉红镶边和黄白两种,花蕊金黄,花香清馥。神奇的是,茈碧花每日只在午后绽放数个时辰,其余时间花瓣闭合,宛如少女含羞掩面,楚楚动人。

茈碧花得名还有一个美丽的传说。从前,湖水时常泛滥成灾,龙王将爱女远嫁,以保一方平安。龙女舍不得辞别家乡,出嫁时,泪水涟涟滴落湖中,化为冰清玉洁的小花。"茈碧"与"辞别"音近,故而人们就把此花叫作茈碧花。

当然,这只是传说,真正兴利除弊的是共产党领导下的洱源人民。新中国成立后,茈碧湖建成具有排涝改浸、防洪灌溉功能的大型水库,茈碧湖这颗高原明珠越发璀璨夺目。

我想,徐霞客说茈碧湖胜过西湖,恐怕主要是觉得茈碧湖的水太美。你看,即便是眼下冬日的茈碧湖,水静山寒,波澜不兴,浩瀚的湖面,倒映着万里无云的蓝天,倒映着透迤的山峦,也是那么清澈碧透、明丽迷人。

一日里从丽江古城到洱源茈碧湖畔,来回车程将近三百公里,虽然只看了三栋老宅,并且有点累,但是能找到一栋形制基本完整的清代三坊一照壁白族古民居,我仍觉得不虚此行。

鹤庆也是大理下辖县,位于大理白族自治州北部,北和丽江玉龙纳西族自治县接壤,东临金沙江,南接鸡坪关且同宾川县交界,西依马耳山并与洱源、剑川两县毗连。鹤庆在唐宋年间曾称鹤川、谋统,元至元八年(1271)设鹤庆路总管,至元十一年(1274)改为鹤州,至元二十一年(1284),升鹤州为鹤庆府。

鹤庆自古地处南方丝绸之路的要冲,唐代以后,成为南诏国的北方重镇,连接滇藏的茶马古道上的历史文化名城。

从丽江古城到比邻的鹤庆,仅几十公里路程。

我们的车子披着高原冬日午后的阳光,一路向南。天空湛蓝,白云缭绕,远山逶迤,时有清凌凌的水面从远处掠过。不到一小时,到达一个白族村落。

张子成父子领着我们往前走,说:"鹤庆留下来的老房子已经很少了,许多人家孩子大了,这几年经济条件也好了,都拆掉老房子盖楼房。"

放眼望去,村子里大部分都是新建的砖瓦楼房。白族传统民居寥寥无几,有的经过翻建修缮,依稀残留着一些老房子的韵味,有的残破不堪,则完全无法居住使用了。

我们走进一条狭窄的长巷,一侧是用红砖重砌过的老房子山墙,另一侧是一栋老房子的青砖山墙,张子成上前敲了敲这栋老房子已经风化发黑的苍老大门。

一个中年人开门把我们迎进屋里,他是这栋老宅的主人,姓田,白族人。

张子成说:"老田,你给介绍一下老宅。"

老田穿着一件米灰色薄袄,皮肤古铜色,头发花白,梳着很整齐的分头,显得很干练。

老田说:"这是我们家的祖宅,住在这里有四代了。太祖父是木匠,大木作师傅,这栋房子是他自己盖的。"

我说:"有一百多年了吧?"

老田说:"是的,清末的,太破旧了,没法住了,新房已经盖好了。"

这是一栋比较完整的三坊一照壁白族民居,但与形制较典型的此类建筑比又有所变化。

鹤庆白族传统民居的大门多为东向,大都开在照壁靠近左侧厢房的东北角,不似江南、中原等地古民居坐北朝南,大门一般开在面墙中间。鹤庆人家大门这样的朝向,是地势使然。鹤庆县境内群山环抱,由丽江玉龙雪山向南延伸的马耳山位于县境西部,海拔3900多米,为全县最高峰。马耳山由北向南,层峦叠嶂,起伏绵延近80公里。县域地势西高东低,北高南低,故村落、民居多坐西朝东,依山面水。亦有坐北朝南的,老田家即是一个例外。

老田家的这栋老宅可谓是一栋简化版的三坊一照壁。因所在巷子东西向,大门开在巷子里,故老宅坐北朝南。我们进来时,西斜的太阳照进院子,朝西的东厢房一片光明。与众不同的是,田家老宅正屋仅三开间一层,面阔和进深均明显窄小,且无厦廊。主屋同左右二坊厢房的连接处,也没有白族民居独有的转角雀台。左右二坊倒是二层,三大开间,筒瓦重檐,厦廊宽阔。照壁无装饰,在两端同左右厢房连接处,各有一道封火墙。左侧厢房木板面墙和门窗有不少损坏,右侧厢房面墙和门窗则基本完好,特别是二楼横竖条格漏窗,虽然木质已经风化发黑,但岁月的风尘掩饰不住其曾经的典雅精美。从屋内陈设看,坐西朝东的右侧厢房是当作主屋派用场的。

征得老田同意,我们上了楼。楼上供奉着田家祖宗牌位,堆放着一些杂物。我透过精美的条格花窗看对过厢房铺满西斜阳光的筒瓦屋面,眼前呈现出奇妙的光影效果。

下楼来,我问老田:"正屋只有一层,是改建过了吗?"

老田说:"面墙重砌过了,一层原本如此。当时盖这栋房子,两头都有人家,主屋只能盖得小一点。"

我点点头:"原来如此。"

辞别老田,我们开车去另一个乡镇的白族村落。我看看手表,已是下午6点,但山峦原野依旧阳光灿烂。我想,此时的上海,早已暮霭四合、灯火万家了。

不一会儿到了一片正在拆迁的宅基地前,断石碎砖堆得很高,枯黄的野草没过了膝盖。眼前是一栋少见的面阔五开间的二层老宅,"三叠水"屋脊,屋面和廊檐上也都长出了稀疏的茅草。斜格门窗还在,只是已经完全发黑,有几扇门已卸下搁在一旁。门旁挂着一块牌子,上面写着:"危房(无人居住)请注意安全"。

我小心翼翼跨进门槛,屋内空空如也,厢房壁板上有一张已经褪色的残破纸片,是一位张姓舅父写给外甥的贺语,内容已看不出来。另一块已经风化的雕花隔板上,残留着一些墨迹。我近前仔细辨识,有"八本堂"三字,还隐约可见"居官以不要钱为本"等字样——原来是屋主抄录的曾国藩"八本"家训。

危房不可久留,我退出屋外,问张子成:"有没有这栋老宅的资料?"

张子成说:"没打听到,这栋宅子空关好几年了,住家也不是原来的主人。"

我又看了旁边一栋空关的老宅,二层三开间,二楼中间有阳台栏杆,大门上着锁,檐廊下堆放着一大堆旧梁柱,可能是两侧房屋拆下来的木料。从地基看,这栋老宅原来可能是一栋三坊一照壁合院,并且同刚才看的那栋老宅一样,都是典型的白族民居。建造年代不会早于清末,雕花壁板上残留的曾国藩"八本"家训可以为证。

接着我们去看位于县城街坊里的一栋老宅。停好车,张子成领我们走进一条弄堂,七拐八弯,来到一栋老宅前。老宅门锁着,这是一间三开间的白族民居,二层重檐,有宽宽的厦廊。六扇雕花镂空木门,两旁各有一扇斜格镂空花窗。连接檐柱和屋柱的穿枋也有精美的卷草雕花。面墙和门窗涂过朱红色的油漆,门楣上有门牌号码。

张子成打了电话,不一会儿来了一位胖胖的戴着白族黑色圆帽的阿妈,打过招呼,她打开门把我们让进屋里。

阿妈对我们说,她姓杨,白族,夫家是汉族,她是从别处嫁过来的。这栋房子是他们家的老宅,已经空关好久了。

张子成说:"这里也是民族风情街规划范围,不过这栋房子不在保护之内。"

屋内家具已经搬空,清扫得很整洁。屋柱、梁枋粗硕,全无雕饰。上二楼,房间隔板还是新安装的。屋脊和抬梁间有少许木雕构件装饰。从木质风化程度看,这是一栋建于民国年间带有些许白族风格的民居。

告别白族阿妈,出弄堂走不多远,我见前方十字路口有一座漂亮的楼阁,忙问张子成:

"那是云鹤楼吗?"

张子成点头应道:"是的,是的。"

我说:"去看看。"

没想到已经来到了有"白族民族风情博物馆"之称的鹤庆县城"民族风情街"。

张子成给我介绍说,这儿是鹤庆县城中心。1996年2月3日,丽江发生七级大地震,与之毗邻的鹤庆县城也遭到严重破坏。在各地的大力支援下,鹤庆人民经过几年的拼搏,奇迹般地建起一横(南大街)一纵(鹤阳大道),汇集白族传统民居、民族风情浓郁的"民族风情街",而名冠滇西北的名楼——云鹤楼,就坐落在这两条宽阔大街的十字路口中央,是风情街也是鹤庆的地标性建筑。

云鹤楼原名安丰楼,始建于明正德九年(1514)。落成以来,五百春秋,几度兴废。光绪二十七年(1901),鹤庆籍时任广西提督陆军上将丁槐回乡省亲,见斯楼损坏严重,遂会同其两个兄长捐资重修。光绪三十年(1904)春竣工,一时新楼祥云缭绕、白鹤来仪,故易名为云鹤楼。1981年,县人民政府拨款维修。1999年,结合"民族风情街"规划建设,再度加固翻修,古楼焕然一新,风采重现。

我踏着小石块马路,走近云鹤楼。这一段路面没有铺沥青,而是用小石块铺砌,平添了几分古意。楼的周边,围栽着一圈低矮的绿植。楼高近20米,三层重檐,庙黄筒瓦,飞檐翘角。二、三层四个檐角有红漆檐柱支撑,垂脊饰以金龙,脊角悬挂铜铃,檐下斗拱层叠,横枋彩绘描金。这是一栋楼阁式建筑,坐北面南,拱门高大,二、三层各十扇雕花排窗,内部实际是明三暗四层。

南侧拱门上端题有"文通武达"四个鎏金大字,系丁槐所书。拱门两侧有蓝字长联。该联系同治举人杨金和撰,原系丁槐仲兄、官至二品的丁彦所书,后遭毁损,由鹤庆书法家宣伯超补书。这是一副八十二字的长联:

小结构到底何奇?想洞纪龙眠,石传象跪,诗题竹树,果种菩提,为儒、为

释、为帝王,蕞尔微区,其中大有人在;

真逍遥当前即是。看朝霞虹映,夜月蟾辉,宝岭秋光,漾江春色,好山、好水、好景物,取之不尽,此外匪我思存。

北门拱门上端有丁彦所书"民安物阜"四个鎏金大字。两侧也有一副楹联,系金墩乡光绪举人杨金铠撰,清末书法家黄致中书丹。该联长一百三十二字:

筚路启山林,草昧经纶几创垂,斯臻完备。环桥每观听,羡崇祠乡贤名宦,两俱襃然压班。为茧丝乎?为保障乎?夺班巧者蜀龟,溯当日曳泥锦楼,成城四围,缔造敢忘高进义;

桑田变沧海,庄严璀璨诸繁盛,半即摧残。杰阁偶登临,喜边邑城郭人民,今并幸而如故。孰主宰是?孰纲维是?怀故都兮辽鹤,知异时停云华表,去乡千岁,来归犹说丁奋威!

两副长联文辞隽永、对仗工整、韵律优美,描摹了鹤庆的江山胜景、人文风物,堪称佳联。

也许为时已晚,登楼的门关闭着。我退到路边稍远处,端起相机拍照。镜头里,一抹斜阳,照在云鹤楼高高的红墙、鲜艳的彩绘木构和金光闪闪的题额上。背景远处是蔚蓝的天空、透迤的山峦、低垂的白云,近处则是绿树掩映的街景。

已近晚上7点了,我们上车回丽江古城。望着渐行渐远的云鹤楼,我想,此次未能登楼远眺,也没有时间逛一逛风情街,颇有些遗憾。但更令我觉得遗憾的是,今天跑了半天,收获不大。看过的几栋白族民居,特色也不明显,也没有可供深入采访挖掘的故事。

张子成见我有点失望,说:"明天要看的一栋老房子,有人住的。"

"是吗?"我将信将疑。明天的寻访,会不会也像今天一样的结果呢?我有点担心起来。

第二天,我们去的是县城南边的金墩乡。金墩乡与县城所在地云鹤镇接壤,位于有"滇西北明珠"之称的鹤庆坝子南段。所谓坝子,是山谷、丘陵间的平地。金墩乡境内东、南、西三面环山,丘陵起伏,仅中部是一块宽阔的盆地。发源于玉龙山南麓的漾弓江,奔流而下,穿境而过。漾弓江也称漾江,是鹤庆的母亲河,两岸风景如画。同治举人杨金和所撰云鹤楼南门长联中漾江春色、朝霞虹映、宝岭秋光、石传象跪等美景,都在乡境内。这些景色,早在明清时就遐迩闻名。如今物换星移、沧海桑田,漾江两岸除了自然风光,又增添了许多新农村景象。

我们的车沿着平坦的乡镇公路向南疾驰,沿途村落一些墙面上,刷着醒目的大标语:"打赢脱贫攻坚战""安贫可耻,脱贫光荣"。

不一会儿,我们的车在公路旁一座大照壁前的广场上停下。这儿是金墩乡化龙村的入口。

在村口建大照壁,是白族村落的一大特色。村口照壁称"风水照壁",是村民祈福的象征。化龙村这座照壁,有两层楼高。横纹条石基座,青砖贴面边框。看建材成色,当是近年新建。壁顶系"一叠水"庑殿式,屋脊凹曲,脊角高翘,柔美灵动。檐下三道横枋斜撑,施以彩绘。照壁正面粉墙中间镶四块一米见方的棕色大理石,上面刻印着四个墨绿色草体大字:"起凤腾蛟。"

檐下联额部位是一排长条框和小方框,方框中绘有青松、翠竹、红梅、山水图案,条框中题有警言及今人所拟联句、七言诗。

整座照壁背依山岭,蓝天映衬,气势不凡。

照壁前小广场连着一条宽阔整洁通向村中的水泥道路,我们要看的老房子离村口不远,上车片刻就到。车在一扇朱红铁皮大门前靠边停下,门半开着,张子成在门口招呼一声,便领我们进去。院子很大,平整的水泥地面,沿院墙脚砌成花坛,栽种着花木。两个戴着一白一黑牛皮礼帽的老人,正坐在院子中间晒太阳。

老人见我们进来,站起身来,戴白礼帽的老人拄着四脚拐杖。

张子成介绍戴白礼帽的老人说:"这是张道文老伯,白族人,今年八十四岁了。"

我拱手向两位老人致意:"打扰你们了!"

张道文约一米八的个子,穿着一件翻毛领羽绒服,虽然已是耄耋高龄,但精神似乎不错。

他领我们看房子。

张道文家的房子占地很大,坐西朝东,略偏东南。看得出,原来是典型的三坊一照壁白族民居。左侧现已翻建成楼房,右侧一坊也已不存,仅剩一些老宅辅房。照壁也已改建成了低矮的院墙。但保存完好的正屋和西北角废弃的阁楼以及漏角天井,可以想见该宅当年的格局和风采。

正屋二层重檐,檐柱粗硕,柱础扁圆。檐枋和檐柱同屋柱之间的穿枋均精雕细刻,十分精美。堂屋三关六扇雕花木门,两侧厢房木板面墙,各开一扇镂空木雕方窗。二楼中间六扇排窗,略为内退,留出阳台,有半人高条格护栏。两侧面墙是整幅横竖条格镂空花板,条格构图精巧,呈斜方四边放射状。底楼木饰新涂过清水油漆,显得新亮。二楼一仍其旧,木雕已经风化发黑。

右侧一坊厢房虽已荡然无存,但正屋与其转角处的"落雀台"还在,且基本保存完好,对着院落立面的边框彩绘依稀可辨,只是右侧一面外墙已经剥落。

"落雀台"后面原配的二层耳房还在,不过已经废弃。底层面板已不存,里面堆着一些杂物,有楼梯通向阁楼。阁楼的斜格花窗还较完整。耳房前的漏角天井中有一口古老的水井,石雕六边井口,井底有水,水面照人,不过漂浮着一些枯枝败叶,估计它已废弃不用了。

白族民居的合院,一般要在正屋两侧"落雀台"后面加建称作耳房的辅助用房,用作厨房、仓储、厕所、畜厩。张家右侧的耳房,显然是原来的厨房和堆物间。

张道文示意我们进老宅察看。堂屋有楼板上下隔断,白族民居客堂的设置似乎和汉族古民居不同,汉族民居即便是二层,客堂上下也不隔出楼层,高大敞亮,或做客厅,待客会友,或做享堂,供奉祖宗灵位。白族则把祖宗灵位安放在客堂楼上,昨天看的老田家和杨姓阿妈家的老宅都是如此。

张家堂屋不仅有楼板上下隔断,而且前后一分为二,也用花板做隔墙,开一边门,通向里间。花板隔墙雕饰十分精美,上部是横竖条格镂空花板,中含一个"福"字,两侧隐约可见各一个"喜"字。中间是一块外方内圆的大幅镂空花板,圆内由许多雕成中国结和不同花卉的小方块排列连接,方块四角饰以蝙蝠状浮雕。

堂屋两边房间倒是通间,南厢房看上去是张道文的卧室。

上二楼的梯子设在"落雀台"旁边。张子成跟张道文老伯打了招呼,便领我和骆燕军上了二楼。看到屋顶木构,我方知这是一栋五架七檩穿斗式建筑。除屋脊主梁处有雕花支撑之外,其余木构均无雕饰。二楼也分隔成三间,中间供奉着祖宗灵位,楼板上随意堆放着一些杂物。

下楼来,我注意到老宅墙上贴着一张表格,标题是《金墩乡化龙村户情明白卡》,上面有家庭成员姓名,户主是张俊明,家庭成员为:李淑训、张道文、张华。表格内容有7个选项:家庭人均收入超3200元、不愁吃、不愁穿、住房有保障、医疗有保障、教育有保障、饮水有保障。分别有"达标""未达标"两个选项。表上全部打钩"达标",并有户主张俊明和两名调查人员签名,调查日期是"2017年12月5日"。

张子成指着表格上的人名说:"张老伯有两个儿子、两个女儿,张俊明是他的大儿子,平时在昆明做生意。张华是老伯的孙子。"

望着户情明白卡,我联想到开车过来沿途看到的"扶贫"大标语。国务院扶贫办2012年3月发布的国家扶贫开发工作重点县名单中,全国共有592个县,云南省高居"榜首",有73个县,鹤庆名列其中。

张道文见我盯着户情明白卡看,说:"每户人家都要建档立卡,我们家虽然不属于贫困户,也要登记,政府还定期来人检查。"

全国脱贫攻坚已经到了决胜阶段,想不到基层工作做得这么细。

一个中年妇女在院子里摆上了小方桌和条凳,我猜想大概是张道文的儿媳。她热情地招呼我们坐下,给我们三人沏了茶,还端来一盘花生,随后又为我们削苹果。张道文也在小椅子上坐下,另一位老人见我们谈事,起身告辞走了。

张子成提起话头:"这栋老宅很快就要拆了。"

张道文说:"孙子春节结婚,吃好喜酒,就拆了。"

张道文口中的孙子,就是户情明白卡上的张华。

我问:"老宅还可以住,为什么要拆掉?"

张道文说:"儿子要盖新房给我住。"

我点点头说:"噢,应该的!"

张子成说:"老伯当过兵。"

"还剿匪过呢!"说起当兵,张道文颇为自豪,话多了起来,不过可能是年纪大了,也可能口音如此,老人的话我听得不是很明白。

张道文说的大意是,他的父辈弟兄三人都很有出息,伯父张克刚曾在昆明陆军讲武堂学习,后投奔川军,参加过抗战。他父亲排行老二,红军长征过鹤庆时,曾去迎送过红军。叔父张克诚当过新中国成立前的《云南日报》总编辑。

"说起来,我伯父和朱德总司令算是同窗呢!"张道文以自豪的口吻说。

我一听,觉得这些情况太重要了,忙问张子成:"有没有老人家族的资料?"

张子成说:"我跟他们家里人说了,请他们帮助写一下。"

我说:"资料越详细越好。"

离开张家时,我突然想起:张道文说他的孙子春节结婚,等办好喜事拆老宅。张家用年轻一辈的一场婚礼,向老宅作最后的告别——这个安排也很有意义。

我对张子成说:"你打听一下老人孙子春节办喜事的具体日子,到时候我带摄制组过来。"

张子成说:"问过了,定在2月8日,正月初四。"

我问骆燕军:"那我们2月7日初三过来怎么样?"

骆燕军点头说:"可以,我们一起过来参加他们的婚礼,看看白族的婚礼是什么样子,这个很有意思!"

第二节　山国儿女

云南陆军讲武堂、红军过鹤庆、西南联大……金墩乡化龙村一座普通的白族民居,竟然同中国近代史和中国革命史上这些熠熠生辉的名字和事件联系在一起,太难得了!说不定这栋白族民居有一段不同凡响、特别有意义的故事。

遗憾的是,年迈的张道文老伯的讲述,以及古建商张子成收集来的信息,都语焉不详。张子成用微信给我发了张道文家族的简况,篇幅不长,大约五百字,较那天张道文给我介绍的略微详细一些。但其中有一条信息特别重要:张道文堂兄也就是张克刚的儿子张道一,是西南联大高才生,学生时代就参加地下党。张道一已离休,现居北京,《鹤庆县志》上有记载。

我查阅《鹤庆县志》,果然载有相关信息。第六编"人物表·建国后地师级以上干部表"中记载:"张道一,白族,北京第二外国语学院院长。"另外,张道一和张道文二人叔父的名字也在列:"张克诚,白族,云南省教育厅原副厅长。"可惜县志上只有二人姓名、职务简介,没有其他信息资料。这也许是"生不列传"的方志编纂原则使然。

我想,要弄清张道一、张道文父辈的具体情况,最好的途径就是联系到居住在北京的张道一。知道了张道一的具体工作单位,应该有办法联系得到他。只是我隐约有点担心的是,张道文已经八十四岁,他的堂兄张道一也是耄耋老人,这位西南联大当年的高才生,为中国人民解放事业做出过贡献的革命老人,身体还硬朗吗?愿意接受我们的采访吗?

正是"无巧不成书"。杨好根据马国湘指示,负责在主湖心岛筹建一座"外交故事馆",合作单位正是北京第二外国语学院。我立即请杨好帮助联系采访事宜。很快,北京二外有关负责人回复说:

"老院长身体很好,愿意接受采访。"

对方还给了老院长家的住址。

张道一家住在北京昌平龙泽苑小区。这天下午,胡雪柏开车来五洲宾馆接我,和他一起来的,还有他请来的一位专业摄影师。胡雪柏已经和张道一家人联系好,采访时要录像。

不到一小时,到达小区附近,胡雪柏把车停靠在路边,下车买了一篮水果。车开进小区,按照门牌号上了八楼,张道一和他的儿子张海东、儿媳在家。

老人和他的堂弟张道文一样身材很高,一头银发,蓝条衬衫外一件紫酱红毛衣,格子浅灰西装。没想到他已九十三岁高龄,精神矍铄,腰板硬朗。他热情地和我们一一握手,招呼我坐下。

胡雪柏和摄影师选好角度,架起摄像机,因为事先打过招呼,老人和家人也不介意。

老人儿媳预先和我们约定过,老人年纪大,采访限于半小时。因为事先已经把蚌埠古民居博览园的相关材料和我们拍摄的鹤庆化龙村原籍老房子的照片发给了他们,老人知道我们的来意,所以我的采访直奔主题。

张道一的儿媳说:"我爸爸耳朵有点背,你说话大声点,他就能听见。"

老人思路清晰,声音洪亮地给我们讲述起来……

半个小时很快过去。采访结束时,我问老人有没有相关资料,老人从茶几台板下拿出一本签好名的《张道一先生文集》送给我。起身时,我们见墙壁橱窗里有老人不同时期的工作照片和与家人的合影,遂请老人又给我们做了一些介绍。老人兴致很高,又从房间里拿出一本影集,招呼我和胡雪柏坐在他身边,边翻看影集边给我们讲解,里面有他同全国人大常委会委员长彭真、全国政协副主席杨成武将军等领导人的合影。

告别时,我紧握着老人的手,说:"谢谢您,给我们介绍了很好的情况。等你们家的老房子修好了,请您去看看。蚌埠古民居园区规模很大,当地政府也很支持。"

我的话音轻了点,张道一说:"我没听清。"

他的儿媳连忙过来复述道:"等老家的房子修好了,请您去蚌埠看看。"

张道一高兴地连声说:"好啊,好啊!"

我对张道一儿子、儿媳说:"祝福老伯身体健康,届时请你们一起去看看。"

采访圆满结束,老人执意送我们出门到电梯口。我拱拱手,向这位从遥远的西南边陲走来的革命老人致敬和道别。

此后,我花了不少时间仔细梳理张道一、张道文介绍的情况,以及张子成发来的信息,并收集查阅了相关书籍资料,特别是详细阅读了《张道一先生文集》,在此基础上,以张道一的经历为主线,编制了一份详细的"张家年表"。

2019年2月7日,正月初三,我一早打的去虹桥机场,乘东航MU9720航班再飞丽江。骆燕军和摄影师王龙及他的助手姚惟聪同机前往。此行是参加张道文老伯孙子的婚礼,拍摄张家百年老宅最后一桩喜事。

飞机稍晚片刻起飞,平稳地在蓝天下穿行。我拿出"张家年表",细细研读,一户白族人家在峥嵘岁月不算完整的精彩拼图,呈现在眼前——

张道一1926年12月出生在昆明,但他在省城念书放暑假时,回老家鹤庆金墩乡化龙村住过,有时一住头两个月,因此对家乡有深刻印象。

金墩乡在鹤庆城南边,出鹤庆城沿着大路一直往南走,就到了化龙村。站在村口,远远地就可以看到他们家的白墙黑瓦了。

张家的房子是按照三坊一照壁格局设计建造的,但只盖了正屋和右屋二坊,左边搭建了一个牲口棚,饲养猪、牛、鸡、鸭。屋后是一个一亩多地的园子,种果树和蔬菜。张道一放暑假回老家住时,老屋住着爷爷奶奶和大叔张迭全一家。张道一的父亲张克刚投身军伍,二叔张克诚在龙云的《云南日报》当编辑,都早已离乡背井,在昆明安了家。

张道一对父亲张克刚仅有五岁之前的模糊印象。张克刚约在光绪二十八年(1902)出生于化龙村。

1909年,云南发生了一件对中国近代史和中国革命史具有深远影响的大事:云南陆军讲武堂在昆明翠湖西岸创建。在列强环伺、风雨飘摇的清末,投考这一新式军校,成为众多立志报国的热血青年向往的目标。

朱德是在讲武堂创建当年也就是1909年11月,考入讲武堂的。1911年8月,朱德从特别班提前毕业,在蔡锷麾下任排长,从此开始了漫长而又辉煌的军旅生涯。1922年3月,朱德离开奋斗了十三年的云南,并于同年8月为寻求革命真理,远赴德国。

张克刚大约于1923年考入讲武堂。这一年,讲武堂在校生员创建校以来新高,不仅有第17期学员234人,其中有学生、军人以及归国华侨子弟。还受托为川军开办了两期下级军官速成教育班,修业期3至6个月,共400多人。

张道文说张克刚和朱德元帅"同窗",并不是讲他的伯父和朱德在讲武堂同班共读,而是指二人都是讲武堂的毕业生。

1925年,张克刚有两件人生大事:一是修业期满,从讲武堂毕业;二是娶赵凤竹为妻,结婚成家。1926年12月,喜得贵子,为儿取名"道一"。

幼年张道一的印象中,父亲忙于军务,很少回家。

张克刚走出讲武堂之后,即加入唐继尧滇军帐下。1915年12月25日,唐继尧和蔡锷、李烈钧联名通电全国,宣布云南独立,首先以武力反对袁世凯"叛国称帝",拉开了讨袁的大幕,故而赢得"护国元勋"的称号。此后唐继尧开始执掌云南军政大权,其个人野心也随之膨胀。他大肆征兵扩军,编成五个军,自称"建国联军总司令",鼓吹"联省自治",实则割据称雄,沦为新军阀。

张道一依稀记得,父亲所在滇军的将领也姓张。唐继尧麾下五个军长,其中一人姓张名汝骥,字伯群。张克刚当在张汝骥军中。

1925年秋,唐继尧深恐手下龙云、胡若愚、张汝骥、李选廷等几个将领拥兵自重,采取缩编分化办法,将四人所部由军的建制缩编为旅团,并任命四人分别为昆明、蒙自、昭通和大理镇守使,令其各守一镇,意欲分而治之,结果引起"四镇"强烈不满,密谋"倒唐"。

1927年2月春节期间,张汝骥、李选廷带兵赶至昆明。2月6日,"四镇"发出通电,提出"清发欠饷,惩办贪污,屏除宵小,驱逐唐三"等条件,逮捕了唐继尧的亲信官吏二十余人。"唐三"即唐继尧三弟唐继虞,闻变潜逃出省。2月中旬,"四镇"再次通电,提出改组省政府。唐继尧因有一部分军队驻扎在腾冲一带,曾企图逃往滇西,伺机再起,不料被龙云发觉,半途截回。唐忧愤成疾,于5月中不治身亡。

在唐继尧死后不到一个月,"四镇"内部争权夺利矛盾激化,爆发了龙、胡、张火并的所谓"六一四事件"。胡若愚与张汝骥暗中策划,合谋"解决"龙云。1927年6月14日,胡若愚、张汝骥调兵袭击驻扎昆明北郊的龙云部队,并将龙云住宅包围。住在龙云住宅邻近的法国驻昆领事,出面调停,胡若愚答应保证龙云生命安全,龙云被执。

驻扎昆明北郊的龙云部队突围向滇西撤走,在禄丰与龙云其他部队会合,由卢汉率领进至下关集中。沿途征兵扩军,增编成三个师,与胡、张追兵激战于祥云附近,胡、张败退禄丰。卢汉以少数兵力佯攻禄丰,自己则亲率主力直扑昆明。胡若愚带着少数队伍挟龙云仓皇东逃,中途将龙云释放,以迟滞追兵。卢汉迎龙云回昆明。从此,龙云主宰云南长达十八年,卢汉也因此成为龙云集团的第二号人物。

胡、张率残部逃入贵州,次年回兵云南与龙部再战再败,于1929年1月经贵州逃入西康,投奔川军。3月,胡、张乘龙云前往安顺劳军之际,以胡为靖滇军司令,带兵由川康进攻昭通、会泽,欲取昆明。龙云率部赶回,7月,在昆明西郊鸡西关与靖滇军激战,胡、张败走滇西。1930年,张汝骥在盐源(属四川)战败被俘,后被龙云枪毙。胡若愚逃脱,所部全部溃散。

服役于张汝骥军中的张克刚,在此前后,改换门庭投入川军杨森麾下。杨森早年也曾在云南陆军讲武堂任学生队长,说起来和张克刚彼此也算有师生之谊。

1931年,张道一五岁。一天,张克刚匆匆回家,对妻子说:

"部队马上要开拔远行,可能要去很久。"

军令如山,母亲搂着年幼的儿子,含泪目送丈夫离去。

张克刚走后,间或给他们母子汇款和寄信来,但再也没有回过家。

那年头,先是军阀混战,兵荒马乱,后来日寇侵犯,山河破碎。张道一母子俩相依为命,也得不到张克刚的确切消息。直到十多年之后,母子俩突然获悉:张克刚已去世,葬在安徽石埭县(今池州市石台县),他在那里已另有妻室。张道一的母亲如五雷轰顶,欲哭无泪。

张迭全没有像兄长张克刚和弟弟张克诚那样离开远走高飞,外出谋生和寻求发展,而是一直在鹤庆老家务农,侍奉双亲。

张迭全二十多岁时,家乡发生了一件永载革命史册的大事:红军长征过鹤庆!

过鹤庆的队伍,是贺龙、任弼时、关向应、萧克、王震率领的红军二、六军团。1935年11月,红二、六军团在完成策应中央红军长征的任务之后,实行战略转移,开始长征。

1936年3月31日,红二、六军团根据红军总部要求其北渡金沙江,同位于甘孜地区的红四方面军会师的电令,从贵州盘县撤离,向滇中进发。蒋介石调动滇、湘、川几路大军围追堵截,企图聚歼红军。

为摆脱追敌,红二、六军团又向滇西前进,决定在金沙江上游的丽江石鼓一带渡江。越过普渡河之后,兵分两路,直插滇西。红二军团势如破竹,连克楚雄、南华、祥云、宾川,4月21日由宾川进入鹤庆境内。红六军团也锐不可当,先后攻占盐兴、牟定、姚安、盐丰,于4月25日由宾川到达鹤庆。

起初村民有些害怕。红军到了金墩乡孝廉村,找到大土豪赵子久家。赵子久是反动地主武装民团大队的大队长,平日横行霸道、无恶不作,此刻早已闻风而逃。红军战士砸开赵家紧闭的大门,把他家的大米、腊肉、衣服等物,当场分给贫苦农民,还在赵家大门贴上标语:

"红军打土豪、分财物,是穷苦人自己的队伍!"

"红军到鹤庆是为了北上抗日,赶走日本侵略者!"

红军的义举,迅速传遍乡里乡外。很快,从化龙村到县城的沿途村庄,各族群众纷纷拿出家中的食品慰劳红军,有锅边粑粑、馍馍花卷、鸡蛋米酒、时鲜水果、茶水草烟,甚至还拿出平时舍不得吃的火腿、香肠、猪酐酢。有的还搬出香案,摆上供品,燃放鞭炮,以白族人家最隆重的礼仪欢迎红军。

最令红军将士意外的是,化龙村的赵绍州和他的伙伴组织的业余乐社——"洞经会",演奏幽婉热烈的洞经音乐迎送红军。

大理白族洞经音乐源远流长,起源于明代永乐年间,乐曲抒情幽婉,并不断丰富发展。白族儿女能歌善舞、热爱艺术,许多村寨都有演奏洞经音乐的业余乐社,这种乐社被叫作"洞经会"。赵绍州是化龙村上曲罗邑人,他们"洞经会"成员忙时下地,农闲时练曲,每年都要为村民演奏几场。

赵绍州想：红军来了，能不能用演奏洞经古乐的方式欢迎红军呢？他找了本村"洞经会"成员来商量。

几个人一合计，异口同声说："行！"

于是，各自回家拿了乐器来，先集中在一个院子里弹拨演练了一番，然后去到村口大路边，摆好阵势，演奏起来。

红军战士见有村民演奏音乐，非常高兴，纷纷拍掌表示感谢，有的还上前和演奏人员握手表示亲热。赵绍州他们见红军战士高兴，吹拉弹唱的劲头更足了，一曲又一曲地演奏个不停。

前来欢迎红军、慰劳红军的村民也围了过来，人越来越多，场面更加热闹，像赶庙会一样。

红军队伍从早到晚络绎不绝地路过，赵绍州他们的演奏也整天不停。累了，稍事休息片刻。渴了、饿了，也不需要回家吃饭，村民送来的慰劳红军的许多食物，也让他们吃一点。

红军收老百姓的慰劳品，都付钱，村民不要也不行。红军给的钱，有铜币、镍币，还有银圆。

"红军从我门前过。"滇西大山深处的鹤庆各族人民，欢欣鼓舞，亲眼看见人民子弟兵虽"军容不整"、武器简陋，但纪律严明、秋毫无犯、和蔼可亲。鹤庆人民箪食壶浆、热情迎送的场面，也深深感染和激励了红军将士。

据后来中共鹤庆县委党史资料征集办公室调查统计，红军共经过鹤庆六镇一乡，46个行政村，172个自然村，住宿村寨87个。位于进入县城必经之路的金墩乡是其中之一，化龙村上曲罗邑、高家登、化龙三个自然村寨都有红军过境。过了金墩乡就是县城所在地云鹤镇，红军在金墩乡集聚宿营，为攻占县城做准备，化龙村是红军宿营地之一。

张道文那时是个只有一岁的婴儿，白天，父亲张迭全抱着他，全家人一起都到路边看红军、迎红军。张家房屋、院落比较宽敞，晚上自然也有红军战士留宿。张迭全及家人虽然不能完全听明白红军战士讲的革命道理，但短暂的接触，给他们留下了终生难忘的印象。

1936年4月23日中午，红军前卫部队直逼县城。说来也巧，这天也是鹤庆首户、大名鼎鼎的北洋军阀陆军上将丁槐出殡的日子。

丁槐，汉族人，祖籍四川巴县。其先祖康熙年间任鹤丽镇中军游击，入籍鹤庆。其父丁耀南，因镇压农民起义有"军功"，被授六品顶戴。咸丰九年（1859），丁耀南与回民起义军在化龙村一带作战时，被子弹打穿胸膛而亡。

丁槐是丁耀南第三子,一生充满传奇色彩。作为身处清末民初"千年未有之大变局"之际的一个历史人物,他并不是非黑即白,而是呈现复杂的多面性:他因屡屡镇压举兵反清的起义军而立有"军功",加官晋爵,又奉令率部同侵犯越南,威胁我广西、云南诸地的法国侵略军奋勇作战,被誉为"抗法英雄"。他既感念世受"国恩",为摇摇欲坠的清王朝南征北战,又能认清大势,看清腐败无能的清王朝大厦将倾,赞助共和,支持维新,参加辛亥革命。他大量兼并农民土地,在多地开办"庆昌和"商号,富甲一方,是名副其实的官僚大地主,又在鹤庆创办手工机房,引进纺织技工,教习城镇妇女织布,促进织布业在鹤庆城乡迅速发展,鹤庆土布成为价廉物美、深受滇西北人民喜欢的主要衣着布料。他有勇有谋、屡立战功,有"飞将军"之称,又钻研诗词、书法、绘画,均有造诣,还捐资编修光绪《鹤庆县志》和修复云鹤楼。他为云鹤楼南门题写的"文通武达",是对文献名邦、英才辈出的家乡的赞美,恐怕也是对自己的传奇经历和文治武功的自我评价吧?

1935年7月,丁槐在北京病逝,灵柩从北京一路运抵昆明,停柩月余供人凭吊,然后运至鹤庆,定于1936年4月23日农历闰三月初三安葬。这一天,按云南省政府指令,县里布置县常备队和民团中队执守县城四门,防堵红军。丁家出殡按原定计划进行。时近中午,大街上人山人海,但出殡队伍行至云鹤楼时,突传红军已到城下,守城门的常备队和民团中队不战自溃,弃城而逃。顿时送葬队伍大乱,灵柩被丢弃在大街上。

这时有人高喊:"没有事,莫要乱,继续出殡!"

据说是先前潜入城中的红军侦察兵喊叫。果然,红军没有马上进城,似乎有意耽搁,好让丁家出丧。当出殡队伍行至西门外时,红军大队人马才源源不断从南门开进城中。在此之后的三天内,红军各部队先后入城、出城,分兵向丽江疾进。

当红二、六军团于1936年4月21日由宾川进入鹤庆之时,远在成都的蒋介石,急电滇军总司令龙云和追堵军总指挥刘建绪,调兵遣将加以阻击和追堵,命令在金沙江以南地区拦截红军。4月24日,蒋介石还带着龙云飞临鹤庆、丽江、剑川、洱源上空,察看红二、六军团动向,亲自督战。然而,这一切都已无济于事。自25日下午至28日上午,红二、六军团从巨甸到石鼓之间一百二十里内的五个渡口,从容渡过金沙江,彻底粉碎了蒋介石的围歼计划。

令蒋介石没有想到的是,和他一起在飞机上察看红二、六军团动向的龙云,实际上已暗中接受了红六军团萧克、王震、张子意在写给他的密信中,以"假途灭虢"历史典故劝说其让路的忠告,看穿了蒋介石利用他跟红军作战以削弱滇军的诡计,密令滇军相关部队"只须把红军送出滇境"。尾随红军的追击部队是滇军孙纵第五旅,红军走,他们也走,红军停,他们也停,始终保持一定距离。这也是红军过鹤庆没有遇到激烈的抵抗,能够顺利渡江北上的原因之一。

值得一提的是,蒋介石4月21日给龙云、刘建绪的电令中,还明令杨森部队主动出击,扼守雅砻江一带,对红军进行阻击和夹击。同样令蒋介石没有想到的是,杨森暗中与长征的红军早有联系。杨森和朱德曾在蔡锷军中共过事,算是有"旧谊"。北伐开始后,为争取杨森反对吴佩孚,中共以广东国民政府名义,派朱德去四川万县杨森军中做工作。恰在这时,陈毅经中法大学校长李石曾介绍,和他在法国勤工俭学的同学、杨森的秘书喻正衡也来到万县,留在杨森司令部工作。国民政府委任杨森为国民革命军二十军军长,兼川鄂边防军司令,同时委派朱德为二十军党代表,兼政治部主任。朱德积极开展政治工作,激发士兵革命热情,使二十军官兵有初步觉醒。但投机革命的杨森,害怕部队被"赤化",不久又借故将朱德、陈毅"礼送"出万县。1935年春,中央红军主力长征进入四川境内,杨森也曾奉蒋介石令,率部堵截西进北上的红军。杨森慑于红军的威力,害怕自己的队伍被红军消灭,授意他的侄子杨汉忠秘密与朱德总司令联系,送去信函和该部的联络信号、番号等,要求和红军"互不侵犯"。当红军经过荥经县黄土坡时,杨森令杨汉忠朝天放枪,让红军通过。

张道一不知道在杨森军中的父亲,是否参与了在雅砻江堵截红军的行动。这也许是张克刚投身军旅远走高飞之后,离故乡最近的一次军事行动。我想,如果张克刚当时在企图阻击红军的那支队伍中,当他遥望故乡时,他可能没有想到,红军会在鹤庆人民,甚至在他的家人心中,播下革命的种子。更使他没有想到的是,他的儿子张道一,后来走上了一条与他截然相反的革命道路。他的侄儿张道文后来也投身军旅扛起枪,不过,那是他曾经对阵过的共产党的军队——由红军发展壮大起来的中国人民解放军。

红军过鹤庆那一年,不满十岁的张道一和二叔张克诚都身在昆明,在家乡的张道文还是一个嗷嗷待哺的婴儿,他们都是后来从长辈的口中,听说了红军过鹤庆的许多动人故事,听说了红军战士在化龙村宿营的那个难忘的一夜。

1937年秋,张道一进入昆明市立中学读书。1940年,考入闻名遐迩的云大附中。云大附中的前身是成立于1927年的东陆大学附中,1930年停办。1936年成立云南大学附属中学,是一所民主氛围浓厚、名师汇聚、科目全新的学校。抗战爆发后,1938年校区由昆明小东门迁至巴江岸畔的路南县城(今石林县)。

巴江发源于县境北部的山神庙峰,向南流经县城,在宜良禄丰汇入南盘江。闻名遐迩的世界地质公园石林,就在它的上游。在张道一眼中,巴江时而沉静如练,像一条蓝色的绸带,在夏日雨季,又会像一条翻腾的巨龙,奔涌不息。在云大附中求学的时光,张道一和他的同学们,把青春的足迹印满了巴江两岸。

云大附中的学习生活紧张而又丰富。张道一在课堂上刻苦学习科学文化知识,课后参加各种活动:读书会、时事讨论会、壁报社、歌咏队,还有龙腾虎跃的学生运动会、春秋季的愉快旅行……

1939年6月,中共云大附中党支部在巴江变奎阁小楼上秘密成立。在地下党的积极引导下,云大附中的民主氛围和师生的爱国热情越发高涨。

爱好文艺的张道一,是校歌咏队的骨干之一。他和队友们用进步歌曲表达和传播抗日救亡激情,他自己也在一首首慷慨激昂的爱国歌曲声中受到进步思想的熏陶。

当时,昆明兴起了新音乐运动。一天,一位歌咏队队员兴冲冲拿来一首新歌,是"高寒"作词、校医王天祚作曲的《山国的儿女们》。

张道一和同学们知道"高寒"是作家、翻译家楚图南的别名。楚图南是云南文山人,也正是在张道一入读云大附中的1937年,楚图南应校长杨春洲之邀,来云大附中任史地教员。但张道一和同学们不知道的是,抗日战争爆发后,楚图南受党委派,从上海回到云南,积极投身并组织推动云南的抗日救亡活动。1938年,楚图南转入云南大学任史地系教授兼系主任,成为云南文化教育界抗日救亡运动和民主运动的重要组织者和领导者之一。

张道一说:"我们一起学唱。"

《山国的儿女们》震撼人心的歌曲,令大家激情澎湃:

起!起!起!
山国的儿女们,
我们得为自己、为中华民族的生存,
为着人类光荣的前途奋起而斗争!
我们要粉碎人类的枷锁!

歌咏队很快学会了这首歌,在全校同学中教唱,激昂的歌声响彻巴江两岸。

1941年秋,随着新入学的女生加入,歌咏队更加活跃,人数也不断增加,最多时达五十人。

张道一提议说:"歌咏队越来越兴旺,应该起个名字。"

大家一合计,把歌咏队正式定名为"山城歌咏队"。

每个星期日下午,"山城歌咏队"便聚集到巴江边苍翠的树林中练歌。担任指挥的是一个叫秦念学的同学,他留着一头浓密的长发,指挥过程中时不时把头一仰,将盖在前额上的头发甩到脑后,颇有艺术家的风度。

天空蔚蓝,山风劲拂。滔滔江水仿佛在为这群青春勃发、充满激情的少男少女伴唱。国难当头,他们学唱和排练的大都是抗日救亡歌曲:《吕梁大合唱》《在太行山上》《到敌人后方去》《游击军》《歌八百壮士》,国统区进步音乐家张曙的《洪波曲》《丈夫去当兵》,贺绿汀的《游击队之歌》《胜利进行曲》,黄自的《旗正飘飘》等等。许多俄罗斯民歌和苏联革命歌曲,如《囚徒歌》《伏尔加船夫曲》《我们是熔铁匠》《青年歌》《假如明天就要战争》《夜莺曲》,也是他们爱唱的歌曲。

夕阳西下,练歌结束,同学们散去。张道一和几位好友在巴江边散步,他们兴犹未尽,继续引吭高歌一曲。他们唱的是莫耶作词、郑律成作曲,歌颂革命圣地的《延安颂》。张道一在歌咏队担任男高音,这首高亢激昂的歌曲是他的拿手好戏,他也特别爱唱:

> 夕阳照耀着山头的塔影,
> 月色映照着河边的流萤。
> 春风吹遍了坦平的原野,
> 群山结成了坚固的围屏。
> 啊,延安!
> 你这庄严雄伟的古城,
> 到处传遍了抗战的歌声。
> ……

1942年秋,诗人、作家光未然和音乐家赵沨到云大附中任教。不久,两位老师决定帮"山城歌咏队"排演《黄河大合唱》,这一消息令歌咏队全体队员兴奋不已。

光未然原名张光年,是1929年入党的老党员。抗战爆发后,他曾在周恩来和郭沫若领导的国民政府军事委员会政治部第三厅工作。1941年皖南事变后,周恩来安排他赴缅甸开展工作,组织华侨战时青年工作队。1942年夏,缅甸沦陷,他撤回云南,不久到云大附中任教。他在教学中,循循善诱,引导学生追求光明进步。《黄河大合唱》排练开始前,光未然老师给歌咏队队员讲解《黄河大合唱》的创作背景,帮助队员们理解这首歌的主题思想。他说:

"1938年、1939年,我两次渡黄河,还在黄河边上行军,目睹和感受了黄河的气势磅礴,然后到延安,创作了黄河大合唱组诗。冼星海在一间窑洞临窗的小炕桌上,夜以继日,花了六天六夜,将组诗谱好曲。"

赵沨和光未然一起在缅甸开展华侨青年工作,并和光未然同时撤回到昆明到云大附中任教,担任训育主任和语文、音乐教师。1940年《黄河大合唱》在重庆首演,他还曾担任《黄河颂》独唱,对这部作品非常熟悉。广为流传的苏联歌曲《喀秋莎》《夜莺》《假如明天战争》,都是他译配的。此次帮"山城歌咏队"排演《黄河大合唱》,赵沨亲自担任指挥,教歌咏队队员学对位、和声。

两位老师循循善诱、悉心指导,使歌咏队队员们增加了排练好这部结构宏大、激情澎湃的史诗性歌曲的勇气。张道一被安排担任男高音《黄河颂》独唱,女同学刘凤英担任女高音《黄河怨》独唱。他们一遍一遍练习,直到符合老师的要求为止。

1943年新年,云大附中举办新年晚会,"山城歌咏队"的《黄河大合唱》正式上演。晚会在路南文庙校本部大广场上举行,广场上临时搭了一个舞台,几盏汽灯把广场照得通亮。

站上舞台,面对全校师生,歌咏队队员既激动又紧张。看到赵沨老师镇静自若地抬手开始指挥,他们平静下来,满怀激情投入演唱:

风在吼,马在啸,黄河在咆哮,黄河在咆哮……

赵沨老师的表情随着乐曲的节奏不断变化,每支曲子开始时,他悄悄地给各个声部作提示,一边指挥一边轻声跟着大家唱。在赵沨老师的出色指挥下,"山城歌咏队"《黄河大合唱》首演获得圆满成功,铿锵的旋律,激荡着爱国师生的心灵。张道一的《黄河颂》独唱也发挥得颇为出色。当《怒吼吧黄河》的结尾"向着全世界劳动的人民,发出战斗的警号",反复五遍还没有完全结束时,雷鸣般的掌声就从广场四处爆发。歌声和掌声融合在一起,震撼着沉睡的山城。

张道一后来回忆说:"那次演出,大概是《黄河大合唱》1939年春在延安诞生后,在国民党统治区域云南,最早的一次演出!在那乌云密布的年代,在离路南县国民党县党部不远的文庙,响彻从延安传来的歌声,而且受到听众的热烈欢迎,这在当时,不能不算是一个奇迹!……从巴江边开始响起的歌声,一直召唤着我们前进!这歌声使我们的心灵永远年轻!"

1943年金秋时节,十七岁的张道一跨入人生一个新的重要节点——考入向往已久的西南联大!

"七七事变"之后,日军于7月29日攻占北平,同日派飞机对天津南开大学狂轰滥炸,使这所由著名教育家张伯苓创办,依靠各界人士资助创办起来的私立大学,变成一片废墟。8月南京政府决定将北京大学、清华大学和南开大学立即撤出平津,在湖南长沙组建国立长沙临时大学。11月1日,长沙临时大学开学。然而仅隔一个多月,南京于12月13日沦陷。日军沿江西进,凶焰直逼武汉,长沙告急,临时大学不得不再次迁移。

国民政府批准临时大学西迁昆明,师生分两路赴滇:大部分经粤汉铁路至广州转香港、越南海防,再由滇越铁路进入云南;另一部分男性师生两百余人,则组成"湘黔滇旅行团",徒步入滇。三所中国著名的高等学府在国难当头之际南迁,是中国现代文化教育史上一次意义非凡的壮举。特别是"湘黔滇旅行团",跋山涉水,历经匪患、饥饿,风餐露宿,历时六十八天,行程三千五百里,才抵达昆明,有人称之为史无前例的"文化长征"。

1938年4月,迁至昆明的国立长沙临时大学改称国立西南联合大学。远离战争前线的大后方昆明,也不太平,很快有敌机轰炸。越到后期,日寇空袭愈加猛烈、频繁。地处西南边陲的西南联大,办学条件毕竟有限,但三校名师汇聚,加之治校民主、学术自由,仍给求知若渴、一心读书报国的莘莘学子以极好的教育。

张道一入读的是外文系。因昆明时有空袭,他让母亲回鹤庆老家暂避;父亲已很久没有音讯。家境并不富裕的他,深感入读西南联大这样的名校殊为不易,因此学习十分刻苦。

在外文系任教过的老师,一个个名声如雷贯耳:钱锺书、闻家驷、陈嘉、柳无忌、叶公超、胡毅、吴宓等等,还有两名外籍教师。学校规定,大一国文、英文、通史是公共课,不管什么专业都要学,并且每门课都有几位老师开课以供选修。张道一英文选了胡毅。胡先生是芝加哥大学博士,英语发音纯正。国文选了散文大家、著名学者朱自清。专业课有戏剧、小说、英国诗歌和散文等。外文系教大一英文的,有十位教授。张道一选了赵诏熊先生的《欧洲戏剧》、李赋宁先生的《英国文学史》、外籍教师罗伯特·温德的《但丁》。他还选修了朱家骅先生的《语音学》,掌握了英语发音的科学方法,受到规范的发音训练,因此受益终生。

大学二年级时,张道一选了陈福田先生的英国散文和诗歌。陈福田是系主任,他是一位檀香山华侨,早年获得哈佛大学硕士学位,二十世纪三十年代就担任清华大学外文系主任。张道一坐在课堂上,凝望着陈先生高高的个子,一张被太阳晒成古铜色的脸,用非常流利、自然的口语,声情并茂地朗读诗歌的样子,心想:陈先生一定是一位出色的棒球运动员。

三、四年级的学生,规定要修"莎士比亚研究",吴宓、陈嘉和外籍教师罗伯特

·温德三位先生都开这门课。

"这门课选哪位先生呢?"张道一一时颇为踌躇。

张道一经常在校园里见到吴先生穿着一身蓝布长衫,一面低头走路一面沉思。三人中,吴宓名气最大,他毕业于哈佛大学,获硕士学位,与陈寅恪、汤用彤并称"哈佛三杰"。他开国内比较文学研究先河,又是"红学"研究大家。但他在新文化运动中,提倡复古,反对白话文和新诗,连翻译西方名著也用文言文,受到鲁迅先生抨击。

学校里还流传吴宓追求毛彦文的秘闻。毛彦文是获得美国密歇根大学硕士学位的海归才女,复旦大学和暨南大学教授。吴追求毛受挫,曾将自己的烦恼写成诗,还拿出去发表。生性率真的吴宓在给西南联大学生授课时,讲写诗要重感情,有感而发,并拿自己的诗举例。学生听了哄堂大笑,他却不以为然。

张道一最终没有选吴宓的莎士比亚课。多年以后,张道一对没有选吴先生的这门课,感到不无遗憾。他觉得错过了跟这位学贯中西的国学大师学习的机会,"也许是失算"!

西南联大规定,外文系的学生除专业课之外,还必须选两门社会科学课程。其他科系也是如此,人文科学生必须选一门自然科学的课,理工科学生必须选一门社会科学的课,这有利于拓宽学生的知识面。张道一先后选修了李继侗先生的《生物学》、陈岱孙先生的《经济学概论》、金岳霖先生的《逻辑》、冯友兰先生的《伦理学》。

西南联大的学子们在刻苦求学的同时,成立了众多社团。这些群体性组织,既是他们"小荷才露尖尖角"展示才华的窗口,更是他们积极参与抗日民主救亡运动的平台。

张道一入学后的第一个春天,听说几位爱好新诗的学生正在商量成立一个诗歌团体,便积极参与。同学们商量下来,打算请闻一多先生担任导师。

闻一多先生的道德文章,都令学生们极为敬佩。闻先生是带领"湘黔滇旅行团"徒步赴滇的由十一名教师组成的辅导团成员之一。

一方面,闻一多把这次长途跋涉当作体察民瘼、认识祖国的难得机缘。他满怀深情地对学生说:"困难时期,走几千里路算不了受罪。再者,我十五岁以前,受着古老家庭的束缚,后来在清华读书,回国后一直在大城市教大学生,过的是'假洋鬼'生活,和广大山区农村隔绝了。我虽然是一个中国人,但对中国社会及人民生活知道得很少。国难当头,应该认识祖国了。"

另一方面,在从长沙到昆明的漫长旅途中,他指导学生收集了两千多首民歌民谣。后来,这些民歌民谣被整理编辑成《西南采风录》。

闻先生是西南联大许多学生心中的偶像,此前已成立的查良铮(穆旦)、汪曾祺、萧珊的冬青社,还有南荒社、耕耘社等等,都请他做导师。

1944年4月9日,张道一和同学们按约去昆明大东门外司家营17号闻一多先生家,那里也是清华大学文科研究所办公室所在地。文研所于1941年夏恢复设立,由西南联大文学院院长冯友兰任所长,闻一多任该所中国文学部主任。

这是一栋两层的"一颗印"式的古民居。"一颗印"是昆明一种典型的传统民居,亦称"三间两耳"或"三间四耳倒八尺"。一般正房三间,两侧耳房各有两间,进深限定为八尺。整个建筑方方正正,犹如旧时官印,故称"一颗印"。

张道一觉得"一颗印"和他们老家的三坊一照壁白族民居不同的是,"一颗印"大门开在面墙中间,天井较为狭小。

这栋"一颗印"古民居是文研所向村民租用的,楼下为厨房、餐厅,楼上正房为办公室,右侧厢房和门楼上住着闻先生一家,左侧厢房住的是蒲江清教授和几个研究生。朱自清起始也在此住了两年,后来搬走了。

闻先生对同学们的想法很支持,欣然允诺担任诗社导师。他语重心长地对同学们说:

"你们这个诗社应当是新的诗社,不仅要写新诗,而且要做新的诗人。诗写得好不好没有关系,要紧的是做人,要做真正的人,绝不做奴隶!"

同学们频频点头,一致说:"那我们就叫新诗社!"

闻先生完全赞成。闻先生主动说:"我为你们新诗社刻一枚社章。"

同学们高兴极了,没想到闻先生对他们如此厚爱。

说起闻一多刻章,还有一段辛酸的故事。他一家共有八口人,负担很重。薪水微薄,加之物价涨个不停,难以维持全家人日常生活。全家人每日清水白菜糙米饭,常常是吃了上顿没下顿。他身上一件旧棉袍和灰布长衫一年四季替换着穿,一双布鞋补了又补。同事见其如此困难,建议他代客治印,挣点钱贴补家用。闻一多早年学过治印,有一定功底。不久,一则由蒲江清教授执笔,梅贻琦和蒋梦麟两位校长和杨振声、梅兰、朱自清、沈从文、罗常培、罗庸等几位教授联合署名的推荐闻一多"挂牌治印"的消息,刊登在报刊上。一时昆明各界人士议论纷纷。有的为能有机会获得闻先生的印章而欣喜,更多的人对一位蜚声文坛的著名诗人和学者、西南联大堂堂教授,迫不得已靠治印谋生而唏嘘不已。

很快,闻一多把刻好的"新诗社"的社章交给了他们。社章用料是青田石,"新诗社"三字是篆体,章的一侧还刻有"闻一多谨识"边款。

张道一和同学们望着这枚宝贵的社章,激动不已。他们暗下决心,互相鼓励,一定要努力践行闻一多"把诗歌交给人民"、像鲁迅那样把文学作为"投枪"和"匕首"的主张,积极投身抗日救亡和反独裁、争民主的学生运动,勇敢地同反动势力做斗争。大字报诗刊和诗歌朗诵,成为他们经常运用的武器。

1945年8月15日,日本宣布无条件投降。但很快内战阴云又笼罩在中国上空,蒋介石为维护其独裁统治,调兵遣将进攻解放区,发动反共反人民的全面内战。在昆明,蒋介石乘云南地方军队开往越南受降、昆明城内兵力空虚之际,派兵袭击五华山云南省政府,解除了云南省主席龙云的权力,安排自己的势力掌握了云南的军政大权。

11月25日晚,张道一来到学校图书馆前的大草坪上参加集会,这是学生社团联合组织的反内战时事讨论会。大草坪上人头攒动,群情激昂,参加的学生有几千人之多。钱端升、伍启元、费孝通教授先后在会上演讲,分析时局。

"砰砰砰——"突然,枪声大作。云南省当局竟然派军警向空中开枪射击,以武力威胁和平集会的师生。

第二天一早,同学们接到通知,全校罢课!原来国民党"中央社"发出电讯,以"昨夜匪警"污称学生和平集会。国民党当局的野蛮行径和"中央社"的污蔑,进一步激起学生们的愤怒。学生自治会理事会开会,决议接受广大同学的建议,宣布罢课三天,并提出了要"中央社"道歉等九项要求,限期三天答复。

对学生的正义要求,反动当局不仅予以拒绝,反而派兵来镇压。

12月1日,大批荷枪实弹的军警和特务前来,冲开学校大门,闯进校园,殴打和他们对峙说理的师生,恶狠狠地捣毁教具、劫掠财物。在冲突中,竟丧心病狂地向抗议的师生投掷手榴弹,造成西南联大师范学院学生潘琰、李鲁连,昆华工校学生张华昌,南箐中学老师于再四名师生身亡,酿成震惊全国的"一二·一"惨案。

国民党反动派的倒行逆施,激起了西南联大广大师生和社会人士的极大愤怒。学生自治会理事会决定无限期罢课,并成立"罢课委员会",出版《学生报》,举办"四烈士"的追悼和治丧活动。昆明各校也纷纷响应,开始罢课。重庆等外地高校也开始声援。

张道一受委派,和几个同学一起去印刷厂,运回刚印好的《学生报》,并不顾街头有特务盯梢,到街头叫卖。

根据学生自治会安排,张道一参加为"四烈士"守灵和筹备追悼大会活动。很快,同学们在追悼大会的会场上,用松柏搭起了一个高高的牌楼,挂起了"四烈士"的遗像,上写横批"党国所赐",以此讽刺国民党反动派的残暴。

出殡仪式人山人海,学校等昆明各界有三万多人参加,发展成为声势浩大的抗议示威游行。游行队伍行经青云街、正义路等主要街道,昆明城万人空巷,十数万市民默默站在路边,迎送着出殡队伍。

"新诗社"的一位同学写诗抨击国民党反动派:

宪法油,"戡乱"锅,希特勒式的厨师,做新鸿门宴,行卖国式烹调!

大三学生张道一和同学们一起行进在游行队伍中,怒火在青春的胸膛里燃烧!他一边振臂高喊口号,一边向市民群众散发传单。这次惨案,使他进一步看清了国民党反动派的本质。

学生们的抗暴活动,也得到老师们乃至全国知识界和其他社会各界的积极支持。云南地下党组织不断引导这场学生运动深入发展。

在罢课斗争持续一个多月之后,国民党当局迫于无奈,不得不承诺惩治凶手,并道歉、赔偿,承担抚恤、殡葬及修建陵墓等费用。

斗争取得初步胜利之后,地下党组织及时引导学生复课。

被"一二·一"惨案打断的西南联大师生北归返校的进程,重新启动。

开始迁移的日期定于1946年5月上旬,北上的线路是:从昆明坐车,经贵阳到长沙,从长沙经武汉到南京则搭乘轮船,从南京到上海坐火车,从上海乘开滦煤矿运煤南下空返的登陆艇,到秦皇岛转火车赴天津、北平。

1946年5月4日,在校图书馆举行应届学生结业典礼,正式宣布西南联大结束。

会后,举行了纪念碑揭幕仪式。纪念碑正面碑额"国立西南联合大学纪念碑"由闻一多题写,碑文由冯友兰撰写,罗庸书丹。背面碑额"国立西南联合大学抗战以来从军学生题名"由唐兰题写,校志委员会纂列了八百三十四位投笔从戎、奔向抗日战场的学生的姓名,由刘晋年书丹。

当日,第一批北上返校师生出发。

张道一站在纪念碑前,默诵冯友兰先生撰写的碑文。

碑文简述了三校始移湖南,再迁云南,建立西南联合大学的经过,以精辟典雅的语言,"缅维八年支持之苦辛,与夫三校合作之协和",概括了不朽的"爱国、民主"的西南联大精神。

即将告别入读三年的校园,张道一心潮久久不能平静。

三年来,在科学、民主、学术自由的氛围中,他如饥似渴地学习科学文化知识,从优秀的西方文化中汲取养分,同时也深受中国优秀传统文化的熏陶。他深切体会到众多学问高深、身处困境却诲人不倦的名师的人格魅力!

三年来,在西南联大这个"民主堡垒"中,他和"新诗社"的同学们努力用诗歌、文学的"匕首"和"投枪",向黑暗势力开火,在声势浩大的学生运动中,经受磨砺,探求真理,寻觅光明的道路……

虽然前路漫漫,他还是要从心底里呼唤一声:西南联大,我多么感谢您!

第三节　峥嵘岁月

张道一是在1946年炎夏来临之际,随大部队出发的。对他来说,北上返校,是辞别故乡、辞别亲人。

临走时,母亲眼里噙着泪花,轻轻地对他说:"有空,去看看你爸爸。"

父亲一去十五年,后来音讯杳然,母亲时常以泪洗面。张道一知道,母亲心里一直对父亲的死讯将信将疑,暗暗地盼望着有一天奇迹出现,丈夫会突然出现在家门口……

从长沙乘船经武汉到南京的路途中,当轮船行至安徽境内,在芜湖短暂停靠时,他向校方领队请假下了船,然后坐车南下石埭。他要去祭扫一下父亲的墓,顺便打听一下父亲的有关情况。他对父亲的音容也早已模糊不清了。

石埭县位于皖南山区西部,濒临黄山,原本是一个美丽的山乡,历经八年抗战,民生凋敝,满目疮痍。张道一到了县城,拿着地址,按图索骥,很快找到了父亲在石埭县城的家,见到了从未谋面过的"小妈"——父亲另娶的妻室。

"小妈"突然见到高大英俊的大学生张道一,并不怎么惊讶,也许她早已听"丈夫"说过他这个很有出息的儿子。她陪张道一前往墓地祭扫。张道一按照习俗,祭拜了父亲。来回墓地的路上,"小妈"不断给这个知书达礼的"晚辈",讲述她所知道的张克刚的点点滴滴。

"小妈"叫孔金兰,本地人。张克刚是随部队进驻石埭之后,与她结识并"娶"了她。

张克刚所在部队,是国民革命军第二十三集团军第五十军新编第七师。新七师由刘湘旗下的川军独立第十三、十四旅合编而成,师长田钟毅。孔金兰也不知道张克刚是在何时何地从杨森军中转入刘湘旗下的。全民抗战爆发前,川军刘湘和他的叔叔刘文辉以及杨森等地方军阀,连年混战,分分合合,时战时和。经过一番角逐,刘湘统一了四川。拥兵三十万的刘湘,被蒋介石任命为四川省主席。1937年"七七事变"爆发,刘湘于一周内两次通电,请缨率军出川抗日。川军被编为两个纵队,于9月分东、北两路出川奔赴抗日前线,后又整编为第二十二和第二十三两个集团军。

1938年2月,在南京保卫战中英勇杀敌身负重伤,暂回成都家中养伤尚未痊愈的一四四师长郭勋祺接到命令:升任军长,到皖南组建第五十军。第五十军由川军第一四四师、一四五师和新编第七师合编而成,隶属第二十三集团军。

郭勋祺被著名美国作家史沫特莱称赞为"一个最为进步、头脑开明、具有民族爱国主义思想的军人"。2月24日,他飞抵武汉,与担任国民政府军事委员会政治部第三厅厅长的郭沫若见面。

郭沫若在汉口"陶陶旅馆"为其饯行。说起来,"二郭"同宗,先人都是明末落籍四川的唐代中兴名将郭子仪的后人。席间,郭沫若赋诗一首,书赠郭勋祺:

> 山河破碎不须忧,
> 收复二京赖我俦。
> 此去江南风景好,
> 相逢应得在扬州。

郭勋祺于2月底抵达皖南。1938年3月中旬,第五十军军部进驻青阳县木镇。

第五十军驻防皖南大片区域,这里位于第三战区前沿,东临芜湖日军据点,扼守着日寇沿江西进的重要通道。新七师布防于贵池沿江一线,张克刚所在部队也就是在这时进驻石埭县城。

那一年,孔金兰二十二岁。她认识张克刚时,见别人都叫他"副官长",是个团级军官。张克刚比她大将近十岁,他没有跟她隐瞒在昆明有妻儿家室。

那时候,战事异常惨烈,皖南又是同日本鬼子交战的前线,部队拉上去,谁能回来不知道。芜湖三山镇争夺战,是田钟毅新七师驻防皖南第一战。日寇飞机大炮狂轰滥炸,新七师将士以血肉之躯奋勇堵击,白刃肉搏,整排整连倒下,一役伤亡达三百多人。1938年11月,日寇万余人,挟其水上和空中优势,兵分两路,直逼二十三集团军总部所在地青阳城和第五十军军部木镇,青阳、木镇保卫战打响。新七师在郭勋祺军长指挥下,与敌人反复拉锯鏖战。日寇不仅飞机、大炮、舰炮猛轰,甚至投掷燃烧弹和毒气弹。在长达一个多月的保卫战中,新七师以及参战的友邻部队伤亡惨重。从四川后方运来的两个新兵补充团,分拨到各连,未经训练,就上战场,许多人连姓名都没有留下就血洒疆场。在九华山下,一个集中掩埋青(青阳)贵(贵池)战役中牺牲的川军将士的墓地,尸骸之多,竟被称作"万人坑"。

孔金兰和张克刚成家后,他们有了一个可爱的女儿,可是女儿五岁不幸得病夭折。更令她万万没有想到的是,女儿没了不久,张克刚也突然得病走了。

孔金兰抹着泪说:"他在部队里,不知道得了什么病,一直发高烧,治也治不好,后来昏迷了。师部见救不活了,赶紧派勤务兵抬他回家,好让我再见上最后一面,但半路上就咽气了。"

因要赶路,张道一安慰了一番"小妈",便辞别离去。到达北京,安顿下来之后,他写信把石埭之行的情况告诉了母亲,也告诉母亲自己在北大学习生活的情况很好,让母亲放心。他也给孔金兰写了一封信,劝慰她说:您还年轻,有合适的人,就改嫁吧。后来听说她另外嫁了人,再后来,就失去了联系。

返校北归的学生,分别转入北大、清华、南开大学,张道一进了北大。美丽的校园,安静的课堂,开始步入正规的教学秩序——已是大四的学生张道一和他的同学们,庆幸终于有了一张"平静的书桌"。原来西南联大"新诗社"的成员也各奔东西,张道一和北大的诗友们重新组织了"新诗社",进入清华、南开的同学也相继成立了"新诗社"。

然而,"平静的书桌"很快被打破。1946年12月24日平安夜,北大学生沈崇外出看电影途经东单时被美国大兵强奸。美军暴行发生五天后才被披露,立即引发抗暴运动。12月30日,北大和其他高校两千多名学生联合举行示威游行。张道一随游行队伍行进到强奸案发生现场东单广场,这时广场上已聚集了一两千人,学生们义愤填膺,抗议的口号声此起彼伏。"新诗社"负责人之一的女同学李凤仪,站到高台上,以愤怒的声音,高声朗诵为此创作的一首诗:《给受难者》。她念着念着,禁不住声泪俱下。在场的学生振臂怒吼:

"美军滚出中国去!"

"必须严惩凶手!"

1947年7月15日,是他们"新诗社"导师闻一多先生殉难一周年祭日,张道一参加北大"新诗社"在北楼一间教室中举行的悼念会。他是在一年前的北上途中获悉闻一多先生遭遇暗杀噩耗的。

张道一和同学们遥望南天,一遍遍诵读闻先生的诗歌,想起闻先生"做新诗先要做新人"的谆谆教诲,想起闻先生一身破旧长衫、腰板挺直、步履坚定行走在校园的背影,愈加深切地认识到国民党政府的腐败和黑暗。同学们也一遍遍在心中追问,长夜漫漫,国家的前途在哪里?个人的前途又在哪里呢?

1947年夏,大学毕业的张道一面临着何去何从的问题。内战爆发,时局动荡。四年寒窗,从昆明到北平,出路在哪里?"毕业即失业"的阴云,压在面临抉择的每个学子心头。

张道一做了两手准备：一方面报考北大文科研究所的研究生。这是文科研究所从昆明复归北平后首次招收研究生，名额有限，能不能录取，他心中没底。另一方面想办法找工作。他想起了在北平《平民日报》当编辑的学长王汉斌，想托他介绍去当记者。王汉斌是西南联大历史系的学生，比他高一届，张道一是在"一二·一"学生运动中认识他的。张道一在联大读书时做过学刊的通讯员，他觉得自己做记者比较容易上手。

张道一找到平民日报社，推门进去，举头张望，不见王汉斌。

有人问："你找谁？"

"请问王汉斌先生在吗？"

"他出去了。"

"大概何时回来？"

"他很忙，不知道何时回来。"

后来，张道一去了报社几次，都没有见到王汉斌。他只好留下一封信，说明来意。

不知何故，王汉斌那里一直没有回音。天无绝人之路，他报考研究生被录取了！张道一提着行李住进了文科研究所的宿舍。

文科研究所在翠花胡同中部路南，是一组颇有点豪门气派的深宅大院，庭院深深，宅第重重。胡同南端连着北大校长胡适在东厂胡同的宅第，有一扇小门相通。东端连着文学院院长汤用彤的寓所，也有一扇小门相通。胡适校长和汤先生的院子比较大，亭台假山，绿树掩映，曲径通幽。

研究生的宿舍就在文科研究所的院落内，单独一个小院。这一届文研所的研究生一共只有六名学生，分别学外国文学、历史、教育学、哲学。每个学生一个房间，校方还安排了一名工友给各个房间生煤炉取暖和烧茶炉。从宿舍到校本部上课很近，沿着北河沿往北，拐过一座桥，就到了有名的红楼。

张道一选的专业是英国文学，导师是朱光潜和威廉·燕卜荪。他一面念研究生的课程，一面继续积极投入此起彼伏的"反独裁、反饥饿、争民主、争自由"的学生运动。在抗议国民党军警暴行的游行队伍里，在席卷全国的"四月风暴"中，在五四运动纪念大会上，在北大"民主广场"命名典礼上，他和"新诗社"的成员们，一次次用诗歌的"匕首"和"投枪"，向国民党反动派专制统治开火：

一切民主自由都不会自动到来！

我们的出路只有两条：
要不以自己的血灌溉民主广场，
便是以独裁者的头颅作为民主广场的祭奠！

1948年夏，有消息称国民党反动派当局开出了"黑名单"，要逮捕学生中的进步分子。主持"新诗社"社务的李凤仪等几个同学，突然离校。已经加入了党的外围组织民主青年同盟的张道一，心中估摸他们是去了解放区。在诗友的推举下，张道一接任了"新诗社"的总务。

有许多个晚上，在翠花胡同文研所研究生的宿舍里，张道一关紧房门，拉上窗帘，在灯下奋笔疾书。他把学生运动情况用英文写成通讯，投寄到在香港出版的由龚澎主编的英文杂志 China Digest（《中国文摘》）上发表。他写的关于反映"四月风暴"的一篇通讯，刊登在该杂志的头条。

1948年12月的北平，似乎特别寒冷。中旬的一天，一个叫汪子嵩的同学悄悄来到张道一的房间。张道一和汪子嵩在西南联大的时候就认识，汪子嵩是西洋哲学研究生，学生运动的积极分子。

汪子嵩神秘地说："我们这一排宿舍空着一间房，有一个熟人要在我们这里住几天，你陪我一起去找学校管理员说说，把空房间借给我们。"

张道一好奇地问："是谁来住？"

汪子嵩说："你认识的，王汉斌。"

张道一听说是王汉斌，非常高兴，去年他几次去平民日报社找他，虽然没有见到，但他一直想见到这位学识渊博、富有激情的学长。

学校管理员答应把空房间借给他们，不久王汉斌搬了过来。王汉斌仍旧很忙，但他时常找汪子嵩、张道一等一起聊天，回忆在西南联大的峥嵘岁月，抨击国民党反动统治的昏暗，展望中国的前途和命运。

也就是在古都这个最寒冷的冬天，在中国大地黎明前最黑暗的时刻，张道一光荣地成为中国共产党的一名地下党员。为了保密起见，没有举行入党仪式，组织上只是叫他填写了一份家庭情况表交了上去。除了他所在的地下党支部书记许世华，他不知道身边还有谁是共产党员。但他隐约感觉到谁可能是组织里的人。

过了不久，党支部书记许世华来找张道一，说："组织上决定调你到学委工作，你在宿舍等着，过几天上级会派人来同你接头，跟你谈话。"

许世华告诉他接头的暗号。

"笃、笃、笃！"约定时间到了，有人敲门。张道一开门一看，有点惊讶，来人就是住在同一排房子里的学长王汉斌。当王汉斌说出接头暗语后,张道一又惊又喜,直到这时,他才知道这位学长是地下党北平市委学委的负责人,汪子嵩也是一位老党员。

走进屋里,王汉斌对张道一说:"北平快要解放了,组织上安排你到学委秘书处当干事,参加迎接北平解放的准备工作。"

张道一接受了任务,既激动又紧张。自此,他在王汉斌的领导下,投入迎接北平解放的战斗。翠花胡同的文研所研究生宿舍,也成了地下学委的重要联络点。

1949年初,解放军包围了天津并进抵北平郊区。国民党调集重兵加强北平城防,与此同时加紧了对学校的监视。北大附近沿河一带都有国民党军队驻扎,学校周围的胡同岗哨林立,从翠花胡同通往沙滩的桥头还修筑了暗堡,拉上了铁丝网,有手持冲锋枪的军警守卫,盘查过往行人。

白色恐怖笼罩着北大校园。

就在敌人的眼皮底下,地下党学委多次在翠花胡同的小房间里以讨论功课为掩护,召开会议。

张道一想,这里之所以相对比较安全,可能和这里与北大校长胡适的宅第相通,可以视作胡适的后花园有关。胡适校长可是蒋介石的座上客,在1948年初的国民大会第一次会议上,还曾有动议让胡适出马竞选"行宪"后的第一任中华民国总统。因此,军警不敢在此轻举妄动。这颇有点"灯下黑"的味道。

每逢开会,王汉斌就对张道一说:"会议时间比较长,你去准备午饭。"

张道一上街买了几斤切面和一些咸菜,他和汪子嵩在房间里的煤炉上把面煮好,到了开饭时间,端给大家吃。来开会的人,张道一多数不认识,他们谈话中时而提到的老佘、老崔,也不知道是谁。王汉斌也不给他介绍,张道一也不打听——这是地下工作的规矩。

张道一虽然是一名新党员,但他觉得王汉斌对他很信任。一天,王汉斌交给他一包文件,再三叮嘱说:

"这是地下党调查得来的需要保护的北平重要文化古迹资料,还有敌特机关的地址,务必要藏好。"

过了几天,王汉斌又把两把盒子枪交给张道一保管,对他说:

"解放军正在按照党中央毛主席的指示,全力争取和平解决北平问题,但也做好了策应武力解放北平的准备。"

张道一和学委的战友们密切关注着时局的变化。好消息接二连三传来:1949年1月15日,天津解放。1月21日,华北剿总司令部副总司令邓宝珊,代表总司令傅作义,与解放军林彪、罗荣桓、聂荣臻会谈,达成《关于和平解决北平问题的协议》。1月22日至31日,傅作义二十五万军队全部撤至城外指定地点,接受改编。1月31日,东北野战军第四纵队进入北平接管防务。

北平和平解放。天亮了!

北平地下党接到命令:2月3日,解放军将举行盛大的入城仪式!张道一和战友们欣喜万分,立即行动起来,投入紧张的迎接解放军入城的准备工作中去。

王汉斌把张道一叫到他房间里去,对他说:"上级指示,要起草一份安民告示,在解放军入城时,向群众散发。我口述,你做记录。"

二人合作,很快完成了初稿,题目是《告北平市民书》。

稿子送上级审改定稿后,王汉斌又把张道一和另一位同志叫到一起,说:"你们尽快把稿子翻译成英文,北平外国人很多。"

张道一和另一位同志废寝忘食,用了一天时间,把《告北平市民书》翻译成英文。

王汉斌看了译文,非常满意,称赞说:"译得不错,颇有文采。"

2月2日,《告北平市民书》清样拿来了,张道一立即抓紧校对。他唯恐出错,逐字逐句校对,速度有点慢。学委的杨伯箴一直站在一旁,等着校对好拿走去付印。等了好一会儿,杨伯箴着急地说:

"太慢了,来不及了,我来校对。"

1949年2月3日,这是一个永载史册的日子。一大早,北平市民、学生就倾城而出,挥舞着彩色纸旗,冒着凛冽的寒风,迎接解放军进城。上午10点,四颗彩色信号弹升上天空,隆重的入城仪式正式开始。在解放军的坦克驶过东交民巷的轰鸣声中,张道一和战友们分别把中、英文的《告北平市民书》,散发给欢呼的群众和夹在群众中的蓝眼睛、高鼻子的外国人,心中充满了胜利的喜悦。

当晚,王汉斌带回来一块红布,和他一起来的还有一位叫丁化贤的女同志。

王汉斌兴奋地对他们说:"明天市委要在我们北大四院礼堂召开全市党员大会,你们抓紧做一面党旗,明天挂到大会主席台上。"

王汉斌给他们布置好任务,又走了。这些日子,王汉斌似乎更忙了。

张道一和丁化贤接到这个光荣的任务,非常兴奋,立即在张道一的宿舍里动手制作起来。

张道一问:"我没见过党旗什么样子,你见过党旗吗?"

丁化贤摇摇头,说:"我也没见过,上面有镰刀、斧头,好像和苏联国旗差不多。"

张道一说:"好,我们就按照苏联国旗的样子做,我在电影里看到过苏联的国旗。"

丁化贤把红布裁剪缝制成旗帜式样,张道一找来一张黄纸,剪成镰刀、斧头,他们把剪好的镰刀、斧头贴在红布上。

一面鲜红的大大的党旗,在翠花胡同的古民居里诞生!

2月4日一清早,王汉斌派北大地下党总支书记肖松,和张道一一起去布置会场。张道一带上党旗,和肖松各自蹬着自行车,朝国会街驶去。寒风凛冽,他们心里却热乎乎的。

北大四院礼堂,也叫国会街礼堂,在西城区宣武门西大街。辛亥革命后,民国国会曾在此办公,人们也叫这条街为国会街。抗战胜利后,国会街礼堂划归北京大学第四院使用。会场很大,可以容纳头两千人。

王汉斌和杨伯箴已经在会场里。王汉斌看到张道一带来的党旗,非常满意。

张道一和肖松一起布置主席台,把党旗端端正正挂在主席台后墙壁中间上方。

张道一一面挂旗,一面禁不住热血往上涌,眼眶噙满泪水。

今天的大会,是北平历史上地下党员第一次大会师,也是北平获得新生后地下党员第一次集体向市民群众亮相;

今天的大会,将会见到熟悉和不熟悉的同一战壕里的许多战友,见到指挥千军万马、使古老的北平完整地回到人民怀抱里的首长们;

这面鲜红的党旗,是他和战友在翠花胡同自己的宿舍里制作的,是他蹬着自行车把它带到今天的会场上的,也是由他亲手把它挂在庄严的主席台上的!

他,一个入党不久的新党员,一个年轻的学子,能够接受这样光荣的任务,有幸见证这一光荣的时刻,教他怎么能不心潮澎湃、激动万分呢?!

下午,各单位地下党员集合在一起,从四面八方赶来会场。很快,会场里挤满了人。北平全市有三千多名地下党员,会场只能容纳两千多人,有三分之一的同志不能来参加。

许多人刚进会场时,还戴着帽子和口罩,突然看到认识的人——有朝夕相处的同事、有同窗共读的学友等,便把口罩一摘,帽子一扔,紧紧握住对方的手,有的热烈拥抱。大家纷纷高声喊道:

"原来是你啊!"

"我早就猜到你也是!"

"终于等到了这一天!"

……

张道一也见到了许多前来翠花胡同联络点开过会的同志。也第一次知道,在联络点开会时,经常提到的"老佘"原来叫佘涤清,是北平地下党学生工委书记处书记,就是他负责和傅作义的女儿、地下党员傅冬菊接头,开展对傅作义的策反工作。"老崔"叫崔月犁,是北平学生工委秘书长、职员工委书记。他受城工部部长刘仁指派,先后多次同傅作义的恩师刘厚同、副总司令邓宝珊秘密会晤,通过他们做傅作义工作,争取和平解决北平问题。

张道一看见许多人拥到主席台前,久久仰望着上方悬挂着的镰刀、斧头党旗,看得出来,他们也是第一次亲眼看到鲜红的党旗,许多人眼中含着热泪。

大会开始,在热烈的掌声中,首长在主席台就座,有中共平津总前委书记、东北野战军司令员林彪,平津卫戍区司令员聂荣臻,中共中央华北局第二书记、华北人民政府副主席薄一波,中共中央政治局委员、北平市委书记彭真,市委第一副书记、市军管会主任及市长叶剑英,市委第二副书记李葆华(赵振声),华北局城工部部长、市委组织部部长刘仁等。

出席会议的领导先后讲话,市委书记彭真做了长达四小时的报告。对张道一来说,他是第一次上了如此系统和深刻的一堂党课。

会议一直持续到第二天凌晨。

后来,张道一听说彭真书记看到刊登在《北平解放报》上的《告北平市民书》,称赞说写得很好,很有文采,并询问出自何人手笔。

不久,王汉斌被调到共青团北京市委担任大学部部长,他搬出了翠花胡同借住的房间。胡适后院这个地下党的联络点,圆满完成了它的历史使命。

曾经岗哨森严的翠花胡同,恢复了往日的宁静。

张道一望着通向胡适宅第的小门,感慨万千:和翠花胡同一门之隔的校长胡适的宅第,已人去楼空。

胡适在解放军兵临北平城下时,于1948年12月15日带着夫人江冬秀,乘蒋介石派来的专机,仓皇飞往南京。他自嘲"是一不名誉之逃兵"。他临走时,给汤用彤和郑天挺留了一封信,将北大的工作托付给他们。国民党政府还派了飞机要接汤用彤和一批教授走。汤用彤这位学贯中西的国学大师,看透了国民党政府的腐败,他和许多教授拒绝登机,留了下来。胡适1949年1月15日被聘为总统府资政。汤用彤则在北平解放后,被军管会主任、市长叶剑英任命为北京大学校委会主席,不久又担任了副校长。

恐怕令胡适没有想到的是,在他这个国民党总统府资政的后院,竟有中共地下党的联络点,在这里还诞生了北平地下党第一次大会师的鲜红党旗……

1949年2月,北平刚解放不久,张道一被调到北平市委宣传部工作。

市委宣传部第一任部长是留法勤工俭学、1926年入党的赵毅敏,之后担任部长的有廖沫沙、杨述等,担任市委政策研究室主任、协助赵毅敏部长工作的是邓拓,他们都是二十世纪三十年代入党的老同志。张道一起先被分配在编审科,科长也是延安来的"三八式"干部。在老同志的帮助指导下,张道一如饥似渴地学习革命理论,积极从事时事政策宣传工作。他还多次担任首都国庆群众游行指挥部办公室副主任,协助做好群众游行的组织安排。

令他特别难忘的是,有几次国庆庆祝活动,他跟随彭真登上天安门城楼,这使他有机会近距离目睹毛主席和其他党和国家领导人的风采。1956年国庆节那天,毛主席站在天安门城楼上向群众挥手,阴雨绵绵,毛主席不让工作人员给他打伞。天安门广场上的群众淋着雨一动也不动,游行队伍冒雨行进,情绪高昂。

彭真回过头来关照张道一说:"你设法通知有关负责人,赶快给各单位打电话,回去后熬姜汤,不要让群众着凉感冒。"

在工作中,张道一结识了一位在中共中央宣传部工作且也是来自云南的姑娘张从丽。交谈中,二人惊喜地发现,他们是云大附中的同学,特别是二人不仅兴趣爱好相同,而且走上革命道路的轨迹,竟出奇地近似!

张从丽是云南剑川人,出身于一个清贫的知识分子家庭。幼时丧父,七岁时随母亲投奔在昆明云南省政府当科员的二哥张晓邱,由二哥供养上学。张从丽是1941年秋考入云大附中高中部的,比张道一晚一届。滔滔的巴江,激昂的抗日救亡歌曲……两个年轻人回忆起在云大附中读书的日子,似乎有说不尽的悄悄话。

张道一1943年秋考入西南联大英语系,张从丽则在1944年秋考入云南大学文法学院文史系,所读专业竟然和张道一相同,也是英语专业。一个在西南联大,一个在云南大学,他们各自在努力学习的同时,积极参加进步社团活动。在声势浩大的"一二·一"运动中,罢课、游行、募捐、上街卖报……

1946年夏,二人又几乎是同时离开云南北上。所不同的是,张道一是随师生大部队一起出发,而张从丽则是只身北上,转学到北京大学全公费的教育系就读。1948年秋,张从丽被吸收加入民主青年同盟,1949年夏大学毕业前夕,光荣地被吸收为中共预备党员。正是在这一年夏天,张从丽参加了华北人民政府举办的暑期学习团,结业后,被选调到中共中央宣传部工作。

令两个年轻人没有想到的是,在远离家乡的首都北京,在党的宣传战线上,二人奇迹般地相遇、相识、相恋。二人经组织批准,在新中国成立一周年的喜庆日子里,喜结连理。

工作、生活安定下来之后,张道一向组织上提出,要接母亲来京同住,以奉养尽孝。1946年张道一北上返校后,母亲独自寄居在他的叔叔张克诚家。组织上非常关心,不仅批了一笔钱作为张道一母亲来京的路费,还由北京市委一位副秘书长同云南省委有关部门联系,请云南省一个进京代表团,将他的母亲带到北京。一别五年,母子在首都团聚,望着高大英俊的儿子,饱经风霜的母亲眼中闪着幸福而又酸楚的泪光。

1959年4月,张道一被调到彭真办公室担任秘书,在这位伟大的无产阶级革命家身边工作达七年之久。

"文革"风暴乍起,打断了美好时光。张道一被无辜关押、审查三年多,在这艰难的日子里,他的母亲常常以泪洗面。当张道一被解除隔离时,老母身体已十分孱弱。1971年秋,母亲因病与世长辞。尚未完全获得自由的张道一,为未能尽孝于衰老的母亲膝下,泪如雨降,肝肠寸断。

"十年动乱"结束后,张道一迎来了事业的"第二春",他在西南联大打下的外语的扎实功底,得到了充分发挥。他先后担任了北京语言学院党委副书记、常务副院长,北京第二外国语学院院长。还曾兼任联合国发展署中国英语培训网主任、中非友好协会理事、中国翻译家协会理事、北京市政协委员等职。

1982年3月24日,应美国教育部和美中关系全国委员会的邀请,张道一担任团长率中国对外汉语教学代表团赴美考察访问,在美国汉语教师年会上发表了《中国对外国人进行汉语教学的三十年》的演讲,为推动和发展对外汉语教学和培养汉语外教人才,做出了积极贡献。

张道一在职期间以及退休之后,积极从事翻译和写作。他先后参与了《彭真传》《刘仁传》等书的编著。编译出版了《语言教学法十讲》《饭店业的卫生管理》等九部作品,计一百五十万字。他还翻译出版了美国作家海曼的《肯尼迪总统夫人杰基秘史》、英国作家毛姆的《宝贝》、法国作家西麦农的《麦格雷警长的圣诞节》等文学作品。2008年1月,被中国翻译家协会授予"资深翻译家"称号。

张道一的家乡鹤庆于1949年7月1日获得解放。他的大叔张迭全一家,在家乡喜迎新中国诞生。堂弟张道文1953年参加中国人民解放军,随军深入藏区剿匪,直至1958年退伍还乡。

张道一的二叔张克诚,在云南解放前后,则经历了一段惊心动魄的日子。

张克诚是二十世纪三四十年代昆明知名的报人。早在进入龙云任主席的云南省政府机关报云南日报社之前,他就在《新滇报》担任副刊《小宇宙》主编。1935年初,根据龙云指示,云南省政务委员会秘书长、省政府委员兼教育厅厅长龚自知负责创办《云南日报》。3月上旬的一天，龚自知于设在文庙桂香楼上的昆华民众教育馆召开筹办报纸会议，张克诚等二十多人出席。《新滇报》主任饶继昌和编辑张克诚被指定为《云南日报》社的主要成员，饶、张等人都属于教育系统，是龚自知的下属，且都是民众教育馆有关刊物的撰述员，即撰稿人。《云南日报》实行常务董事负责制，龚自知任常务董事，张克诚任《南风》副刊编审，负责每日一大版的副刊，同时照管报纸周刊的各种事务。

《云南日报》选择1935年5月4日，即五四运动纪念日这一天正式发刊。但作为国民党地方政权的机关报，其办报宗旨不可能秉承五四精神，而是主要充当国民党反动宣传的传声筒。不过，由于龙云和蒋介石素有矛盾，且龙云同北上抗日的红军暗中有联系，加之张克诚等少数人"思想比较进步"，创刊初期，《南风》副刊就呈现出进步的倾向。

张克诚为《南风》副刊撰写发刊词，题为《南风第一声》，明确宣示："我们应以全体民众为我们的对象，以整个社会为我们发刊的目的。"体裁则包括论著、创作、译述、街谈巷议、讽刺文字等等，"应有尽有，不误主顾"。后来又刊登启事，表示本刊欢迎"简洁隽永的简论、小品、短篇小说、书报评论及讽刺小文等"，为副刊独树一帜，避免沦为反动宣传的应声虫，埋下伏笔。

《南风》副刊文章虽以文艺作品为主，但一些简论、杂文的立场观点，往往与正刊大相径庭，甚至互相对立。例如，1937年2月，国民党举行三中全会，《云南日报》2月16日发表社论《三中全会开幕献言》，文中云"第一是肃清残匪的问题"，绝口不谈抗日。而2月18日《南风》发表的简论《所期于三中全会》，则提出三大正确主张："一确立对日外交方针，二决定国民大会日期，三树立民族革命阵线。"只字不提蒋介石的"安内"。这与社论的立场，背道而驰。副刊和正刊唱反调的事例，不胜枚举。

抗日战争爆发后，《云南日报》朝着进步的方向转变和发展。这主要是一些进步人士和地下党员相继进入《云南日报》工作，并受到龚自知的重用。1939年秋，中共地下党员欧根从云大附中毕业后，受党组织委派进入报社担任记者，积极开展工作。次年，《云南日报》中共地下党支部建立，欧根任支部书记。至此，《云南日报》采访部、编辑部基本为进步人士和地下党员掌握。在党的思想影响和组织领导下，该报的进步面进一步扩大。另一方面，作为业务骨干的进步人士张克诚，也从中发挥了积极作用。

张克诚由于办报经验丰富，业务能力突出，思想进步，于1937年12月升任编辑部主任。1942年夏，报社由常务董事负责制，改为社主任制，龚自知向饶继昌征求意见说：

"报社主任一职，你看张克诚、何少诚两人中，用哪一个？"

饶继昌答道："张克诚在报社的历史较长，似乎以他为宜。"

龚自知颔首说："我的意见也是如此。"

于是任命编辑部主任张克诚升任社主任。1944年4月，报社又改为社长制，张克诚任社长。这期间，每期报纸刊头都印有：发行人张克诚。

抗战期间，《云南日报》积极宣传团结抗日，特别是多次发表毛泽东的抗战言论。1937年12月初，《大公报》记者陆诒访问延安，撰写了访问记《毛泽东谈抗战前途》。《云南日报》于12月25日，在头版显著位置刊出此文。毛泽东在谈话中讲到林彪师长写的《抗日战争的经验》一文，也于同日第四版刊出。1938年7月12日，刊登了毛泽东《致参政会电》和毛泽东的照片。1938年12月中旬，龙云派龚自知到重庆办事。龚逗留重庆期间，在书店里买到毛泽东《论新阶段》等著作。龚觉得《论新阶段》里的文章写得十分漂亮，毛泽东持久抗战的主张非常正确，他回昆明后，加了按语，于12月26日起在《云南日报》连载《论新阶段》一文。国民党云南省党部发觉后，派人到报社制止，《云南日报》才不得不停止续登，但已连载了十篇。

1944年8月和10月，两篇棘手的重磅稿件放在社长张克诚面前。

这是该报战地记者先后从柳州和贵阳发出的《西南暴风雨》《湘桂撤退记》两篇长篇通讯。1944年4月，日寇发动了豫湘桂战役，国民党军队损兵折将五六十万，丢失大小城市一百四十六座。这两篇稿件，大胆揭露了国民党军队在湘桂战役中不战而退，造成大量民众流离伤亡的惨象。

张克诚深知，刊登这样的稿件，很可能惹恼国民党当局，给自身带来麻烦。但民族存亡危急之际，他顾不得这些，毅然挥笔签发在《云南日报》连载。通讯刊出后，新华社予以广播，对蒋介石进行谴责。果然，蒋介石十分恼火，下令查办《云南日报》。

CC系（中央俱乐部）头目、教育部部长陈立夫为此打长途电话到昆明，质问龚自知："你们究竟站在哪一边？《云南日报》必须立即停办！"

随即，重庆方面又派"蓝衣社"特务头子刘健群来昆明查办，并要整肃有关责任人员。刘健群属于军统，与CC系素有矛盾，想借机拉拢龙云，于是向蒋介石建议，不宜为一份地方报纸造成中央与地方分裂，蒋权衡之后点头同意。

刘健群抵昆后，与龚自知几次谈判，达成一个息事宁人的折中办法：报社进行局部改组，撤销张克诚社长职务，调任驻会董事、副主任，只分管报社经济事务。从

1944年11月7日起,报纸刊头上的发行人,由张克诚换成了新任社长何少诚。

1945年10月3日凌晨,杜聿明奉蒋介石命令向昆明的龙云部队发动突然袭击。10月6日,龙云在宋子文陪同下飞往重庆,就任有职无权的军事参议院院长,失去了主宰十八年的云南政权。卢汉于12月1日就任云南省主席。

龙云被解职后,《云南日报》人事随之调整,龚自知辞去常务董事职务。报纸处境恶劣,逐步由灰色转向反动。1947年9月30日,旧《云南日报》登出停刊启事,终于寿终正寝。

张克诚因刊发《西南暴风雨》《湘桂撤退记》两篇通讯受到整肃撤职,但经过此事,龙云却对他有了"左"的印象。1946年1月1日,旧政协在重庆召开,著名爱国民主人士缪云台以社会贤达身份应邀出席,龙云介绍张克诚任缪云台秘书,随往重庆工作。1949年8月13日,龙云等四十四人在香港发表声明,与蒋介石彻底决裂。龙云积极推动卢汉起义,在同原六十军军长、时任云南省民政厅厅长安恩溥谋划起义准备工作时,龙云写信向安恩溥推荐:

"吴少默、唐用九、杨青田、张克诚、马曜五人,能说,能写,能做,可以找他们帮助。"

吴早年参加中共地下党,唐、杨、马均是地下党员。张克诚在龙云心目中的地位,由此可见一斑。

1949年10月1日,中华人民共和国成立。蒋介石企图退守西南,把云南和西康作为在大陆的最后基地。1949年12月6日,蒋介石电召西南行政长官张群,驻滇蒋军第八军军长李弥、第二十六军军长余程万,以及滇军第九十三军军长龙泽汇赴成都,对进驻昆明做了部署。张群一行返回昆明后,12月9日,卢汉听了龙泽汇的汇报,觉得情况紧急,当机立断,决定当晚起义。卢汉在翠湖南路4号自己的私宅卢公馆,软禁了西南行政长官张群,并通知李弥、余程万以及军统云南站站长沈醉等人到卢公馆开会,加以扣押。随即实行全市戒严。午夜,发电报给毛主席、朱总司令、周总理,并通电全国,宣布云南起义。

云南起义后,立即成立云南人民临时军政委员会,作为临时最高革命权力机关。卢汉任主席,委员八人,吴少默任秘书长,张克诚等二人任副秘书长。

在生死攸关的历史关头,在人生的十字路口,张克诚追随龙云、卢汉,站到人民一边,走上了革命道路。

1951年1月4日,云南省第一届第一次各界人民代表会议协商委员会第一次会议在昆明召开,会议任命张克诚等三人为副秘书长。在11月30日召开的云南省一届二次各族各界人民代表会议协商委员会第一次会议上,增选龚自知为协商委员会副主席,张克诚续任副秘书长。1955年1月,张克诚转任云南省教育厅副厅长,回到了二十年前离开的教育系统。次年,加入中国共产党……

飞机已经飞临山明水秀的彩云之南上空,广播里空姐甜美的声音提醒旅客:飞机已经开始下降,请系好安全带。

我合上"张家年表",望着舷窗外湛蓝的天空、秀丽的山河,依旧沉浸在偏远的西南高原水乡化龙村一个普通白族人家的传奇经历中。

飞机正点抵达丽江机场。张子成、张恒林父子来接。去他家吃了中午饭后,驱车往鹤庆县城石泉商务宾馆入住。下午3点半,驱车去张道文老伯家。

村口"起凤腾蛟"大照壁前广场上和通往村中的水泥道上,停了许多小轿车,都是在外工作或打工回乡过年的游子开回来的。

张道文家大门口挂了一对喜字大红灯笼,两旁门柱贴着一副对联:

　　良缘一世同地久
　　佳偶百年共天长

进门入院,喜庆气氛扑面而来,节后就要拆迁的老宅,此刻装饰一新。正屋客厅及两侧面墙,贴满了亲友的贺联和喜报,檐口挂着一条红绸横幅,院子上空拉着一条条七彩小旗。院子里已摆好许多小方桌和条凳,好几个穿着白族服装的妇女,和张道文儿媳一起忙着准备明天喜宴的美食。张道文老伯没在,说是近日身体欠佳,去昆明看医生去了,明天不一定能赶回来参加孙子的婚礼。这令我感到有点遗憾。

王龙和小姚架起摄像机开始拍摄,我走上檐廊细看张家亲友和邻里赠送的贺联。

张子成过来给我介绍说:"我们这里有规矩,谁家办喜事,都要挂贺幛、贴贺联,亲友、邻里送的按照辈分、亲属关系张贴。"

贺幛、贺联都用金粉印在绸布或写在红纸上。堂屋中间是一副红绸贺幛,对联曰:

　　云龙凤虎诗书第
　　玉海金山锦绣缘

横批是"锦绣良缘"。对联中间是喜鹊、牡丹簇拥的双喜金字。大门两侧立柱张贴着一长一短两副对联,一副是:

宅第张灯亲友云集庆家礼
华堂结彩宾客满院贺新婚

另一副是:

金龙彩凤配佳偶
明珠碧玉结良缘

上款题:"道文兄为孙男新婚之庆。"落款署:"通家弟朱林全家恭贺。"
有署名"化龙村全体同辈贺"的贺联上写有:"张华、施丹婷二同志新婚之庆。"
张子成指着二人名字说:"他们就是新郎、新娘。"
墙上还贴着一张红纸,上面写着:"张子学名华,冠字取名曰搏。亲友等同拜贺,祖父张道文命题。"
张子成给我解释说:"许多白族人家还保留着这个习俗,男孩成婚后,还须有长辈命题字号,表示开始成家立业了。"
丽日西斜,帮忙的乡邻开始用晚餐。王龙他们里里外外拍了一遍,收起设备,我们准备回酒店。这时张道文儿媳热情地招呼我们说:
"这边坐,这边坐,一起吃晚饭。"
张子成说:"就在这里吃吧。"
盛情难却,我们围着一张小桌坐下来吃饭。张道文儿媳给我们端菜,还再三关照:
"明天下午一定要过来吃喜酒哟!"
吃好饭起身,见来了一位穿着漂亮的白族服装的年轻女子。她是张家的亲戚,也过来帮忙。我称赞她的服装漂亮,她给我讲解说:
"白族姑娘婚前婚后的服饰各有不同,我们婚后才穿这样的礼服。会做这样传统服装的师傅已经不多了,为我做这件礼服的师傅叫张松鹤,很有名气,明天也会来。"
2019年2月8日下午3点,我们一行驱车再去张道文家。新郎已经去接新娘,4点多到。新郎的母亲站在门口,戴着黑色圆形绣花"土锅帽",穿着上蓝下黑过膝襟衫,外罩褐色坎肩,胸前戴着红绸花朵,笑盈盈地迎接前来贺喜的客人。入门处放着一张条桌,有三个村民在门口收取贺金并登记造册。每户随礼五十元、一百元不等,直接递现金,也不用红封。骆燕军也代表我们一行送上一个预先准备的红包。

新郎的父亲忙着招呼客人入座吃喜酒。院子里放了三排共十二张方桌,桌子同传统的八仙桌差不多见方,但稍矮一些。祝贺的村民陆续过来,男子多为便装,也有年轻人西装革履。妇女大都穿着民族服装。年轻妇女的服饰色彩鲜艳:一律黑色"土锅帽",前短后长宝蓝淡红绣花襟衫,褐色或黑色坎肩,绣花中袖,脚蹬红绣花鞋。年长的阿奶衣服色彩较为单一。

喜酒是"流水席"。客人到了,就坐下来吃喜酒,满八人即开席。帮忙的村民端上"八大碗",给客人斟上白酒或果汁。冷盘有拌米线、云腿、腊肉、干巴、鸡丝,热菜有焖牛肉、红曲肥肉、红烧鱼等等。新郎的父亲不断到各桌敬酒、倒饮料。喜糖是每人两块花生巧克力。一席吃完,客人起身告辞。帮忙的村民动作麻利地收拾好碗筷重开一席,后来的客人坐下来接着吃。

张子成给我介绍说,白族人家往往"一家办喜事,全村同祝贺"。化龙村有二百多户人家,每户三到五人,共有上千人,至少有七百人前来道贺吃喜酒。"流水席"方便随时而来的客人就餐。

红日西斜,接新娘的花车快到了,我们跟着扛着摄像机的王龙和小姚到村口大照壁下等候。路边已经有不少人,有几位老者在"呜呜"吹唢呐校音。

张子成说:"这儿风俗,花车到了村口,新人下车,要闹新郎。"

骆燕军不解地问:"闹新郎?"

张子成说:"是的。伴郎捉弄一下新郎,不像汉族晚上闹洞房。"

骆燕军说:"这个倒蛮有意思。"

新人的车队缓缓驶来,迎亲的唢呐"呜里哇啦"欢快地吹响起来。车头上粘着心形玫瑰花的婚车停在大照壁旁,新郎、新娘下车,新郎身穿西装,新娘一身洁白的婚纱,手捧鲜花。二人牵手走到"起凤腾蛟"大照壁中间,随车的摄影师给他们摄像,王龙和小姚的摄像机也早已运转起来。

片刻,几个小伙子一拥而上,扒下新郎的西装,摘下他的领带,让他穿上一条花布裤和一双不合脚的黄球鞋,给他头上扎上一条红绸带。随后新郎挽着新娘、提着婚纱往前走去。这时水泥大路中间地上放了两个大红的盘子,盘中各有十只盛满大米的玻璃杯,杯口分别放上喜糖和红枣。一位穿着白族服装的阿妈口中念念有词,引着新郎、新娘从盘子旁边走过,祝福新娘、新郎甜甜蜜蜜、早生贵子。

路边有一个水泥电线杆,小伙伴又"责令"新郎爬上电线杆,并用保鲜膜一层一层将新郎绑在电线杆上。然后在新郎脚下点燃一串鞭炮,"噼噼啪啪"炸得火星四冒、烟雾升腾。众人又是一阵哄笑。如此三番五次折腾,快到新郎家门口,"闹新郎"才告结束。新郎换上西装,系上领带,穿上皮鞋,重又牵起新娘的手,托起婚纱,来到门前。

这时,张家的大门已关闭。新郎朝着门内高声叫道:

"阿爸、阿妈!新娘讨回来了,你们喜欢不喜欢?"

门内答道:"喜欢!"

大门随即打开,新人的父母喜笑颜开地迎接儿子、儿媳进门。院子里吃喜酒的客人纷纷鼓掌祝贺。新郎、新娘也笑着和客人点头致谢,随后穿过院子边门,上了楼上新房。不一会儿,新娘换上一袭红装和新郎下楼来,为吃喜酒的乡亲斟酒敬烟。

6时许,有了空桌,新郎的父亲见我们拍得差不多了,招呼我们也坐下吃喜酒。

夜幕降临,喜宴结束,还要举办庆祝晚会。吃喜酒的乡亲们陆续离去,少数乡亲和张家至亲留在院子里。帮忙的阿妈把院子里的桌椅搬到旁边,地上打扫得干干净净。一支穿着白族服饰的舞蹈队来到院子里,共有十二人,都是中老年的阿妈阿奶。

新郎、新娘站到老宅檐廊中间,新娘的一袭红装加了件象牙白大衣,分外端庄美丽。主持人上前祝贺新郎、新娘喜结良缘,然后请新人父亲致辞。随后,一位村民打开音箱,伴随着欢快的音乐,阿妈阿奶舞蹈队翩翩起舞,有扇子舞、霸王鞭,也有舞姿优美的徒手舞。伴舞的乐曲,还有一段红歌《敬爱的毛主席》。舞蹈队员都是本村的劳动妇女,也都有了一定年纪,但都身段灵活,脸上始终洋溢着纯朴的笑容……

临近尾声,主人给每人端上汤圆,每碗四只,寓意"四季圆满"。

晚会结束,新郎、新娘邀请我们和阿妈阿奶舞蹈队全体队员一起合影留念。王龙还为我和骆燕军同新郎、新娘单独拍了合影。

第二天早晨,王龙和姚惟聪特地再赶到张家,为新人拍照,因为新娘今天会换上白族新婚礼服。新娘头戴圆圆的黑色"土锅帽",帽檐左侧绣一朵银丝小花。身着艳丽的过膝襟衫,宽大的中袖蓝底上绣着两朵红艳的牡丹,腰系粉红绿须三角围裙,罩黑色丝绸坎肩,襟前垂挂着一缕丝状编织物。耳朵、手腕上戴着锃亮的金首饰,脚上一双红色绣花鞋。新郎穿着一件浅蓝T恤,外罩一件黑色便装,戴着一副茶色眼镜。

小两口依偎着站在老宅前,新娘甜甜地笑着,露出浅浅的酒靥——王龙按下了快门……

看着这对白族新人的照片,昨天张家院落里一幕幕又浮现在我的眼前:满墙红彤彤的贺幛喜联,从早到晚的"流水席"上美味的"八大碗",叫人忍俊不禁的"闹新郎",白族阿妈阿奶质朴的载歌载舞……这是一幅多么"岁月静好"的画面啊!

我的视线又落在新人身后的古民居上,再过几天,这栋三坊一照壁仅存的正屋,就要拆除了。昨天的婚庆活动,也是这栋历经世纪风云的白族民居最后的"庆典"。我不知道张家是不是有意用一场晚辈美丽的婚礼,来向老宅做最后的告别。

一百多年来,这栋简朴的古民居,有着不平凡的经历,走出过值得骄傲的先辈。

在它宽敞的院落里,他们兴高采烈迎送过万里长征北上抗日的红军。秋毫无犯的红军战士讲述的那些当初听来似懂非懂的革命道理,像暗夜里的明灯,长久地照耀着他们人生的前程。

从这栋古民居走出的讲武堂军人张克刚,随军出川抗战,虽然不是战死沙场,但也是病殁在皖南抗敌前线,落葬在异乡,践行了"何用马革裹尸还"的古训。

同样从这栋古民居走出的张克诚,一生与笔墨为伍,随时代风云沉浮,最终跟随爱国将领龙云、卢汉,走上革命道路。

西南联大的高才生张道一,在黎明前最黑暗的时刻加入地下党,投身迎接北平和平解放的伟大斗争,为新中国的对外汉语教学做出积极贡献。

一直生活在这栋古民居里的张道文,也在新中国成立、百废待兴的艰苦岁月里,投身军旅,参加中国人民解放军,与藏区叛匪勇敢战斗……

我们今日的岁月静好,不是凭空而降,是先辈们流血牺牲、奋斗拼搏才得来的呀!

第八章　筑梦淮畔

第一节　孕沙成珠

2021年2月18日,正月初七。

春节长假后第一天上班,蚌埠迎来一件提振人心的大事:安徽省"加快新兴产业高质量发展暨2021年全省第二批贯彻六稳重大项目集中开工现场推进会",将在蚌埠举行。"推进会"结束后,省领导要来园区视察。

已经过去的2020年,实在太难了!小年夜,江城武汉因新冠疫情凶猛,突然紧急封城。疫情迅速波及全国,多地采取严格的防范和管控措施。位于交通节点上的蚌埠,新增新冠病例一度在全省名列前茅。经采取措施严格管控,至2月中旬,蚌埠新增新冠病例"清零"。为防止疫情反弹,管控措施没有完全放开,经济社会发展以及各项工作,不同程度受到影响。

整整一年,古民居博览园建设按下了暂停键。大部分回乡过年的工人都没有回来复工,只有工程部、绿化部、龙子湖迎宾馆以及金光荣修复工场那里,安排了小部分员工维持运作。

"牛"转乾坤!2021年农历新年是牛年,朋友圈里相互拜年的短信,莫不殷殷期盼。

我是一早乘G1974次7点17分高铁来蚌埠的,10点不到,回到了园区。踏进园区,心旷神怡。天空湛蓝,湖水澄碧,园区山坡上、大路旁,一丛一丛红艳动人的美人梅,在温煦的阳光下怒放,散发出阵阵沁人心脾的馨香。

寒冬已逝,春天已来,红梅报春的美景,似乎是一个吉兆。

全省"推进会"下午3点在蚌埠高新技术开发区举行,实际上也是一批重大项目的开工典礼。全省共集中开工272个项目,总投资1330.8亿元,涉及战略性新兴产业、传统产业升级改造等11个行业领域。其中蚌埠集中开工40个项目,总投资326.7亿元,年度计划投资144.3亿元,总投资占到全省总投资的近四分之一。

蚌埠的投资力度之大,前所未见。

下午近5点,来蚌参加"推进会"的省领导在市领导陪同下,来园区视察,我和左玉开陪同马国湘接待。省领导视察结束后,我们回到老宅接待中心,马国湘告诉我们一个令人鼓舞的消息,他说:

"办好'两会',是今年蚌埠一项重要工作任务,市领导已经向省领导汇报过,争取把两大国际性会议永久会址落户在蚌埠我们园区。"

蚌埠将要举办的"两会",即太湖世界文化论坛年会和国际新材料产业大会。

太湖世界文化论坛是中国创立的一个高层次、非官方的国际文化论坛,旨在弘扬中华民族优秀文化、促进东西方文化交流与合作。2021年太湖世界文化论坛第六届年会定于2021年10月12日至13日在蚌埠举行,主题为"文明互鉴:共筑人类命运共同体",为国家发展营造良好的国际舆论环境和文化氛围。

国际新材料产业大会由安徽省人民政府、国际玻璃协会共同主办,定于2021年7月16日至18日在蚌埠举行。会议将为加快推进新材料产业发展,促进"政产学研用"交流与合作,打造新材料产业的高端交流、成果发布和产业资本交易对接平台,向人们充分展示"新材料、新动能、新生活"的前景和魅力。

"办好一个会,搞活一座城!"巨大的绿植广告墙,很快在靠近园区南大门的黄山大道和解放路路口竖了起来。高铁站天桥长廊上,也换上了"迎接'两会'、办好'两会',把蚌埠打造成为创新之城、材料之都、制造高地、幸福蚌埠"的巨幅广告,画面上有古民居博览园主湖心岛和五个小岛镶嵌在翡翠般的水面上的彩色图片。

园区建设迅速重启。蚌埠市政府相关平台公司直接下场,承担起园区基础设施、南北出入口游客中心等"硬件"的后续建设任务。与此同时,蚌埠市各区县宣传文化部门也按照市委市政府要求,承担起一项"软件"建设任务:利用园区主湖心岛上已复建的古民居,筹建以非物质文化遗产为主题的文化展馆,作为展示蚌埠历史文化和经济社会发展新貌的一个窗口。

马国湘召开公司高管会议,对迎接"两会"各项工作做了部署。

按照分工,会议接待和会务主要由省、市政府有关部门和大会秘书处负责,我们主要做一些外围配合工作,明确由左玉开总体负责联系协调。招商运营部总经理何路金负责园区自建场馆的设计和装修布展。届时迎宾馆任务比较吃重,既是年会主会场,又是主要领导和嘉宾下榻处,安保、卫生要求很高。不过迎宾馆总经理何佳林胸有成竹,此前已办过好几次国际性的峰会,都很成功。

当前主要任务,是配合市里抓好园区基础设施建设和非遗展馆装修布展。蚌埠各区县非遗展馆建设用房,马国湘划出了主湖心岛1号桥左侧七栋古民居,交给市里使用。之所以划出七栋古民居,是因为蚌埠市下辖四区三县,每个区县各一栋。

蚌埠各区县迅速行动,策展、设计、装修、布展一条龙,各显神通,有点 PK 的味道。

2021 年国庆过后,七座各具特色的展馆装修布展陆续告竣,形成一组亮丽的系列文化景点。

蚌埠四区三县共 5900 多平方公里的版图,形成的历史并不长。其下辖怀远、五河、固镇三县,1983 年才由宿县地区划归蚌埠。蚌埠市区原来以方位作为区名,曰东市区、中市区、西区和郊区。2004 年,由于城区扩展、区划调整,分别更名为具有历史文化特征的龙子湖区、蚌山区、禹会区和淮上区。

一次三县划归,一次城区扩展,使建城不过百余年的蚌埠,拥有了可与许多历史文化名城媲美的七千年的辉煌;淮河岸边的小城,一跃而成为皖北重镇,在中华民族发展的多个重要历史节点上,拥有了浓墨重彩的篇章。

这天,我按照七个区县、七座展馆背后的历史故事和当代变革所发生的时间顺序,去逐次参观、细细品读。这七座展馆展示的内容,以各区县别具特色的非遗项目为主,也有对本地区历史文化和经济社会发展状况的简要呈现。而我的茫茫思绪,却总是在它们灿烂的历史文化和激荡的时代风云中飞扬。

我走进淮上区展馆,探秘淮上春秋。

淮上区是蚌埠的四个市辖区之一,位于淮河北岸。"淮上"泛指淮水北岸,蚌埠用"淮上"命名行政区划的时间不长,但"淮上"作为地名很久远。《左传》中就有记载,襄公三年(前570)"晋侯使荀会逆吴子于淮上"。

淮上区展馆以"淮上春秋"为馆名,正是彰显其历史的悠久和厚重。

不过,淮上区悠久的历史,不仅在古籍的记载中,更是在两个神秘的大土堆里。

这两个大土堆,在淮上区小蚌埠镇境内,南距淮河 3.5 公里,北距浥河 2.5 公里,村民把这两个大土堆叫作"双墩"。

1985 年,安徽省进行文物普查,蚌埠市博物馆普查组人员在这里惊喜地发现很多具有新石器时代特点的陶片。经初步研究,判定双墩是一处新石器时代遗址。1986 年 10 月,蚌埠市博物馆和安徽省考古队对遗址进行发掘,出土了数量巨大、种类繁多的陶器、石器、蚌器、骨器,大部分为生活器皿和渔猎工具。1991、1992 年又对该遗址进行了两次发掘,再度出土了大量文物。双墩遗址出土文物的年代特征,和碳 14 年代测定的数据基本吻合,距今七千年左右。这是淮河中游地区,已发现的年代最早的新石器时代的文化遗存。

双墩遗址出土文物中,最重要的两大成果,一是一具陶塑文面人头像,二是大量刻画符号。这两大成果,直接把中国美术史和文字史的源头,推移到了令人吃惊的七千年前。

我忘不了在新落成的蚌埠市博物馆,隔着明亮的玻璃橱窗,看到陶塑文面人头像和那些刻画符号时的惊喜和震撼。我深深地被七千年前,我们的先民惊人的艺术想象力和创造力所折服。

陶塑人头像呈淡褐色,甚为奇特的是,陶塑内部有晶莹的小颗粒,在柔和的灯光照射下,发出神秘的光点。专家研究,先民制作陶器时,会在陶泥里掺和含有云母矿石的细碎颗粒,形成"夹砂陶"。这具陶塑人头像,就是用含有云母矿石的"夹砂陶"烧制而成。

这具陶塑人像头部连脖颈高6.5厘米,面宽6.3厘米。眉弓突出,圆眼,小嘴,微含笑意。右耳垂有穿孔,左耳及头脑后部残损。额头中间刻有同心圆纹,鼻翼两侧脸颊各有五个明显的戳刺小圆点。小圆点排列均匀,且左右对称,连成一条斜线,仿佛是挂在面颊上的一串美丽珍珠。

雕题、文面、文身,是上古时期淮河流域原始先民的习俗。刺在额头上的曰"雕题",面颊上的曰"文面",身体上的曰"文身"。《楚辞》《礼记》等典籍中均有相关记载。但令人难以置信的是,早在七千年前,原始先民就创作出如此精美的陶塑雕题文面人头像。

蚌埠市博物馆原馆长、副研究员徐大立在《双墩陶塑人头像"雕题与文面"源流考释》一文中发出慨叹:

> 蚌埠双墩遗址出土的陶塑人头像,是我国新石器时期最珍贵的原始艺术品。其纯熟洗练的雕塑手法,准确传神的形象塑造,就全国同时期出土的陶塑人物像而言,无疑是最高水平的体现。尤其是人物面孔上出现了"雕题"与"文面"的图案,为研究当时的原始艺术和原始信仰提供了宝贵的实物。所以,陶塑人头像一经面世,便引起史学、考古、民俗、民族、宗教、美术史、雕塑史研究者们的极大关注。

双墩遗址发掘另一重大成果,是发现了600余件刻画符号。这些符号刻画在各种陶器上,内容广泛,有山川日月、田舍用具、飞禽走兽、花草虫鱼,有狩猎捕鱼、网鸟种植、养蚕编织、记事识数等等,无不同先民的日常生活、生产劳作密切相关,甚至已经有简单的物候历法、朦胧的艺术审美和原始的宗教信仰。

徐大立在《蚌埠双墩遗址暨双墩文化学术讨论会综述》一文中再次发出慨叹：

> 双墩遗址出土的600余件种类繁多的刻画符号，是迄今为止同时期发现的数量最多，内容最丰富的一批刻画符号，在世界范围内这个时期还没有这样的发现。
>
> 双墩刻画符号可以说是中国文字起源的重要源头之一，对于探索中国文字乃至整个人类文字起源的研究都具有十分重要的意义。

徐大立所言甚是！其中许多有明显象形表意功能的刻画符号，我觉得只要看一眼，就会立即联想到我们今天还在使用的某些汉字。

我走进怀远县和禹会区展馆，叩访涂山圣迹。

这两个馆分别以"榴乡怀远"和"禹翠苑"为馆名。怀远石榴闻名遐迩，果大如碗，皮黄透红，籽白如玉，肉肥核细，汁多味甘，是中国国家地理标志产品，令人馋涎欲滴。禹会的皮影、面塑、草编、糖画、虎头鞋等等，丰富多彩，令人目不暇接。

而我将这两个馆连在一起参观，是因为这一县一区，都连接着华夏大地上一座古老的圣山——涂山，连接着中华民族历史上一个伟大的名字——大禹，连接着因纪念大禹而诞生的美妙民间艺术——花鼓灯！

禹会区境内的涂山，原本属于怀远，2004年蚌埠区划调整，涂山及周边地区划入新设立的禹会区。

史载："禹疏九河。"大禹奔走中国，在众多地方留下光辉的足迹，但他同涂山的关系最为密切深远。涂山是一座在中华文明史上具有里程碑意义的圣山。

涂山是大禹娶妻生子的福地。《尚书·皋陶谟》载：禹娶涂山之女为妻。《史记·夏本纪》载："夏后帝启，禹之子，其母涂山氏之女也。"传说，涂山氏女名女娇，大禹忙于治水，直到年届三十，行至"涂山氏国"，遇见女娇，才娶以为妻。当时淮河流域被视作"淮夷"，是东夷族团的一支。禹娶涂山氏女，也有巩固华夏集团和东夷族团联盟的意图。两族联姻，不仅为动员当地民众治水创造了有利条件，也为汉民族的形成打下了基础。

涂山是大禹治水的主战场之一。据说涂山和与之隔岸相望的荆山，原本山脉相连，淮河流经这里，受山体阻滞，造成洪水泛滥。大禹率众劈山导淮，历经艰难。特别是他新婚第四日，又外出治水。此去一别十三年，"疏川导滞，钟水丰物"，兴利除弊,造福于民,留下"三过家门而不入"、公而忘私的千古佳话,建立了不朽功绩,受到百姓爱戴。

涂山是中国第一个国家形态的王朝——夏朝的摇篮。大禹治水成功后,树立起崇高的威望,成为各部落的领袖。大禹审时度势,顺应历史潮流,采取一系列措施,为国家的创建奠定基础:"禹合诸侯于涂山,执玉帛者万国",在涂山会盟天下,共商国是,形成万邦来朝、天下共主的局面;禹改禅让制为世袭制,将帝位传给了儿子启,这在当时的历史条件下,具有避免部落纷争杀伐、保持社会稳定发展的进步意义。启不负众望,继承父业,建立夏朝,掀开了中华文明崭新而又辉煌的一页。

正因如此,多地政府以涂山坐落本辖区境内为荣。由于史前文献阙如,物证不足,关于涂山地望,历来众说纷纭,莫衷一是。"怀远涂山说",只是其中之一。除此之外,茫茫九州大地,还有会稽、渝州(今重庆东)、当涂(属安徽马鞍山市)等处多座"涂山",哪一座是大禹娶妻生子、会盟诸侯的"涂山"呢?

位于淮河南岸的涂山,有"雄、奇、险、秀、幽、旷"之誉。蚌埠市委市政府以"怀远涂山说"为依据,将开发"涂山风景区"列入施政大计,但面临的首要问题是,必须对"怀远涂山说"给予权威性的结论。

1986年9月,蚌埠市博物馆领导交给时任文物部主任徐大立一个任务:向复旦大学教授谭其骧先生请教有关涂山地望的问题。

徐大立正在复旦大学历史系进修,这个进修班是国家文物局为培养考古和博物馆方面的人才,委托复旦大学举办的,招生对象主要是各地博物馆以及文物管理部门的在职人员。

馆领导说:"谭先生对怀远涂山已有明确的结论,如果能详细了解到谭先生做出这个结论的依据,那就更有说服力和做好宣传工作。"

谭其骧是著名历史学家、历史地理学家,由他主编的《中国历史地图集》于1974年出版,该地图集第一册中,将"涂山和涂山氏"明确标注在淮水和涡水交汇之处,即蚌埠怀远境内。

徐大立接到任务后,既兴奋又有些忐忑。谭先生德高望重,在国内外史学界享有很高的声誉,尽管年事已高,仍承担着许多研究教学任务。不过,他平时很少来学校,徐大立不知道能否见到谭先生。

徐大立找到谭其骧的助手王妙法,说明来意,热心的王妙法答应帮助联系。不过他说:"老师很忙,不久还要赴日本讲学。"

徐大立想:看来谭先生不一定有时间见我这个从地方博物馆来的年轻进修生,至少近期不可能。

没想到，仅仅过了七八天，就有了好消息。那天下午4点左右，徐大立下了课，正和同学们在操场上打篮球，王妙法急匆匆跑过来找到他，对他说："谭老要见你，在历史系办公室，快去吧！"

徐大立没想到谭先生这么快就安排时间见他，一点思想准备也没有。这时不由分说，他抱起衣服就随王妙法疾步往历史系办公室赶去。

快到办公楼时，徐大立忽然意识到即将见到的是一位全国著名的大学者，也是他仰慕已久的老教授，不禁诚惶诚恐起来。他一边穿好衣服，一边反复默念着准备向谭老请教的问题。

他踏上楼梯，进入光线略暗的办公室，一眼就看到了坐在椅子上的谭其骧教授。只见他头发银白，面带微笑，身板挺直，一身中山装，双手扶着一根拐杖，慈祥中透着严肃。徐大立一时局促起来，不知如何才好。

谭先生先开口了，和蔼地说："是大立吗？来，坐下谈。"

谭先生一句话，令徐大立心头一热，只觉得眼前这位老人慈祥和蔼、可亲可近，他心头的拘束、惶恐、无措，顿时释然。他坐在谭先生对面，转达了蚌埠市委市政府和馆领导对谭老的问候，汇报了市里开发"涂山风景区"的构想。

谭其骧听说蚌埠有开发"涂山风景区"的计划，非常高兴，深表赞许，就确定涂山地望问题，不厌其烦地为徐大立这个素昧平生的年轻后生，做了详细解读。

之后，徐大立又通过助理王妙法转达了馆里请求谭其骧就涂山地望题词的愿望。谭老不顾公务繁忙和即将赴日讲学，欣然挥毫，将确认涂山地望的题词——实质上是一篇结论性短文，书赠蚌埠市博物馆：

> 左传哀公七年：禹合诸侯于涂山，执玉帛者万国。杜预注：山在寿春东北。《汉书地理志》九江郡当涂县（故城今怀远县东南）下应劭曰：禹所娶涂山侯国也，有禹墟。水经淮水注于当涂故城下再次提及禹墟。《元和郡县志》濠州钟离县（治今临淮关）下有涂山，在县西九十五里，又曰：当涂县故城，本涂山氏国，在县西南一百一十七里，禹娶于涂山，即此也。
>
> 前人释涂山地望，众说纷纭，惟此今怀远县东南淮水南岸一说，合于汉晋之旧，宜以为正。上举数条，即此说所本。又，唐柳宗元宋苏轼之涂山铭与诗，亦指此山。

文中"寿春"即今淮南寿县，"濠州钟离县"即今凤阳临淮关，所处方位皆与蚌埠怀远相符。

1987年12月,蚌埠市有关部门和电视台组成联合采访小组,到上海对谭其骧教授做了专访。

镜头面前的谭老,精神矍铄,娓娓道来,令人信服地回答了有关涂山地望问题的提问。他说:

"把怀远的涂山作为夏禹会诸侯的涂山,其理由有二。第一,记载最古老。西汉的《汉书·地理志》就已经载道,九江郡有当涂县。为什么叫当涂呢?显然这个地方面对涂山,在涂山脚下,所以叫它当涂。说明在西汉人的心目中间,涂山就在怀远这个地方。至于东汉的《越绝书》和《吴越春秋》说涂山在绍兴,东晋的《华阳国志》说涂山在重庆,这些都比安徽的涂山见于记载要晚。比较起来,怀远县的涂山记载最早。第二,合理。大禹会诸侯,执玉帛者万国,其会址应选择适中。跑到浙江绍兴,太偏僻、太东南了;跑到重庆去,太西南了,不合理。仅有怀远涂山合理。"

谭老最后强调说:"记载最古老而且最合理的,还是怀远的涂山。"

谭老的论证,为"怀远涂山说"一锤定音。谭老书写的关于涂山地望的短文,也成为蚌埠市博物馆不可多得的墨宝。

二十一世纪初,中国先秦史学会的专家学者,通过实地踏访和深入研讨,进一步确认和深化了"怀远涂山说"的结论。

2001年7月,中国先秦史学会、安徽大学、安徽省社会科学院、安徽省文化厅、水利部淮河水利委员会和蚌埠市人民政府,在蚌埠联合召开"涂山·淮河流域历史文明研讨会暨中国先秦史学会第七届年会",涂山地望是本次会议的重点。

来自全国各地的一百多位专家学者,登涂山、望淮河、访禹墟,结合考察结果,对涂山地望、大禹治水,涂山氏族与夏文化的关系,徐淮夷以及淮河流域历史文化等相关课题,深入探讨。会上百家争鸣,对涂山地望虽然也有一些不同看法,但基本形成共识:"禹娶涂山""禹合诸侯于涂山"之"涂山",在蚌埠怀远境内,而非他处。

中国先秦史学会会长,夏商周断代工程专家组组长、首席科学家李学勤在会上说:"就夏代来说,记载禹会涂山,古书有明文注释,涂山就在今天的蚌埠市怀远县。"

我是在冬日一个晴朗的早晨登涂山的。驱车出城不到半小时,就到了涂山脚下的停车场。

景区保安告,须换乘电瓶车,私家车不可以开上山,这是两个月前的新规定。保护景区环境,这是必须的。司机阮治兵买了来回票,每人20元。乘上电瓶车,七八分钟就到了山腰停车场。车只能开到这里,去山顶需步行。

这儿也是眺望淮河和荆涂山峡一个极好的观景平台。我走到白玉栏杆边,放眼远眺。

虽然已是冬季,这两天气温回升,阳光温煦,早上出门时有些薄雾,此刻已经散去,万里晴空,没有一丝儿云花。河对岸的荆山隔江而峙,山上草木枯萎,山色略显荒芜萧瑟。淮河大桥像一根纽带,连接着荆、涂二山两岸。北岸,怀远的城郭人家,历历在目;南岸不远处,则是彪炳史册的古村落——禹会村的田畴农舍。

我是第一次走近淮河,并且是站在古老的涂山上眺望淮河。眼前的淮河,从西北苍茫的天际从容而来,流过险峻的荆涂山峡,蜿蜒向东而去。令我感到意外的是,淮河水如同没有一丝云花的碧空一样,是纯净的蓝色。今日风平浪静,淮河像一条蓝色的玉带,镶嵌在淮北平原冬季辽阔的黄土地上。

淮河好美!

我拍了几张照,随即沿石块铺砌的山道登临。不远处,石阶上竖着一块"朝禹路"石碑。"朝禹路"分上下两段:下段2260米,大概就是我们乘电瓶车过来的路段;上段800米,由石板坡道和1305级花岗石阶梯铺成。

沿"朝禹路"拾级而上,沿途有系马石、荆山峡、候人石、卧仙石、聚仙石、台(怡)桑石等景观。

台桑石相传是大禹和涂山氏女成婚生子之处。屈原《楚辞·天问》"焉得彼嵞山女,而通之于台桑"即咏此事。"台"乃"怡"的通假字,"嵞"为"涂"的古字。大禹婚后仍以治水为重,禹走后,启母独自承担起育儿的重担,并"教训以善",使其"卒继其父"。

正是有启母对丈夫的理解支持和对儿子的精心教养,才能成就大禹父子泽被后人的千秋功业。

司马迁《史记·外戚世家》开篇写道:"夏之兴也以涂山。"这是对千古第一贤内助启母"以助教化"功德至高无上的褒扬。

不一会儿,我来到了启母石旁。冬日淡淡的阳光下,"启母"端坐在草色枯黄的山坡上。周边密密匝匝的杂树,叶子全落光了。没有花坛簇拥,没有飞鸟陪伴,此情此景,显得几分落寞。

启母石惟妙惟肖,神情安详淡定。她静静地眺望着从遥远的天边流淌过来的淮河,凝视着丈夫惊天动地的千秋伟业,凝视着由她的丈夫和儿子创建的日益繁荣昌盛的家国天下——有这一切,她似乎就心满意足了!

过了"旷览平成"景点,禹王宫殿阁在望。禹王宫又称禹庙,始建于汉初。汉高帝十二年(前195),刘邦南征英布经过涂山,"命立禹庙,以镇涂山"。

门屋为一层七开间,朱砂红墙,琉璃黄瓦。屋前石砌平台下,有两只一人多高蹲在石座上的石狮。拾级而上,平台左右各立一碑,一为"有夏黄祖之庙",一为"夏之兴也以涂山"。凹槽山门,拱顶,匾额和山门楹联均为黑底金字。匾额"禹王宫"三字系沙孟海题写。楹联云:

万国会冠裳仰拜赓歌协帝勋华承尧舜
千秋谙俎豆报功崇德兴王景运启周商

进山门,有一守门道士,我上前施礼道:"请问,有没有介绍禹王宫的书籍可售?"

道士说:"噢,待会儿我去内屋找一找。"

我们往里走。禹王宫共有五进,二进为崇德院,小三开间,抬梁式构架,三柱七檩。是为穿堂,旧时为朝觐的官员及游人置放祭祀物品及歇脚之处。

三进、四进大殿分别为禹王殿和启母殿。

三进禹王殿为歇山式顶,覆以青瓦。抬梁式构架,四柱九檩。中奉禹王镀金坐像,左右配祀皋陶和伯益。两旁楹联为:

承四载以疏导九河凿海穿山地平成天垂永赖
历八年而会朝万国开来继往授受帝王庆良明

其中上联里"成天"二字,疑为"天成"之误。《尚书·大禹谟》载:"地平天成,六府三事允治,万世永赖,时乃功。"称颂大禹治水之功德。朝禹路上有"旷览平成"景点。可能是楹联刻写时误植了。

四进为启母殿,形制与禹王殿相仿,中奉启母镀金坐像。我先后向禹王和启母叩拜行礼。

五进二层,上层供奉玉皇,底层为玄武殿。惜大门锁着,未得入内参观。禹王宫正殿两侧原来均有侧殿或院房,现都已毁圮不存。

禹王殿和启母殿之间的院落里,有一株古银杏呈现"树中树"奇观,相传是大禹和女娇成婚时手植。后遭雷击焚烧枯死,两株枯木中又生出"儿女树"新枝来。粗硕的枯木枝干犹在,已经炭化,显得黝黑光亮。新枝虽然纤细,但枝丫蓬勃向上,生机盎然。

"树中树"围着一圈栅栏加以保护,新枝、枯干和栅栏上,挂满了写着各种吉语的红色吊牌和绸带,其中尤多年轻情侣的山盟海誓,以及为人父母望子成龙的祈祷。

回到山门,守门道士打招呼说:"对不起!书籍暂时没有。"

谢过道士,我们下山去。回程路上,我朝山下不远处禹会村方向眺望。

那是一片古老而又神秘的土地,早期被称为"禹墟"。晋《太康地志》明确指出,涂山"西南又有禹会村,盖禹会诸侯之地"。二十一世纪初,中科院考古研究所结合中国古代文明探源工程,对"禹墟"进行了三次大规模发掘,不仅出土了许多风格多样、显然是来自不同地区的陶器,而且还发现了大型夯土台。尤其令人惊异的是,土台上有排列整齐、长达数十米的三十五个坑洞。专家据碳14年代测定和研讨,判定"禹墟"为祭祀性遗址,不同地区的陶器可能是万国朝贡的礼器,坑洞则是用于插立万国旗杆。这一切,同大禹治水、会盟诸侯的传说,有惊人的吻合。

禹会村遗址已被列为"国家考古遗址公园",我决定择日前往参访。

穿越四千年风云,极目八百里河山,我一时兴起,吟出七绝三首《冬日登涂山》:

其一·禹王宫
淮水泱泱天际来,
荆涂谁令豁然开?
万方礼器禹墟出,
信史分明不用猜。

其二·启母石
衰草寒枝绕石阶,
惯看日月照清淮。
千秋功业人争颂,
谁解当时启母怀。

其三·树中树
手栽银杏寄相思,
一别经年志未移。
纵有雷霆能击毁,
还教枯木发新枝。

在怀远和禹会的展览项目中,还有一项共同的国家级非物质文化遗产——花鼓灯。

花鼓灯是一种以舞蹈为主的综合民间艺术,据说起源于涂山,同人们纪念大禹有关。后世为纪念大禹,于每年农历三月二十八大禹和女娇婚配之日,举行涂山庙会。是日,四乡八邻村民聚集涂山,敲锣打鼓,弹奏器乐,载歌载舞,纪念先哲,祈祷丰年,展示技艺。后来逐渐在涡淮一带流传开来,成为民间喜闻乐见的歌舞艺术和民俗活动。明清两代,涂山周边地区几乎乡乡村村都有花鼓灯班子。

新中国成立后,花鼓灯艺人不断从农家劳动和生活中汲取营养,创新和丰富舞蹈语汇和艺术内涵,使之成为融舞蹈、歌唱、戏曲、器乐为一体的综合表演艺术,涌现出众多花鼓灯表演艺术家。他们一方面植根民间、立足基层,另一方面登上艺术殿堂,献演国家和地方的盛大节庆活动,乃至走出国门,进行中外文化交流。

禹会区秦集镇有一个冯嘴村,被誉为"中国花鼓灯第一村",是著名花鼓灯表演艺术家冯国佩的家乡。

一个秋日的上午,我慕名来到冯嘴村。村口,一座粉墙黛瓦的仿古建筑大门上,挂着"中国花鼓灯艺术传习所"的牌子。门前是一个很大的广场,迎面马头墙式的三脊大照壁,粉墙中间写着"乡村大舞台"几个字,上书一个大大的"冯"字。

"传习所"左侧,是冯国佩的雕像广场。高高的花岗石基座上,竖立着冯国佩舞动彩扇的塑像。

"传习所"是一栋五开间四合院建筑,门楼和两侧厢房为一层。后进二层,庑殿式屋顶,大门和上下面墙均是半幅镂空方格朱红隔扇,不过镂空方格里面覆以玻璃。两侧厢房各有三组同款四幅隔扇门。两侧厢房为六间进深通廊,连同后进一楼大堂,用作花鼓灯展览,详细介绍了作为国家级非物质文化遗产(蚌埠)花鼓灯的艺术特色、传承谱系,特别是冯国佩的辉煌成就。后进大堂中间,还安放着冯国佩的半身铜像。

冯国佩1914年出生在一个贫寒的农家,父母在地主家打长工,生活极端困苦。他从小放牛、割草、拾柴、种地,也特别喜欢看花鼓灯表演。十六岁那年,淮河洪灾泛滥,迫于生计,冯国佩开始"玩灯",白天下地干活,晚上在牛棚里拜师学艺。次年,在席家沟三十多个花鼓灯班子抵灯竞赛中,一举成名。他在前辈艺人传授的传统表演技艺基础上,大胆创新,形成风格鲜明的"冯派"艺术,并且有了自己的"灯班"。花鼓灯旦角叫"兰花",生角叫"鼓架子",旧时"兰花"一般由男演员扮演。冯国佩扮演的"兰花"扮相俊美,表演细腻,被淮河两岸的老百姓誉为"小金莲"。

冯国佩热爱花鼓灯,追求进步,于1949年加入中国共产党。1950年冬,他在治淮工地上演出花鼓灯,引起前来采风的中央歌舞团艺术家关注,著名舞蹈家戴爱莲邀请他赴京传艺。

1953年,冯国佩随队进京参加全国民间舞蹈会演。演出前,戴爱莲打量化好装的冯国佩,给他头饰上插了一朵花,随后领他到舞台侧幕往台下看。这一看,着实让冯国佩大吃一惊。原来,在观众席第一排,坐着朱德、刘少奇、宋庆龄、张澜等党和国家领导人。

尤其令他终生难忘的是,演出结束后,毛泽东主席和周恩来总理等党和国家领导人,在中南海接见了他们。

周总理握着冯国佩的手,称赞说:"安徽花鼓灯,是汉族民间舞蹈的代表,是'东方芭蕾'。"

2005年,冯嘴村被中国艺术研究院舞蹈研究所和中国舞蹈家协会命名为"中国花鼓灯第一村"。2006年,花鼓灯被列入首批国家非物质文化遗产。2008年,蚌埠的冯国佩、郑九如两位花鼓灯艺术家和李宝琴、鹿士彬两位泗州戏艺术家,同时被列入第二批国家级非物质文化遗产项目代表性传承人名单。2012年,冯国佩获得第二届中国舞蹈艺术终身成就奖,颁奖词给予其极高的评价,称这位中国花鼓灯艺术大师,"是中国当代民间舞蹈艺人的杰出代表"。

第二节　大汉与大明

我走进固镇县展馆,温故垓下沧桑。

讲蚌埠的历史,除了引以为傲的"大禹文化",蚌埠人还津津乐道"大汉文化"。之所以如此,是因为两千年前的"垓下"遗址,被确认就在固镇县境内。

垓下之战,是楚汉相争过程中一场规模空前的大决战。这场决战,奠定了汉王朝长达四百二十七年的基业,结束了秦末农民起义蜂起、诸侯纷争、苍生涂炭的混乱局面,中华民族实现了春秋战国以来第二次大一统。故而,固镇县展馆直接以"汉兴之韵"为馆名。

不过,"垓下"在哪里? 长久以来,也是一个争议不断的问题。

早年我读司马迁的《史记》,读范文澜的《中国通史简编》,读郭沫若的《中国史稿》,觉得有不同说法,但压根儿不会想到同蚌埠有关。到蚌埠工作后,蚌埠的朋友告诉我,垓下遗址在蚌埠固镇县濠城镇境内。并且,这是二十世纪八十年代初,一个叫李广宁的厦门大学历史系考古专业毕业生,在撰写毕业论文时,经过艰苦的田野调查和缜密论证,得出的堪称靠谱的结论。对此,我一度甚为诧异,将信将疑。

《史记》写楚汉相争细致入微、栩栩如生,但垓下之战的主战场"垓下"位于何处,却有点语焉不详,使之成为一桩悬案。《汉书·地理志》《后汉书·郡国志》对"垓下"方位有明确记载:垓下在洨水畔的洨县故城,是高祖破项羽处。洨水向南流入淮河,洨县有"垓下聚"。

北魏郦道元《水经注·淮水》篇中,对洨水的源流及相关水系有详细的描述,确认"洨水又东南流入洨县故城北,县有垓下聚,汉高祖破项羽所在地"。并描述洨水南侧有一条涣水,洨、涣二水之间有"八丈故渎""长直故沟"等纵向水系沟通。洨、涣二水蜿蜒流往东南,最后相交"入于淮"。

至此,"垓下"方位应该比较明晰了:"垓下聚"在洨县故城,洨县故城在洨水南,"垓下"无疑在洨水南岸。问题是,今人在淮北平原大地上,却不见"洨水"和"涣水"的踪影。"垓下"位于何处,依旧莫衷一是。

关于"垓下"不同方位,主要有二说。一是在河南鹿邑。范文澜《中国通史简编》说:"前二○二年,垓下(在河南鹿邑县境。一说在安徽灵璧县,按当时军事形势,应以鹿邑县境为是)决战,项籍败死。"二是灵璧南沱河北岸。郭沫若《中国史稿》说:"项羽退至垓下(今安徽灵璧南沱河北岸),被汉军包围。"谭其骧主编的《中国历史地图集》,也将"垓下"标注在此处。

李广宁是蚌埠固镇人,他是在"十年动乱"结束后,恢复高考的第二年,即1978年考入厦门大学的。那一年,他已经二十九岁。1982年,李广宁经过四年学习将要毕业,为写好毕业论文,他决心运用所学专业知识,结合田野调查,对垓下古战场做深入考察,以期破解"垓下"坐落何处的悬案。

李广宁根据古代典籍提供的地理信息,以寻找洨水和涣水为切入点,回到家乡固镇以及毗邻的宿县、灵璧、泗县等地考察,踏勘历史上的蕲县、谷阳、虹县等古城遗址。几经奔波,对照古代典籍记载,终于找到了几欲淤塞的"八丈故渎"和不为外人所熟知的"长直故沟"。这一渎一沟,上承沱河,下注浍水,据此推断,"消逝"的洨水就是现在的沱河,涣水就是现在的浍河。洨、涣二水并未消逝,只是不知何时、何故被"改名换姓"罢了。

李广宁沿沱河继续考察,在南岸固镇县濠城,惊喜地见到一座古城遗址。城址北半部是农田,南半部变成了村庄,叫圩里村。村民称这里为"古垓",有的干脆就说"霸王城"。濠城遗址东距固镇县城二十多公里,北临沱河。城址坐落在台地上,台地比城外地面高两三米。城墙已经坍毁,墙基依稀可辨。经丈量,南北城墙均长240米,东墙长260米,西墙稍长,有340米。城外护城河犹在,河口宽9米多,两端与沱河相通。李广宁当时考察时,护城河虽然河床淤积,但尚有浅浅的河水。

李广宁走访村民,一位老人说:"当时城墙有二人高,抗战时推倒的。这里是和日本鬼子拉锯的地方,为了防止鬼子驻扎在这里,残害百姓,村民们三次组织起来,推平了城墙。"

村民还向他介绍,"霸王城"土地上,以前时常可见到残破的绳筒纹瓦片、云纹瓦当片、板瓦片、碎青砖块、陶器碎片,犁田还犁出整块城墙大青砖。在碎砖瓦堆积层中,还捡到叫作"鬼脸钱"的楚国铜贝。1976年12月,在南城墙外,曾经一次出土楚国铜贝21斤,计有3856枚之多。

特别是在这里还常常捡到各种兵器残件。村民说:"城墙内外铜镞头很多,直到现在下雨后有时还能捡到。"

一个村民给李广宁看一截铜剑残段,说:"这是我儿子在东城墙外田里犁到的。"

这是一把剑身的后半段,宽3.2厘米,残长13厘米,两边刃口严重豁缺,显然是格斗时击打而致。

濠城集供销社废品收购门市部一个老营业员对李广宁说:"我在这里干了二十多年,过去收购的铜兵器极多。"

在固镇县文物组,李广宁还看到他们收藏的"霸王城"出土的矛头、箭镞、弩机、铜剑、铁剑等兵器,以及铁锅、陶壶等军用物资。经鉴定,皆为秦汉时期典型的器物。

凡此种种,都证实这里曾发生过大规模的战争。

1985年,固镇县委、县政府邀请省内外专家、学者,现场考察濠城垓下遗址,专题研讨座谈垓下古战场的地理位置等问题。

李广宁大学毕业后,被分配到安徽省文化厅文物局工作,他提交了根据自己毕业论文修改充实的《垓下古战场考察》报告。文中开宗明义给出结论性意见:"今之浍河、沱河即古代的洨水和泫水;濠城古遗址即洨城旧址,其前身是垓下。"

与会专家、学者也从不同角度进行论证,初步达成共识:垓下在沱河南岸的固镇濠城霸王城一带。

之后,省、市文物考古部门对该城址内外多次发掘,出土大批文物。1986年7月,安徽省政府批准濠城"垓下遗址"为省级重点文物保护单位。2013年,"垓下遗址"被公布为第七批全国重点文物保护单位。《辞源》和旧版《辞海》原来均采垓下"在今安徽灵璧县南、沱湖北岸"说,但2020年新版《辞海》(第七版),已改为"在今安徽固镇东北、沱河南岸"。

至此,"垓下"位于今蚌埠固镇境内,成为定论。如今,垓下遗址已辟为富有特色的考古遗址公园。

我慕名来到垓下遗址公园。

南门外,竖起一尊"霸王别姬"巨型雕塑。雕塑台基以青石砌成,东西长30米,南北宽20米,高1.5米。台基四个边角各安放一只石雕楚国编钟,分别刻有"楚歌"二字。台基正面是楚汉激战黄铜浮雕,右面刻着《和项王歌》:"汉兵已略地,四方楚歌声。大王意气尽,贱妾何聊生。"

"霸王别姬"雕像位于台基中央,高6米多。项羽身披铠甲,仰首怒目,悲愤交加,左手抱着香消玉殒的虞姬,右手高举,五指怒指苍天。虞姬遗容沉静安详,秀发散落,玉臂低垂,裙裾曳地,一把宝剑落在脚下。雕像背后,两把青铜长剑,剑身斜插,锋尖对指,呈三角状,高悬在怒目金刚的霸王头上。

刀光剑影之下,四面楚歌之中,英雄末路的悲壮和美人对爱情的忠贞,使人感喟和沉思。

"霸王城"不仅有两千年前的城墙遗址和众多出土文物为史籍提供佐证,还有许多传说和民间故事,在故城内外口耳相传。

走到园区中心部位,据传这里曾是项羽和虞姬的营帐所在之处。一方池塘,是美人虞姬的"浣发池",池水清澈,任凭大旱,也不干涸。人们说,池水是霸王别姬时二人流出的泪水汇积而成。每年夏初,池塘四周盛开一种叫"虞美人"的野花,红艳欲滴,是虞姬自刎溅出的鲜血染成。

池塘边还有一处"榆抱桑"(相思树)的奇观:一棵粗壮的古榆树,伴生着一棵纤细的桑树,榆树伸出的枝丫紧紧环抱着桑树。相传项羽和虞姬正是在此诀别,树也有情,生成榆(项羽)抱桑(丧生的虞姬)的奇景,供后人追思凭吊。

估摸榆树的树龄在百把年,旁边的说明牌也标着"安徽省三级古树"。纤细的桑树就更"年轻"了。两棵树与"霸王别姬"的年代相去甚远,当为好事的后人所为。不过"相思树"根部相连,枝干紧紧偎依,确是奇观。

再往前走,就到了沱河边的垓下城垣北门。当年考古挖掘的一方水塘,疑似城北水门。"霸王城"背依沱河天然屏障,三面环水,居高临下,易守难攻。项羽退守垓下,选择这里作为指挥楚军同汉军决战的大本营,应该是一个不错的决策。然而,形势比人强。项羽违背天下百姓经历秦国暴政和连年战乱,渴望休养生息的强烈愿望,加之刚愎自用,生性残暴,最终众叛亲离,由胜转败,在垓下留下了"霸王别姬"的悲剧。

我站在沱河岸边,隔着悠悠沱水北望,对岸就是灵璧县。

灵璧始建于宋元祐元年(1086),堪称千年古县。灵璧人一直认为垓下古战场、霸王别姬地是在"灵璧东南、沱河北岸"。千百年来,诸多历史典籍、当代名家通史,以及《辞源》和旧版《辞海》等权威工具书,均采此说。其实,将"垓下"定位在"灵璧东南",大方向并不错。况且,固镇于二十世纪六十年代中期建县前,还是灵璧县下辖的一个区,直到1983年7月,才划归蚌埠市管辖。有差异的只是,"垓下"作为楚军的大本营,是在沱河北岸还是南岸。

李广宁田野调查证实了"垓下"在沱河南岸,并未否定沱河两岸都是"垓下古战场"。他在《垓下古战场考察》报告中指出:"垓下之战,楚汉双方集结了约八十万人的兵力,战场的范围,应该是在濠城遗址为中心的灵(璧)、固(镇)、五(河)、泗(县)四县交界地区百余平方公里之间。"

项羽退守垓下,尚有十万人马,安营扎寨于沱河两岸,是完全有可能的。项羽作为楚军统帅,各处巡察指挥,最终败走乌江,在多地留下踪迹,不足为奇。

灵璧境内确有许多楚汉相争的遗迹和传说,特别是灵璧城东、汴河南岸,有虞姬墓在,同虞姬相关的还有虞姬镇、虞姬村、霸离铺等历史地名。

虞姬有墓冢,并非空穴来风。北宋苏轼过濠州,有咏《虞姬墓》绝句:

帐下佳人拭泪痕,
门前壮士气如云。
仓黄不负君王意,
只有虞姬与郑君。

范成大咏《虞姬墓》七绝也很有名。南宋乾道六年(1170)五月,范成大临危受命,出使金朝。他一路北上,一路吟咏,写下"使金七十二绝句",其中有《虞姬墓》一首:

刘项家人总可怜,
英雄无策庇婵娟。
戚姬葬处君知否?
不及虞兮有墓田。

灵璧人尤其敬重虞姬,不仅将虞姬墓精心保护,并将昔日的一抔黄土,扩建成规模宏大的虞姬文化园。

我专门去了一趟灵璧,参观虞姬文化园。该园占地300多亩,2012年2月落成。园中林木葱茏,虹桥卧波,风光旖旎。有名家书法碑廊、楚汉英雄浮雕长廊,以及多栋表现楚汉争雄场景的专题展厅。虞姬享堂是园中最大的一栋仿古建筑,坐北朝南,二层重檐,粉墙黛瓦,石阶雕栏,古朴庄重,气势雄伟。门前檐下悬挂"巾帼千秋"匾额,四根檐柱镌刻两副黑底金字楹联。中柱一副为:

楚汉争雄叹滚滚红尘且幸红颜添壮美
江淮逐梦念悠悠青史唯留青冢证沧桑

边柱一副为:

生死相随三尺青锋和月舞
盛衰不易一腔碧血为君倾

堂内抱柱中间,是虞姬身披红氅端庄美丽的坐像。

精心修葺的虞姬墓冢前,还矗立着一尊汉白玉虞姬立像。虞姬雍容华贵,淡定地注视前方。

园中也有虞姬和项羽雕像,不过与固镇垓下遗址公园的雕像凄惨壮烈截然不同,这儿的英雄美人,并辔而行,含情相顾,潇洒从容。不过,我望着高高的花岗石基座上虞姬和项羽并辔而行的青铜雕像,总觉得同腥风血雨的"垓下之战"有点不搭。

道不尽的垓下沧桑。两千多年来,对楚汉战争以及垓下之战这场具有非凡意义的决战,史学家、文学家、艺术家反复书写、吟咏、演绎,精彩纷呈,不绝如缕。由当代剧作家罗怀臻编剧、表演艺术家梁伟平主演的淮剧《西楚霸王》,以现代审美意识,塑造了一个失败的但具有独特魅力的英雄形象,可谓是戏剧舞台上最具颠覆性的一次演绎。

我们古民居博览园的合作伙伴、白族舞蹈家杨丽萍,也从这场战争中汲取创作灵感和素材。2015年,杨丽萍担任编导,并邀请奥斯卡"最佳美术设计"奖得主叶锦添任服装设计,导演田沁鑫任戏剧顾问,将"楚汉相争"这个流传千年,又被影视剧和传统戏曲演绎过无数遍的故事,创作成实验性舞剧《十面埋伏》。舞剧匠心独具,不仅嫁接了京剧,还在剧中充分运用剪纸、皮影、琵琶、反串等中国艺术元素和艺术手段,充满了实验色彩和现代意识。舞剧在上海国际艺术节展演时,受到专家和广大观众好评,备受国际演艺经纪人青睐。

我是2011年在云南昆明工作时,和杨丽萍结识的。当时我负责石林一个大型文旅项目的规划建设,曾计划邀请杨丽萍创排一台阿诗玛的实景演出节目。虽那次合作未成功,但同杨丽萍团队的联系一直没有中断。2019年初,我去云南抢救收藏的十多栋白族民居,正是来自杨丽萍的家乡大理。由此我想到:白族民居和《十面埋伏》,是古民居博览园和杨丽萍合作的两个很好的文化联结点。

2017年7月21日,美丽的"孔雀"从遥远的彩云之南,翩然飞临龙子湖畔——杨丽萍应邀首次来蚌埠古民居博览园考察。在同杨丽萍团队的高管王炎武总经理、吕平总监商谈合作方案时,让《十面埋伏》演出"回归故里",成为一个重要选项。我建议将舞剧《十面埋伏》改编成适合年轻人喜欢的"沉浸式"版本,在园区建成开放后驻场演出。王、吕二位完全赞成。

2019年5月24日,"杨丽萍艺术岛"暨白族民居园筹建启动仪式,在园区的龙子湖迎宾馆大会议厅举行。马国湘和蚌埠市委常委、宣传部部长谢兵等市领导,同舞蹈艺术家杨丽萍一起为项目启动推杆。

"杨丽萍艺术岛"选址位于古民居博览园5号岛,规划建设用地16亩,规划建筑面积6000平方米。其中,有杨丽萍舞蹈艺术展示馆,通过图片、影像、实物等,展示"孔雀女神"多彩的艺术人生。当然,还有商业文化服务设施,重点是一座用白族民居改建的供《十面埋伏》驻场演出的"杨丽萍剧场"。

遗憾的是,杨丽萍白族民居园的筹建工作,因突如其来的新冠疫情暴发停顿下来。

走出固镇县展馆,我突然想到,新冠病毒恰如杨丽萍的舞剧《十面埋伏》悬在舞台上空的"万把剪刀",令人恐惧、不安,甚至有大祸临头的压迫感。但是我相信,人类终究会突出"重围",战胜肆虐一时的病毒和一切已知和未知的恐惧,迎来更加美好的明天。

我益发觉得杨丽萍的舞剧《十面埋伏》"回归故里"的迫切来。

我走进龙子湖区展馆,感悟兴亡之道。

龙子湖区因湖而得名。我们的园区就在龙子湖的西南岸,几年来,和龙子湖朝夕相处,随着对龙子湖的了解渐渐增多,我理解了为什么蚌埠也自称"龙兴之地",热衷于做"大明文化"的文章。特别是我在湖北咸宁考察古民居,"偶遇"明王朝的终结者——李自成殉难留下的遗迹,便也有了做一个同"大明文化"有关的古民居景点的想法。

龙子湖区展馆以"龙湖古韵"为名。龙子湖的所谓"古韵",主要是指随处可见的朱元璋和明王朝的遗迹。

龙子湖区东部和南部与凤阳县接壤。其实,蚌埠大部分地区包括龙子湖两岸,自古以来都属于凤阳地界。古代"凤阳八景",其中一景就是"蚌埠珠流"。不过,那时蚌埠还只是凤阳府西北边陲的一个小集镇。

凤阳是一座历史悠久的古城,春秋时建钟离国。吴楚争霸淮上,楚国在钟离等地筑城以拒吴。汉高祖四年(前203),置钟离县。隋开皇二年(582),改称濠州。此后,或为郡,或为县,时而濠州,时而钟离,区划、名称屡有变更。明朝建立后,朱元璋下诏在家乡建中都城。因中都城位于凤凰山之阳,洪武七年(1374)定名为凤阳府。自此,凤阳进入高光时刻。

龙子湖原名"曹湖",据说因曹操南下征战在此留下足迹而得名。朱元璋小时候给地主家放牛看羊,常在湖中戏水,后来做了皇帝,湖以人贵,从此改称龙子湖。

朱元璋出身于濠州钟离县太平乡孤庄村一个贫苦的农民家庭。荒年时,"小叫花子"在龙子湖两岸四处逃荒要饭,尝尽人间艰辛,也留下许多趣闻逸事。

龙子湖区下辖的长淮卫镇,镇名是朱元璋起的。长淮卫是中都八卫之一,驻地原名粉团洲,系淮水中一方洲渚。洪武三年(1370),朱元璋堂嫂田氏去世,朱元璋下诏,将早年因疾苦而殁且散葬各处的一个叔父、四个堂兄、三个堂嫂、五个侄儿,均"起离旧茔",与田氏合葬于粉团洲白塔湾(今长淮卫村东),称"十王四妃墓"。洪武十四年(1381),明廷置中都留守司,辖八卫一所,拱卫中都和皇陵。朱元璋从苏轼《正月一日雪中过淮谒客回作二首》诗句"十里清淮上,长堤转雪龙"中各取一字,改"粉团"为"长淮"。长淮卫设立后,大军安营扎寨,官绅商旅云集,文人墨客登临,特别是家乡情结浓厚的朱元璋,常来"十王四妃墓"祭扫,长淮卫百业兴旺,繁盛一时。

龙子湖区最重要的明代古迹是汤和古迹园。

汤和是朱元璋的凤阳老乡,他不仅是写信召朱元璋投奔义军的关键人物,更是助力朱元璋打天下的明朝开国功臣和保境安民的抗倭英雄。洪武二十八年(1395),汤和病逝于凤阳府邸,终年七十岁,追封东瓯王,谥襄武,安葬于龙子湖东岸曹山南麓。历经六百多年,墓冢荒芜,石俑残缺,杂草丛生。1973年抢救发掘,从被盗过的墓室中出土元青花瓷罐等一批珍贵文物。政府后又几次拨款,修复墓冢神道石俑,建成享堂和东西偏殿,辟为古迹园。

享堂为三开间,石砌台基,庑殿式顶,筒瓦屋面,脊角微翘,檐下八朵装饰性斗拱。堂中神龛供奉汤和戎装英武画像。东西偏殿均为七开间,悬山式屋顶,门前檐廊宽阔,八根檐柱立于雕花覆盆式柱础之上,颇有气势。二殿门柱均有楹联。东殿为:

取东瓯征西蜀靖北谟开国封疆立丰功
筑要塞练新军固边防驱虏保民树伟绩

二殿举办汤和事迹陈列,图文并茂介绍汤和南征北战、东讨西伐,戎马倥偬的一生。汤和墓被列入全国重点文物保护单位,古迹园是蚌埠市爱国主义教育基地,"古冢松涛"也是值得一游的"龙湖八景"之一。

虽然蚌埠可称为"龙兴之地",但正宗的"帝王之乡",当数凤阳。凤阳有皇陵、龙兴寺、中都鼓楼等热门景点。

我曾几次陪客人去凤阳小岗村参观,凤阳因小岗村"大包干",成为闻名天下的"改革之乡"。政府部门的客人一般不便去皇陵、中都鼓楼等景区参观,而我却觉得,凤阳成为"帝王之乡",和六百年后成为中国农村改革的"发源地",绝不是偶然的,而是有着某种内在的联系。

从蚌埠开车去凤阳,十多公里路程,片刻就到。我参观了皇陵、龙兴寺,最后来到县城中都鼓楼。

中都鼓楼始建于明洪武八年(1375),是中都城的重要建筑。崇祯八年(1635)毁于战火,此后屡修屡毁。二十世纪九十年代末,按"层檐三覆,栋宇百尺"旧制,再度修建,于1998年10月建成开放。鼓楼坐东朝西,由台基和楼宇两部分组成。一正二副三拱门,清水砖墙,庑殿式顶。台基南北长72米,东西宽34.25米,高15.8米。楼宇南北面宽45米,东西进深19.2米,加上台基通高47米。整栋建筑气势宏伟,古朴庄重。据介绍,此楼是全国最大的鼓楼,有"华夏谯楼之最"之誉。

沿阶梯登上台基,楼宇二层,檐廊四围,檐柱林立,门窗、面板、檐柱均为朱红色。楼宇内设朱元璋展览馆,馆名是著名科学家、教育家、文理大师顾毓琇所题。

一层大厅居中有朱元璋雕像。朱元璋端坐龙椅,神情庄重,相貌英武,与史书描写的不一样。讲解员很认真地说:

"这尊雕像是按照北京故宫南薰殿内画像制作的。"

雕像身后屏风上方悬挂匾额,金字书写"万世根本",意为凤阳为大明王朝基业本源。两旁屋柱一副金字对联,讲解员说,此联是清咸丰状元孙家鼐撰书。

孙家鼐是寿州(今安徽寿县)人,是北京大学前身——京师大学堂的主要创办人和首任管学大臣,相当于后来的教育部部长。其子孙多森是苏州河畔上海阜丰面粉厂的创办人。明清时寿州属凤阳府,故而讲解员称孙家鼐为"凤阳府状元"。

孙家鼐此联仅三十二字,却道尽朱元璋苦难传奇的一生:

生于沛学于泗长于濠凤郡昔钟天子气
始为僧继为王终为帝龙兴今仰圣人容

朱元璋生于元天历元年(1328)。自他呱呱坠地,到他被"逼上梁山"投奔起义军的二十多年间,是元朝统治日益腐败,百姓陷于水深火热,农民起义风起云涌的动荡岁月,也是他草根人生的至暗时刻。

元至正四年(1344),朱元璋十六岁,淮河流域大旱。蝗虫铺天盖地袭来,庄稼颗粒无收,老百姓只得靠吃草根、树皮、糠屑、观音土度日。岂料祸不单行,瘟疫流行,一个村子一天死去几十个人。

朱家先是朱元璋的大侄儿死了,四月初,朱元璋父亲朱五四去世,三天后大哥重四死了,没过几天母亲陈二娘也撒手人寰。前后不过半个月,父母双亡,兄长离世,一家死了三口。

朱元璋兄弟姐妹共六人,两个姐姐、三个哥哥。大姐、二姐分别嫁给王家、李家,都是穷苦人家。在此前后,大姐及王家人满门死绝;二姐也死了,二姐夫带着外甥外出逃荒。三个已成家的哥哥,二嫂、三嫂也先后病死,三哥重七去了人家做上门女婿。家里只剩下大嫂、二侄儿、二哥重六和他自己。

此后,走投无路的朱元璋进了皇觉寺,当了和尚。灾情严重,菩萨也不能管饱。一个多月后,朱元璋离开寺庙云游四方,靠化缘谋生。

三年后,朱元璋回到皇觉寺。饥饿和贫穷点燃的农民起义的熊熊烈火,已遍地燃烧。元至正十二年(1352),朱元璋接到幼时伙伴汤和劝其参加起义军的来信,便于闰三月初一,来到濠州,投奔郭子兴。十六年后,于1368年正月初四日,在南京登基,国号大明,建元洪武,完成了从一介贫苦农民到一代开国皇帝空前绝后的逆袭。

由起义农民领袖转化为地主阶级首脑的朱元璋创建的大明王朝,没能跳出封建王朝兴亡的周期律。到了明朝天启、崇祯年间,朝政腐败、民不聊生、义军蜂起的一幕再度上演。尤其是陕西、河南一带,饥荒连年,百姓采摘草根、树皮充饥。有的地方甚至挖掘山里一种叫青叶的石块当食物,结果吃下后腹胀而死。更为恐怖的是,多地发生人吃人惨剧。

饥饿和贫困再次点燃了农民起义的熊熊烈火。崇祯十七年（1644）三月十八日，李自成大顺军攻入北京，崇祯皇帝自缢于煤山槐树下，明朝灭亡。

参观完回到一层展厅，面对朱元璋的雕像，我不由得想起前不久去湖北咸宁考察，在通山县九宫山参观闯王陵，面对明王朝的终结者——李自成的雕像，萌发的一个念头。

我去咸宁，也是为抢救收藏古民居。李自成兵败撤出北京城后，于顺治二年（1645）四月，率大顺军残部退入咸宁境内，曾在崇阳桂口乡一带扎营。那些独具特色的驻扎过大顺军的明代老宅，至今犹存。

闯王陵是全国唯一的农民起义领袖陵墓，位于通山县闯王镇。小车穿过蜿蜒的山间公路，来到九宫山麓牛迹岭。古树参天，浓荫蔽日，陵园坐落在苍翠之中。踏入陵园，眼前是一座气势宏伟的大理石牌楼，三间四柱，雕花横枋，门额红字隶书"闯王陵"三字，系长篇小说《李自成》作者姚雪垠题写。

过门楼，有三十九级台阶，象征李自成三十九岁短暂的人生。拾级而上，是宽大的墓基平台，石栏浮雕刻画着李自成与乡勇搏斗、拔剑不出的罹难情景。高耸的墓碑上，"李自成之墓"五个大字由郭沫若所书。

随后，我参观了李自成陈列馆。馆名乃茅盾手迹，门框两边有姚雪垠撰写的一百零八字长联，概括了李自成英勇悲壮的一生：

纵横半中国，锐意北伐，渡河入晋，过太原，破燕京，何其盛也，终因人谋不臧，山海关大军喋血，前功尽毁，黄尘万里无归处，惟有英勇殉社稷；

苦战十七载，铩羽南来，离陕奔楚，弃襄阳，败武昌，亦云惨矣，毕竟图谶难凭，牛迹岭巨星落地，宏愿皆空，青史千秋悲壮志，何曾怕死遁空门。

陈列馆大厅中间安放着李自成的雕像。这位农民起义军领袖、明王朝的终结者，当初揭竿而起，高举的是"均田免赋"的大旗。终日饥饿、濒临死亡威胁的农民，听到"闯王来了不纳粮"这样的口号，怎能不一呼百应呢？明末统治者把农民逼到没饭吃的地步，也就挖掉了自己立足的根基，离灭亡不远了。

我想，如果能把驻扎过大顺军的古民居抢救收藏下来，做一个湖北民居景点，就讲一讲朱元璋、李自成的故事。明兴明亡，点燃农民起义熊熊烈火的主因，归根结底不就是两个字——"饥饿"吗？！

民以食为天！吃不饱肚子，天就会塌下来，这是多么浅显而又深刻的道理啊！明白这个道理，就会更加深切地理解，免除农业税是多么了不起的一项德政！坚守

18亿亩耕地是多么重要的一根红线!"中国人要把饭碗端在自己手里,而且要装自己的粮食"是多么睿智的远见卓识啊!

第三节 "火车拉来的城市"

我走进蚌山区展馆,回眸世纪风云。

蚌山区展馆的门头上,悬挂着木刻匾额,上书"济美蚌山"四字,取"世济其美"之意,凸显其承前启后、开拓进取的精神内涵。

蚌山区是蚌埠新城的核心区域,是市委、市政府等市级机关所在地。市博物馆、蚌埠大剧院、淮河文化广场、"花鼓灯嘉年华"游乐园、万达广场、银泰城、号称"皖北第一高楼"的绿地"双子塔"等一批新兴的文化和商业服务设施,都集中在这里。这些现代化的设施和楼宇,大都是近十年中拔地而起,隆重开张的。

蚌山区沿东海大道两侧一大片土地,被市里划出来成立了经济开发区,我们古民居博览园项目就位于开发区范围内。作为一个"新蚌埠人",我有幸见证了这座新城令人吃惊的快速崛起。

1947年蚌埠建市时,现蚌山区一部分为中山区。新中国成立后,改称中市区。更早一点,1911年底津浦铁路淮河大桥通车之前,淮河南岸的"老蚌埠",只有一条不足50米长的土街,街上只有几家小饭铺和茶棚子。因此,蚌埠人常说自己的城市"既古老又年轻",所谓年轻,即是说蚌埠建城或者蚌埠开埠的历史,不过百年多一点。

百年蚌埠看蚌山!今天,在古民居里回眸百年蚌埠的风云变幻,很有意义。

位于蚌山区境内的蚌埠港向东500米的淮河上,有一座气势宏伟的大铁桥,这就是1911年建成通车的津浦铁路淮河大桥。这座"千里淮河第一桥",是蚌埠从古渡渔村通向现代城市的"幸运桥"。

懂得感恩的蚌埠人说:"蚌埠是一座火车拉来的城市。"

话说百年蚌埠,得先从这座桥说起。

津浦铁路途经蚌埠,淮河大桥在蚌埠架设,有某种"幸运"的成分。从起意到施工,先后经历了"难产改线""选址之争""桥式之争",可谓一波三折。

清末,由于列强侵占、农民起义、黄河改道等,京杭大运河的漕运功能日渐式微。所谓漕运,就是利用河道将征收的粮食运往京城等指定地点,京杭大运河是南粮北调的重要水道。随着西风东渐,洋务运动兴起,一批"开眼看世界"的有识之士,提议修筑一条贯通南北的铁路,以缓解乃至替代京杭大运河的运输功能。

起初设想这条南北干线,是沿着大运河从天津到镇江。自1864年至1895年的三十多年间,先后有英国爵士史蒂文森,曾国藩之子、驻俄公使曾纪泽,江苏道候补知府、《老残游记》作者刘鹗等,屡次上书清廷,建议修建京镇铁路或津镇铁路,但均被清廷否决。清政府一方面忌惮铁路这样的现代化运输工具,另一方面也是国库空虚,承担不了修建铁路的巨大投资。

1896年,曾任驻美国、西班牙、秘鲁副大臣,熟谙洋务的容闳,应张之洞之邀由美回国,提出借外国资本修建津镇铁路,终于获准。容闳与一家英商公司草签了550万英镑的贷款合同。

不料德国政府觊觎修建津镇铁路的巨大利益,要求参与贷款和分享筑路权,否则不准铁路经过其势力范围的山东境内。几经折腾,1899年5月,清政府督办铁路大臣与英、德两家银团签订了《津镇铁路草合同》。合同草案规定:津镇铁路于山东峄县为界分南北两段,分别由德、英两国承办。

不久,义和团运动爆发,国内反帝爱国热情高涨,沿路各省官绅和爱国学生纷纷要求收回筑路权,正式合同迟迟不能签订。

就在此时,连接通商口岸上海和六朝古都南京的沪宁铁路先行开建,原规划的作为南北大动脉的津镇铁路不得不改线,将南端终点站由镇江改为浦口,以同沪宁铁路衔接。1908年1月,沪宁铁路建成通车。清政府外务部派官员与德、英两国代表在北京正式签订《津浦铁路借款合同》。合同规定,津浦铁路仍分两段建设,工程技术由德、英各派一名总工程师负责,但须听从清政府督办大臣指挥。借款500万英镑,并通过在伦敦交易所公开发售债券募集资金。

镇江就此与中国第一条南北大动脉失之交臂。

津浦线尘埃落定之后,淮河大桥的选址提上议事日程。担任津浦铁路南段总工程师的是英国人德纪。德纪瘦高个子,留着一撇八字胡,西装革履,戴一顶礼帽,拄着斯迪克,颇具绅士风度。他手下的技术人员,也有几位穿长袍马褂的中国人。西装革履和长袍马褂同框,这在西风东渐的清末,人们倒并不觉得有"违和感"。

德纪带领工程技术人员现场踏勘。实际情况是,由徐州南下,直线抵淮河,桥址首选当数凤阳临淮关。但水文资料显示,这一带地势低洼,易遭洪水漫灌,故而认为临淮关不适宜修筑铁路。再说,当地乡绅也多持反对意见,提出责问:

"临淮关与凤阳府城近在咫尺,是龙兴之地。两条钢铁穿境而过,岂不坏了龙脉?"

德纪倒不是顾忌什么龙脉不龙脉,他关心的是技术问题。他又带领手下溯流而上,经勘察比较,决定在距临淮关十多公里的蚌埠集,修建淮河铁路大桥。

不料相邻的怀远县乡绅又节外生枝。他们与临淮关的乡绅看法截然不同,认为修建铁路能使古城兴盛,遂上书清政府,对铁路大桥选址蚌埠提出异议,强烈要求改在怀远的荆、涂二山之间。

德纪对地方民意颇为重视,再临现场考察。他站在淮河岸边观察,只见荆、涂二山夹峙,岸陡河窄,水流湍急,觉得在此建桥,施工难度必将比蚌埠大数倍。而已勘定的蚌埠集那片河滩,地势高、地基硬,受洪水影响小。遂否定了怀远乡绅的建议方案。

桥址选定之后,在建造何种形式桥梁问题上又起争议。

原设计是桁梁固定桥,方案出来后,蚌埠一带三十六户盐商联名上书反对建固定桥,认为盐船往来频繁,桅高数丈,通行不便,建议加高桥孔或建活动桥。

工程顾问英人格林森未做深入调查,竟也附和说:"淮河航船过桥,放桅、竖桅,每次要费时两三天,十分不便。"

清廷于此事倒颇为民主,下旨交由督办大臣徐世昌妥为筹划核定。

徐世昌派总稽查刘树屏再去实地勘察。刘听取坚持造固定桥的总工程师德纪等人意见后,同怀远知县商量,决定在河上进行试验,模拟航船过桥。

这一天,一批高桅大船聚集河上,行到指定地点,降下风帆,放下桅杆。驶过"桥孔",再竖起桅杆,升起风帆。前后用时不过一小时零五分钟,对正常行船并无大碍。

试验结束后,刘树屏特地会见商户,由建桥团队详细说明建固定桥和活动桥之利弊。商户心悦诚服,频频点头,一致同意建固定桥。

1908年津浦铁路开始分段施工,1909年11月淮河铁路大桥开工兴建。随着大桥和蚌埠段铁路相继施工,大批民工和工程技术人员云集蚌埠,昔日僻静的渔村小集,人口骤增。许多民工修桥筑路任务完成后,就留在了这个即将崛起的城市。

1911年5月15日,淮河铁路大桥竣工,蚌埠火车站设立。蚌埠地处津浦铁路南段徐州至浦口段的中点位置,按当时的车速,从徐州或浦口开来的火车,当晚只能到达蚌埠,火车须在这里加煤加水,旅客在这里住宿休息,蚌埠站成为"宿站"。加上蚌埠淮河段及周边水网纵横,货运功能发达,水运和铁路货运能力叠加,蚌埠一跃成为沟通南北、连接东西的交通枢纽,也成了安徽向京津和宁沪开放的门户。

津浦铁路建成,也致使蚌埠的军事战略地位凸显出来。

战争年代,铁路强大的运输功能,对调兵遣将十分有利。津浦铁路吸引了重兵在握的北洋军阀重要将领倪嗣冲的目光。1913年7月,袁世凯先后任命倪嗣冲为皖北镇守使兼领皖北观察使和安徽都督兼民政长,倪嗣冲立即在蚌埠择地建都督府,驻蚌督皖,使蚌埠一度成为安徽的政治、军事、经济中心。

我第一次听说倪嗣冲,是蚌埠市博物馆馆长辛礼学陪客人来园区参观,向我说起市博物馆里收藏着倪公祠残存的构件。

一天,蚌埠市博物馆馆长辛礼学陪客人来园区参观,说起馆里收藏着多年前被拆毁的倪公祠的构件。我一听,立即说:

"过几天我去博物馆看看可以吗?"

辛礼学说:"没问题!你来看看,我们可以搞点合作。"

我说:"如果可以,园区选一块地,我们来修复。"

辛礼学说:"倪嗣冲是北洋时期一个军阀,驻蚌督皖八年,负面评价比较多。"

我说:"我们着眼于老建筑的修复保护,不是恢复倪嗣冲的家祠。"

辛礼学点点头:"怎么做,我们好好商量一下。"

古民居博览园规划建设启动后,我一直有一个心结:项目落户在蚌埠,怎么讲好蚌埠的古民居故事?我四处寻访打听,很遗憾,找不到可利用的具有本地特色的古民居。后来想想,这也难怪,蚌埠虽然历史文化底蕴深厚,可是开埠之前,只是一个偏僻渔村小集,又常受洪水、兵燹侵害,没有皖南那样风情万种的古镇、古村落,找不到可资利用的老房子,实属正常。现在,一听说市博物馆里有老祠堂,我怎么能不心动?

过了几天,王鹏博陪我一起去位于胜利中路的市博物馆。博物馆不是一座单独建筑,而是设在蚌埠科学文化宫内。这栋建筑颇具特色,三层平顶,正厅有高大的门廊,沿石阶拾级而上,六根直抵檐口的圆形石柱,很有气势。看墙上铭牌,有不少单位在这里办公。市博物馆在西三楼,展厅面积只有千把平方米。不过,市博物馆新馆已于2012年6月开工建设,选址就在东海大道市民广场西侧。我从曹凌路办公室经龙腾路去园区,天天看到新馆在热火朝天地紧张施工。

辛礼学和老馆长、已改任市文物管理处处长的徐大立都在,他们的办公室在底楼一间不大的房间里。

辛礼学先陪我去看倪公祠木构件。木构件堆在底楼一间好像是临时搭建的小屋里,辛礼学推开门,说:

"都在这里。"

木构件随意堆放在一起,主要有横枋、轩梁、斗拱、花板,还有一些古建筑中不太见到的四边梯形雕花座斗,有些构件镂空雕花很精美,依稀可见残留的色彩,只是大的梁柱一根也没有。

辛礼学说:"倪公祠是二十世纪九十年代初拓宽朝阳路时有妨碍被拆除的。当时文保意识比较薄弱,加上对倪嗣冲以反面评价为主,所以一拆了之。"

我问:"屋柱和大梁怎么都没有?"

辛礼学说:"当时觉得梁柱很笨重,不好搬,就都锯断了。博物馆主要把一些雕花构件收藏了下来。"

我说:"构件缺损很多,有没有倪公祠的建筑资料?"

辛礼学说:"目前还没有找到,拆除时也没有测绘拍照。"

回到办公室,我和辛礼学、徐大立商量怎么合作。

辛礼学说:"已向袁政局长和省博汇报请示过了,市里、省里都同意我们双方合作修复倪公祠,说还没有这种合作模式,这是一个创新和探索。"

徐大立说:"要求作为一个独立的建筑加以修复重建,修复后文物保护的性质不变,并要求做到'四有',就是有档案、有标志、有专人管理、有保护范围。"

辛礼学说:"倪公祠修好了,使用性质只能是文化展馆,不能搞商业经营。"

我说:"建筑性质和使用功能没有问题,我向马国湘董事长汇报过了,倪公祠修复后,作为市博物馆的一个基地或窗口,主要用于展示蚌埠的历史文化和民俗风情,或者用于专题的文物展览。请馆里帮助找找倪公祠的建筑资料,便于修复。除了倪公祠,希望再找找督军府的建筑资料,如果能找到,我们用老房子把督军府一并修复重建。"

辛礼学说:"督军府资料不一定能找到,倪公祠你们先提供一个方案,我们向省里写个请示报告,走一下程序。"

2015年10月29日,蚌埠市博物馆和古民居博览园合作签约仪式在园区接待中心老宅举行,蚌埠市政协主席顾世平,市委常委、宣传部部长王勇勇,马国湘董事长等出席。我和辛礼学馆长代表双方签约。之后,在市博物馆临时搭建的小棚里沉睡多年的倪公祠残存构件移交园区,我特地安排王龙去现场拍摄下了装运的场景。

金光荣看着运来的一大堆倪公祠构件,摇摇头,对我说:"这么一点木料,一个房间也不够。"

我向他简要介绍了有关情况,说:"没有留下照片,平面图也没有,但是一定要修好。"

金光荣说:"马总已经关照过了,我来想办法。"

合作复建倪公祠的事定下来后,我对倪嗣冲做了一些粗浅的研究。

这倪嗣冲可不是个一般的角色,而是北洋军阀的一个重要将领,袁世凯旗下的一方大员、得力干将。

倪嗣冲是颍州（今安徽阜阳）人，生于同治七年（1868）。因其父倪淑同袁世凯家族的关系，倪嗣冲同袁世凯结识并亦步亦趋，这是他日后得以在北洋军政舞台上叱咤风云的重要因素。

倪嗣冲十二岁参加童子试，顺利通过并受嘉奖。此后几番考秀才却名落孙山，直至二十五岁才考中。以后考举人又屡试不第。光绪二十一年（1895），倪淑为倪嗣冲和次子倪毓棻"捐官"，倪嗣冲为部郎中。1898年，倪嗣冲被选任山东陵县知县，于而立之年踏上晚清危机四伏的仕途。

1900年，新任山东巡抚袁世凯读到倪嗣冲给前任巡抚上的折子，发现其中所提惩办义和团民和处理教民冲突的办法，与他的想法暗合，遂将因母丧"丁忧"在家的倪嗣冲召到济南，协助他处理义和团事务。从此，倪嗣冲忠心耿耿追随袁世凯，镇压义和团，编练北洋新军，进攻淮上军，步步高升，并随袁世凯进退而进退。

1913年7月22日，袁世凯任命倪嗣冲为皖北镇守使兼领皖北观察使。7月27日，又任命倪为安徽都督兼民政长。倪嗣冲奉命率军驻扎在以蚌埠为中心的沿淮一带。为便于驻蚌督皖，在津浦铁路东侧蚌埠境内，先后购地70亩，分别建都督府及皖北镇守使署，同时于小南山一带设立营房、讲武堂、长江巡阅公署、炮兵学校以及阅兵场等。自此，开启了倪嗣冲驻蚌督皖长达七年多的进程。

在这期间，倪嗣冲一方面以其拥有的兵力优势，在民初"城头变幻大王旗"的政治和军事角力中闪跃腾挪，另一方面作为主政一方的大员，强力施行具有倪氏特征的地方治理。

在政治立场上，倪嗣冲倾向保守，每每逆历史潮流而动，站在农民起义军和革命党人的对立面，维护摇摇欲坠的清廷统治，并且善于投机骑墙，以保无虞，且屡屡左右逢源。

这一点，他在袁世凯称帝和张勋复辟这两出闹剧中，表现得最为明显。

袁世凯称帝意图表露后，倪嗣冲积极响应。1915年9月7日，致电袁世凯，历数"共和国体隐患无穷"，列举欧、俄、日因实行君主国体，"莫不蒸蒸日上""国势之隆"，"请改君主立宪，以固邦本而救危亡"。此后，倪嗣冲还一再致电袁世凯，请其毅然决断，早日登基。

1915年12月29日，倪嗣冲和安徽巡按使李兆珍联名致袁世凯的劝进密电中，迫不及待地以君臣相称："伏恳我皇上毅然乾断，即请早登大宝。"

1916年1月1日，袁世凯宣布废除民国纪元，改为"中华帝国洪宪元年"。蚌埠倪嗣冲的"将军府"门前，张贴大幅安民告示，落款日期已赫然是"洪宪"纪元。

对袁世凯的倒行逆施，倪嗣冲先是呈密札，就如何打败云南护国军，为袁出谋划策。后见大事不妙,倪嗣冲又连夜赶赴京城,"不惜苦口以谏之",当面劝袁世凯取消帝制,"以弥近祸"。

袁世凯死后,张勋又上演了一出复辟闹剧。1917年7月1日,张勋在北京拥戴清废帝溥仪复辟,倪嗣冲被封为"安徽巡抚"。接到受封上谕后,倪嗣冲一面批示民政厅长,张贴皇榜,宣布圣谕,悬挂龙旗,改称大清帝国,一面于7月3日晚秘密赶到南京,与将要代理大总统的冯国璋会晤,商讨对付张勋的办法。

7月4日,国务总理段祺瑞在天津马厂誓师,组建讨逆军,任命倪嗣冲为皖鲁豫联军司令。第二天,倪发表通电,痛斥张勋复辟逆行。7月6日,冯国璋在南京就任代理大总统,任命倪为讨逆军南路总司令,所有沪、杭、赣师旅统归倪节制。7月8日,特任倪为安徽都督兼长江巡阅使。被褫夺一切职务的张勋的定武军,亦悉归倪嗣冲接管,被改编为新安武军。倪一跃而成为北洋军阀中实力最强的人物之一。

在地方治理上,此前论者常以"军阀祸皖"一言以蔽之。实事求是地全面分析考量,倪嗣冲驻蚌督皖七年多,在发展经济、保障民生,特别是推进蚌埠城市化等方面,并非乏善可陈,某些方面,还是有所作为的。

一是兴植垦牧,投资实业。1915年5月,他致函徐世昌,认为中国要迅速富强,必须重视农业。函中云:"但能兴植垦牧,讲求水利,每年所入曷啻倍徙。似此逐渐进行,并不费资财,而藏富于民,多取自不为虐。财源既濬,则兴学、练兵自能蒸蒸日上。"不仅鼓励种植农作物,还热衷兴办工矿业,成立勘矿队,探查安徽省内矿产资源。并出资和招募官、商股本,兴办矿业公司。

二是治理水患,赈灾济困。倪嗣冲于1914年设立安徽省水利局,召集相关县的知事,会同地方士绅进行协商,决定以修治经常泛滥成灾的灌河为重点,采用以工代赈的方式,展开对淮河支流的疏浚。整个疏浚工程共历时三载,工程效果显著。在治水过程中,还修筑淮河堤坝,以提高蓄水抗洪能力。

三是三令五申,严刑禁烟。倪嗣冲对查禁鸦片态度坚决,法令严苛。1914年1月,他向各知县发布严禁私种烟苗训令,强调禁烟政策以禁种为第一要义,并明确措施:"凡私种烟苗在二十株以上者,立予枪毙,并将地亩充公办法认真办理。"闻报合肥县三河地方私开烟馆,他即责令合肥知事派得力团警,一律查封。

倪嗣冲驻蚌督皖,加速了蚌埠的城市化进程。他借助蚌埠铁路和水运功能交汇的优势,于1914年将皖北盐务局由宿县迁至蚌埠,使蚌埠成为官盐集散地。粮食往往与食盐同时交易,一时蚌埠盐仓粮行大增。盐粮交易又带动了其他商品向蚌埠集散。金融业也随之发展起来,蚌埠不仅成为皖北货物贸易和集散中心,也成为皖北早期的金融中心。

1916年4月,袁世凯特任倪嗣冲署理安徽巡按使。倪嗣冲将蚌埠将军行署改为巡按使署办公地,饬令除教育和实业两科留省会安庆之外,其余省各机关一律迁蚌,使蚌埠成为实际上的省会所在地,安徽的政治、经济和军事中心。自此城市建设加快,商业服务设施也随之猛增。值得一提的是,1918年春,还在蚌埠大马路(今淮河路)建成了一座横跨铁路公路的人行天桥,这是全国第一座位于市区中心的公铁人行立交桥。

倪嗣冲晚年多病,辗转病榻,1924年7月12日病逝于天津。倪嗣冲及其家族为后世论及较多的还有以下两件事:

一是在天津大力投资兴办实业,涉及粮食、面粉、纺织、火柴、油漆、金融、工矿、房地产等行业,对天津近现代工业发展和城市近代化有不可忽视的推动作用。

二是倪嗣冲堂侄倪道烺,于1938年日寇侵占蚌埠后,投靠日伪,出任伪安徽省维新政府省长。1940年3月汉奸汪精卫"还都"南京,成立伪国民政府,倪道烺继任伪安徽省政府主席,成为日伪政权的鹰犬。日本投降后,被国民党政府逮捕,判处死刑,后改为无期徒刑。新中国成立后,在镇压反革命运动中,于1951年4月被公审枪决。与之相反,倪嗣冲女婿王普却能保持民族气节。王普亦阜阳人,1914年娶倪嗣冲长女倪道蕴为妻。先后任安武军第三路统领、第三混成旅旅长、皖南镇守使等职,1925年任安徽省省长。开始在"五省联军"总司令孙传芳麾下任第十二军军长,同北伐军作战。后脱离"五省联军",投奔国民革命军。1928年离职寓居天津,致力于投资实业。1940年,拒绝到伪安徽省政府任职。天津解放,坚持留津。1950年,中央人民政府副主席、全国政协副主席、民革创始人李济深来函召见王普赴京叙谈。后经李济深介绍,王普加入民革,1956年当选天津市新华区第一届政协委员。

蚌埠市政协对市博物馆和我们合作修复倪公祠之事非常重视,市政协文史委员会特地就此事在倪公祠的原址——蚌埠四中,开了一个约谈会。会议由文史委主任张红雨主持,市文保所、史志办、档案局等部门的专家和委员出席。我和王鹏博应约到会。

我汇报了园区打造古民居系列文化景点的计划,重点介绍了修复后的倪公祠"文保"性质和文化展馆功能。

市委党史和地方志研究室副主任郭照东委员说:"倪嗣冲处于清朝灭亡、民国肇建、风云迭起的历史时期,蚌埠从小渔村发展成为商贸重镇,倪嗣冲是个奠基性的人物。其驻蚌督皖八年,是蚌埠发展史上一个重要阶段,可以实事求是地予以评价和反映。"

蚌埠市档案局郭茂祥委员说:"倪公祠1921年建成,虽然也是传统的砖木结构,但建筑风格同皖南民居有很大不同,显然是受到民国初年外来建筑的影响。古民居博览园有各地的传统建筑,能有修复的蚌埠老建筑,讲好蚌埠的故事,很有必要,也很有意义。"

委员和专家们还建议,修复后的倪公祠,作为文化展馆,可以展示蚌埠开埠初期的历史,也可以展示蚌埠的民俗文化。

会议结束,张红雨主任和我们全体与会人员一起到校园的一棵黄连木大树前合影留念。这棵大树已有二百多年的树龄,它的后面就是倪公祠的原址。黄连木原来有两棵,分植祠前,现在仅剩一棵,被列入古树名木加以保护。

我抬头仰望高高的黄连木,心想:先有大树,后有倪公祠。大树犹在,北洋风云早已散去,倪公祠也只留下些许断木残构……

有市政协文史委员专家的支持,我把"督军府邸"列入了计划建设的古民居系列文化景点之一。但是,倪公祠原建筑的图纸资料,除了《蚌埠市志》上一张示意性的三进平面图,其他什么也没有。望着移交来的倪公祠一堆残缺不全的构件,我有点发愁起来,工人师傅能修复吗?

2017年5月的一天,王宝国打电话给我说:"倪公祠木作修好了,今天要在仓库里搭起来。"

"修好了?"我颇为惊喜,立即放下手头工作,叫了司机来到解放路修复工场。

3号仓库腾出一大片空地,旁边停着一台液压式大吊车,王宝国正在指挥工人吊装木构件,今天他们主要把倪公祠的屋架搭起来。

王宝国对我说:"基本都修完了,只有一进,是三开间的房子,一进材料也缺很多。"

已经修好的主要是屋柱和穿枋组合件,共四大片。原来的屋柱当时都一锯了之,一根也没有保留下来,现在屋柱都是新做的。穿枋二层,则基本都是旧的,有一些缺失。雕花精美,但木质已经发黑。新木柱、旧穿枋,黑白分明,对比强烈。

山墙边柱一片已经竖立起来,用木条支撑着。正在起吊中柱两片,不一会儿也竖立起来。接着吊另一片山墙边柱。四片柱枋全都竖立起来后,几位工人立即上去安装脊梁和檐枋,将四片柱枋连接起来。主屋两根檐枋也是雕花精美的旧物。

"咚、咚——"工人挥动木槌,小心敲打,将横梁、檐枋同屋柱榫口契合咬紧。

屋架轮廓搭起来后,可以看出,这是一栋带前廊的一层三开间的宅邸,较之一般民居高大宽阔,估计是原祠正殿。

王宝国说:"接下来把小的木作构件安装上去。"

墙边堆着修缮好的斗拱、斜撑、座斗、木枋等各种小木作构件。其中下部小、上部大的梯形四方座斗非常少见,四面均有精美的雕花。该斗原物仅剩一只,且有缺损。工人师傅在其上下加装了复板,上部复板厚约10厘米,中开方孔,四边雕刻四叶花。并仿该座斗另做了三只新的,新旧座斗除木色、造型、雕花几无二致。

我抬头仔细看前后檐枋,两根檐枋样式相同,但前枋有雕花,后枋则无,可见安装正确。

我好奇地问王宝国,图纸没有,构件缺损不全,如何知晓其结构,将其拼接复原?

"这个,怎么说呢……"王宝国憨厚地笑笑,他摸了摸头,想了一下说,"噢,这栋房子柱子都锯断了,有几根半截柱头还在,我们就根据柱头上的榫口,确定梁枋的位置,把它拼接起来,新的柱子也都是按照旧柱头的样式做的。"

"噢,原来是这样!"我顿时明白了。

王宝国指着两根半新半旧的穿枋说:"那根断掉的,我们把它接起来,这一根半边烂掉了,拼了半边。"

我点点头,问王宝国:"专门学过古民居修复技术吗?"

王宝国说:"没有,以前和我哥哥跟着别人边做边学,后来做久了,摸到一些门道。"

王宝国和他哥哥王品火都在园区工作。他哥哥比他大九岁,不像他长得精瘦,二人名字、长相都不像,开始我不知道他们是兄弟俩。他们是江西景德镇人,二人是在上海修建"二一会馆"时加入马国湘的公司的,后来跟着马总来到蚌埠。

我望着高高的屋架,突然有些感动。心想:没有一张图纸,也没有文字说明资料,仅凭残存的构件,就动脑筋将它修复起来了。我们的工人师傅太厉害了!

过了数日,王宝国告诉我,倪公祠小木作构件也都安装好了,我再次去修复工场看。

安装上斗拱、座斗、花板等构件的倪公祠,显示出与皖南民居明显不同的风格,虽仍是传统民居的砖木结构、卯榫工艺,却带有一些异域风格。倪嗣冲驻蚌督皖数年,但他早就举家迁居天津。特别是晚年,基本上是寓居天津。倪在天津的三处寓所,均位于英、意租界内,都是新式的别墅或洋楼。家人为其张罗在蚌埠建生祠,虽依旧制,但不可避免会受西洋建筑影响。

倪公祠是生祠。所谓生祠,一般为政绩或功勋卓著者生前而立。历史上也有为权贵奸佞之人建生祠的。明朝天启年间,魏忠贤宦党弄权,趋炎附势者在各地为其大建生祠,短短一年间竟建了四十座,耗资巨大,劳民伤财,令人不齿。

一般来说,为名人建祠堂,有一定的批准程序。倪嗣冲胞弟皖北镇守使、安武军副司令倪毓棻于1917年8月病殁,次年,北洋政府内务部就为其"建祠立传"之事,咨呈国务院并获"准予备案",并说明为倪毓棻建专祠系"自行筹款"。倪嗣冲比倪毓棻职位、影响大得多,为自己建生祠是否经过批准或备案,未查获资料。

《蚌埠市志》载:1918年春适逢倪嗣冲夫妇五十双寿,府内僚属、幕中才人以所谓"昭将军之功德"为名,进言为倪嗣冲建生祠,其时倪已身染重病,自然应允。

1921年春,占地20亩的倪公祠落成。进门厅,天井两侧摆放着为其歌功颂德的碑刻,二进穿堂供奉倪氏祖宗牌位,三进大殿上方悬挂贺匾,中间摆放倪嗣冲"长生禄位"。民间认为"生祠"有祛病祈寿功能,这恐怕也是倪迫不及待为自己建生祠的原因之一。祠堂门前移栽了用二百块大洋购置的两棵百年黄连古木。

是年5月,倪嗣冲于生日举行生祠落成典礼,广邀各地官员、封疆大吏到场。贺匾不下百幅,直系军阀首领、直隶督军曹锟赞其"江淮壁垒",北洋老将姜桂题称其"功冠凌烟"。继任的安徽督军张文生亲自为倪公祠撰写碑文,更是竭尽美言之能事。

园区和蚌埠市博物馆计划合作修复倪公祠的事,引起倪嗣冲家乡专家和倪氏后人注意。2017年8月8日,蚌埠市文广新局(旅游局)副局长谭业军、市博物馆馆长辛礼学,安徽省政府文史馆馆员、市博物馆顾问郭学东,陪同阜阳师范学院院长吴海涛教授、副院长李良玉教授,以及倪嗣冲曾孙倪祖琨来园区参观。我陪他们参观了园区,然后一起去修复工场看修好的倪公祠大殿构架。

大家围着倪公祠构架转了两圈,赞许说:"能修复成这样,很不容易。"

我说:"木工师傅还是很有经验的,前檐横枋有雕花,后檐没有,孰前孰后,安装很到位。"

参观完毕,在接待中心老宅小坐。

李良玉是倪嗣冲研究专家,是《倪嗣冲年谱》《倪嗣冲函电集》《倪嗣冲与北洋军阀》等书主要编著者。倪祖琨是倪嗣冲长子倪道杰和侧室赵氏之子倪晋增的次子,他二十世纪九十年代初在天津开发区工作,后下海自主创业,只身前往美国经商,近十年来,多次回国,往返津皖,积极推动经贸文化交流,还在原籍阜阳师范大学设立了"倪氏助学金",资助贫困学生。

倪祖琨把他参与编著的《倪嗣冲与天津倪氏家族》一书赠予我。辛礼学和吴、李二位院长,就计划在蚌埠合作筹办"倪嗣冲与近代蚌埠城市"学术研讨会事宜,做了初步探讨。

郭学东对淮河文化和蚌埠城市历史有系统研究,他写了一篇《倪公祠的木构件》专文,刊登在《淮河晨刊》上,文中对倪公祠的形制格局、建筑风格、木构特点,以及雕梁画栋上的人物故事及其寓意等等,做了详细解读。

郭学东早年考察过拆毁前的倪公祠,不过他对我说:"我看到的倪公祠,已经只剩下一进,不是当年的全貌了。我走访过几位进出过倪公祠的老人,《蚌埠市志》上的三进平面图,是根据他们的讲述画出来的。"

我想,有他这篇解读做参考,最后修复的倪公祠,可能会更接近原建筑一些。

当年倪嗣冲"将军府"的建筑资料,则一直没有找到。据传,倪嗣冲的"将军府"高墙大院、雕梁画栋,很有气派。只是时过境迁,不知何故,没有留下一星半点痕迹。

我想,倪公祠也好,督军府也好,之所以得不到保存,不仅因为倪嗣冲是"负面评价很多"的北洋军阀,更同倪家出了倪道烺这个令人不齿的汉奸省长,"恨屋及乌"有关。

与此截然相反,蚌山区另有一座红色"将军府",得到精心修复保护,令蚌埠人民引以为傲。

这座"将军府",只是几栋土墙茅顶平房。然而,就是这几栋不起眼的土墙茅顶平房,因将星聚集,而在伟大的解放战争中留下光彩夺目的一页——这就是以邓小平为书记的总前委孙家圩子旧址。

孙家圩子是龙子湖南岸的一个村落,现属于蚌山区燕山乡,当时属凤阳县徐桥乡。

1949年1月10日,淮河战役胜利结束。1月15日,华东野战军准备强渡淮河向江淮进军,首要目标就是皖北重镇、南京门户蚌埠。华野参谋长陈士榘指挥五个纵队和江淮军区两个旅,为解放蚌埠做了周密部署。蚌埠地下党组织密切配合,发动群众护厂护市,并成功争取到国民政府蚌埠代理市长、代理警察局长田景尧投诚。驻守蚌埠的国民党军第六兵团李延年部和第八兵团刘汝明部,闻风丧胆,开始向南溃逃。

1月17日,解放军先头部队抵达淮河北岸小蚌埠。1月19日下午,解放军开始渡河。当晚,乘夜色多路抢渡成功。1月20日晨,旭日东升,蚌埠全境解放。3月3日,蚌埠市召开庆祝解放暨渡江支前动员大会,在欢庆胜利的锣鼓声中,迎接新的更加艰巨光荣的任务。

选择孙家圩子做总前委等机关临时驻地,是江淮区党委书记、蚌埠市军管会主任曹荻秋推荐的。

孙家圩子坐落在西芦山南麓,东北方向有大小曹山等连绵的山丘作为天然屏障,北距津浦铁路10公里,西距淮南铁路4.5公里。地势隐蔽,交通便捷,易于机动,是理想的战时军事指挥机关临时驻扎地。3月21日下午,首批第三野战军及华东局、华东军区机关人员,在徐州火车站乘车向南开进,22日凌晨抵达淮河北岸小蚌埠临时车站,准备渡河。

淮河铁路大桥已被国民党军在1月16日溃逃前炸毁。

对炸桥的罪恶行径,驻守蚌埠的李延年起初态度颇为暧昧,他不愿承担此历史罪责,将皮球踢给国防部。国民党参谋总长顾祝同,令国防部四所赵副处长,率爆破排约二十人,带TNT炸药二十吨,由南京赶到蚌埠,直接实施爆破。

赵某到了蚌埠,在李延年的军务处长罗某协助下,找来两只民船。爆破兵经一昼夜作业,将北岸三座桥墩装上炸药。

起爆前夕,一位津浦铁路老工程师忧心忡忡地赶来,对赵、罗二人说:

"此桥是全中国同胞的财富,'七七事变'初期,国军撤离蚌埠,对此做轻微破坏,日寇经过大半年时间才修复。而今是国内战争,不能与'七七事变'相提并论,如果把桥破坏掉,就真说不过去了。"

赵、罗无言以对。当然,他们也不可能改变顾祝同的决定。老工程师只得怅然低头离去。

半小时后,"轰"的一声巨响,烟云冲天,浪花迸溅,三座桥墩悉被炸毁,桥身钢梁横七竖八倒塌河中。

然而,国民党统治集团的倒行逆施,岂能挡住解放军进军的步伐!

在淮河上抢架浮桥的任务,交给了解放军工兵第三团。1949年1月28日,是农历除夕。晚上,工兵第三团正在驻地召开淮海战役庆功大会。会后,还有京剧《霸王别姬》演出。正是在这喜气洋洋的会场上,三团接到纵队命令:为了保证大军渡江作战,命令三团翌日出发,修复沿江公路桥梁,构筑渡江码头,并在蚌埠淮河上架设载重浮桥。

三团连夜开会分配任务:一营、三营过淮河负责修复沿江公路桥梁,团部部分人员和二营赶往蚌埠架桥。2月3日,团部部分人员和二营已经集结在蚌埠淮河北岸。

架设载重浮桥一般要用铁舟,眼下根本没有,只能用木船代替。可是附近淮河上的民船,敌人溃逃时,被掳走的掳走,躲避藏匿的藏匿。在蚌埠市军管会的配合下,二营派出人员,兵分几路,到淮河沿线的河湾港汊中去寻找。

在离蚌埠四五十里的淮河上游一个港湾里,发现几只民船,解放军战士喜出望外。可是被国民党军队害苦了的船民,见了持枪的大兵,仿佛大难临头,十分害怕,孩子和妇女们钻进了船舱,船老大硬着头皮,战战兢兢地诉说着自己的困难。

这个说:"船漏了,不能用了。"

那个说:"国民党的军队把东西抢光了,缺吃少穿。"

特别是听说要用船架桥,更是害怕,异口同声地说:"船是我们的饭碗,命根子,我们离不开船。架过桥,船被钉坏了,以后我们靠什么生活呀?"

有的还说:"架好桥,国民党飞机来轰炸,一家老小就送命了……"

为了让船老大们放心,解放军战士耐心地解释,说:我们是人民的军队,和国民党军队根本不同。

一位船老大禁不住说:"是啊,你们这些同志就是和气,要是过去国民党的老总,只要说一个'不'字,早就挨揍了。"

解放军战士反反复复向船民解释:你们的困难我们完全理解,我们架桥,保证不破坏你们的船。只要你们帮我们架桥,我们供给你们生活费用,完成任务后,还要给一定的报酬。架桥期间,会保证你们的生命安全。

"你们支援我们架桥,让我军早日打过长江去,解放了全中国,你们的穷根挖掉了,以后的日子会一天天好过起来的……"

解放军战士苦口婆心地耐心说服,夜以继日在淮河沿线奔波,在当地政府的大力协助下,先后找到大小民船一百几十艘。有了这些木船,工兵第三团的解放军战士克服各种困难,经过二十来天的奋战,在被炸毁的大桥西侧,架起一座长320米、宽4米、载重10吨的承重浮桥,一座可以行人走马的轻便浮桥。

3月22日天亮之后,在列车上过夜的解放军指战员下车,通过浮桥进入蚌埠市区,吃过早饭后沿蚌(埠)官(沟)简易公路前往孙家圩子。道路泥泞,走走停停,于午后到达那里。偏僻的乡村一下子热闹起来。

3月22日下午,邓小平、陈毅等抵达孙家圩子。

早在三天前,先期到达的人员就为首长入住和机关办公做好了准备。孙家圩子房屋多为土墙茅顶平房,有不少是三开间四合院,还算宽敞。

总前委书记、华东局第一书记、第二野战军政委邓小平住在孙敦荣家,孙敦荣把后屋腾出,邓小平住在后屋西间。总前委常委、华东局第三书记、华东军区司令员、第三野战军司令员兼政委陈毅住在孙敦荣的妹妹孙敦兰家,也是后屋西间。

村民不知道来的是谁,看陈老总的样子就像个大官,悄悄打听。警卫员说:"他是俺们的团长。"

总前委委员、第三野战军第一副政委谭震林和第三野战军参谋长张震,分别住在荣克先和孙敦其家。晚几日到达的总前委委员、第三野战军副司令员兼第二副政委粟裕,住在荣夕传家。三野司令部作战室在邓、陈住处南侧不远处孙本汉家。

十天前,即1949年3月5日至13日,邓小平和陈毅、谭震林等出席了在西柏坡召开的具有历史意义的中共七届二中全会。会议闭幕次日,中央召开座谈会,对全国各大区组织人事安排提出方案并做出决定。华东区方面,决定邓小平任华东局第一书记、刘伯承任南京市长、陈毅任上海市市长等。

抵达蚌埠后,陈毅、谭震林和邓小平商谈,决定3月25日召开原来打算在徐州召开的三野兵团首长会议,并改由总前委主持召开,讨论渡江战役准备工作和作战部署以及相关问题。会议在三野司令部作战室举行。

26日上午,会议举行过程中,收到中央两份来电,正在值班的司令部情报参谋庄杰立即向开会的首长报告。其中一份是中央通报:毛泽东等中央领导人与中央机关、人民解放军总部,已于3月25日进驻北平。通报一念,会场顿时热闹起来。

邓小平幽默地说:"今后到中央去不能马马虎虎了,见毛主席要三跪九叩了。"

张震说:"搞得不好,要推出午门问斩哪。"

陈毅哈哈大笑:"还有刀下留人嘞!"

大家听了满堂大笑。

可以想见,毛主席进北平的喜讯,给这些跟随毛主席南征北战的将军,带来多么大的鼓舞!

总前委会议讨论决定了渡江作战的一系列重大事项。3月28日,在济南治病的粟裕赶到孙家圩子。至此,总前委五位委员,只有刘伯承因随第二野战军行动未能到达孙家圩子。邓、陈、粟、谭等一起对渡江作战部署再次进行了深入细致的研究。会后,邓小平在参谋长张震起草的包括两大野战军行动的渡江作战命令的基础上,亲自拟定了《京沪杭战役实施纲要》。

这份纲要把党中央、毛主席关于渡江作战的战略思想,绘成组织实施的蓝图,是周密计划战役、进行宏观决策的典范,为渡江战役的胜利奠定了坚实基础。诞生在孙家圩子的《京沪杭战役实施纲要》这一渡江战役的纲领性文献,被收入《邓小平文选》第一卷。

在孙家圩子十五个昼夜里,总前委和三野总部、华东局、华东军区还做出了以下一系列重要决策:

——总前委于3月28日和4月1日,先后发出部队政治工作的补充指示和渡江作战动员口号,"打过长江去,解放全中国!"成为解放军全体指战员的坚强意志和共同心声。3月30日,由陈毅、粟裕、谭震林、张震于"孙家圩子本部"联名下达了第三野战军《京沪杭战役作战命令》。"作战命令"在分析敌情基础上,对渡江作战的战斗序列与各部任务区分以及注意事项,做了具体部署。4月1日,第三野战军颁发"入城三大公约十项守则"命令。

——传达贯彻具有历史意义的七届二中全会精神。按照党中央毛主席提出的党的工作重心由乡村转移到城市,全党必须及时适应这一变化的要求,华东局先后研究制定了关于接受江南城市、江南新区农村工作、我军南进与各游击区会师的工作,以及新区征借粮草、货币问题等一系列文件,为进军江南做了充分的政策和组织准备。

——确定人选,启动人民海军创建进程。3月26日在大连养伤的原华中军区副司令员张爱萍赶到孙家圩子参加总前委会议。会后,陈毅和张爱萍促膝长谈,向他传达了党中央和中央军委的决定:为了解放全中国,防止帝国主义侵略,并为解放台湾做好准备,决定由第三野战军组建海军,委任他担任司令员兼政委。"连游泳都勉强"的张爱萍,受命于关键之时,全力投入组建海军的工作。4月23日,在渡江战役的凯歌声中,中国人民解放军华东军区海军,在泰州白马庙宣告成立!

——兵马未动,粮草先行,协力做好支前和后勤保障。后勤保障工作早在2月中旬就已展开,至3月30日,筹集粮食3.74亿斤,征借船只5000只,并从淮河船管处征借大小船只1700只;动用民工40万人(不含临时运粮及包运制的民工),其中随军常备民工10.6万人,组成39个民工团;常备担架1.71万副,挑子3.8万副,小车1.6万辆。确保部队打到哪里,支前工作就做到哪里。淮河上架起7座浮桥。4月1日、2日,三野后勤司令部、后勤供给部分别下达了《京沪杭战役后勤工作部署》《京沪杭战役供给工作指示》。

1949年4月1日,粟裕、张震率三野指挥机关离开孙家圩子东进泰州,谭震林南下庐江,分别指挥东集团和中集团渡江作战。

4月5日下午,邓小平、陈毅率总前委和华东局、华东军区机关人员,离开了孙家圩子,在蚌埠火车站登上一列开往合肥的火车。

"呜——"汽笛一声,列车启动,向南奔驶。

邓、陈一行将于次日经合肥到达瑶岗。在那里,邓小平和刘伯承、陈毅等战友,将统一指挥埋葬蒋家王朝的渡江作战。

2021年早春一个阳光灿烂的早晨,我从园区驱车前往孙家圩子,参观总前委旧址,不过十来分钟,就到了那里。我突然想起,古民居博览园规划建设用地当初开始动迁时,一部分土地就属于"徐桥"。原来,我们园区的部分建设用地和孙家圩子这块红色的土地,当初都是属于凤阳徐桥乡呢。

迟浩田将军题写的"渡江战役总前委孙家圩子旧址"镌刻在纪念馆前一块巨石上。

纪念馆分旧址区和陈列展览区。旧址区里,按照"修旧如旧、恢复原貌"的原则,复建了邓小平、陈毅、张震的旧居和三野司令部作战室(会议室)、大食堂等数栋老宅。

眼前这座土墙茅顶却又名副其实的"将军府",是我考察过的最简陋、最普通的民居建筑。没有皖南民居的粉墙黛瓦、赣东民居的清水高墙,没有闽南民居的雕花红砖、浙东民居的销墙深巷,也没有石库门楼、户对门当,雕梁画栋、隔扇景窗,庑廊石阶、绣阁华堂,更没有曲折离奇的前世今生,功名显赫的衍派传芳……然而,在1949年早春那十五个昼夜里,这些最简陋、最普通的民居,因人民子弟兵的将星聚集,因擘画制定剑指江南的光辉文献,因从这里组织动员起蚌埠乃至江淮人民奋勇支前的滚滚车流,而长留在中国人民解放事业的光辉史册上。

第四节　从小岗到小康

我走进五河县展馆,放歌梦圆小康。

五河县展馆门头上,挂着"水韵灵秀"匾额。五河县因境内淮、浍、漴、潼、沱五水汇聚而得名,是名副其实的水乡。灵秀五河,有可与锦绣江南媲美的纵横水网,有全国文物重点保护单位、传说是朱元璋未成婚的原配一品夫人"化明塘严氏墓",有国家级非物质文化遗产、刚柔相济韵味独特的"五河民歌",有国家地理标志保护产品、同美味的阳澄湖大闸蟹有一比的沱湖"大闸蟹"……

而此刻,走进五河县展馆,我却另有所思所想。

我的耳边,响起当年解放军战士为在淮河上抢架浮桥向老百姓借船说的那句话:"解放了全中国,你们的穷根挖掉了,以后的日子会一天天好过起来的……"朴实的话语,道出了中国共产党人矢志奋斗的目标,也是中国共产党人对老百姓的庄严承诺!

我的眼前,浮现出一个瘦瘦高高的身影——他是五河县城市管理局一个普通的党员干部。从他驻村扶贫的故事中,我深切感受到,为了实现"挖掉穷根,让老百姓过上好日子"这个目标,为了兑现这个承诺,新中国成立后,党领导人民,接续奋斗,走过了何其艰辛的历程!

他的名字叫洪伟,曾连续三轮长达九年被选派驻村扶贫。选派优秀干部驻村扶贫,是党和政府脱贫攻坚的重要举措之一。一般被选派干部下去干一轮,为期两年半到三年,也有不少连续干两轮的。而洪伟却连续三轮,干了整整九年。

他后两轮驻村扶贫都是在五河县大新镇郭府村,该村是五河县在册的十九个贫困村之一,2013年被列为安徽"省级贫困村"。他第三轮驻村扶贫是自己主动向组织上要求的,起因是村民三封按了红手印的"上访信"。

说起农民按红手印的信,我立即想起在凤阳小岗村"大包干纪念馆"看到的那份掀起中国农村改革风暴的红手印"生死状"。从小岗村农民红手印"生死状",到郭府村农民红手印"上访信",可能有人会觉得我的思路有些跳跃。而我却觉得,这恰是中国脱贫攻坚、梦圆小康的一个生动缩影。

就让我从洪伟到郭府村驻村扶贫说起吧——

2014年11月3日,洪伟提着行李,上了局里送他下乡的车子。蚌埠市五河县城管局的领导十分重视,除了一名副局长另外有事走不开,局长吕有辉带着其他班子成员一起送他下乡。洪伟被选派到大新镇郭府村驻村扶贫,县城管局也明确作为该村的主要帮扶单位,班子成员也要看看这个戴着"省级贫困村"帽子的村子,究竟啥样。

车子出了县城,披着早晨苍白的阳光,向南疾驰。地里的庄稼早已收割完了,小麦的种子还在泥土里孕育,田野呈现黄褐色。远处河面上,薄雾氤氲。晚秋的淮北水乡,显得缺乏生机。

淮河从五河县临北回族乡南部绕过,扭头北上,郭府村就位于淮河西岸,离县城六七十里地。交代任务时,领导已经给洪伟介绍过郭府村的基本情况。一路上,又给他打预防针:郭府村人口多、底子差,情况复杂,困难比较多,你要有思想准备。

洪伟点点头,他思想上有所准备。他觉得此行不比两年前去郭咀村,那时,他心里完全没有底。

2012年4月,洪伟作为选派干部,被安排到城关镇郭咀村挂职,担任村党支部第一书记。洪伟从小在县城长大,农村对他来说是个未知数。将要面对的农村工作,用五河的老话来说,"王洪归王洪,郭四归郭四",同他的本职工作风马牛不相及。再说,他在职读的本科和研究生,专业都是法学,农村生活生产知识,几乎是空白。并且,郭咀村又是个出名的后进村,因此当初接到任务,他顾虑不小,也不明白组织上为什么会选派他这个80后下来挂职。

郭咀村是县政府所在地城关镇的下辖村,离县城不远。可是,洪伟在村部住下来后,才体会到什么是"城乡差别"。郭咀村不仅经济落后,而且脏乱差问题突出,沟塘路边污水横流,场上屋后垃圾成堆。

作为县城管局的一名干部,洪伟对环境卫生状况好坏,特别敏感。他想:"改变村子的后进面貌,带领乡亲们脱贫致富,非一日之功,得先从整治眼面前的脏乱差入手。"

整治脏乱差,洪伟还是有些办法。他召集村"两委"班子开会,统一思想,明确整治任务,从发挥党员干部先锋模范作用入手,带头清理垃圾,继而挨家挨户上门对村民进行宣传发动。对难以解决的突出环境卫生问题,洪伟回到局里向领导汇报,请局里调兵遣将支援解决。通过一段时间努力,村容村貌焕然一新。环境改善了,村民的精气神也提振起来,垃圾入桶形成习惯,扶贫工作逐步展开,很快有了起色……

村民点赞道:"看不出来,机关里下来的小年轻,还真为我们解决了多年来积累的老大难问题。"

时光飞逝,一转眼两年半过去了。2014年10月,洪伟挂职郭咀村驻村扶贫工作到期。两年多来,他和郭咀村的干部群众,一起风里来雨里去,朝着"争先进、挖穷根"的目标打拼,切切实实体验了一把"面朝黄土背朝天"的艰苦农家生活,也逐渐爱上了这片还不富庶的土地,同村里的干部群众建立了深厚的感情。

洪伟主动向组织上提出申请,要求在刚刚摘掉"后进村"帽子的郭咀村再干一轮,带领乡亲们脱贫致富,奔向小康。

很快,他接到通知:再次被选派下乡驻村扶贫。不过,出乎意料的是,他不是留在郭咀村,而是被派到大新镇郭府村,担任村党总支第一书记、驻村扶贫工作队队长。

临行之前,洪伟又上网仔仔细细查阅了郭府村的资料,虽然觉得困难不少,任务艰巨,但有在郭咀村扶贫工作的经历打底,他有信心完成组织上交给的任务。

车开了不到一小时,就看见"郭府"的界牌了。高高的淮河防汛大堤,就在乡道东边不远处。拐进坑坑洼洼的村中小路,洪伟透过车窗向外张望,映入眼帘的是一栋栋低矮破旧的土坯茅草房,明显给人一种穷乡僻壤的感觉。

车在一座破败的院子前停下。洪伟提着行李下车时,不由得惊呆了——这就是他将要入住的村部吗?

院子的铁门锈迹斑斑,推门而入,院子里杂草长得齐膝高,几处积水已经发黑。一排低矮破旧的五开间砖墙茅草顶房,是村部的办公用房,当中用作会议室的那一间,屋顶上开了"天窗",烂了一个洞,除了一张积满灰尘的破旧会议桌、几张条凳,其他啥也没有。

"这儿已经好久不派用场了。"等在村部的一位干部面色愧怍地说,"这张旧办公桌还是邻村不要了,我们捡过来的。"

洪伟不解地问:"党总支和村委会开会在哪儿?"

"有事一般就在村书记家里开个'两委'会,没事就各忙各的。"

洪伟的宿舍被安排在西侧一间没有窗的十五六平方米的屋子里。房子矮,又不透风,加之长期空关,走进屋里,一股刺鼻的霉味。

送他来的几位局领导见此情景,都忍不住摇头。吕有辉局长安慰洪伟说:

"你先克服几天,下一步再想办法改善。"

洪伟说:"没关系,我会收拾。"

向在场的村干部了解了有关情况后,吕有辉对班子成员说:"没想到郭府村的贫困程度这么狠,怎么支持洪伟做好扶贫工作,我们回去得好好研究。"

送行的局领导和村干部走后,洪伟独自收拾房间、整理铺盖,心想:"这都2014年了,居然还有这么破旧的村部!"

村部如此,村里的状况和村"两委"的工作可想而知。尽管洪伟事先做过一些功课,但驻村后初步接触下来,实际情况依然大大出乎他的意料。郭府村的名字听说有些来历,看上去似乎比郭咀村要"高大上",但郭府村比当初的郭咀村更穷更糟。

郭府村在大新镇算是个大村庄,有13个村民小组,800多户人家,3600多人,耕地6000余亩。许多村民特别是年轻人都外出打工了,留下老人和孩子守着几亩地,不少人一走许多年,混得好的、不好的,都不想回来。村容村貌堪称"凋敝",沟塘淤积,垃圾东一堆西一堆,环境卫生极差。没有一条像样的道路,都是坑坑洼洼的泥土路,一下雨,全都泥泞积水,被村民称为"水泥"路。也没有路灯,村民晚上外出,只能摸黑或打手电筒。许多人家还是低矮的泥坯茅草屋顶房,有的长期空关,年久失修,破败不堪。2013年,村里曾经按照上级布置,对贫困户调查摸底并建档立卡,全村贫困户多达111户274人。

冬天来临了。初冬时节,空旷的原野,昼夜温差很大,太阳一落山,冷丝丝的。到了夜晚,灯火寥落的村庄,更加寒气逼人。

屋漏偏遭连夜雨。这天晚上,突然下起了大雨。雨水从还没来得及修缮的卧室顶上漏进来,洪伟赶紧找家什接水。不料雨"哗哗"越下越大,不一会儿,低洼的院子水汪汪一片,不知藏在哪个旮旯洞里的老鼠憋不住了,跑出来在院子的水塘里乱蹿。

雨水很快从他的卧室门缝里涌进来,皮鞋、运动鞋、拖鞋漂了起来,桌上的电饭煲、热水壶,架子上的行李箱,都被雨水淋湿了。

今夜的觉没法睡了。洪伟望着门外如注的大雨、黑漆漆的夜空,顿时有一股凄凉的感觉,鼻子酸酸的。他掏出手机,想给家人打个电话,刚想拨号,又停下了。他想,此刻惊动家人也没意思,只会令他们担心,徒增他们的烦恼。

在这个雨霖霖、黑漆漆、冷飕飕的不眠之夜,他想起了两年前,第一次被选派驻村,收拾行李准备去郭咀村时,父亲叮嘱他的话:"你要记住,到了村里要记住自己的身份,多为群众做好事、办实事,谁是干事的,谁是混事的,群众心中有杆秤。不完成脱贫任务,就别回来!"

在这个雨霖霖、黑漆漆、冷飕飕的不眠之夜,他想起了领导给他布置任务时那期待的目光。他心中有数,组织上此次选派他到这个"省级贫困村"扶贫,并不是自己多么能干,而是组织上信任他,在给他压担子呢。

在这个雨霖霖、黑漆漆、冷飕飕的不眠之夜,他想起了初到郭咀村干部群众对他视同陌路,离别时许多人依依不舍的神情。他想,只要踏踏实实、一心一意,为村民做好事、办实事,迟早有一天会被大家接纳,赢得大家信任的。

也正是在这个雨霖霖、黑漆漆、冷飕飕的不眠之夜,他想起了这两天在村子里转了转见到的一幕幕:坑坑洼洼的泥土路,一栋栋破败不堪的土坯茅屋,衣衫褴褛面有菜色的留守老人和孩子……

想到这里,洪伟心中久久不能平静:新中国成立六十五年了,还有不少农民生活在贫困线下。不挖掉穷根,我们共产党人对不起老百姓啊!

他抹了一把打在脸上的雨水,心想,雨会停的,天会晴的,不彻底改变郭府村的贫穷面貌,绝不回城!

比贫穷更棘手的是人心涣散。

郭府村是由两个自然村合并而成的,但并村不并心,村"两委"班子不团结,党组织缺乏战斗力。刚在村部住下的日子,洪伟总是见不到村干部的人影,破败的村部也没人来开会。初来乍到,人生地不熟,也摸不着村干部家门,他只能孤独地守着村部几间破房子。洪伟心里明白,一些干部群众对他缺少信任度。虽然他是"第一书记""扶贫工作队队长",但在个别村干部眼中,他只是个"外来户""临时户",就像大年三十的凉菜——有它不多,无它不少。扶贫工作队名义上三人,实际上除了他,村委会主任郭飞和另一名扶贫干部本来就是村里人。因此,对他这个"第一书记"和"扶贫队长",能解决什么问题,办多大的事,持怀疑态度。一些村民也有疑虑,就像第一次到郭咀村,他听到最多的一句话:

"肯定是上面下来镀金的,混个两三年就回去了。"

一起突发事件,使村里的干部群众对洪伟的看法有了变化。

初冬的淮北平原,天气越发冷了。这一年的冬季,雨水似乎比往年要多,那天晚上,又下起了大雨。10点多了,洪伟整理完材料,正准备上床睡觉,突然手机响了,他一接听,是一个村民打来的,只听对方急切地说:

"洪书记!洪书记!有人用卡车运垃圾往村里水塘偷倒!"

洪伟一惊,忙问:"什么人?"

"不知道,外面开来的。一股味道,都是有污染的垃圾。"

"我马上就去!"

"洪书记,你小心点,这帮人都很凶的!"打电话举报的村民提醒道。

洪伟边穿外衣边给村书记、主任打电话,叫他们也赶到现场去。随后,自己开着车就往现场赶。驶到现场,只见有人在指挥挖掘机把卡车上的垃圾铲下来往路边水塘里倾倒。他把车横在路头,切断垃圾车的去路。

洪伟下了车,冒雨走上前去,还没到跟前,就闻到一股刺鼻的味道。他顾不得许多,赶忙打开手机摄像取证。

垃圾车驾驶员见有人录像,知道情况不妙,启动车辆想逃。

洪伟大喝一声:"不准动,我是县城管局的,听候处理!"说着,他一个箭步跳上车,把车钥匙强行拔了下来。在现场指挥的那人慌了,跳下田埂一溜烟消失在雨幕中。

这时,其他村干部也赶来了。洪伟和他们分别打电话向县环境监察大队、镇领导和大新派出所做了汇报。县里立即派人来现场取样,查扣了偷倒垃圾的车辆。忙完这一切,洪伟回到村部宿舍,已是凌晨1点多。他这才感觉浑身早已湿透,手脚冻得冰凉。

洪伟雨夜勇拦偷倒垃圾车的事,很快在村里传开了。有村民跷起大拇指说:

"这个书记不怕得罪人,有魄力!"

"他是把村里的事当自己的事做哩。"

洪伟心想,要群众认可你,你先要把群众当自己的亲人,把群众的事当自己的事。要把工作抓起来,先要熟悉人头、熟悉村情。

于是,他迈开双脚,在村子里四处走动,逢人就拉着聊上几句。哪儿人多,他就往哪儿去。墙角里有几个老人在晒太阳,他主动上前打招呼,坐在小板凳上,递上香烟,自己也点上一支,和他们一边吞云吐雾,一边海阔天空畅聊。他打听到村里一些老干部、老党员家住哪儿,就上门拜访;对种植大户和扎扫帚作坊,也重点走访。家长里短,天南海北,不限话题,有时一聊就是好半天。

聊着聊着,大家见这个城里来的年轻的"第一书记",很随和,接地气,便不把他当外人,话越说越多,什么话都掏心窝子跟他说了。

聊着聊着,洪伟对村里的情况有了进一步了解,下一步工作如何开展,慢慢地心中也有了谱。

抓脱贫,首先要把村里究竟有多少符合条件的贫困户摸清楚。洪伟在走访村民过程中,听到不少村民对村里建档立卡的贫困户人数有意见:

"我们村那本账,水分大着呢!有些户头根本不符合帮扶条件。"

这个问题有点严重!

洪伟想,精准扶贫,首先是"扶贫对象精准"。他深知,一个村子里的人,同饮一河水,彼此知根知底,哪个穷,哪个富,心中都有数。精准核定贫困户,是发动干部群众投入脱贫攻坚战的第一步。核准扶贫对象,关键在于村干部要去除私心,实事求是,秉公办事。干部能否廉洁自律,办事是否公正,是说话管不管用的关键。于是,他在布置扶贫对象核准工作时,特地加了一项要求。

洪伟对"两委"班子成员说:"贫困户名单上来后,请大家把名单里自己家的直系亲属全部标出来。"

他一个一个找"两委"干部谈心,打预防针:"你们自己忙产业,创收入,需要帮助支持,我会鼎力相助。但不能把手伸向群众,伸向集体,侵占群众利益。"

个别干部不以为然,他在会上发狠话,正色道:"如果哪个胆敢把手伸向群众,伸向集体,去吃拿卡要、贪污挪占,你们也知道我就是纪检干部,被我发现了,我自己就把他送到县纪委去!"

顿了顿,他又说:"同样,如果我在村里存在这些问题,欢迎你们到县纪委和组织部去反映。"

全村贫困户名单汇总报上来了。洪伟对照标准,逐户核查,对"两委"班子成员的直系亲属,看得更是仔细。对名单中不符合条件的,一律予以剔除。认为符合条件的,还一户一户亲自上门核查。经过反复核查,共清理了不符合扶贫条件的21户48人。对最后确认的贫困户名单,也不藏着掖着,叫人张贴在村中公示栏里,接受村民监督。

公示栏前人头攒动。上贫困户榜单不是有脸面值得夸耀的事,但村民都要看看哪些人"榜"上有名。一个一个名字念下来,村民点头称道:

"该列进去的都没漏掉,不该上榜的一个也没有!"

"这事办得公正,叫人服气!"

个别不符合条件落"榜"的村民,想托人跟洪伟打打招呼,旁边人劝阻道:

"拉倒吧！趁早死了这条心,洪书记可不吃这一套。"

洪伟心里明白,一张贫困户的榜单,群众看到的是干部的作风,看到的是他这个新来的"第一书记"办事的准星,是不是向老百姓倾斜。

不过,洪伟心里有数,一个村子里,大家非亲即友,一个人可以影响一大片,个人精力再充沛,也没办法把所有工作都干了,要想凝聚全村力量,首先要把村"两委"干部和全村党员发动起来。

洪伟在村部住下后,村里派人把会议室房顶上的"天窗"堵上了。他自己动手,把里里外外整理干净,会议室可以召集开会和找人来谈个话什么的。但是,村部依旧是全村最差的房屋,比一些贫困户的住房还差。

起初,洪伟找一些贫困户来谈心,和他们商量脱贫的事,村民袖着手,看看村部的房子,再瞅了他一眼,低着头,默不作声,那眼神仿佛在说：

"你们村部破成这样,跟我们贫困户差不多,还能帮我们脱贫？"

洪伟懂了。古人说："一屋不扫,何以扫天下？"村"两委"班子连个像样的聚头开会的地方都没有,还谈什么凝聚人心？"战斗堡垒"怎么能发挥作用呢？没有阵地,党组织起码的"三会一课"都不正常,又怎么能发挥党员的先锋模范作用呢？

洪伟找郭飞来一起商量。郭飞是土生土长的郭府人,比洪伟大一岁。十多年前,他外出闯荡,在江浙一带跑运输、贩大豆。他不怕吃苦,人又聪明,很快打开局面,一年有二十万元左右的收入。尽管事业有成,但他始终心系乡梓。这些年来,他东奔西走,见惯了江南的绿水青山和那里村民安居乐业的美丽乡村,回到淮河岸边这方生养自己的故土,只见村容凋敝,许多乡亲温饱都还没能解决,他看在眼里,急在心里。2014年8月,村委会换届,镇领导找他谈话,希望他回乡创业,他当即表态：

"管！我是一名共产党员,组织上信任我,我没有理由拒绝！"

于是,他毅然放弃手头正做得风生水起的物流产业,回来当上了村委会主任。洪伟下来担任"第一书记"之后,郭飞接触下来,觉得这个比自己小一岁的城里人,思路开阔,是个干实事的人,和自己很投缘,便全力配合洪伟工作。

洪伟觉得郭飞是土生土长的郭府村人,对村里的种植结构、经济状况知根知底,跟村民也大都熟识,他这方面的优势,正好弥补自己这个"外来户"的不足。

两个年龄相仿的年轻人,携手挑起了带领郭府村群众脱贫致富奔小康的重任。

郭飞见洪伟找他商量改建村部的事,便说：

"这个很有必要,只是建设资金哪里来呢？你也知道,村委会的账上只有几百元。"

洪伟说："县委组织部抓党群服务中心建设,对不达标的村委会有一些资金支持,我们去争取。"

郭飞说："听说名额有限,是在'两委'班子各方面工作做得都比较好的村子先搞。"

洪伟说："事在人为,我们去争取争取看。"

五河县委组织部领导听了情况汇报,觉得郭府村这个"省级贫困村"情况特殊,必须帮一把。再说"双基建设",即"基础设施、基础公共服务"建设达标,也是贫困村脱贫出列的一条硬性指标。部里经过研究,同意安排20万元,支持郭府村结合村部改造建"党群服务中心"。

"初战"告捷,二人又跑县农商行支行。支行领导了解情况后,也支持了10万元。他们又去镇党委汇报,镇里也同意补贴一点。

"三个一点"资金到位,通过县有关部门统一招标,很快落实了设计建设单位,进场施工。

与此同时,二人又四处"化缘",多方争取和筹集资金,改善村中基础设施:新建了1100米沙石路;利用财政奖补资金安装了84盏太阳能路灯,村民从此告别了摸黑走夜路;针对村里地势最低的三冲湖自然村一下大雨积水受灾的问题,新埋涵管185节,清沟2700米,把全村的水系连通起来。

对郭府村"两委"班子软弱涣散问题,上级十分重视。县委常委、副县长丁云红和大新镇党委书记武佩龙多次入村,召开干部群众座谈会,听取意见。武佩龙和洪伟分别找"两委"班子成员谈心,化解过去"并村不并心"产生的各种矛盾。

村"两委"班子会议上,洪伟推心置腹地说："我们是村民脱贫攻坚的带头人,如果自己私心严重,干部之间钩心斗角、唯利是图,还干什么工作?人过留名,雁过留声。你是混事的,还是干事的,群众的眼睛永远是雪亮的。"

洪伟还把排查出的问题和群众意见以及整改措施,画成图表,明确节点,倒排时间,挂图"作战",逐项抓落实。镇党委调整了村党总支成员,村委会主任郭飞接替年龄到点的老书记,担任了党总支书记。

2016年新年,新建的村部暨"党群服务中心"落成挂牌。这是一栋六开间二层楼房,建筑面积416平方米,青瓦白墙,铝窗上下涂成绛红色。村党总支和村民委员会的牌子分挂大门两侧。宽阔的门廊上一排金色大字："郭府村党群服务中心"。顶部中间一根旗杆高出屋脊,一面崭新的五星红旗迎风飘扬。

令村民欣喜的是,村部后面还新建了800平方米的村民活动广场,搭了一个齐膝高的大舞台,背景墙是皖南常见的粉墙黛瓦马头墙。

有了活动场所后,洪伟带领村党总支一班人,按照上级组织规定动作,深入开展"两学一做""不忘初心、牢记使命"等主题教育活动,健全"三会一课",严格执行"四议两公开"等规章制度。

党组织各项活动正常开展,激发了全村党员的责任感和荣誉感,党员干部的精神面貌焕然一新,上下一心,投入带领村民脱贫攻坚、创业致富的事业中来。

驻村的日子里,洪伟深深感到,中国的农民勤劳刻苦,但一些农民陷入贫困的原因是多方面的:有的文化不高,年老体弱,家中缺乏青壮劳力,有的身体残疾,患有这样那样的疾病,等等。洪伟在走访中见到的郭凯先一家,就是这样一个令人揪心的贫困户。

郭凯先幼时患小儿麻痹症,腿脚落下残疾,行走撑着两根拐杖。初中毕业后,性格倔强的郭凯先,不愿待在家里吃闲饭,流浪外地,卖唱为生。成家后,他与妻子育有两个女儿,不料大女儿有疾病,丧失劳动能力。2009年,他回乡带着女婿办了个扎扫帚的家庭作坊,加工农村打谷场上用的和城镇环卫工人扫大街用的大扫帚。

说起来,扎大扫帚算是郭府村的一个传统产业,有四十多年的历史。村里零零星星有几户人家,靠祖辈传下来的这门手艺活创收。现在收割脱粒都机械化了,农家用得少,主要卖给环卫部门。由于不成规模,销路不畅,价钱又卖不高,收入微薄,只能聊补家用。

郭凯先带着一家人起早带晚忙着扎扫帚。一把扫帚看上去不起眼,做起来也有劈、编、捆、扎好几道工序。郭凯先扎扫帚不马虎,扎好的扫帚都要仔细检查质量。由于质量好,一年能卖出几千把,一把扫帚十来元,一年收入也有几万元,去掉成本,有些结余,一家人日子还勉强过得去。

可倒霉的是,2014年,郭凯先突然觉得鼻部不适,去医院一检查,竟然患有鼻咽癌。恰在这时,又遇扫帚滞销,院子里扎好的扫帚堆积如山。一家人仿佛跌入谷底,顿时崩溃。

郭凯先治疗后,病情稍有稳定。见洪伟上门来探望,他没有向书记哭穷,而是想着多卖几把扫帚,挣钱看病和养家糊口。他指着堆在院子里的扫帚,愁容满面地说:

"我虽然身体不好,还有两只手,不能等着政府救济。可扎好的扫帚卖不出去,看病没钱,生活咋办呢?"

洪伟安慰他说:"看病要紧,怎么卖扫帚,我帮你想办法。"

洪伟和村干部商量,将郭凯先家核定为贫困户,列入低保。怎么解决大扫帚的销路问题呢？洪伟想到，市容环卫所是他所在的城管局下属单位，平时没少打交道，他熟悉环卫工人的作业方式，现在城市里扫马路都机械化了，但马路上街沿等清扫车开不进去的地方，以及街坊弄堂、居民小区，还得靠环卫工人和保洁工挥舞大扫帚清扫。大扫帚应该有市场，只是农民不熟悉市场运作，打不开销路。

洪伟回到局里，向领导汇报了帮助村民打开扫帚销路的设想。局领导认为这个主意好，立马指示下属市容环卫所前去接洽采购，并安排有关干部同兄弟市县环卫部门联系推销。环卫部门见郭府村的大扫帚质量好，价格又实惠，听说又是扶贫项目，纷纷前来采购。很快，不仅郭凯先家作坊里积压的扫帚销售一空，村里其他扫帚生产户的扫帚也卖光了，出现了供不应求的局面。

郭凯先没想到洪书记说到做到，这么快就帮他和其他村民打开了扫帚销路。他戴上"贫困户"帽子才年把，就摘帽脱贫。收入上来了，病情也有好转，郭凯先想扩大生产规模。他找洪伟说：

"洪书记，扫帚好卖，我想扩大生产。"

洪伟也正有此意。他觉得扎扫帚是个粗活，不需要多大的体力和技术，如果能扩大生产，就能多解决一些村民就业。他对郭凯先说：

"我正要找你商量这件事，有什么问题要帮助解决？"

郭凯先说："就是缺少场地和启动资金。"

洪伟说："我来想办法！"

洪伟和"两委"班子商量后，为郭凯先申请了5万元小额贷款，帮他建了新厂房。郭凯先知恩图报，优先聘用村里的贫困户和残疾人来他的扫帚加工厂上班，生产规模不断扩大。

洪伟眼见村里扫帚生意红火，在解决村民就业增收方面发挥了积极作用，十分高兴。他心想，能不能把这个传统产业做大做强，让更多的村民就业增收呢？

他召集"两委"班子研究，大家你一言我一语，纷纷建言献策，思路集中到走新型合作化道路上来：

"扎扫帚是郭府村的传统副业，许多村民原本就有这个手艺。只是找不到销售渠道，小打小闹，销量惨淡，所以许多人就放弃了。"

"一家一户生产，各自为政，甚至互相压价，做不大，也卖不出好价钱。联合起来，扩大生产和销售，才能满足市场需求。"

"如果搞合作，就可以统一到皖南采购竹材，量一大，价格就优惠，成本也就下来了。"

经过讨论，决定成立扫帚生产合作社，吸引加工大户和散户入社，抱团发展。

会上还研究确定了合作模式,明确搞合作不是吃大锅饭,仍以各家庭作坊为生产单位,坚持按劳分配,多劳多得;材料采购、市场拓展、质量管理统一,帮助村民降低成本、打开市场。

郭府村扫帚生产加工合作社正式挂牌。洪伟下来时,组织上安排了5万元"选派资金",经过讨论,全部投入扫帚生产加工。随后,又组织扫帚加工户成立了"扫帚协会"。洪伟一看入社成员的名单,有好几名共产党员,便筹建了扫帚协会党支部。成立大会上,洪伟叮嘱:

"总书记说,小康不小康,关键看老乡。我们都是共产党员,不仅自己要带头脱贫增收,还要发挥先锋模范作用,带领困难群众尽快脱贫致富。"

县城管局大力支持,广泛联系周边省市环卫部门,进一步打开了扫帚销路。有了市场,有了上级部门的支持,入社村民的生产积极性空前高涨。

郭凯先的加工厂一马当先,发展最快。三五天发一批货,一次就能卖出一千多把。扫帚年产量从原来几千把,猛增到十多万把。每把11元,年产值达100多万元。扫帚加工成为郭府村的特色产业,全村扫帚生产加工作坊已发展到17户,年产量一百余万把,产值1000余万元,扫帚远销浙江、山东、河南、江苏等省份。

郭凯先的加工作坊前前后后已安排了二十多人就业,工人扎扫帚月收入最高的有1万多元。其他16户扫帚作坊都聘用村民,少则三五人,多则十几人,带动就业一百多人。收入稳定,腰包渐渐鼓了,村民笑得合不拢嘴。

身残志坚的郭凯先被村民称为"扫帚大王"。他逢人就夸:"多亏了洪书记和县城管局,多亏了党的扶贫政策。祖辈留下的手艺活,成了大产业。"

眼见发展特色产业扶贫效果显著,洪伟想,要让更多的贫困户脱贫,光盘活扎扫帚这个"存量"还不够,还要想办法搞活"增量",创造更多的就业岗位。

郭府村人均耕地不足两亩,农作物种植品种单一,长期以来,是个无产业、无项目、无规划、无集体经济的"四无"村。洪伟忘不了刚来郭府村时,分配5万元"选派资金"的那一幕。

"选派资金"是组织上为便于选派干部开展工作统一核拨的。洪伟下来时,带了5万元"选派资金",他请老书记和村委会主任郭飞一起商量这5万元怎么使用。

说来令人难以置信,村委会账上当时只有600元,洪伟一下子带来5万元,简直是一笔"巨款"!

郭府村分南北两片,北片由老书记分工负责,南片由郭飞分工负责。二人都说了一大堆理由,想把这笔钱用在自己分管的片区里,一时争执不下。

洪伟批评说："只有5万元,也不要多争了。如果给你们50万、500万,你们怎么办?我们还是要多想办法,把生产抓好,把集体经济搞上去!"

后来,这笔钱全部投入扫帚产业上。这件事,让洪伟感到把村里经济搞上去刻不容缓,同时也觉得任务十分艰巨。

洪伟召集"两委"班子商量兴业脱贫对策。他说:

"村无产不兴,民无业不富。县里、镇里给了我们不少财力物力支持,但这只是输血。输血只能解决一时的突出问题,我们要想办法造血。"

大家七嘴八舌议论开了。

"国家给了贫困村扶持政策,用好这些政策,还得靠我们自己想办法。"

"贫困户大都是几辈子的庄稼人,有的还是老弱病残,有点本事、能干的人,都外出打工创业了。"

"有的人在外发展得不错,都做老板了,能不能请他们回村创业?"

"人家在外面赚大钱了,肯回到我们这个穷地方来?"

洪伟觉得请能人回来做创业致富带头人的主意好。他说:"眼下我们一没资金,二没市场运营经验,请能人大户回村创业,带动村民就业,他们也能享受到国家的扶持政策,这是双赢的好事。再说,人都有家乡情结,我们不妨走出去请请看。"

郭飞说:"听说老贾和他的外甥女想回来做点事。"

洪伟问:"他们在哪里?"

郭飞说:"老贾叫贾廷林,他的外甥女叫郭秀丽,都是本村人。老贾在凤阳承包土地种植蔬菜、粮食,出去好多年了,是种庄稼的一把好手。他的外甥女在浙江温岭搞花卉苗木种植经营,也搞得风生水起。"

洪伟立即说:"管!他们有经验、有技术,在别处能搞好,在我们这里也一定能搞出名堂来。请他们回来创业!"

第二天,洪伟、郭飞等人就开着车,风驰电掣,直奔温岭。

洪伟一行参观了郭秀丽的花木产业基地,很受启发,觉得兴办花木产业是调整村里产业结构的一条途径。郭秀丽见家乡村干部千里迢迢上门诚邀,十分感动,欣然允诺回村创业。

花卉苗木种植技术含量高,前期需要投入的资金不少。经过村"两委"班子和村民代表会议讨论,把省里当年下拨的扶贫资金30万元,县财政配套资金10万元,共40万元,悉数投入该项目,用于兴建联体控温大棚和花卉苗木采购等前期工作。

2015年10月,郭府万景花木公司成立,郭飞担任法人代表,郭秀丽为主打理经营。洪伟回局里汇报,帮助拓展市场。好在随着人们生活水平提高,花卉苗木市场兴旺,万景花木产业一炮打响,经营业务蒸蒸日上。

然而,好事多磨。意想不到的是,郭秀丽身体突然出了状况,难以正常工作。花木种植是个技术活,一时找不到合适的人替代,大家十分焦急。洪伟和郭飞又赶到凤阳,找贾廷林商量怎么办。不过两人已有想法:做老贾工作,请他这个种植能人回来创业。

人心换人心。贾廷林见书记、主任诚心诚意欢迎他回去创业,说:

"这两年村里变化很大,发展势头很好,我外出这么多年,赚了一些钱,也总想着回来为大家做点什么。再说,你们支持秀丽回来创业,建花木大棚,国家投了不少钱,不能就这么打水漂。你们这么支持,我回来和你们一起干!"

"老贾回来啦!"在村民的期待中,在外闯荡十多年、已年过半百的贾廷林,回到了郭府村。

洪伟召集"两委"班子开会,讨论老贾的创业计划。

老贾除了接过外甥女的花木公司继续经营,还提出要调整村里的种植结构,建蔬菜大棚。

老贾说:"我们村子靠近淮河岸边,沙土地适宜种植蔬菜,村民门前屋后也都种一些蔬菜。蔬菜生长周期短,经济价值高,建议再搞几座冬暖式蔬菜大棚。"

郭飞表态说:"管!我们村过去就种大白菜,号称万亩蔬菜基地,蛮有名的。我的意见先搞10座,好多安排一些贫困户务工,也有规模效益。"

对调整种植结构、建蔬菜大棚,大家一致赞成,但一下子建10座,却有不同意见。有人提出疑问:

"一下子建这么多大棚,种的菜卖不出去怎么办?"

"村民虽然家家户户都会种菜,但搞蔬菜大棚还是头一回。再说,哪种蔬菜好卖,哪种不好卖,心中没底。"

"我们没有家底,集体经济是空白,是不是步子稳一点,先少搞几座试试,成功了再扩大?"

洪伟觉得大家说得有道理,虽然过去村民会种大白菜,但现在搞现代农业、市场经济,都不熟悉,再说脱贫也不能急于求成。他根据大家的意见,拍板定下来,先搞5座冬暖式蔬菜大棚。

村里申请帮扶资金建好蔬菜大棚,租给贾廷林经营。签订合同时,洪伟说:"就是有个要求,除了技术人员,用工必须优先从贫困户中录用。"

贾廷林一口应允:"没问题!一个人富算不了啥,带领大家脱贫致富才是真本事。"

第一茬种下去的是茄子、豆角、番茄、辣椒等常见蔬菜品种,长势喜人。然而,也正如其他人担心的那样,由于没有对市场进行充分调研,丰收的蔬菜堆在仓库里,卖不出去,滞销严重。初战不利,老贾压力很大。

村党总支民主生活会上,郭飞主动承担责任,做检讨说:"是我有点急于求成!发展集体经济,不是为了证明自己,而是带领村民脱贫致富,一定要按经济规律来,把市场需求搞清楚。"

洪伟和大家一起分析得失,总结经验教训。他说:"万事开头难,碰到一点挫折,不必灰心。调整种植结构,搞蔬菜大棚,方向没错,下一步关键要把市场需求摸清楚。"

郭飞和老贾花了不少时间,跑市场、搞调研,他们发觉山东香芹很受市场欢迎。这种芹菜碧绿青翠,芹香浓郁,吃口爽脆,有一股微微的甜味,还有一定的保健功能。

郭飞和老贾心里有了底:"我们改种香芹!"

洪伟和班子其他成员都表态赞同:"管!改种香芹。"

船小掉头快,5座蔬菜大棚全部改种了香芹。果然,香芹上市后,大受欢迎,供不应求。香芹市场价一元多一斤,一亩地可产七千斤,亩均收入上万元,经济效益明显。

洪伟见蔬菜大棚经济市场前景很好,召集"两委"班子商量,乘势而上,筹集资金,又陆续兴建了一批高档蔬菜大棚,支持老贾放开手脚干。

老贾按照当初的承诺,优先录用了一批贫困户进蔬菜大棚务工。怎么进一步提高他们的务工收入?老贾思考再三,向村委会提出:成立合作社,贫困户不仅可以务工就业,还可以通过土地流转和贷资入股,增加收入。村民贷资或贷资入股,还可以解决一部分发展资金问题。

2016年10月,贾廷林任法人代表的盛泰种植专业合作社成立。合作社以蔬菜大棚和流转土地为基础,吸收有意愿的贫困户入社共同经营,形成了"扶贫项目+基地+贫困户"的新型合作经营模式。果然,这一合作模式一推出,就受到村民特别是贫困户欢迎,2017年就有10户贷资入社。

老贾雄心勃勃,提出增加流转土地,扩大合作经营规模,并且大胆地提出了调整祖祖辈辈"一麦一玉米"的传统种植结构的设想。他在"两委"班子汇报会上说:"新流转的土地,一部分扩大种植优质蔬菜,一部分我想尝试进一步调整麦田种植结构,在小麦地里套种西瓜和红小豆。每年3月小麦拔节时,在麦地里套种西瓜。小麦收割完后,在瓜地里套种红小豆。西瓜上市时,红小豆也长起来了。这样一地三茬,一年下来,每亩地至少增收两千元。"

郭飞点头赞同说:"我们村有种植红小豆的传统,就是东一家西一家,很分散,不成规模。"

也有村干部担心销路:"产量上来了,怎么卖出去?"

洪伟想起省里要求农村电商全覆盖,便说:"县商务局正全力推农村电商,除了农贸市场、大超市,可以线下线上结合,在网上销售,开网店还有政策扶持。"

老贾说:"管!销售也要采取新办法,我们开网店,上网卖。"

经过讨论,大家一致同意老贾扩大合作经营规模,村里又流转了300余亩土地给盛泰合作社经营运作。

"麦套瓜套豆"的种植模式,迅速在全村推广。老贾在县商务局帮助下,在淘宝等电商平台开了网店,还和广东的一家电商平台达成合作协议。线上销售一炮打响,2017年,盛泰合作社就帮贫困户和其他村民卖掉了30万斤红小豆,销售额近百万元。

用不着起早带晚,用不着车推肩挑,足不出户,就把农产品卖出去了。村民们数着票子,喜不自胜,也被看不见、摸不着的网络的巨大作用所震撼。

2018年1月,贾廷林担任法人代表和总经理的电子商务公司挂牌。大伙儿商量公司名称,就用了响当当的"明侯故里",全称是五河县明侯故里电子商务有限责任公司。

对老贾的盛泰合作社快速发展,洪伟看在眼里,喜在心里。他按照"双培双带"要求,"润物细无声"地经常找老贾谈心聊天。

贾廷林向党支部递交了入党申请书,不久被批准为中共预备党员。贾廷林举起在庄稼地里摸爬了半辈子的粗糙的右手,在鲜红的党旗下庄严宣誓。这一刻,他意识到自己肩上的担子更重了。一年后,老贾按期转正。

老贾觉得不能吃老本,市场变化很快,得给自己充电。他坐在电视机前,认认真真收看省党员电教中心的远程教育课程中各类农业种植技术节目,学习现代农业种植和经营知识。他有空就跑市场,察看行情,根据市场需求,优化种植结构。除了香芹,他又利用以往的渠道,引进了大白菜、菠菜、蜜薯、西农8号西瓜、香瓜等优质蔬菜和瓜果种植,大力推广有机绿色蔬菜,基本上实现了"订单种植"。

村里全力为贾廷林发展生产保驾护航。蔬菜基地原来只有一条渣土路,货车进出不便,村里及时修通了水泥路。设施农业用电量大,村里协调电力部门,协助加装了变压器。2018年初,一场突如其来的雪灾,压坏了蔬菜大棚,损失不小。村里及时协助他申请农业保险赔付,帮他修缮大棚,确保恢复生产不误农时。

大新镇农业农村部门也不断为郭府村的盛泰合作社加持助力。现代农业最需要科技服务,镇里就隔三岔五派科技人员下来,和村民一起钻进蔬菜大棚,怎么整地、怎么施肥、怎么防病治虫,手把手地进行技术指导。

在上级部门和村"两委"的支持下,盛泰种植专业合作社的生产规模不断扩大。到了2018年底,已有联体控温大棚1座,冬暖式大棚5座,高档蔬菜大棚60余座。当年生产优质绿色蔬菜、瓜果260多吨,销售额200余万元。蔬菜基地直接带动就业30多人,其中贫困户16人,每人增收近万元。贷资入社的贫困户,还有分红收入。网上销售红火,2018年收购的全村80多户脱贫户的红小豆,全部通过网上销售,帮助脱贫户进一步实现增收。截至2020年底,高档蔬菜大棚发展到90多座,流转土地达到580多亩。全年生产销售优质蔬菜、瓜果600多吨,实现收入300万元。贷资入社合作经营的脱贫户已有64户。有3户脱贫户跟着老贾学到了技术,自建蔬菜大棚创收。

郭府村被评为"全省电子商务进农村全覆盖工作示范村",村扶贫基地被评为"全省产业扶贫十大园区",盛泰种植合作社进入"中国农民合作社500强"。

洪伟根据镇党委加强非公企业党组织建设的指示,及时研究在盛泰合作社建立了党支部,并选举贾廷林担任党支部书记。老贾从一个会挣钱的种植能人,成为带领群众脱贫致富的带头人。

洪伟到郭府村驻村扶贫两年半,本应于2017年5月到期。一次特别的"上访",使他留在郭府村又干了一轮。

"人心齐,泰山移。"戴着"省级贫困村"帽子的郭府村的变化,可用日新月异来形容。到了2016年底,共脱贫75户208人;除去"精准核查"中不符合扶贫条件的21户48人,加上新认定的贫困户5户9人,起初建档立卡的贫困户111户274人,还剩20户27人,贫困发生率由起初的7.5%,下降到0.66%。

上级按照贫困村退出的七条标准,对郭府村严格检查核实,宣布郭府村从"贫困村"出列,同时启动"市级美丽乡村"建设。

喜讯传来,村里干部群众欢欣鼓舞,洪伟也长长地松了一口气。一些同事给他跷大拇指,夸奖他工作有成效。

洪伟连连摆手道:"千万不要这样说,不要这样说!"

他深知,作为驻村扶贫干部,他"不是一个人在战斗"。帮扶单位除了县城管局,还有县农商行、供销社等单位。作为郭府村的主要帮扶单位,县城管局领导多次来村里出谋划策,解决突出问题,并选派了40多名干部入村同贫困户结对,不定期下来开展帮扶工作。郭府村在短短的两年时间里摘掉"省级贫困村"的帽子,跻身"美丽乡村"创建行列,是按照党的脱贫攻坚战略部署,方方面面合力扶贫、形成大扶贫格局创造的奇迹。

2017年5月,洪伟在郭府村的第二轮驻村扶贫到期,县委再次将洪伟列为选派帮扶干部。不过,这次不是驻村,而是任命他挂职担任五河县大新镇党委专职扶贫副书记、县扶贫开发办扶贫专员,挂职时间三年。

洪伟接到组织上通知,要外出到浙江考察学习。他简单收拾了一下行李,暂时没有打算把宿舍里的东西全搬走,他跟一起战斗了两年多的好搭档郭飞说:

"房间暂时给我留着,我一有空就会回来看看。"

"管!"郭飞说,"时间真快,没想到你就要走了。"

郭飞有点依依不舍,但他知道县委的任命下来了,洪伟有新的担子要挑,留不住了。

临行之际,洪伟在村里转了好几圈,同脱贫的乡亲们,同回乡创业的能人大户们,同指点过、帮助过他的老党员老干部,一一道别。他也舍不得这片历经苦难而又前景灿烂的古老土地,舍不得待他如亲人般的那些勤劳纯朴的乡亲。

好几户已经脱贫的农户听说洪书记要走了,拉着他的手不放,泪水和在眼里,动情地说:"洪书记,我们日子过好了,你却为我们受累了!"

一些村民,隐约听说过洪伟舍小家为大家的故事。

郭府村虽说离县城有些距离,但并非十分遥远,六七十里地,开个车,个把小时就到了。然而,农村的工作不比在城镇机关到点上下班,有双休日和节假日。再说,脱贫攻坚是硬任务,上级布置的工作都有时间节点目标。常言道:"贫贱夫妻百事哀。"洪伟深深感到,"贫困村子百事忙"。因此,他常常十天半月甚至连续好几周不回去,有几次一连几个月没有回家。父母年纪渐渐大了,老人难免有个头疼脑热,有时甚至生病住院,他都照顾不过来。女儿上学放学接送、功课辅导,他都出不上力。有一次,女儿生病发高烧,因为连续几个星期没有见到爸爸,在电话中对他大声哭喊:

"爸爸,你怎么不来看我呀!"

洪伟觉得最对不住的是自己的妻子。几年来,从郭咀到郭府,他驻村扶贫在外,家中里里外外,照顾老人和孩子的担子,都落在妻子一个人身上。每念及此,洪伟深感愧疚,觉得对不起家人。

洪伟的父母、妻子都是共产党员,在得知洪伟的思想负担后,一向严肃话语不

多的老父亲,跟洪伟认真谈了一次话。老父亲说:

"看见你为群众做了很多实事,我们全家为你感到骄傲。你作为党员要继续严格要求自己,家里的事不用担心,有困难我们会克服,我们会全力支持你的工作。"

人心都是肉长的。洪伟想,此次外出考察学习结束后,自己就要到大新镇上班,新的工作岗位肯定也很忙,但毕竟离家近了不少,可以多少照顾一下家庭,尽一点为人子、为人夫、为人父的职责了……

这天,洪伟随团正在浙江长兴参观考察,突然手机响了,洪伟一看,是郭飞打来的。他接通电话,只听郭飞急切地说:

"洪书记,村民准备集体到县里去上访,马上就要先去镇里了!"

洪伟心里一惊,忙问:"什么情况?才出来几天,出什么大事了?"

郭飞说:"群众听说你村里工作结束要回去了,写了三封信,按上红手印,已经送到村部来了。一封是村民代表写的,一封是村里贫困户写的,一封是村里企业大户写的。他们说了,如果你要回去,就准备去上访了。"

洪伟愣住了,握着手机,一时不知说什么好。

郭飞说:"大家舍不得你走啊!"

洪伟说:"那……那我向组织上汇报一下。"

挂断电话,洪伟禁不住泪水湿润了眼眶。他想,两年多来,自己只是做了一个共产党员应该做的事,没想到乡亲们这么认可他。自己何德何能,值得乡亲们这么暖心地挽留?

洪伟想,郭府村虽然"贫困村"出列,但许多脱贫户只是解决了温饱,有些脱贫户主要靠政策兜底,"脱贫不脱帮"各项工作一刻也松不得,一不小心有些脱贫户就会致贫返贫;村集体经济发展后劲还不足,"双基建设"还需要进一步加强,"美丽乡村"建设刚刚起步。这两天在浙江的农村参观考察学习,无论是经济实力、村容村貌,还是老百姓的幸福感,差距不是一点点!他明白,乡亲们要他留下来,是希望他继续带领大家朝乡村振兴的好日子奔!

洪伟拨通了县委组织部的电话,汇报了村民要"上访"的情况和自己的想法,明确要求说:"就让我留在郭府村再干一轮吧!"

在郭府村采访过程中,听到这段红手印"上访信"的故事,我被村民纯朴真挚的情谊所感动,也不由得想到在凤阳小岗村大包干纪念馆看到的那封18户农民按红手印的"生死状"。

我曾多次陪同客人到小岗村大包干纪念馆参观。对我来说,小岗村的故事已经耳熟能详了。但是,每次去那儿参观,那一串串冰冷的数字,依旧触目惊心;不识几个大字的饥饿农民,冲破罗网的壮举,仍然惊心动魄!

二十世纪五十年代后期,小岗村在"共产风"影响下,办起了大食堂,"吃饭不要钱",紧接着三年自然灾害,天灾人祸叠加,饥荒的一幕在凤阳大地重演。纯朴的农民没有见到梦想中的"天堂",却跌倒在"地狱"的边缘。1966年,"文革"风暴席卷了小岗。新中国成立前,小岗人穷得叮当响,土改时没有一户地主、富农。被"阶级斗争"裹挟的农民,莫名其妙地"斗来斗去,人心斗散了,土地斗荒了,粮食斗少了,社员斗穷了,集体斗空了"。

小岗只是凤阳的一个缩影。陈怀仁、夏玉润编著的《起源——凤阳大包干实录》书中披露:"凤阳农民为了生存,他们不得不重新顺着先人们所走过的路,背起上辈们曾用过的花鼓,乞食卖艺,漂泊异乡。1967年,全县有18000人外流。1973年,凤阳花鼓的发源地,燃灯公社的大杨大队,有900多人外流,占全大队总人口的百分之八十。还是这个大队的耿杨生产队,1972年秋只剩下6名老弱病残者在家中,其余的人全部外流,霜降后还有几块地的稻子没有人收割。"

饥饿,终于点燃了改革的熊熊烈火。

1978年初冬的一个夜晚,小岗村队干部召集全体社员开会。除2户人家外,其余18户全部到齐。与会的农民,面有菜色,衣衫不整,神色黯然,会议气氛凝重,甚至有些悲壮。经过商量,当场拟了一份字据,内容如下:

> 我们分田到户,每户户主签字盖章。如以后能干,每户保证完成每户的全年上交和公粮,不在(再)向国家伸手要钱要粮。如不成,我们干部作(坐)牢杀头也干(甘)心,大家要保证把我们的小孩养活到十八岁。

18人——在字据上按手印或盖章。我想,每一个正直有悲悯之心的人,望着橱窗里展出的"生死状"上18颗血红的手印,都会眼眶湿润,都会深感极左为害之烈!我含泪在心中默默吟道:

从来民以食为天,
竟有托孤为种田。
血泪斑斑留指印,
忍听花鼓唱根源。

幸运的是,中国共产党是经过血与火淬炼、同人民群众血肉相连、矢志为人民谋利益的政党,具有自我纠错、拨乱反正的巨大勇气。"四人帮"奉行的极"左"路线把农民逼到没饭吃的地步,也就离垮台不远了。1976年10月,极"左"的顽凶"四人帮"被粉碎。1978年底,党的十一届三中全会召开,恢复了实事求是的思想路线。1982年,小岗农民的创举被写入中央1号文件。大包干迅速推开,江淮儿女打响了"挖穷根"的"淮海战役"。汹涌澎湃的改革浪潮势不可挡,席卷中国广大农村。从此,亿万农民开始了从"小岗"到"小康"的伟大征程。

我想,当年小岗村农民的红手印"生死状",是同极"左"路线义无反顾地决裂;四十年后郭府村农民的红手印"上访信",则是从一个普通共产党员身上,看到了圆梦小康的希望!

民有所呼,我有所应。五河县委研究决定:洪伟挂职担任五河县大新镇党委专职扶贫副书记、县扶贫开发办扶贫专员不变,同时继续担任郭府村党总支第一书记、扶贫队长,再干一轮。

转眼2019年新年来临,郭府村洋溢着欢乐的气氛。家家户户忙着盘点一年的收入,欢欢喜喜置办年货、为孩子添置新衣,准备过大年。

这天,一个村干部急匆匆来找洪伟汇报:"洪书记,郭建亮一家回来了!"

洪伟有点丈二和尚摸不着头脑,心想,过年了,外出打工的回来不是很正常吗,怎么这么紧张?便问:"是外出打工的村民?"

"是的。一家七口出去好多年了,看来混得不行,听说这次回来不走了。这不,又突然冒出了一个贫困户!"

洪伟一听说是贫困户,立即拉着郭飞说:"走,去看看!"

赶到郭建亮家一看,洪伟惊呆了!一间十多平方米的泥坯茅草房破烂不堪,屋里没有一件像样的家什,两张床上还放着几只接雨水的盆子。屋里除了郭建亮和他的妻子张跃敏,还有一个老人和五个女孩。

郭飞看看他们拉回来的一车东西,对洪伟摇头说:"这么些东西,50元也不值啊!"

郭建亮看上去病恹恹的,见洪伟等村干部来了,慌乱得不知说什么好。老人是小女孩的爷爷,身上穿着破棉衣,脚上的鞋头破了一个洞,露出了两只脚指头,蹲在墙角,闷头抽烟。他住在本村,今天特地过来看孙女。寒冬腊月,五个女孩穿着单薄的衣衫,蜷缩在妈妈的身边,怯生生地望着陌生的来客。

洪伟问了些情况,郭建亮夫妇俩唉声叹气,也不知道今后怎么办。

洪伟准备回村部去,临走时,他看着老人露出脚指头的鞋子,问道:"你这鞋子都破了,你穿几码?"

老人抬眼望了洪伟一眼,不知道洪伟问话是什么意思,下意识地答了一句:"42码吧。"

回到村部,洪伟问郭飞说:"怎么我在村里几年了,都没听说过有这么贫穷的一户?"

郭飞说:"别说你了,就是我们也都很多年没有见过他们了。他们一家外出好多年,从没和村里联系过,我们都以为他们在外定居了。"

"他们怎么一家子都外出这么多年不回来?"

"唉,说来话长。"郭飞长叹一声道,"当初小夫妻俩成家后,一连生了两个女儿。农民嘛,老思想总是有,总想生个儿子。按照当时的计划生育政策,超生要罚款,为了躲避处罚,夫妻俩就带着两个女儿跑了出去。也不知道他们在哪里打工,有十一年了吧,他们从没有回过家,也从没和我们联系过,也没听他们家亲戚说过他们的情况。没想到在外头又生了三个女儿,看来,在外混得也不好。"

洪伟问:"他老爸破衣烂衫,低保户名单里怎么没有他?"

"他老爸有三个儿子,其他两个儿子过得还不错,他自己平时还干一些泥瓦匠活,不符合低保、贫困户条件。老人舍不得在外的五个孙女,挣的钱全部补贴这个儿子了,所以自己日子过得很紧巴,穿得破破烂烂。"

天上掉下这么个贫困户,洪伟觉得有点棘手。他想,当初他家超生,不符合计划生育政策,可如今回来了,总归是郭府村的人。总书记说过,脱贫攻坚决不能落下一个贫困群众。他们家脱贫,我们不能不管!

洪伟回到宿舍,把脚上的鞋子脱了下来,另找了一双鞋子穿上,又去了郭建亮家。他把鞋子递给郭建亮老爸,说:

"我的鞋也是42码,你先穿着。"

洪伟寻思郭建亮老爸的个子和自己的父亲差不多,第二天回到县城家中,又找了一些衣服、鞋子,送了过去。

没几天,村里桥头的老年活动中心传出话来,把洪伟上郭建亮家送鞋送衣服的事说得神乎其神:

"洪书记到郭建亮家,看见他家穷,当时在屋里就把鞋子、外套都脱下来给他老爸了,自己赤着脚走回村部的!"

洪伟听到传闻,很是感动,心想:"群众是朴实善良的,你为他们做一丁点事,他们就放在心上,念念不忘。"

洪伟和郭飞商量,以村委会的名义,又买了一些米面食油和被褥等生活用品,给他们家送了过去。

郭建亮两口子眼泪汪汪,感动得不知说什么好。

洪伟想,送衣送物,只能解决燃眉之急,让他们"两不愁三保障",彻底脱贫,才是根本。突然冒出这么个贫困户,致贫的原因比较特殊,人口又多,要帮助他们解决的问题很多,洪伟决定回县城管局向领导汇报。

县城管局吕有辉局长因年龄关系退居二线,县公安局副局长欧明久调来接任了局长。欧明久是一名转业军人,回地方后,还保持着军人作风,说话办事果断干练。听了洪伟汇报,他当天下午就在洪伟陪同下赶到郭建亮家察看,随后回到村部,和村干部一起商量帮扶措施。

郭建亮一家要解决的问题一大堆:首先要想办法帮他们补办低保手续,解决眼面前吃饭问题;他们家人口多,住房又小又破,急需改建;几个女孩上学读书立马要安排;还有他们夫妻俩的就业问题。商量来商量去,解决住房问题难度最大,按照危房改造政策补贴的资金,只够将他们家那间破旧的十来平方米老屋拆旧建新,满足不了他们家这么多人的居住需求。

欧明久说:"住房问题我来想办法解决,其他帮扶措施你们抓紧落实。"

临走时,欧明久又叮嘱洪伟等人说:"这事只能特事特办。脱贫攻坚,2020年底是个界限,贫困户一个也不能落下,一定要按期完成脱贫任务!"

村里按照程序把郭建亮认定为贫困户,很快为他们办理了低保,一家七口可以按月领取低保金。郭建亮和张跃敏二人的医疗保险、养老保险也很快补办好了,保险金均由村里代缴。除此之外,到了年底,还能享受到村里集体资产量化股分红和名下2.3亩土地流转后特色种植奖补收入。

当初出走时,郭建亮夫妇两个女儿都还小,如今带了五个女儿回来,大女儿已十五岁,二女儿十二岁,最小的也已经五岁。除了最小的女儿后年上学,另四个女儿都必须尽快安排入学——"教育有保障",是脱贫的硬性指标之一。经过多方联系,大女儿入读镇上的大新中学,老二、老三、老四则就近入读郭府小学。这四个女儿都按规定享受教育资助。

欧明久把解决郭建亮家的住房问题挂在心上,抽时间走访了县里几家企业,很快从中国黄金、大盛置业、元鼎建设等公司募集到了5万元现金和1万元物资。又张罗安排建筑队,帮郭建亮新砌了二层砖混楼房,把他家破旧的老屋也修缮一新。

细心的洪伟觉得他们家孩子多,又都是女娃,没有独立的洗漱间很不方便。他通过局里联系爱心企业,又帮他家砌了一间卫生间,还帮助加宽硬化了入户道路。村里把自来水管子也接到了他家屋里。住房面积达到 140 平方米,虽然简陋些,但一家人安居得到保障。

令洪伟颇为伤脑筋的是他们夫妇就业问题,只有就业,有活干、有稳定的收入,才能持久稳定地脱贫。问题是,郭建亮患病,基本丧失劳动力,他妻子张跃敏文化不高,又没有什么技术专长。村里给张跃敏安排了公共场地保洁的公益岗位,但工资不高,每月 500 元,一年 6000 元,只能贴补贴补。

谈起就业,张跃敏说:"我会炸馓子,这几年在外谋生,炸馓子卖也是主要收入来源。如果有场地,我可以炸馓子卖。"

洪伟一听,觉得她有这门手艺倒是不错,一些老百姓爱吃馓子,村里做保洁也不需要起早贪黑,她可以腾出一些时间炸馓子卖,增加收入。

欧明久局长听了汇报,又联系到一家爱心企业赞助,帮郭建亮在家中院子空地上建了一间六七平方米的食品加工作坊,砌好灶台,安上大铁锅,还装上脱排油烟机。

家庭重担都落在个子矮矮的张跃敏肩上。大女儿很用功,当年秋季考入县城新集中学,这是蚌埠一所教学设施完善、环境优美的市级示范高中。第二年,二女儿入读县城苏皖中学,两个大的女儿都在县城寄宿读书。张跃敏忙里忙外,一面照顾三个小女儿和生病的丈夫,一面做保洁、卖馓子。她一般上午到包干的区域做保洁,下午把批发来的米饼等膨化零食和隔日炸好的馓子装在推车上,到村口路边、学校门口售卖,一个月也有千把块钱收入,去掉成本,一年下来也能赚个七八千块。

张跃敏盘算了一下一年的收入,有六七万元哩!大头还是政府和村里补助,有 5 万多元,单是低保金,就有近 4 万元。开销大头是两个大女儿在县城寄宿念书,孩子懂事,省吃俭用,一年支出不过 8000 元左右。丈夫看病虽然医药费支出很大,好在有医保,自付的部分大约 2000 元。有这么多收入,一家人日常开销基本不愁了。

张跃敏想,最小的一个女儿也很快背着书包,蹦蹦跳跳,跟着小姐姐上学去。再过几年,女儿一个个念完书,有了工作,日子就会更加好起来。

一天夜晚,女儿和丈夫各自在屋里睡着了,她忙完一天的活,站在自家小院子里,望着灿烂的星空发呆。

她想起了夫妇俩拖着五个女儿在外漂泊的艰难日子,想起一家人回到村里踏进空关了十一个年头的破屋那惶恐不安的一刻,想起洪书记把自己的鞋子送来给孩子爷爷和村里送来的粮油被褥,想起起初担心拿什么钱给患病的丈夫看病,想起非亲非故的县城管局欧局长自个儿掏钱资助在县城念书的女儿,还时不时接她们去他家过周末……她想,要不是党和政府的扶贫政策,要不是这些好心人,她一个弱女子,怎么撑得起这个家来呢?特别是前两天洪书记又来看望他们,对她说:"你们达到脱贫标准了,但党的政策是脱贫不脱帮,你们家享受的各种补助目前不会变。"这又给她吃了定心丸。

想到这里,这个个子矮小却又坚强的五个孩子的母亲,禁不住眼泪大颗大颗地滴落下来。

2020年初,突如其来的新冠疫情也蔓延到五河。洪伟和郭飞这两位郭府村的带头人,一方面带领村民战疫情,另一方面千方百计稳定生产,特别是要保证蔬菜上市供应。与此同时,二人还合计怎么招商引资,为红红火火的村属经济,再添一把柴,为脱贫群众和其他村民在致富路上,再助一把力。

郭飞想了想,说:"以前和我一起做生意的有个人叫吕二庆,现在在常熟做豆制品生产加工。他是隔壁张圩村人,在常熟干了十几年了,有自己的食品厂,也有技术、销售渠道和资金。我想,能不能把他请回来,我们也办个豆制品厂?"

洪伟一听,拍手叫好,说:"现在我们村里农业种植这一块搞得红红火火,就是还没有生产加工企业。大新镇也是黄豆主要生产和集散地之一,搞豆制品加工有条件,原料不缺。"

郭飞立即掏出手机跟在常熟的吕二庆通了电话。

吕二庆在电话里当即表示,他有扩大投资的意向,愿意回乡办厂,欢迎他们来常熟考察、洽谈。

第二天,洪伟和郭飞等人就驱车前往常熟。

吕二庆的豆制品厂很先进,都是自动化生产流水线,规模很大,效益可观。

老乡见老乡,两眼泪汪汪。参观完,吕二庆请洪伟、郭飞吃饭。吕、郭二人回忆起十多年前一起离乡背井,外出跑运输、贩大豆的日子,不胜感慨。抚今追昔,谈及家乡日新月异的变化,大家深深感到赶上了改革开放和脱贫攻坚的好时光。没费多少口舌,双方就达成在郭府村办豆制品加工厂的共识。

洪伟端起酒杯,给吕二庆敬酒说:"现在村子已经脱贫了,原贫困户'两不愁三保障'也没问题。下一步乡村振兴,让乡亲们富起来,还要靠发展产业。吕厂长,你回去了一定会大有用武之地!"

郭飞对吕二庆说:"我们互相配合,争取年把就把厂办起来,可管?"

吕二庆端起酒杯,连声说:"管!管!"

众人一饮而尽。

回村后,洪伟和郭飞商量如何尽快落实办厂前期工作。按双方协议,村里负责找地皮建厂房,搞好基础设施配套,并协助招工;生产设备投资、人员聘用、生产经营管理都由吕二庆负责。

首先得找一块地。

恰好村里有一块荒地,六七亩,但是这块地权益比较复杂,涉及好几十户人家。土地上有村民搭建的加工作坊和一些构筑物,还有几座坟头。

洪伟和郭飞布置"两委"干部,分头上门做工作。

开始个别村民补偿要求过高,一度谈不拢。迁坟也是一件大事,主家也有一些想法,阻力不小。其中有一户是党员干部,洪伟和郭飞以此为突破口,做工作让他们带头搬迁。随后挨家挨户上门做工作,动之以情,晓之以理,最终妥善解决了问题,得到大家的一致支持,收回了这块荒地。

按照吕二庆投资计划和提供的厂房图纸,项目分两期建设。一期建筑面积1300平方米,土建和配套费用是一笔不小的投资。

资金从哪里来?为招引社会资本参与脱贫攻坚,五河县委、县政府专门安排了扶贫资金,支持村镇招商引资、发展经济。不过,县里有一条原则:"花钱必问效,无效必问责。"对申报扶贫资金的项目,审批很严格。

郭府村的豆制品加工厂项目,很快得到县里批准,拿到了扶贫资金122万元,用于厂房和配套设施建设。吕二庆投入500万元,用作购置生产设备和启动资金。

2020年春,郭府村口,一座水电配套齐全的标准化厂房拔地而起,5条自动化的豆制品生产线也安装到位。

吕二庆成立了一家公司,负责郭府村豆制品厂的经营运作。公司的名字,根据洪伟的建议,跟老贾的电子商务公司一样,也叫响当当的"明侯故里",全称是五河县明侯故里食品有限责任公司。

投产那天,洪伟、郭飞带着村干部都来向吕二庆祝贺,许多村民也来围观道喜。

望着新砌的厂房,吕二庆感动地说:"不到半年,村里就把厂房和配套都搞好了,路也修通了,我这是拎包入住啊!"

他领着村干部入内参观。车间里,阵阵豆香扑鼻而来,30多个村民在流水线上忙着。

吕二庆介绍说:"现在有5条自动化生产线,生产豆干、豆皮、豆饼、豆腐,每一款豆制品加工都实现了清洁化、节能化,是名副其实的绿色健康食品。"

他又指着车间里的几口大不锈钢桶说:"这里生产的豆浆可以直接喝,是纯天然无添加的。"

吕二庆给洪伟等村干部算账道:"5条生产线,今年销售收入就可以达到2000万元。"

郭府村的豆制品很快畅销长三角地区。一年之后,建筑面积1500平方米、投资176万元的二期厂房和冷库建成投产,产品从豆制品扩大到市场热销的鸡排、鸡米花、千张包肉等预制包装食品,当年实现销售2400万元,成为一家产销两旺的新办规上企业。到厂里上班的村民增加到60多人。女工平均月收入4000元,男工平均月收入5000元。

郭跃是第一批进厂的工人,他压根儿没想到能在家门口上班。记者来采访,他说:"以前种地,十几亩地一年正常收入就两万元左右。现在在厂里上班,收入稳定,一个月收入有三四千元,还不耽误种地。"第二年,郭跃升为车间领班,月收入超过5000元。他打算让妻子也进厂上班。他掰掰手指算账,两口子一年收入有十几万元哩。

郭飞算了一笔大账:豆制品厂一年收购农户黄豆1500多吨,萝卜500多吨,惠及180多户人家,相关农户年均增收6000元以上。村里建好厂房租赁给厂家,既减少了企业前期投资压力,又能够为村集体经济增加收入25万元。

洪伟的账,算得更长远一些。见郭府村各种产业如雨后春笋发展起来,"立体产业"模式初见成效,他心想,应该把村里的产品品牌化,并且就用"明侯"做品牌,申请商标注册。洪伟安排把红小豆、黑豆、黄豆等杂粮,以及大扫帚等产品,全部申请注册了"明侯"牌商标。他希望通过培育和运作,进一步提升产品的品牌价值,更好地拓展市场,做大做强郭府村经济,让"明侯故里",在淮河两岸,在神州大地,熠熠闪光,美名远扬。

郭府村人很久不提"明侯故里"了。

所谓"明侯",是指朱元璋手下郭兴、郭英兄弟两员大将。郭兴、郭英跟随朱元璋南征北战,战功卓著,分别封为巩昌侯和武定侯。二人之妹郭宁莲嫁给朱元璋,册封为宁妃。郭家"两侯一妃",荣极一时,"郭府"也由此得名。

郭府村人曾一次次错失"挖掉穷根,过上好日子"的机遇。眼见邻村一个个乘着改革开放的春风,打了翻身仗,村里产业兴了,村民腰包鼓了,正信心百倍地朝小康目标奔去,而他们依旧村庄破落,许多村民家徒四壁,连温饱都没有解决,甚至戴上了"省级贫困村"的帽子,郭府村人觉得自己愧对列祖列宗,直不起腰杆,抬不起头来。

老人一声叹息:"明侯故里?这副穷相,说不出口啊!"

这一次,在脱贫攻坚的伟大战役中,郭府村人终于抓住了机遇。有党和政府的好政策,有心心念念想着百姓的带头人,郭府村人不傻、不笨、不懒,肯干、能干、巧干,短短几年,摘掉了"贫困村"的帽子,撵上了奔小康的队伍,搭上了乡村振兴的快车!从老贾的电子商务公司到吕二庆的食品公司,纷纷以"明侯故里"命名,再到"明侯"商标注册和品牌创立,不正是郭府村人的自立、自强、自信,在春潮澎湃的新时代,一次扬眉吐气的回归吗!

2020年3月,郭府村被评为蚌埠市"十佳美丽乡村"和"安徽省第二批美丽乡村示范村"。①

---

① 2021年6月,已担任五河县大新镇党委副书记、镇人大副主席的洪伟,不再兼任郭府村党总支第一书记、扶贫工作队长,结束了长达七年的郭府村驻村扶贫工作。2022年1月,洪伟调任五河县小圩镇党委副书记。2月,当选小圩镇镇长。洪伟先后荣获蚌埠市"十佳村党组织书记",县、市、省"优秀共产党员","安徽省优秀选派帮扶干部标兵"等荣誉称号。2022年8月23日,洪伟从家乡五河来到省城合肥,同安徽省其他获评全国"人民满意的公务员"的个人和"人民满意的公务员集体"的代表一起,赴京出席党中央、国务院于8月30日隆重召开的表彰大会,受到党和国家领导人接见。

洪伟的好搭档——郭府村党总支书记、村委会主任郭飞,先后当选五河县和蚌埠市人大代表、市劳动模范,荣获"安徽省皖美村支书"、省劳动模范等荣誉称号。

尾　声

　　看完蚌埠四区三县的展馆，我又参观了刚刚装修布展好的"阿塞拜疆文化之窗"，这座展馆位于"与鹤共舞——王克举摄影艺术馆"南侧，同成龙环保艺术馆比邻，是园区第一座外国展馆。原建筑抢救自浙江省四大千年古镇之一的兰溪市游埠镇，建于清代中晚期，原有三进二明堂，抢救时毁圮严重。修复重建后，保留了二层楼房格局，增建了辅助用房，占地面积356平方米，建筑面积571平方米。异国风情和中国传统民居奇妙组合，相得益彰，令人耳目一新。按计划，将有更多的外国文化展馆在古民居博览园兴建。

　　随后，我坐车去园区各个场馆察看准备工作情况。龙子湖迎宾馆、宁波大宅门和祁门大祠堂分别被安排作为太湖世界文化论坛第六届年会主会场、分会场和有关活动场地，布展公司正在抓紧装饰布置。迎宾馆一派忙碌景象，省、市政府有关部门和大会秘书处工作人员已早早入住开展工作。祁门大祠堂大门左侧墙壁上，新挂上了"安徽省国际交流合作基地"铭牌，这是省有关部门授予古民居博览园的第四块铭牌。

　　小车绕过园区龙尾九曲回肠般的水岸，驶上山顶西侧观景平台。在山顶纵目四望，金秋十月，艳阳斜照，天蓝云淡。近水遥山，满目青绿。主湖心岛上，粉墙黛瓦，历历在目。

　　沿山路下行，至南大门，未来的游客中心和北大门游客中心一样，高悬的楼屋都是颇具上海世博会中国馆风格的现代建筑，下部是通透的玻璃幕墙，室内也布置了琳琅满目的非遗展品。

　　南大门东侧，环园河道水滨，新建了一大片花圃。五彩缤纷的花团中间，安放着太湖世界文化论坛会标。花圃后面，竖立起三十九根高高的不锈钢旗杆。矗立在"C"位的五星红旗和象征世界五大洲的三十多个国家的国旗，在飒飒金风中友好地飘扬。

迎接盛会的各项准备工作基本就绪。

我下了车。

望着迎风飘扬的万国旗,我想起了在涂山脚下的禹会村"禹墟"遗址大型夯土台上,见到的排列整齐的三十五个插立旗杆的坑洞。四千年前,绘有各种图腾的"万国"旗帜,曾猎猎飘拂在涂山南麓。当然,四千年前集聚在涂山脚下的"万国",只是古老中国不同地区的诸侯"方国"。今天,华夏儿女有了更宽广的视野、更宏伟的抱负,即将召开的太湖世界文化论坛年会,来自国内外的政要和专家学者,将基于和而不同、美美与共、文明互鉴的共识,探讨"共筑人类命运共同体"的宏大主题和美好愿景。

我在心中自问:"这是偶然的巧合,还是必然的回归?"

望着迎风飘扬的万国旗,我想起了一首诗——这是一位蒙古族诗人对古民居深情的吟唱。

国庆节前,我在园区接待中心老宅又见到了蒙古族诗人舒洁,他把新创作出版的《母亲》《卡尔·马克思》两部长诗签赠给我。舒洁出生于内蒙古赤峰市,蒙古名叫"特尼贡"。"特尼贡"汉语意为"宽广幽深的草原",这也恰如他的诗歌风格。他的创作以现代诗歌为主,尤其擅写长诗,且才思敏捷,出手很快。他的诗歌形象丰赡,情感充沛,意境深远,风格独特。他先后创作出版了多部诗歌集和长诗集,曾荣获中国当代杰出民族诗人诗歌奖。

几年前,他来蚌埠采风创作,对千姿百态的古民居一见钟情,每次来蚌埠,就住在园区接待中心老宅后面的客房里,成为一名"驻园诗人"。驻园期间,他出版了诗集《在时光沿岸》(五卷),创作了长诗《母亲》《卡尔·马克思》《蚌埠时间》等多部作品。我现在很少读现代诗,但舒洁的作品我非常爱读——这可不啻因他是我们园区的"驻园诗人"。

对于美轮美奂尤其是历经风雨而幸存的古民居,诗人有独特的审美视角和心灵感应。就让我引用他的《遥远的乡愁》,来结束拙著的书写吧——

需要一种情愫
感怀乘坐马车的日子
在水畔
倾听茶歌的日子

在两个村庄之间

在活命的土地上

生长着稻子和麦子

马车的轮子上满是泥泞

劳作者,我们时间深处的父兄

从不抱怨生活

他们是我们感怀中最重要的部分

是我们必须用心守护的传统

如今

他们都已远去

你说他们留下了什么

他们在河流的上游创造了什么

他们甚至没有留下影像

如果没有这些老宅

在我们称为祖屋的地方

如果没有他们铺在房前屋后的青石

没有他们栽种的树木

我们的感怀就失去了本源

那是气息啊

是活在光明中的信物

是我们一再追寻

就在那里

曾经濒临破碎的遗存

如果没有拯救

我们该怎样说乡愁

在蚌埠,在龙子湖畔

在大树之间

那种气息已经幻化为流水

像时间仁慈的臂弯
拥着新生与不朽之光
有家园的地方
就有梦想
……

        2023年春五稿于上海苏州河畔

后　　记

　　古民居是民间对传统民居建筑的简称,在民居建筑专业论著中,很少使用这一名词,而在民间,一般都把民国之前以砖木结构为特点的老房子,包括民宅、祠堂、书院甚至府衙等等,都叫作古民居。本书是一本纪实文学作品,故也称这类老房子为古民居。

　　随着国力增强和法治完善,以及人们的认识和生活水平不断提高,作为中华优秀传统文化重要组成部分的传统民居建筑,越来越受到青睐。许多古村落、古街镇乃至古民居,得以建档挂牌,受到精心保护,并得到合理开发利用,有的甚至成为人们喜爱的网红"打卡"地。但也有众多散落在山区、乡村、街坊里,尚达不到文物保护标准的古民居,被拆毁或濒临毁灭。其原因是多方面的:有的是城镇化进程加快,城中村改造成片实施,无法保留;有的是市政道路或其他大型公共基础设施规划建设,不得不忍痛割爱;更多的是历经风雨侵蚀,年久失修,居住功能渐失,后辈无奈弃守。这也是城镇化、现代化进程中,"无可奈何花落去"的必然现象,国内国外概莫能外。

　　2012年秋末,我"北漂"蚌埠,参与古民居博览园开发建设,起初几年,受马国湘董事长委托,也考察抢救了一大批上述散落各地的古民居,并以极大的好奇心,探究这些传承至今而又岌岌可危的古民居的前世今生,千方百计挖掘收集曾经生活在其中的人物资料。当然,相较于在时间长河中湮灭的古民居,经我们抢救幸存的,不过是沧海一粟。

　　本书主要写了古民居博览园中已经复建或计划复建的福建泉州、江西抚州、浙江宁绍、安徽祁门、云南鹤庆等几个地区的古民居故事,以及包括蚌埠四区三县在内的九座已建成的古民居文化展馆的故事。我为考察抢救古民居,以及收集资料所去过的地方,除了上述省市,还包括山西、山东、陕西、河南、青海、湖北、湖南等地的许多市县。闽南色彩明丽的"皇宫大厝",宁绍平原的古运河岸边,"徽杭古道"

的大山深处,滇西白族人家"三坊一照壁"的宽敞院落,"大红灯笼高高挂"的晋商大院,滔滔黄河岸边的"吴王古渡",通城"八百壮士"故里……面对千姿百态的古民居,我一次次为古人的智慧和匠心而倾倒,为一个个平凡且不乏传奇色彩的故事而动容,为灿烂的中华民居建筑文化而骄傲。

在我奔走各地考察抢救古民居的过程中,许多老宅的主人、村中的长者,以及初次相识的朋友,热情为我讲解或接受我们采访,有的还给我提供了包括家谱在内的宝贵资料和相关书籍。他们的热情支持和帮助,令我感动,至今难忘,也是本书得以成稿的关键。因为他们大都是书中人,故而未在此列名致谢。

书中人物除个别涉及隐私者使用了化名外,其余均为真名实姓,所记皆真人真事。一个老宅的前世今生,涉及一个家族几代人,人物辈分关系复杂。为使所记人物及其昭穆不致有误,所述故事尽可能与史实或实际情形相去不远,在写作过程中,我对相关人和事,小心翼翼地反复求证核实,对重点记述的带有传记性质的人物故事,如从西南联大走出的白族革命老人张道一、"拍出丹顶鹤灵魂"的摄影家王克举、把青春献给扶贫事业的"全国人民满意的公务员"洪伟,还专门编写了人物年表,并将书稿呈送本人或相关部门审核。尽管如此,由于涉及面较广,差错恐难避免。

传统民居建筑是一个宝库,其聚落形态、营造法式、构件名称等丰富多彩。不同地区的古民居,受当地的自然环境、建筑材料、历史文化、民俗风情影响,呈现不同的建筑风格和美学姿态。对一栋房子相同的部位构件,不同地区都会有不同的指称。本书写作过程中,参考了中国民居建筑系列丛书和相关专著。另外,讲述古民居的前世今生,必然涉及一些历史人物和事件。为此,除了查阅古代典籍,还参阅了当代名家所著通史、断代史、移民史,今人所撰相关人物传记以及研究专著,相关地方志、地方文史资料和文化丛书,等等。个别地方还参考了网络刊载的文章。考虑到本书是一部纪实文学作品,因此未在书末列出参考书目和文献资料名录,引文一般也未注明出处。在此,谨向有关作者表示歉意和衷心感谢。

书中也有一些故事情节和桥段,显系传说或附会,然生动有趣,也可以看作是古民居文化的一部分,故不拘一格,照录书中,以飨读者。也有许多精彩的古民居故事未能写进本书。一方面,限于本书的容量;另一方面,由于新冠疫情等因素影响,古民居博览园尚未建成,还有许多古民居未列入复建计划,这些留待日后另行整理成篇。

另外，需要说明的是，我在本书终章，以蚌埠四区三县在古民居博览园所建的七座展馆为切入点，讲述了园区所在地蚌埠的故事。这七座展馆，是为迎接2021年太湖世界文化论坛年会而专门创意布置的。展馆内容以各区县别具特色的非遗项目为主，也有对本地区历史文化和经济社会发展状况的简要呈现。奇妙的是，我发觉这七个区县的历史文脉，恰巧构成了这座城市悠久的文明史和发展史。我即以此为由头，不吝笔墨，并力求从不同的角度，描述地跨淮河两岸这座"既古又新"的城市七千年和百年巨变的若干片段。当然，书中所展现的蚌埠历史文化和社会风情，只是凤毛麟角，很不完整；所述人和事，对蚌埠人来说，或许也缺乏新鲜感。但对于我来说，对那人、那事、那方土地，始终充满新奇，觉得值得浓墨重彩地书写和郑重向读者推荐。只是笔力不济，未能尽如人意。

"走千走万，不如淮河两岸。"屈指算来，踏入这片土地已整整十个年头。无论如何，拙著是一个"新蚌埠人"对这座快速崛起的美丽城市的感恩和致敬。

最后，特别要感谢安徽省文联前主席、书法家吴雪为拙著题写书名。